Claudia Ley

WO
DIE
STÖRCHE
FLIEGEN

Claudia Ley

WO DIE STÖRCHE FLIEGEN

Roman

WILHELM HEYNE VERLAG
MÜNCHEN

FSC
www.fsc.org
MIX
Papier | Fördert
gute Waldnutzung
FSC® C014496

Penguin Random House Verlagsgruppe FSC® N001967

in der Penguin Random House Verlagsgruppe GmbH,
Neumarkter Str. 28, 81673 München
Dieses Werk wurde vermittelt durch die
AVA international GmbH Autoren- und Verlagsagentur, München.
Printed in Germany
Umschlaggestaltung: t.mutzenbach design
unter Verwendung von Trevillion Images (Ildiko Neer)
und Shutterstock.com (ysuel, Werner Rebel,
Patryk Kosmider, Valeriy Boyarskiy, N. N.)
Redaktion: Angela Volknant
Satz: Leingärtner, Nabburg
Druck und Bindung: GGP Media GmbH, Pößneck
ISBN: 978-3-453-27337-5

www.heyne.de

Für Henry,
den Geschichtenerzähler

»Man wird wieder aus Himmel und Sternen
Bilder machen und die Spinnweben alter Märchen
auf Wunden legen müssen [...].«

Christian Morgenstern

ERSTE GESCHICHTE

Lapienen bei Schlochau
Westpreußen
Februar 1918

»Seht! nun fangen wir an.
Wenn wir am Ende der Geschichte sind,
wissen wir mehr als jetzt.«

Hans Christian Andersen: »Die Schneekönigin«

1

Das kleine Mädchen stand auf der Galerie.

Es trug ein gerade geschnittenes marineblaues Kleid mit ein wenig Lochstickerei auf der Brust und einem schmalen weißen Kragen. Das Haar hatte man ihr in geflochtenen Zöpfen um den Kopf geschlungen. »Ein bisschen wie eine Dornenkrone«, hatte Thomas einmal gesagt, und sie hatten beide gelacht. Wenn man vor der Tür des Herrenhauses stand, konnte man durch den kurzen Windfang in die Halle und hinauf zu dem Mädchen sehen. Es reckte sich, beugte sich über das Geländer und winkte. Thomas hatte gewusst, dass seine Freundin dort auf ihn warten würde, und er hatte sich den ganzen Weg auf diesen Anblick gefreut.

Eine recht lange Weile hatte er im bitteren Februarwetter vor der Tür warten müssen, hatte die Eiszapfen angestarrt, die wie ein Vorhang aus gläsernen Klingen rings um das Vordach herunterhingen, und ihm war, als könnte er sie vor Kälte klirren hören. Seinen Wintermantel, den die Mutter ihm zu Hause hatte umlegen wollen, hatte er wieder abgeworfen.

»Den brauch ich nicht, Mamuśka! Mir ist gar nicht kalt.«

»Du bist ja verrückt, mein kleiner Ritter«, hatte seine Mutter gerufen und gelacht. »Also, lauf schon, wenn die Liebe zu deiner Gerda dir so warm macht, dass du keinen Mantel brauchst, aber pass auf, dass du dir nicht den Tod holst. Ich war ja auch einmal jung und bin in grünen samtbespannten Schühchen meinem Liebsten entgegengetanzt.«

Thomas wollte die Mutter nicht kränken, deshalb verriet er ihr nicht den wahren Grund, warum er den Mantel nicht anziehen mochte: Er war schäbig und alt. Seit vier Jahren war Krieg, der Vater stand als Offizier an der Front, und das Geld, mit dem die Mutter wirtschaften musste, war knapp. Für Thomas war der Mantel gut genug, es war der beste Mantel, den er sich wünschen konnte, denn seine Mutter hatte ihn aufgearbeitet und ein Futter eingenäht, das ihn warm hielt. Aber auf Lapienen, dem Gut des Barons von Westkamm, würde man die Flicken an den Ellenbogen und die durchgescheuerten Säume bemerken, und Thomas wollte nicht, dass man dort schlecht von seiner Familie dachte.

Er war durch den hohen Schnee gerannt, so schnell er konnte, und hatte das Buch an seine Brust gepresst, damit es nicht feucht wurde und Schaden nahm. Für das Buch hatte er das ganze Geld ausgegeben, das der Großvater ihm zu Weihnachten geschickt hatte. Seit er es in Wernerckes Buchhandlung in Schlochau im Fenster hatte stehen sehen, wusste er, dass er es einfach haben musste. Der Vater hätte über eine solche Verschwendung die Stirn gerunzelt, aber die Mutter konnte Büchern selbst nicht widerstehen und war bei Wernecke Stammkundin. »Großvater Witold hat dir das Geld geschickt, um dir eine Freude zu machen«, hatte sie gesagt. »Und wenn es dir Freude macht, der kleinen Gerda ein Buch zu schenken, dann geh rein und kauf es ihr.«

Thomas war wie ein erwachsener Kunde hineingegangen, und der alte Herr Wernecke mit seiner Goldrandbrille und dem Kranz grauer Locken hatte ihn auch wie einen solchen behandelt. »Darf es sonst noch etwas sein, der Herr?«, hatte er ihn gefragt und ihm für sein Geld einen Belegzettel geschrieben, bevor er das Buch in einen Bogen elegant bedrucktes Papier einschlug. Das Papier würde auf Lapienen vielleicht

Eindruck schinden, aber Thomas hätte das Buch am liebsten noch einmal ausgewickelt, weil das Bild auf dem Deckblatt so schön war.

Es zeigte eine schneeweiße, wie den Wolken entstiegene Königin, die mit wehendem Haar und glänzender Krone über einen eisblauen Himmel flog. Hier in Westpreußen, am Wangeriner See und zwischen den schwarzen Wäldern, die Thomas' Welt begrenzten, waren die Himmel niemals so blau. Sie waren blass und hoch und unerreichbar, aber die weiße Königin würde federleicht darüber hinwegfliegen und Westpreußen samt seinen Dörfern, Gütern, Häusern und den winzig kleinen Menschen hinter sich lassen. Sie hielt ein Kind in ihren Armen, einen kleinen Jungen, der schwarzes Haar hatte wie Thomas selbst und der ihm, so fand er, überhaupt ein wenig ähnlich sah.

Natürlich wusste Thomas, dass er für solche kindischen Gedanken zu groß war. Er war ja schon zehn Jahre alt und nun, wo der Vater im Krieg war, der Mann im Haus. Als der Vater vor bald einem Jahr auf Urlaub gekommen war, hatte er Thomas zum Abschied bei den Schultern genommen und: »Du bist jetzt der Mann im Haus. Ich will, dass du deiner Mutter zur Hand gehst und auf sie achtgibst, bis ich wiederkomme.«

»Wird das noch lange dauern, Vater?«, hatte Thomas gefragt.

»Wie lange es dauert, ist gleichgültig«, hatte der Vater erwidert. »Ich kämpfe für mein Vaterland, da stellt man keine solchen Fragen. Von meinem Jungen weiß ich, dass ich mich auf ihn verlassen kann, und deine Mutter weiß das auch. Ich liebe euch beide. Vergiss das nie.«

Andere Väter, wie der von Gerda, überließen solche Gefühle ihren Frauen, und selbst die gingen sparsam damit um. Thomas' Eltern hingegen erklärten einander und dem Sohn ihre Liebe wieder und wieder, und manchmal, wenn Dinge schwierig waren, sagte der Vater: »Was soll's? Dies ist ein Haus, in dem die Liebe wohnt, da werden wir mit ein paar Stolpersteinen schon fertigwerden.«

Thomas war stolz, dass der Vater ihm die Sorge für die Mutter übertragen hatte, und er war entschlossen, ihn nicht zu enttäuschen. Dennoch konnte er nicht verhindern, dass er sich tief im Innern noch immer nach der Welt der Kinder sehnte, nach Geschichten, in denen man sich verlieren konnte, um irgendwann ein wenig benommen wieder daraus aufzutauchen.

Seiner Mutter verriet er von alldem nichts, sondern behauptete, er habe das Buch gekauft, weil Gerda schließlich fast anderthalb Jahre jünger und ein Mädchen sei. Die Mutter sollte sich auf ihren Mann im Haus verlassen können. Bei Gerda aber, seiner allerliebsten Freundin Gerda, durfte er ein Zwerg oder ein Riese sein, ein Prinz oder ein Bettler, Gelehrter oder Possenreißer, ganz wie ihm gerade zumute war.

Gerda verstand ihn nicht nur. Sie war wie er. Auch sie liebte es, in Geschichten zu versinken, mit Königinnen, Zauberern und Spielleuten um den Erdball zu reisen und seltsam verändert wiederzukehren. Deshalb hatte Thomas auf der Stelle gewusst, dass er das Buch mit der weißen Königin für Gerda kaufen musste. *Hans Christian Andersen. Sämtliche Märchen* stand in silberner Schrift auf dem Einband. Es war ein dickes Buch, bald so dick wie Thomas' Daumen, sodass sie lange daran zu lesen haben würden.

Vor Aufregung hatte er in der letzten Nacht kaum geschlafen und sein Frühstück – Buchweizengrütze mit Rahm und eingekochten Fliederbeeren –, das ihm die Mutter jeden Morgen richtete, heute stehen lassen.

»Ich will gleich loslaufen. Es ist doch Gerdas Geburtstag.«

Das Lachen der Mutter hatte geklungen wie Schlittenglocken

und so, als gäbe es auf der Welt keine Sorgen. »Na dann lass dich nicht aufhalten. Ich hab' dich lieb, mein kleiner Dachs. Wünsch deiner Gerda von mir alles Gute und einen herrlichen Tag.«

»Ich hab' dich auch lieb, Mamuśka! Ich richte es ihr aus.«

Im nächsten Moment war er aus der Tür und stürzte durchs Schneegestöber. Früher, als er auf Apoll, seinem schwarzen Pony, vom heimischen Gut Blaes bis zum Herrenhaus des Barons geritten war, hatte er keine Viertelstunde gebraucht. Apoll aber war wie alle Pferde, die für den Gutsbetrieb nicht unentbehrlich waren, zum Einsatz an der Front beschlagnahmt worden. Da das Gut seines Vaters Nahrungsmittel produzierte und damit als kriegswichtig galt, hatte man ihnen das Gespann Estnischer Klepper gelassen, aber diese zwei schweren Wallache waren zum Arbeiten da, nicht zum Ausreiten.

Thomas war so schnell gerannt, als hätte er ein Pferd unter sich, und hatte mindestens so viel Schnee aufgewirbelt. Die Allee entlang und zwischen den kahlen Kastanienbäumen hindurch war er schier geflogen, immer dem weiß verputzten, von einer hohen, jetzt blütenlosen Rosenhecke umrankten Herrenhaus entgegen. Mit seinen Erkern, Zinnen und Türmen, die in merkwürdigem Gegensatz zu den verspielten Schweifgiebeln standen, erweckte es den Eindruck, es wäre einst zur Verteidigung des Landes errichtet worden. Das traf natürlich nicht zu. Thomas hatte seinen Vater einmal sagen hören, das Haus sei ein Monstrum, bei dem hinten und vorne nichts zusammenpasse. Auf Thomas selbst aber hatte es immer imposant gewirkt, wie ein Schloss aus einem Märchen.

Schwer atmend und das Buch an sich pressend stand er nun also unter dem Vordach mit den Eiszapfen, spähte an der einschüchternden Gestalt von Barduhn, dem Hausdiener, vorbei und sah Gerda winkend am Geländer stehen.

So hatte er sie unzählige Male gesehen.

Dennoch war es jedes Mal schöner als erwartet, dieses Erkennen, dass sie da war, dass sie noch immer seine liebste Freundin war und dass sie gleich wieder zusammen in ihrer gemeinsamen Welt verschwinden würden.

Das Leben auf den Gütern Westpreußens war voller Abenteuer, weil das Land mit seinen Wiesen, Wäldern und Seen so weit war und einem Kind keine Grenzen setzte. Aber es war auch ein einsames Leben, zumindest wenn man wie Thomas keine Geschwister hatte. Die einzelnen Gehöfte lagen weit auseinander, und Spielkameraden waren rar. Dass er und Gerda sich gefunden hatten und ihre Kinderjahre beinahe wie Bruder und Schwester verbrachten, war für ihn das größte Geschenk.

Nicht so allerdings für Barduhn, den Hausdiener. »Ah, das kleine Herrchen von Blaes«, sagte er von oben herab zu Thomas und gab ihm das Gefühl, noch kleiner zu sein, als er war. »Leider wirst du dich gleich wieder trollen müssen. Der Herr Baron empfängt niemanden. Schon gar keine Kinder.«

»Aber zum Herrn Baron will ich ja gar nicht!«, rief Thomas. »Nur zum Fräulein Gerda. Sie hat doch heute Geburtstag.«

»Die gnädigen Fräulein empfangen auch nicht«, wies ihn Barduhn zurecht. »Und Geburtstage werden nicht gefeiert. Falls es dir entgangen sein sollte – die Familie befindet sich in Trauer.«

»Ich weiß, aber …« Verlegen brach Thomas ab und wusste nicht, wie er seinen Fehler hätte wiedergutmachen können. Gerdas Brüder, nicht nur der älteste, Crispin, sondern auch Eduard, der immer lustige Zweite, waren im Herbst als vermisst gemeldet worden. Kurz darauf hatte es in Russland eine

Revolution gegeben, die Ostfront war zusammengebrochen, und die Familie auf Lapienen hatte Hoffnung geschöpft. Doch gleich nach Weihnachten war die Nachricht eingetroffen, dass Crispin gefallen war. Die gesamte Gegend, von Schlochau bis Bergelau, trauerte mit dem Baron um seinen Erstgeborenen und bangte um den Jüngeren, der nun Erbe von Gut Lapienen sein würde. Thomas hatte nicht taktlos sein wollen. Gerda hatte am Krieg schließlich keine Schuld! Sie war ja auch traurig, und ihr Geburtstag durfte nicht einfach übergangen werden, als wäre sie – das jüngste Kind des Barons – im Vergleich zu den älteren gar nichts wert.

All das Barduhn zu erklären würde jedoch nichts nützen. In seiner Verzweiflung versuchte Thomas, sich an dem Hausdiener vorbeizuschieben, aber der trat augenblicklich zur Seite und versperrte ihm erneut den Weg. »Wenn ich sage, du sollst dich trollen, Freundchen, dann meine ich das auch.«

»Nicht doch, Barduhn! Sie können doch meinen lieben Thomas nicht draußen in der Kälte stehen lassen!« Gerdas Schritte hallten wie ein kleiner Hagelsturm, als sie die Treppe hinunter und durch die Halle fegte. »Wir werden auch niemanden stören, Barduhn, das versprech' ich.« Schon hatte sie den großen Mann erreicht, schob sich neben ihn und nahm seine Hand. »Wir machen überhaupt keinen Lärm, sind leiser als die Haselmäuse. Bitte, seien Sie nett, Barduhn. Geben Sie uns ein ganz kleines Weilchen.«

Sie blickte zu ihm auf, und als Barduhn den Kopf neigte und zu ihr hinuntersah, schöpfte Thomas Hoffnung. Gerda hatte etwas an sich, dem Menschen schwer widerstehen konnten, doch als er gerade aufatmen wollte, sah er, wie Barduhn den Kopf schüttelte. »Ich habe meine Anweisungen. Und Sie haben die auch, Fräulein Gerda.«

»Nun lassen Sie doch den kleinen Leutchen das bisschen

Vergnügen, Barduhn. Viel Freude haben die Kinder ja nicht in diesen finsteren Tagen.« Aus der Tür, die in den linken Flügel des Hauses führte, war ein Mann getreten, der einen dick gefütterten Mantel trug und in der Kälte regelrecht dampfte. Sliwitzky, der Verwalter des Gutes, der mit seiner Frau und etlichen Kindern und Enkeln in einem Haus beim Tor wohnte. Gerda liebte ihn wie einen leiblichen Onkel. Von klein auf hatte er sie auf den Bock des großen Schlittens gehoben und sie an seiner Seite sitzen lassen, wenn er die zwei schweren Pferde mit den unzähligen Glöckchen am Geschirr durch aufwirbelnden Schnee lenkte. Im Spätsommer, wenn die Wagen mit der Heuernte abfuhren, ließ er Gerda und Thomas ganz oben auf der duftenden Pracht thronen. Er sprach seltsam altertümlich, rollte und dehnte dabei das R, was lustig klang. Sein rechtes Auge bedeckte eine schwarze Klappe – wie bei einem Piraten.

Barduhn fuhr zu ihm herum. Der Hausdiener und der Verwalter waren einander nicht grün, das war unschwer zu erkennen. Sie waren Rivalen um die Gunst des Barons. Als Vorstand des Haushalts hatte Barduhn eine hohe Stellung inne, doch es war der Verwalter, der mit seinem Herrn auf vertrautem Fuß stand. Zudem schien Sliwitzky immer gut gelaunt und wagte sogar, auf seine betuliche Art mit Baron Westkamm zu scherzen.

Auch jetzt lächelte er. »Na, lauft schon, Kinder. Wenn jemand euch eine Predigt halten möchte, sagt ihm, der alte Sliwitzky hat euch seine Erlaubnis gegeben.«

Barduhn warf ihm einen Blick zu, in dem Gift waberte, dann wandte er sich wieder Gerda zu. »Also schön«, brummte er, um sein Gesicht zu wahren. »Weil nun einmal Ihr Geburtstag ist, mache ich eine Ausnahme. Aber wirklich nur ein kleines Weilchen, verstanden? Und wenn ich einen Mucks höre und Ihr Herr Vater sich gestört fühlt, setze ich den Kavalier eigenhändig vor die Tür.«

»Versprochen. Danke, lieber Barduhn.« Gerda schmiegte sich an den Arm des Hausdieners, dann ließ sie seine Hand los und griff nach der von Thomas. »Gott im Himmel! Deine Hand ist ja wie aus Eis«, rief sie und zog ihn an Barduhn vorbei in die Wärme des Windfangs. »Komm schnell, verkriechen wir uns an unserem Platz.«

Thomas' Glieder waren steif gefroren. Es kam ihm vor, als könnte er sie nicht bewegen, als müssten sie erst einmal auftauen, aber Gerda ließ ihm keine Zeit, sondern zog ihn weiter, durch die Halle mit der getäfelten Decke aus Ulmenholz und den gewaltigen Kronleuchtern, in den Gang zur Rechten hinein und in Richtung Wirtschaftstrakt. Die Küchenräume samt der Räucherkammer, dem Backhaus, der Meierei und der Speisekammer mit den bis unter die Decke gefüllten Regalen waren ein herrlicher Ort. Schon auf dem Gang strömten Thomas Düfte entgegen, die ihm das Wasser im Mund zusammenlaufen ließen: Majoran und Thymian zum Würzen der Krautwurst, gebackene Pflaumen und Äpfel zum Füllen der Schweinerippe, feine Schärfe von Mostrichsoße und Zucker, der mit Zimt und Nelken karamellisierte. Dazu das Geklapper von Töpfen, Pfannen, Geschirr und Besteck, das reinste Konzert.

In der großen, mit Dampf gefüllten Küche herrschte immer Leben. Da wurden Backwaren geknetet und Kompotte eingekocht, in hohen Töpfen brodelten Schwarzsauer, Pfefferkraut und Zusammengekochtes, über den Hackbrettern flogen Messer und Fleischklopfer, und am Tisch schuppte das Mädchen einen fettleibigen Barsch, der im gutseigenen Aufzuchtbecken gefangen worden war. Die Wärme war überwältigend. Lapienen beschäftigte eine Köchin, eine Kaltmamsell, zwei Küchenmädchen und einen Laufburschen, und sie hatten alle Hände voll zu tun.

Nicht selten hatte Thomas sich gefragt, wer all die Speisen, die hier tagein, tagaus zubereitet wurden, verzehrte. Aber Leben und Betrieb auf dem herrschaftlichen Gut, zu dem die Felder und Wälder bis zum Horizont gehörten, ließ sich mit dem beschaulichen Alltag auf Blaes nicht vergleichen. Lapienen war eine kleine Stadt für sich, und seine Küche musste gewiss eine Hundertschaft von Menschen verköstigen.

Gerda winkte Pauline, der Köchin, hastig zu, ehe sie mit Thomas weiter in die Speisekammer eilte. Von dort gelangte man durch eine Klappe im Boden und über eine Stiege in den Weinkeller, wo zwischen den Regalen mit unzähligen Einweckgläsern eine niedrige Tür in einen schmalen Anbau führte.

Dieser Raum wurde für gewöhnlich benutzt, wenn zu festlichen Anlässen viele Besucher erwartet wurden und zusätzliche Vorräte eingelagert werden mussten. Er war nicht wärmeisoliert, denn er hatte den Herren von Lapienen ein Jahrhundert hindurch als Eishaus gedient. Seit das Gut jedoch über eine der neuen Kältemaschinen verfügte, war kein eingelagertes Eis mehr nötig, und seit der Krieg den Festen ein Ende gesetzt hatte, diente der kleine Raum überhaupt keinem Zweck mehr.

Zumindest diente er keinem Zweck, von dem die Erwachsenen wussten, denn hier hatten Gerda und Thomas ihren geheimen Ort.

In einem Winkel hatte Gerda ihnen mit alten Pferdedecken und Polstern, die im Haus nicht länger benötigt wurden, eine Art Nest gebaut, eine Höhle, in die sie sich so tief verkrochen, bis sie die Kälte nicht mehr spürten. Es war so behaglich darin, so sicher, so weit von der Welt und ihren Sorgen entfernt.

Dort, in ihrem Versteck, bewahrten sie ihre liebsten Bücher auf: den uralten *Sagenschatz Westpreußens,* bei dem man die Seiten vorsichtig umblättern musste, weil das Papier schon bröckelte, Eduard Freybergs *Pommersche Sagen-Balladen, Romanzen und Lieder* und den prächtigen Bildband über die Stadt Danzig.

Mehr als drei Zugstunden weit von Schlochau entfernt lag Danzig, das legendenumwobene Zentrum der Hanse, Stadt des Deutschen Ordens und Perle des preußischen Reiches. Vor dem Krieg war Gerda einmal mit ihrer Familie in einem nahe gelegenen Seebad zur Sommerfrische gewesen und hatte Thomas wieder und wieder erzählt, dass sie niemals glücklicher gewesen sei als dort, und so war Danzig in seiner vom Meer umspülten Bucht für sie zu einer Art Märchenreich geworden, zu der Stadt, von der Gerda und Thomas träumten.

Wann immer sie in einem ihrer Bücher von einem besonderen Ort lasen, an dem es schöner und herrlicher sein sollte als sonst auf der Welt, sahen sie einander wortlos an und wussten:

Das muss in Danzig sein.

Der Bildband, den Gerda aus der Bibliothek des Gutes stibitzt hatte, half ihnen, sich an ihren Sehnsuchtsort zu träumen, in die verwinkelten Gassen, zwischen die Giebel und Türme, die Marktplätze und Denkmäler. Über die Seiten gebeugt, glaubten sie, das Salz des Meeres zu riechen, das Kreischen der Möwen zu hören und die majestätischen Schiffe vor sich zu sehen, die in den Hafen einfuhren. Zu diesem kostbaren Buch und den anderen geliebten Bänden würde sich nun Thomas' Geschenk gesellen.

»Schau, was ich habe«, rief Gerda und streckte ihm ihre kleine Hand entgegen. »Damit ich meinen Geburtstag richtig mit dir feiern kann.« Thomas war nicht entgangen, dass sie im Vorbeilaufen in das Glas gegriffen hatte, in dem Pauline den

Bruch von Pfefferkuchen aufbewahrte. Später verwendete die Köchin diesen für Saucen und braune Fische oder gab ihn zur Verfeinerung an Rotkohl, doch sie schimpfte nie, wenn Gerda eine Handvoll mitgehen ließ.

Paulines Pfefferkuchen mit Sirup, Rosenwasser und neunerlei Gewürzen waren ein Gedicht. Thomas fand, sie schmeckten, als wäre das ganze Jahr Weihnachten.

»Ich habe auch etwas für dich«, raunte er und kroch hinter Gerda in ihre Höhle. »Zu einem richtigen Geburtstag gehört ja nicht nur Kuchen. Dazu gehört auch ein Geschenk.«

Er nahm ihr den Pfefferkuchen ab und schob ihr das Buch in beide Hände.

»Für mich?«

Er nickte.

»Aber Thomas. Du sollst doch nicht dein Geld für mich ausgeben, sondern es für dich selbst aufheben.«

Gerda wusste, dass das Geld auf Blaes knapp war. Vor ihr schämte Thomas sich nicht. Und sie wusste auch, dass er später einmal zum Studieren in die Stadt wollte, am liebsten natürlich nach Danzig. »Geh in die Stadt und werde ein kluger Gelehrter«, ermutigte sie ihn immer wieder. »Sliwitzky sagt, wenn alle Menschen klug wären, würden sie sich weniger streiten, und mir ist alles recht – solange du nur hierher zurückkommst.«

»Aber natürlich komme ich zurück. Was soll ich denn anderswo als hier?«

»Wer weiß?«, hatte Gerda erwidert. »Meinen Bruder Eduard, den zieht's in die Welt, der will überall lieber sein als hier.«

»Ich bin aber nicht dein Bruder Eduard«, sagte Thomas, und sie umarmten sich, wie um einander zu versichern, dass sein Studium nun beschlossene Sache sei. Zum Studieren würde er Geld brauchen, vielleicht mehr, als sein Vater aufbringen konnte, und Gerda wollte, dass sie gemeinsam dafür sparten. Thomas aber schüttelte mit einem Lachen den Kopf. »Heute ist dein Geburtstag, da denke ich nicht ans Sparen, sondern nur an dich.«

»Ich hab' dich so lieb.«

»Ich dich auch. Jetzt komm schon – pack endlich aus.«

Langsam und andächtig wickelte Gerda das Buch aus dem Papier. »Oh, lieber Gott«, rief sie und schlug eine Hand vor den Mund. »Wie schön das ist. Ach, Thomas, wie schön.«

Thomas senkte verlegen den Kopf. Er blickte auf Gerdas Hand, die behutsam über den Einband des Buches streichelte. »Heute beim Frühstück hat meine Mutter gesagt, dass die ganze Welt hässlich ist«, murmelte sie. »Und ich war traurig, weil es doch mein Geburtstag ist … auch wenn ich natürlich nicht an etwas so Dummes wie meinen Geburtstag denken sollte, wo doch Crispin nicht mehr lebt und Eduard irgendwo da draußen herumirrt und friert …«

»Gerda«, unterbrach Thomas sie und legte den Arm um ihre Schultern. »Dein Geburtstag ist nichts Dummes, und die Welt ist nicht hässlich. Schon gar nicht hier bei uns.« Wie konnte jemand die Welt, die sie umgab, hässlich finden? Unwillkürlich sah er den Wangeriner See vor sich, an den er im Sommer mit Gerda zum Schwimmen ging. An seinem Ufer wucherte hohes Schilf, und wenn man sich zwischen den Halmen ins Wasser hineingleiten ließ, sah es aus, als tauchte man in Silber. Um die gesamte Westseite des Sees zog sich ein Wald aus Föhren, und an den endlosen Sommerabenden spiegelte sich im Wasser nicht nur die Schwärze der Bäume, sondern auch das Rotgold über ihren Wipfeln.

Sooft Thomas sich bedrückt fühlte, wann immer ihm der Mut sank, dachte er an die Schönheit um ihn herum, und etwas in ihm war wieder sicher, dass auf irgendeine Weise alles gut ausgehen würde und er in seiner Welt geborgen war.

»Nein«, sagte Gerda. »Jetzt, wo du hier bist und mir das Buch geschenkt hast, ist gar nichts mehr hässlich. Ach, Thomas, das muss das schönste Buch auf der Welt sein.«

»Dann ist es genau das Richtige«, sagte er. »Für dich.«

»Für uns beide.« Mit blitzenden Augen sah sie zu ihm auf. »Es ist unser Geheimnisbuch, ja?«

Still vor Spannung schlugen sie das Blatt mit dem Inhaltsverzeichnis um und blätterten weiter zum Beginn des ersten Märchens. Das Bild der weißen Königin füllte die gesamte Seite, die zu einer Hälfte im Blau des Himmels gefärbt war und zur anderen im Weiß einer verschneiten Landschaft. In verschlungener Schrift stand zwischen Weiß und Blau der Titel des Märchens:

Die Schneekönigin

2

März

Gerda von Westkamm war das jüngste Kind ihrer Familie. »Ein kleines Nachschrapsel an meinem Rockzipfel, den es nun wirklich nicht noch gebraucht hätte«, pflegte die Mutter ihren Freundinnen zu erzählen, wenn sie von den Nachbargütern zum Kaffee kamen. Dabei stöhnte sie leise.

Gerdas Schwestern, Adele und Leonie, mit denen sie sich das Zimmer teilte, waren fünfzehn und siebzehn Jahre alt. Sie spielten nicht mehr mit dem Puppenhaus oder dem Kasperletheater, sie lasen auch keine Märchenbücher, sondern unterhielten sich über erwachsene Dinge: Adele sprach gern über ihre Verehrer, über Frisuren und die Wäsche in ihrem Aussteuerschrank, und Leonie sprach am liebsten über Pferdezucht und die zahlreichen Probleme, die es dabei zu bewältigen galt. Wenn Gerda Adele und Leonie reden hörte, bekam sie ein bisschen Angst vor dem Erwachsenwerden, so ausgemacht langweilig war es, ihnen zuzuhören.

Zumindest für Mädchen.

Das Leben ihrer Brüder fand sie bei Weitem interessanter. Eduard, der zwanzig war, hatte einmal gesagt, er würde gern durchbrennen und zum Theater gehen, und überhaupt sei er für die Ruhe auf dem Land nicht gemacht, sondern liebe den Trubel in der Stadt. Vor dem Krieg, wenn der Vater ihn zu den Getreidemärkten in Stettin und Danzig mitgenommen hatte, war Edi aus dem Schwärmen gar nicht mehr herausgekommen.

Crispin hingegen war ein großer Reiter gewesen, ein Schwimmer und Wagenlenker, der beim alljährlichen Ernte-Rennen der Zweigespanne den Siegerpokal davontrug. Er hatte sich darauf gefreut, auf Lapienen Gutsherr zu werden, war, wie der Vater und sämtliche Nachbarn sagten, für diese Aufgabe wie gemacht. Er war zweiundzwanzig Jahre alt gewesen, achtzehn, als der Krieg begann, und älter würde er nun nicht mehr werden.

Das bedeutete, dass Gerda eines Tages mehr Jahre zählen würde als ihr ältester Bruder, und das war unvorstellbar traurig. Wenn sie daran dachte, wünschte sie sich, sie könnte immer ein Kind bleiben, das sich mit seinem besten Freund in der hintersten Speisekammer verkroch und Märchen las.

Thomas hatte keine Geschwister, keine lebenden und keine

toten, und Gerda war nicht viel besser dran, weil sie ein Nachschrapsel war, mit dem die älteren nichts anfangen konnten. Aber sie hatten einander. So wie es im Märchen von der Schneekönigin stand: »Sie waren nicht Bruder und Schwester, aber sie hatten sich ebenso lieb, als wenn sie es gewesen wären.«

Thomas schwor Stein und Bein, er habe ihr das Buch gekauft, ohne zu wissen, dass das erste Märchen darin – ihr liebstes – von ihnen handelte. Er hatte nicht gewusst, dass der Junge und das Mädchen in der Geschichte ebenfalls Nachbarskinder waren, dass sich die Zweige der Rosenstöcke genauso um die Fenster ihrer Häuser schlängelten und sie im Sommer mit einem Sprung beieinander waren, während es im Winter mit all dem Schnee viel schwieriger war. Am meisten verblüffte beide, dass das Mädchen aus dem Märchen auch den Namen Gerda trug.

Gerda und Kay, so hießen die zwei.

Kay, fand Gerda, war ein ebenso hübscher Name wie Thomas, beide klangen nach einem Burschen, der klug und mutig, manchmal geradezu leichtsinnig und ein bisschen vorschnell war, aber durch und durch anständig – einfach der beste, den es gab.

Seit Thomas ihr das Buch geschenkt hatte und seit sie zusammen das Märchen von der Schneekönigin gelesen hatten, waren sie beide gefangen im Zauber der Geschichte. Sie hatten sich schon in manche hineingedacht und ihr im Spiel ein neues Ende erfunden, aber jetzt beschäftigten sie sich nur noch mit dieser einen. Mit der Geschichte von Gerda und Kay, die Nachbarskinder waren, gemeinsam am Fenster saßen und durch ein Guckloch in der winterlich beschlagenen Scheibe dem wirbelnden Tanz der Schneeflocken zusahen. Bis Kay eines Tages Gerdas Großmutter fragte: »Die

Schneeflocken, die so schwärmen wie Bienen – haben die auch eine Königin?«

Es war eine Frage, wie Gerda und Thomas sie hätten stellen können, obwohl sie gar keine Großmutter hatten. Thomas hatte einen Großvater in Graudenz, der nur selten zu Besuch kam, aber wundervolle Briefe schrieb. Gerda hatte den lustigen Onkel Hutz, ihren Taufpaten, der dem Alter nach ein Großvater hätte sein können, doch ihre wirklichen Großeltern hatte sie nie gekannt. Die Großmutter im Märchen hatte Kay zur Antwort gegeben: »Freilich haben sie eine. Sie ist die größte von ihnen, und nie bleibt sie ruhig auf Erden, sie fliegt weiter in die schwarze Wolke hinauf.«

Als Gerda und Thomas in ihrem Versteck im alten Eishaus diese Zeilen zum ersten Mal gelesen hatten, hatte Gerda gespürt, dass die schwarze Wolke nichts Gutes bedeutete und dass auch um die Schneekönigin etwas war, das nichts Gutes verhieß. Im Märchen hatte der vorwitzige Kay sich nicht einschüchtern lassen.

Gerda aber – die Gerda in der Geschichte und die echte in den Decken – wusste, dass es so einfach nicht war. Die Schneekönigin musste etwas mit dem Spiegel zu tun haben, der im ersten Kapitel des Märchens zersprungen war, und jenen Spiegel hatte der Teufel gemacht. Was er spiegelte, wurde hässlich, so schön es zuvor auch gewesen sein mochte, und irgendwann gab es kein Land und keinen Menschen mehr, den der Teufelsspiegel nicht verzerrt zurückgegeben hätte. Als aber der Spiegel zersprang, da wirbelten die Splitter umher wie Schneeflocken und trafen Menschen ins Auge oder ins Herz. Wer einen solchen Splitter ins Auge bekam, konnte künftig keine Schönheit mehr sehen, sondern nahm alles abscheulich und entstellt wahr wie durch den teuflischen Spiegel.

Einen Splitter ins Herz zu bekommen war jedoch noch weit schlimmer, denn wem das geschah, dem gefror das Herz in der Brust zu Eis.

Manchmal musste Gerda das Buch niederlegen, wenn sie an die Stelle kamen, wo dies mit Kay geschah, weil sie es kaum ertrug. Kay und Gerda aus dem Märchen hatten ein Buch angeschaut, so wie Thomas und sie, und als die Turmuhr fünf schlug, fuhr Kay ein Splitter ins Auge und ein zweiter ins Herz. Nicht lange zuvor hatte er eines Abends geglaubt, die Schneekönigin an seinem Fenster vorüberfliegen zu sehen, ihr Winken, mit dem sie ihn einlud, ihr zu folgen.

An dieser Stelle erfasste Gerda von Zeit zu Zeit eine Furcht, die allzu groß war. Furcht lebte in jedem Zimmer, auf jedem Gang des riesigen Hauses, in dem sie wohnte, und hier unten, wo sie mit Thomas ihren Frieden hatte, wollte sie davor sicher sein.

Aber sie war nicht sicher. Nirgendwo. Je länger der Krieg dauerte, desto unaufhaltsamer kroch die Angst in jede Ritze, und auch heute fühlte sie sich von ihr erfasst. In der Frühe hatte sie geglaubt, der weichere Wind über den Äckern würde schon eine Botschaft vom Frühling in sich tragen. Seit Mittag aber war das Wetter wieder umgeschlagen, der Wind pfiff wie eine Peitsche, und Thomas war bis auf die Haut durchnässt gewesen, als er auf Lapienen ankam. Gerdas Blick fiel auf seinen abgeschabten Mantel. Sie wusste, dass seine Mutter ihm keinen neuen kaufen konnte. Das Geld auf Blaes war noch knapper geworden, und Thomas' Vater galt nun auch als vermisst. Zu gern hätte sie ihm einige der nicht mehr benötigten Winterkleider ihrer Brüder geschenkt, die für gewöhnlich an die Kinder des Gesindes gegeben wurden, aber Thomas war kein Gesindekind. An die Söhne von Nachbargütern verschenkte man keine abgelegte Kleidung, und als sie es ihm dennoch vorgeschlagen hatte, war Thomas gekränkt gewesen.

Warum war das so? Warum fühlte sich selbst ihr bester Freund in seinem Stolz verletzt, wenn sie ihm etwas Gutes tun wollte, warum tat sich auf einmal eine Wand zwischen ihnen auf? Gerda spürte, wie ihr die Brust eng wurde, als legte sich eine Eisenzwinge darum.

»Ach, meine Gerda.« Thomas legte den Arm um sie und lächelte sie an. »Was macht dir denn schon wieder solche Angst?«

»Das weißt du doch«, sagte Gerda und wies auf die Seite des Märchenbuchs. »Die beiden Glassplitter. Dein Herz, das zu Eis wird, und dein Auge, das in allem nur noch das Hässliche sieht.«

»Nicht *mein* Herz. Und nicht *mein* Auge.« Das Lächeln in seiner Stimme tat Gerda so wohl, dass sich die Eisenzwinge ein Stück weit öffnete. »Nur die von Kay. Ich bin ein bisschen wie er, und wir zwei haben uns ganz schön tief in die beiden hineingedacht. Aber ich könnte doch niemals unsere Rosen hässlich finden oder unsere Bücher, und weißt du, was ich am wenigsten könnte?«

»Was?«

»Von dir weggehen.«

Das nämlich tat Kay. Mit dem Splitter im Herzen begann er, Gerda zu verhöhnen, und zum Spielen lief er fortan zu den wilden Jungen. Als die Schneekönigin auf ihrem weißen Schlitten heranglitt, konnte er ihr nicht widerstehen, sondern knotete seinen kleinen Schlitten hinten an ihrem fest und brauste mit ihr davon.

»Wirklich nicht, Thomas?«, fragte Gerda. »Im Augenblick kommt es mir vor, als gingen alle weg. Mein Vater auch. Onkel Hutz meint, er ist zu alt für den Krieg, aber nun ist er doch aufs Amt gegangen, und sie haben ihn genommen. Weil sie jeden Mann brauchen. Weil sonst die Polen unser Land überrollen.«

»Die Polen?« Thomas zog die Brauen über der Nasenwurzel zusammen. »Aber Polen ist doch gar kein eigener Staat, der dem unseren den Krieg erklären könnte. Mein Vater hat mir erklärt, es gibt Polen, die auf unserer Seite kämpfen, und andere, die für Russland kämpfen mussten, aber Russland steht inzwischen ja nicht einmal mehr im Krieg.«

»Aber mein Vater sagt, die Polen wollen unser Land«, beharrte Gerda und hörte, wie ihr Herz dumpf pochte. »Und Barduhn sagt, wenn mein Vater die Polen nicht aus dem Haus wirft, ist er es, der geht, denn mit dem Pack lebt er nicht länger unter einem Dach.«

Aus Thomas' Gesicht schwand das Lächeln. Er schien verwirrt. »Sliwitzky ist Pole«, murmelte er.

Gerda nickte. »Sliwitzky ist der Allerbeste, und es macht mich ganz traurig, wenn Barduhn ihn beschimpft. Wera aus der Küche ist auch Polin, und Pauline sagt, ohne Wera bekommt sie keinen properen Mohnstollen mehr gerollt, weil die Polen-Wera Zauberhände hat.«

»Das ist es«, sagte Thomas. »Deutsche und Polen leben hier Seite an Seite, der eine kann dieses, und der andere kann jenes. Nowak von der Löwenapotheke in Schlochau ist zum Beispiel auch Pole, und mein Vater sagt, sein Magentonikum würde er sich im ganzen Reich von keinem andern mischen lassen.«

»Mutter schickt die Anni auch zum Nowak nach ihrer Arznei«, sagte Gerda. »Und die Erntearbeiter sind alle Polen. Wenn keine Polen zur Ernte kämen, sagt Sliwitzky, würde der Weizen auf den Halmen verkommen und die Kartoffeln in der Erde.«

»Na siehst du.« Thomas zog sie dichter an sich. »Mein Großvater in Graudenz ist auch Pole. Hast du das gewusst?«

»Nein«, sagte Gerda verwundert. »Aber wenn dein Großvater Pole ist, ist dann deine Mutter nicht auch …« Sie brach ab.

»Darüber habe ich noch nie nachgedacht«, bekannte Thomas. »Meine Mutter war für mich einfach immer Mamuśka, die liebste Mutter der Welt.«

»Nun ja. Mamuśka. Besonders deutsch klingt das nicht.« Gerda musste lachen und fühlte sich erleichtert. »Aber du hast recht, deine Mutter ist die liebste der Welt, und Blaubeersuppe schmeckt nirgends so gut wie bei ihr. Was ist wichtig daran, ob jemand Pole oder Deutscher ist, wenn er so sehr zum Liebhaben ist?«

Sie lachten ein bisschen. Dann nahmen sie ihr Buch wieder auf, doch statt weiterzulesen, blätterten sie durch die Seiten und sahen sich die schönen Bilder an. Die Krähe, die der Märchen-Gerda auf ihrer Suche nach Kay zu Hilfe kam, mochte die echte Gerda besonders gern. Sie hatte große, blanke Knopfaugen über einem gebogenen Schnabel und sah neugierig und gewitzt aus.

»Wenn erst der Krieg zu Ende ist, wird es besser, glaubst du das nicht auch?«, fragte sie Thomas. »Er reißt so viele Menschen auseinander, und vielleicht ist es das, was sie böse macht. Meine Mutter hat Wera eine Ohrfeige gegeben, weil sie gezuckerte Milch verschüttet hat. ›Weißt du dummes Ding, was Zucker kostet?‹, hat sie geschrien, aber ich glaub', in Wirklichkeit ist sie nur traurig.«

Thomas überlegte und zog dabei die Stirn in Falten, was Gerda manches Mal zum Lachen brachte. Aber nicht heute. »Meine Mutter ist auch traurig«, sagte er. »Nur wird sie davon nicht böse, sondern weint. Wenn ich ins Zimmer komme, wischt sie sich schnell über die Augen und versucht zu lächeln, aber ich bin ja nicht blind. Als mein Vater nach seinem Urlaub wieder abreisen musste, hat sie mit ihm unter dem Vordach gestanden. Sie haben sich in den Armen gehalten und geweint.«

»Dein Vater auch?«, fragte Gerda erstaunt.

Thomas nickte. »Sicher wär's ihm nicht recht, dass ich davon weiß, aber warum denn nicht? Er hat meine Mutter doch so lieb, und wenn ich von dir wegmüsste, würde ich auch weinen.«

»Ich hab' meinen Vater noch nie weinen sehen«, sagte Gerda. »Nicht einmal, als das Telegramm kam, in dem stand, dass Crispin nicht mehr lebt.«

»Vielleicht weint er, wenn du nicht zusiehst.«

»Ja, vielleicht.« Gerda blätterte im Buch zurück und sah ein Bild an, auf dem Kay und Gerda einander in den Armen hielten. »Er hat wohl auch meine Mutter lieb, wenn ich nicht zusehe. Und meine Brüder und Schwestern.«

Thomas senkte ebenfalls den Blick. »Und dich?«, fragte er.

»Mich bemerkt er gar nicht«, erwiderte Gerda. »So kommt es mir zumindest vor.«

»Ich brauch' dich«, rief Thomas entsetzt und zog sie wieder an sich. »Und ob man jemanden lieb hat, hat doch nichts damit zu tun, ob man ihn braucht. Seneca, unser Jagdhund, ist zu nichts mehr nütze und liegt in der Küche vor dem Ofen herum, sodass die Stine über ihn stolpert oder auf seine langen Ohren tritt. Aber lieb haben wir ihn alle, und meine Mutter päppelt ihn mit Schabefleisch und Gänseklein, damit er bei Kräften bleibt.«

»Bei euch ist das anders.« Gerda ließ sich in seine Arme fallen und spürte einen Augenblick lang nur die Wärme der Decken und das Pochen seines Herzens. »Das mit dem Weinen und das mit der Liebe. Meine Mutter hat über Crispin kurz geschnieft, und zu mir hat sie gesagt, sie kann heulende Kinder nicht leiden. Liebe ist bei uns eine Belohnung dafür, dass man etwas besonders gut gemacht hat und besonders nützlich war. Bei euch dagegen ist sie – ach, ich weiß auch nicht, bei euch ist sie einfach Liebe.«

»Einfach Liebe, ja.« Thomas lachte. »Und bei mir ist es beides. Ich hab' dich doppelt lieb, weil meine Liebe einfach Liebe ist und weil du alles besonders gut machst und besonders nützlich bist.«

Gerda musste jetzt auch lachen, und das Leben war wieder schön. »Wenn wir zusammen sind, kommt es mir immer vor, als ob alles gut wird. Aber für den armen Crispin, für den kann nichts mehr gut werden.«

»Das wissen wir ja nicht«, sagte Thomas tröstend. »Vielleicht ist er im Paradies, und da ist es viel schöner als hier.«

»Glaubst du das?«

Ohne zu zögern, schüttelte er den Kopf. »Nein. Nicht schöner als hier. Das kann nicht sein. Aber vielleicht ist es anders schön.«

Gerda befreite sich und blickte zu ihm auf. »Wenn ich an Crispin denke, ist mir, als wenn er nirgendwo mehr wäre«, sagte sie. »Sein fescher Landauer steht in der Remise, sein Schlitten lehnt an der Wand, und das Fohlen, das er aufgezogen hat, das ist schon ein junger Hengst. Wie kann es sein, dass er selbst einfach nicht mehr da ist? Wenn er ein Grab hätte wie das von den Großeltern auf dem Kirchhof, wäre es vielleicht anders. So aber ist es, als hätte Lehrer Sägebrecht ihn mit Kreide an die Tafel gemalt und am Ende des Unterrichts weggewischt.«

Sie spürte, wie Thomas schauderte. »So ist es nicht, Gerda«, sagte er. »So kann es nicht sein. Die fürs Vaterland gefallenen

Soldaten liegen ja begraben, nur eben in Flandern oder Russland oder im Osmanischen Reich. Wenn es wärmer wird und der Boden nicht mehr gefroren ist, nehmen wir etwas, das Crispin gehört hat, und graben es auf dem Kirchhof ein, ja? Gleich neben deinen Großeltern. Damit er hier auch ein Grab hat.«

»Meinst du, das dürfen wir? Auf dem Kirchhof graben, in geweihter Erde?«

Thomas dachte nach. »Wir tun ja nichts Unrechtes«, sagte er dann. »Was sollte Gott dagegen haben, dass du dir einen Ort wünschst, an dem du an deinen Bruder denken kannst?«

Die Antwort leuchtete Gerda ein, und sie spürte ein wenig Erleichterung. Jetzt wollte sie nicht mehr reden, wollte sich nur noch mit Thomas in ihrem Nest zusammenrollen, ihre Bücher anschauen und auf Traumreise gehen.

Zum Schönsten am Zusammensein mit Thomas gehörte, dass er so oft das Gleiche wollte wie sie. Jetzt blieb er mit ihr liegen, und statt einander Fragen zu stellen, hörten sie ihren Atemzügen zu. Im Sommer würden sie nach dem Schwimmen so im Schilf liegen und die Sonne auf der Haut spüren, die die Erinnerung an die Kälte des Wassers vertrieb. Noch schien der Sommer weit weg, doch wenn erst der Schnee schmolz, würde die Zeit verfliegen. Das Leben ging weiter, und irgendwann würde auch der Krieg zu Ende sein.

Die rostige Klinke wurde heruntergedrückt, und mit einem Quietschen in den Angeln schob sich die Tür auf. Thomas und Gerda schreckten hoch, als hätten sie etwas Verbotenes getan.

»Gnädiges Fräulein.« Sliwitzky rollte das R, aber heute klang es nicht lustig. »Und Sie, mein junger Herr Thomas. Leider muss ich Sie stören.«

»Sie stören uns doch nicht, lieber Sliwitzky«, rief Gerda eilig. »Wir haben nur in einem Buch gelesen. Ist es schon Zeit, muss Thomas heim und ich hinauf zum Abendessen?«

»Wegen des Abendessens nur keine Sorge, bis dahin bleibt Ihnen noch beinahe eine Stunde«, antwortete der Verwalter mit der ihm eigenen, leicht betulichen Höflichkeit. »Aber Ihr junger Freund wird zu Hause erwartet.« Er wandte sich an Thomas: »So leid es mir tut, Sie müssen gleich mit mir kommen. Ihre Mutter hat den Burschen mit dem Wagen nach Ihnen geschickt.«

Gerdas Herz, das sich gerade beruhigt hatte, begann von Neuem hart und dumpf zu pochen. Vor ihren Augen glaubte sie, die schwarze Wolke aufziehen zu sehen, in der die Schneekönigin verschwand. Es wurde kalt im Raum. Thomas' Mutter hatte nur noch den einen Burschen und einen uralten Knecht als Hilfe, um das Gut zu bewirtschaften. Sie hätte jenen unentbehrlichen Jacek gewiss nicht mit dem Gespann nach ihrem Sohn geschickt, wenn nicht etwas Furchtbares geschehen wäre.

Thomas war totenbleich geworden. Gerda setzte sich auf und packte seine Hand. Ihre Finger schlossen sich um seine, ertasteten die Wärme seiner Haut. »Ich bin für dich da«, flüsterte sie. »Was auch geschehen ist – ich bin hier und warte auf dich.«

ZWEITE GESCHICHTE

Lapienen bei Schlochau
Westpreußen
Februar 1926

*»Die Schneekönigin küsste Kay noch einmal,
und da hatte er die kleine Gerda,
die Großmutter und alle daheim vergessen.«*

Hans Christian Andersen: »Die Schneekönigin«

3

»Gefällt es dir wirklich, Leo? Findest du, dass es mir steht?«

Gerda drehte sich zwischen Bett und Spiegel und ließ den königsblauen, am Saum mit goldener Borte verzierten Rock um ihre Fesseln schwingen. Die Borte hatte Anni, das Hausmädchen, auf den blauen Seidenstoff appliziert, damit niemandem auffiel, dass das Kleid einmal einer anderen gehört hatte und für Gerda ausgelassen worden war. Gerda fand, dass es mit dieser Borte erst recht zu einem besonderen Kleid wurde, einem Märchenkleid wie aus einer ihrer Geschichten.

»Jaja, es steht dir, und nun gib endlich Ruhe, du eitler Fratz.« Leonie, Gerdas älteste Schwester, saß vor dem Frisiertisch, den die drei Westkamm-Töchter sich bis zum heutigen Tag geteilt hatten, und befestigte weiße Seidenblumen an Steckkämmen, mit denen sie selbst, Gerda und ihre Cousine Elsbeth sich das Haar schmücken wollten. Die drei würden Brautjungfern sein. Sie hätten einheitlich geschneiderte Kleider tragen sollen, doch die Zeiten waren nicht mehr wie einst. Zwei Kleider eigens fertigen zu lassen schlug heftig genug zu Buche, und ohnehin kostete die ganze Hochzeit ein Vermögen. Was für ein Glück war es da gewesen, dass sich in dem Gepäck, mit dem Cousine Elsbeth und ihre Mutter, Tante Benigna, vor sechs Jahren auf Lapienen eingetroffen waren, ein Kleid fand, das den zwei anderen halbwegs ähnelte.

»Wenn meine Töchter abgelegte Kleider auftragen müssen, wie sollen sie da eine akzeptable Partie machen?«, hatte die

Mutter sich empört, aber Tante Benigna, ihre Schwägerin, hatte ihre Entrüstung beiseitegewischt. »Mach du erst einmal durch, was ich durchgemacht habe, dann regst du dich über solche Bagatellen nicht mehr auf«, hatte sie gesagt. »Außerdem kriegst du ja jetzt das erste deiner Mädchen unter die Haube, ein Glück, auf das meine arme Elsbeth wohl vergeblich hoffen wird.«

Tante Benigna und Cousine Elsbeth stammten nicht aus Westpreußen, sondern aus dem baltischen Kurland, wo auch Gerdas Mutter geboren worden war. Tante Benigna war die Frau von Mutters Bruder, und das Gut, das die Familie besessen hatte, war so groß, dass Lapienen dagegen zu einem läppischen Vorwerk schrumpfte. Jedes Mal, wenn die Mutter von dem Gut derer von Bistram erzählte, wurde es größer und prächtiger, und ihr Bruder, Julius von Bistram, war ein strahlender Offizier und Held gewesen.

Der russische Zar aber hatte das Vermögen baltendeutscher Adliger konfisziert, um seinen Krieg zu finanzieren. Als der dann zu Ende war, der Zar gestürzt und erst die Bolschewisten und anschließend lettische Demokraten die Macht übernahmen, hatten sie den Baltendeutschen auch noch ihr Land genommen. Onkel Julius, den Gerda nie kennengelernt hatte, war der Mutter zufolge an gebrochenem Herzen gestorben, und Tante Benigna und Elsbeth hatten auf Lapienen Unterschlupf suchen müssen.

An den zusätzlichen Essern lag es jedoch nicht, dass das Gut seit Jahren in Geldnöten steckte. Die »polnischen Landräuber« seien schuld, schimpfte der Vater, die »Novemberverbrecher« und der »Schandvertrag von Versailles«. An all diese hässlichen Tiraden, die ihr um die Ohren surrten, wollte Gerda jetzt aber nicht denken. Heute war ein Freudentag. Adele würde heiraten, aus der gesamten Umgegend würden

Gäste kommen, und sie selbst trug ihr erstes erwachsenes Festkleid. Sie drehte sich noch einmal, sah sich im Spiegel dabei zu und spürte Verlegenheit in sich aufsteigen, weil sie sich in der blau-goldenen Seide regelrecht hübsch fand.

»Jetzt lach doch einmal, Leo«, rief sie ihrer Schwester zu. »Adele wird die schönste und glücklichste Braut sein, selbst unseren Vater hab' ich noch über gar nichts schimpfen hören.«

»Dafür schimpfe ich gleich umso mehr«, erwiderte Leonie und schleuderte den zierlichen Haarschmuck zwischen die Tiegel und Flakons auf den Tisch. »Weshalb muss ich mir eigentlich an diesem elenden Fitzelkram die Finger brechen, und wo stecken Anni und Nette, wenn man sie braucht?«

»Überall gleichzeitig«, gab Gerda wahrheitsgemäß zur Antwort. »Die zwei müssten acht Arme haben, wie Meeresungeheuer, um alles zu bewältigen.« Seit die Wera entlassen worden war – angeblich hatte man sie beim Stehlen erwischt –, fehlte eine Kraft in der Küche, was den Hausmädchen noch mehr aufbürdete.

Leonie seufzte. »Es heißt nicht Meeresungeheuer, sondern Kraken, beste kleine Schwester. Du bist siebzehn Jahre alt, himmelst dich selbst im Spiegel an und liest trotzdem noch immer viel zu viele Märchen.«

Gerda hielt inne, und die Schwestern tauschten ein Grinsen. *Neuerdings schreib' ich sogar welche,* wäre es ihr fast entschlüpft, aber von diesem Geheimnis sollte kein Mensch etwas wissen!

Kein Mensch außer Thomas.

Für ihn schrieb sie auf, was sie ihre Kindheit hindurch erdacht hatten: all die Geschichten von Irrlichtern, in denen die Seelen ungetaufter Kinder flackerten, von Wassernymphen und Werwölfen, von unter der Erde hausenden Zwergen und durch die Lüfte wirbelnden Geistern. Einmal hatte sie Thomas gestattet, eine Auswahl ihrer Märchen seiner Mutter zu zeigen, und Milenka von Merwitz war genauso beeindruckt gewesen wie ihr Sohn.

Thomas hatte Gerda davon erzählt: »›Mamuśka, wo nimmt sie das nur alles her?‹, habe ich sie gefragt, von woher fliegen ihr all diese Geschichten zu? Und weißt du, was sie geantwortet hat? ›Mir kommt es vor, als ob unser Land selbst sie ihr erzählt. Unser Land mit seinen schwarzen Wäldern und spiegelnden Seen, den hohen Himmeln und den sturen, starken Menschen. Deine Gerda hört zu. Deshalb kommen die Geschichten zu ihr.‹«

Gerda hatte das Gefühl gehabt, vor Stolz zu glühen. Thomas' Mutter, die so viel las und so viel Kluges von sich gab, hatte ihre Geschichten gemocht und sie genauso verstanden, wie Gerda selbst sie verstand. Als etwas, das Land und Leute ihr und Thomas erzählten. Zuweilen waren die Leute, die es als Erste erzählt hatten, schon seit Hunderten von Jahren tot. Die Geschichten jedoch wurden von einem zum anderen weitergegeben und hielten so einen Funken von den ursprünglichen Erzählern lebendig. Gerda und Thomas spürten, dass sie mit ihnen verbunden waren.

Von Leonie war etwas Ähnliches allerdings nicht zu erwarten. Leonie war so bodenständig wie eine preußische Eiche. Mit Dingen, die man weder sehen noch anfassen und schon gar nicht riechen konnte, tat sie sich schwer. Sie war das Drittgeborene der Westkamm-Kinder, die erste Tochter und, seit die Nachricht von Eduards Tod eingetroffen war, das älteste Kind des Hauses. Demzufolge wäre es ihr, nicht der jüngeren Adele, zugekommen, als Erste zu heiraten und ihren Mann zum Erben des Guts zu machen. Als die Mutter noch vor Ablauf des Trauerjahres begonnen hatte, sämtliche ledige Söhne von den Gütern der Umgegend zu Geselligkeiten einzuladen, waren diese Leonie als mögliche Heiratskandidaten zugeführt worden.

Allzu viele waren es nicht gewesen. Beinahe die Hälfte aller jungen Männer aus diesem Teil Westpreußens waren im Krieg geblieben, auch wenn Gerda diesen Ausdruck falsch fand – als hätten sie freiwillig beschlossen, irgendwo anders zu bleiben, wo es ihnen besser gefiel als in ihrer Heimat.

Dieser Teil Westpreußens war im Übrigen der einzige, der noch zu Deutschland gehörte, denn nach dem verlorenen Krieg hatte der Vertrag von Versailles geregelt, dass das Hinterland der neu gegründeten Republik Polen zugeschlagen wurde. Gerda hatte sich als Kind nicht vorstellen können, was für eine Rolle es spielte, ob ihr Hinterland polnisch oder deutsch regiert wurde. Da ihr Vater aber nicht müde wurde, alles Übel auf den »polnischen Landraub« zu schieben, wusste sie nicht mehr, was sie glauben sollte.

Junge Leute zogen in Scharen aus Westpreußen fort, um sich anderswo eine Zukunft aufzubauen. So war für Leonie nur noch eine kleine Handvoll Anwärter infrage gekommen, und mit keinem hatte sich etwas ergeben. »Für mich hat sich eben keiner entschieden«, hatte Leonie bekundet. Aber sie klang kein bisschen traurig dabei, und Gerda wurde den Verdacht nicht los, dass es in Wahrheit die Schwester selbst gewesen war, die sich gegen all die jungen Männer entschieden hatte.

In jedem Fall hatte Bernhard Krochow zu Wallraben, einer der bevorzugten Kandidaten, nach einem Souper und zwei Tanztees um Adeles Hand angehalten. Der Vater hatte die Hoffnung, eine seiner Töchter könne dem Familiensitz durch eine günstige Heirat aus der Klemme helfen, bereits so gut wie verloren, doch umso eifriger stürzte er sich mit Bernhards Vater in Verhandlungen. Man wurde sich einig, und heute würden sich Bernhard und Adele in der Peter-und-Paul-Kapelle das Jawort geben.

Bernhards Vater war Herr über Gut Wallraben, das zwar von der Anzahl der Hufen her kleiner war, aber deutlich rentabler bewirtschaftet wurde als Lapienen. Frühzeitig hatten die Krochows die kostspielige Zucht edler Reitpferde aufgegeben und sich auf schwerere Tiere für die Artillerie verlegt. Sie betrieben Schweinemast und setzten weiterhin auf den Anbau von Weizen, Roggen und Kartoffeln. Die Transportkosten für Maschinen, Kohle, Öl und Dünger waren ins Unermessliche gestiegen, seit die Reste Posens und Westpreußens zum Grenzland geworden waren, doch das schien Rudolf Krochows Betrieb nichts anzuhaben.

Wallraben war liquide und effizient organisiert. Lapienen seinerseits besaß den Zauber der alten, verlorenen Welt, den Klang seines Namens und die Tradition. Zudem verfügte es über weitläufige Flächen ausgezeichneten Ackerlandes, die größtenteils brach lagen, weil die Mittel fehlten, sie zu bestellen. Von einer Verbindung zwischen ihnen würden beide profitieren.

Bernhard war als Zweitgeborener zwar nicht der Erbe, aber das kam Gerdas Vater zupass: Der Älteste würde Wallraben erben, das auf gesunden Füßen stand, und gewiss wünschte Rudolf Krochow auch seinem jüngeren Sohn ein prosperierendes Gut. Er würde nicht zögern, in Lapienen zu investieren.

All das freute Gerda für ihren Vater und natürlich für alle, die auf Lapienen zu Hause waren: für die Häusler und Kätner in den einstigen Fischerhütten wie für die Störche, die auf den Dächern der Gesindehäuser nisteten. Wichtiger als Geld musste jedoch die Liebe sein, selbst wenn Leonie hundertmal tönte, solches Gerede gehöre in Gerdas Märchenbücher. Und weil Liebe das Wichtigste war, freute sich Gerda vor allem für ihre Schwester Adele.

In dem schneeweißen Brautkleid, das in Danzig geschneidert worden war, würde Adele am Arm ihres Vaters ihrem Liebsten entgegenschreiten. In der Kapelle, einst allein den Bewohnern des Gutes vorbehalten, würden die Glocken läuten und den Bund besiegeln, der Adele und Bernhard bis ans Ende ihrer Tage verband. Für Gerda hatte es durchaus etwas Märchenhaftes, dass zwei Menschen beschlossen, nicht allein durch ihr Leben zu gehen. Sie wünschte Adele, dass sie mit ihrem Bernhard so glücklich wurde, wie Thomas' Mutter Milenka mit ihrem Mann gewesen war.

Bis Claudius von Merwitz in den Krieg gegangen und wie so viele nicht mehr zurückgekommen war.

»Und ich würde trotzdem nicht tauschen«, hatte die Mutter zu Thomas gesagt. »Ich bin sehr glücklich gewesen, und von so viel Glück kann unmöglich nichts übrig bleiben, also mach dir um mich keine Sorgen.«

Genau das wünschte Gerda ihrer Schwester: ein Glück, das so so groß war, dass davon immer etwas übrig blieb und nicht einmal ein Krieg es zu zerstören vermochte. Sie und Adele hatten einander nie nahegestanden, denn die sechs Jahre jüngere Schwester war für Adele ein Klotz am Bein gewesen. Jetzt aber fühlte Gerda sich ihr verbunden. Musste von einem so großen Glück, das ins Haus einzog, nicht auch etwas auf Bewohner und Besucher abfallen, die traurig waren? Gerdas Eltern, Leonie und all die anderen Familien, in deren Reihen Lücken klafften.

Und auf Thomas, dachte Gerda. Er würde zu Ostern das Gymnasium in Schlochau abschließen, zweifellos als Bester seines Jahrgangs, auch wenn er sich nie mit seinen Noten brüstete. Wenn alles gut ging, würde er im Herbst in Breslau sein Studium der Geschichte und Philosophie antreten. Gerda konnte sich kaum ein Leben ohne ihren besten Freund vorstellen, doch sie wusste, wie sehr Thomas sich dieses Studium wünschte. Und wenn er es sich wünschte, dann wünschte Gerda es sich auch.

Sie waren eben keine Kinder mehr, und die Zeit ihres Verstecks in der Eiskammer war vorbei. Sie trafen sich ohnehin nicht mehr so häufig, zum einen weil Thomas für die Schule zu lernen hatte, und zum andern weil es sich auf einmal fremd anfühlte. Wenn Gerda es recht bedachte, hatte ihre Freundschaft sich schon vor langer Zeit zu wandeln begonnen, damals im letzten Kriegsjahr, als Thomas an ihrem geheimen Ort erfahren hatte, dass sein Vater gefallen war. Fortan hatte er sich mit dem Erwachsenwerden beeilen müssen, und sie tat es mit ihm. Sie kamen weiter zusammen, doch standen sie sich oft verlegen gegenüber und wussten nicht, was sie miteinander anfangen sollten.

Menschen veränderten sich. Die ganze Welt veränderte sich, so sehr, dass Leute wie Gerdas Mutter sagten, sie fänden sich darin nicht mehr zurecht. Ihre Freundschaft zu Thomas war davon nicht ausgenommen. Gerda würde kein Stein in seinem Weg sein. Sie würde ihre gemeinsame Zeit in Ehren halten, ihm die besten Wünsche mit auf seine Reise geben, und wenn sie wieder einmal ein Märchen schriebe, würde sie es ihm vielleicht schicken.

»Für deine Gedanken gebe ich dir keinen Pfennig.« Leonies Stimme unterbrach Gerdas Grübeleien. »Das gesponnene Jung-Mädchen-Garn samt Überschwang und Märchenseligkeit ist garantiert sein Geld nicht wert.«

Gerda lachte und sprang zu ihr. »Gib schon her, ehe du dir mit dieser Bastelei die Finger brichst. Ich werde sehen, was ich tun kann, auch wenn ich mich mit solchen Arbeiten, die ein Mädchen unbedingt können muss, nicht geschickter anstelle als du.«

»Tja, dann wirst du wohl nicht heiraten können.« Leonie schob den ganzen Haufen Kämme, Drähte und Blumenschmuck zu Gerda hinüber. »Über mich haben Pauline und Lore schon den Stab gebrochen. Wie ich neulich auf dem Küchengang mitanhören durfte, sind die beiden sicher, Bernhard Krochow habe mich verschmäht, weil ich mich nicht auf die Fischzubereitung verstehe. Hechte, Zander, Karpfen, Karauschen, Ostseeschnäpel, das muss für ein Mädchen alles ein Kinderspiel sein. ›Kann 'ne Marjell keinen Fisch kochen, kann se nicht heiraten‹, meinte Pauline.«

»Ist sie etwa der Ansicht, Adele kann Fisch kochen?« Flink wickelte Gerda Draht um Blumenstängel und Kämme.

Leonie zuckte mit den Achseln. »Bei Adele ist das etwas anderes. Die ist hübsch.«

»Aber Leo!«, rief Gerda. »Du bist doch auch …«

»Gib dir keine Mühe.« Beim Grinsen entblößte Leonie ihre kräftigen Zähne. »Ich wäre hübsch, wenn ich als Pferd auf die Welt gekommen wäre, und glaub mir, dagegen hätte ich nichts einzuwenden.« Leonie liebte Pferde. Alle Zeit, die sie erübrigen konnte, verbrachte sie in den Ställen und wünschte sich nichts sehnlicher, als dass Lapienens Zucht edler Warmblüter, die der Krieg zum Erliegen gebracht hatte, wieder in Schwung käme. Dass sie mit ihrer hohen Stirn und den geblähten Nasenflügeln ein wenig an ein Pferd erinnerte, war nicht ganz von der Hand zu weisen.

Leonie musterte sie. »Du dagegen bist gar nicht so übel. Nur ist an dir leider nicht mehr dran als an einem abgenagten Hering. Womit wir wieder beim Fisch wären. Solche Hungerhaken wie du sind angeblich in Berlin der letzte Schrei. Aber hier draußen, bei uns auf dem Lande – da musst du was zum Zusetzen haben.«

»An mir bleibt eben nichts hängen.« Gerda sammelte die

fertigen Kämme zusammen und stand auf. »Aber wart's nur ab, bis ich mich nachher mit Paulines Rindfleisch in Meerrettich vollstopfe – für euch bleibt da nichts übrig.«

»Das ist ja das Problem.« Leonie stemmte sich ebenfalls in die Höhe und strich ihr Brautjungfernkleid achtlos glatt. »Du bist für einen Mann zu teuer. Stell dir das mal vor – als würde man ein Schwein von früh bis spät mästen, aber es würde nicht fett.«

»Welch reizender Vergleich«, bemerkte Gerda.

»Tut mir leid«, sagte Leonie. »Darauf hat mich der Krochow gebracht, der sich mit seiner Schweinemast ja wohl eine goldene Nase verdient. Wir dagegen hocken auf unterirdischen Getreidepreisen und warten auf die Osthilfe, die nicht kommt.«

»Irgendwann kommt sie sicher«, sagte Gerda, entschlossen, heute keinen bedrückenden Gedanken zuzulassen. »Es geht doch aufwärts mit der Wirtschaft, in Berlin halten sie diese große Landwirtschaftsmesse namens ›Grüne Woche‹ ab, und die Regierung hat Unterstützung für die östlichen Provinzen zugesagt. Und dann hat Deutschland ja auch die Aufnahme in den Völkerbund beantragt. Wenn wir erst wieder zur Gemeinschaft der Nationen gehören, wird der Handel mit dem Ausland aufleben, und die Preise für Getreide werden steigen. Jetzt aber los. Gehen wir hinüber zu Elsbeth und lassen uns frisieren. Wir wollen die Braut schließlich nicht blamieren.«

»Denkst du dir solche Ansprachen eigentlich selbst aus?«, fragte Leonie. »Oder hast du diese Weisheiten von deinem Romeo? Gemeinschaft der Nationen … auf deinem Mist gewachsen ist das doch wohl nicht.«

»Und wer soll mein Romeo sein?«, fuhr Gerda sie an. Ihr Wissen um politische Ereignisse hatte sie von Thomas, denn im Haus ihres Vaters hätte sie keine der täglich gelieferten

Zeitungen lesen dürfen. Noch weniger wäre ihrem Vater einer dieser neuen Rundfunkempfänger ins Haus gekommen, durch den man von Ereignissen auf der ganzen Welt erfuhr.

»Thomas von Merwitz, dein Ritter ohne Furcht und Tadel, seit du aus den Windeln bist«, antwortete Leonie trocken. »Ich nehme an, seinetwegen zerbrichst du dir nicht den Kopf über Fischzubereitung und das ganze Lametta.«

»Thomas ist weder mein Romeo noch mein Ritter«, sagte Gerda. »Er war für mich in all den Jahren der Bruder, den ich gerne gehabt hätte.« Erschrocken hielt sie inne. Das Wort Bruder nahm auf Lapienen kein Mensch mehr in den Mund. Wie konnte sie sich einen anderen Bruder wünschen als ihre eigenen, von denen niemand wusste, wo ihre Körper verscharrt lagen?

»Entschuldige«, murmelte sie leise, ehe sie wieder einen leichteren Ton anschlug: »Um Fischzubereitung und Lametta zerbreche ich mir in der Tat nicht den Kopf – aber was hat Thomas damit zu tun?«

»Bei mir brauchst du dich nicht zu entschuldigen, dass du dir einen Bruder in deinem Alter gewünscht hättest«, sagte Leonie. »Es war bestimmt kein Spaß, von lauter todernsten, traurigen Erwachsenen umgeben zu sein. Das habe ich nicht gemeint.«

»Was dann?«

»Sehr einfach: Ob es dir gefällt oder nicht, der junge Herr ist nicht dein Bruder«, antwortete Leonie. »Sorgen macht mir nicht dieses Brüderchen-und-Schwesterchen-Spiel, sondern deine Annahme, du könntest Thomas von Merwitz heiraten.«

»Und weshalb sollte ich das nicht können?«, platzte Gerda heraus. Dabei war ihr der Gedanke, sie könnte Thomas heiraten, noch nie gekommen.

»Weil du es eben nicht kannst«, sagte Leonie und ging zur

Tür. »Tut mir leid, Kleine. Dein Thomas ist nicht nur ein feiner Kerl, sondern auch eine ziemliche Augenweide, und daraus, dass er nur ein besseres Vorwerk erbt, würde man bei dir bestimmt keine große Sache machen. Aber seine Mutter ist eine katholisch getaufte Polin. Kannst du dir wirklich vorstellen, dass dein Vater dich zum Altar führt und dich einem Polenmischling zur Frau gibt?«

4

Im offenen, mit roten Bändern umwundenen Wagen fuhren die Braut und ihre Brautjungfern zur Kapelle. Das Geschirr der Apfelschimmel war von den ledigen Mädchen des Ortes mit Sträußen aus Rosmarin und Goldflitter geschmückt worden. An den Rändern der Wege, die die Knechte bei Sonnenaufgang vom Schnee befreit hatten, drängten sich Menschen: die Bauernfamilien von den Gehöften und die Bewohner der Dörfer. Sie jubelten, warfen Blumensträuße, die der Jahreszeit wegen aus Trockenblumen bestanden, und reichten Geschenke hinauf in den Wagen, wo Leonie, Elsbeth und Gerda sie in Körben sammelten.

All die Gaben – die gefüllten Brote, die Kuchen, die Krautwürste und Entenschinken – waren hausgemacht, oft vom Munde abgespart, und kündeten von dem Respekt, den die Bewohner des dünn besiedelten Landes ihrem Gutsherrn entgegenbrachten. In langer Reihe zogen die Wagen mit der Familie der Braut an ihnen vorbei, während die des Bräutigams in der Kapelle wartete. So war es Brauch in dieser Gegend

Westpreußens, und so waren Jahrhunderte hindurch Hochzeiten gefeiert worden. Dass die Weltgeschichte diesen Streifen fruchtbaren Bodens zur Grenzmark gemacht hatte, würde daran nichts ändern.

Auch die Kapelle war von den Töchtern der Bauern geschmückt worden. Die Bänke waren besetzt bis auf den letzten Platz, und als Adele am Arm ihres Vaters einzog, standen alle auf und sangen:

Nun danket alle Gott,
Mit Herzen, Mund und Händen,
Der große Dinge tut
An uns und allen Enden.

Zwar hob keine volltönende Orgel an wie in der Pfarrkirche von Bergelau, doch der Klang der vielen Stimmen, der das Zirpen des Cembalos übertönte, war um vieles schöner. Hier sangen die Menschen, unter denen Adele aufgewachsen war – ihre Familie und Freunde, ihre Nachbarn und Angestellten –, und ihr Gesang war ein Ausdruck der Wünsche, die sie Adele mit in ihr neues Leben geben wollten. Gerda war so berührt, dass sie keinen Ton herausbrachte. Leonie hatte recht: Womöglich war sie wirklich ein Bündel Überschwang und Märchenseligkeit.

Adele, liebe Adele!, dachte sie … *und lieber Bernhard – euch beiden wünsche ich so viel Gutes, dass es dafür gar keine Worte gibt. So wie die Gnome, die unter den Häusern der Stadt Danzig wohnen, einem treuen Liebespaar sein Festmahl auf silbernen Tellern anrichten, so soll euer Leben euch jeden Tag ein kleines Festmahl anrichten. Ein Festmahl kann ja auch ein aus der Küche stibitzter Pfefferkuchen sein, den man einander über einem schönen Buch in den Mund schiebt.*

Sie hielt inne, weil sie an Thomas denken musste und aus

schwer erfindlichem Grund heute nicht an ihn denken wollte. Im nächsten Moment begann die Hochzeitsgesellschaft mit der zweiten Strophe, die Gerda am liebsten mochte:

Der ewig reiche Gott
Soll uns bei unserm Leben
Ein immer fröhlich Herz
Und edlen Frieden geben.

Ja, das wünschte sie ihrer Schwester, die so märchenhaft schön aussah mit dem goldblonden Haar, das durch das Gewebe des Schleiers schimmerte: ein fröhliches Herz und immer Frieden, damit ihr niemand den Liebsten von ihrer Seite riss.

Gerdas Vater führte seine Tochter feierlichen Schrittes den Gang hinunter. Den Altar, vor dem sein künftiger Schwiegersohn in blank geputzten Schuhen von einem Fuß auf den anderen trat, erreichte er in dem Moment, als die Hochzeitsgesellschaft die letzte Strophe zu Ende sang:

Ihm, dem dreiein'gen Gott
Wie es im Anfang war,
Und ist und bleiben wird
So jetzt und immerdar.

Einen Herzschlag lang empfand Gerda fast Mitleid mit Bernhard. Er wirkte gar so schmächtig und verloren neben seinem stattlichen Schwiegervater und seiner majestätischen Braut. Aber mit dem schüchternen Lächeln auf seinem runden Gesicht, den roten Locken und den freundlichen Augen hinter dicken Brillengläsern gehörte er für Gerda zu der angenehmen Sorte von Männern, die nie einschüchternd auftraten und nie ganz erwachsen wirkten.

Sie sandte ihm in Gedanken einen Gruß. Ihre Familie wurde wieder größer statt kleiner, das Leben kehrte zurück. Vielleicht würde ja auch ein wenig Freude und Wärme in die Herzen ihrer Eltern einkehren, damit sie nicht länger erfüllt von Hass gegen jeden wären, der anders war als sie selbst.

Nach der Zeremonie fuhr die Hochzeitsgesellschaft zurück nach Lapienen, wo bis in die Morgenstunden des kommenden Tages gefeiert werden sollte. Braut und Bräutigam würden am Abend in einer Limousine zum Bahnhof nach Danzig gebracht werden, in den komfortablen Nachtzug nach Berlin umsteigen und von dort weiter in Richtung Frankreich reisen, wo sie an der Riviera ihre Flitterwochen verbringen wollten. Die Reise war ein Geschenk der Brauteltern, und Gerda wusste, dass ihrem Vater nur das Luxuriöseste gut genug gewesen war.

Auch bei der Ausrichtung der Feier hatte Baron von Westkamm sich nicht lumpen lassen, um zu vertuschen, wie es tatsächlich um Lapienen stand. Die Krochows sollten glauben, auf dem größten Gut der Gegend lebe man noch immer im Überfluss, als hätte der Krieg samt seinem Friedensschluss nie stattgefunden. Sie sollten überzeugt sein, eine Investition könne nichts als Vorteile bringen.

Ein wenig mulmig war Gerda bei dem Gedanken, denn im Grunde wurden die Krochows ja betrogen. Aber was verstand sie schon davon? Die Pflicht ihres Vaters war es, das Erbe seiner Väter zu erhalten. Und Lapienen war herrlich und würde gewiss bald in neuem Glanz erblühen. Wenn es dazu einer kleinen Täuschung bedurfte, war dagegen doch nichts zu sagen.

Die Flügeltüren des Portals standen offen. Musik empfing die Gäste, und die Halle war mit Ranken aus Immergrün und Papiergirlanden im Schwarz und Weiß Westpreußens geschmückt. Im Speisesaal warteten Kellner in schneeweißer

Livree, die aus Jankes Hotel in Schlochau angeheuert worden waren, hinter langen, ebenfalls weiß eingedeckten Tischen darauf, die Gäste aus üppig gefüllten Schüsseln und Terrinen, von Tellern und Platten zu bedienen. Das Gewirr der Düfte war ein Fest für sich: das süße Backobst in seinem Sirup, mit dem die Schweinerippen glasiert waren, die würzigen, in Sahne zubereiteten Maränen, die der Teufel der Legende nach aus seinem Netz verloren hatte, der scharfe Meerrettich, das deftige Kraut mit Schmalz und Speck und die mit Majoran und Thymian verfeinerte Rinderbrühe, auf der die Fettaugen wie Tropfen von flüssigem Gold schwammen!

Und dann erst die Nachspeisen!

Da reihten sich Flinsen und Porzel, Fruchtsuppen und Schichtkuchen aneinander, und unter ihrer Marzipandecke wartete die Hochzeitstorte, die mit Honig und Nüssen gefüllt war, weil diese Reichtum und Fruchtbarkeit versprachen. Gerda lief das Wasser im Munde zusammen. Die überreich gedeckten Tafeln bereiteten ihr aber auch Gewissensbisse, weil es ringsum, wie Thomas sagte, so viele hungernde Menschen gab. Heute aber hatte ihre Familie das Recht, ohne Wenn und Aber zu feiern. Ihren Teil des Leides hatten die Westkamms aufgeladen bekommen und trugen schwer an ihm. Sie hatten sich einen Tag in Sorglosigkeit und Hoffnung verdient.

Am Portal wurden Braut und Bräutigam von Dienern des Hauses empfangen, die ihnen Brot, süßen Wein und geeiste Gläser mit auf Lapienen gebranntem Weizenkorn reichten. Von dem Brot mussten sie einander je einen Bissen füttern – zum Zeichen ihrer Liebe, die sie nähren und ihnen nie ausgehen würde. Bernhard reckte sich, damit nicht auffiel, dass Adele ihn überragte, aber sein Strahlen machte ohnehin jeden Größenunterschied wett. Einen glücklicheren Bräutigam konnte man sich unmöglich vorstellen.

Als Nächstes tranken beide aus einem Becher von dem Wein, der für die Süße ihres geteilten Lebens stand, und zuletzt mussten sie in einem Zug die mit einer Salzkruste verzierten Schnapsgläser leeren und über ihre Schultern werfen. Zum Beweis, dass salzige und bittere Noten des Daseins ihnen nichts anhaben konnten.

Applaus und Jubelrufe hallten durch die klare Winterluft, als die zwei Gläser auf den Stufen zerschellten. Ihre Scherben brachten Glück. Sie waren keine Splitter vom Teufelsspiegel, wie die Schneekönigin sie in Herzen und Augen von Menschen sandte, dachte Gerda, sondern symbolisierten Sterne, Geschenke des Himmels, winzige Funken vom Paradies auf Erden.

Gerda war nicht abergläubisch, doch sie vertraute auf die Macht der uralten Bräuche, weil sie, wie ihre geliebten Märchen, die Menschen über Generationen hinweg miteinander verbanden. All die Rituale wurden von liebevollen Zukunftswünschen begleitet, und davon konnte kein Brautpaar je genug bekommen.

»Pass auf, jetzt muss er ran«, tuschelte ihre Cousine Elsbeth ihr zu. Sie war nicht die Einzige, die sich amüsierte, aber der Spott gegen Bernhard war gewiss gutmütig und nicht höhnisch gemeint.

Dieser nämlich musste seine Braut jetzt über die Schwelle in ihr künftiges gemeinsames Heim tragen. Kurz zögerte er und bedachte Adele in ihrem ausladenden Brautstaat mit einem Blick, als hätte er sie zuvor nie richtig angesehen. Ein paar Lachsalven brandeten auf, und die verheirateten Männer ließen anfeuernde Rufe hören:

»Na los, Piefke, nicht lange gemaddert!«

»Nicht schlappmachen. Haben wir schließlich alle geschafft.«

Bernhard wurde blass, und das Lächeln rutschte ihm vom Gesicht. Er umfasste Adele schüchtern einmal hier und einmal da, bis sie ihm half und seine Arme ziemlich unwirsch in die entsprechende Position brachte. Bernhard ging in die Knie und versuchte, Adele in die Höhe zu stemmen. Sein eben noch bleiches Gesicht lief rot an, doch seine Braut bewegte sich um keinen Zoll. Neues Gelächter ertönte. Es kam Gerda nicht länger freundlich vor.

Bernhard versuchte es ein weiteres Mal. Diesmal bekam er Adele vom Boden weg, musste sie jedoch mit einem Ächzen sofort wieder absetzen. Das Gelächter schwoll. Am liebsten wäre Gerda hinzugesprungen und hätte den Ärmsten aus seiner Verlegenheit befreit, aber ihr fiel nicht ein, wie sie es anstellen könnte.

»Na, min kleen Gnaschel? Soll ich dir mal unter die Arme greifen?« Onkel Hutz, der mit dem Taufnamen Hubertus hieß, trat neben Bernhard und boxte ihm in die Seite. Er war eigentlich ein Großonkel, der jüngste Bruder des verstorbenen Großvaters, und über siebzig Jahre alt. Bis auf die schlohweiße Mähne sah man ihm das allerdings nicht an. Er war ein Bild von einem Kerl, stämmig, groß und noch voller Kraft. »Das rührt daher, dass ich mir keine Frau und keine Schiepserchen hab' anhängen lassen«, pflegte er zu erklären. »All die Sorgen, die man sich da spart – das hält jung.«

Gerda mochte Onkel Hutz, der sich von nichts und niemandem die Laune verderben ließ, und war ihm oft dankbar, wenn er einer Stimmung die Schwere nahm. Seine Witze waren nicht immer taktvoll, was Gerdas Mutter gegen ihn aufbrachte. Gerda aber konnte sich das Lachen nur mühsam verkneifen, wenn er aussprach, was andere nicht zu denken wagten. Er meinte es ja nicht böse – heute allerdings war sich Gerda nicht so sicher. Bemerkte er wirklich nicht, wie er dem armen Bernhard zusetzte? Dem brach vor Anstrengung der Schweiß aus und strömte über sein gerötetes Gesicht.

»Nein, nein, ich werd's schon schaffen«, stammelte er. »Ich mein', wo ich von heut' an ein Ehemann bin … schließlich kann ich da ja nicht den Onkel meiner Frau um Hilfe bitten.«

Wäre dies als Scherz gemeint gewesen, hätte Bernhard die Runde für sich entschieden, denn die versammelten Männer brachen in brüllendes Gelächter aus. »Na, dann lass mal deine Koffer packen, Hubertus!«, rief der Herr vom Gut Klein-Katz. »Deine Dienste werden heute Nacht gebraucht – im ehelichen Schlafwagen.« Erneut folgte schallendes Gelächter.

Die Diener eilten mit Tabletts umher und boten kalten Korn an. Der Weizenbrand war stark und trug zu der rauen Ausgelassenheit bei. Vielleicht hatten die Menschen in diesem gebeutelten Landstrich zu lange kein Fest mehr gefeiert und verlernt, dabei Maß zu halten. Gerda wünschte vergeblich, jemand käme dem armen Bernhard zu Hilfe. Der stotterte etwas, das sie nicht verstand, was aber weitere Lachsalven auslöste.

Dann aber trat ein Mann aus dem Kreis und eilte die Stufen hinauf. Nicht wirklich ein Mann, eher noch ein Junge, mager und schlaksig, jedoch nicht kleiner als Onkel Hutz – Thomas! Der Tuchmantel, den er offen über dem Frack trug, war für winterliche Temperaturen zu dünn, und das dunkle Haar fiel ihm wie üblich in die Stirn. Er blies es fort und schob sich zwischen Bernhard und den Onkel. »Ihr Hilfsangebot ist sehr edel«, sagte er. »Aber mein Freund Bernhard kommt ohne Zweifel allein zurecht.«

Gerda erging es wie so oft, seit er den Stimmbruch hinter sich hatte: Sie lasen einander nur noch selten vor, aber wenn, dann fand sie seine Stimme schön wie ein Musikinstrument und hätte ihr stundenlang zuhören wollen.

»Der Brauch, seine Frau über die Schwelle zu tragen, ist ja nicht mehr ganz zeitgemäß, finden Sie nicht auch?«, sprach Thomas weiter. »Es mag galant sein, aber die Frauen von heute sind in der Lage, auf eigenen Beinen zu stehen. Ein Mann, der etwas auf sich hält, reicht seiner Braut den Arm und führt sie in sein Haus. Damit gelobt er, Seite an Seite mit ihr durchs Leben zu gehen, auch wenn sie sich seiner Führung sicher sein kann.«

Jeder andere hätte sich die Einmischung verbeten, und Gerdas Vater stand sichtlich kurz davor einzuschreiten. Onkel Hutz aber lachte gutmütig und klopfte Thomas auf die Schulter. »Nicht schlecht gekontert, mein lieber Lorbass. Also schön, soll der junge Herr Gnaschel eben allein sehen, wie er mit seiner Frau von heute fertigwird. Mir waren ja schon die von gestern zu anstrengend, ich halt' mich lieber an ein Gläschen Kopskiekelwein.«

Das Lachen, das folgte, klang versöhnlich. Thomas nahm den verstörten Bernhard wie eine Schlenkerpuppe bei den Schultern, bot dessen Arm Adele dar und schickte das Brautpaar endlich auf den Weg in das geschmückte Haus. Erleichtert folgten die Gäste, denen ihr Hunger, ihr Durst und ihre Lust zu tanzen auf einmal wieder wichtiger waren als das Versagen des Bräutigams.

Gerda blieb als Einzige noch eine Weile lang stehen und ging erst weiter, als die Übrigen bereits im Haus verschwunden waren. In ihrem Innern spürte sie einen Aufruhr, den sie nicht einordnen konnte, und in ihrem Kopf rumorten Leonies Worte:

Ob es dir gefällt oder nicht, der junge Herr ist nun einmal nicht dein Bruder.

5

Der lang gestreckte Raum, der nach hinten, auf die Koppeln, hinausging, wurde Ballsaal genannt und nur zu feierlichen Anlässen benutzt. Einen solchen Anlass hatte es auf Lapienen seit Ende des Krieges nicht mehr gegeben. Die Gesindeweihnacht, zu der gewiss hundert Menschen zusammenströmten, fand in der Halle statt, und für die Geburtstage und Trauerfeiern genügten das Speisezimmer und die beiden Salons. Für Adeles Hochzeit aber war der Ballsaal in seiner alten Pracht hergerichtet worden und strahlte im Glanz seiner Kronleuchter aus kristallenen Tropfen.

In der Mitte war ein runder Tisch aufgebaut, auf dem sich die Geschenke für das Brautpaar stapelten. Das Herzstück bildeten die eleganten Schachteln der Meißner Porzellanmanufaktur – neue Stücke für das Service im blau-weißen Zwiebelmuster, in dem auf Lapienen sogar Türgriffe gehalten waren. Ein Geschenk der Brauteltern, über dessen Preis nur im Flüsterton gesprochen wurde. In Lapienens begehbarem Geschirrschrank herrschte von jeher Überfülle, aber noch immer gab es Saucieren, Etageren, Mokkatassen, Gewürzmenagen, Käseglocken, Zuckerdosen und dergleichen mehr, die dem Haushalt des jungen Paares fehlten.

Als die Gäste den schmeichelnden Klängen der Tanzkapelle folgten und vom Büfett in den Saal umzogen, war es bereits dunkel, und in die hohen Bogenfenster wurden Kerzen gestellt. Unversehens breitete sich ein Zauber aus, wie Gerda ihn von Weihnachtsfesten ihrer Kindheit in Erinnerung hatte. Damals hatte sie staunend an dem meterhohen, geschmückten Weihnachtsbaum hinaufgeblickt, dessen Spitze bis über die Brüstung der Galerie ragte. Jetzt blickte sie an dem Mann hinauf, der wie aus dem Boden gewachsen vor ihr stand. Er war nicht ganz so groß wie der Baum und trug keinen goldenen Stern auf dem Kopf, doch das minderte Gerdas Staunen nicht im Geringsten.

Er sah imposant aus, erwachsen und regelrecht fremd. Sein Lächeln war so verlegen wie vertraut. »Wenn du nichts Besseres vorhast, würde ich gern mit dir tanzen«, sagte er.

Eilig schüttelte Gerda den Kopf. »Was soll es denn Besseres geben?«

Sie liebte Tanzen. Die Musik, der schmelzende Walzer, ging ihr ins Blut und trug sie davon wie ein Märchen aus Tönen. Hier und dort hörte sie junge Leute murren, die Tänze seien veraltet und nur für Großeltern geeignet, aber für Gerda waren sie perfekt. Sie kannte ja nichts anderes. Thomas nahm ihre Hand, legte einen Arm um ihre Taille, und im nächsten Augenblick wirbelten sie schon im Walzertakt die Länge des Saales entlang.

Im Schwarz vor dem Fenster spiegelte sich der Glanz der Lichter, und auf dem Schnee draußen glitzerte ihr Gold. Es war, als tanze sie mit ihm über den nächtlichen Himmel, zwischen Wolken und Sternen hindurch. Eine ganze Weile lang sprachen sie nicht, sondern gaben sich ganz ihrem Tanz hin. Gerdas Herz schlug so heftig, dass sie Angst hatte, es könne sie aus dem Takt bringen.

»Was du für Bernhard getan hast, war großartig«, sagte Gerda schließlich, um die Stille zu brechen.

»Ach was«, wehrte er ab. »Ich hab' mich einfach in ihn hineinversetzt, es war, als würde ich an seiner Stelle stehen.«

»Du?« Unwillkürlich schloss sie die Hand, die in Tanzhaltung auf seinem Oberarm auflag, um den Muskel. Thomas war dünn, das war er immer gewesen, doch er kam Gerda auch stark vor, und sein Arm war sehnig und fest. Sicher würde er doch eine Frau in die Höhe heben können, selbst Adele, die so üppig gebaut war?

Erschrocken ließ sie ihn los und geriet endgültig aus dem Takt. Thomas fing sie und führte sie zurück in den Schritt. Ihre Blicke begegneten sich. Gerda wurde heiß, und sie fürchtete, ihr werde am ganzen Körper der Schweiß ausbrechen.

Wie hatte sie nur so lange glauben können, sie wären nichts als Ersatzgeschwister füreinander?

»Ich bin auch nur ein Kerl, der sich oft lächerlich macht und dann im Boden versinken möchte«, sagte Thomas. »Und wenn man dabei dann noch dem Amüsement der gesamten Gegend dient, bekommt man keinen Strohhalm mehr gestemmt.«

»Mir hat Bernhard furchtbar leidgetan«, sagte Gerda. »Ich war so froh, dass du ihm geholfen hast. Dass ihr befreundet seid, wusste ich nicht.«

»Sind wir ja auch nicht«, erwiderte er. »Wir kennen uns, wie hier eben jeder jeden kennt – von ein paar Kindergesellschaften und Kirchgängen. Das mit dem Freund habe ich nur behauptet, um einen Grund zur Einmischung zu haben.«

»Ich wusste auch nicht, dass du dich mit modernen Hochzeitsbräuchen auskennst.«

»Das habe ich mir ausgedacht«, gestand er. »Sei mir nicht böse. Ich musste einfach etwas tun.«

»Und das mag ich an dir so gern«, entfuhr es Gerda, und sie erschrak. Als wären sie bisher dafür blind gewesen, stand auf einmal glasklar im Raum, dass sie keine Kinder mehr waren.

Sie tanzten noch ein paar Vierteldrehungen weiter, dann

schickte Thomas Gerda in eine Drehung um die eigene Achse, bei der ihr goldbestickter Rock um sie herumwirbelte, und fing sie wieder auf, als der Walzer verklang.

Gemurmel breitete sich aus. Alles traf Verabredungen für kommende Tänze oder schnappte sich Gläser von den Tabletts, die Bedienstete durch den Saal trugen. Gerda wollte sich aus Thomas' Armen lösen, doch ihr Körper gehorchte ihr nicht. Sie sah ihm nicht länger ins Gesicht, sondern starrte auf seine gestärkte Hemdbrust, deren Weiß vor ihren Augen verschwamm.

»Bitte, geh nicht weg«, sagte er und hielt sie fester, als jeder Anstand es erlaubte. »Ich habe dich so sehr vermisst.«

»Ich dich auch«, murmelte Gerda.

»Dabei sollte es ja ein Leichtes für mich sein, nach der Schule zu dir hinüberzulaufen, wie ich es immer getan habe«, sagte er. »Aber es ist eben nicht mehr wie immer. Und es ist nicht mehr leicht. Geht es dir auch so, Gerda?«

Sie nickte.

»Willst du noch tanzen?«, fragte er.

»Ich weiß nicht.« Sie wollte mit ihm zusammen sein. Zugleich aber wollte sie weg von all den Menschen, von deren Blicken sie sich durchbohrt fühlte, auch wenn die Besseres zu tun hatten, als ausgerechnet auf Westkamms Nachschrapsel zu achten.

Thomas schien dasselbe zu denken. »Komm«, sagte er und führte sie von der Tanzfläche. Von einem Tablett griff er zwei Kelche Champagner und balancierte sie zwischen seinen Fingern. Sie gingen in einen der Erker vor den Fenstern. Die Kerze, die in ihrem Leuchter auf dem Sims stand, war so hoch, dass Reflexionen der Flamme über Thomas' Gesicht flackerten. Nebeneinander drängten sie sich in den Schatten des Vorhangs, wo niemand sie sah. Er gab ihr ein Glas. »Ich habe das Gefühl, dir etwas sagen zu müssen«, sagte er. »Aber ich weiß nicht, was.«

»Für mich ist es genauso«, sagte Gerda.

»Aber du bist eine Schriftstellerin. Dir muss etwas einfallen.«

Ihr Lachen klang künstlich. »Ich bin doch keine Schriftstellerin! Nur ein kleines Mädchen, das nicht erwachsen werden will und sich selbst Märchen erzählt.«

»Ich finde, du bist eine Schriftstellerin«, sagte er. »Du wirst dich gar nicht dagegen zur Wehr setzen können, und deine Märchen fehlen mir. Erwachsen werden will ich selbst oft nicht, aber wenn ich jetzt hier mit dir stehe, dann will ich es doch.«

»Ich auch«, gestand Gerda, und dann fiel ihr doch etwas ein. »Du hast gesagt, du kennst Bernhard von Kindergesellschaften und Kirchgängen«, sagte sie. »Also bist du in dieselben Kirchen gegangen wie er, nicht wahr? Nach Bergelau in die Pfarrkirche? Und in die Annenkirche nach Schlochau?«

Thomas rieb sich das Kinn. »Ja, natürlich. Wohin denn sonst? Wir haben ja auf Blaes keine eigene Kapelle so wie ihr.«

Gerda atmete auf. »Also kannst du gar nicht katholisch sein!«

»Katholisch?« Er zog die Brauen über der Nasenwurzel zusammen. »Hat jemand behauptet, ich wäre katholisch?«

Hastig schüttelte Gerda den Kopf, denn sie konnte ihm ja schlecht erzählen, was sie und Leonie miteinander geredet hatten. Einst hatte sie vor Thomas keine Geheimnisse gehabt. Jetzt aber hätte sie es um nichts in der Welt über sich gebracht, ihm zu gestehen, dass es in dem Gespräch ums Heiraten gegangen war.

»Meine Mutter war Katholikin«, sagte Thomas. »Um meinen Vater zu heiraten, ist sie konvertiert. Ich weiß aber, dass sie sich im Grunde ihres Herzens der katholischen Kirche zugehörig fühlt, dass sie ihren Rosenkranz betet und sich wünscht, ein Priester würde ihr die Beichte abnehmen. Macht dir das etwas aus, Gerda?«

»Lieber Himmel, nein!«, rief sie. »Wie könnte es mir denn etwas ausmachen? Ich mag deine Mutter ganz furchtbar gern.«

»Sie dich auch.« Er lächelte. »Sie hat einmal zu mir gesagt: ›Wenn man seine Kirche wechselt, verliert man die alte, aber man bekommt keine neue. In der alten gehörst du nicht mehr dazu, und in der neuen wirst du nie dazugehören.‹«

»Das klingt traurig«, sagte Gerda.

»Ja, das tut es«, erwiderte Thomas. »Aber du kennst ja meine Mutter. Sie sagt das alles mit einem fröhlichen Gesicht, und wenn ich nachfrage, antwortet sie, ich soll mir keine Sorgen machen. Mach du dir auch keine, Gerda. Nicht heute. Du siehst so schön aus in deinem blauen Kleid. Wenn ich ausdrücken wollte, wie schön du aussiehst, müsste ich mir neue Worte dafür ausdenken.«

»Dann denk dir welche aus!«, rief Gerda und musste an sich halten, um sein Gesicht nicht in ihre Hände zu nehmen, wie sie es getan hatte, als sie Kinder waren.

»Das klappt auch nicht«, konstatierte Thomas. »Die Worte, die ich mir ausdenke, taugen noch weniger als die, die es schon gibt.«

Gerda wollte lachen, doch ihre Kehle wurde eng. Sie blickte auf seinen Mund, auf die festen, dunklen Lippen, die sie ihr Leben lang kannte und die ihr doch völlig verändert schienen.

»Ich könnte es dir zeigen«, sagte er und beugte sich vor, damit nur sie ihn verstand.

Ich dir auch, dachte sie und wünschte, sie hätte mit ihm aus dem Saal laufen dürfen, in ihr einstiges Versteck hinter der Speisekammer oder irgendwohin, wo sie mit ihm allein war.

»Wollen wir den trinken?«, fragte Thomas und hob sein Glas. »Bestimmt ist er ein Vermögen wert, und es wäre eine Schande, wenn er schal wird.«

Sie stießen an, und weil ihnen beiden die Finger zitterten, geriet das Klirren so laut, dass sie erschraken. Der Champagner prickelte auf Gerdas Zunge, doch statt sie zu beruhigen, steigerte er ihre Aufregung.

»Das hilft nicht, oder?«

Gerda schüttelte den Kopf.

Dann schwiegen sie wieder, und zu hören waren nur die Musik und entfernte Gespräche und Gelächter. Unvermutet erhob sich jedoch ganz nah eine Stimme, die Gerda kannte. »Alle Achtung, Westkamm, Sie haben das wirklich ansprechend hinbekommen«, hörte sie Rudolf von Krochow, den Vater des Bräutigams, sagen. »Seinen Besitz in derart elenden Zeiten so in Schuss zu halten, obwohl diese sogenannte Regierung in Berlin uns am langen Arm verhungern lässt, das ist eine Leistung, die Anerkennung verdient.«

»Oh, wir auf Lapienen müssen uns nichts abgehen lassen«, erwiderte Gerdas Vater. »Natürlich ist es eine Schande, dass man uns Ostelbier im Stich lässt, als hätten wir für unser Vaterland kein Blut vergossen und keine unsäglichen Opfer erbracht. Aber so schnell streckt der Westpreuße eben die Waffen nicht, das wissen Sie ja so gut wie ich, bester Krochow.«

Erst jetzt wurde Gerda klar, dass die beiden Männer – ihr Vater und der Schwiegervater ihrer Schwester – sich zum Reden in den Erker neben dem ihren zurückgezogen haben mussten. Eilig legte sie den Finger auf die Lippen, um Thomas Schweigen zu gebieten. Genauso hatte sie es als Kind getan, wenn sie in der Speisekammer neben ihrem Versteck jemanden rumoren hörten.

Thomas nickte, schob sich hinter den Vorhang und zog Gerda mit sich. Jäh vernahm sie sein Herz, das dicht an ihrem Körper wie eine Pauke schlug, und war einen Augenblick lang sicher, dass die Männer nebenan es ebenfalls hören mussten.

Die aber hörten nichts als sich selbst.

»Haha. Gut gesagt.« Krochow lachte. »So schnell streckt der Westpreuße die Waffen nicht, es sei denn, sie werden ihm aus der Hand gerissen.«

»Der Pole hat uns manches aus der Hand gerissen«, erwiderte Gerdas Vater. »Nehmen wir nur das polnische Küchenmädchen, dessen meine Frau sich aus Mitleid angenommen hatte – wie hat sie uns unsere Güte gedankt? Indem sie wie ein Rabe Vorräte stahl, um sie auf dem Schwarzmarkt zu verkaufen. Während wir uns krummgelegt haben, um hungrige Mäuler satt zu bekommen, hat diese Kanaille uns Küche und Kammer ausgeräumt. Aber das Schicksal anderer Menschen kümmert den Polen eben nicht. Dieses Land, das seit Jahrhunderten deutschen Familien gehört, die Erde, in der wir verwurzelt sind und in die unser Herzblut geflossen ist, hat er sich kaltblütig unter den Nagel gerissen. Und unsere Regierung, die für unseren Schutz sorgen sollte, sieht ohne Wimpernzucken dabei zu.«

»Donnerlittchen«, sagte Krochow. »Sie haben ja das Zeug zum Volksredner, Westkamm.«

»Ich sage es Ihnen ehrlich«, kam es von Gerdas Vater. »Wenn mich die Schläge des Schicksals und der Kampf um mein Erbe nicht zermürbt hätten, würde ich mir ernsthaft überlegen, in die Politik zu gehen. Dieses schmutzige Geschäft braucht Männer wie uns, Krochow. Männer vom alten Schlag, die mit Leib und Seele darum ringen, in diesem Land die Ordnung wiederherzustellen. Westpreußen ist deutsch, und deutsch wird es immer bleiben.«

»Gottchen, Gottchen.« Das Klirren von Glas verriet, dass Krochow mit dem Vater anstieß. »Wirklich imposant, mein Lieber. Dabei hatte ich mich schon gefragt, ob Sie nicht im Stillen zu den Polenfreunden gehören, wo doch dieser einäugige Pole bei Ihnen in Haus und Hof das Sagen hat.«

»Sliwitzky?«, fiel Gerdas Vater scharf ein. »Der hat in meinem Haus nicht das Sagen, das dürfen Sie mir glauben. Ein kleines Würstchen ist der, geht mir bei der Verwaltung zur Hand, weil er nicht unerfahren ist und man so schwer verlässliche Leute bekommt. Wer die Möglichkeit hat, zieht ja weg, in der Grenzmark will niemand bleiben. Aber der Pole fliegt raus, sobald ich Ersatz finde, darauf können Sie Gift nehmen, Krochow. Und falls Ihr Sohn sich an ihm stören sollte, fliegt Sliwitzky noch heute Nacht.«

Die Worte trafen Gerda wie ein Schlag. Wie konnte der Vater so sprechen? Sliwitzky und seine Familie waren immer auf Lapienen gewesen, und er hatte sich um das Land gesorgt wie um sein eigenes. Seine Frau Dana hatte für Adeles Hochzeit in ihrer eigenen Küche Piroggen und Klieben geknetet und drei Bleche Honigbutterküchlein gebacken, die Gerda ihr als kleines Mädchen stibitzt hatte, weil sie unwiderstehlich waren.

All dies hatte Dana nicht im Auftrag der Herrin, sondern als Zeichen der Verbundenheit getan, und für den Schmuck in den Festsälen hatten ihre Töchter gesorgt. Wie konnte der Vater das beiseitewischen und drohen, Sliwitzky aus seinem Zuhause zu werfen? Er war ein Teil von Lapienen, und manchmal hatte Gerda sogar gedacht, Sliwitzky wäre so etwas wie des Vaters Freund. Er war der Einzige, der infrage kam, denn Dietrich von Westkamm ließ Menschen nicht nah an sich heran. Mit Sliwitzky aber hatte er sich in sein Herrenzimmer zurückgezogen, um mit ihm seinen

Lieblingsweinbrand zu trinken, Zigarren zu rauchen und zu reden.

»Dazu kann ich nicht still sein«, zischte Thomas. In seinen Augen blitzte ein Zorn, wie Gerda ihn an ihrem sanften Freund nie erlebt hatte. »Welches Recht haben diese beiden, alles den Polen in die Schuhe zu schieben? Ausgerechnet den Polen, denen im Lauf der Jahrhunderte immer wieder der Boden unter den Füßen weggezogen worden ist und denen man ihr Land zerteilt, geraubt und verscherbelt hat.« Mit jedem Wort, das er herausstieß, wurde sein Flüstern lauter. Verzweifelt legte Gerda den Finger auf die Lippen, aber Thomas sprach weiter. »Ich kann nicht, Gerda. Ich kann diese Hetze nicht einfach so hinnehmen.«

Sie hatte keine Wahl. Wenn sie nicht wollte, dass ihr Vater sie hier erwischte, musste sie Thomas den Mund verschließen. Sie schlang ihm die Arme um den Hals, reckte sich ihm entgegen und presste ihre Lippen auf seine. Wie von selbst vergruben sich ihre Hände in seinem Haar, forderte ihre Zunge, dass sein Mund sich ihr öffnete. Einen Augenblick lang schien Thomas überrumpelt. Dann schlossen sich seine Arme auch um sie, und im Kuss schien er zu vergessen, was ihn eben noch derart in Wut gebracht hatte.

Es war, als hätte es seit Monaten oder schon seit Jahren in der Luft gelegen, als sei etwas in ihnen explodiert, sodass es kein Zurück mehr gab. Als der Vorhang raschelte, umschlangen sie einander noch fester, und ihre Münder suchten einander noch gieriger, damit nichts mehr zwischen sie passte.

»Solange das Gut läuft wie geschmiert und der Pole seine Arbeit macht, soll es mich nicht kratzen«, sagte Krochow im Erker nebenan. »Im Gegenteil.« Er ließ ein meckerndes Lachen hören. »Vielleicht borge ich ihn mir mal aus, dann kann ich mir am Ende auch wieder eine Sause wie die hier leisten.«

»Aber bei Ihnen drüben läuft es doch erst recht«, gab Gerdas Vater zurück. »Ich kann Ihnen für die Fortschritte, die Sie auf Wallraben zustande gebracht haben, nur Bewunderung zollen. Gern wäre ich auf Lapienen auch so weit, aber der Tod meiner Söhne hat mich zurückgeworfen, und die Beschlagnahme von Gerätschaften hat uns weit härter als andere getroffen.«

Gerda konnte nicht fassen, dass sie in ihrem Elternhaus hinter einem Vorhang stand, ihren Liebsten in den Armen hielt und zum ersten Mal küsste, während keine zwei Schritte weiter ihr Vater sich über die Beschlagnahme landwirtschaftlicher Geräte ereiferte.

Sie liebte Thomas' Duft. Er hatte etwas von den Pferden, mit denen er arbeitete, vom Stoff seines alten Fracks, von Seife, Haut und Salz. Er erinnerte sie an den Duft der Kletterrosen, bei denen sie oft auf Thomas gewartet hatte. Sie waren Kinder gewesen, ein kleines Mädchen und ein kleiner Knabe, und doch musste damals schon festgestanden haben, was heute besiegelt wurde: dass sie zusammengehörten. Dass die Tage bei den Rosen, am See und in ihrem Versteck nur der Anfang von etwas gewesen waren, das nicht enden würde, solange sie beide nicht endeten.

In der Nacht nachdem die Nachricht von Eduards Tod eingetroffen war, hatte jemand die Ranken der Rosen von der Mauer gehackt, an der sie ein Jahrhundert lang gewachsen waren. Gerda, die in der Frühe aus dem Haus gelaufen war, hatte nur noch zersplitterte Zweige und zertretenes Blattwerk gefunden, aber jetzt, wo sie Thomas küsste, glaubte sie, die Rosen vor sich zu sehen und von ihrem Zauber beschützt zu sein.

»Nun ja, man tut, was man kann. Trotz aller Anstrengung sind wir dennoch in einigem zurückgefallen«, vernahm sie wieder die Stimme ihres Vaters. »Aber wir lassen uns nicht unterkriegen, und ich denke, auf das bisher Erreichte dürfen wir stolz sein. Durch die Verbindung mit Gut Wallraben erhalten wir nun Schwung, um die dunklen Jahre hinter uns zu lassen. Viel Unterstützung wird gar nicht nötig sein, nicht mehr als hier und da eine kleine Investition, um Lücken zu füllen. Und wenn alles Früchte trägt, werden unsere Kinder in ein paar Jahren einen Familienbesitz übernehmen, der tadellos geführt und wirtschaftlich in bestem Zustand ist.«

»Eine kleine Investition?«, wiederholte Krochow. »Eine hier und eine da?«

»Nur etwas Unterstützung. Ein bisschen Anschub für notwendige Modernisierungen ist alles, was Lapienen braucht.«

»Augenblickchen …« Krochow schien innezuhalten. »Sie haben erwartet, dass ich Geld in Ihr Gut investiere?«

»Von Erwarten kann natürlich keine Rede sein ….« In den letzten Monaten hatte sich Gerda dafür geschämt, wie wenig Mühe der Vater sich gab, seine finanziellen Interessen an dieser Heirat zu verbergen. Jetzt aber, wo er sich vor Verlegenheit krümmte, erfasste sie Mitleid. »Ich ging nur davon aus, dass uns beiden daran liegt, gewisse Neuerungen auf Lapienen vorzunehmen. Schließlich geht es um die Zukunft unserer Kinder …«

»Augenblickchen«, sagte Krochow noch einmal und stieß sein meckerndes Lachen aus, als amüsiere er sich königlich. »Verstehe ich richtig? Sie sprechen nicht von Investitionen, die Sie auf Wallraben tätigen wollen, sondern beziehen sich auf Lapienen? Sie nehmen an, wir könnten was lockermachen, um es in Ihr Gut zu stecken?«

»Selbstredend beziehe ich mich auf Lapienen«, stieß der Vater heraus. »Davon rede ich schließlich die ganze Zeit – von dem Gut, auf dem Ihr Sohn in absehbarer Zukunft Gutsherr sein wird.«

»Und dieses Gut braucht Geld?«

»Um Gottes willen«, entfuhr es Gerda. »Ihm steht das Wasser selbst bis zum Hals, sie haben sich gegenseitig getäuscht.«

Diesmal war es Thomas, der seine Lippen wieder auf ihre senkte und ihr die letzte Silbe aus dem Mund küsste.

»Es tut mir leid, mein Lieber, aber darüber muss ich lachen.« Krochow verfiel erneut in Gemecker. »Da haben wir zwei uns in unserer eigenen Falle gefangen, was? Sie haben darauf gesetzt, dass ich was springen lassen würde, wenn Ihre Tochter meinen Sohn nimmt, und ich habe darauf gesetzt, dass ich mich an Ihnen gesundstoßen könnte, wenn mein Sohn Ihre Tochter nimmt. Hier stehen wir nun als Gelackmeierte und sind beide arm wie Kirchenmäuse. Prosit, Westkamm!«

Thomas küsste Gerda in einer letzten Welle von Wildheit. Dann umfasste er ihr Gesicht mit beiden Händen und löste sich von ihr.

»Ich muss zurück in den Saal«, flüsterte Gerda. »Ich glaube, meine Familie braucht jetzt ihr Nachschrapsel.«

»Ich weiß«, flüsterte Thomas zurück. »Aber ich werde dich auch brauchen. Und ich will, dass eines Tages alle Welt das weiß.«

6

Was ihnen blieb, waren sieben Monate: ein Rest vom Winter, ein Frühling, in dem Thomas die meiste Zeit über seinen Prüfungen würde schwitzen müssen, und ein Sommer, der noch einmal so endlos sein sollte wie in ihrer Kindheit. Im September, wenn die langen Tage vorüber waren und die grauen Kraniche aus den Feuchtwiesen und Sümpfen davonflogen, würde Thomas nach Breslau gehen, um sein Studium zu beginnen.

»Einen reichen Mann wirst du mit mir nicht bekommen«, hatte er zu Gerda gesagt. »Aber ich werde mein Bestes geben, um mir als Historiker einen Ruf zu schaffen und dich und meine Mutter nicht zu enttäuschen.«

»Du bist keiner, der andere enttäuscht«, hatte Gerda erwidert und sich im selben Atemzug gefragt, wie sie sich dessen so sicher sein konnte. Dennoch war sie überzeugt, dass Thomas nicht in der Lage wäre, sie zu verletzen. Sie vertraute ihm völlig und wusste, dass auch er ihr völlig vertraute.

Reichtum brauchte sie nicht, auch wenn sie im Überfluss von Lapienen aufgewachsen war. Sie mochte hübsche Kleider, aber ihr gefielen oft gerade die am besten, die ausgebessert und ein wenig aus der Mode waren. Sie mochte gutes Essen, aber nichts war so gut wie eine Scheibe Brot mit frisch ausgelassenem Schmalz oder eine Handvoll Pfefferkuchenbruch. Auch als die Zeiten schlechter wurden, hatte sie materiell keine Not gelitten. Und dennoch hatte sie von klein auf ein Gefühl des Mangels begleitet, eine Art von Verlorenheit, die nur verflog, wenn sie in Thomas' Nähe war. Diese Nähe machte sie stark, und darauf würden sie ihr Leben aufbauen.

Thomas war als Historiker genau am richtigen Platz. Es lag ihm im Blut, weil er wie Gerda Geschichten von Menschen liebte. Obendrein war er einer, der den Dingen gern auf den Grund ging und nachfragte, wann immer er etwas nicht verstand. Er wollte sich auf die Geschichte Westpreußens spezialisieren, wollte forschen und schreiben und nebenbei Gut Blaes bewirtschaften. »Von beidem zusammen werde ich meine Familie schon ernähren können«, sagte er zu Gerda, die die Entschlossenheit in seinen Worten spürte. »Die Bedingungen sind schwierig, aber das Land ist gut. Aus Berlin wird bestimmt bald Unterstützung kommen, und notfalls kann ich zusätzlich Stunden als Hauslehrer geben.«

Gerda und ihre Schwestern waren ebenfalls von Hauslehrern unterrichtet worden, hatten Unterweisung in Handarbeiten, Etikette, Musik und Konversation erhalten. Manchmal wäre Gerda lieber den Kindern der Bediensteten hinterhergelaufen, um den Schulalltag im Dorf zu erleben, den sie sich ruppig, laut und lebhaft vorstellte. Doch es war nur eine vage Sehnsucht gewesen, und wenn statt des knurrigen Dr. Sägebrecht jemand wie Thomas ihr Hauslehrer gewesen wäre, hätte sie gewiss nicht einmal diese verspürt.

Sie machte sich keine Sorgen. Thomas und sie würden sich ein wunderbares Leben aufbauen, und seine Mutter, die alles gab, um ihrem Sohn das Studium zu ermöglichen, würde daran teilhaben.

»Ich würde dir gern helfen«, sagte Gerda. Sie wusste, dass Frauen in den großen Städten heutzutage selbst Universitäten besuchten und Berufe ausübten, doch zwischen den Seen und Feldern von Westpreußen gab es so etwas nicht.

Aber eine tüchtige Gutsfrau wollte sie werden! Sie würde sich Thomas' Mutter zum Vorbild nehmen, und mit Jacek, dem Hausburschen, dem Knecht Robert und dem Mädchen

Stine hätten sie erfahrenes Gesinde an ihrer Seite. Es würde viel Arbeit auf sie zukommen, und Gerda hatte in ihrem Leben nie gearbeitet, doch sie freute sich darauf.

»Du hilfst mir jeden Tag, den du bei mir bist«, sagte Thomas. »Du hast etwas an dir, das ist wie das Gegenteil von diesem Teufelsspiegel: Es lässt in allem das Schöne erkennen, selbst in dem, was hässlich erscheint. Mit dir fühle ich mich dem Leben gewachsen. In den letzten Jahren habe ich manchmal geglaubt, ich könnte es nicht ertragen. Es ist so schwierig geworden, so hart und kalt. Mit jedem Schritt riskiert man, sich Feinde zu machen, dabei habe ich mir nie vorstellen können, Feinde zu haben.«

Was Thomas beschrieb, empfand auch Gerda: In diesem Land, in dem man eine Viertelstunde unterwegs war, um zu den nächsten Nachbarn zu gelangen, mussten die Menschen, die unter einem Dach lebten, eine Gemeinschaft bilden, ob sie sich mochten oder nicht. Diese Gemeinschaft gab es nicht mehr. Sie schien mit jedem neuen politischen Ereignis tiefer in unversöhnliche Fronten zu zerfallen. Im vergangenen Dezember hatten sechs Diener und Knechte erklärt, sie würden der Gesindeweihnacht am Vormittag des Heiligen Abends fernbleiben, da sie das höchste Fest der Christenheit nicht mit vaterlandslosen Gesellen begehen wollten.

Mit den vaterlandslosen Gesellen waren Bedienstete gemeint, die liberal oder links wählten und den Abschluss der Verträge von Locarno begrüßten. In den Augen von Gerda und Thomas konnte es nichts Besseres geben als Versöhnung zwischen Völkern und das Versprechen, um die festgelegten Grenzen nie mehr Kämpfe auszutragen. Für die Ostgrenzen hatte sich Deutschland zwar ein Recht zur Revision einbehalten, doch hatte es sich verpflichtet, mit Polen in keinen gewaltsamen Konflikt einzutreten.

Für unzählige Menschen, denen der Schrecken des Krieges in den Knochen saß, war das eine Erleichterung, doch für andere war es Verrat. »Ein paar hergelaufene Bengel im Reichstag glauben, sie haben das Recht, unser Land an die Polacken zu verscherbeln«, ereiferte sich Gerdas Vater im Beisein von Sliwitzky.

Dieser blieb so ruhig, wie Gerda ihn kannte, und fragte: »Herr Baron, haben Ihr Volk und das meine auf diesem Stück Land nicht über alle Wechselfälle hinweg friedlich beieinander gelebt? Ist es wirklich nötig, dass Sie jetzt das meine beschimpfen?«

Gerdas Vater hatte darauf keine Antwort gegeben, sondern war aus dem Zimmer gestürmt. Anderntags hatte er verfügt, dass die sechs erbosten Bediensteten samt ihren Familien am Abend vor der Gesindeweihnacht beschert werden sollten, um ihnen keine Gesellschaft zuzumuten, die ihre patriotischen Gefühle verletzte.

Die Gesindeweihnacht, zu der nicht nur die Bediensteten, sondern auch die Bauern der Gehöfte erschienen, gehörte zum Jahreskreis von Lapienen wie der Kreuzweg am Karfreitag und im Juni der Tanz um das Johannisfeuer. Pauline und ihr Stab kochten und backten tagelang, um auf langen, in der Halle aufgestellten Tischen Salate, Pasteten und süßes Gebäck zu servieren, und dazu gab es für alle Schnaps und Bohnenkaffee. Am Fuß der geschmückten Tanne stand Gerdas Mutter mit ihren Kindern und überreichte jedem Bediensteten ein Paket. Darin waren Würste und Eingemachtes, Süßigkeiten für die Kinder, ein wenig Wäsche und Kleidung und manchmal ein Spielzeug oder Gebrauchsgegenstand. All diese Gaben waren höchst willkommen, und die Stunden der Gesindeweihnacht waren stets erfüllt von einer festlichen Stimmung, die Gerda ansteckend und fast ein wenig heilig fand.

Sie hätte diesen Höhepunkt unter keinen Umständen versäumen wollen, und es erschreckte sie, dass es Männer gab, die das wollten. Ihre Kinder durften nicht um den Weihnachtsbaum tanzen und ihre Frauen nicht ratschend beim Kaffee stehen – und das alles eines Vertrags wegen, der meilenweit von Lapienen entfernt geschlossen worden war, dessen Wortlaut keiner von ihnen kannte und den vermutlich auch niemand verstanden hätte.

»Es ist, als liefe man durch ein Labyrinth aus Mauern«, sagte Thomas. »Die Gänge sind finster, wir alle sind darin gefangen, und weil wir so verzweifelt nach dem Ausweg suchen, schlagen wir in unserer Not aufeinander ein. Wenn wir mehr wissen, wenn wir begreifen, wie wir in diese Lage geraten sind, würde es beginnen, auf den Gängen hell zu werden. Wir könnten uns zusammentun. Gemeinsam den Ausgang finden, statt uns zu bekämpfen. Deshalb will ich Geschichte studieren.«

Gerda wollte das auch. Sie wollte, dass er studierte und dass in ihrem Haus alles hell und licht und warm war.

»Meine Mutter sagt, man muss die Welt einladend und vertrauenswürdig finden, um sich ein Kind zu wünschen«, erzählte Thomas. »Mit dir wünsche ich mir das. Ich kann uns beide, mich und meinen Schrapsel, mit einem kleinen Schrapselschrapsel vor mir sehen und spüren, wie glücklich wir sind.«

Gerda spürte es, wann immer sie zusammen waren. Sooft sie einer hinter dem andern auf seinem schwarzen Pony, das auf wundersame Weise den Krieg überlebt hatte und zurückgegeben worden war, durch frühlingshaft aufschießendes Gras galoppierten, sah sie Bilder von ihrem Leben auf Blaes vor sich: das Gut als schützende Glocke, unter der sie glücklich sein und eines Tages Kinder aufziehen würden. Wenn sie einen

Sohn bekamen, dachte Gerda, wollte sie ihn Kay nennen. Und wenn ihnen danach noch ein zweiter Sohn geschenkt wurde, dann vielleicht Hans-Christian.

Sie erzählte es Thomas, und er lachte. Es war einer der ersten Apriltage, so mild und sonnig, dass sie an ihren See geritten waren und im Schilf beieinander lagen, auch wenn an Baden in dem grün schimmernden Wasser noch nicht zu denken war.

»Kay und Hans-Christian, aha.« Ihr Kopf lag auf seinen flachen Bauch gebettet und bewegte sich mit jedem Wort, das er sprach. »Bekomme ich auch ein Mitspracherecht, oder entscheidest du das allein?«

»Sag bloß, du findest Kay und Hans-Christian nicht hübsch?«

»Ziemlich hübsch, doch. Aber was ist, wenn ich gerne ein Mädchen hätte?«

»Tja, dann hast du wohl Pech gehabt«, rief Gerda, die sich mit einem Sohn an jeder Hand über Stock und Stein springen sah. »Aber allzu arg wird dir das nicht im Magen liegen – alle Männer wünschen sich doch Söhne.«

»Kann ich nicht noch ein drittes haben?«, fragte Thomas. »Ein kleines Mädchen mit einer Dornenkrone aus Zöpfen?«

Gerdas Vater hätte für einen einzigen überlebenden Sohn alle drei Töchter hergegeben. Dass Thomas sich so vehement ein Mädchen wünschte, berührte sie. »Ob du eines bekommen kannst, weiß ich nicht«, sagte sie. »Aber wenn ich es möglich machen kann – wie soll es denn heißen, unser Nachschrapsel?«

Thomas überlegte, löste ihr Haar aus dem Knoten und breitete es auf seinem Bauch aus. »Ich weiß noch nicht«, sagte er. »Aber in einem von all den Märchen, die du mir erzählt hast, werde ich schon einen schönen Namen finden. Mein Lieblingsname aus meinem Lieblingsmärchen ist ja leider besetzt.«

Er richtete sich auf, beugte sich über ihren Kopf, der auf seine Schenkel gerutscht war, und lächelte versonnen, das Gesicht voller tanzender Sonnensprenkel. »Meine Gerda. Meine liebste, liebste Gerda.«

Sie reckte sich ihm entgegen, und sie küssten sich. Wenn man über einen Kuss nachdachte, kam er einem nicht besonders aufregend vor, und man mochte vermuten, es müsse einem dabei langweilig werden. Gerda aber hätte Thomas wieder und wieder und wieder küssen können, und selbst wenn sie einmal alle Tage Gelegenheit dazu hätten, bekäme sie bestimmt nie genug davon.

»Jetzt hab' ich's«, rief er, sobald sie sich voneinander lösten. »Erinnerst du dich an das Märchen, das in diesem heißen Sommer spielt? In dem, wo Trockenheit die Ernte gefährdet und alle Bauern unter der Hitze ächzen? Nur der Heubauer verdient sich eine goldene Nase, weshalb er Andrees, den Sohn der armen Witwe, nicht länger zum Schwiegersohn haben will.«

Gerda nickte. Das Märchen hatte ein Mann namens Theodor Storm geschrieben, und es hieß *Die Regentrude.*

»Ein bisschen wie dieser Andrees habe ich mich gefühlt«, fuhr Thomas fort. »Dein Vater war für mich wie der reiche Heubauer, und ich hatte Angst, ich könnte ihm nicht gut genug sein.«

Flüchtig blitzte in Gerda die Erinnerung an Leonies Warnung auf: *Kannst du dir wirklich vorstellen, dass dein Vater dich zum Altar führt und einem Polenmischling zur Frau gibt?* Aber das war ja Unsinn. Sie schrieben das Jahr 1926, ein Mann und ein Mädchen, die heiraten wollten, ließen sich das von niemandem verbieten, und ihrem Vater war sein Nachschrapsel nicht wichtig. Für Leonie suchte er verzweifelt nach einem Bräutigam, der doch noch Geld nach Lapienen bringen würde, während er den armen Bernhard behandelte, als wäre er Luft. Was Gerda anging, würde es ihm genügen, wenn sie in einer halbwegs vorzeigbaren Ehe versorgt wäre und ihm nicht länger auf der Tasche lag.

»Aber das Mädchen«, sprach Thomas in Gedanken versunken weiter. »Das Mädchen in dem Märchen hat sich den armen Andrees nicht ausreden lassen, sondern hat, um ihn zu bekommen, dem Land den Regen zurückgebracht. So wie du.«

»Himmel hilf.« Gerda lachte und setzte sich auf. »Ich bring' doch keinen Regen, ich bin froh, dass es endlich sonnig ist und ich mir nicht mehr bei jedem Schritt nasse Füße hole.«

»Aber du lässt dir deinen armen Schlucker nicht ausreden«, beharrte Thomas. »Andere Prinzessinnen brauchen einen Prinzen, der sie rettet, aber du würdest um die halbe Welt laufen, um mich zu retten. So wie Maren im Märchen von der Regenfrau. Deshalb werde ich mein kleines Mädchen nach ihr benennen – dann habe ich eine Gerda und eine Maren, und nichts kann mir geschehen.«

»Dir darf auch nichts geschehen«, rief Gerda. »Wenn du einen Stein auf den Kopf oder einen Splitter ins Herz fallen lassen musst, dann warte gefälligst, bis ich mich neben dich stellen kann, damit es uns beide trifft.«

»Ach, Gerda.«

»Ach, Thomas. Na komm, reiten wir noch ein Stück und lassen uns die schwarzen Gedanken aus dem Kopf blasen. Schließlich geschieht uns ja nichts Böses – wir werden höchstens verrückt vor Glück!«

Ein Schwarm wilder Enten stob aus dem Schilf, als sie losrannten. Die bezaubernden Küken, die sich eng am Gefieder der Mutter hielten, würden im Herbst, wenn Thomas aufbrach, schon groß sein. Um die Wette liefen die beiden zu ihrem Pony, das an dem Gras mit den würzigen Kräutern rupfte, und ritten aneinandergeschmiegt durch den hellen Tag.

Gerda behielt recht. Ihnen geschah nichts Böses, den ganzen langen Sommer hindurch. Zu Ostern erhielt Thomas seine Ergebnisse. Wie erwartet, hatte er als Bester des Jahrgangs abgeschnitten. Seine Mutter war es mithilfe des Großvaters aus Graudenz gelungen, das Geld für eine Bude in Breslau aufzubringen, und dem Studium stand nun nichts mehr im Wege.

Auch wenn die Zeiten unsicher blieben. Im Mai wechselte in Berlin wieder einmal die Regierung, und in Polen putschte der beim Volk als Held verehrte General Piłsudski, der auf die Sicherung der Grenzen pochte. Die Zinsen stiegen, der Preis für Roggen und Kartoffeln stürzte ins Bodenlose, und die Rufe nach Hilfe für die bedrängten Ostprovinzen verhallten ein weiteres Mal.

Für Gerda und Thomas aber waren all diese Ereignisse weit weg. In ihrer Welt gab es in diesem Sommer nur sie beide, nur die Ausritte, das Schwimmen im See, die Tänze zu stummer Musik und den Rausch ihrer Liebe. Dass aus Letzterem kein Kay, kein Hans-Christian und keine Maren hervorging, war ihr Glück, obwohl Gerda gelegentlich dachte, es sei ihr Pech. Sie fühlte sich noch zu jung für ein Kind. Hätte sie jedoch eines erwartet, wäre ihrem Vater nichts anderes übrig geblieben, als in eine Heirat einzuwilligen, und sie hätte ihren Thomas nie mehr loslassen müssen.

7

Aber nun musste sie ihn loslassen. Am Tag vor seiner Abreise stand sie in der mit Dampf und Düften gefüllten Küche und half Pauline, Porzeln in Schmalz auszubacken und Apfelflinsen abzubraten. Für Pauline war das eine Routinearbeit, die sie im Schlaf hätte erledigen können. Gerda aber, die Pauline um diese Wegzehrung für Thomas' Reise gebeten hatte, wollte selbst Hand anlegen. Sie würde ihre Liebe in die Gebäckstücke legen und malte sich aus, wie er sie aß, während der Zug ihn von ihr wegtrug. Nachdem sie jedoch eine ganze Partie Porzeln verdorben hatte, weil sie den Teig trotz Paulines sorgsamer Anleitung nicht fest genug geknetet hatte, musste sie über sich selbst lachen. Thomas würde in ihrem Backwerk überhaupt nichts spüren, höchstens, dass sie sich fürchterlich ungeschickt angestellt hatte.

»Sie wollen das Beste, gnädiges Fräulein«, sagte Pauline. »Wo eine Schöpfkelle Rosinen in einen Teig gehört, füllen sie zwei ein, um dem Empfänger etwas Gutes zu tun. Aber damit steht es beim Backen wie im Leben: Des Guten zu viel ist des Guten zu viel, der Teig wird klebrig und hält nicht richtig zusammen.«

»Aber man kann doch jemanden nicht zu viel lieben, oder, Pauline?«, fragte Gerda.

»Davon verstehe ich nichts«, antwortete die Köchin und siebte Mehl und Maisstärke in Gerdas Rührschüssel, um den Rest ihres Teiges zu retten. »Und Sie, gnädiges Fräulein, sollten auch nichts davon verstehen. Wenn ich mir Sie allerdings anschaue, scheint mir, dass zu viel Lieben durchaus eine elende Viecherei sein kann und dass Sie besser dran täten, Ihr Herzchen zu bewahren.«

Sie hatte recht. Gerda fühlte sich elend. Und dabei hatte sie doch die Heldin spielen und Thomas mit einem Lächeln auf den Weg schicken wollen! Sie wollte es noch immer. Aber die Zeit ohne Thomas schien sich schon jetzt wie ein endloses, ödes Land vor ihr zu erstrecken. Drei Jahre würde das Studium mindestens dauern. Wenn sie wenigstens offiziell verlobt gewesen wären, hätte es als schicklich durchgehen können, dass Gerda in Begleitung ihrer Schwester gelegentlich zu ihrem Zukünftigen nach Breslau reiste. So aber würde sie auf die Semesterferien zu Weihnachten, Ostern und im nächsten Sommer warten müssen, und selbst ihren Briefwechsel musste sie so weit wie möglich geheim halten.

Leonie kam zur Küchentür hereingefegt. »Dachte ich's mir doch, dass ich dich hier finde«, sagte sie. Sie trug eine weiße, bis an die Kehle zugeknöpfte Bluse, die an ein Herrenhemd erinnerte, und einen schwarzen Rock, der wie eine Hose eng auf ihren Hüften saß, um dann weit auseinanderzufallen. Diese Art Kleider standen ihr. Es war Gerda bereits des Öfteren aufgefallen, dass Leonie mit ihren herben, scharf geschnittenen Zügen in ein wenig männlich anmutender Kleidung höchst anziehend wirkte.

»Was treibst du denn bei Pauline?«, fragte Leonie. »Naschen? Bist du aus dem Alter noch immer nicht raus?«

»Bin ich nie«, behauptete Gerda. »Bei Pauline naschen macht warm.«

»So kalt ist es doch gar nicht. Auch wenn's mit dem Sommer vorbei ist.«

»Im Innern warm, mein' ich«, sagte Gerda. »Aber heute bin ich nicht zum Naschen gekommen, sondern um etwas zu lernen. Pauline hat mir beigebracht, wie man Porzeln und Flinsen macht – auch wenn ich mich ausnehmend dumm angestellt habe.«

»Porzeln und Flinsen zu machen gehört wohl kaum zu den Dingen, die du zukünftig brauchen wirst«, erwiderte Leonie, nahm Gerda am Ärmel und zog sie aus der Seitentür hinaus in den Küchengarten, wo die Kräuter in ihren Beeten betörende Düfte verströmten. Der Himmel rötete sich, und der letzte Tag, an dem Thomas hier bei ihr in der Grenzmark sein würde, neigte sich dem Ende zu. Morgen Abend würde sie vielleicht wiederum hier stehen, aber das Wissen, dass Thomas nur ein Wegstück entfernt in derselben Abendsonne stand, würde sie nicht wärmen. Schon bald würden die Heuwagen, geschmückt mit der Erntekrone, die Zufahrt hinaufrumpeln, junge Erntearbeiter würden mit Austbier auf die glückliche Einfahrt anstoßen und mit ihren Mädchen feiern, aber Thomas wäre nicht da, um mit ihr zu tanzen. Eine Melancholie überkam Gerda, gegen die sie sich vergeblich wehrte.

»Willst du auch eine?« Leonie hielt ihr ein abgeschabtes Etui hin, in dem ein Lederriemen sechs Zigaretten festhielt. Gerda hatte natürlich gehört, dass es in den Städten Frauen gab, die Zigaretten rauchten. Dass aber so etwas hier, auf Lapienen, vorkam, dass ihre eigene Schwester sich das herausnahm, konnte sie kaum fassen.

Leonie wartete ihre Antwort nicht ab, sondern zog sich selbst eine Zigarette heraus, zündete sie an und blies nach einem kräftigen Zug einen Schwall Rauch aus. Sie hielt sie Gerda entgegen. »Wenigstens probieren?«

»Ich glaub' nicht.«

»Das ist das Verdrehte an dir«, sagte Leonie. »Geht's um ein harmloses Laster, spielst du das brave Töchterchen, und anziehen tust du dich wie ein Marjellchen aus der Klosterschule. Dass du's faustdick hinter den Ohren hast, errät bei dir kein Mensch.«

»Ich hab's nicht faustdick hinter den Ohren«, setzte Gerda zum Protest an und brach ab, weil ihr bewusst wurde, dass ihre Schwester recht hatte. Im Vergleich zu den aufregenden Dingen, mit denen sie und ihr Liebster die diesig-goldenen Nachmittage am See verbracht hatten, war die arme Leonie mit ihren Zigaretten und ihren sonderbaren Kleidern arglos und unverdorben.

»Also gut. Warum eigentlich nicht?« Gerda griff nach der Zigarette, als wollte sie Leonie damit eine Freude machen. Wider Erwarten musste sie nicht husten, als sie den Rauch tief einatmete, und fand den Geschmack nicht einmal unangenehm.

Ihre Schwester schien sie von der Seite zu belauern. »Gerda, so geht es nicht weiter«, sagte sie und nahm ihr die Zigarette weg.

»Was? Dass ich hier mit dir stehe und rauche?«

»Du weißt genau, was ich meine«, erwiderte Leonie. »Mir geht's um das Geturtel mit dem Merwitz-Sohn, das du vor aller Augen zur Schau trägst. Beim Schmied in Bergelau wird man inzwischen schon gefragt, wann denn die Verlobung gefeiert worden ist und ob man nachträglich ein Geschenk schicken dürfe.«

Gerda schwieg und wünschte sich die Zigarette zurück, weil ihre Hände dann etwas zu tun gehabt hätten.

»Du bist doch kein Dummkopf.« Leonies Stimme wurde bohrend. »Du weißt so gut wie ich, was aus einem Mädchen wird, das sich mit einem Mann, mit dem es nicht verlobt ist, beträgt, als wär' es das.«

»Ja, das weiß ich«, stieß Gerda heraus. »Sie findet keinen mehr, der sie nimmt, wird eine alte Jungfer und liegt ihren verheirateten Geschwistern auf der Tasche.«

»Du sagst es.«

»Aber bei Thomas und mir ist es nicht so!«, rief Gerda. »Wir würden unsere Verlobung lieber heute als morgen feiern, und ich liege niemandem auf der Tasche, sondern werde Thomas' Frau. Eine Köchin und Haushälterin wird es auf Blaes vermutlich nicht geben, also sollte ich mich besser zurück in die Küche trollen und mir das Hexenwerk mit diesen Porzeln noch einmal erklären lassen. Darum, dass ich ledig bleiben könnte, brauchst du dich nicht zu sorgen, Leo. Thomas und ich sind einander im Wort. Er ist nur der Meinung, er könne nicht mit leeren Händen vor den Vater treten, sondern müsse sich erst etwas aufbauen.«

»Da hat er ganz recht, dein Thomas«, blaffte Leonie. »Und weil er mit leeren Händen nicht vor den Vater treten kann, gibt er den Gedanken, um dich anzuhalten, besser auf. Ob als armer Großbauer oder als armer Schullehrer – das eine taugt deiner Familie so wenig wie das andere.«

»Was willst du damit sagen?«

»Dass du ihn nicht heiraten kannst«, antwortete Leonie. »Und dass du aufhören musst, so zu tun, als könntest du es. Ich habe es dir schon einmal gesagt, du hast mich nicht ernst genommen, und ich habe bei mir gedacht: Was soll's? Wenn es dem Gut erst besser geht, wird der Vater womöglich ein Auge zudrücken und der Kleinen ihren Willen lassen. Doch seitdem ist viel Wasser die Weichsel hinuntergeflossen. Die hoffnungsvolle Partie mit Bernhard hat sich als Windei entpuppt, die Preise für Roggen sind so tief gestürzt, dass sie die Kosten nicht mehr decken, und wenn wir nicht wollen, dass die Zuchtstuten uns elendig verhungern, werden wir demnächst anfangen müssen, sie zu verkaufen.«

»So schlimm, Leo?«

»Viel schlimmer, als du es dir in deinem Wolkenkuckucksheim vorstellen kannst«, entgegnete die Schwester finster.

»Aber wenn erst die Osthilfe kommt«, begann Gerda zaghaft. »Und wenn du in nicht allzu ferner Zukunft heiratest …«

»Wen soll ich denn heiraten, zum Teufel?«, platzte Leonie heraus. »Sieh mich doch an, Gerda. Sieh mich doch einmal richtig und ohne deine rosarote Brille an.«

Während ihre Schwester das Etui aus ihrer Rocktasche fingerte und sich eine neue Zigarette ansteckte, musterte Gerda sie. Sie fand Leonie schön und auf eine schwer zu beschreibende Weise imposant. Schon als kleines Mädchen hatte sie sie gern angesehen. Ihr Gesicht war klar, ihre Augen scharf, als entginge ihnen nichts. Ihr Haar, das die Farbe von Pfeffer hatte, trug sie so straff zurückgebunden, dass es aussah, als hätte sie es pomadiert.

»Und?«, fragte Leonie. »Was siehst du?«

»Dich«, sagte Gerda. »Ich weiß ja nicht, wonach ich suchen soll.«

»Nach einem Mädchen, mit dem sich ein westpreußischer Erbsohn zu verloben wünscht«, gab Leonie zurück. »Das findest du nicht? Kein Wunder. Es steht nämlich auch nicht vor dir.«

Gerda fiel nichts ein, was sie dagegen vorbringen konnte. So schön sie selbst Leonie fand, sie musste zugeben, dass diese nicht zu den jungen Mädchen gehörte, um die Männer sich wie Motten scharten, die sie zum Tanzen aufforderten und mit Komplimenten überhäuften. Vor allem war sie, wie Gerda mit Schrecken feststellte, im landläufigen Sinne auch kein junges Mädchen mehr.

»Ich bin zu alt«, sagte Leonie ausgerechnet in diesem Moment. »Ich habe ein Gesicht wie meine prächtige Falba, aber im Gegensatz zu ihr bin ich keine preisgekrönte Trakehnerstute und habe keine Elchschaufel auf meiner Kruppe. Ich habe kein Talent, einem Mann nach dem Mund zu reden, singe wie ein Blecheimer und tanze wie eine zerzauste Vogelscheuche. Das alles würde nicht ins Gewicht fallen, denn mit einem Gut wie Lapienen als Mitgift hätte man vor Kurzem noch eine in Taft gewandete Ziege vermählen können. Leider aber hat uns der verdammte Krochow nicht nur seinen nutzlosen Sohn untergejubelt, sondern er kann obendrein den Mund nicht halten. Er sitzt ja jetzt in der Stadtverordnetenversammlung von Schlochau, und mittlerweile weiß der gesamte Landkreis, dass Lapienen demnächst unter den Hammer kommt, wenn kein Wunder geschieht.«

»Das ist nicht dein Ernst!«

»Und ob.« Leonies gerade noch aufgebrachte Stimme klang jetzt müde. »Wir wissen nicht mehr ein noch aus, Gerda, und die gottverdammte Osthilfe wird wahrscheinlich am Sankt Nimmerleinstag eintreffen.«

»Aber wie hat es denn so weit kommen können?«, rief Gerda, die sich trotz aller Sorgen auf Lapienen doch immer geborgen und sicher gefühlt hatte wie in dem steinernen Burgturm in Schlochau, der sich seit Jahrhunderten am Ufer des Amtssees erhob.

Sie blickte zu den geschmiedeten Wetterfahnen, die auf den Dachfirsten des Hauses thronten, zu den verschlungenen Buchstaben – W für Westkamm und L für Lapienen –, und konnte sich nicht vorstellen, dass dieses erhabene Gebäude einmal nicht mehr hier stehen und von ihrer Familie bewohnt werden sollte. »Hat der Vater denn nicht Vorkehrungen getroffen?«, entfuhr es ihr. »Hätte er nicht etwas umstellen müssen, wenn die Pferdezucht so kostspielig ist und Roggen nichts mehr einbringt?«

»Ha – so einfach stellst du es dir vor?« Leonie warf den Kopf in den Nacken und schnaubte wie eines ihrer geliebten Pferde. »Braucht es vielleicht nur eine Fee aus einem deiner

Märchen, die mit einem Streich ihres Zauberstabs all unsere Probleme löst? Glaub mir, mein Täubchen, wenn es so leicht wäre, läge mir die Tatsache, dass ich keinen Mann finde, nicht auf der Seele. Von Brautkleidern, Jungfernkränzen und all dem Zauber habe ich nie geträumt. Wäre die Rechnung mit Bernhard Krochow aufgegangen, hätte ich mit Freuden mein Leben im Pferdestall verbracht: Heugabel in den Händen, Halme im Haar und auf dem Hintern ein Paar uralte Breeches. Das ist meine Welt.«

»Wer weiß, ob sich für dich nicht doch noch ein Bewerber gefunden hätte, wenn du nur mehr Sorgfalt auf deine Kleidung verwandt und dich darüber hinaus einer damenhaften Sprache befleißigt hättest.«

Die spitze Stimme in ihrem Rücken ließ Gerda herumfahren. Hinter ihr stand ihre Mutter. Wie immer war sie tadellos frisiert und gekleidet, trug ein zweiteiliges Ensemble mit Schößchen-Jacke in der Farbe von Milchkaffee über einer rehbraunen Bluse, an der nicht einmal die Schleife auch nur um Haaresbreite verrutscht war. Als Gerda klein war, hatte ihre Mutter sie an die zarte Tänzerin aus Porzellan erinnert, die auf ihrer Spieldose befestigt war. Beim Aufziehen des Spielwerks hatte sie sich im Tanz bewegt, ohne dass eine Falte ihres Rocks sich rührte.

Leonie straffte den Rücken. »Glaubst du das wirklich?«, rief sie eher verletzt als empört. »Dann tut es mir leid. Ich war zu jeder elenden Heirat bereit, um diesen Besitz nicht vor die Hunde gehen zu lassen, ich habe mein Bestes gegeben, aber dass mein Bestes nicht genügen würde, haben wir doch von Anfang an gewusst.«

Reinhild von Westkamm war eine geborene Freiin von Bistram, Tochter kurländischer Ritter, die ihren Stammbaum bis ins Jahr 1565 zurückverfolgen konnten. Ihrer Schwägerin,

Tante Benigna, hatte sie mit unerbittlicher Strenge erklärt, dass eine Trägerin des Namens Bistram sich keine Schwäche zu erlauben hatte, und genauso streng war sie gegen ihre Töchter und sich selbst. Umso überraschter war Gerda, dass ihre Mutter Leonies Worten nicht mit einer scharfen Erwiderung begegnete.

»Ja, du hast dein Bestes gegeben«, sagte die Mutter. »Das rechne ich dir an, und das ist es, was eine jede von uns zu tun hat.«

Ruckartig drehte sie den Kopf und wandte sich an Gerda: »Die Reihe ist an dir«, sagte sie. »Es gibt einen jungen Herrn, der als Nachfolger deines Vaters infrage kommt – nicht von hier, sondern aus Pommern, jedoch aus bester Familie und über eine Seitenlinie mit den Bistrams verwandt. Albrecht von Wolter. Zweitgeborener, aber mit Vermögen von der mütterlichen Seite. Einen besseren Bewerber werden wir nicht finden. Dein Vater hat die Familie für Anfang Oktober zur Drückjagd auf Schalenwild eingeladen.«

Gerda schauderte. Die Jagd gehörte zu den beliebtesten Vergnügungen westpreußischer Gutsherren, und die Damen taten begeistert mit. Mit seinen Kieferndickungen, den Buchen und Eichen, den Erlenbrüchen und Schilfgürteln an den Ufern der Seen besaß das Land einen unerschöpflichen Wildbestand, und über die weiten Ebenen und sacht rollenden Hügel ließ sich nach Herzenslust jagen. Der Zwinger hochgezüchteter Bracken war der Stolz ihres Vaters, und auf den Geselligkeiten nach der Jagd, an die Gerda sich dunkel aus der Zeit vor dem Krieg erinnerte, zeigte er sich ausgelassen, wie sie ihn sonst nicht kannte.

Sie hätte froh sein sollen, dass er sich diese geliebte Kurzweil wieder zugestand, doch sie konnte sich nicht helfen: Die Jagd war ihr verhasst. Sie kam ihr vor wie ein Krieg, in dem nur eine Seite Waffen trug und sich im Morgengrauen zum Überfall rüstete, während die andere Seite noch selig schlief und nicht an einen Angriff dachte. Die Opfer taten ihr leid, so kindisch es auch sein mochte. Gerade das majestätische Wildschwein, das in ihren Wäldern so selten geworden war, hätte nicht blutend und an den Läufen zusammengebunden aus seinem Revier geschleppt werden dürfen, in dem es wie ein selbstgenügsamer König herrschte.

Solche Gedanken waren sentimental, einer Gutsherrentochter nicht würdig, aber beim Nachschrapsel hatte es bisher niemand genau genommen. Wenn diese Familie allerdings zu einem Jagdwochenende zu Besuch kam, würde ihr nichts übrig bleiben, als gute Miene zu machen. Um das Schießen kam sie herum, weil die Herren es mochten, wenn ein zartbesaitetes Mädchen diese Art von Heldentum den Männern überließ. Die anschließende Feier, das Tanzen und Trinken würde ihr jedoch niemand ersparen.

»Ich werde mir Mühe geben und mithelfen, damit die von Wolters sich bei uns willkommen fühlen«, sagte sie. »Aber Herr auf dem Gut wird doch Bernhard – so hat es Vater mit Herrn Krochow ausgehandelt, wie kann jetzt ein anderer an seine Stelle treten?«

Leonie stöhnte, als hätte sie Schmerzen. »Glaub mir, diese Rede muss ich mir von früh bis spät von Adele anhören. Sie weint sich die Augen aus: Ihr sei versprochen worden, sie werde Gutsherrin, wenn sie Bernhard Krochow heiraten würde, sie habe nur deshalb in die Hochzeit eingewilligt. Das ist ja auch zu verstehen, aber es hilft doch nun einmal nichts.«

»Nein«, bestätigte ihre Mutter hart. »Es hilft nichts. Die Verhandlungen über die Eheschließung sind unter falschen Voraussetzungen geführt worden und damit null und nichtig.

Weshalb sollte denn ein Mann wie Herr von Wolter Geld in dieses Gut stecken, wenn nicht sein eigener Sohn, sondern ein angeheirateter Hungerleider der Herr darauf wird? Der Titel ist verloren, er liegt mit meinen Söhnen in Russlands Erde verscharrt, aber das Gut selbst ist ein Pfund, mit dem wir immer noch wuchern können. Geben wir das aus der Hand, weil dein Vater gutgläubig war und sich täuschen ließ, dann können wir Lapienen auf der Stelle den Vollstreckern überschreiben.«

Gerda wollte etwas sagen, aber ihre Mutter hatte sich zu Leonie gewandt und sprach schon weiter: »Deiner Schwester Adele kannst du ausrichten, was ich ihr schon zur Genüge erklärt habe: Wenn sie will, dass ihrem Kind das Dach über dem Kopf erhalten bleibt, hält sie sich besser an die Regeln, die wir vorgeben. Ja, sie ist an einen Mann verkauft worden, dessen Familie den Preis nicht entrichtet hat, aber da ist sie nicht die Erste und wird nicht die Letzte sein. Darüber zu jammern bringt nichts. Es wird Zeit, dass sie sich damit abfindet und anfängt, mit dem Blatt zu spielen, das ihr das Schicksal zugeteilt hat.«

»Adele erwartet ein Kind?«, platzte Gerda dazwischen. Einen Augenblick lang vergaß sie alles andere. Sie würde Tante werden. Ihre Familie wuchs weiter, das alte Schaukelpferd würde sich in Bewegung setzen, und auf den Stufen und Gängen des Hauses würde sich wieder Leben regen.

Wenn ihnen das Haus nicht verloren ging, fiel es ihr gleich darauf wieder ein.

»Ja, deine Schwester ist in der Hoffnung«, erwiderte ihre Mutter unbewegt. »Ein Esser mehr, der sich nicht nur an unseren Tisch setzen und satt werden, sondern standesgemäß aufwachsen will. Umso schneller müssen wir handeln, und wie euch bekannt ist, ist die Auswahl nicht groß. Die Generation unserer Söhne ist dezimiert wie dieses ganze beklagenswerte Land, und auf jeden akzeptablen Kandidaten kommen ein Dutzend Bewerberinnen. Wir dürfen kein Mittel scheuen. Bis zum Besuch der von Wolters werden wir alles tun, um die Vorzüge, die du ja zweifellos besitzt, gebührend herauszustreichen. Wir werden Herrn Albrecht vor Augen zu führen, dass er eine bessere Wahl gar nicht treffen kann.«

»Eine bessere Wahl als – mich?« Gerda kam sich vor wie eine Idiotin. Ihre Mutter und ihre Schwester hatten offensichtlich ein Komplott geschmiedet und diese Begegnung zwischen den Küchenkräutern geplant. »Bei diesen Heiratsplänen geht es doch um Leonie, nicht um mich«, brach es aus ihr heraus.

Leonie seufzte.

»Würdest du das bitte unterlassen«, fuhr ihre Mutter sie an. »Wir sind keine Tiere, wir teilen das, was in uns vorgeht, nicht der Welt mit, indem wir Geräusche von uns geben. Und was dich betrifft, Gerda, so ist es mit dem Ausruhen auf deiner Rolle als ewiges Kindchen nun vorbei. Du bist erwachsen. Du hast eine Pflicht, und ich erwarte von dir, dass du sie erfüllst. Im Grunde ist eine Frau unseres Standes nichts anderes als ein Soldat. Der kann sich auch nicht drücken, wenn er zu den Waffen gerufen wird.«

Ich will aber nicht dabei sterben, begehrte es in Gerda auf. Es mochte lächerlich scheinen, doch genau so kam es ihr vor: als müsste sie sterben, wenn die Familie sie zwang, einen Mann zu heiraten, den sie nicht wollte.

Einen Mann, der nicht Thomas war.

»Dein Vater und ich haben auch unsere Pflicht zu erfüllen«, fuhr ihre Mutter unbeirrt fort. »Und du kannst gewiss sein: Ich habe mir damals, als meines Vaters Lieblingstochter auf Wormsathen, auch etwas anderes für mein Leben vorgestellt, als hier wie eine Bettlerin vor mich hin zu vegetieren. Aber nach unseren Plänen und Vorstellungen werden wir nun einmal nicht gefragt.«

Und warum nicht?, lag es Gerda auf der Zunge, doch sie schluckte es hinunter.

»Auch dein Vater ist nach seinen Wünschen nicht gefragt worden«, hörte sie ihre Mutter sagen. »Man mag mancherlei gegen ihn vorbringen, aber er ist immer ein vorbildlicher Gutsherr gewesen. Seine Leute – die Bauern auf den Vorwerken, die Landarbeiter, das Gesinde – behandelt er gut und trägt die Verantwortung für sie. Er könnte sich einer großen Last entledigen, wenn er Teile des Landes veräußern würde, aber er ist entschlossen, den Bauern ihr Auskommen zu erhalten und niemanden um Lohn und Brot zu bringen.«

»Sliwitzky hat er angedroht, ihn um Lohn und Brot zu bringen«, sprudelte es aus Gerda heraus.

»Das ist etwas anderes, davon verstehst du nichts«, wies ihre Mutter sie zurecht. »Mir ging es darum, dir klarzumachen, dass wir auf diesem Land stehen, wie das Regiment deiner armen Brüder in Russland gestanden hat, um die Heimat zu verteidigen. Wir müssen alle unsere Opfer bringen, wenn unser Ruf erfolgt. Der deine ist erfolgt, Gerda. Um den zweihundert Menschen, die von uns abhängig sind, die Existenz zu bewahren, benötigen wir eine Investition, wie eine Verbindung mit der Familie von Wolter sie uns verschaffen kann. Wir erwarten deshalb, dass du alles tust, um diese Verbindung zu ermöglichen. Du wirst dich natürlich als Dame von Stand präsentieren und dich keinesfalls wie eine Gemeine dem Herrn an den Hals werfen. Ein diskreter Hinweis darauf, dass du seinem Ansinnen nicht abgeneigt bist, wäre allerdings angebracht.«

Leonie seufzte von Neuem. »Wenn es nur so einfach wäre, diese diskreten Hinweise vorzubringen.«

»Du armes Geschöpf bist ein hoffnungsloser Fall«, erwiderte ihre Mutter und musterte ihre älteste Tochter mit einer Mischung aus Verachtung und Mitleid. »Für gewöhnlich ist diese Fähigkeit einer Dame jedoch angeboren, und wenn sie in Gerda noch nicht herausgebildet ist, dann werden wir unverzüglich daran arbeiten.«

»Augenblick.« Gerda straffte die Schultern. »Ich habe verstanden, was du mir erklärt hast, und werde mein Bestes tun, um meinen Teil der Last zu tragen«, sagte sie mit einer Festigkeit in der Stimme, die sie kaum als ihre eigene erkannte. »Ich verstehe von alledem nichts – weder von der Führung des Gutes noch von Wirtschaft, Geld und Politik. Das muss sich ändern. Ich will mich hinsetzen und mich mit eurer Hilfe in alles Nötige einlesen, damit wir gemeinsam überlegen können, was es für Möglichkeiten gibt.«

»Wie diese Möglichkeit aussieht, habe ich dir doch eben in sämtlichen Einzelheiten dargelegt«, fuhr ihre Mutter ihr ins Wort.

»Nein«, erwiderte Gerda fest wie zuvor. »Diese Möglichkeit gibt es nicht, und es hätte sie auch nie geben dürfen. Dass Vater kein Land verkaufen will, von dessen Erträgen Familien leben, ist gut und richtig.« Sie wusste, dass sämtliche Gutsherren es so hielten, und liebte ihren Vater dafür, dass er es nicht tat. Doch stattdessen eine seiner Töchter zu verkaufen durfte nicht die Lösung sein.

Es war ihre Liebe zu Thomas, die ihr die Festigkeit verlieh. Das Wissen, dass ihnen beiden die Zukunft gehörte, auch wenn der Weg steinig werden mochte.

Ihre Mutter und ihre Schwester starrten sie an, als hätten sie eine Fremde vor sich. Ruhig sprach Gerda weiter: »Ich will gern dabei helfen, dass es so bleiben kann. Dem Besuch aus Pommern könnten wir ein Wochenende lang vor Augen führen, wie wundervoll und einzig Lapienen ist, dass es nur ein wenig Hilfe bräuchte, um wieder in voller Blüte zu stehen, und dass sich diese Hilfe für den Investor lohnen würde. Ich kann auch anders helfen, wenn ihr wollt, ich bin für alles offen. Nur eines kann und werde ich nicht tun: einen Mann heiraten, den ich nicht liebe.«

8

Warum verliebt sich ein Mensch in einen anderen? In einen Fremden, mit dem er nicht mehr als ein paar Abende verbracht hat, den er nie weinen gesehen, mit dem er nie herzlich gelacht und kaum ein persönliches Wort gewechselt hat, das nicht von Höflichkeit und Etikette diktiert gewesen wäre?

Als Albrecht von Wolter ihr im Dezember während eines Tanztees bei seinem dritten Besuch auf Lapienen erklärte, er habe sich in sie verliebt, konnte Gerda nicht anders, als ihn zu fragen: »Warum in aller Welt denn in mich?«

»Weil Sie bezaubernd sind, Gerda«, antwortete er. »Gewiss haben Ihnen schon zahlreiche Herren erklärt, dass Sie ganz reizend anzusehen sind, aber ich bin kein oberflächlicher Mann. Für mich ist von weit größerer Bedeutung, dass Sie aus gutem Hause stammen und wohlerzogen sind.«

Das bin ich wohl kaum, dachte Gerda, denn niemand hatte auf die Erziehung des Nachschrapsels viel Mühe verwandt. Die gestrenge Frau von Lehrer Sägebrecht, die auf Lapienen den Haushalt führte, hatte einmal zu Barduhn gesagt: »Es ist nicht recht, dass man ein Kind vor sich hin wuchern lässt wie eine Wildblume, selbst wenn man schon genügend andere hat.«

»Wenn Sie kein oberflächlicher Mann sind – warum sagen Sie mir dann Dinge, die Sie jeder anderen auch sagen könnten?«, fragte sie Albrecht. »Hat Ihre Familie Sie dazu angehalten? Sollen Sie um mich werben, damit Sie Lapienen bekommen?«

Sie konnte selbst kaum fassen, dass sie eine derart ungehörige Frage ausgesprochen hatte. Sie schlief in letzter Zeit schlecht. Galt das als Entschuldigung? Die Notlage, in der das Gut steckte, wurde immer gravierender, und ein Ausweg war nicht in Sicht. Zudem war bald Weihnachten, die Kerzen auf den Simsen ließen den Schnee vor den Salonfenstern glitzern, und sie sehnte sich nach Thomas. In dieser Zeit der Stille kam sie sein Fehlen härter an als sonst.

»Weihnachten ist die schönste Zeit des Jahres, wenn man seine Lieben um sich hat und Gedecke abzählt, um sie auf festlich geschmückte Tische zu legen«, hatte Thomas' Mutter gesagt. »Aber für die, die allein sind und an ihrem Tisch nur noch leere Stühle zu zählen haben, gibt es keine Zeit, die schmerzhafter ist.«

Hatte sie deshalb dem Gast ihrer Familie die beleidigende Frage gestellt? Albrecht von Wolter wirkte erschrocken wie ein aufgescheuchtes Stück Wild. »Nein, nein«, stammelte er. »Das dürfen Sie von mir nicht glauben, liebe Gerda.«

»Es tut mir leid«, sagte Gerda. »Ich hätte so nicht mit Ihnen sprechen dürfen, das ist alles andere als wohlerzogen. Aber wahr ist es trotzdem. Habe ich recht?«

Zum Teufel, warum konnte sie es nicht bei der Entschuldigung belassen? Jetzt hatte sie alles noch schlimmer gemacht. Während sie fieberhaft auf etwas sann, mit dem sie ihren erneuten Fauxpas hätte wettmachen können, trat Leonie vor das voluminöse Grammofon beim Teetisch und legte eine neue Schallplatte auf. Es war ihr ganzer Stolz. Das brandneue Modell konnte bis zu drei Scheiben hintereinander abspielen, ehe das Federwerk neu aufgezogen werden musste. Zusammen mit einem Stoß Schallplatten der Firma Homocord war es aus Berlin geliefert worden, denn kein Laden in Schlochow führte solche technischen Wunderwerke. Die Mutter hatte mit den Zähnen geknirscht, aber schließlich zugestimmt, nachdem Leonie ihr erläutert hatte, dass man zur Musik eines Grammofons jederzeit in kleinem Rahmen tanzen konnte, ohne eine Tanzkapelle zu engagieren.

Und Tanzen war schließlich unerlässlich, wenn man erreichen wollte, dass zwei sich näherkamen; alles andere schickte sich nicht. Der langsame Walzer, den Leonie aufgelegt hatte, hieß *Lippen schweigen*. Er war mehr als zwanzig Jahre alt und äußerst schicklich, doch immerhin gestattete er einem jungen Herrn und einer jungen Dame, die Arme umeinander zu legen und inmitten von Menschen in gewisser Weise allein zu sein. Gerda konnte ein Lied davon singen. Sie hatte es mit Thomas oft genug ausprobiert.

»In den großen Städten wird so etwas gar nicht mehr getanzt«, hatte Thomas einmal über einen Walzer wie diesen gesagt. »Da gibt es jetzt Foxtrott, One Step, Two Step und wie sie alle heißen, und die meisten tanzt man, ohne sich zu berühren. In Berlin soll es sogar Frauen geben, die ohne Männer tanzen.«

»Aber warum das denn?«, hatte Gerda ausgerufen und sich in der Drehung fester in seine Arme geschmiegt.

Thomas hatte mit der Schulter gezuckt. »Wohl weil sie es jetzt nicht mehr nötig haben«, hatte er gesagt. »Weil sie sich berühren dürfen, wann immer sie es wollen.«

Danach sehnte sich Gerda: Auch sie wollte Thomas berühren dürfen, wann immer ihnen beiden danach war, statt wie ein dressiertes Tier diesen Zirkus aufzuführen. Albrecht von Wolter reichte ihr seinen Arm. »Erweisen Sie mir die Ehre, meine Liebe?«

»Natürlich.« Gerda unterdrückte ein Seufzen und begann, mit ihm zu tanzen. Ihre Gedanken schweiften ab.

Leonie blätterte unterdessen durch die Hüllen der Schallplatten. Musik und Tanz reizten sie nicht, aber die Technik, mit der das Grammofon der schwarzen Scheibe die Töne entlockte, ohne dass man wie früher daran kurbeln musste, faszinierte sie. An ihr war ein Junge verloren gegangen. Sie hätte sogar lernen wollen, einen Traktor zu fahren, hatte sie Gerda einmal gestanden, und warum in aller Welt blieb ihr das verwehrt? Ihr Vater brauchte jemanden, der das Gut weiterführte, und Leonie, die dieses Gut mit jeder Faser ihres Wesens liebte, durfte es nicht, weil sie nur eine Tochter war.

Sie verstand sich auf die Landwirtschaft samt ihren neuesten Entwicklungen und Errungenschaften wie niemand sonst. Hätte man ihr freie Hand gelassen, wäre es ihr vielleicht gelungen, Lapienen aus dem Sumpf zu ziehen, und diese schäbige Farce mit den von Wolters wäre nicht nötig gewesen.

»Ja, Sie haben recht.« Albrecht von Wolters Stimme ließ Gerda zusammenzucken. »Meine Familie hat mir in der Tat nahegelegt, mich um eine Tochter des Hauses Westkamm zu bemühen, und da dies in jedermanns Interesse schien, war ich der Sache nicht abgeneigt. Aber jetzt sieht das anders aus, Gerda. Seit ich Sie kenne, habe ich an diese Angelegenheiten mit unseren Gütern und unseren Familien kaum mehr gedacht. Um die Wahrheit zu sagen, habe ich an gar nicht mehr viel gedacht. Nur noch an Sie.«

»Du lieber Himmel!«, entfuhr es Gerda so laut, dass Elsbeth, die an ihr vorbeitanzte, den Kopf wandte und in Gekicher ausbrach. »Das können Sie doch nicht ernst meinen.«

Vor Schreck geriet sie aus dem Takt, und Albrecht von Wolter war als Tänzer nicht geschickt genug, um ihren Fehler auszugleichen. Er schwenkte sie hastig in die falsche Richtung, und sie prallte mit der Schulter gegen ihre Mutter, die mit Albrechts Vater tanzte. Reinhild von Westkamm hasste solche Schnitzer, die ihr selbst nie unterliefen. Heute aber sandte sie ihrer Tochter, die mühsam in den Schritt zurückfand, einen Blick zu, der fast einem Lächeln gleichkam, ja Anerkennung ausdrückte.

Ausnahmsweise machte das Nachschrapsel seine Sache gut: Es hatte den Ehrengast nun schon zum dritten Mal an sich gefesselt und umsorgte ihn mit charmanter Unterhaltung. Zumindest musste es für die Mutter so aussehen. Ohne Zweifel nahm sie an, Gerda habe ihre Ansichten bezüglich einer Heirat mit dem jungen von Wolter geändert. Dass ihre jüngste Tochter gerade zum wiederholten Male in ein metertiefes Fettnäpfchen getreten war, konnte sie nicht ahnen.

»Es tut mir leid«, entschuldigte sich Albrecht von Wolter für einen Fehler, an dem er keine Schuld trug. »Ich bin nicht gerade ein begnadeter Tänzer.«

»Aus dem Takt gebracht habe ich uns, nicht Sie«, erwiderte Gerda und fügte entschlossen eine Lüge hinzu: »Sie tanzen gut.«

Albrecht von Wolters Gesicht überzog sich mit Röte, und Gerda fiel auf, was für ein gut aussehender Mann er war. Groß und stattlich, mit klaren Zügen, blauen Augen und blondem Haar. Als er beim ersten Besuch aus dem Auto gestiegen war, hatte Leonie mit einem ungebührlichen Pfiff durch die Zähne bemerkt: »Mein lieber Schwan. Du könntest es schlechter treffen, Schwesterchen.«

»Das meinen Sie nicht ehrlich, nicht wahr?«, fragte Albrecht von Wolter verlegen. »Das mit dem Tanzen, meine ich.«

Dass er sich bei all seinem Geld und dem schneidigen Äußeren so unsicher zeigte, war ein liebenswerter Zug, fand Gerda. Sie sandte ihm ein Lächeln. »Vielleicht nicht ganz«, sagte sie. »Aber was hat das schon zu bedeuten? Sie haben andere Qualitäten.«

»Ich bin ein passabler Jäger, aber an der Jagd liegt Ihnen ja nichts«, bekundete er mit Bedauern.

»Das habe ich nicht gesagt. Es ist nur …«

»Ich verstehe schon«, unterbrach er sie. »Es ist, weil Sie ein so mitfühlendes Herz haben. Weich wie schmelzender Schnee. Es gehört zu den Dingen, die mir an Ihnen gefallen. Und mir war es mit meinen Worten durchaus ernst.«

»Mit welchen Worten?« Gerdas Herzschlag beschleunigte sich.

»Dass ich an nichts anderes mehr denken kann, seit wir einander begegnet sind«, erwiderte er und hörte auf zu tanzen, blieb einfach zwischen den Paaren stehen, während der altmodische Walzer weiterspielte:

Lippen schweigen, 's flüstern Geigen:
Hab mich lieb.
All die Schritte sagen bitte,
hab mich lieb.

»Sie werden mir nicht glauben, sondern annehmen, ich würde um des Gutes willen um Sie anhalten, und wie kann ich es Ihnen verdenken?«, fuhr Albrecht von Wolter fort. »Aber es ist nicht so. Ich bin in der Tat entschlossen, Ihnen einen Antrag zu machen, aber einzig und allein aus dem Grund, weil ich von Ihnen verzaubert bin. Ich bin kein oberflächlicher Mann, und Sie sind kein oberflächliches Mädchen. In Ihrer Nähe überkommt mich ein Gefühl, wie es mir in meinem ganzen Leben noch nie begegnet ist: so etwas wie Geborgenheit und Aufgehobensein, verstehen Sie, was ich meine? Ich erkenne in Ihnen die uralten Tugenden der deutschen Frau, die ich in dieser Zeit von Dekadenz und Verfall schon ganz verloren glaubte. Mir ist das teurer als jeder Besitz, und ich glaube zu ahnen, dass es Ihnen nicht anders ergeht. Bitte erweisen Sie mir die Ehre und werden meine Frau, Gerda.«

Gerdas Herz hämmerte wie ein Hagelsturm. Blitzschnell überlegte sie, packte ihn am Ärmel und zog ihn von der schmalen Tanzfläche. »Kommen Sie.«

Der große Salon in der Beletage besaß eine Flügeltür, die auf einen halbrunden, von einem Marmorgeländer umgebenen Balkon hinausging. An schönen Sommertagen standen die Flügel offen, damit die süßen Düfte des Rosengartens in den Raum strömten, aber jetzt, bei den eisigen Temperaturen des Dezembers, blieben sie verschlossen. Ohne hinzusehen, drehte Gerda den Schlüssel im Schloss und zog eine der verglasten Türen auf. Geradezu unsanft schob sie Albrecht von Wolter hinaus in die klirrende Kälte der Abenddämmerung.

Ihrer beider Atem dampfte. »Sie dürfen das nicht«, stieß Gerda heraus. »Hören Sie, Albrecht, Sie sind ein netter Mann, und ich fühle mich von Ihrem Antrag geehrt. Aber ich kann ihn nicht annehmen. Ich verübele Ihnen nicht, dass Sie und Ihre Familie bei alledem an Lapienen denken, denn wir denken ja auch daran, und unsere Absichten sind um keinen Deut edler als Ihre. Vermutlich haben Sie es längst gehört, falls nicht, werde ich es Ihnen sagen: Um Lapienen steht es schlecht, das Gut braucht dringend finanzielle Hilfe. Deshalb legt meine Familie sich derart ins Zeug, und ich bin sicher, wenn Ihr Vater in Lapienen investiert, wird er es nicht bereuen. Es ist ein herrliches Stück Land voller wunderbarer Menschen. Aber Ihre Investition sollte eine Leihgabe sein. Kein Geschenk zu einer Hochzeit, die weder Sie noch ich wollen.«

»Wie es um Ihr Gut steht, ist mir gleichgültig«, fiel Albrecht von Wolter ihr ins Wort, »und dass Sie offen mit mir sprechen, macht Sie nur noch liebenswerter. Ich will Sie heiraten, Gerda. Seien Sie versichert, dass es nichts gibt, das ich so sehr will.«

»Aber Sie kennen mich doch gar nicht!«, rief Gerda verzweifelt.

»Ich kenne Sie genug«, sagte er. »Sie sind in all dem Aufruhr um uns herum wie ein ruhender Pol. Von Stürmen umtost bewohnen Sie eine stille, beschauliche Welt, in der man sich wünscht, willkommen zu sein.«

»Wenn dem so ist, dann sind Sie in meiner Welt willkommen«, beschwor ihn Gerda. »Aber als ein Freund, nicht als mein Ehemann. Es geht nicht, Albrecht, es geht auf gar keinen Fall.«

»Warum sollte es nicht gehen? Wenn Sie sich jetzt noch nicht sonderlich für mich erwärmen können, bedaure ich das zwar, aber es ficht mich nicht an. Bei einer jungen, noch unerfahrenen Dame ist das keine Seltenheit und bedeutet nicht, dass sie sich an den Ehemann nicht bald gewöhnt. Vertrauen Sie mir, Gerda. Sie werden mich schon noch lieben lernen, dafür werde ich sorgen.«

»Nein, das werde ich nicht!«, rief Gerda zu heftig und zu laut.

»Und was macht Sie dessen so sicher?«

»Ich liebe einen anderen.« Nun war es heraus. »Ich bin ihm im Wort, auch wenn er noch nicht offiziell bei meinem Vater vorgesprochen hat.«

»Wenn er noch nicht vorgesprochen hat, wie können Sie

ihm dann im Wort sein?«, platzte Albrecht heraus. »Was ist das überhaupt für ein Mann, der einer Dame Versprechungen macht, ohne zu tun, was der Anstand verlangt?«

»So ist es nicht!« Wie in einer Spirale schien sich die Lautstärke in die Höhe zu schrauben. »Thomas von Merwitz ist ein Ehrenmann, der lieber heute als morgen um mich anhalten würde. Nur erlaubt ihm seine Stellung noch nicht, sich zu verheiraten. Mir macht es nichts aus zu warten, und einen anderen gibt es nicht.«

»Thomas von Merwitz«, murmelte Albrecht. »Sie sagen das nicht nur so dahin, nicht wahr? Sie wollen diesen Menschen, den ich jetzt schon hasse, ohne ihn zu kennen, tatsächlich zu Ihrem Ehemann wählen.«

»Bitte«, sagte Gerda. »Sie dürfen Thomas nicht hassen.« Zaghaft legte sie ihm eine Hand auf den Arm. Er sah ehrlich verzweifelt aus, und seine Oberlippe schien nicht nur vor Kälte zu zittern. Auch sie selbst fror in ihrem zwar mit einer Pelzborte besetzten, jedoch zu weit ausgeschnittenen Kleid, das zuvor Adele gehört hatte. »Und bitte hassen Sie auch mich nicht. Sie verdienen eine Frau, die Sie so schätzt, wie ich Thomas schätze. Jeder Mann verdient das. Vielleicht wäre die Welt ein friedlicherer Ort, wenn jeder Mann eine Frau bei sich hätte, die ihn schätzte.«

Was redete sie denn da? Woher wollte ausgerechnet sie, ein ungebildetes Ding, wissen, was die Welt zu dem machte, was sie war? Sie hätte einfach immer weiterreden wollen, damit er mit seinen Liebesschwüren nicht noch einmal zu Wort kam, doch ihr fiel nichts mehr ein. Sie ließ seinen Arm los, verschränkte die Hände, um sie vor der Kälte zu schützen, und verstummte.

»Gerda«, sagte er, umfasste fest ihre Kiefer, hob ihr Gesicht und zwang sie, ihn anzusehen. »Ich glaube, Sie verstehen nicht, was ich Ihnen sage. Ich liebe Sie. Ich bin verrückt nach Ihnen, ich kann nicht mehr schlafen, weil ich unaufhörlich an Sie denken muss. Sie können von mir haben, was Sie wollen. Ich bin ein unabhängiger Mann. Meine Mutter war nicht nur eine bedeutende Erbin, sondern eine gewiefte Frau, und sie hat ihr gesamtes Aktienvermögen mir überschrieben, nicht meinem Bruder, der aus der ersten Ehe meines Vaters stammt. Ich stecke den Löwenanteil meines Vermögens in Ihr Gut, wenn es das ist, was Sie sich wünschen. Mir ist alles recht, solange es Sie glücklich macht.«

»Es wäre nur eine Leihgabe«, presste Gerda heraus und versuchte vergeblich, ihren Kopf aus seinem schmerzenden Griff zu befreien. »Ich verbürge mich dafür, dass Sie es auf Heller und Pfennig zurückbekommen, aber ich kann Sie dafür nicht heiraten. Nicht einmal, um Lapienen zu retten. Ich kann es einfach nicht.«

Abrupt ließ er sie los, und seine Züge verhärteten sich. »Zum Teufel, dann heirate mich eben nicht.«

»Herr von Wolter …« Gerda rieb sich die Wangen.

»Lassen wir die Formalitäten. Ich will dich, und du willst mein Geld. Es ist ein Kuhhandel. Nicht anders als in den Hurenhäusern von Breslau, nur teurer.«

Gerda schauderte. Die Kälte schien ihr bis in die Knochen zu dringen.

Albrecht von Wolter war sichtlich vor sich selbst erschrocken und riss sich zusammen. »Bitte verzeihen Sie, Gerda. So etwas hätte ich nicht sagen dürfen.«

»Nein. Das hätten Sie nicht.« Sie wandte sich ab und blickte über den schneebedeckten Rasen, über den sich die Dunkelheit senkte. Die beiden Hausburschen, Hans und Viktor, gingen den Weg entlang und zündeten links und rechts Laternen an.

»Es ist über mich gekommen, weil ich mich nach Ihnen verzehre«, sagte er. »Was ich meinte, ist: Ich gebe Ihnen das Geld – auch ohne dass Sie meinen Antrag erhören. Ich will, dass Sie glücklich sind, und alles, was ich dafür verlange, ist, dass Sie mir erlauben, in Ihrer Nähe zu sein. Und mir eine Chance einräumen. Wenigstens eine klitzekleine.«

»Es gibt keine Chance«, sagte Gerda, und es fühlte sich wie Verrat an: an ihrer Familie, an Leonie, Adele und ihrem Baby, Pauline, Lore, Sliwitzky und all den anderen. Hätte sie sich auf sein Angebot eingelassen, wäre es ihr jedoch wie ein Verrat an Thomas vorgekommen. Durfte Liebe so schwer wiegen? Durfte ein einziger Mensch mehr zählen als Hunderte?

»Bitte, Gerda.«

»Ich werde nie einen anderen lieben als Thomas von Merwitz. Und ich werde auch keinen anderen heiraten.«

»Sie sind doch noch so jung. Keine zwanzig. Woher wollen Sie das so genau wissen?«

»Ich weiß es eben«, sagte Gerda.

»Ich gehe das Risiko ein.« Albrecht trat zu ihr an die Brüstung und breitete den Arm um sie. »Für Sie, Gerda. Für unsere Zukunft. Wenn Sie mich in Ihrer Nähe dulden, werden wir uns über kurz oder lang verständigen. Ich werde Sie glücklich machen.« Gerda spürte seinen Atem, der ihr in der eisigen Kälte den Nacken wärmte. »Nicht nur, indem ich Ihr Gut rette, an dem Ihnen ja sichtlich gelegen ist, sondern indem ich Ihnen Dinge zeige, von denen Sie nicht einmal zu träumen wagen.«

Gerda war erstarrt, wie zu Eis gefroren. Was Sie sagen sollte, um dieser unsäglichen Lage zu entkommen, wusste sie nicht. Warum war es so schwer, das Richtige zu tun, warum konnte man sein Glück nicht erkämpfen, ohne andere ins Unglück zu schicken?

Die Türen wurden aufgestoßen, und ins Dunkel hinaus perlten Licht, weiße Wolken von Wärme und ein paar verwehte Töne der Musik vom Grammofon. Gerda und Albrecht von Wolter fuhren wie ertappte Kinder herum.

»Gerda!«, stieß die Frau heraus, die auf den Balkon gestürmt kam. Ihre Stimme zitterte vor Zorn. Gleich darauf zog sie eine Grimasse und ahmte hohnverzerrt Gerdas Stimme nach: »*Ich bin ja nur das harmlose Nachschrapsel, ich kann kein Wässerchen trüben.* Mit dieser Masche täuscht diese intrigante Schlange uns seit Jahren, macht sich lieb Kind, und sobald ich ihr den Rücken zudrehe, stiehlt sie meinem Sohn, ihrem eigenen Neffen, das Gut.«

Adele.

In dem fliederfarbenen Ensemble, das sie trug, zeichnete sich die kleine Kugel ihres Schwangerschaftsbauches deutlich ab. Sie hatte beide Hände darum geschlossen, wie um ihn noch zu betonen. Noch immer war Adele eine majestätische, äußerst schöne Frau, doch ihr Gesicht hatte etwas Müdes, Aufgedunsenes, und ihr sonst so perfekt frisiertes honigblondes Haar wirkte glanzlos und schlaff. Die Schwangerschaft setzte ihr zu. Dr. Witten, der Arzt der Familie, kam nahezu jede Woche aus Bergelau herüber, um nach ihr zu sehen, und bei den Mahlzeiten musste sie häufig vom Tisch aufspringen, weil plötzliche Übelkeit sie befiel.

Ihr Mann Bernhard gab sich alle Mühe, sie mit Fürsorge zu überschütten, aber Adele beachtete ihn genauso wenig wie die übrigen Mitglieder ihrer Familie. Neulich, während eines Frühstücks, bei dem ihr schwindlig geworden war, hatte sie seine Hand von ihrer Schulter gefegt wie einen Krümel oder ein Insekt. Es war, als hätte sich mit dem nicht vorhandenen Vermögen, das er in die Familie hätte einbringen sollen, nicht nur sein Status, sondern auch er selbst in Luft aufgelöst.

»Ich will euch das Gut nicht wegnehmen«, rief Gerda und wusste im selben Atemzug, dass sie sich vergeblich bemühte. »Ich bin selbst der Meinung, dass es euch zusteht, dass ihr es weiterführen sollt und dass euer Kind, wenn es ein Junge ist, es erben muss. Aber Lapienen kann doch nun einmal nicht überleben, wenn von nirgendwoher Geld hereinkommt. Wir wissen schließlich alle weder ein noch aus, Leonie und ich so wenig wie du und Bernhard und die Eltern.«

»Spar dir deinen Atem.« Adeles Blick traf den ihren. Jäh fragte sich Gerda, ob ihre Schwester ihr je zuvor so gerade in die Augen gesehen hatte, wie sie es jetzt erfüllt von Hass tat. Der Blickwechsel währte nicht länger als ein Herzschlag, doch kam es Gerda vor, als hätte er sich ihr für immer eingebrannt.

Ruckartig drehte Adele den Kopf und wandte sich Albrecht zu. »Vermutlich hat man Sie im Dunkeln gelassen«, sagte sie. »Um einen Fisch von Ihrem Format an die Angel zu bekommen, hätte meine Familie einen reizvolleren Köder aufbieten sollen als meine struppige Schwester Gerda, aber sie hat keinen anderen mehr im Kescher. Und wie es aussieht, haben Sie ja trotzdem angebissen. Erlauben Sie mir, Sie davon in Kenntnis zu setzen, dass der saftige Bissen, auf den Sie hoffen, aus nichts als altbackenem Brot besteht. Gut Lapienen ist pleite. Das Schwesterchen, das hier so possierlich um Sie zwitschert und schnäbelt, hat es auf nichts abgesehen als auf Ihr Geld.«

Albrecht von Wolter begegnete Adeles Blick ohne jede Erregung. »Das ist mir bekannt«, sagte er. »Fräulein Gerda hat es mir gerade dargelegt, und ich habe ihr meine Entscheidung soeben mitgeteilt: Ich werde aus meinem privaten Vermögen Geld in Gut Lapienen investieren, unabhängig davon, wie Fräulein Gerdas Antwort auf meinen Antrag ausfallen wird.

Auf welche Weise sich das vertraglich regeln lässt, werde ich mit Ihrem Herrn Vater besprechen. Und jetzt würde ich gern in den Salon zurückkehren. Es ist zwar zweifellos hübsch hier draußen, aber eben auch recht frisch. Außerdem steht mir der Sinn nach einer guten Zigarre und einem gehaltvollen Getränk.«

DRITTE GESCHICHTE

Lapienen, Westpreußen
Oktober 1927

»Gerda umarmte und küsste ihn
und dachte an die Rosen zu Hause
und an ihren lieben Kay.«

Hans Christian Andersen: »Die Schneekönigin«

9

»Ich sollte wirklich für Bücher kein Geld ausgeben«, sagte Milenka und lachte dabei ihr spitzbübisches Lachen, das Gerda so sehr mochte. »Aber mein Claudius hat nie etwas getan, um mir dieses Laster auszutreiben, und sein Sohn – dein Thomas – ist genauso weichherzig wie er.«

Gerda lachte mit ihr. Im Phaeton, vor den sie Thomas' betagtes Pony Apoll gespannt hatten, waren die beiden nach Schlochau gefahren, weil Milenka von Merwitz auf die Bank musste. Ein Automobil, wie es die Westkamms neuerdings besaßen, konnte Thomas' Mutter sich nicht leisten, aber der klapprige Einspänner tat noch immer seinen Dienst. Vor der Buchhandlung Wernecke hatten sie einen Blick getauscht, und Milenka hatte die Zügel angezogen, um das Pferd zum Stehen zu bringen.

»In der Zeitung war angekündigt, dass das neue Buch von Leonhard Frank erhältlich ist«, sagte sie. »Den lese ich so gerne, über seinen Geschichten vergesse ich alles. Und das neue – *Karl und Anna* – soll eine Liebesgeschichte sein. Da kann ich sentimentale Nudel erst recht nicht widerstehen.«

»Dann bin ich auch eine sentimentale Nudel«, bekannte Gerda. Thomas' Mutter war ihr in diesem Jahr zu einer Freundin geworden. Sie mochte sie schrecklich gern – ihre Lebensklugheit und ihre Lebensfreude, die sie sich von ihrem harten Schicksal nicht zerstören ließ, ihren Humor und die Zärtlichkeit, mit der sie jeden Menschen in ihrer Umgebung, jedes Tier auf ihrem Hof, jede Pflanze in ihrem Garten und vor allem ihren Sohn liebte. Wenn Thomas nicht bei ihr sein konnte, war Gerda mit niemandem so gerne zusammen wie mit Milenka.

»Für mich bist du schon jetzt die Tochter, die ich zu meinem Sohn gerne gehabt hätte, Gerda«, hatte sie vor Kurzem gesagt. »Dass du mich Mamuśka nennst, werde ich von dir nicht erwarten, aber Milenka könntest du mich doch nennen, meinst du nicht? Schließlich kenne ich dich bald so lange wie mein eigenes Kind, und du bist mir auch bald so lieb.«

Spontan war ihr Gerda um den Hals gefallen, und sie hatten einander lange in den Armen gelegen. Gemeinsam trauerten sie, wenn Thomas nach viel zu kurzen Besuchen nach Breslau abreiste, und gemeinsam bereiteten sie ein Fest vor, sobald sein Besuch bevorstand. Gemeinsam schmiedeten sie Pläne für die Zukunft, von der Hochzeit bis zu Gerdas Leben auf Blaes und den Geburten von Kay und Hans-Christian. Gemeinsam machten sie sich Sorgen angesichts der Nachrichten aus der Hauptstadt und der Geschehnisse in ihrer Nähe. Dann wieder lachten sie und sprachen von Dingen, die sie beide liebten – von Büchern und Rosen, von Musik und Tanz und dem Land, auf dem sie zu Hause waren.

Manchmal auch von Danzig, das Milenka mit ihrem Vater, der im Holzhandel tätig gewesen war, bereist hatte. »Ach, Danzig«, schwärmte sie, »mit seinen Türmen, um die Möwen und Seeschwalben kreisen, und mit dem Glockenspiel der Marienkirche, das mir so viele glückliche Stunden vorgezählt hat. Weißt du, ich habe Claudius, Thomas' Vater, dort kennengelernt. Auf einem Tanz in Langfuhr, zu dem ein Reeder, der von meinem Vater Holz kaufte, geladen hatte. Wir sind einander vorgestellt worden, haben uns angesehen und uns im gleichen Augenblick versprochen, uns nie mehr zu trennen.«

Wie immer, wenn sie solche Geschichten erzählte, begann sie gleich darauf, herzhaft zu lachen, und nannte sich eine Nudel oder Närrin und viel zu sentimental. »Hast du denn schon etwas von Leonhard Frank gelesen?«, fragte sie Gerda jetzt. »*Der Mensch ist gut* vielleicht oder *Im letzten Wagen*?«

Gerda schüttelte den Kopf. »Mein Vater sagt, das Geschmier von Vaterlandsverrätern kommt ihm nicht in seine Bibliothek.«

»Aber Leonhard Frank ist doch kein Vaterlandsverräter!«, rief Milenka. »Pazifist ist er, und das vor allem, weil er die Menschen liebt.« Sie lachte. »Verzeih. Ich spiele mich auf, als würde ich ihn kennen. Tatsächlich habe ich ihm in meiner Bewunderung einmal einen törichten Brief geschrieben, und stell dir vor, er hatte die Größe, mir zu antworten. Als hätte ein weltbekannter Schriftsteller nicht Besseres zu tun. Von dir hatte ich ihm auch geschrieben.«

»Von mir?«

Milenka nickte. »Ich schrieb, meine künftige Schwiegertochter verfasse wunderschöne Märchen, und er antwortete, ich solle dich darin bestärken.« Sie wandte Gerda ihr offenes, lächelndes Gesicht zu. »Das tue ich hiermit. Du schreibst doch weiter, nicht wahr, Gerda? Du hast so viel Talent, du musst einfach.«

Gerda spürte, wie ihr das Blut ins Gesicht stieg. Erst am vergangenen Abend hatte sie ein neues Märchen beendet und die eng beschriebenen Seiten ihrem Brief an Thomas beigelegt. In der Geschichte, in der die Sage von der steinernen Hochzeit mit einem ihrer Albträume verschmolz, vermochte sie auszudrücken, was sie in den Brief nicht schrieb, weil sie fürchtete, ihn zu beunruhigen. Er sollte studieren können, ohne sich um Dinge zu sorgen, die seine Verlobte belasteten: die Angst vor der wachsenden Feindseligkeit zwischen Deutschen und Polen, die sich in sämtlichen Winkeln des Alltags ausbreitete. Die Angst um die Zukunft Lapienens, das dank Albrecht von Wolters Unterstützung zwar wirtschaftlich besser dastand, jedoch seither von jenem abhängig war. Die Bitterkeit Adeles, die statt des ersehnten Sohnes eine Tochter zur Welt gebracht hatte, und die Abneigung zwischen ihr und Albrecht, die wie giftiges Unkraut wucherte.

Innerhalb dieses knappen Jahres hatte sich Albrecht als Regent des Hauses etabliert. Für die Investition seines Privatvermögens hatte er einerseits einen Darlehensvertrag und zum zweiten ein Wohnrecht auf Lapienen verlangt, von dem er weidlich Gebrauch machte. Er hatte zwei Zimmer und ein Bad im Obergeschoss des Südflügels für sich beansprucht, einen eigenen Diener mitgebracht, der sich unter dem Gesinde als Herr aufspielte, und bestand darauf, so viel Zeit wie nur möglich mit Gerda zu verbringen.

Er nannte sie seine »süßeste Freundin« und überhäufte sie mit Komplimenten und Geschenken. Wie sehr sie darunter litt und wie beschmutzt sie sich nach jedem Abend in seiner Gesellschaft fühlte, schien er nicht zu bemerken.

Adele ließ er bei jeder Gelegenheit spüren, dass er ihren Mann für einen Schlappschwanz hielt, der keinen Sohn zustande bringen würde. Keine vier Monate nach der Geburt der kleinen Luise war Adele bereits wieder schwanger gewesen, hatte das Kind jedoch kurz darauf verloren. »Da sehen Sie's«, hatte Albrecht von Wolter bemerkt. »Aber lassen Sie sich deswegen keine grauen Haare wachsen. Selbst wenn Sie einen Sohn zur Welt gebracht hätten, würde er seine Erbberechtigung verlieren, sobald ich selbst einen Sohn in die Familie einbringe.«

Wie ein Mensch, der mit ihr selbst derart einfühlsam umging, ihre Schwester mit einer solchen mitleidlosen Härte behandeln konnte, war Gerda ein Rätsel. Es war, als hätte

Albrecht zwei Gesichter, wobei das sanfte, liebevolle ihr nicht weniger Furcht einflößte als das von Hass und Häme verzerrte. Daran, dass er bei ihr eines Tages an sein Ziel kommen würde, hegte er nicht den geringsten Zweifel, und Gerdas Hoffnung, er werde über kurz oder lang eine andere finden, wurde mit jedem Tag schwächer.

»Wenn er tatsächlich eine andere fände, wäre das unser Untergang«, unkte ihre Mutter wie ein düsteres Orakel. »Bist du wirklich so naiv zu glauben, er ließe in diesem Fall sein Geld auf Lapienen? Abziehen wird er es, und dann kann dein Vater sich die Kugel geben. Sollte er es tun, hast du ihn mit deiner egoistischen Sturheit auf dem Gewissen.«

Die Worte waren Bleigewichte, die sich Gerda bei Nacht auf die Brust legten. »Die Osthilfe«, lautete die Zauberformel, mit der sie sich wieder und wieder zu beruhigen versuchte. Ein erstes Gesetzeswerk war bereits verabschiedet worden, früher oder später mussten die so lange erhofften Zuschüsse und Zinsnachlässe zur Rettung der ostelbischen Güter doch eintreffen. Dann würden sie sich aus Albrecht von Wolters Umklammerung freikaufen können, Adeles Kinder könnten das Gut erben, und es würde keine Rolle mehr spielen, wen Gerda heiratete.

Als das Geld aus der Osthilfe endlich nach Lapienen zu fließen begann, war es jedoch kein belebender Strom, sondern lediglich ein Getröpfel, das den heißen Stein nicht kühlte. Der Zorn der Gutsherren und Bauern schwoll an wie die Weichsel nach wochenlangem Regen. »Den Verrätern in Berlin« wünschte man Cholera, Pest oder einen Attentäter an den Hals, und von den »polnischen Landräubern« wurde gesprochen wie von Dämonen, die den Untergang des deutschen Ostelbiens anstrebten.

Albrecht von Wolter blieb auf Lapienen hocken wie die

Spinne im Netz. Gerda war ihm für die Rettung ihres Elternhauses dankbar, doch vor allem wünschte sie sich ihn weit weg.

Ihre Last begleitete sie auf Schritt und Tritt. Wenn sie jedoch mit Milenka zusammen war, gelang es ihr, für kurze Zeit zu vergessen, wie viele Hürden noch vor ihr lagen, ehe sie Thomas heiraten, mit ihm nach Blaes ziehen und die steinige Wegstrecke hinter sich lassen konnte. So auch heute.

Milenka hatte tatsächlich einem in ganz Deutschland verehrten Schriftsteller von ihrer albernen Jungmädchen-Schreiberei erzählt. Die Freude, mit der sie über Leonhard Franks neues Buch sprach, und ihr ansteckendes Lachen trugen dazu bei, dass das Gewicht auf Gerdas Schultern sich nicht mehr so schwer anfühlte.

»Weißt du was?«, sagte Milenka und sprang vom Wagen wie eine blutjunge Frau. »Ich kaufe *Karl und Anna* für uns beide zusammen. Dann ist es doch eine vernünftige Ausgabe, findest du nicht auch? Und du darfst es zuerst lesen. Ich habe noch Heinrich Manns *Untertan,* den ich zum zweiten Mal angefangen habe, und bis ich mit dem dicken Buch durch bin, bist du mit der kleinen Novelle von Leonhard Frank längst fertig. So werden wir es Thomas schreiben, einverstanden? Wir sind zwei sparsame, findige Frauen, die sich miteinander ein Buch teilen.«

Sie reichte Gerda die Hand, um ihr herunterzuhelfen, und gab einem Jungen, der an einem Laternenpfahl lehnte, einen Groschen, damit er auf Pferd und Wagen achtete. Untergehakt gingen sie die paar Schritte die Hauptstraße, die den Namen Königsstraße trug, hinunter. An deren einem Ende ragte das misslungene Denkmal für Wilhelm den Ersten auf, während am anderen, wo das Judenviertel begann, zwischen Baumkronen das Dach der Synagoge durchschimmerte.

Zudem gab es eine recht große evangelische und eine recht kleine katholische Kirche, ein Amtsgericht, eine Taubstummenschule und eine Präparandenanstalt für Lehrkräfte. Der Dorfkrug, in dem sich Jung und Alt zum Zechen trafen und Mettwürste, Stockfisch und Biersuppe serviert wurden, fand sich an der Ecke vor dem Kolonialwarenladen. Somit tummelte sich alles Leben, das in Schlochau überhaupt stattfand, in dieser Straße.

Es war ein beschauliches Tummeln. Eine kleine Welt für sich mit sehr hübschen, sehr sauberen Häuschen, altmodischen, leicht verbeulten Ladenschildern und Menschen, die sich zum Gang über die Dorfstraße in ihre Sonntagskleider warfen. Hier kannte einer den anderen seit seiner Geburt, brachte Blumen, wenn jemand Hochzeit feierte, und stellte Kasserollen mit Zusammengekochtem vor die Türen, wenn in einem Haus jemand starb. Es war einer jener Tage, an denen man den Oktober zu Recht golden nannte, auf dem Kopfsteinpflaster spielten Mädchen Himmel und Hölle, und die Tür der Buchhandlung Wernecke stand einen Spaltbreit offen.

»Na komm, machen wir uns die Freude.« Milenka hüpfte die Stufen hinauf, schob die Tür weiter auf und zog Gerda ins Geschäft. Silbern klirrten die Schellen der Ladenglocke. »Hier hat Thomas das Buch von Hans Christian Andersen für dich gekauft. Das ganze Geld, das mein Vater ihm zu Weihnachten geschickt hat, hat er dafür ausgegeben, und hat er es nicht klug angelegt?«

»Sehr klug«, bestätigte Gerda. Das Buch mit dem Märchen von der Schneekönigin würde immer ihr Lieblingsbuch bleiben, und eines Tages wollte sie ihren Kindern daraus vorlesen.

In dem Geschäft hing der vertraute Duft von Staub und Druckerschwärze, den die deckenhohen Regale voller Bücher ausströmten. Auf einer Leiter stand der Lehrling, der eine Stirnlampe umgeschnallt trug, und sortierte neu eingetroffene Werke in die Fächer, während sein Chef, der alte Herr Wernecke, den beiden Kundinnen, die zuvorderst am Ladentisch standen, einen Bildband in Packpapier einschlug.

»Darf es sonst noch etwas sein, die Damen?«

Gerda kannte die beiden. Es waren die ledigen Schwestern Glasau vom Gut Klein-Katz, die zu Werneckes Stammkundschaft zählten. Friedel, die ältere, öffnete den Mund, um dem Buchhändler zu antworten, doch das Wort blieb ihr buchstäblich im Halse stecken, als sie Gerda und Milenka erblickte. »Das ist ja wohl nicht wahr«, stieß stattdessen Annette, die jüngere, heraus.

»Nicht mit mir. Nicht mit uns.« Friedel hatte ihre Sprache wiedergefunden. »Ich bedaure, Herr Wernecke. Bereits die dritte Generation meiner Familie kauft bei Ihnen ein, und wir waren immer zufrieden. Wenn Sie aber diese Leute in Ihrem Geschäft bedienen, müssen Sie auf uns als Kundinnen verzichten.«

»Auf uns auch«, tönte die junge Mutter, die mit einem Kindermädchen und einem kleinen Jungen hinter den Schwestern stand. »Die Bücher für meinen Peter lasse ich uns dann eben aus Breslau oder Danzig schicken. Mein Mann ist Ehrenritter des Johanniterordens und im Landesvorstand der Deutschnationalen. Der würde nie gestatten, dass sein Sohn in denselben Geschäften verkehrt wie dieses Pack.« Mit gestrecktem Finger wies sie auf Milenka. »Dass die Kleine von Lapienen sich nicht zu gut dafür ist – die armen Eltern müssen sich ja zu Tode schämen.«

Auch die Frau, die als Letzte in der Schlange stand, mischte sich ein, und im Nu schnatterten und wetterten alle durcheinander.

»Ich bitte Sie, Frau von Schlieben«, verschaffte sich der alte Wernecke Gehör. »Für Ihren Unmut habe ich jedes Verständnis. Auch ich habe mich mit der Teilung unseres schönen Westpreußens nie abgefunden und empfinde es als Unrecht, dass deutsche Menschen auf deutschem Boden unter polnischer Herrschaft leben müssen. Frau von Merwitz ist dies aber nicht anzulasten. Sie ist die Frau eines deutschen Helden, der für unser Land gefallen ist, und ihr Sohn ist ein feiner junger Mann, wie unser Deutschland sie braucht.«

»Für den Sohn von Claudius von Merwitz tut es mir leid«, knurrte Hanne von Schlieben. »Aber ich habe an meinen eigenen Sohn zu denken, und mit dem gehe ich nicht in Geschäfte, in denen Polacken geduldet werden.«

Das wütende Geschnatter hob wieder an, doch mitten hinein drang Milenkas Stimme. »Bitte bleiben Sie, kaufen Sie, was Sie sich ausgesucht haben«, sagte sie. »Herr Wernecke kann nichts dafür, und ich komme nicht wieder her. Es tut mir leid.« Sie war aschfahl geworden, und ihre dunklen Augen wirkten übergroß.

»Vielleicht kann das Fräulein von Westkamm Ihren Einkauf für Sie erledigen?« Dem alten Wernecke war anzusehen, wie er sich innerlich wand. »Ich bedaure, dass es hier zu Missverständnissen gekommen ist, aber wie es aussieht …«

»Lassen Sie nur, Herr Wernecke«, sagte Milenka. »Sie können ja nichts daran ändern.«

Sie drückte Gerda, die wie versteinert dastand, ihre Geldbörse in die Hand. »Kauf dir das Buch, mein liebes Mädchen, lass es dir nicht verleiden«, murmelte sie gepresst, ehe sie sich umdrehte und mit eiligen Schritten aus dem Geschäft floh.

Gerda starrte auf die mit Mohnblumen bestickte Börse in ihrer Hand und dann in die Gesichter der Frauen vor dem

Ladentisch – in eines nach dem anderen. Es waren Menschen, die sie schon ihr Leben lang kannte, und dennoch glaubte sie, Fremde vor sich zu haben. Ihre Gesichter verschlossen sich, und sie wandten sich ab, als ginge das Ganze sie nichts an.

»Suchen Sie sich Ihre Bücher ruhig aus, Fräulein von Westkamm«, sagte Friedel Glasau schließlich. »Mit Ihnen hat das hier nichts zu tun, und wir werden Sie nicht schneiden, auch wenn Ihr Benehmen skandalös ist. Dazu haben wir zu viel Respekt vor Ihrer Familie, die zu den ältesten dieses Landes gehört.«

»Nein«, hörte Gerda sich sagen. »Nein, ich möchte mir nichts aussuchen. Wo meine Freunde nicht willkommen sind, will auch ich nichts mehr kaufen.« Mit bleischweren Gliedern drehte sie sich um und folgte zum Geklirr der Schellen Milenka aus dem Geschäft.

10

Auf die Bank – die Filiale der Landwirtschaftlichen Bank Westpreußens, die am Ende der Straße bei der Synagoge lag – wollte Milenka an diesem Tag nicht mehr gehen. »Ich muss etwas Geld von dem Sparbuch abheben, das ich für Thomas' Studien angelegt habe, und es ihm kabeln«, sagte sie mit sehr leiser Stimme. »Er braucht so vieles, das er von seinem schmalen Wechsel unmöglich bezahlen kann – einen warmen Mantel für den Winter, und an seinen Stiefeln sind die Sohlen durchgelaufen. Am besten kaufe ich die Sachen selbst, damit er mir das Geld nicht zurückschickt, aber ein wenig wird das noch warten können. Ich komme Anfang nächster Woche wieder.«

Wenn ihre Worte dazu gedacht waren, das gerade Erlebte vor Gerda herunterzuspielen, dann schlug der Versuch fehl.

»Ich kann für dich auf die Bank gehen«, sagte Gerda. Der Einspänner zockelte im Schlendertrott die Straße hinunter. Glücklicherweise kannte das Pony den Weg allein, denn Milenka hielt die Zügel nur lose im Schoß, ohne das Tier zu lenken. Gerda griff nach ihrer Hand und hielt sie fest, doch Milenka zog sie weg.

»Du bist ein so feines Mädchen«, sagte sie. »Ich danke Gott dafür, dass mein Junge dich hat. Thomas ist auch ein feiner Kerl, Gerda. Selbst wenn er kein reicher Erbe ist, hast du eine gute Wahl getroffen. Bitte verlass ihn nicht. Nicht um meinetwillen.«

»Du lieber Himmel, bist du verrückt?«, entfuhr es Gerda. »Ich würde Thomas um nichts in der Welt verlassen, ich bin das glücklichste Mädchen, das herumläuft, weil er mich liebt, und falls es einen Grund geben könnte, der uns auseinanderbrächte, wärst es bestimmt nicht du.«

Sie nahm Milenka, die sich nicht rührte, die Zügel aus der Hand. »Also, was ist? Soll ich nun für dich auf die Bank gehen?«

Milenka seufzte und schüttelte den Kopf. »Ich erledige es nächste Woche. Noch ist es bis zum Winter ja ein bisschen hin.«

»Dann komme ich mit dir nach Blaes«, sagte Gerda. »Ich koche uns Tee, wir setzen uns zusammen in deinem schönen Salon ans Fenster und versuchen, diesen Irrsinn zu vergessen.«

»Ach, du Liebe.« Ohne Freude lachte Milenka auf. »Das kann ich nicht. Wenn sie dich verhöhnen, weil du rotes Haar hast, kannst du es dir einfärben lassen, und wenn sie dich verachten, weil du schlechte Tischmanieren an den Tag legst, kannst du Stunden nehmen. Aber dagegen, dass mein Vater und meine Mutter Polen waren, kann ich nichts tun. Wie ich mich auch verkleide, in die lutherische Kirche laufe und meinen deutschen Namen vor mir hertrage, ich bleibe doch Polin. Das ist weder mein Verdienst, noch ist es meine Schuld, und vergessen lässt es sich nicht. Ich darf es gar nicht, weil es nicht nur mich betrifft, sondern mein Kind.«

Da Gerda nicht sofort eine Erwiderung einfiel, sprach Milenka weiter: »Sicher kommt es dir merkwürdig vor, dass ich von Thomas, der ein gestandenes Mannsbild ist, als von meinem Kind spreche, aber für eine Mutter hört der Wunsch, ihr Kleines vor allem Üblen zu beschützen, ja nie auf. Ich wünschte, mir würde ein Weg einfallen, mich als Mutter aus Thomas' Geburtsurkunde zu löschen. Wenn er nicht mein, sondern nur Claudius' Sohn wäre, könnte niemand ihm etwas anhaben.«

»Das würde Thomas nie wollen«, fuhr Gerda auf. »Er hat dich lieb, er sagt mir wieder und wieder, dass du die beste Mutter auf der Welt bist.«

»Ach, mein großer kleiner Ritter.« Über Milenkas Gesicht flog ein Lächeln. »Ich habe ihn auch so lieb, aber gerade das gehört eben zum Wesen von Liebe – dass man das geliebte Geschöpf lieber verlieren würde, als ihm zu schaden.«

»Du schadest ihm doch nicht!«, entgegnete Gerda wütend. »Diese Idioten tun es, die sich nicht die Mühe machen, über ihren Tellerrand hinauszublicken.«

»Diese Idioten, kleine Gerda? Bitte sag das doch nicht, so sprichst du sonst nie über Menschen.«

»Aber sie sprechen so über dich«, rief Gerda hilflos vor Zorn und Traurigkeit. »Du hast ihnen nichts getan, du tust niemandem etwas, und du hast auch niemandem irgendetwas weggenommen.«

»Wer weiß.« Milenka zuckte mit den Schultern. »Vielleicht denken Sie, eine aus ihren eigenen Reihen hätte meinen Claudius, diesen feinen deutschen Mann mit feinem deutschem Stammbaum, bekommen müssen. Damals, vor dem Krieg, erschien mir das nicht wichtig. Ich war verliebt, ich war die Tänzerin mit den grünen Schuhen, und auch meinen Vater kümmerte es nicht, als Claudius um mich anhielt. ›Er ist ein prächtiger Kerl mit einem prächtigen Stück Land, und er wird gut zu dir sein‹, hat er gesagt. ›Leid tut mir nur, dass du so weit weggehst, meine Taube, aber das ist der Lauf der Welt.‹ Dass diese Welt aus Nationen besteht, nicht aus Menschen, scheint zu der Zeit keiner von uns gewusst zu haben.«

»Ich will es immer noch nicht wissen«, sagte Gerda. »Nur dass ich dich lieb habe, weiß ich, und dass ich froh bin, dass du Thomas' Vater geheiratet hast.« Ihr war zum Heulen zumute. Sie hätte Milenka an Thomas' Stelle beschützen müssen und hatte versagt. Das Buch, das *Karl und Anna* hieß und von einer durch den Krieg zerrissenen Liebe handelte, würde sie nun niemals lesen wollen.

Schlochau lag längst hinter ihnen, und die Schornsteine des Gutshauses von Blaes kamen in Sicht. Der Himmel war immer noch klar und blau, aber Gerda kam er wie eine Lüge vor. Milenka schüttelte sich, um sich ein wenig zu fangen, dann berührte sie Gerdas Hand, die die Zügel führte. »Du bist mir nicht böse, wenn ich jetzt allein sein will, nicht wahr? Könntest du hier nach Lapienen abbiegen und an der Zufahrt aussteigen?«

»Natürlich kann ich«, antwortete Gerda. »Aber ich will nicht. Ich mag dich nicht allein lassen, Milenka, ich will bei dir sein und mich um dich kümmern.«

Eine Woge von Wärme durchflutete sie. Um ein Haar hätte sie die Frau an ihrer Seite Mamuśka genannt, und sie begriff, dass sie sich von ihr geliebt fühlte, wie sie es von ihren Eltern nicht kannte. Sie waren ihr Vater und ihre Mutter, und sie waren ihr wichtig, aber es war ihr nie vorgekommen, als wäre sie selbst ihnen wichtig. Als sie ein Kind gewesen war, hatte sie sich nach Nähe gesehnt, doch sie konnte sich nicht erinnern, sich in der Nähe ihrer Eltern je wohlgefühlt zu haben. Im Grunde wusste sie gar nichts von ihnen, und die wussten nichts von ihr und wollten auch nichts wissen.

Milenka hingegen stellte ihr Fragen und gab Antwort, wenn Gerda selbst welche stellte. Sie steckte voller Neugier, und alles, was Gerda betraf, interessierte sie. Gerda hielt das Pferd an und schlang die Arme um sie. »Das muss aufhören«, sagte sie. »Dieses Land hier ist deine Heimat genau wie unsere, und du musst hier in Frieden leben dürfen.«

»Zerbrich dir meinetwegen nicht den Kopf«, sagte Milenka. »Ich habe mein Leben ja gelebt, und es war trotz allem ein glückliches Leben. Ihr seid es, du und Thomas, um die ich mir Sorgen mache.«

Gerda tat, worum Milenka sie gebeten hatte, wendete das Pony und lenkte es bis an die Zufahrt von Lapienen, wo sie vom Bock sprang. »Wir sehen uns nächste Woche!«, rief sie Milenka hinterher, die in die beginnende Dämmerung davonfuhr. Aber die Freundin drehte sich nicht noch einmal nach ihr um.

In der folgenden Woche fuhr Milenka allein nach Schlochau, um den Betrag für Thomas' Winterkleidung abzuheben. Gerda erfuhr erst Tage später, als sie unangemeldet in Blaes vor der Tür stand, was auf der Bank geschehen war: Der Direktor hatte Milenka mitgeteilt, man sehe sich außerstande, ihr Konto noch länger für sie zu führen. Claudius von Merwitz hatte es in ihrem Namen eröffnet, als er an die Front berufen wurde, damit sie in Gelddingen keine Schwierigkeiten bekam. Später hatte Milenka sich um die Rückzahlung des Darlehens gekümmert, das er aufgenommen hatte, und war nie, nicht einmal in den schwierigsten Zeiten, eine Rate schuldig geblieben. Nun allerdings verlangte man von ihr, dass sie den ausstehenden Rest auf einen Schlag beglich und der Landwirtschaftlichen Bank Westpreußens fortan fernblieb.

»Was wirst du tun?«, fragte Gerda, die Milenka in Hut und Mantel angetroffen hatte, unter dem Arm ein sperriges, mit Packpapier umwickeltes Paket.

»Ich gehe auf die Post und schicke Thomas den Wintermantel«, antwortete Milenka, als wäre das ihre einzige Sorge. »Es wird ja jetzt schnell kalt, da wird er ihn brauchen. Alles andere wird sich schon finden.«

»Lass mich etwas für dich tun«, rief Gerda, auch wenn ihr nicht einfiel, was das hätte sein können.

Milenka zögerte. »Nun ja«, sagte sie dann sehr langsam. »Mit einem würdest du mir allerdings sehr helfen.«

»Mit was?«, fragte Gerda.

»Schreib Thomas von all diesen Dingen kein Wort, darum bitte ich dich«, antwortete Milenka. »Ich will nicht, dass er sich sorgt.«

11

Dezember

Drei Tage vor Weihnachten kam Thomas nach Hause. Milenka bestand darauf, dass nicht sie selbst, sondern Gerda ihn vom Bahnhof abholen sollte. Zwar hatte Gerda sich zuerst gesträubt, weil es seiner Mutter zukam, ihn als Erste zu begrüßen, doch Milenka hatte sich nicht umstimmen lassen. Als sie jetzt am Gleis stand und den Zug in die kleine Halle rauschen sah, war sie dankbar und überzeugt, dass sie nicht länger hätte warten können.

An einem Fenster entdeckte sie ihn, fiel in Laufschritt, rannte an der Reihe der graugrünen Wagen entlang, von deren mehrere verplombt waren, weil sie durch den polnischen Korridor nach Ostpreußen weiterfuhren und unterwegs nicht vom Zoll kontrolliert wurden. »Thomas!«, rief sie aus Leibeskräften und musste im Laufen ihren Hut auf dem Kopf festhalten.

»Gerda! Meine Gerda!«

Der Zug kam zum Stillstand, die Tür wurde aufgezogen, und Thomas stürzte heraus, ließ seinen ausgebeulten Koffer fallen und riss Gerda in seine Arme. Den Gepäckträger, der zupacken wollte, schickte er mit einem glücklichen Lachen seiner Wege. »Muss Liebe schön sein«, hörte Gerda den Mann im Davongehen murmeln. Wäre sie in der Lage gewesen, Worte herauszubringen, hätte sie geantwortet: *Ja. Viel schöner, als ich es mir hätte vorstellen können.*

Sie hielten einander fest und küssten sich, als wären sie allein. Inzwischen durfte man so etwas sogar im preußischen

Schlochau. Zumindest auf einem Bahnhof, wo sich Menschen trafen, die einander über Tage, Wochen und Monate vermisst hatten.

»Kannst du mir sagen, wie wir das ausgehalten haben?«, fragte Thomas, als sie sich endlich voneinander lösten.

Gerda schüttelte den Kopf. Sie nahm sein Gesicht in beide Hände und sah ihn prüfend an. Er hatte sich kaum verändert, wirkte nur reifer, männlicher und hagerer. »Ich glaube, du isst nicht genug«, sagte sie und fuhr mit ihrem Finger über seine ausgeprägten Wangenknochen.

Thomas lachte. »Meine Wirtin kocht ausgesprochen grässlich, und ich bin ein verwöhntes Söhnchen, das die beste Mutter der Welt zur Köchin hat.«

Gerda küsste ihn wieder. Sein Haar war zu lang, aber das war es immer. Sein Schnurrbart war auch zu lang, und den musste er sich stutzen, sofern er nicht wollte, dass er sie beim Küssen kitzelte. »Wenn du dich irgendwann mit meinen Kochkünsten zufriedengeben musst, wirst du hoffentlich nicht verhungern. Über grüne Klöße mit Speck bin ich bisher nicht hinausgekommen, und Pauline sagt, es ist ihr ein Rätsel, wie man an einer so einfachen Speise so viel verderben kann.«

Er lachte wieder, und Gerda spürte in jeder Faser ihres Körpers, wie sehr sie sein Lachen vermisst hatte. »Nun, glücklicherweise ist meine Mutter nicht aus der Welt, sondern wird hoffentlich noch lange Freude daran haben, für uns alle zu kochen. Dich brauche ich nämlich für ganz andere Dinge.«

In seinen Augen blitzte der Schalk, den sie so liebte. Zum ersten Mal nahm sie jedoch noch etwas anderes wahr: Er sah seinem Vater, dessen Fotografien auf dem Kaminsims in Blaes' Salon standen, nicht ähnlich. Sie waren beide hochgewachsene, gut aussehende Männer, aber der stämmige Claudius von Merwitz mit seinem weizenblonden Haar und sein dunkler, sehniger Sohn hätten für ein Gemälde von Tag und Nacht Modell stehen können. Thomas' scharf geschnittenes Gesicht mit den slawischen Wangenknochen war ohne Zweifel ein Erbe seiner Mutter.

Ein polnisches Erbe. Der Gedanke ließ sie zusammenzucken.

»Was ist los, Schrapsel?«

»Nichts«, erwiderte Gerda hastig. Der Wunsch, alles, was sie beschäftigte, heraussprudeln zu lassen, war übermächtig, aber sie hatte Milenka ihr Wort gegeben, es für sich zu behalten. Also blieb sie allein damit, und das Ungesagte erhob sich zwischen ihnen wie eine Wand.

»Nichts?« Thomas hob die Brauen. »Sicher?«

»Ganz sicher. Jetzt komm, wenn du hier nicht Wurzeln schlagen willst.«

Thomas griff nach seinem Koffer. »Wartet meine Mutter draußen mit Apoll?«

Gerda schüttelte den Kopf. »Sie ist daheim. Sie war nicht davon abzubringen, dass du gern ein bisschen Zeit mit mir allein hättest.«

Die kurze Irritation verflog, und Thomas' Lächeln wurde breit. »Meine Mutter hat mich schon immer durchschaut.«

Gerda war nicht wohl dabei, Milenka warten zu lassen, aber der Wunsch, mit Thomas allein zu sein, war stärker.

»Wenn meine Mutter es sagt, sollten wir auf sie hören. Dabei weiß ich nicht einmal, wo ich mit dir bei dieser Kälte hinkann.«

»In unser Versteck«, rief Gerda.

»Meinst du, das geht?«

Sie nickte. »In der Küche sind doch alle bis über beide

Ohren mit der Vorbereitung der Gesindeweihnacht beschäftigt. Da ist es ein Leichtes, dich einzuschmuggeln.«

Eng umschlungen gingen sie nach draußen zu dem Phaeton, den Milenka ihr geliehen hatte. Noch war die Schneedecke dünn, und mit ein wenig Vorsicht würden sie heil nach Lapienen kommen. Der grau-gelbe Himmel verhieß jedoch neuen Schneefall, und dann würde es ohne Schlitten kein Durchkommen mehr geben. Gerda würde Sliwitzky bitten müssen, das estnische Gespann mit den Glöckchen am Zaum vor den Schlitten zu spannen und sie hinüber nach Blaes zu fahren. Sie wünschte, sie hätte sich mit ihm in der Behaglichkeit seines Elternhauses einigeln dürfen, während alles, was ihr Angst machte, hinter Schneemassen verschwand.

Wie vermutet herrschte auf Lapienen ein hektisches Treiben. Die Bediensteten rannten wie aufgescheucht hin und her, und Thomas und Gerda gelangten unbemerkt in die kleine Kammer, die einst ihr geheimer Ort war. Gegen die Kälte halfen die Pferdedecken, die sie aus dem Wagen mitgenommen hatten, und aus dem Weinkeller stahl Gerda eine Halbflasche Süßwein, den sie aus einem einzigen, winzigen Schnapsglas tranken.

Es war alles egal. Nur dass sie sich wiederhatten, sich aneinander festhalten konnten, zählte. Sie liebten sich, ohne die Mäntel auszuziehen, behielten sogar ihre wollenen Schals um die Hälse und lachten, weil sie sich eng aneinanderdrängen mussten, um in all den Kleidungsstücken einander überhaupt zu spüren. Gerda kam sich gierig vor. Sich in der Kälte zwischen wollenen Decken zu lieben kostete so viel Mühe, doch kaum war das eine Mal vorbei, hätte sie wieder von vorn beginnen wollen.

Thomas lehnte im Halbsitz an einem der Regale, hielt sie in den Armen und verteilte Küsse über ihr Haar. »Jetzt frage ich dich noch einmal, mein Schrapsel«, begann er. »Ist etwas nicht in Ordnung?«

Blitzschnell rauschte durch Gerdas Gedanken alles, was nicht in Ordnung war: die Angriffe gegen seine Mutter, ihre finanzielle Notlage, die Tatsache, dass Albrecht von Wolter die Feiertage bis zum Dreikönigstag auf Lapienen verbringen wollte, und die noch immer bestehende Erwartung ihrer Familie, dass sie ihn heiraten würde. Hinzu kamen die Feindseligkeiten von Adele, die sich sogar mit Leonie fortwährend stritt. Konnte sie Thomas nicht wenigstens die Dinge, die nur sie selbst und nicht Milenka betrafen, erzählen? Sie hatten einander ihre Sorgen doch immer anvertraut und dadurch jeder ein wenig leichter an seiner Last geschleppt.

Gleich darauf aber glaubte sie, Milenkas Stimme zu hören: *Thomas soll in Ruhe studieren können, er soll sich keine Sorgen machen.* Sie wollte das ja ebenso. Je besser er sich konzentrieren konnte, desto schneller würde er seinen Abschluss haben. »Mir geht es gut«, sagte sie und setzte sich in seinen Armen auf. »Ich habe dich nur so fürchterlich vermisst, das ist alles.«

»Ich dich auch«, sagte er. »Ich wünschte, ich könnte hierbleiben oder dich mit nach Breslau nehmen.«

»Und kannst du das nicht?«, rief Gerda. »Wenn wir rasch heiraten würden? Ich habe keine Ansprüche, Thomas. Ich könnte mit dir im kleinsten Zimmer hausen, das grässliche Gekochte von deiner Wirtin teilen und würde glücklich sein. Vielleicht könnte ich auch arbeiten – ich weiß nur nicht, als was.«

»Als Märchenerzählerin«, sagte Thomas lächelnd und küsste sie. »Was du mir eben erzählt hast, war eines deiner schönsten, wenn nicht sogar das allerschönste Märchen.«

»Könnte es nicht das erste sein, das wahr wird?«, fragte Gerda.

»Ich wünschte, das könnte es«, erwiderte er. »Lieber als das von den Menschen, die an ihrer eigenen Kälte versteinern. Als ich das gelesen habe, hat mich eine solche Angst um dich gepackt, dass ich am liebsten sofort hergekommen wäre.«

Ich wünschte, du hättest es getan, dachte Gerda, obwohl die andere Hälfte von ihr sich doch wünschte, dass ihn beim Studieren nichts störte.

»Allerdings konnte ich zugleich kaum fassen, wie sehr dein Schreiben sich noch einmal verbessert hat. Die Geschichte hat so viel Kraft, in ihrer Düsternis. Ich konnte die Leute, die im Schritt zu Stein erstarren, geradezu mit den Händen greifen. Du könntest wirklich eines Tages mit dem Schreiben Geld verdienen, wenn du es willst, aber bis dahin muss dein Mann in der Lage sein, dir ein ordentliches Leben zu bieten. Du weißt, wie schwer es meiner Mutter fällt, für mein Studium aufzukommen. Ich kann nicht von ihr verlangen, uns beide zu ernähren, und obendrein würde dein Vater nie gestatten, dass ein Habenichts seine Tochter bekommt.«

Aber du wirst immer ein Habenichts für ihn bleiben, durchfuhr es Gerda. Hatte sie am Ende keine Wahl, als ihre Familie zu verlassen und mit Thomas durchzubrennen, wie die Heldin eines Romans aus dem vorigen Jahrhundert?

Sie vermochte es sich nicht vorzustellen. Sollte sie ihre Familie nie wiedersehen? Keine Gesindeweihnacht mehr feiern, nie mehr mit Leonie in einer Pferdebox lehnen und lästern, nie mehr über Onkel Hutz' derbe Witze lachen oder mit Elsbeth beim Frisieren kichern, nicht erleben, wie die kleine Luise laufen lernte, nie mehr Paulines Pfefferkuchen stehlen, nie mehr in Dana Sliwitzkys Küche zusehen, wie sie mit flinken Händen Teig zu ihren göttlichen Piroggen knetete und dabei *Gdy się Chrystus rodzi* summte, das polnische Weihnachtslied, das Gerda ihr Leben lang kannte?

»Gerda?« Thomas küsste sie und blies ihr ins Haar. »Irgendetwas an dir gefällt mir heute nicht. Du bist so weit weg – und es kommt mir vor, als wäre das Märchen, in das du mir abwanderst, nicht gerade schön.«

»Ach. Doch«, brachte Gerda stammelnd heraus. »Es ist das, was ich dir eben erzählt habe – von uns beiden in Breslau, und die Bilder, die ich dabei vor mir sehe, sind einfach zu verführerisch. Aber ich weiß ja, dass ich Geduld haben muss. Läuft denn mit dem Studium alles gut, Thomas? Wird es dir nicht zu schwer?«

»Es läuft ausgezeichnet«, sagte er. »Einer meiner Professoren, der zur Geschichte des polnischen Königreichs lehrt, hat mir gerade gesagt, er bedaure es, dass ich entschlossen bin, mich nicht in Breslau zu habilitieren und dort eines Tages zu lehren.«

»Aber das geht doch nicht!«, rief Gerda erschrocken. »Du musst doch nach Hause zurück. Zu uns.«

Wieder küsste er sie. »Das habe ich ihm auch gesagt. Warum bist du nur so schreckhaft heute?«

»Ich weiß selbst nicht. Ich war so aufgeregt, dich endlich wiederzusehen, da habe ich wohl schlecht geschlafen.«

Er setzte lächelnd zu einer Erwiderung an, doch sie schnitt ihm das Wort ab, weil ihr noch etwas einfiel: »Thomas, warum hörst du Vorlesungen zur Geschichte des polnischen Königreichs?«

Thomas zuckte mit den Schultern. »Ich habe alles belegt, was im Entferntesten mit Westpreußen zu tun hat, und weil es bei Professor Conradi am interessantesten war, bin ich eben dabeigeblieben. Ich will verstehen, Gerda. Vor hundertdreißig Jahren wurde der polnische Staat für erloschen erklärt. Ich frage mich, was das mit einem Volk macht und was es für uns heute bedeutet, wo die Polen ihren Staat wiederhaben.

Worauf Ängste zwischen beiden Völkern beruhen und wie wir dem Hass, der daraus erwächst, den giftigen Stachel nehmen können.«

Gerda hätte das alles auch gern verstanden. War es möglich, dass Ereignisse, die hundertdreißig Jahre zurücklagen, dazu führten, dass heute eine unbescholtene Frau aus einer Buchhandlung geworfen wurde und auf der Bank ihr Konto nicht mehr führen durfte? Der Drang, mit Thomas darüber zu reden, wurde stärker, doch das kam nicht infrage. Sie küsste ihn auf die Wange und stand auf. »Ich bin froh, dass du so gut zurechtkommst. Dass du für unsere Zukunft arbeitest. Aber jetzt muss ich dich rauswerfen, denn ich will die Gutmütigkeit deiner Mutter nicht ausnutzen und sie noch länger warten lassen.«

»Ich kann mich aber noch nicht von dir trennen.« Widerstrebend stand Thomas ebenfalls auf und nahm Gerda wieder in die Arme. »Kommst du mit nach Blaes? Wenigstens auf eine halbe Stunde? Ich fahre dich nachher nach Hause, niemand wird etwas merken.«

Gerda wusste, sie hätte Nein sagen sollen. Es kam ihr vor, als fordere sie ihr Glück heraus, aber sie sagte Ja. Hand in Hand verließen sie ihr Versteck, die Decken um ihre Schultern gebreitet. Als sie durch den Lieferanteneingang aus dem Haus traten, war es bereits dunkel. Es hatte von Neuem zu schneien begonnen, und die dünne Schneeschicht, die die Wiesen zu beiden Seiten der Kastanienallee bedeckte, glitzerte wie Silber.

Thomas und Gerda überquerten das Gelände, um Apoll und den Phaeton aus den Stallungen zu holen, und hinterließen in der Glitzerdecke Spuren. Gerda drehte sich im Gehen um, sah ihre Fußabdrücke, seine großen und ihre kleinen, und hatte das Gefühl, auf ihr bisheriges Leben zurückzublicken, durch das sie Seite an Seite gegangen waren. Eines Tages würde die Spur hinter ihnen so lang sein, dass sie ihren Ursprung nicht länger ausmachen konnte, doch sie würde sich immer daran erinnern.

Kurz darauf hörte sie einen anderen Schritt im Schnee knirschen, der lauter war als ihr eigener. Gerda sah wieder nach vorn und entdeckte Albrecht von Wolter, der ihnen, in seinen Pelzmantel gehüllt, entgegenkam.

»Ah, Fräulein Gerda«, sagte er und stieß eine Atemwolke aus, als speie er Feuer. »Ich war gerade auf der Suche nach Ihnen.«

»Aber warum denn?«, rief Gerda erschrocken. »Ist etwas nicht in Ordnung?«

»Warum sollte etwas nicht in Ordnung sein?« Albrecht lüpfte eine seiner kräftigen rotblonden Brauen. »Ich bin vor einer Stunde angekommen und dachte, es gehöre sich, als Erstes meine süßeste Freundin zu begrüßen. Alsdann wollte ich Sie einladen, mit mir im Ort zu Abend zu essen. Das Restaurant des Hotel Janke ist zwar sicher kein kulinarischer Tempel, aber ich habe mir sagen lassen, dass man dort ordentlich isst.«

»Aber es schneit doch«, entgegnete Gerda hilflos.

»Nun, in der Remise steht ja ein höchst solider Schlitten.«

»Ich möchte Sliwitzky nicht ausgerechnet heute noch mehr Arbeit machen«, begann Gerda, doch im nächsten Augenblick fiel ihr auf, wie unhöflich sie sich benahm. Sie ergriff Thomas beim Arm und zog ihn ein wenig nach vorn. »Bitte entschuldige«, sagte sie zu ihm. »Darf ich bekannt machen, Albrecht von Wolter, ein guter Bekannter der Familie, der die Weihnachtstage mit uns verbringt. Ich habe dir ja schon von Herrn von Wolter geschrieben.«

Das stimmte. Wie eindringlich jener Herr um sie warb,

hatte sie ihm jedoch nicht geschrieben. Sie hatte also nicht erst jetzt damit begonnen, Thomas Dinge zu verschweigen, sondern tat es aus einem Instinkt heraus schon seit Langem.

»Sehr erfreut«, sagte Thomas und streckte dem anderen seine Hand hin. »Mein Name ist …«

»Sparen Sie sich die Mühe.« Albrecht von Wolter winkte ab. »Thomas von Merwitz, habe ich richtig geraten? Der Herr, um den meine Gedanken kreisen, wenn sie nicht gerade mit der Dame meines Herzens beschäftigt sind.«

»Weshalb sollten Ihre Gedanken um mich kreisen?«, fragte Thomas perplex. »Wir kennen uns doch überhaupt nicht.«

»Oh, man kennt ja auch ein Unwetter oder einen Ernteschädling nicht persönlich, und dennoch wird der umsichtige Gutsherr sich um beide gebührend Gedanken machen«, versetzte Albrecht. »Wir teilen ein Interesse, mein Herr, und es liegt in der Natur der Sache, dass nur einer von uns zum Zuge kommen kann. Wenn Sie gestatten, möchte ich mich daher jetzt wieder der Dame unseres Herzens widmen. Haben Sie nachgedacht, Fräulein Gerda? Würde ein Abendessen im örtlichen Hotel Sie reizen?«

Gerda fühlte sich wie ein Tier in der Falle. »Nicht gerade heute«, rief sie eilig. »Ich fahre mit Herrn von Merwitz nach Blaes, seine Mutter erwartet uns.«

»Wenn du anderweitig verabredet bist, hat das natürlich Vorrang«, sagte Thomas.

»Ich bin nicht verabredet«, rief Gerda. »Vielen Dank für die Einladung, Albrecht, aber es passt mir nicht. Ich hoffe, Sie hatten eine angenehme Reise und finden alles zu Ihrer Zufriedenheit vor.«

Sie lief in einem Bogen um ihn herum und zerrte den überrumpelten Thomas mit sich. Bei den Stallungen wartete sie nicht auf die Hilfe des Burschen, sondern zog dem Pferd selbst das Kopfzeug über und befestigte den Zaum an der Deichsel. Erst als sie nebeneinander auf dem Bock saßen und vom Hof rollten, begannen sie, miteinander zu sprechen.

»Ist es dieser von Wolter, um den du dir solche Sorgen machst?«, fragte Thomas und klang nicht wie er selbst.

Gerda schlang die Arme um den Leib. »Ja, vielleicht.«

»Er will dich heiraten?«

»Ja, ich denke, das will er«, platzte sie heraus. »Aber ich will es nicht, und was schert uns das? Können wir bitte von etwas anderem sprechen?«

»Ich bin eifersüchtig«, bekannte Thomas. Er sah sie nicht an, sondern blickte geradeaus, da es nicht leicht war, den Wagen im Dunkeln und im dichter werdenden Schneefall zu lenken. »Mir wird jetzt erst klar, dass ich nicht der Einzige bin, der bemerkt hat, dass auf Lapienen eine Märchenprinzessin auf ihren Prinzen wartet.«

»Thomas, ich bitte dich. Was soll der Unsinn? Ich bin keine Märchenprinzessin, du und ich sind verlobt, und genau das habe ich Herrn von Wolter auch gesagt.«

»Offiziell verlobt sind wir nicht«, erwiderte Thomas. »Und was immer du ihm gesagt hast, der Herr scheint es nicht anzuerkennen. Vielleicht tätest du ja gut daran, es dir noch einmal zu überlegen. Dein Verehrer macht mir nicht den Eindruck von einem, der dich noch ewig warten ließe, und grüne Klöße mit Speck bräuchtest du als seine Frau vermutlich auch nicht zu kochen.«

»Das ist so dumm, dass ich dich eigentlich allein weiterfahren lassen und kein Wort mehr über diesen Blödsinn verlieren sollte«, sagte Gerda. »Ich weiß wirklich nicht, warum ich mir das anhöre.«

Kurz herrschte Schweigen. Dann hatte Thomas sich besonnen und berührte flüchtig ihre Hand. »Ja, es ist dumm«, gestand er kleinlaut ein. »Kannst du mir verzeihen, Schrapsel? Ich fürchte, ich habe tatsächlich gerade erst begriffen, dass es andere Männer gibt, die um dich anhalten. Männer, die dir ein Leben bieten können, wie du es gewohnt bist, die dir Schmuck und Pelze schenken und Hochzeitsreisen an die Riviera planen.«

»Sie können mich aber nicht dazu bringen«, versetzte Gerda knapp. »Was du da sagst, verletzt mich. Bin ich in deinen Augen ein Mädchen, das man kaufen kann?«

»Nein, natürlich nicht!« Auf dem freien Land zwischen ihren Elternhäusern hielt er an und wandte ihr das Gesicht zu. Seine Augen glommen in der Dunkelheit, und die Sehnsucht darin traf sie ins Mark. »Bitte verzeih mir, Gerda. Ich hatte auf einmal Angst, dich zu verlieren.« Er öffnete die Arme, und nach kurzem Zögern ließ sie sich darin fangen. An seinem Hals, wo Schal und Mantelkragen verrutscht waren, vergrub sie ihr Gesicht. Seine Haut war eiskalt.

»Du verlierst mich doch nicht.«

»Ich weiß, und ich könnte mich für meine Dummheit ohrfeigen. Es ist nur manchmal so schwer, in Breslau allein zu sein und dich so sehr zu vermissen.«

Für mich ist es auch schwer, dachte Gerda. Aber sie hatte wenigstens Milenka und vertraute Menschen um sich. »Unternimmst du nie etwas mit anderen Studenten?«, fragte sie.

Er schüttelte den Kopf. »Ich will kein Geld verschwenden. Je mehr ich spare, desto schneller habe ich dich bei mir.«

»Und bist du der Einzige, der so denkt? Gibt es niemanden, der auch kein Geld hat, um es in Kneipen auszugeben?« Die Vorstellung, dass er nach den Vorlesungen allein in einem armseligen Zimmer hockte, brach ihr das Herz. Er sollte ab und zu ausgehen, Menschen treffen, sich vom Ernst des Lebens erholen.

»Die anderen Studenten sind Lutheraner«, sagte er und senkte den Blick.

»Ja und?«, rief Gerda. »Du bist doch selbst Lutheraner, und außerdem hätte ich nicht erwartet, dass einem Haufen junger Männer, die ein freies Studentenleben führen, ausgerechnet die Religion derart wichtig ist.«

»Nein, vermutlich ist sie das nicht«, murmelte Thomas. »Aber es ist ihnen wichtig, wer wohin gehört. Zu mir haben sie gesagt, ich soll nach Sankt Annen oder Sankt Martin gehen, wo neuerdings die katholische Messe auf Polnisch gelesen wird.«

»Um Gottes willen, Thomas, das ist ja furchtbar.« Sie zog ihn an sich, küsste das Stück eisige Haut an seinem Hals. »Hast du ihnen gesagt, dass du so wenig katholisch bist wie sie?«

»Nein«, antwortete er.

»Und warum nicht?«

Abrupt blickte er auf. »Weil ich mir dessen nicht mehr so sicher bin, Gerda. Vielleicht ist es wirklich wichtig zu wissen, wohin wir gehören, und vielleicht hat meine Mutter recht: Wenn man die Kirche verlässt, in die man hineingeboren ist, hat man gar keine mehr, weil man in der neuen nie wirklich willkommen sein wird.«

Diese Trennung tut uns nicht gut, dachte Gerda. *Die Welt außerhalb unseres Wolkenkuckucksheims ist hart und mitleidlos; wir müssen beieinander sein, um sie an uns abperlen zu lassen.* Sie streichelte sein Haar. Inzwischen setzte ihr die Kälte so zu, dass sie ihre Lippen kaum noch bewegen konnte. »Lass uns jetzt zu deiner Mutter fahren und über alles reden, wenn die Feiertage vorbei sind«, sagte sie. »Es muss eine andere Möglichkeit geben, du darfst dich nicht so quälen, Thomas.«

»Ich quäle mich ja nicht«, sagte er mühsam, nahm die Zügel

auf und ließ das Pony antraben. »Statt zu jammern, sollte ich dankbar sein, dass ich studieren kann. Meistens bin ich es ja auch, und mehr als ein Jahr ist schon herum. Noch zwei oder höchstens drei, dann haben wir es geschafft und sind für immer zusammen.«

Noch zwei oder gar drei Jahre kamen Gerda auf einmal endlos vor. Dennoch widersprach sie ihm nicht, sondern gab sich Mühe, sich zu beruhigen. Gewiss verwirrten Kälte und Finsternis ihnen die Sinne, ließen alles ärger erscheinen, als es war, und die unverhoffte Begegnung mit Albrecht von Wolter hatte ein Übriges getan. Sobald sie die Lichter von Blaes erblickten, sobald Helligkeit, Wärme und der Duft von Milenkas Hefeklößen sie einhüllte, würde die Beklommenheit von ihnen abfallen.

Viel später als erwartet kam das Haus in Sicht. Es lag im Dunkeln, deshalb hatten sie es nicht früher gesehen. »Was ist da los?«, rief Thomas und trieb das alte Pferd in Galopp. »Meine Mutter sitzt doch am Tag vor Heiligabend nicht im Finstern.«

Schnee wirbelte auf. Der Wagen schlingerte gefährlich, und sie konnten von Glück sagen, dass er nicht kippte. Als das Gefährt vor der Haustür zum Stehen kam, ging im Windfang des Hauses doch ein Licht an. Augenblicklich sah Gerda, was geschehen war: Das Fenster, aus dem ihnen goldener Schein hätte entgegenfluten müssen, das große im Salon, auf dessen Sims Milenka Honigkerzen und Tannengrün gestellt hatte, war zerbrochen. In der mittleren der Scheiben prangte ein gezacktes Loch.

»Mutter«, schrie Thomas, sprang vom Bock und rannte los.

Die Tür des Hauses öffnete sich, und Milenka kam herausgelaufen. Sie trug keinen Mantel, nur ihr Wolltuch um die Schultern, und ihr Haar war aufgelöst. An ihr Bein drängte sich Seneca, der uralte Jagdhund, der nur noch mit gekrümmtem Rücken gehen konnte. »Es ist nichts, es ist nichts«, rief sie zwischen schweren Atemzügen. »Nur ein paar Jungen, die sich wohl eine Mutprobe geliefert haben.«

Thomas hörte gar nicht hin, sondern riss sie in seine Arme. »Ist dir nichts passiert, Mamuśka? Ist dir wirklich nichts passiert?«

»Nein, gar nichts, mein Junge, alles noch dran und heil. Unkraut vergeht ja nicht so schnell, Scheiben lassen sich ersetzen, und jetzt bin ich einfach nur glücklich, dass du da bist.«

Thomas hielt sie in seinen Armen fest und wiegte sie wie ein Kind. Milenka redete weiter, schwatzte vor sich hin, als wäre sie guter Dinge, und der krumme, alte Hund umkreiste die beiden mit wedelndem Schweif. Gerda aber vernahm das leise Zittern in Milenkas Stimme, das ihr verriet, dass sie weinte.

12

Zur Gesindeweihnacht am Morgen des Heiligen Abends war es üblich, dass Reinhild von Westkamm sich mit ihren Töchtern vor dem Weihnachtsbaum aufstellte und Geschenke für Bedienstete und Bauern verteilte. Adele blieb seit ihrer Heirat davon ausgenommen, aber Leonie und Gerda hatten sich wie eh und je am Gabentisch einzufinden. Leonie hasste den Brauch und hätte sich liebend gern davor gedrückt, aber Gerda mochte ihn.

Die meisten der Geschenke waren mit den Namen von Kindern beschriftet, und die Kleinen waren es auch, die es kaum erwarten konnten, an die Reihe zu kommen. Schon deshalb hatte Gerda die Gesindeweihnacht stets mehr geliebt als ihre eigene Bescherung am Abend – weil sie sich unmöglich vorstellen konnte, dass ein Mitglied ihrer Familie sich so freute wie diese Jungen und Mädchen, die eine wollene Mütze, ein Säckchen mit Nüssen oder ein Spielzeug aus Blech bekamen.

Natürlich sollte keines der Kinder bevorzugt werden, aber Gerda konnte nicht leugnen, dass sie unter ihnen ihre Lieblinge hatte. Allen voran den kleinen Tadeusz, den jüngsten Enkelsohn von Jakub und Dana Sliwitzky. Der Junge war vier Jahre alt und so gewitzt, dass seine älteren Geschwister sich warm anziehen mussten. Er hatte brandrotes Haar, konnte nicht still sitzen und flitzte auf seinen flinken Beinchen den ganzen Tag hin und her, sodass Sliwitzky ihn sein *Perpetuum mobile* getauft hatte. Dabei lachte er vor lauter Lebensfreude vor sich hin, dass Gerda nicht anders konnte, als mitzulachen.

Während ihre Mutter die ersten Pakete vom Tisch nahm, die Namen auf den Schildern vorlas und die Geschenke zum Verteilen an ihre Töchter weiterreichte, reckte Gerda sich ein wenig, um nach Tadeusz Ausschau zu halten, konnte ihn aber nicht entdecken. Auch sein Bruder Feliks und die beiden Schwestern waren nirgendwo zu sehen. Sliwitzky hielt seine Enkel an, sich nicht in den Vordergrund zu spielen. Als Kinder der Verwalterfamilie hätten sie sich den Übrigen überlegen fühlen können, doch zumindest die Älteren waren bescheiden und wohlerzogen. Tadeusz aber war noch zu klein, um sich in solchen Augenblicken zu beherrschen. Zumindest ihn hätte sie zwischen den Beinen der Erwachsenen erspähen müssen. War er womöglich krank und wurde um den Zauber der Bescherung gebracht? Gerda nahm sich vor, Dana danach zu fragen, sobald sie hier fertig waren. War der Kleine krank, so wollte sie ihm sein Päckchen bringen und obendrein ein paar Lebkuchen, die Pauline gegen jedwedes Übel empfahl.

»Willy und Erna Brinkmann«, las ihre Mutter von einem Etikett ab und reichte ein großes Paket zu Gerda herüber. Die Namen sagten ihr nichts. Sie war sicher gewesen, jeden, der rund um Lapienen lebte, zu kennen, und glaubte schon, sich verhört zu haben. Da aber traten die Kinder vor: ein blondes Zwillingspaar von vielleicht zehn Jahren, ordentlich gekleidet und das Mädchen, das höflich knickste, mit geflochtenen Haarschnecken.

»Fröhliche Weihnachten«, sagte Gerda und überreichte das Päckchen, konnte sich aber nicht hindern, weiter Ausschau nach den Sliwitzky-Enkeln zu halten. Sie waren nirgends zu finden, auch ihre Eltern und Großeltern konnte sie nicht entdecken.

»Anton Schwertfeger«, las ihre Mutter vor. Der Sohn einer Bauernfamilie von einem der Vorwerke war bereits in einem Alter, in dem er den Weihnachtszauber nicht mehr wundervoll, sondern ein wenig peinlich fand. Hastig nahm er Gerda sein Päckchen ab, murmelte ein Danke und tauchte wieder in der Menge unter.

Die Verteilung ging weiter. Gerda wartete, hoffte bei jedem neuen Paket, aber keines der Kinder aus dem Verwalterhaus wurde aufgerufen.

»Was ist denn mit den Sliwitzkys?«, fragte sie, kaum dass das letzte Päckchen verteilt worden und das Büfett freigegeben worden war. Augenblicklich tummelte sich alles um die Tische, und ein Gewirr von Stimmen setzte ein, als rausche ein Bienenschwarm durch den Saal.

»Verwalter des Gutes ist jetzt Heinrich Brinkmann«, sagte ihre Mutter, die wie eine Statue vor dem Weihnachtsbaum stand. »Ein guter Mann, den wir durch eine Empfehlung von Herrn von Wolter bekommen haben. Auch seine Frau hat ausgezeichnete Referenzen und wird uns nun, wo Emma Sägebrecht sich zur Ruhe setzt, den Haushalt führen. Die Kinder hast du ja gesehen – bestens erzogen, sie machen ihren Eltern alle Ehre.«

»Aber wo sind die Sliwitzkys?«, rief Gerda.

Ohne eine Erwiderung drehte ihre Mutter sich um und trat hinüber zu den Tischen.

»Du solltest lernen, dir auf manche Fragen selbst eine Antwort zu geben und den Mund zu halten, kleine Schwester«, sagte Leonie. »Dass die Stellung des Polen auf diesem Gut nicht länger tragbar war, konnte man schließlich absehen.«

»Aber Sliwitzky ist der beste Verwalter, den es geben kann!«, rief Gerda. »Er hat immer auf Lapienen gewohnt, und er ist Vaters Freund – wo ist er denn hin, wenn er hier nicht mehr lebt?«

»Du tätest gut daran, solche Behauptungen nicht überall herumzuposaunen«, erwiderte Leonie leise. »Natürlich war Vater nie mit irgendwelchen Polen befreundet, und wo die Sliwitzkys hin sind, ist nicht unser Bier. Sie werden schon unterkommen, können schließlich über die Grenze zu ihresgleichen.«

»Aber ihre Heimat ist hier!«

»Die Heimat von vielen deutschen Familien war hinter der Grenze, kaum zehn Kilometer von Lapienen, wo jetzt Polen das Sagen haben«, erwiderte Leonie. »Etliche haben sich gezwungen gesehen, ihr Land zu verlassen, und andere, die geblieben sind, fühlen sich auf der eigenen Scholle nicht mehr zu Hause. Kannst du nicht verstehen, dass es unsere Leute in Wut bringt, wenn dann ein Pole hier, auf dem Flecken, der uns geblieben ist, eine hübsche Stellung samt Haus und Grund innehat, die einem Deutschen bitter nottäte? Die Brinkmanns gehören zu denen, die alles verloren haben, weil ihre Dienstherren ihren Besitz an einen Polen verkaufen mussten. Meinst du nicht, wir sind den Angehörigen unseres eigenen Volkes eher verpflichtet als denen, die unseren Leuten ihre Existenz wegnehmen?«

»Die Sliwitzkys haben niemandem etwas weggenommen!« Gerda fühlte Tränen der Wut in sich aufsteigen und wusste doch, dass sie auf verlorenem Posten kämpfte. Die Weihnachtsfreude war ihr verdorben. Sie wollte zu Thomas und Milenka, sie wollte nicht länger mit ihrer Familie feiern. »Ich weiß nicht, wie du so denken kannst«, herrschte sie ihre Schwester an. »Du hast ihn doch auch gemocht. Du hast mir erzählt, wie er dir das Reiten beigebracht hat – und das Fahren mit einem Vierspänner.«

»Das eine hat mit dem anderen nichts zu tun«, erwiderte Leonie. »Das glaubt höchstens eine wie du, die sich weigert, Gegebenheiten hinzunehmen. Ich mochte Jakub Sliwitzky, das ist richtig, und warum auch nicht? Aber Sliwitzky hilft uns nicht beim Überleben. Wenn wir den Kopf über Wasser behalten wollen, dürfen wir es uns nicht mit den Nachbarn verderben – und mit Albrecht von Wolter schon gar nicht. Bedauerlicherweise hilfst du uns ja nicht dabei, ihn bei Laune zu halten. Aber lass dir bloß nicht einfallen, unsere Bemühungen zu sabotieren.«

Etwas an der Art, mit der sie Albrechts Namen aussprach, kam Gerda merkwürdig vor. Ihren Argumenten hatte sie jedoch nichts entgegenzusetzen. Sie waren falsch, doch wie sollte sie ihre Schwester davon überzeugen, wenn sie es nicht einmal sich selbst schlüssig erklären konnte?

Die Gesindeweihnacht nahm ihren Lauf, aber Gerda konnte ihr nichts mehr abgewinnen. Anschließend zog sie sich auf das Zimmer zurück, das sie nun nur noch mit Leonie teilte, und blieb auf ihrem Bett liegen, bis es Zeit wurde, sich umzuziehen. Thomas fehlte ihr. Zugleich wurde ihr jedoch klar, dass sie Thomas von den Ereignissen dieses Vormittags nichts erzählen würde.

Aber warum nicht? Er war ihr Freund, ihr Liebster, sie hatte ihr Leben lang alles mit ihm geteilt.

Weil es ihn verletzen könnte, gab sie sich selbst die Antwort. Thomas war der Sohn eines westpreußischen Gutsherrn, eines deutschen Kriegshelden, und doch war ihr seit ein paar Wochen klar, dass er noch etwas anderes war, dass es Menschen gab, die etwas anderes in ihm sahen.

Seine Kommilitonen in Breslau, die ihn in eine katholische Kirche schickten. Die Halbstarken aus seiner Nachbarschaft, die seiner Mutter einen Stein in ihr weihnachtlich geschmücktes Fenster warfen. Ihre Familie, die Menschen in hüben und drüben teilte – und was würde sie anfangen, wenn die Trennlinie mitten durch ein Haus, ja mitten durch einen Menschen verlief?

Gerda konnte an Thomas nicht als an einen Polen denken. Er sprach ja nicht einmal Polnisch, er hatte immer im deutschen Westpreußen gelebt und war nicht anders aufgewachsen als sie. Aber er studierte die Geschichte des Königreichs Polen, und wenn auf einmal Menschen nach ihrem Blut eingeteilt wurden, dann war er das eine nicht weniger als das andere.

Das alles wurde ihr zu viel, das ganze Gedankengebäude war ihr fremd und bot nichts, woran sie sich hätte orientieren können. Sie zog sich schließlich um, streifte das Kleid aus puderblauem Crêpe de Chine über, das ihre Mutter für sie hatte schneidern lassen. Es war das erste wirklich neue Kleid, das sie in Jahren bekommen hatte, und Gerda bedauerte, wie wenig es ihr gefiel. Die Farbe war so blass, der Schnitt, von dem tiefen Dekolleté abgesehen, so kleinmädchenhaft.

»Albrecht von Wolter sieht dich so nun einmal am liebsten«, hatte ihre Mutter sie belehrt, als sie zu protestieren gewagt hatte. Gerda band sich die alberne Schleife vor der Brust. Sie kam sich vor wie ein Geschenkpaket, das man für Albrecht von Wolter schnürte. Nur würde sie nicht, wie gewünscht, aus dem Paket steigen und sich dem Empfänger übereignen. Sie wollte, dass er abreiste, dass er ihre Familie in Ruhe ließ. Zumindest Leonie würde dann wieder sie selbst werden. Albrecht von Wolter aber hatte sein Geld in Lapienen investiert, hielt sie wie Marionetten in den Händen, und obendrein mussten sie ihm noch dankbar sein.

Die Tür schwang auf, und Leonie kam herein. Ihre durchnässte Kleidung ließ darauf schließen, dass sie am Nachmittag ausgeritten war. »Süß siehst du aus«, kommentierte sie den Aufzug ihrer Schwester, ehe sie sich aufs Bett plumpsen ließ und sich aus Jacke und Bluse schälte.

»Wie ein Püppchen«, stimmte Gerda ihr zu. »Dass ich ein Mensch bin, scheint niemand von euch wahrzunehmen.«

»Tröste dich, das ergeht mir nicht anders«, konterte Leonie ungerührt. »Bei mir kommt nicht einmal Albrecht von Wolter auf die Idee, dass ich ein Mensch sein könnte, und dass der auf dein Wohlbefinden bedacht ist, kannst du ja wohl nicht abstreiten.«

»Und ob ich das abstreite«, platzte Gerda heraus. »Ja, schön, er mag behauptet haben, er rette das Gut, um mir einen Gefallen zu tun. Aber seither bestimmt er unser Leben in einer Form, die zu meinem Wohlbefinden ganz gewiss nicht beiträgt.«

»Immerhin hat er eigens Platten aus Berlin bestellt, damit du danach tanzen kannst.« Leonie stand in Unterkleidern vom Bett auf und nahm das altrosa Chiffonkleid vom Bügel, das von Anni frisch aufgebügelt für sie vor dem Kleiderschrank hing. Es würde ihr noch viel weniger stehen als Gerda das puderblaue, es war, als zäume man ein Rennpferd zum Kinderpony auf. »Und er hat darauf bestanden, dass die Feiertage über nur Gerichte serviert werden, die du gerne isst. Dafür hat er sich sogar in der Küche nach deinen Leibspeisen erkundigt. Einen Mann wie Albrecht in der Küche – kannst du dir das vorstellen?«

»Ich spare es mir lieber«, sagte Gerda.

Leonie hörte auf, mit dem offenbar zu knappen rosa Kleid zu kämpfen, und wandte sich zu Gerda um. »Vater hat gestern Abend zu ihm gesagt, er werde ein Machtwort mit dir sprechen, damit eure Verlobung vorangetrieben wird«, eröffnete sie ihr. »›Meine Tochter wird lernen, wer der Herr im Haus ist, und Sie nicht länger hinhalten‹, hat er ihm versprochen. Und willst du wissen, was Albrecht ihm geantwortet hat? ›Tun Sie das nicht‹, hat er gesagt. ›Ich will um keinen Preis, dass Gerda zu etwas gezwungen wird. Lieber verzichte ich auf sie, auch wenn es mir das Herz bricht.‹«

»Das hat Albrecht gesagt?« Wieder war es Gerda, als hätte der Mann aus Pommern zwei Gesichter. Sie würde sich bei ihm bedanken müssen, er konnte unmöglich ahnen, was für eine gewaltige Sorge er ihr damit nahm.

»Ja, das hat er gesagt«, erwiderte Leonie in demselben seltsamen Ton, mit dem sie vorhin von Albrecht gesprochen hatte. »Der Mann liebt dich. Merkst du das nicht?«

Stumm schüttelte Gerda den Kopf.

»Ich hätte nicht einmal angenommen, dass Männer überhaupt lieben können«, sagte Leonie und zog sich das störrische Kleid so heftig am Körper herunter, dass die Nähte gefährlich krachten.

»Warum sollten Männer das nicht können?«, fragte Gerda. »Thomas kann lieben, sein Vater konnte …«

»Über Thomas bewahren wir besser Stillschweigen«, schnitt ihr Leonie das Wort ab. »Und sein Vater ist tot, der zählt nicht mehr. Ich rede von Albrecht und davon, dass du offenbar keine Ahnung hast, was für ein Glückspilz du bist. Ich kann nur hoffen, dass du sein Geschenk zu würdigen weißt.«

»Er soll mir überhaupt nichts schenken!«, rief Gerda.

»Wart's ab.« Unter Verrenkungen schloss Leonie sich die Knöpfe am Rücken. »Und jetzt komm. Elsbeth hilft uns beim Frisieren.«

An Cousine Elsbeth war ein Friseurmeister verloren gegangen. Sie richtete der gesamten Familie das Haar und fand dabei immer Grund, sich über etwas königlich zu amüsieren. Viele bemitleideten sie. Als mittellose Verwandte im Haushalt waren ihre Aussichten auf eine Heirat gering, aber Elsbeth schien das nicht anzufechten. Sie war ein rundliches, freundliches Geschöpf mit einem Gesicht wie der Mond und braunen Korkenzieherlocken. »Mein Ritter kommt schon noch«, pflegte sie zu sagen. »Vermutlich reitet er einen Ackergaul und braucht seine Zeit, aber solange er eintrifft, ehe wir beide am Stock gehen, soll es mir recht sein.«

Gerda mochte sie gern. Sie alberte und lachte, während sie den Westkamm-Schwestern die Haare richtete, und schien deren Verstimmung nicht zu bemerken. Zu dritt gingen sie hinunter in den Salon, der mit einer weiteren Tanne und in Jahren gesammelten Glocken und Engelsfiguren aus Meißner Porzellan geschmückt worden war. Am Baum brannten die Lichter, die sich im Kristall der Sektgläser spiegelten, und der ganze Raum strahlte einen Glanz aus, vor dem Gerda als Kind in Ehrfurcht erstarrt war. Heute aber kam jener Glanz ihr kalt und falsch vor und berührte sie nicht.

»Je später der Abend, desto schöner die Gäste«, begrüßte sie Onkel Hutz. »Wenn unsere drei Grazien, die bestimmt ausnehmend brav und tugendsam waren, uns nun also mit ihrer Gegenwart beglücken, kann der Weihnachtsmann ja kommen.«

Hans und Viktor verteilten Gläser und reichten Schalen mit Plätzchen herum. Die Familienmitglieder stießen an und wünschten einander frohe Weihnachten, und anschließend setzte Adele sich wie jedes Jahr ans Klavier, damit alle zusammen vor dem Beginn der Bescherung *Stille Nacht, Heilige Nacht* singen konnten.

»Ach, ich bitte Sie, nicht doch«, unterbrach Albrecht, noch ehe Adele einen Takt gespielt hatte, und stellte sich neben ihren Hocker. »Ich weiß, das Liedchen hat Tradition, auch in meiner Familie wird es gesungen, aber ich finde diese katholische Düsternis unerträglich. Zu einem Freudentag passt es doch nicht, stimmen Sie mir nicht zu? Und in einen lutherischen, patriotischen Haushalt passt es erst recht nicht, wenn Sie mich fragen.«

Überrumpelt schwieg Adele.

»Bei uns in Kurland haben wir *Vom Himmel hoch* gesungen«, murmelte Tante Benigna. »Taugt das vielleicht besser?«

Gerda wäre am liebsten aus dem Salon gerannt. Ihr lag nichts an *Stille Nacht* oder *Vom Himmel hoch,* ihr war nur zuwider, dass diese Teilung in Lutheraner, Katholiken, Deutsche und Polen jetzt sogar die Weihnachtsfeier ihrer Familie bestimmte. Die kleine Luise aber saß auf ihres Vaters Knien und starrte ungläubig auf ihren ersten leuchtenden Weihnachtsbaum. Sie hatte es nicht verdient, dass ihr das Fest verdorben wurde. Gerda nahm sich zusammen.

»Ein schönes Lied ist das durchaus«, sagte Albrecht. »Aber eben doch ein bisschen schwermütig, oder? Wir sehen besseren

Zeiten entgegen, am Horizont zeigt sich ein Silberstreif, das sollten wir ausgelassen begehen. Sie gestatten, Adele? Ich behaupte, von mir sagen zu dürfen, dass ich ganz passabel spiele.«

Adele hatte keine Wahl, als aufzustehen. Bernhard, an dem es gewesen wäre, gegen diese Brüskierung seiner Frau zu protestieren, blickte auf den goldblonden Schopf seines Kindes und tat, als bemerke er nichts. Albrecht von Wolter setzte sich auf den Hocker, begann mit Schwung, in die Tasten zu hauen, und sang dazu mit einer kräftigen Tenorstimme:

Morgen kommt der Weihnachtsmann,
Kommt mit seinen Gaben.
Trommel, Pfeifen und Gewehr,
Fahn' und Säbel und noch mehr
Ja, ein ganzes Kriegesheer
Möcht' ich gerne haben.

Um dieses banale Kinderlied machte er solchen Wirbel? Hässlich fand Gerda es obendrein, und mitsingen konnten sie alle nicht, da niemand es kannte. Strahlend drehte Albrecht von Wolter sich um. »Und? Was meinen Sie? Ist das nicht ein besserer Auftakt zu unserer ersten gemeinsamen Weihnacht? Das Lied stammt von Hoffmann von Fallersleben, der unser Deutschlandlied schrieb.«

»Sehr schön, mein lieber Wolter.« Der Vater klang nervös. »Sie überraschen mich immer wieder mit Ihren Talenten. Dann lassen wir ihn also kommen, den Weihnachtsmann. Ich hoffe, er wird Ihnen all Ihre Wünsche erfüllen. Verdient hätte es wohl keiner hier in unserem trauten Heim mehr als Sie.«

Da mit Luise nun wieder ein Kind im Haus war, erschien

wie in Gerdas Kinderzeit einer der Knechte in goldenem Mantel, schwang eine Haselrute und schleppte über der Schulter einen prall gefüllten Sack. Luise brach prompt in mörderisches Geschrei aus und musste von der Kinderfrau aus dem Zimmer gebracht werden. Die goldlockige Puppe mit Stubenwagen, die der Weihnachtsmann ihr gebracht hatte, wickelte ihr Vater an ihrer Stelle aus dem Papier. Luises Mutter war hinter dem Klavier stehen geblieben, ließ ihre Geschenke unbeachtet und sprach mit niemandem ein Wort.

Die Geschenke fielen in diesem Jahr so üppig aus wie seit der Vorkriegszeit nicht mehr. Gerda sah, dass Albrecht von Wolter mehrere äußerst geschmackvolle Gaben erhielt, die zweifellos die Mutter ausgewählt hatte: von einer Pfeife mit Porzellankopf über eine samtene Hausjacke bis zu sechs Flaschen eines edlen Rieslingweines von der Mosel. Zu guter Letzt packte er noch ein Paket aus, das in anders gemustertes Papier geschlagen war und über dessen Schwere er sich scherzhaft beklagte. Es enthielt eine in Leder gebundene Prachtausgabe der gesammelten Werke eines Dichters namens Ernst Moritz Arndt. Dunkel erinnerte sich Gerda, dass Lehrer Sägebrecht eines seiner Gedichte zitiert hatte:

Der Gott, der Eisen wachsen ließ,
Der wollte keine Knechte.
Drum gab er Säbel, Schwert und Spieß
Dem Mann in seine Rechte.

Und sie erinnerte sich, dass Thomas gesagt hatte, er fände diesen Arndt albern und seine Verse hohl und aufgeblasen: »Der heißt ganz sicher Ernst, weil er keinen Humor hat. Einer dieser nationalistischen Wichtigtuer. Dem hätte mal ein Naturwissenschaftler erklären sollen, dass Eisen nicht wächst.«

Albrecht von Wolter hingegen schien von dem Geschenk, das ein Vermögen gekostet haben musste, geradezu gerührt. »Was für eine bemerkenswerte Idee«, sagte er. »Es gibt eindeutig einen Weihnachtsmann hier, der sich nicht nur mit politisch relevanter Literatur, sondern auch mit meiner Person sehr gut auskennt.«

Sein Blick traf den von Gerda – fragend, hoffend, verlangend. Hastig schüttelte sie den Kopf und wandte sich ab. In den anderen Winkel des Sofas, auf dem sie saß, hatte sich Leonie gezwängt, deren Gesicht tiefrot angelaufen war.

Gerda erschrak. Ihre Schwester? Ausgerechnet Leonie, die es bei jedem Wetter nach draußen zog und die kaum je ein Buch anfasste? Auf einen Schlag erschien ihr so vieles, was die Schwester gesagt hatte, in einem anderen Licht.

Sie kam nicht dazu, länger darüber nachzudenken, denn Albrecht von Wolter legte die kostbaren Bücher beiseite und trat vor sie hin. »Mit dem Einverständnis Ihrer Familie möchte ich mir erlauben, Sie kurz zu entführen, süße Freundin«, sagte er. »Ich würde mich auch gern ein wenig als Weihnachtsmann versuchen und eine bescheidene Gabe überreichen.«

Fliehen konnte sie nicht. Ablehnen erst recht nicht. Ihr blieb nichts übrig, als den dargebotenen Arm zu nehmen und sich von Albrecht aus dem Zimmer führen zu lassen. Am Geraschel von Kleidern und Schritten hörte sie, dass der Rest ihnen in gebührendem Abstand folgte. Sie gingen die Treppe hinunter in die Halle. An der Haupttür wartete der Hausbursche – Viktor – mit einer weichen schneeweißen Pelzstola, die er Gerda um die Schultern legte. Das Fell musste Hermelin sein und sündhaft teuer. War das Albrechts Geschenk? Gerda wollte es nicht haben, es ziemte sich nicht für einen Mann, einem Mädchen, das nicht mit ihm verlobt war, ein so teures Geschenk zu machen, und dennoch beschlich sie das Gefühl, sie sei glimpflich davongekommen.

Dann aber öffnete Hans, der zweite Bursche, die Tür und gab den Blick nach draußen frei. Die beiden Laternen links und rechts der Treppe brannten ebenso wie die entlang der Zufahrt. Auf dem mit Kies bestreuten Rondell vor der Treppe stand Kasper, der Pferdeknecht, und hielt ein Pferd am Zügel, das so weiß war wie die Stola und wie der Schnee, der es umgab. Nicht nur das Fell, sondern auch Sattel und Zaumzeug und die schützende Decke, die es trug, waren in jenem makellosen Weiß gehalten.

Es war ohne jeden Zweifel das edelste Pferd, das Gerda je zu Gesicht bekommen hatte. Auch ohne so viel wie Leonie davon zu verstehen, erkannte sie in dem gewölbten Hals, dem kleinen Kopf mit den gespitzten Ohren und dem Gespinst feiner Adern den hohen Vollblutteil und in dem Elchschaufel-Brandzeichen den rein gezüchteten Trakehner, in dessen Blutlinie nur arabische oder englische Vollblüter eingekreuzt werden durften.

»Gefällt er dir?«, fragte Albrecht mit dem Stolz eines kleinen Jungen in der Stimme. »Er heißt Wintersturm, stammt aus dem Hauptgestüt Trakehnen, und ich fand, er müsse dir gehören. Er ist das Pferd der Schneekönigin.«

13

Als könnte Albrecht von Wolter mit all seinem Geld nicht nur der Familie Westkamm, sondern auch dem Wetter seinen Willen aufzwingen, begann es sachte zu schneien. Der beleuchtete Garten, das Rondell samt dem am langen Zügel gehaltenen Pferd, alles schien in einen silbrigen Zauber getaucht. Albrecht winkte in Richtung der Haustür, und Viktor trug einen Servierwagen die Stufen herunter, den er durch den Kies vor sie hinrollte. Auf dem Wagen stand ein Champagnerkühler mit zwei Kelchen. Auf ein paar geflüsterte Worte hin eilte Viktor zurück ins Haus und schloss hinter sich die Tür. Gerda sah gerade noch die erwartungsvollen Gesichter ihrer Familie, denen sozusagen im spannendsten Moment der Vorhang vor den Geschehnissen zugezogen wurde.

Über Gerdas Schultern lief ein Zittern. Sie empfand eine solche Angst, dass sie nicht einmal die Kälte spürte. Albrecht trat dennoch fürsorglich zu ihr und zog ihr die Stola zurecht. Seine Fingerspitzen streiften ihren Hals. Gerda schauderte.

»Gerda«, flüsterte er. »Meine süße Gerda. Gesegnete Weihnachten.«

Zu ihrer Erleichterung ließ er sie los, um sich zum Servierwagen niederzubeugen, reichte ihr ein bis zum Überlaufen vollgeschenktes Glas und stieß mit ihr an. »Auf dich. Auf eine glückliche Verbindung zwischen Reiterin und Pferd. Gefällt er dir? Wollen wir zusammen einen nächtlichen Proberitt unternehmen?«

Mit ihm auf einem Pferd sitzen, sein Arm um ihre Mitte geschlungen, wie sie es in jenem glückseligen Sommer mit

Thomas getan hatte? Das kam nicht infrage, es war ihr körperlich zuwider, und sie musste ein für alle Mal dafür sorgen, dass sie in solche Situationen nicht mehr geriet. Besser ein Ende mit Schrecken als ein Schrecken, der kein Ende nehmen wollte. Gerda trank von ihrem Champagner, um ihren Mut zu sammeln.

»Gut, nicht wahr?«, fragte Albrecht. »Ein Jahrgangssekt von Oppmann in Bayern, achtzehn Monate gereift. Wozu brauchen wir die Franzosen, so etwas können wir Deutschen genauso gut.«

Am liebsten hätte Gerda in ihr Glas gespuckt. Machte diese Deutschtümelei nicht einmal vor Schaumwein halt? Sie gab sich einen Ruck. »Albrecht, so geht es nicht weiter. Das Pferd ist herrlich, aber etwas so Wertvolles dürfen Sie mir nicht schenken.«

»Es ist sogar noch viel wertvoller, als du denkst, meine süßeste Freundin«, sagte er und ignorierte, dass sie beim förmlichen Sie geblieben war. »Er ist ein Hengst, ein Vierjähriger, der sowohl Körung als auch Hengstleistungsprüfung mit Glanz und Gloria bestanden hat. Aus diesem Grunde muss ich auch darauf bestehen, dass du ihn vorerst nicht allein, sondern nur mit mir gemeinsam reitest. Deine Schwester sagte mir, dass du keine sehr geübte Reiterin bist, und ein erst kürzlich eingerittener Hengst ist kein Schaukelpferd. Aber wir werden hier auf Lapienen mit ihm züchten können, liebste Gerda. Eine eigene Deckstation einrichten. Abgesehen von der Befriedigung, die damit einhergehen wird, verschafft es uns eine sichere Einkommensquelle.«

Es war kaum zu glauben. Zur Zucht von Trakehnern zugelassene Hengste waren praktisch unbezahlbar, und die Zeit, als auf Lapienen zuletzt ein Deckhengst gestanden hatte, lag Jahrzehnte zurück. Erneut trank Gerda von dem Schaumwein, der kein Champagner war, um ihre Fassung zurückzugewinnen. »Ihr Geschenk ist äußerst großzügig, und ich weiß die Geste zu schätzen«, rang sie sich ab. »Aber annehmen kann ich es nicht.«

»Du musst«, erwiderte Albrecht schlicht. »Ich habe ihn für dich gekauft, weil er wie für dich gemacht ist, liebste Schneekönigin.«

»Nennen Sie mich nicht so!«, entfuhr es ihr. »Ich bin keine Schneekönigin, die nichts als Kälte, Hass und Hässlichkeit unter die Menschen bringt, und Ihre Liebste bin ich erst recht nicht. Ich kann es nicht sein, Albrecht. Auch wenn ich Ihnen für alles, was Sie für mich getan haben, immer dankbar sein werde.«

»Und warum nicht, wenn ich fragen darf?« In seinem Augenwinkel schmolz eine Schneeflocke, und flüchtig sah es aus, als weinte er. »Lass mich raten. Weil du romantisches Wesen nicht aufhören kannst, von deinem kleinen Polen zu träumen?«

»Thomas ist kein Pole«, rief sie wütend und stockte. *Und wenn er einer wäre?*, fragte eine Stimme in ihrem Hinterkopf. *Würdest du ihn dann weniger lieben, machte es irgendeinen Unterschied?* Die Antwort, die sie Albrecht gegeben hatte, war so falsch wie seine Frage, und in ihrem Kopf schien sich alles zu drehen.

»Es ist nicht so, dass ich dich nicht verstehe«, sagte er. »Ich bin nämlich selbst ein Romantiker, und deine Treue zu einem Mann, mit dem dich eine Kinderliebe verbindet, hat etwas Nibelungenhaftes, etwas durch und durch Deutsches. Es macht dich noch teurer für mich. Eben deshalb habe ich keine Mühe gescheut, um dieses Märchenbild für dich aus dem Hut zu zaubern. Ich wollte dir zeigen, dass auch ein biederer deutscher Landwirt Träume hat und dass er sich nichts sehnlicher wünscht, als das Leben der Frau seines Herzens in ein Märchen zu verwandeln.«

»Albrecht, ich kann diese Frau nicht sein!«, rief Gerda und nahm fassungslos wahr, dass ihm tatsächlich Tränen über die Wangen rannen. »Ich danke Ihnen, dass Sie meinem Vater widersprochen haben und mich zu keiner Heirat zwingen. In einer erzwungenen Ehe könnte keiner von uns beiden glücklich werden, und ich bin froh, dass auch Sie so etwas als unter Ihrer Würde betrachten. Hätten Sie versucht, mich zu zwingen, wäre ich davongelaufen. Bitte geben Sie den Gedanken auf und behalten Sie Ihr schönes Pferd, beginnen Sie eine Zucht, wenn Sie Ihr Heim und die Frau Ihres Lebens gefunden haben. Meiner Familie gestatten Sie bitte, das Darlehen, wie geplant, in Raten abzuzahlen. Ich habe Ihnen versprochen, dass Sie alles zurückerhalten, und dafür verbürge ich mich.«

»Tapfer, tapfer, du süße Gerda.« Er legte ihr einen Finger unters Kinn und hob ihr Gesicht. »Ich glaube dir das sogar – aber mir ist an einer Rückzahlung nichts gelegen. Geld habe ich wie andere Heu, und was ich will, sind die Schönheiten des Lebens, die man mit Geld nicht kaufen kann. Ich habe mich in euch beide verliebt, und ich habe mir geschworen, ich werde euch bekommen – dich und diesen paradiesischen Flecken Erde, der für alles steht, was unser Vaterland ausmacht.«

»Lapienen?« Gerdas Stimme kickste. »Aber Lapienen steht doch den Kindern von Bernhard und Adele zu, ganz egal, wie Rudolf Krochow meinen Vater getäuscht hat. Bernhard und Adele haben auch einen Vertrag. Und er ist älter als der Ihre.«

»Aber er ist nicht offiziell aufgesetzt«, konterte Albrecht mit einem halben Lächeln. »Der meine dagegen ist hieb- und stichfest und von meinen Anwälten abgeklopft. Wenn ich den vor dem Amtsgericht präsentiere – was meinst du, wer recht bekommt? Ich oder der Habenichts Bernhard Krochow?«

»Um Bernhard Krochow geht es nicht«, erklärte Gerda und fragte sich einmal mehr, warum Menschen sich so viel auf Geld einbildeten, das ihnen durch Geburt, nicht durch ihre Verdienste zugefallen war. »Solange wir das Darlehen ordentlich zurückzahlen, wird kein Richter einem Enkelsohn meines Vaters das Gut seiner Familie aberkennen, um es Ihnen, der Sie mit uns weder verwandt noch verschwägert sind, zuzusprechen.«

»Daran mag etwas Wahres sein.« Albrecht strich ihr das Haar aus dem Gesicht, das sofort wieder nach vorn fiel. »Aber einen solchen Enkelsohn gibt es ja gar nicht.«

»Es wird ihn geben!« Gerda kam sich vor wie ein trotziges Kind.

»Oh, in der Tat.« Albrecht lachte auf. »Ich habe sogar vor, höchstpersönlich sein Vater zu werden.«

»Ich werde Sie nicht heiraten!«

»Das habe ich vernommen«, sagte er. »Und ich habe dir gesagt, ich werde nie aufgeben. Ich kann es gar nicht. Selbst wenn es dir ernst damit ist und du mich wirklich nicht heiratest, selbst wenn ich ein so süßes Geschöpf wie dich nie zu etwas zwingen könnte – haben muss ich dich. Und Lapienen auch.«

»Ich gehe wieder zu den anderen nach oben.« Abrupt riss Gerda sich los und schwang herum. »Was mit dem Pferd geschehen soll, können Sie mit meinem Vater besprechen. Was mich betrifft, so sehe ich mich nicht in der Lage, ein derart wertvolles Geschenk anzunehmen.«

Sie hätte ihm die Stola ebenfalls zurückgeben sollen, aber das fiel ihr erst ein, als sie bereits durch den frischen Schnee zum Haus zurückgelaufen war und den Türklopfer aus Messing gegen das Holz der Tür fallen ließ. Hans öffnete ihr, und von irgendwoher eilte Nette herbei und brachte ein angewärmtes Handtuch, das sie Gerda um den Kopf hüllte. Wie sehr sie gefroren hatte, bemerkte sie ebenfalls erst jetzt. Von oben, aus dem Salon, drangen Stimmengewirr und Musik zu ihr. Jemand, vermutlich Elsbeth, hatte sich ans Klavier gesetzt und spielte Weihnachtsweisen.

»Danke, Nette. Ich komme zurecht.« Gerda rang sich ein Lächeln ab und gab dem Hausmädchen, das sie schon ihr Leben lang kannte, das Handtuch zurück.

»Aber gnädiges Fräulein, Sie sind doch ganz nass!«, rief Nette entgeistert.

»Ich bin ja nicht aus Zucker und werde mich nicht auflösen«, sagte Gerda.

»Aber Sie könnten sich verkühlen.«

»So warm, wie es in unserem Haus ist? Bestimmt nicht.«

In diesem Augenblick öffnete Hans die Tür von Neuem, und Albrecht kam herein. Auf seinen Mantelschultern schmolzen Schneeflocken. Auch er wies die Hilfe des alten Mädchens zurück. »Ich begleite Fräulein Gerda nach oben«, sagte er, nahm Gerdas Arm und führte sie die Treppe hinauf.

Als sie den Salon betraten, verstummten das Klavierspiel und sämtliche Gespräche. Alle Gesichter wandten sich ihnen zu.

»Und?«, fragte Tante Benigna, zu deren Stärken Takt nicht gehörte.

»Und?«, fragte Onkel Hutz, dem an Takt nichts lag, und hob seine buschigen Brauen.

Leonie sagte nichts, aber ihr Blick stellte dieselbe Frage.

»Es ist Weihnachten«, sagte Gerda und verspürte auf einmal eine Müdigkeit, die sie zu überwältigen drohte. »Herr von Wolter hat mir ein höchst großzügiges Geschenk gemacht, das ich nicht annehmen kann, aber lasst uns darüber morgen sprechen. Sicher wird gleich das Essen serviert. Verderben wir uns nicht das Fest.«

Aus der Erwartung in Leonies Miene wurde Fassungslosigkeit. Gedämpftes Gemurmel setzte ein, in das Adeles Stimme schnitt. Sie stand noch immer im Winkel beim Klavier, zur Hälfte vom Weihnachtsbaum verdeckt, trat jetzt aber vor, sodass jeder sie sah. »Wenn es über den Wirbel mit dieser Pferdegeschichte nichts weiter zu reden gibt, wird es mir wohl gestattet sein, etwas bekanntzugeben. Es geht um ein freudiges Ereignis, das der Familie bevorsteht und zur Botschaft der Weihnacht passt. Bernhard und ich erwarten unser zweites Kind.«

Einen Atemzug lang herrschte jenes vollkommene Schweigen, in das für gewöhnlich Tante Benigna hineinsprach: *Ein Engel geht durch den Raum.* Dann setzte Applaus ein, zögerlich und verhalten.

»Wie schön für euch, Liebes«, murmelte Tante Benigna, und Onkel Hutz bekundete: »Ich denke, das schreit nach einer frischen Flasche schäumenden Getränks. Von dem Franzosen diesmal bitte, wenn's recht ist. Mein Herz schlägt selbstredend patriotisch, aber mein Gaumen ist international.«

»Einen Augenblick«, unterbrach Albrecht, ehe der Vater Viktor auffordern konnte, das Gewünschte zu holen. »Auch wenn ich es bedaure, dass Sie, verehrter Hubertus, unseren deutschen Schaumwein nicht zu schätzen wissen, füge ich mich um des Weihnachtsfriedens willen Ihrem Wunsch.« Er lächelte. Charmant, aufgeräumt und als hätte er auf der Welt keine Sorgen. »Damit sich das Feiern aber auch lohnt, will ich ebenfalls ein freudiges Ereignis bekannt geben, das der Familie im neuen Jahr ins Haus steht.«

Gerdas Herzschlag setzte aus. Was für ein Spiel spielte er? Hatte er nicht eben noch versichert, er werde sie nicht zwingen?

»Zumindest hoffe ich, dass es einen solchen Grund zum

Feiern geben wird«, fuhr er leutselig fort. »Als Mann weiß man ja nie, ob man sich nicht einer Hoffnung hingibt, die sich als bloße Illusion erweist.« Er zog einen Gegenstand aus der Innentasche seines Jacketts, eine Schachtel, die ohne Zweifel einen Verlobungsring enthielt. Mit der Geste eines Zauberkünstlers klappte er sie auf und enthüllte einen funkelnden Diamanten, neben dem der Glanz des Weihnachtsbaums verblasste.

»Der Gnaschel ist nach meinem Herzen«, murmelte Onkel Hutz. »Wenn der losstürmt, gibt die eisernste Jungfrau klein bei.«

Albrecht trat zwei Schritte vor und ließ sich geradezu zierlich auf ein Knie nieder. »Leonie von Westkamm – wollen Sie mir die Freude und Ehre erweisen, meine Frau zu werden?«

14

Die unerwartete Bekanntgabe der Verlobung zwischen Albrecht von Wolter und Leonie von Westkamm bewirkte etwas, auf das Gerda nicht mehr zu hoffen gewagt hatte: Mit einem Schlag sank sie in ihre alte Bedeutungslosigkeit zurück, und niemand kümmerte sich mehr um das, was sie tat. Das verschaffte ihr Gelegenheit, in den letzten Tagen seines Besuchs Zeit mit Thomas zu verbringen.

Sie saßen auf Blaes im Weihnachtszimmer, genossen die Wärme, das Beisammensein und Milenkas herzhafte Speisen, spielten zu dritt Scharade und Karten, sangen, redeten, lasen sich aus Büchern vor und lachten. Vor den kleinen Schlitten der Merwitz' spannten sie das Pony Apoll und fuhren zum Einkaufen nach Bergelau, wanderten durch Schneegestöber an ihren See und schnallten die Schlittschuhe an, um auf dem Eis zu tanzen. Wenn sie sich hinauf in Thomas' Jungenzimmer schlichen, tat Milenka, als hätte sie nichts gehört, und gab ihnen Zeit für ihre Liebe.

Die Tage verflogen so schnell. Im Nu war Silvester, und aus dicken Wruken wurden Glücksbringer fürs Neue Jahr geschnitten. Wenn am Dreikönigstag die Sternsinger an die Haustüren klopften, würde Thomas wieder abreisen.

Gerda hatte sich fest vorgenommen, mit ihm über die Probleme zu sprechen, denen seine Mutter ins Auge sehen musste, und ihn noch einmal nach der Möglichkeit einer früheren Heirat zu fragen. Jetzt, wo die Gefahr, die von Albrecht von Wolter ausgegangen war, sich auf so wundersame Weise in Luft aufgelöst hatte, würden ihre Eltern ihr gewiss keinen Stein in den Weg legen. Wäre sie mit Thomas verheiratet, so könnten sie, wie damals als Kinder, füreinander da sein und einander in sämtlichen Schwierigkeiten beistehen.

Gerda wünschte es sich innig. Wenn sie nicht bei ihm war, schlief sie schlecht und quälte sich mit schweren Träumen. Sie hatte ein Märchen für ihn schreiben wollen, ein hoffnungsvolles, heiteres, als Geschenk zu Neujahr, doch wann immer sie sich an ihren Sekretär unter dem Fenster im Mädchenzimmer setzte, flossen ihr beklemmende Bilder aus der Feder, düstere Ahnungen wie die von der steinernen Hochzeit, die ihr Angst einjagten.

Sie wollte sie loswerden, sie mit Thomas teilen, nicht länger damit allein sein. Sooft sie jedoch ansetzte, um eines der Probleme anzusprechen, brach sie wieder ab und dachte bei sich: *Ach – gerade ist es so schön. Ich berede es morgen mit ihm, diesen glücklichen Abend will ich uns nicht mit Sorgen verderben.* Sie stellte fest, dass dieses Jahr mit all seinen Ängsten, Kümmernissen und der Trennung von ihm sie ausgelaugt hatte. Am liebsten hätte sie hier, in seinen Armen, in seinem behaglichen, liebevollen Zuhause, den Rest des Winters verbracht, um erst im Frühling wieder herauszukommen und die Zukunft anzupacken.

Wie drei Bären in einer Höhle, dachte sie, umsorgt von Stine, Jacek und Robert und bewacht von dem alten Seneca.

Ehe sie sichs versah, war der Tag von Thomas' Abreise gekommen, und sie hatte überhaupt nichts mit ihm besprochen. Gerda wollte ihn zusammen mit Milenka an die Bahn nach Schlochau bringen, aber diese lehnte wiederum ab. »Fahrt ihr beiden allein«, sagte sie. »Dann habt ihr wenigstens noch eine kleine Stunde für euch, ehe ihr euch wieder auf so lange Zeit trennen müsst, ihr zwei Turteltauben.«

Thomas und Gerda tauschten einen Blick.

»Aber Mamuśka«, rief Thomas, »von dir muss ich mich doch auch auf so lange Zeit trennen.«

»Das, mein Liebling, ist der Lauf der Welt«, antwortete Milenka mit einem kleinen, ein wenig traurigen Lächeln. »Und zu Ostern habe ich dich ja schon wieder, allzu arg ist es also nicht. Genieß die letzte Stunde mit deiner Liebsten, und mach dir um dein altes Mütterchen keine Sorgen.«

»Ach, Mamuśka. Du und alt! Wenn du dich aufs Altenteil setzen willst, wie sollen Gerda und ich dann überleben, wo wir doch beide nicht kochen können?« Thomas schlang die Arme um sie und hob sie ein kleines Stück vom Boden, ehe er sie wieder absetzte. Sie schien in seinen Armen regelrecht zu verschwinden und kam Gerda winzig vor, als wäre sie in diesem letzten Jahr geschrumpft. »Wenn du es so willst, werden wir die Zeit nutzen und uns noch ein bisschen aneinander wärmen. Aber dich hab' ich ganz fest lieb, und du wirst mir arg fehlen, vergiss das nicht.«

»Nein, mein Junge. Das vergess' ich ganz sicher nicht.« Sie reckte sich und küsste ihn auf beide Wangen. Dann schlug sie ihm den Mantelkragen hoch, wie einem kleinen Jungen, und schob ihn sachte von sich. »Jetzt geht schon. Der Zug wartet ja nicht, und ich will nicht, dass ihr seht, wie ich alte Eule heule.«

»Ich heul' ja selber.« Thomas grinste und wischte sich über die Wangen. Er nahm Gerdas Hand, ging mit ihr zum Schlitten, dann ließ er sie los, rannte die paar Schritte zurück und nahm seine Mutter noch einmal in die Arme. Gleich darauf stieg er auf den Schlitten. »Holla!«, rief er dem schwarzen Pony zu. »Je schneller einer aufbricht, desto schneller kann er wiederkommen, und wenn ich das nächste Mal hier bin, dann blühen schon die Ranunkeln.«

Sie fuhren schweigend zum Bahnhof. Thomas lenkte mit einer Hand und hielt mit der anderen die von Gerda fest.

Jetzt habe ich nur noch die paar Minuten, um ihm zu sagen, dass er mich mitnehmen soll, dass ich es hier ohne ihn nicht aushalte, dachte sie. Aber wie konnte sie ihn so belasten, und warum sollte sie es nicht aushalten? Sie war in ihrem Zuhause, das sie liebte, sie hatte es warm, und niemand würde ihr mehr wegen einer Heirat zusetzen. Sie konnte schreiben, konnte am Fenster sitzen und auf den Frühling warten, sich nach Thomas sehnen und von der Zukunft träumen. Wenn die Schneeglöckchen durch die weiße Decke brachen und die Natur zu neuem Leben erwachte, würde sie mit der kleinen Luise spazieren gehen und ihr zeigen, dass die Welt voll Charme war.

Am Ortseingang hielten sie an und überließen Pferd und Schlitten einem Burschen, denn in die engen Gassen kamen sie mit dem sperrigen Gefährt nicht hinein. Sie gingen zu Fuß weiter, Thomas mit dem verbeulten Koffer in der Hand. »Du achtest mir ein bisschen auf meine Mutter, nicht wahr, Schrapsel?«, fragte er.

»Natürlich«, antwortete Gerda, »das mache ich doch immer, und ich mache es gern. Ich habe deine Mutter so lieb.«

»Sie dich auch. Sie weint zu viel, auch wenn sie es vor mir verbirgt, und ich glaube, sie fühlt sich einsam. Ich wünschte, du könntest zu ihr ziehen und ihr Gesellschaft leisten.«

»Das würde ich zu gern!«, rief Gerda. »Wenn wir heiraten, kann ich bei euch auf Blaes wohnen, selbst wenn du noch in Breslau bleiben musst. Deine Mutter und ich könnten zusammen auf dich warten.« *Und wir wären in Sicherheit,* durchfuhr es sie.

Gleich darauf schalt sie sich eine Närrin. Wovor musste sie sich denn in Sicherheit bringen, warum nahm sie überall Kälte und Feindseligkeit wahr? Vielleicht sollte sie eine Zeit lang aufhören, all die Märchen und Sagen zu lesen. Die meisten Leute hielten sie für Lektüre für Kinder, aber durch die Geschichten spukten Geister und Gespenster, Nachtmahre, Hexen und Dämonen. Selbst die Schneekönigin, die sie so sehr liebten, machte ihr in letzter Zeit Angst. Seit Albrecht das Märchen in der Weihnachtsnacht für seine Zwecke missbraucht hatte, lag das Buch unangerührt auf Gerdas Nachttisch, und sie wagte nicht mehr, es aufzuschlagen.

Thomas legte den Arm um sie und führte sie die Stufen zum Bahnhof hinauf. »Das wäre wunderbar«, sagte er. »Aber du weißt selbst, dass ich in meiner derzeitigen Position bei deinem Vater keinen Blumentopf gewinnen kann, geschweige denn die Hand seiner zauberhaftesten Tochter.«

Gerda wollte etwas einwenden, aber sie standen schon vor dem Gleis. Er beugte sich zu ihr und küsste sie. »Eine Weile müssen wir noch Geduld haben, meine Liebste, auch wenn es von Mal zu Mal schwieriger wird. Haltet zusammen. Ich setze mich gleich hin und schreibe dir, wenn ich in Breslau angekommen bin.«

»Und ich dir.«

Sie wollte nicht weinen, versetzte ihm einen fröhlichen kleinen Stoß. »Wir schaffen das schon – es wäre doch gelacht.«

Er setzte einen Fuß auf die Stiege und drehte sich um. »Recht hast du. Machen wir uns keine Sorgen.«

Gerda schüttelte den Kopf. »Nur um die hübschen Mädchen in Breslau!«

»So hübsch wie du ist keine. Weder in Breslau noch sonst wo.«

»Auch nicht in Danzig?«

»In Danzig schon gar nicht. Wenn wir auf Hochzeitsreise dorthin fahren, werden dir die Möwen ein Ständchen darbringen, und die ganze Freie Stadt wird dir zu Füßen liegen.«

Er stieg ein, der Pfiff ertönte, und der Zug fuhr an. Gerda winkte ihm noch nach, als er bereits außer Sicht war. Dann drehte sie sich um und kehrte mit schleppenden Schritten zurück zum Schlitten.

In den folgenden Wochen kam Gerda nicht dazu, Milenka zu besuchen, denn daheim liefen die Vorbereitungen für Leonies Hochzeit auf vollen Touren. Gästelisten mussten erstellt, Zimmer verteilt und Speisen geplant werden. Albrecht würde sich nicht lumpen lassen, er wollte eines jener rauschenden Feste, wie sie für Lapienen in seiner Glanzzeit typisch gewesen waren.

Leonie hatte es mit der Heirat augenscheinlich sehr eilig. »Je schneller alles unter Dach und Fach ist, desto eher können wir aufatmen«, sagte sie zu Gerda. »Du weißt schließlich, dass ich diese Heirat um Lapienens willen schließe, und wo nun die Chance besteht, uns aus dem Sumpf zu retten, gehe ich kein Risiko ein.«

Gerda sagte dazu nichts, doch sie wusste, dass Leonies

Worte nicht der Wahrheit entsprachen. Gewiss, Leonie liebte Lapienen und hätte für die Rettung des Gutes jedes Opfer gebracht. Aber dies hier war kein Opfer für sie. So unglaublich es ihr vorkam – Leonie, die ihre gesamte Freizeit im Pferdestall verbrachte und nie hatte heiraten wollen, war mit Haut und Haar in Albrecht von Wolter verliebt. Um seinetwillen begann sie, sich anders zu kleiden, trug statt der sportlichen Röcke und Blusen wallende, rüschenverzierte Kleider aus Seide, ließ sich das Haar nicht länger von Elsbeth zurechtstecken, sondern vom Friseur in Schlochau kunstvoll ondulieren und mäßigte sich in der Unterhaltung, nachdem sie ihr Leben lang kein Blatt vor den Mund genommen hatte.

Gerda hätte sich für sie freuen sollen, und sie gab sich alle Mühe, es zu tun. Dass Albrecht seiner Braut kaum Beachtung schenkte, musste kein schlechtes Zeichen sein. Er brauchte vielleicht etwas Zeit, um sich in seine neue Lage einzufinden. Das wäre bei vielen frisch verlobten Männern so, hatte Pauline erklärt.

Woher die unverheiratete Pauline das so genau wissen wollte, fragte Gerda sich nur flüchtig. Pauline wusste alles. Sie würde versuchen, ihr zu glauben und darauf zu vertrauen, dass Leonie mit Albrecht glücklich werden würde. Immerhin besaß sie nun den schönsten Zuchthengst der gesamten Gegend, und auf Hochzeitsreise würde sie durch Italien reisen, da Albrecht sich für die politische Entwicklung dort interessierte. Auch Leonie interessierte sich neuerdings für politische Entwicklungen. Jedenfalls las sie ständig in den Zeitungen, die Albrecht sich nach Lapienen bestellt hatte. *Danziger Vorposten, Posener Tageblatt* und *Völkischer Beobachter* hießen die, und allein ein Blick auf die reißerisch aufgemachten Titelseiten schreckte Gerda ab.

Doch was verstand sie schon davon? Zwischen ihr und ihrer Familie hatte sich eine Kluft aufgetan, die sich mit jedem Tag verbreiterte. Sie wusste nicht länger, was dem Gut nottat und ob es womöglich von Nutzen war, solche Zeitungen zu studieren, also mischte sie sich nicht ein. Leonie setzte sich neuerdings sogar in die Bibliothek, um die sie sonst immer einen Bogen geschlagen hatte, und las Gedichte und Schriften wie die von diesem Ernst Moritz Arndt mit dem wachsenden Eisen.

Sie tut es für Albrecht, dachte Gerda und wünschte ihrer Schwester, dass ihre Bemühungen sich auszahlten. Adele ihrerseits sprach mit der Älteren kein Wort mehr. Selbst wenn sie an der Tafel im Frühstückszimmer nebeneinandersaßen, worauf die Mutter weiterhin bestand, betrug sich Adele, als wäre Leonie Luft. Während Adele und Bernhard weiterhin wie lästige Verwandte behandelt wurden, die an den Katzentisch gehörten, wurden Leonie und Albrecht von allen Seiten hofiert. Von den umliegenden Gütern kamen ständig Gäste, um den Bräutigam kennenzulernen, und es trafen bereits täglich Geschenke ein.

Adele aber ging umher, als nähme sie nichts wahr und als könne niemand ihr das Recht streitig machen, die Mutter des künftigen Herrn von Lapienen zu sein. »Sie ist genauso verbohrt wie du, sieht nicht ein, dass es der einzige Weg war«, sagte Leonie zu Gerda.

Sie fühlt sich gedemütigt und beraubt, dachte Gerda, sagte aber nichts, um nicht noch mehr Schaden anzurichten.

Es war schon fast Februar, der Schnee lag kniehoch, und sie schrieb Thomas zu selten, weil sie in der angespannten Atmosphäre den Kopf nicht frei bekam. Auch Milenka hatte sie schon längst besuchen wollen und nahm sich vor, es zu Beginn der nächsten Woche endlich zu tun. Die sanftmütige

Frau, die darauf bedacht war, für jeden Menschen Verständnis aufzubringen, fehlte ihr. Ein paar Stunden in der Wärme von Blaes würden ihren Nerven guttun und ihr helfen, die Dinge im richtigen Licht zu sehen.

Ehe die Woche aber begann, stürzte Adele aus unerfindlichen Gründen die Treppe zum Dachgeschoss hinunter, blieb in einer Blutlache liegen und verlor ihr Kind. Niemand konnte sie trösten, am wenigsten Gerda, von der sie sicher war, dass sie auf Leonies Seite stand. Sie schloss sich in ihr Schlafzimmer ein, ließ ihren Mann nicht zu sich und wollte nicht einmal ihre Tochter sehen.

»Was hilft mir das nutzlose Mädchen, mein kleiner Junge ist tot!«, schrie sie, als Tante Benigna an ihre Tür klopfte und erklärte, die kleine Luise wolle ihrer Mutti gern ihr neues Kleid zeigen.

Obwohl sie Adele nicht helfen konnte, erschien es Gerda falsch, sich in dieser Lage nach Blaes zu flüchten. Sie wartete, bis Adele bereit war, das Zimmer zu verlassen, und sich schweigsam wieder in den Alltag fügte. Zu Leonie kam derweil die Schneiderin und brachte Bahnen weißer Atlasseide zur Anmessung des Brautkleides mit. Für die Vervollständigung ihrer Aussteuer war sogar eine Reise nach Berlin geplant, auf die Tante Benigna und Elsbeth sie begleiten sollten. Der Bräutigam kam für alles auf – auch für eine Suite im renommierten Hotel Adlon, dem teuersten Haus am Platz.

»Ich kann es doch nicht ändern«, sagte Leonie mit einem Seufzer, der ihre Mutter in Rage versetzt hätte. »Glaubst du etwa auch, ich hätte Adele gewünscht, dass sie ihr Kind verliert?«

»Natürlich nicht«, antwortete Gerda. »Und Adele glaubt das auch nicht. Sie mag es sich in diesem Augenblick einreden, weil sie vor Schmerz nicht klar denken kann, aber wenn sie sich erst ein wenig erholt hat, wird sie sich darauf besinnen, dass ihr beide euch liebt.«

»Im Übrigen ist das Rennen ja noch gar nicht entschieden«, sagte Leonie. »Adele kann im Handumdrehen wieder schwanger werden, und wer weiß denn, ob ich einen Sohn bekomme.«

Dass ihre beiden Schwestern offenbar um die Wette Kinder bekamen, befremdete Gerda mehr als alles andere. Sie musste zu Milenka. Sie brauchte zumindest vorübergehend eine Welt um sich, die ihr gesund und normal vorkam.

Als sie sich jedoch endlich zu Fuß auf den Weg machte, traf sie Thomas' Mutter nicht an. Der Hausbursche Jacek öffnete ihr, murmelte etwas Unverständliches und trollte sich gleich wieder. Das Haus, das Milenka immer mit so viel Liebe gepflegt hatte, kam Gerda verlassen, ja geradezu verwahrlost vor. Es war ungeheizt, und in der Küche, dem einzigen halbwegs warmen Raum, saß Stine, die anfing zu weinen, als Gerda eintrat.

»Ach, gnädiges Fräulein, wie gut, dass Sie kommen. Die gnädige Frau hat ja sonst niemanden mehr hier, und wir dachten schon, Sie hätten sie auch fallen lassen.«

»Wie kannst du so dummes Zeug von mir denken?«, fragte Gerda. »Ich habe mich ein paar Wochen lang nicht frei machen können, aber ich bin so schnell gekommen, wie es möglich war. Wo ist denn Frau von Merwitz? Erwartet ihr sie bald zurück?«

Stine schüttelte den Kopf. »Wann sie wiederkommt, weiß kein Mensch. Sie ist in den Ort gefahren, hat alle Leuchter und Vasen mitgenommen, auch den silbernen Tafelaufsatz, den der gnädige Herr ihr geschenkt hat.«

Erst jetzt fiel Gerda auf, wie kahl die Räume gewirkt hatten, die sie auf ihrem Weg in die Küche durchquert hatte.

»Warum denn das?«, fragte sie. »Doch wohl nicht, um sie zu verkaufen?«

Stine nickte unglücklich. »Sie hat gesagt, der gnädige Herr würde wollen, dass sie das Geld bekommt, das sie braucht.«

»Und den Hund hat sie auch mitgenommen?«

Stine schluchzte. »Der arme alte Hund. Der gnädigen Frau haben wir gesagt, er ist an Altersschwäche gestorben, aber der Jacek, der Robert und ich wissen, dass jemand ihn vergiftet hat. Er hatte blutigen Schaum vorm Maul und hat Brocken ausgespien. Der arme Kerl hat sich so gequält.«

»Seneca – ist tot?«, brach es aus Gerda heraus. Warum in aller Welt war sie nicht hier gewesen, warum hatte sie kein Auge auf Blaes gehabt, wie sie es Thomas versprochen hatte? »Und du glaubst, jemand hat ihn vergiftet?« Wer hätte dieser treuen Seele von Hund etwas antun können?

»Ich weiß es«, sagte Stine und rieb sich die Tränen vom Gesicht. »Und die gnädige Frau weiß es auch, ganz egal, was wir ihr erzählen. Sie weiß, warum sie von niemandem einen Kredit bekommt und warum die Bank droht, ihr den Hof wegzunehmen. Einer der Kunden, den sie um einen kleinen Vorschuss gebeten hat, hat es ihr ins Gesicht gesagt: ›Kämen Ihr Mann oder Ihr Sohn, so würden wir einen Weg finden. Aber Landräubern leihen wir kein Geld, und unseren Roggen kaufen wir künftig anderswo.‹«

»Das kann doch nicht wahr sein!«

»Robert war dabei«, erwiderte Stine. »Er hat mit dem Pferd gewartet, und der Mensch hat so laut gewettert, dass es nicht zu überhören war. Wir beide, der Robert und ich, haben das Gleiche gesagt wie Sie, nämlich dass es doch nicht wahr sein darf, dass man einen so liebenswerten Menschen wie die gnädige Frau so behandelt. Aber der Jacek sagt: Das ist erst der Anfang, und er wünschte, er hätte das Geld, um wegzukommen, denn demnächst werden sie sich nicht länger damit begnügen, den Polen die Hunde zu vergiften. Dann geht's den Polen selbst an den Kragen.«

»Das ist Unsinn«, sagte Gerda. »Es tut mir leid, dass der Jacek so ein Gefühl hat, aber er täuscht sich. Ja, es mag ein paar Leute geben, die ihr eigenes Elend nicht ertragen und deshalb einen Sündenbock brauchen. Aber hier in Westpreußen haben doch schon immer Deutsche und Polen in Frieden zusammengelebt.«

Stine blickte zu Boden. »Bei Ihnen drüben sind ja auch keine Polen mehr«, sagte sie.

Es gab nichts, was Gerda darauf hätte erwidern können. Also ließ sie es auf sich beruhen, wartete darauf, dass Milenka zurückkehren würde, aber als nach zwei Stunden der Schlitten mit Apoll noch immer nicht vorgefahren war, blieb ihr nichts übrig, als sich schweren Herzens auf den Heimweg zu machen.

Nächtelang dachte sie nach. *Wir müssen heiraten, Thomas und ich,* war der einzige Schluss, auf den sie immer wieder kam. Wie die Probleme von Blaes zu lösen waren, wusste sie nicht, aber alles würde sich ertragen lassen, wenn sie bei Milenka wäre und Thomas wüsste, dass sie zusammen auf ihn warteten.

Erst einmal kam am Wochenende jedoch die gesamte Verwandtschaft der von Wolters nach Lapienen, um im »engsten Familienkreis«, wie Albrecht es nannte, die Verlobung zu feiern. Der Termin der Hochzeit war für den einundzwanzigsten März festgesetzt worden, also gab es keine Zeit zu verlieren.

Trotz des sogenannten kleinen Kreises bestand Albrecht auf einer Feier im Ballsaal und engagierte eine Kapelle, die – so kam es Gerda vor – den ganzen Abend über ausschließlich althergebrachte Walzer spielte. *Lippen schweigen* allen voran. Albrecht forderte sie zum Tanz auf, und sie sah keine Möglichkeit, sich zu weigern. Sie hätte ihm dankbar sein müssen, doch inzwischen war ihr alles an ihm zuwider. Sein Duft, der ihr trotz des teuren Rasierwassers fleischlich und animalisch vorkam, seine Art, sie in der Drehung zu dicht an seinen Körper zu ziehen, die Poren seiner Gesichtshaut, der feine Schweißfilm auf seiner Stirn.

»Nun«, fragte er und lenkte sie in dem viel zu großen Saal von den Übrigen weg, ohne dass sie sich dagegen hätte wehren können. Frauen in Berlin, Hamburg und München waren auf die Straße gegangen und hatten das Wahlrecht errungen, doch noch immer durfte keine Frau selbst entscheiden, wohin sie sich im Tanz bewegen wollte. Noch immer durfte keine Frau einem Mann, in dessen Gegenwart sie sich unwohl fühlte, einfach sagen: Lassen Sie mich los. Ich möchte nicht mit Ihnen tanzen.

Albrecht sah sie mit fragend erhobenen Brauen an. »Nun?«

»Nun was?«, war alles, was Gerda einfiel.

»Bist du zufrieden mit mir?«, fragte er.

»Wir alle freuen uns für Sie und Leonie«, stammelte Gerda. »Diese Feier ist sehr schön, und die Hochzeit wird noch schöner.«

Albrecht schüttelte den Kopf. »Das ist nicht das, was ich hören wollte, und das weißt du. Ich frage, ob du nun, wo ich bewiesen habe, dass ich dich zu keiner Heirat zwinge, deine ablehnende Haltung aufgeben und ein wenig freundlich zu mir sein wirst.«

Wieder zog er sie an sich. In ihrem Rücken spürte sie seine Hand, die von ihrer Taille auf den Ansatz des Hinterns rutschte. »Lassen Sie mich los, ich bitte Sie. Hören Sie endlich damit auf.«

»Ich habe dir doch gesagt, ich werde nie damit aufhören«, erwiderte er. »Ich habe mich nie als einen geduldigen Menschen erlebt, doch wenn es um dich geht, ist meine Geduld grenzenlos.«

Gerda biss die Zähne zusammen und hielt bis zum Ende des Tanzes durch. *Morgen gehe ich nach Blaes und spreche mit Milenka,* schwor sie sich. Wenn sie erst das Einverständnis seiner Mutter hatte, würde sie Thomas schreiben und ihren Vater auf seinen Antrag vorbereiten. Wie sie ihn überzeugen würde, wusste sie noch nicht, aber irgendetwas musste ihr einfallen.

Sollte sie ihrem Vater erzählen, dass sie sich vom Verlobten ihrer Schwester bedroht fühlte, dass er ihr nachstellte und sie wünschte, sich in Sicherheit zu bringen? Das war unmöglich. Der Vater behandelte Albrecht von Wolter wie einen leiblichen Sohn, klopfte ihm ständig auf die Schulter und stellte ihn stolz seinen Freunden vor. Seit Albrechts Aufnahme in die Familie hatte er seinen Frohsinn zurückgewonnen, als würden Crispin und Eduard noch leben. Er würde kein Wort gegen den Schwiegersohn dulden und Gerda keinen Glauben schenken.

Mit dieser Erkenntnis überrollte sie eine Welle von Traurigkeit. Im Kreis ihrer Familie gab es niemanden, dem sie sich anvertrauen konnte. Alles lachte, tanzte und feierte. Onkel Hutz trank sich durch die edlen deutschen Weine, die Albrecht im Keller hatte einlagern lassen, Tante Benigna drehte sich im Walzer mit Albrechts zweimal verwitwetem Vater, und Cousine Elsbeth flirtete mit einem dicklichen Vetter, der stotterte und unter Hautausschlag litt. Leonie fachsimpelte mit den Onkeln über Fohlenaufzucht, ihre Mutter war die vollkommene Gastgeberin, und Adele hatte sich mit einer Unpässlichkeit entschuldigen lassen, sodass ihr Mann beim Büfett stand wie ein bestelltes, dann jedoch achtlos vergessenes Paket.

Keiner von ihnen würde sich von mir sein Fest verderben lassen, durchfuhr es Gerda. Sie musste hier fort, fühlte sich nicht länger zu Hause. Als die Musiker der Kapelle endlich eine Pause einlegten, entschuldigte sie sich unter einem Vorwand, lief in das Zimmer, aus dem Leonie bereits ihren Auszug vorbereitete, und kehrte nicht mehr in den Saal zurück.

Anderntags erzählte sie beim Frühstück, sie habe Kopfschmerzen gehabt, und verhielt sich so unauffällig wie möglich. Am Nachmittag machte sie sich auf den Weg nach Blaes.

15

In der beginnenden Dämmerung stand Milenka im Hof und striegelte Apoll. Gerda hatte sie bereits alle erdenklichen Tätigkeiten verrichten sehen, zu denen andere Gutsherrinnen sich nicht herabgelassen hätten, doch dass sie ein Pferd striegelte, übertraf alles.

»Milenka!«, rief Gerda und warf die Arme um sie. »Wie geht es dir, und was treibst du? Wo ist denn Robert, und warum kümmert der sich nicht um Apoll?«

»Ach, er kümmert sich ja schon um so vieles«, sagte Milenka und drehte den Kopf weg. »Nun, wo Jacek nicht mehr da ist, hat er die doppelte Arbeit, und ich mag ihm nicht noch mehr aufbürden.«

»Jacek ist weg?«

»Ach, mein liebes Mädchen. Es ist so schön, dass du da bist. Dass du immer noch zu uns kommst.«

»Natürlich komme ich immer noch zu euch. Ich gehöre hierher, und ich habe vor, für immer zu bleiben, aber darüber reden wir später. Erst einmal will ich wissen, warum Jacek nicht mehr hier ist. Er war doch in euren Diensten, solange ich denken kann.«

»Ja, und da hätte er, wenn es nach mir gegangen wäre, auch bis an sein Lebensende bleiben sollen«, erwiderte Milenka. »Er war Hausbursche bei meinem Vater, und als ich heiratete, hat Vater ihn mir mitgegeben, damit er in der Fremde auf mich achtgibt. Ich wollte ihm das gewiss nicht lohnen, indem ich ihn in seinem Alter seines Weges schicke, aber ich kann ihm ja nichts mehr zahlen. Und für ihn ist es auch das Beste, wenn er versucht, nach Polen zu kommen, wo er hoffentlich noch einmal eine Stellung findet.«

»Das ist doch Irrsinn, Milenka!«, rief Gerda. »Diese Verbohrtheit muss ein Ende haben. Wenn es den Leuten besser geht, wenn sie sich an die neuen Verhältnisse gewöhnt haben, werden sie aufhören, einen Schuldigen zu suchen …«

»Gewiss«, sagte Milenka und strich ihr über die Wange. »Nur wird Jacek nicht jünger und kann sich nicht leisten, ewig zu warten. Mach dir keine Gedanken, mein Herz. Willst du Tee? Warum gehst du nicht schon nach drinnen und wärmst dich auf, während ich meine Arbeit beende? Eingeheizt ist allerdings nicht, und ich fürchte, ich habe auch keinen Kuchen.«

»Ich bin nicht gekommen, um Kuchen zu essen«, sagte Gerda. »Ich bin gekommen, um bei dir zu sein und dir zu helfen.« Sie wollte Milenka den Striegel aus der Hand nehmen. »Und als Erstes mache ich jetzt das hier fertig. Wenn Apoll denn unbedingt gestriegelt werden muss, dann tue ich es, nicht du.«

Das hohe Pony hatte noch sein wolliges Winterfell, aber Milenka hatte es bereits so intensiv bearbeitet, dass es wie ein Rabenflügel glänzte. Gerda klopfte dem Pferdchen den Hals. »Weshalb putzt du ihn überhaupt so heraus? Er ist doch sowieso der schönste von allen.«

»Ja, natürlich. Das ist er.« Thomas' Mutter kämpfte gegen Tränen und fuhr mit den Fingern durch die Mähne des Pferdes.

»Milenka, was ist?«

»Ich kann ihn nicht behalten«, murmelte sie tonlos. »Er war Claudius' Geschenk zu Thomas' sechstem Geburtstag. Sie waren so stolz, haben um die Wette gestrahlt, mein großer und mein kleiner Lieblingsmann, und ich werde nie vergessen, wie einer von den Nachbarn, die mit uns feierten, rief: ›Ein schwarzes Pony mit rotem Sattel – das ist ja hübscher als ein Schaukelpferdchen!‹ Er ist in unseren Diensten grau geworden, und er hätte bei uns sein Gnadenbrot verdient. Aber inzwischen feiert ja kein Nachbar mehr mit uns, und die drei Pferde, die ich noch im Stall habe, bekomme ich nicht mehr durchgefüttert. Apoll ist alt, aber er ist immer noch hübsch. Nachher kommt ein Herr, der ein Geschenk für seinen kleinen Sohn sucht. Bei ihm hätte Apoll ein liebevolles Heim.«

»Um Himmels willen, nicht auch noch Apoll!« Wie ein Kind schlang Gerda die Arme um den Hals des Ponys. »Was soll denn Thomas sagen, wenn er zu Ostern nach Hause kommt und sein Pferd nicht mehr da ist?«

»Daran denke ich auch immerzu, aber ich weiß mir keinen anderen Rat. Ich werde mir für Thomas etwas überlegen müssen, eine kleine, harmlose Erklärung, die ihn nicht schreckt. Dass sein Pferdchen Hunger leidet, dass sein Pferdchen nicht alles bekommt, was es braucht, das würde er nicht wollen.«

Beim Sprechen klapperten Milenka die Zähne, und erst jetzt fiel Gerda auf, dass sie über ihrer Bluse nichts als eine fadenscheinige Strickjacke trug und ihre Füße in verschossenen grünen Tanzschuhen steckten.

»Komm ins Haus, Milenka«, sagte sie. »Es ist niemandem geholfen, wenn du dir hier draußen den Tod holst. Wir setzen uns hin und überlegen zusammen, was wir tun können. Ich lasse dich nicht länger alleine, ich will, dass Thomas und ich heiraten, damit ich zu dir ziehen kann. Gemeinsam werden wir es schon schaffen. Wir haben uns lieb, wir halten zusammen, wir finden einen Weg.«

»Du liebes, liebes Mädchen.« Milenka legte einen Arm um Gerda und lehnte sich schwach vor Erschöpfung gegen sie. »Wenn du nur meinen Thomas nicht verlässt, wenn du ihm nur bleibst, dann wird sich alles andere schon finden.«

»Natürlich bleibe ich ihm.« Gerda strich Milenka das Haar glatt, das einst wie das Fell des Pferdes geschimmert hatte, jetzt aber glanzlos herunterhing. »Thomas ist mein Liebster, und er soll so schnell wie möglich mein Mann werden. Wenn du einverstanden bist, schreibe ich ihm noch heute und rede mit meinem Vater.«

»Willst du das wirklich tun? Aus eurem schönen Haus, wo du behütet und umsorgt wirst, hierher zu uns ziehen, wo ich heute nicht weiß, wie es morgen weitergehen wird?«

»Es wird weitergehen.« Gerda streichelte sie. »Und ja, genau das will ich. Ich schreibe Thomas. Und dem Mann, der Apolls wegen kommt, sage ich, dass das Pferd nicht verkäuflich ist. Mit einer großen Mitgift von meinem Vater habe ich nicht zu rechnen, aber etwas wird er mir ja mitgeben müssen, und das bringt uns wieder ein Stück weiter. Ich kann mir auch Arbeit suchen. Gelernt habe ich nichts, aber wer weiß, ob sich nicht etwas findet.«

»Ach, du Liebes.« Heftig zitternd wiegte sich Milenka mit ihr. »Du hast wahrhaftig Besseres verdient, und Thomas hat Besseres für dich gewollt. Aber wenn du es wirklich so willst – es würde ihm Trost und Hoffnung geben bei allem, was er zu meistern hat.«

»Ich habe es immer gewollt«, sagte Gerda, »und jetzt mache ich es wahr.«

»Davor werde ich dich bewahren müssen, Gerda. Von einer jungen Dame deines Alters hätte ich etwas mehr Reife erwartet, aber es ist ja kein Wunder, dass in einer Zeit, in der jeglicher Halt verloren geht, auch die Erziehung der Jugend leidet.«

Erschrocken blickte Gerda auf und sah Albrecht von Wolter, der keine zwei Schritte von ihr entfernt auf dem Rücken des Schimmelhengstes thronte. *Wo ein Schimmelreiter auftaucht, geschieht ein Unglück,* durchfuhr es sie. Der Aberglaube entstammte einer alten Volkssage von der Weichsel, und obwohl kaum jemand derlei Sagen so sehr liebte wie Gerda, hatte sie über solch abergläubische Ängste immer gelacht. Ein Schimmel war ein Pferd wie jedes andere, noch dazu ein besonders schönes, weshalb also sollte es Unglück bringen?

Jetzt aber, als Albrecht hoch aufgerichtet und in die Nebel der Dämmerung gehüllt vor ihr auf dem Schimmel saß, war das Unglück schon da.

Apoll scheute und wollte sich bäumen. Milenka musste ihn mit beiden Händen am Halfter packen und bekam ihn kaum beruhigt. »Bitte, mein Herr«, brachte sie heraus. »Könnten Sie Ihr Pferd ein wenig zur Seite lenken? Meine Kaltblutstute ist rossig, das weckt in unserem alten Pony die Säfte seiner jungen Jahre.«

»Ich finde es nicht schicklich, dass Sie über solche Dinge im Beisein meiner Schwägerin sprechen«, erwiderte Albrecht, ohne den Schimmel beiseitezulenken. »Das mag in Ihrer

Kultur zulässig sein, in der meinen ist es das nicht. Ohnehin bin ich gekommen, um Fräulein von Westkamm abzuholen und Ihnen mitzuteilen, dass unsere Familie diese Besuche bei Ihnen nicht länger duldet.«

»Hören Sie auf mit dem Unsinn!«, rief Gerda, der Tränen des Zorns die Sicht raubten. »Wie Sie wissen, ist Thomas von Merwitz mein Verlobter, ich besuche seine Mutter, wann immer es mir passt, und Sie geht es nichts an.«

Zugleich musste sie Milenka den steigenden Apoll abnehmen, weil diese ihn unmöglich länger halten konnte. Thomas' Mutter ließ das Halfter schließlich los und sackte entkräftet in sich zusammen.

»Mit Verlaub, da irrst du dich«, erwiderte Albrecht mit jener Gelassenheit, die Gerda hasste. »In Vertretung deines Vaters bin ich das Oberhaupt deiner Familie und habe dafür zu sorgen, dass du dich deinem Stand entsprechend benimmst und deine Heiratschancen nicht schmälerst. Im Übrigen ist dies hier eine Angelegenheit unter Erwachsenen. Werte Dame?« Er wandte sich an Milenka. »Ich gehe davon aus, dass Ihnen klar ist, was meine Schwägerin in ihrem jugendlichen Leichtsinn nicht einsehen möchte: Eine Verbindung zwischen Ihrem Haus und dem unseren ist vollkommen ausgeschlossen, das wissen Sie, nicht wahr?«

Milenka gab keine Antwort. Sie blickte nur stumm und zitternd zu Albrecht auf. Gerda wollte diesen Menschen, der nicht aufhörte, sich als Herr über ihr Leben aufzuspielen, zum Teufel schicken, doch sie brauchte all ihre Kraft, um Apoll festzuhalten.

»Nichts gegen Ihren Sohn«, sagte Albrecht. »Wie man mir allerorts bestätigt, war dessen Vater ein angesehenes Mitglied der hiesigen Gemeinschaft und hat sich zudem in den Schicksalsjahren unseres Volkes bewährt. Wer allerdings eine

Mesalliance mit einer Fremdrassigen eingeht, muss sich darüber im Klaren sein, dass er nicht nur seiner Rasse, sondern seinen eigenen Kindern tiefsten Schaden zufügt. Die haben die giftige Suppe nun auszulöffeln.«

»Seiner Rasse?«, wiederholte Milenka, ohne zu begreifen.

»Hör nicht hin!«, rief Gerda, die mit dem Pferd kämpfte. »Diese verdrehte Art zu denken hat mit uns nichts zu tun.«

»Doch, das hat es«, murmelte Milenka. »Es ist nur so schwer, es zu verstehen. Du geh mit deinem Schwager nach Hause, Liebes. Es ist schon spät, du solltest nicht alleine unterwegs sein.«

»Ich gehe nicht mit ihm!«

»Gerda, ich bitte dich«, sagte Albrecht. »Willst du es wirklich der Dame noch schwerer machen? Sie hat doch Vernunft bewiesen und dir unmissverständlich erklärt, was du tun sollst. Warum schadest du uns allen, indem du eine würdelose Szene hinlegst und mich womöglich zwingst, dich mit Gewalt mitzunehmen?«

»Nein, Gerda, Liebes, tu dir das nicht an, und geh mit ihm.« Milenka griff in Apolls Halfter, um ihr das noch immer nervös tänzelnde Pferd abzunehmen. »Ich will nicht schuld daran sein, dass du dich mit deiner Familie überwirfst.«

»Er ist nicht meine Familie«, rief Gerda. Noch immer bekam sie vor Zorn kaum Luft, doch ihr entging nicht, dass Milenka am Ende ihrer Kräfte war. Sie brauchte Ruhe, musste dringend in die Wärme ihres Hauses, und außerdem konnten sie beide im Augenblick nichts ausrichten. Albrecht saß am längeren Hebel, und er würde sich nicht scheuen, das auszunutzen. »Wenn dir wirklich daran liegt«, sagte sie zu Milenka und drückte ihre Hand. »Aber ich spreche mit meinem Vater und komme so schnell wie möglich wieder. Herr von Wolter glaubt, mit seinem Geld könne er Menschen kaufen, aber die einzige Währung, für die ich zu kaufen bin, heißt Liebe. Und dieser Kauf ist schon vor Jahren erfolgt.«

Milenka versuchte vergeblich zu lächeln. »Du bist das größte Geschenk, das der Allmächtige meinem Jungen hat machen können«, stammelte sie. »Und mir auch. Hab Dank für deine Liebe, meine Kleine. Gott behüte dich.«

Gerda drückte sie noch einmal an sich, dann ließ sie sich widerwillig von Albrecht aufs Pferd helfen. Auf dem Ritt durch die sich rasch verdichtende Dunkelheit sprach sie kein Wort, gab auf keine seiner Äußerungen Antwort und spannte sämtliche Muskeln an, als müsse ihr Körper, wenn er steif wie ein Brett war, den seinen, der sich an sie presste, nicht spüren.

Mehrere Tage lang scheiterte Gerda bei dem Versuch, ihren Vater allein zu sprechen, doch sie war entschlossen, nicht aufzugeben. Auch wenn sie sich nicht erinnern konnte, dass er ihr gegenüber je Gefühle gezeigt hatte – es gab das Bild auf dem Kaminsims im kleinen Salon, wo sie im Rüschenkleid auf seinem Arm saß, während ihre Mutter Adele auf dem Schoß hielt und die Brüder und Leonie zu ihren Seiten standen. Die Übrigen blickten alle todernst in die Kamera, sie selbst aber strahlte und lachte, als wäre sie überglücklich, dass ihr Vater sie im Arm hielt. Es konnte ihm einfach nicht gleichgültig sein, wie verzweifelt sie war.

Sie würde mit ihm sprechen und ihn bitten, Thomas zu empfangen. Während sie auf eine Gelegenheit wartete, begann sie, an Thomas zu schreiben, bekam den Brief jedoch nicht fertig. Sie würde ihn beenden und abschicken, sobald das Gespräch mit ihrem Vater erfolgreich hinter ihr lag.

Am folgenden Abend sah sie von der Galerie aus, wie der Vater in den Korridor zu seinem Herrenzimmer trat. Sofort ließ sie alles stehen und liegen und eilte die Treppe hinunter, um ihm zu folgen. Er hatte die schwere Eichentür des Zimmers bereits geschlossen, als sie davor ankam. Wie sämtliche Mitglieder der Familie kannte sie das Verbot, sie zu öffnen, wenn er sich dahinter zurückgezogen hatte, aber heute missachtete sie es. »Vater, ich muss mit dir sprechen«, rief sie in dem Augenblick, in dem sie die Tür aufriss.

Ihr Vater saß in dem in dunklem Grün und Rot gehaltenen Zimmer hinter dem wuchtigen Schreibtisch aus Eiche und blickte ihr entgegen. »Gerda«, stellte er fest, als hätte er darüber erst nachdenken müssen. »Brennt das Haus? Verblutet jemand? Ich dachte, ich hätte meinen Kindern beigebracht, mich in weniger dramatischen Fällen hier nicht zu stören.«

»Mein Fall ist dramatisch«, erwiderte Gerda resolut. »Und ich halte dich auch nicht lange auf. Ich will heiraten, und ich bitte dich, dem jungen Mann, der um meine Hand anhalten wird, deine Zustimmung zu geben.«

Sie wollte weitersprechen, doch ihr Vater gebot ihr mit einer Geste, zu schweigen. »Ich bitte dich, Gerda, verschone mich mit Einzelheiten. Ich bin im Bilde, Albrecht hat mich unterrichtet.«

»Ich möchte dich aber gern selbst unterrichten«, rief Gerda. »Die Frage meiner Heirat betrifft dich und mich und Thomas – sie geht Albrecht von Wolter nichts an.«

»Deine Ansicht in allen Ehren«, erwiderte ihr Vater. »Aber dem ist nicht so, und ich denke, du bist in der Lage, dir das zusammenzureimen. Dafür, dass du für Claudius von Merwitz' Sohn romantische Gefühle hegst, bin ich nicht ohne Verständnis. Claudius war ein feiner Mensch, und ich war eine Zeit lang durchaus stolz, ihn meinen Freund zu nennen.«

»Er war dein Freund?«, platzte Gerda heraus. Auf einmal wünschte sie ihrem Vater, den sie nur unnahbar kannte, sehnlichst einen Freund wie Thomas' Vater und glaubte zu spüren, dass er es sich im Innersten selbst wünschte. »Aber dann musst du doch seiner Witwe zur Seite stehen! Milenka steht seit Kriegsende mit dem Gut allein da, sie hat keinerlei Hilfe, und jetzt hat ihre Bank ihr ohne einen Grund das Darlehen gekündigt. Ihr steht das Wasser bis zum Hals, Vater. Sie ist eine so tüchtige Frau und tut, was sie kann, aber weil sie polnischer Herkunft ist …«

»Gerda«, schnitt der Vater ihr das Wort ab. »Was du mir da erzählst, ist mir nicht neu. Lapienen ist das größte Gut des Landkreises, und als sein Besitzer ist es von jeher meine Pflicht, darüber Bescheid zu wissen, was in der Nachbarschaft vorgeht. Und dort helfend einzugreifen, wo ein Grundbesitzer in Not gerät.«

»Aber Milenka von Merwitz ist in Not!«, rief Gerda.

»Ja, das ist sie wohl«, murmelte ihr Vater. »Wer hätte damals gedacht, dass die Tänzerin irgendetwas anderes tun könnte, als durchs Leben zu schweben?«

»Sie verkauft ihren Hausrat, um den Kopf über Wasser zu halten«, fuhr Gerda rasch fort, um den gefühlvollen Moment zu nutzen. »Und währenddessen werfen ihr Nationalisten die Fenster ein. Bitte, hilf ihr, Vater. Ich weiß, Lapienen war selbst in einer schwierigen Lage, aber jetzt, wo es uns besser geht – kannst du nicht Milenka unter die Arme greifen? Es wäre schon genug, wenn du sie einmal besuchen und ihr Mut zusprechen würdest. Wenn du unserer Heirat zustimmst. Und mir gestattest, das, was du mir als Mitgift zugedacht hast, als Sicherheit für Blaes zu verwenden.«

Der Vater räusperte sich. Dann wies er auf den mit Leder bezogenen Ohrensessel, der beim Fenster stand. »Setz dich hin, Gerda. Wie schon gesagt: Dein Einsatz in dieser Sache ehrt dich, und ein mitfühlendes Herz bei einer Frau ist durchaus eine Tugend. Allerdings hat die Westpreußin ebenso wie ihr männliches Gegenstück ihr Herz am straffen Zügel zu führen, und der Kompass, nach dem sie ihr Leben ausrichtet, heißt Disziplin.«

Verwirrt, ohne den Blick von ihm zu wenden, ging Gerda zum Sessel, setzte sich aber nicht. »Milenka ist äußerst diszipliniert«, sagte sie in der Hoffnung, dass das die Antwort war, die ihn in ihrem Sinne beeinflussen würde. »Alles, was sie braucht, ist ein wenig Unterstützung, damit die Bank die Kündigung ihres Darlehens rückgängig macht, und …«

»Ich habe dich gebeten, dich zu setzen«, unterbrach ihr Vater sie erneut. »Ich bitte dich außerdem hinzunehmen, dass es weder in deiner noch in meiner Macht liegt, am Schicksal der Frau von Merwitz etwas zu ändern. Das Beste, was man ihr in ihrer Lage raten kann, ist zu verkaufen, was sich noch verkaufen lässt, und sich hinter der Grenze eine neue Bleibe zu suchen. Der Sohn ist doch wohl ein kluger Kopf, für den müsste sich drüben ja eine Stellung finden lassen. Wenn sie unter der Hand rasch etwas Geld brauchen sollte, um ein paar Wochen zu überbrücken, ließe sich etwas machen. Albrecht hat durchblicken lassen, dass er bereit wäre, das ehemalige Vorwerk wieder zu übernehmen, sofern die Dame nicht mit überhöhten Forderungen aufwartet.«

»Willst du damit sagen, Milenka und Thomas sollen weg?«, brach es aus Gerda heraus. »Weg von Blaes?«

»Ich verlange von dir, dich zu mäßigen, wenn du mit mir sprichst«, wies ihr Vater sie zurecht. Gerda hatte nicht einmal bemerkt, dass sie schrie. »Erregung bei Frauen ist mir zutiefst zuwider und Unbeherrschtheit erst recht.«

»Aber Blaes ist ihr Zuhause – und es wird auch mein Zuhause sein!«

»Ich habe genug«, sagte der Vater und klang jetzt beinahe gelangweilt. »Eine Heirat zwischen dir und dem jungen Merwitz ist ausgeschlossen, also ist es müßig, darüber zu palavern. Wenn dir die Merwitz so am Herzen liegen, solltest du zudem nicht an dein kindisches Verlangen denken, sondern an das, was für die Familie das Beste ist. Sie haben hier bei uns nun einmal keine Zukunft.«

»Claudius von Merwitz war dein Freund.« Gerda schrie jetzt hemmungslos. »Sliwitzky war auch dein Freund, aber du lässt deine Freunde im Stich – und warum? Weil sie nicht wie du das Glück hatten, als lupenreine Deutsche geboren zu werden und mit einer lupenreinen Deutschen verehelicht zu sein?«

Er sah sie an, und sein Blick wirkte glasig. »Ich sollte mir solche Unverschämtheiten von dir nicht bieten lassen«, sagte er. »Aber die Frage interessiert mich dann doch: Hältst du es wirklich für Glück, als Deutscher geboren zu sein? Von sämtlichen Nationen angefeindet, von keinem verstanden, von keinem geschätzt? Hältst du es für Glück zu erleben, wie dein Land beschnitten und dein Volk gedemütigt wird, wie deine Kinder gemetzelt werden und nichts als ein Schriftzug auf einem Kriegerdenkmal von ihnen bleibt? Glaubst du, es ist Glück, sich verkaufen zu müssen, um die eigene Scholle zu erhalten, und darum zu bangen, ob man den Enkeln genug zum Leben lässt? Wenn das Glück für dich ist, will ich nicht wissen, was in deinen Augen Unglück ist. In dem Europa, das ich erlebe, ist der Deutsche der Sündenbock, der Prügelknabe, dem niemand ein Stück vom Kuchen gönnt und dem jede Sünde der Menschheit aufgeladen wird. Warum das so ist, mögen Historiker entscheiden. Ich bin nur ein Grundbesitzer, der um das Überleben seiner Welt kämpft, die im Chaos versinkt.«

Einen Augenblick berührte die Verzweiflung in seiner Stimme eine Saite in ihr. Sie verspürte den Wunsch, zu ihm zu gehen, wie sie es bei Milenka getan hätte, und ihm zu sagen, dass es so schlimm schon nicht kommen werde. Aber sie waren so nie miteinander umgegangen, hatten einer den anderen nie getröstet, sich nicht in den Armen gehalten und kein Mitleid gezeigt.

»Wer Mitleid braucht, zeigt Schwäche, und einen Hasen, der Schwäche zeigt, den holt der Fuchs«, hatte die Mutter Gerda und ihren Geschwistern beigebracht.

»Gerda.« Ihr Vater kam um den Schreibtisch herum und blieb so dicht vor ihr stehen, dass sie seinen Atem spürte. »Um deinetwillen werde ich hier einen Strich ziehen und dieses Gespräch betrachten, als hätte es nicht stattgefunden. Ich wünsche, dass du Albrecht keine Scherereien mehr machst. Dafür, dass er dich unter seine Fittiche nimmt, bin ich ihm dankbar, denn durch seine Bemühungen ist es vielleicht doch noch möglich, dir eine standesgemäße Zukunft zu sichern. Die Besuche bei den Merwitz' unterbleiben. Haben wir uns verstanden?«

Er legte ihr die Hand auf die Schulter. Minuten zuvor hatte sie sich eine solche Berührung gewünscht, doch jetzt erstarrte sie darunter. »Ich werde Thomas nicht aufgeben«, presste sie heraus. »Wenn du mir deine Einwilligung nicht gibst, dann heiraten wir eben, sobald ich einundzwanzig bin.«

»In dem Fall wärst du keine Tochter dieses Hauses mehr, und dieser Schritt wäre nicht rückgängig zu machen«, sagte er, ließ sie los und drehte sich um.

»Und das täte dir nicht leid?«, rief sie ihm hinterher. »Dein Kind zu verstoßen, weil es kein größeres Verbrechen begangen hat, als jemanden zu lieben?«

»Wie schon gesagt – was uns leidtut und um wen uns das zu weiche Herz wehtut, hat keinerlei Bedeutung«, erwiderte er, ohne sich umzudrehen. »Unser Leben bestimmen die Regeln, die es noch im Weltenbrand zusammenhalten, und wer sie bricht, wird ausgesondert, denn er wird diesem Gefüge zur Gefahr. Aber genug damit. Ich habe heute noch anderes zu tun, als mich mit den Capricen eines schlecht erzogenen Backfischs herumzuschlagen.«

Gerda war nichts anderes übrig geblieben, als zu gehen, weil sie nichts hatte sagen wollen, das sie später bereute. In ihrem Zimmer griff sie nach ihrer Schreibmappe, doch in dem Brief an Thomas schrieb sie kein einziges Wort, denn was von dem, was geschehen war, hätte sie ihm mitteilen sollen?

Sie musste mit jemandem sprechen, einen Rat einholen und vielleicht sogar um Hilfe bitten. Aber es gab ja niemanden, der in dieser Sache auf ihrer Seite stand, niemanden außer Milenka, die selbst dringend Hilfe brauchte.

Drei Tage lang quälte sie sich mit Gedanken und schweren Träumen, suchte verzweifelt nach einem Ausweg und kam doch zu keiner Lösung. Währenddessen liefen im Haus die Vorbereitungen für Leonies Hochzeit ihrem Höhepunkt entgegen. Von Pauline über Anni und Nette bis hin zu dem sonst ewig brummigen Barduhn waren alle in Hochstimmung, und Gerda kam es vor, als wäre sie versehentlich im Leben einer anderen gelandet.

In einem Leben, in dem allzu viel falsch war.

Da war ihre Schwester, die sich neuerdings die Lippen rot schminkte und sich in Rüschenblusen zwängte, die nicht länger herzhaft zugriff, wenn ihr geliebter Schmandschinken auf den Tisch kam, und die schmachtend Albrechts Ausführungen über Vollblutzucht lauschte, obwohl sie von Pferden mehr verstand als jeder Jockey auf Marienburgs Galopprennbahn. Hätte sie ihr nicht erzählen müssen, dass der Bräutigam, für den sie all dies auf sich nahm, bei jeder Gelegenheit seine Schwägerin in dunkle Ecken drängte und sich im Sattel an sie schob wie ein Hengst an eine Stute? Hätte sie ihr nicht sagen müssen, dass sie diesen Mann nicht heiraten durfte, wenn sie sich selbst etwas wert war?

Da war ihre andere Schwester, die bis vor Kurzem so schöne, blühende Adele, die jetzt durchs Haus strich wie ein schweigendes Gespenst und ihre Tochter andern überließ, die an nichts mehr denken konnte als an den Wunsch nach einem Sohn. Hätte sie dieser Schwester nicht sagen müssen, dass der so heiß ersehnte Sohn ihr nicht die Rettung bringen und ihre Demütigung nicht auslöschen würde, dass sie dafür nicht aufgeben durfte, was sie besaß: ihren stillen, freundlichen Mann und ihr entzückendes Kind?

Warum aber hätten ihre Schwestern auf sie hören sollen – ausgerechnet auf sie, die nicht einmal sich selbst helfen konnte?

Das musste sie ändern. Sie würde sich selbst ebenso wie Adele und Leonie beweisen, dass es möglich war, aufzustehen und das eigene Schicksal selbst in die Hand zu nehmen.

In einer dieser schlaflosen Nächte griff sie nach dem Buch von der Schneekönigin auf ihrem Nachttisch, das sie seit dem Weihnachtsabend nicht mehr angerührt hatte. Zuerst war ihr nur danach gewesen, etwas in den Händen zu halten, das von Thomas stammte, dann aber hatte sie es aufgeschlagen und war wie zufällig zu der Stelle gelangt, in der Gerda sich aufmacht, um Kay zu finden, ganz egal, was es sie kosten mochte.

Das war es. Sie musste zu Thomas. Was sie dabei verlieren würde, spielte keine Rolle, sondern nur, was sie dabei gewann.

Geld hatte sie nicht, besaß jedoch etwas Schmuck, den sie nach Schlochau ins Pfandhaus bringen konnte. Sie hatte in ihrem Leben noch nie ein Pfandhaus betreten, nahm aber an, dass die Armbänder, Ohrstecker und Halsketten aus ihrer

Schmuckschatulle genug einbringen würden, um die Fahrkarte nach Breslau und eine Unterkunft für die ersten Tage zu bezahlen. Hier, wo jeder jeden kannte, hätte ihr wohl kaum jemand ein Zimmer vermietet, doch in der Großstadt achtete man hoffentlich nicht zu genau auf ihr Alter.

Alles würde sich finden. Wenn sie erst bei Thomas war, würde ihre Zukunft nicht länger dunkel und verworren wirken, sondern sich aufhellen, bis eine Lösung erkennbar war.

Noch in derselben Nacht begann Gerda zu packen. Sie besaß einen kleinen Kinderkoffer, mit dem sie damals, vor dem Krieg, mit ihrer Familie in die Sommerfrische gereist war. Ihre Gedanken flogen zurück. Sie sah sich als kleines Mädchen mit Sonnenhut im Sand knien, sah ihren Vater in weißen Leinenhosen und offenem Hemd, der mit allen fünf Kindern eine Sandburg baute und laut und frei dabei lachte. Sie hatte ihn nie wieder so erlebt. Als sie aufgesprungen und in ihrem blau-weißen Strandkleidchen mit Matrosenkragen in die Wellen hineingelaufen war, hatte ihre Mutter sie ausgeschimpft, aber ihr Vater hatte wiederum gelacht.

»Nun lass doch die Kleine«, hatte er gesagt. »Sie hat eben einen Tropfen Salzwasser im Blut wie alle properen Westpreußen.«

Gerda hatte vergessen, wie sehr sie ihren Vater in jenem Moment geliebt hatte. Das blau-weiße Matrosenkleid war ihr Lieblingskleid geworden. Sie hatte es getragen, bis ihre Beine wie die eines Storches darunter hervorragten und die Mutter anordnete, es wegzuwerfen. Offenbar hatte Gerda das zu verhindern gewusst, denn verschossen und angestaubt, wie es war, lag es noch immer in dem kleinen Koffer. Zärtlich strich sie über eine weiß verkrustete Linie auf dem Rock. Eine verbliebene Spur vom Salzwasser der Ostsee konnte das wohl kaum mehr sein, oder doch?

Sie riss sich zusammen. Das alte Kleid nützte ihr nichts. Stattdessen musste sie sich mit der Frage beschäftigen, was sie in Breslau brauchen würde. Gerda hatte sich noch nie auch nur einen Tag lang selbst versorgen müssen und wünschte, sie hätte sich bei Anni oder Nette erkundigen können, was man dafür benötigte.

Hinzu kam, dass sie nach Lapienen nicht zurückkehren würde. Ihr Vater hatte keinen Zweifel daran gelassen, dass sie als Frau an Thomas' Seite auf dem Gut nicht länger erwünscht war. Den Schmerz, der in ihr aufwallte, unterdrückte sie – dem würde sie sich stellen, wenn sie ihren Liebsten bei sich hatte. Für den Augenblick musste sie sich fragen, was sie zur Erinnerung aus dem Haus ihrer Kindheit mitnehmen wollte.

Das Buch von der Schneekönigin natürlich und den Bildband über Danzig, auch wenn der streng genommen nicht ihr Eigentum war. Es hatte ihn in all den Jahren ja niemand vermisst. Sie packte ihre Schreibmappe dazu und ein hölzernes Pferdchen, das Leonie ihr einmal geschnitzt hatte, doch sonst fiel ihr nichts ein. Nur das Familienbild, das auf dem Sims im Salon stand. Ohne nachzudenken, lief sie auf bloßen Füßen die Treppe hinunter, zog es zwischen den anderen Bildern hervor und schob es unter ihren Morgenrock. An seiner linken oberen Ecke steckte der Trauerflor, wie an allen Fotografien, die Crispin oder Eduard zeigten. Während sie wieder hinaufhastete, kam sie sich wie eine Diebin vor.

Bis sie sich zum Aufbruch durchringen konnte, vergingen drei weitere Tage, und sie schämte sich für ihre Unschlüssigkeit. Durch das Haus ging sie wie auf Eiern und hatte das Gefühl, von allen Seiten mit feindseligen Blicken bedacht zu werden. Endlich aber gab es keinen Aufschub mehr – am nächsten Morgen würde sie nach Schlochau fahren, ihren

Schmuck beleihen und warten, bis der nächste Zug nach Breslau fuhr. Wenn nichts dazwischenkam, würde sie morgen Abend bereits bei Thomas sein und sich in seinen Armen trösten lassen. Doch zuvor wollte sie noch zu Milenka, um sie in ihre Pläne einzuweihen. Vielleicht konnte sie die Freundin bitten, sie mit dem Phaeton nach Schlochau zu fahren, da der Weg entschieden zu weit war, um ihn zu Fuß zu gehen.

Sie kleidete sich so warm an wie nur möglich, zog eine Strickjacke über ihren dicksten Pullover und dazu noch den Wintermantel, Schal, Muff und Mütze. Womöglich würde sie viele Stunden in der Kälte auf dem Bahnhof warten müssen, und wer wusste, wie lange sie in Breslau unterwegs sein würde, ehe sie das Haus von Thomas' Vermieterin fand. Die Pelzstola, die Albrecht ihr geschenkt hatte, hätte sie am liebsten zurückgelassen, aber das wäre töricht gewesen. Das Kleidungsstück war nicht nur warm, sondern würde sich im Notfall sicher zu Geld machen lassen.

Als sie sich so ganz in Weiß gehüllt im Spiegel betrachtete, fand sie, dass sie etwas von einer Schneeflocke hatte. Sie dachte an das Guckloch, das sie und Thomas als Kinder in die beschlagene Scheibe gerieben hatten, um dem Tanz der Schneeflocken zuzusehen, und beschloss, dies als glückliches Zeichen zu werten.

Wenn auch nur dünn, hatte es noch einmal zu schneien begonnen, und der Wind fuhr ihr scharf ins Gesicht. Die Tage blieben jetzt schon länger hell, aber Gerda war viel später aufgebrochen als geplant, und sie fragte sich, ob sie heute überhaupt noch einen Zug nach Breslau bekommen würde. Oder war es klüger, eine Nacht auf Blaes zu bleiben? Dort aber würde Albrecht sie als Erstes suchen! Sie musste nach Schlochau und hoffen, dass man ihr in Jankes Hotel ein Zimmer vermietete. Gerda lief so schnell sie konnte, und statt vor

Erschöpfung langsamer zu werden, beschleunigte sie ihren Schritt, je näher sie Blaes kam.

Das Haus, das sie so sehr liebte, lag völlig im Dunkeln. Aus keinem Fenster drang Licht und aus keinem der Schornsteine Rauch. Auf der Zufahrt lag der Schnee blendend weiß und unberührt, als hätte seit Tagen weder Mensch noch Tier das Gelände überquert. Panik erfasste Gerda. Sie rannte noch schneller, glitt aus und stürzte samt ihrem Koffer vornüber. An ihrer Wange brannte die Kälte des Schnees, und in ihre Hüfte bohrte sich ein scharfer Schmerz. Mühsam rappelte sie sich auf, klopfte sich ab und ging in eckigen Schritten bis zur Haustür.

Sie klopfte dreimal mit der Hand, gleich darauf dreimal mit dem schweren Messingklopfer. Nichts rührte sich. Sie klopfte noch einmal, hämmerte in verzweifelter Angst mit dem Klopfer gegen das Holz, bis es splitterte. »Milenka!«, schrie sie, »Stine, Robert, ich bin es – Gerda!«

Keine Antwort. Nicht die kleinste Regung war aus dem Inneren des Hauses zu vernehmen. Milenka musste auch Stine und Robert weggeschickt haben, weil sie ihnen ihren Lohn nicht länger auszahlen konnte. Und wo war sie selbst?

Versehentlich geriet Gerda mit dem Ellenbogen an die Türklinke, die sich leicht herunterdrücken ließ. Zu ihrer Verblüffung schob die Tür sich auf. Also musste Milenka doch zu Hause sein. Sicher hatte sie nur rasch die Hühner oder Schafe für die Nacht eingeschlossen und würde gleich wiederkommen. Gerda wollte nach ihr suchen, doch als wäre sie nicht Herrin ihrer selbst, betrat sie stattdessen durch den Windfang das Haus.

Dunkelheit und Kälte empfingen sie. Milenka konnte wirklich keinen Pfennig mehr besitzen, wenn sie nicht einmal mehr einheizte. All die Heimeligkeit, die Gerda so oft hier begrüßt hatte, war verschwunden. Das Haus wirkte wie ausgestorben. Milenka hatte es immer blitzsauber gehalten, auch noch, als sie im Haushalt kaum noch Hilfe hatte. Jetzt aber lag eine Staubschicht auf den Möbeln, die Dielen waren nicht gefegt, die schönen Brücken lagen zusammengeschoben am falschen Fleck.

Was war hier los?

Niemals hätte Milenka ihr Haus so verwahrlosen lassen. Auf einmal war Gerda sicher, dass sie nicht nur draußen war, um die Hühner oder Schafe zu versorgen. In der Stille vernahm sie ihren eigenen Herzschlag dumpf und überlaut.

Sie durchquerte die kleine Empfangshalle und betrat das Frühstückszimmer, einen lang gestreckten Raum mit einem Tisch aus massiver Eiche. Während der schönen Jahreszeit, wenn die großen Fenster offen standen, war er hell und luftig, jetzt aber schien es, als finge sich darin alle Düsternis. Die hohe Anrichte, auf der sonst silberne Wärmehauben die Speisen bedeckten, wirkte bedrohlich, und die Vorhänge waren vor die Fenster gezogen, sodass nicht einmal das Grau der Dämmerung einen Weg hereinfand. Durch dieses Zimmer war der Schrecken gegangen – und Gerda wusste weder woher er gekommen war, noch wo er sich jetzt befand.

Immerhin entdeckte sie auf dem Tisch einen Zinnleuchter, in dem eine dicke Kerze steckte, und daneben eine Schachtel Streichhölzer. Sie ließ ihren Muff auf dem Tisch liegen, zündete die Kerze an und schöpfte in dem aufflammenden Licht für kurze Zeit Mut. Sie musste Milenka finden. Womöglich war sie krank, was bei der Kälte im Haus kein Wunder gewesen wäre. Oder sie hatte sich irgendwo verkrochen und die Decke über den Kopf gezogen, weil sie all das, was auf sie einstürmte, nicht länger ertrug.

Mit dem Kerzenleuchter in der Hand ging Gerda von Raum

zu Raum und rief Milenkas Namen. Die Wände schienen ein Echo zurückzuwerfen, doch eine Antwort folgte nie. Die Zimmer wirkten unbewohnt, die Küche war leer und aufgeräumt. In den Speiseschränken reihten sich ein paar Gläser mit Eingemachtem, Dosen mit Gewürzen und Trockenvorräten, doch es gab nichts Frisches mehr. Das Brot im Kasten war steinhart. Warum hatte Milenka kein neues gebacken? Mehl war doch genügend da, und ihr Brot, dem sie eine Prise Kümmel beimischte, war köstlich.

Gerdas Herz klopfte zum Zerspringen, und im Nacken brach ihr der Schweiß aus, als sie mit der Kerze die Treppe hinaufstieg. Aber was blieb ihr anderes übrig, als Milenka in ihrem Schlafzimmer zu suchen. Bestimmt war sie krank und brachte nicht die Kraft auf, sich im Kamin ein Feuer anzuzünden. Gerda würde ihr helfen. Würde einheizen, so gut sie konnte, und ihr Tee und Bouillon mit Steinpilzen kochen. Milenkas Lieblingsgericht. Getrocknete Pilze hatte Gerda an einem dicken Strick in der Kammer aufgehängt gesehen, und dass sie im Leben noch nie Bouillon gekocht hatte, machte nichts. Für Milenka würde sie es schon hinbekommen.

Die Tür zum Schlafzimmer war nur angelehnt. Der Raum war ordentlich, das Bett sauber aufgeschlagen, im Kamin fand sich nichts als ein Häufchen Asche. »Milenka!«, schrie Gerda und rannte panisch zum nächsten Zimmer, während das Wachs der Kerze ihr auf die Hände tropfte. Thomas' Mutter war nirgendwo. Weder in seinem Jungenzimmer noch in einem der Räume für Gäste, nicht in den Bädern und nicht in den Mädchenkammern. Gerda lief auf und ab, ließ die Stola und den Mantel fallen, riss Türen auf und schlug sie wieder zu. Vergeblich. Milenka war nicht im Haus. Sie musste also doch ausgegangen sein – aber wohin, und weshalb hatte sie die Haustür nicht verschlossen?

Eine Möglichkeit gab es noch. Als sie ihr einfiel, kroch ihr ein Schauder den Rücken hinunter. Sie hatte jedoch keine Wahl, sie musste nachsehen. Wenn Milenka gestürzt war, würde sie Hilfe brauchen, und erst nachdem sie dort oben nachgesehen hatte, konnte sie wirklich sicher sein, dass Thomas' Mutter nicht hier war.

Mit zitternden Fingern umklammerte sie den Griff des Leuchters und erklomm die Stiege zum Dachboden. Sie ging langsam, Sprosse für Sprosse, weil ihr inzwischen auch die Beine zitterten. Die Klappe zum Speicher ließ sich mühelos entriegeln und aufstoßen. Gerda wusste es, seit sie Milenka geholfen hatte, die Weihnachtsdekoration wieder hier oben in ihren Kisten zu verstauen. Es gab keinen Grund, sich vor dem weiten Raum unter den Dachschrägen zu fürchten. Hier war die Geschichte von Thomas' Familie zu Hause, standen sein Schaukelpferd und seine Wiege, die sein Vater selbst gezimmert hatte, die Koffer, in denen seine Mutter all seine Kinderzeichnungen, Zeugnisse und Briefe aufbewahrte, und die Regale mit Spielzeug und winzigen Kleidungsstücken, die seine Kinder eines Tages tragen sollten.

Kay und Hans-Christian.

»Hat unsere Menschenexistenz nicht etwas vom Flug einer Sternschnuppe?«, hatte Milenka gesagt, als sie nach Weihnachten hier heraufgestiegen waren. »In einer leuchtenden Sekunde strahlt sie, dass den Menschen vor Staunen der Mund offen steht, und in dieser leuchtenden Sekunde leben wir mit aller Kraft. Alles, was danach kommt, während uns die Kräfte allmählich erlöschen, sind Erinnerungen, die auf unseren Speichern Staub ansetzen.«

Gerda stieß die Klappe in den Dachboden auf.

Durch die Fenster in der Schräge fiel letztes, verbleichendes Licht. Zusammen mit der Kerzenflamme genügte es, um die Mitte des Raumes zu überblicken. Gerdas Mund öffnete sich, um zu schreien, doch der Schrei erstickte ihr im Hals.

Was sie als Erstes sah, waren die Schuhe: grün, mit einem kleinen Absatz und mit abgeschabtem Samt bespannt. Einer lag auf dem Boden, der zweite baumelte noch an Milenkas Fuß. Sie selbst hing am Dachbalken, wie die Steinpilze aufgeknüpft an einem Strick. Im leichten Luftzug, der durch die undichten Fenster eindrang, tanzte ihr grauschwarzes Haar.

VIERTE GESCHICHTE

Lapienen und Breslau
1928

»Gerda rief laut seinen Namen.
Er wachte auf und schaute sie an,
aber es war nicht Kay.«

Hans Christian Andersen: »Die Schneekönigin«

16

Bis auf ein paar schmutzige Pfützen zwischen den Gräbern war der Schnee geschmolzen, und am Tag des Begräbnisses regnete es bereits seit dem frühen Morgen. Der katholische Kirchhof in Schlochau war kleiner als der evangelische, und es wimmelte von Grabsteinen, auf denen Gerda die Namen kaum entziffern konnte.

Gekommen war nur ein kleines Häuflein Menschen, das sich unter den kahlen Kronen der Ulmen unter schwarzen Schirmen drängte. Daheim hatte niemand Gerda gefragt, wohin sie wollte, als sie Moritz, einen der Knechte, bat, anzuspannen und sie nach Schlochau zu fahren. Sie hatte ihn vor dem Dorfkrug anhalten lassen und ihm gesagt, er solle dort bei einem Bier auf sie warten. In der kleinen Kirche mit dem grauen Schieferdach, das hinter den Ulmen hervorschimmerte, war sie nie gewesen und hätte sich auch nicht hineingetraut. Die Aussegnungsfeier war jedoch offenbar schon vorbei, und die wenigen Versammelten warteten nun darauf, dass der dunkle, schmucklose Sarg in der Erde verschwand.

Es war unmöglich, sich vorzustellen, dass in diesem Sarg Milenka lag, die doch so voller Leben, voller Hoffnung, Neugier und Fröhlichkeit gewesen war. Gerda wollte an ihre flinken, kleinen Hände denken, die Teig geknetet und Strohsterne in Fenster gehängt hatten, an ihr zärtliches Lachen und an die schwingenden Schritte, mit denen sie durch ihr Haus getanzt war, doch all das war ausgelöscht von dem letzten Bild, dass sich in Gerdas Gedächtnis gegraben hatte wie eine Pflugschar ins Erdreich. Alles Lachen, alles Schmücken, alles Tanzen würde mit ihr in der Tiefe begraben werden, und nur dieses letzte Bild blieb zurück.

So unauffällig wie möglich stahl sich Gerda zu der Trauergemeinde und blieb in einem Schritt Entfernung stehen. Die meisten der Leute, die gekommen waren, waren ihr fremd. An einem der Baumstämme lehnte Stine, die herzzerreißend schluchzte, und an ihrer Seite stand Robert, hielt ihr einen Schirm über den Kopf und zog ein Gesicht, als verstünde er die Welt nicht mehr. Die Übrigen hatte Gerda hier oder da im Ort gesehen, doch sie gehörten nicht zu ihren Kreisen. Hatte Milenka sie gekannt? Gerda war es in den letzten Monaten vorgekommen, als hätte sie, von ihr und Thomas abgesehen, keinen Menschen mehr gehabt.

Ihren Thomas, der alle anderen Gäste überragte, hatte sie natürlich sofort unter den Trauernden ausgemacht. Am Kopf der ausgehobenen Grube, die seine Mamuśka verschlingen würde, stand er neben einem zart gebauten, sehr alten, tief gebeugten Mann, der hemmungslos weinte. Der Großvater aus Graudenz. Hätte Thomas ihn nicht gestützt, wäre er womöglich vornüber in die Grube gestürzt, um mit seiner Tochter begraben zu werden.

Gerda wäre am liebsten zu den beiden hingelaufen, um sie in die Arme zu schließen und mit ihnen zu weinen, aber sie spürte, dass sie dazu kein Recht hatte – dass er hierhergehörte, während sie ein unbefugter Eindringling war. Dabei war er doch ebenso lutherisch getauft und aufgezogen worden wie sie, und seine Mutter, die in der Annenkirche von Schlochau lutherisch getraut worden war, hätte auch dort begraben werden müssen.

Aber das schien alles nicht mehr zu gelten. Unter den Dienstboten auf Lapienen hatte es jede Menge Gemunkel gegeben. »Der arme Junge kann froh sein, dass er überhaupt jemanden gefunden hat, der ihm seine Mutter unter die Erde bringt«, hatte Gerda die Mädchen mit Pauline tuscheln hören. Angeblich hatte Pastor Sellin von der Annenkirche es abgelehnt, Milenka zu bestatten, weil das Gerücht, sie habe Hand an sich gelegt, nicht aus der Welt zu räumen war. Dabei hieß es offiziell, sie hätte sich bei einem Sturz von der Leiter das Genick gebrochen, und etwas anderes konnte Pastor Sellin nicht wissen.

Die Version mit der Leiter war noch an dem entsetzlichen Abend, an dem Gerda Milenka gefunden hatte, geboren worden. Halb blind vor Grauen war sie ohne Stola und Mantel zum nächsten Anwesen gerannt. Nein, nicht zum nächsten, denn das wäre Lapienen im Osten gewesen, doch stattdessen lief sie nach Westen. Außer Atem erreichte sie den Hof der Felskes, einer Familie, die sie kaum kannte. Der Besitz war klein, das Haus bescheiden. Auf dem Vorplatz wäre die keuchende Gerda beinahe mit einem Mann zusammengestoßen, der von den Stallungen kam und wohl sein Vieh zur Nacht versorgt hatte.

Er fing sie auf. »Du liebes bisschen«, sagte er. »Ist drüben auf Blaes was passiert?«

Später fragte sie sich, warum Paul Felske das sofort geahnt hatte. In jenem Augenblick war sie jedoch nur froh, dass sie nichts zu erklären brauchte. »Sie müssen sich ausruhen, Sie kippen mir ja aus den Schlorren. Um alles andere kümmere ich mich.«

Er hatte seine Frau aus dem Haus gerufen, eine stämmige, resolute Person, die kein Federlesens machte, sondern Gerda in ihre Küche drängte und sie zu ihren vier erwachsenen

Kindern und den zwei Knechten an den Tisch setzte. Sie bekam einen Teller hingestellt, und auch wenn sie keinen Löffel voll hätte schlucken können, tat es gut, den Dampf der Suppe auf den Wangen zu spüren und ihren Duft von Würze und Leben einzuatmen. Kinder und Knechte redeten lebhaft durcheinander und ließen sich von Gerdas Gegenwart nicht stören. Nach einer gefühlten Ewigkeit kehrte der Familienvater zurück, und beim Blick in sein Gesicht begriff Gerda, was das Wort »grabesschwer« bedeutete.

»Der Ingolf fährt Sie rüber nach Lapienen«, sagte er zu ihr und schickte schon den Knecht nach draußen, um anzuspannen. »Alles Weitere erledige ich. Sagen Sie niemandem, was Sie gesehen haben. Sie ist von der Leiter gestürzt. Hat sich das Genick gebrochen. Lassen Sie es dabei bewenden, ansonsten wird man es am Ende dem armen Sohn noch verwehren, seine Mutter in geweihter Erde zur Ruhe zu betten.«

Daran hatte Gerda sich gehalten, und die Felskes hatten alles getan, um ihre Version im ganzen Kreis Schlochau zu verbreiten. Pastor Sellin musste ebenfalls davon gehört haben, aber wer wollte schon wissen, was für Gründe den Kirchenmann umgetrieben hatten? Den Priester der katholischen Kirche, der in Talar und hoher Haube vor dem Sarg stand und die Weihrauchglocke schwenkte, hatte jedenfalls nichts davon abgehalten, Milenka seinen Segen mit auf ihre letzte Reise zu geben. Eine Reise, von der niemand wusste, ob sie irgendwohin führte. Gerda war ihm dankbar dafür. Obwohl sie sich jeglichem Glauben unendlich fern fühlte, empfand sie den Wunsch, zu seiner Gemeinde zu gehören, zu den Menschen, die Milenka nahegestanden hatten.

Von Gerdas Familie, den Nachbarn und einstigen Freunden war niemand hier. Und dass sie selbst ihr nahegestanden hatte, schien wie ausgelöscht. Sosehr sie dagegen ankämpfte, sie konnte das Gefühl nicht abschütteln, schuldig zu sein. Sie hatte Thomas versprochen, auf seine Mutter ein Auge zu haben, ihr war bewusst gewesen, wie elend es ihr ging, und dennoch hatte sie ihren Besuch bei ihr aufgeschoben. Wäre sie früher gekommen, müsste ihr Sohn jetzt nicht neben seinem Großvater stehen wie ein versteinerter Gast aus ihrem unheimlichsten Märchen.

Sie musste zu ihm!

Indem sie sich mit Schuldgefühlen herumschlug, half sie Thomas kein bisschen. Sie musste bei ihm sein, ihm die Wärme und den Trost ihrer Zärtlichkeit geben. Gerda sammelte Mut, sah zwischen den Trauernden und ihren Schirmen hindurch und versuchte, Thomas' Blick zu erhaschen. Er drehte sich nicht weg, doch es war, als blicke er durch sie hindurch. *O mein Gott, wie soll er über diesen Schmerz nur jemals hinwegkommen?*, sprang es sie an. Vielleicht war das nicht möglich, vielleicht konnte man aus einem solchen Meer von Traurigkeit nie wieder auftauchen. *Dann bauen wir uns ein Boot und schippern über die Wellen der Traurigkeit gemeinsam. Wir sind nicht alleine. Wir können einer den anderen vorm Ertrinken schützen.*

Der Priester besprengte den Sarg, in dem Milenka lag, mit geweihtem Wasser: »Im Wasser und im Heiligen Geist wurdest du getauft. Der Herr vollende an dir, was er in der Taufe begonnen hat.« Er schlug noch einmal das Kreuz mit der Weihrauchglocke, sodass die Rauchschwaden in den grauen Regentag stiegen. Dann hob er eine Handvoll Erde aus einer Schale und warf sie auf den Sarg. »Erde zu Erde. Asche zu Asche. Staub zu Staub.«

Ich will nicht, dass du Staub wirst, Milenka. Ich will, dass etwas von dir hierbleibt, etwas von der Liebe, die du uns geschenkt hast.

Die Welt war um so vieles kälter geworden. Jäh blickte Gerda zum Himmel und glaubte, in den Regenwolken die

Schneekönigin zu erkennen, die darauf lauerte, sich unter den von Trauer Geschwächten ihre Opfer zu suchen.

Der Sarg wurde in die Grube hinuntergelassen. Einer nach dem anderen zog langsam daran vorbei und warf eine Handvoll Erde darauf. Anschließend trat ein jeder vor Thomas und seinen Großvater hin und sprach ihnen sein Beileid aus. Gerda wartete noch ein wenig, dann schlang sie die Arme um den Leib und reihte sich als Letzte ein. Sie wünschte, sie hätte etwas mitgenommen, um es Milenka hinunterzuwerfen, eines der Schneeglöckchen, die jetzt schon allerorts durch die Erde brachen, oder einen Zweig vom Apfelbaum mit ersten Trieben. Stattdessen blieb ihr nur die Erde, die mit einem sachten Pochen auf das Holz des Sarges auftraf.

Mit dem nächsten Schritt stand Gerda vor Thomas. Der alte Mann, sein Großvater, gab keinen Laut von sich. Nur die Tränen flossen ihm unablässig über das zerfurchte Gesicht.

»Thomas. Mein Liebling.«

Sie streckte die Hände nach ihm aus, aber er wich zurück. »Nicht hier, Gerda.« In seiner Stimme war nichts Jungenhaftes, nichts Zartes mehr.

»Es tut mir so leid.«

»Danke. Ich weiß zu schätzen, dass du gekommen bist.«

»Das ist doch selbstverständlich. Ich gehöre doch zu euch, ich hatte Milenka so lieb …«

Wieder hob sich ihre Hand wie von selbst, doch er schüttelte den Kopf. »Bitte, Gerda. Ich brauche jetzt Zeit, um allein zu sein. Versuch, das zu verstehen.«

»Aber du kannst doch damit nicht allein bleiben!«, rief Gerda so laut, dass Trauernde, die sich bereits auf den Weg gemacht hatten, stehen blieben. Im nächsten Augenblick war jemand neben ihr, nahm sie beim Arm und zog sie mit festem Druck von Thomas fort.

»Na komm schon, Marjellchen. Er hat dir ja deutlich gesagt, was er will, und daran wirst du dich halten müssen. Sie sind eben anders als wir. Da beißt das Mäuschen kein Fädchen ab.«

Also war doch jemand aus ihrer Familie gekommen. Wo hatte Onkel Hutz sich während der Bestattung verborgen, und was machte ausgerechnet er hier? Er hielt den Schirm über die völlig durchnässte Gerda und führte sie mit einer Entschlossenheit, die keinen Widerstand duldete, in Richtung Friedhofstor.

»Wer ist anders als wir?«, fragte sie.

»Ach, Marjellchen. Nun stell doch ’nem ollen Drussel nicht Fragen, die du patentes Dingelchen dir selbst beantworten kannst. Ich hab’ gegen die schöne Tänzerin in ihren grünen Schühchen nichts gehabt, das kannst du mir glauben. Keiner von uns Herren der Schöpfung hatte was gegen das polnische Elfchen. Die Damen schon eher, aber das hat andere Gründe. War ja nicht so, dass es nicht ’ne Menge junger Gnaschel gab, die vor Neid geplatzt sind, als der Merwitz mit ihr ankam. Dein Herr Vater allen voran.«

»Mein Vater?«

»In der Tat. Dein Herr Vater und mein Herr Neffe. Ist ja auch nur ein Mann. Und die Zeiten waren andere.«

»Mein Vater hat – Milenka von Merwitz geliebt?«

»Du liebes bisschen, doch nicht gleich geliebt«, sagte Onkel Hutz. »Ein bisschen poussiert hätte er gern mit ihr, und wer hätte das nicht? Aber seitdem ist nicht nur viel Wasser die Weichsel runtergeflossen, sondern an unserer alten Weichsel stehen auch andere Herren. Quäl dich nicht, Marjellchen. Und den jungen Gnaschel, nach dem sich dein Herzchen verzehrt, quäl auch nicht, denn der hat’s schwerer als wir. Wenn du in solchen Zeiten nicht ins eine und nicht ins andere Lager gehörst – wie willst du da in Frieden leben? Also zerr nicht an ihm, sondern schau dich nach jemandem um, mit dem du's dir gemütlich machen kannst. In der Jugend mag sich ja alles um die Leidenschaft drehen, aber wenn du erst einmal in mein Alter kommst, erkennst du: Über eines geht gar nuscht, und das ist Behaglichkeit.«

Sie gingen schweigend die Straße hinunter, während der Regen hart auf den Schirm trommelte. Gerdas Gedanken überschlugen sich. »Du bist ja nass wie ein Straßenköter«, sagte Onkel Hutz dann und drückte ihren Arm. »So kann ich dich nicht bei den Deinen abliefern. Was meinst du, hocken wir uns im Dorfkrug auf die Ofenbank und langen uns ein Kännchen Wein?«

Gerda konnte nur nicken. Sie fror zum Gotterbarmen und wollte unter keinen Umständen ihrer Familie begegnen. Wein würde ihr guttun. Im Krug saßen um diese Uhrzeit nur ein paar Kutscher, die auf ihre Herrschaft warteten, und ein Kreis Stammgäste bei Schnaps und Karten. Rauchschwaden hingen im Schankraum, es war warm und roch nach Holz und Alkohol und Menschen.

»Dein Vater hat's auch schwer«, sagte Onkel Hutz, nachdem er den Wein bestellt und ihnen beiden aus der Zinnkanne eingeschenkt hatte. »Der war einmal ein richtiger Überflieger, ein strahlender Jung-Siegfried, von dem ein jeder gedacht hat, dass er's zu weiß Gott was bringen wird. Erst recht, als er die stolze Baltenkönigin heimgeführt hat, gegen die Prinzessin Turandot ein zahmes Eichhörnchen ist. Und zu was hat er's gebracht? Beide Erben und der Titel beim Teufel, und obendrein wär' er um ein Haar als der Westkamm in die Geschichte eingegangen, der das Gut verloren hat. Vom Krochow hat er sich über den Löffel balbieren lassen, und um nicht abzusaufen, muss er jetzt vor dem Wolter katzbuckeln. Findest du nicht, dass er ein ordentliches Päckchen zu schleppen hat? Zu all dem Elend braucht's wahrlich nicht noch ein Schiepserchen, das mit einem Polen schnäbelt.«

Gerda, die sich nicht erinnern konnte, wann sie zum letzten Mal etwas gegessen hatte, trank in großen Schlucken von ihrem Wein. Es war, wie wenn sie als Kind Ohrenentzündung gehabt hatte und von der bitteren Medizin gleich drei große Löffel schluckte in der Hoffnung, der stechende Schmerz würde nachlassen.

Er ließ nicht nach.

»Ich schnäbele mit keinem Polen«, sagte sie müde. »Thomas von Merwitz ist mein Verlobter, und ich betrachte es als meine Pflicht, ihm in der Trauer um seine Mutter beizustehen.« Sie sagte es für sich selbst, weil sie nichts derart Grundfalsches stehen lassen konnte, machte sich aber keine Hoffnungen, dass Onkel Hutz sie verstehen würde. Sie machte sich überhaupt keine Hoffnungen mehr. Sie wollte nur noch zu Thomas, wollte nicht auch noch ihn alleinlassen, alle wie sie Milenka alleingelassen hatte.

Onkel Hutz trank bedächtig von seinem Wein und wischte sich mit der Serviette den Mund ab. »Komm mit mir nach Hause, Marjell«, sagte er. »Lass ein bisschen Zeit verstreichen, bald ist Frühling, dann wächst über so manches Gras. Solltest du dann immer noch solche Gedanken hegen und dich nicht aus dem Sumpf ziehen können, plachandern wir zwei noch mal darüber. Wenn sich die Stürme in der Brust aber beruhigen, mag's das Beste für alle Beteiligten gewesen sein, meinst du nicht auch?«

Gerda konnte ihm nicht länger zuhören. Sie trank ihr Glas leer und sprang auf. »Was ich meine, interessiert doch keinen von euch«, rief sie. »Ich fahre zu meinem Bräutigam, der mich braucht, und wenn ich euch deswegen zuwider bin, dann brauche ich überhaupt nicht mehr zurückzukommen.«

Mit weiten, ein wenig blutunterlaufenen Augen blickte Onkel Hutz zu ihr auf. »O nein, mir bist du nicht zuwider«, sagte er, ohne eine Miene zu verziehen. »Und was mich betrifft, solltest du unbedingt wieder zurückkommen, denn so mutterseelenallein da draußen, das ist keine gute Idee, da mögen die Blaustrümpfe im Reichstag predigen, was sie wollen. Was allerdings dein Vater sagt, wenn er dahinterkommt, ist eine andere Frage. Er ist ein stolzer Mann, mein Dietrich, und sein Stolz hat in den letzten zehn Jahren einen Tritt nach dem anderen einstecken müssen. Humor, der ein so wunderbar linderndes Schmerzmittel sein kann, hat das Kerlchen noch nie gehabt. Das reinste Sinnbild für unser heiliges und beleidigtes Deutschland ist der. So ein in seinem Stolz getroffener Mann nimmt nuscht leicht, das kannst du dir merken. Schon gar nicht, wenn man sich ihm widersetzt, und auch nicht, wenn er den Übeltäter im Grunde seines Herzens liebt.«

Gerda glaubte nicht mehr, dass jemand in ihrer Familie sie liebte, und es war ihr egal, sie fühlte sich im Innern taub. In ihren Augen trugen sie alle Schuld daran, dass Milenka gestorben war, und sie zeigten sich nicht einmal erschüttert darüber. Gerda wollte keine Liebe mehr von ihnen. Sie wollte nur noch zu Thomas.

»Ich lasse mich von Moritz nach Blaes fahren und schicke ihn dann mit dem Wagen nach Lapienen«, sagte sie, ohne auf Onkel Hutz' Worte einzugehen. »Ist das in Ordnung? Sonst finde ich eine andere Möglichkeit, und wenn ich den ganzen Weg zu Fuß gehe.«

Onkel Hutz erhob sich, nahm Gerdas Mantel von der Garderobe und half ihr hinein. »Reisende soll man bekanntlich nicht aufhalten«, sagte er. »Und da ich schon immer ein bequemer Mensch war, unternehme ich bei einer derart entschlossenen Reisenden nicht einmal den Versuch. Eine kleine

Gefälligkeit tust du mir aber, ja? Vergiss nicht, dass es der olle Onkel Hutz war, der am Becken stand, als sie dich aus der Taufe gehoben haben und du wie am Spieß gebrüllt hast. Falls du noch einmal in solcher Not bist und der Olle sich noch nicht die Radieschen von unten beguckt – würde der wieder dastehen, und wenn er kann, fängt er dich auf.«

Etwas rührte sich in Gerda, durchdrang die Taubheit und ließ sie aufmerken. »Warum warst du eigentlich auf dem Begräbnis?«, fragte sie, während sie die Knöpfe an ihrem Mantel schloss.

»Wer weiß.« Onkel Hutz hob die Schultern und ließ sie wieder fallen. »Vielleicht um einer Dame, die mit ihren grün beschuhten Tanzfüßen zu einer schöneren Zeit gehört hat, die letzte Ehre zu erweisen. Oder um ihrem Jungen, der ja kein schlechter Kerl zu sein scheint, ein bisschen Hilfe und einen Rat anzubieten.«

»Und was für einen?«

»Richtest du ihm den aus? Dann sag ihm, dass er gut daran tut, Albrecht von Wolters Angebot anzunehmen, das Geld einzustecken und von hier zu verschwinden. Mit einem Mann wie Wolter legt man sich besser nicht an. Der kriegt, was er will, und die Leichen, über die er dafür gehen muss, zählt er nicht durch.«

»Ich dachte, ihr mögt Albrecht«, sagte Gerda. »Mir kam es vor, als würdet ihr den Boden anbeten, über den er geht.«

»Tja, das ist dann wohl ein böser Fall von: Wes' Brot ich ess', des' Lied ich sing'«, erwiderte Onkel Hutz. »Verknusen konnt' ich den Mann vom ersten Tag an nicht, und deinem Mütterchen, der holden Reinhild, geht's nicht anders. Die geborene Freiin von Bistram goutiert es nicht, wenn jemand ihr den Platz auf ihrem Sockel streitig macht, und was deinen Vater betrifft – nun, der mag anfangs tatsächlich gehofft haben, er findet in dem Bürschlein eine Art Seelengefährten. Dem fehlen seine Jungs. Kannst du's ihm verdenken? Einen, der noch da ist, wenn wir gehen, der weiterträgt, was wir getragen haben, wünscht sich eben jeder Mann. Dass aber der junge Herr Wolter gar nichts weiterträgt, was nicht auf seinem eigenen Mist gewachsen ist, und dass ihn ein Mensch nur kratzt, solange er ihm nützlich ist, hat der arme Dietrich längst erkannt.«

Er langte in die Brusttasche seines Gehrocks, zog ein zusammengerolltes Bündel Geldscheine heraus und schob es Gerda in die Hand. »Steck das ein. Wirst es ja brauchen können.«

»Das kann ich nicht annehmen.«

»Nimmst es besser. Ansonsten werf' ich's weg.«

Gerda wusste nicht, was sie sagen sollte. Flüchtig berührte sie die Hand des Onkels. Dann lief sie hinüber an den Tisch, an dem Moritz sein Bier trank, und bat ihn, sie nach Blaes zu fahren.

17

Es war dunkel, als sie ankam. Ihr Herz schlug heftig, und ihr Körper sträubte sich, aus dem Wagen zu steigen und dem Haus entgegenzugehen. Mit einem Schlag waren die Bilder des Grauens wieder da, doch für Thomas musste sie sich überwinden. Ihre durchnässten Kleider hingen schwer an ihr, und sie fühlte sich unendlich müde. Im Näherkommen sah sie, dass aus den Fenstern des Salons ein schwaches Licht drang. Saß Thomas dort mit seinem Großvater am Feuer, wie sie nach Weihnachten so oft mit Milenka gesessen hatten?

Gerda betätigte den Türklopfer. Gleich darauf vernahm sie Schritte, die Tür wurde aufgezogen, und Thomas stand vor ihr. Er trug noch den schwarzen Anzug samt Binder und Schal. Sein Gesicht zu all dem Schwarz war bleich.

»Gerda«, sagte er wie von weither. »Ist etwas Wichtiges? Der Zeitpunkt ist nicht gerade günstig. Ich habe meinen Großvater eben erst dazu gebracht, sich hinzulegen.«

»Bitte lass mich rein«, sagte Gerda, der die Kälte bis in die Knochen kroch. »Ich bin gekommen, um bei dir zu sein. Du brauchst mich doch jetzt.«

Er wich einen halben Schritt zurück, sodass sie eintreten konnte. Aus ihrem Mantelsaum tropfte Regenwasser auf die Dielen. Thomas musterte sie. Für gewöhnlich hätte er sie in die Arme geschlossen, und sie hätten einander festgehalten, bis einer von ihnen nach Luft schnappte. Aber die gewöhnlichen Zeiten waren vorbei, und er unternahm keinen Versuch, sie zu berühren. »Hast du deinen Wagen draußen?«, fragte er. »Du solltest schleunigst nach Hause fahren und dich aufwärmen. Du bist ja ganz nass.«

Seine Stimme war seltsam kalt. Zu gern hätte Gerda ihn in die Arme gezogen, um ihn zu wärmen, doch als sie zaghaft die Hand hob, wich er sofort zurück.

»Ich habe meinen Wagen schon weggeschickt«, sagte sie. »Ich gehe nicht nach Lapienen zurück, ich bleibe hier, bei dir.«

»Das geht nicht«, sagte Thomas.

»Warum nicht? Ich bin deine Verlobte, wir gehören zusammen. Weshalb sollte ich nicht bei dir sein können, wo dir gerade das Schlimmste geschehen ist, das einem Menschen …«

»Nicht!«, rief er und hob eine Hand. »Ich will nicht darüber reden, Gerda. Ich habe zu tun. Am Sonntag nach dem Seelenamt muss ich meinen Großvater zurück nach Graudenz bringen, und bis dahin habe ich meine Angelegenheiten hier zu regeln.«

»Seelenamt?«, fragte Gerda.

»Meine Mutter war in den Schoß ihrer Kirche zurückgekehrt«, erwiderte er tonlos. »Ihr Vater und ich lassen ein Seelenamt für sie lesen, wie man es in unserer Kirche für einen Verstorbenen tut.«

In unserer Kirche.

Mitten in der düsteren Halle des Hauses schien auf einmal die Friedhofsmauer zwischen ihnen aufzuragen.

»Darf ich zu dem Seelenamt auch kommen?«, fragte Gerda.

»Du bist Protestantin«, sagte Thomas. »Gerda, lass uns eine Zeit lang Abstand voneinander halten, ja? Ich brauche Zeit für mich allein, das habe ich dir auf dem Kirchhof schon gesagt.«

»Aber ich will dir doch helfen«, rief Gerda entsetzt. Jedem anderen hätte sie den Wunsch selbstredend erfüllt, aber doch nicht Thomas! Als sein Vater gestorben war, war er durch wirbelnden Schnee zu ihr gerannt, und als ihre Brüder gestorben waren, hatte sie dasselbe umgekehrt getan. Sie waren immer zusammen gewesen und hatten jede Not gemeinsam durchgestanden. Wie konnte er ihr jetzt sagen, dass er sie nicht bei sich haben wollte, wo sie glaubte, seinen Schmerz am eigenen Leib zu spüren?

Er hatte doch seine Mutter nicht mehr, musste er nicht die Frau, die ihn liebte, bei sich haben, damit er an der Kälte nicht erfror?

»Ich weiß, du meinst es gut«, sagte er. »Aber ich habe jetzt für andere Menschen keine Kraft. In dem Hundewetter kann ich dich nicht allein gehen lassen, also fahre ich dich nach Lapienen. Es muss aber schnell gehen, denn falls mein Großvater wach wird, soll er das Haus nicht leer vorfinden.«

Gerda sah ein, dass es sinnlos war, und fügte sich. Schweigend gingen sie auf den Abreitplatz, wo der Phaeton stand, und schweigend spannte Thomas an. Das Pferd, einen klobigen Braunen, hatte Gerda noch nie hier gesehen. Sie stiegen auf den Bock und saßen dort Seite an Seite, wie sie mit Milenka gesessen hatte. Thomas brachte es fertig, den ganzen Weg über kein Wort zu sprechen, und saß bei ihr wie neben einer Fremden. Gerda gab sich alle Mühe, sich zu beherrschen. Als aber das Gutshaus von Lapienen durch die Ströme des Regens in Sicht kam, hielt sie es nicht länger aus. »Thomas, gibt es etwas, das du mir übel nimmst?«, fragte sie. »Wenn es so ist, dann musst du es mir sagen. Ich werde alles tun, um es auszuräumen, denn dass etwas zwischen uns steht, das ertrage ich nicht.«

Eine Zeit lang lenkte er den Phaeton schweigend weiter. Erst als er an der Zufahrt hielt, sagte er: »Vielleicht nehme ich der ganzen Welt etwas übel. Es tut mir leid. Ich möchte niemanden sehen.«

»Das verstehe ich«, rang sie sich ab. »Ich werde dich nicht belästigen und nichts tun, als an dich zu denken. Versprichst du mir dafür aber eines?«

»Wenn ich kann.«

»Lass es mich wissen, wenn du mich wieder bei dir haben willst, ja? Schick mir einfach eine Nachricht, und ich komme zu dir. Ich will nämlich nichts mehr, als bei dir zu sein. An allem, was ich dafür aufgeben muss, liegt mir nichts.«

»Danke«, sagte er gleichgültig und machte keine Anstalten, ihr vom Wagen zu helfen.

Gerda zögerte, doch von ihm kam nichts mehr. Sie sprang vom Bock und lief durch den strömenden Regen auf das Gebäude zu, in dem sie sich nicht länger zu Hause fühlte. Durch ihren Kopf hallte ein Satz aus der Schneekönigin: *»Es war grau und kalt draußen in der Welt, und der Weg war mühsam.«*

Die folgenden Tage verbrachte sie mit quälendem Warten auf eine Nachricht, die nicht kam. Ihrer Familie ging sie aus dem Weg und war erleichtert, dass niemand auf sie achtete. Der Tod der Nachbarin schien bereits vergessen – das einzige Thema im Haus war die Hochzeit, für die täglich Lieferungen eintrafen: blühende Orangenbäume und Kübelpflanzen, wie sie zu dieser Jahreszeit kein Mensch im Kreis Schlochau kannte, edle Weine und Spirituosen, Dekorationen, Gläser und Geschirr, als wäre in dem Haus eines Barons von alledem nicht genug vorhanden.

»Da fragt unsereins sich doch wirklich, wie viel Geld der Mensch eigentlich hat«, hörte Gerda Viktor tuscheln, der zusammen mit Hans eine Wagenladung Kleinmöbel und Ziergegenstände ablud und ins Haus trug.

»Mehr als Wasser in der Ostsee schwappt«, brummte Hans, der an einem marmornen Blumenständer schleppte. »Soll alles in Aktien liegen. Die Mutter von dem war eine ganz Gewitzte, hat vor der Inflation ihre Penunsen ins Ausland geschafft. Und dabei führt dieser Wolter sich auf, als hätt' er die Vaterlandsliebe erfunden.«

»Kaum hat die Olsche den Löffel abgegeben, hat ihr Albrechtchen den ganzen Zunder heim ins Reich geholt und bestimmt bei AEG und IG Farben angelegt«, mutmaßte Viktor.

»Bei AEG nich'«, widersprach Hans. »Die hat ja ein Judscher gegründet, und die Judschen, die kann er noch weniger verknusen als die Polacken.«

Gerda wünschte, sie hätte sich die Ohren verstopfen können. Ihr Elternhaus glich einem Bienenstock, aber sie nahm an dem Wirbel nicht teil, sondern tat wenig mehr, als ihren Kinderkoffer aus- und wieder einzupacken. Sie wollte sich für ihre Zukunft mit Thomas rüsten, in der sie all dies hinter sich lassen würde.

Anfang März, wenige Wochen vor der Hochzeit, reiste Leonie in Begleitung von Elsbeth und Tante Benigna nach Berlin, um für ihre Aussteuer einzukaufen, und als sie zurückkam, stöhnten Anni und Nette, die all die Einkäufe sortieren und im Wäscheschrank verstauen mussten. Sobald sie fertig waren, ging Gerda aus einer Art Neugier hinunter in den Wirtschaftsflügel, um sich die Pracht anzusehen. Zu ihrer Überraschung fand sie im Schrank unter den Stapeln von Bett-, Hand- und Tischtüchern in blendend weißem Leinen, Satin und Damast ein Regalbrett, das mit ihrem Namen gekennzeichnet war. Ein paar Wäschestücke, die sie im Lauf der Jahre geschenkt bekommen hatte, lagen darin gefaltet, aber die Sammlung war sichtlich begonnen und nie beendet worden.

Egal. Sie und Thomas würden alles gebrauchen können, und die Sachen gehörten von Rechts wegen ihr. Eilig lud sich Gerda das bisschen Tisch- und Bettwäsche auf die Arme und machte sich auf, um die Sachen in ihr Zimmer zu tragen. Sie benutzte die Stiege im Seitenflügel und hatte den ersten Absatz gerade erreicht, als ihr von oben Albrecht entgegenkam. Um ihm auszuweichen, war die Stiege zu schmal. Gerda blieb nichts übrig, als stehen zu bleiben und den Rücken an das Geländer zu pressen.

Sie machte sich nicht vor, dass Albrecht in seinem eleganten Abendanzug etwas in der Waschküche des Gebäudes zu erledigen hatte. Inzwischen wusste sie aus leidvoller Erfahrung, dass er ein Meister darin war, immer dort aufzutauchen, wo sie sich aufhielt. Je näher er kam, desto stärker wurde der Würgereiz in ihrer Kehle, gegen den sie ankämpfte, bis ihr Tränen in die Augen traten.

Auf der Stufe über dem Absatz hielt er inne und sah ihr, wie es seine Art war, geradewegs ins Gesicht. »Wie fleißig,

Gerda. Hilfst du neuerdings den Hausmädchen? Haben wir nicht genügend Personal? Wenn dem so ist, werde ich Frau Brinkmann noch heute sagen, sie soll für entsprechende Aufstockung sorgen.«

Kümmerte Albrecht sich jetzt selbst noch um die traditionellen Bereiche der Hausfrau? Ertrug er es nicht, ein einziges Paar Zügel aus den Händen zu geben? Gerda hatte nicht vor, ihn zu belügen. Sie stahl schließlich nichts, sondern nahm sich, was ihr Eigentum war. »Ich will meine Aussteuerwäsche verpacken«, sagte sie. »Im Wäscheschrank ist dann mehr Platz für die von Leonie.«

»Ein bisschen kümmerlich«, sagte Albrecht mit Blick auf den Stapel. »Du weißt hoffentlich, wie gern ich dich in Berlin ausgestattet hätte. Von Wertheim in der Leipziger Straße, wo deine Schwester einkaufen war, ließ sich einst selbst die kaiserliche Familie beliefern.«

»Mir liegt daran nichts«, erwiderte Gerda. »Dies hier ist völlig ausreichend.«

»Wie du meinst.« Er zuckte mit den Brauen. »Und warum sollen die Stücke verpackt werden? Willst du etwa heiraten?«

»Dass ich heiraten will, wissen Sie doch«, gab Gerda zurück. »Ich warte nur noch auf Nachricht von meinem Verlobten aus Blaes, dann bin ich weg. Mit meinem Vater und meinem Paten ist alles besprochen. Sie billigen meine Wahl nicht, aber sie lassen mich gehen, Sie brauchen sich also nicht einzumischen.«

»Oh, das hatte ich nicht vor«, behauptete er. »Da ich selbst demnächst ein verheirateter Mann sein werde – was kümmert es mich, wenn auch du heiratest? Ich habe dir gesagt, ich will dich, und ich werde nie aufgeben. Daran ändert meine künftige Gattin nichts, weshalb sollte also ein etwaiger Gatte etwas ändern? Ich habe deinem Vater sogar versprochen, mich in meinen Kreisen umzuhören, ob sich für dich nicht etwas arrangieren lässt.«

»Ich bin verlobt!«, blaffte sie.

»Das habe ich vernommen«, erwiderte er trocken. »Sosehr es mich dauert, dir das sagen zu müssen, aber der sogenannte Verlobte ist nicht mehr auf Blaes.«

»Weshalb sollte er nicht mehr auf Blaes sein?«

»Nun, der junge Mann ist doch Student, oder verwechsle ich da etwas? Da ist es ja wohl nicht verwunderlich, dass er an den Ort seiner Studien zurückgekehrt ist. Ich bin zwar selbst nur ein ungebildeter Landwirt, aber ich habe mir sagen lassen, dass zu Ostern die Prüfungen beginnen. Hat denn der Herr Bräutigam dir seine Abreise nicht mitgeteilt? Das wundert mich allerdings sehr.«

»Was ist mit Thomas?«, brach es aus Gerda heraus. »Was hast du gemacht?« Zum ersten Mal hatte sie sich vergessen und ihn geduzt. Sie ließ den Wäschestapel fallen, ballte die Hände zu Fäusten und hob sie, wie um auf ihn einzuschlagen.

Albrecht packte sie bei den Handgelenken und drückte ihr unsanft die Arme herunter. »Was soll ich denn gemacht haben?«, fragte er. »Den Herrn entführt? Gott bewahre. Manche Menschen haben Verantwortung zu tragen, die können sich mit solchen Kindereien nicht aufhalten.«

»Dass Thomas nach Breslau gefahren ist, ohne mir Bescheid zu sagen, glaube ich nicht«, presste Gerda heraus. *Nur nicht vor diesem Mann in Tränen ausbrechen,* beschwor sie sich. *Nur keine Schwäche zeigen. Nicht vor ihm.*

»Vielleicht solltest du dich dann mit deinen eigenen hübschen Äuglein überzeugen«, sagte er. »Möchtest du, dass ich dich nach Blaes fahre? Ich habe zwar eigentlich Besseres zu tun, aber wenn es dir hilft, nehme ich mir gern ein wenig Zeit.«

Gerda schüttelte den Kopf. Sie würde auf dem schnellsten Weg nach Blaes fahren, aber nicht mit Albrecht. Es war ja nicht möglich, dass Thomas abgereist war. Zum einen hätte er ihr Bescheid gesagt, und zum andern hatte er seine Mutter viel zu sehr geliebt, um nach ihrem Verlust einfach weiterzustudieren. So ein Mensch war er nicht. Albrecht von Wolter vielleicht, aber nicht ihr Thomas.

Albrecht lockerte seinen Griff, und Gerda befreite ihre Hände. Sie zwang sich, ruhig zu bleiben und sammelte die Wäschestücke auf. »Lass mich jetzt vorbei, ich will in mein Zimmer«, sagte sie.

»Also glaubst du mir nun doch, dass ein Besuch auf Blaes sinnlos wäre?«, fragte er. »Das ist gut, denn ich möchte nicht, dass du deine Zeit vergeudest. Um sicherzugehen, sollte ich vielleicht eingestehen, dass ich dem jungen Mann unter die Arme gegriffen habe. Schließlich hat er seine Mutter verloren, wer immer sie auch gewesen sein mag, und wie ich höre, waren die beiden Familien einmal befreundet. Gänzlich zugrunde gewirtschaftet ist das Vorwerk, vor der Schande möchte man die Augen verschließen, aber so sieht eben ein deutscher Besitz aus, wenn Polen ihn in die Finger bekommen. Ich habe mich dennoch durchgerungen, dem Mann das Land abzukaufen. Zwar mache ich dabei Verluste, aber ich habe es vor allem für dich getan. Ich nahm an, dir wäre wohler zumute, wenn dein einstiger Liebster versorgt ist.«

Etwas in Gerda erstarrte. »Du hast Thomas Blaes abgekauft?« Onkel Hutz hatte sie gewarnt, aber sie hatte kaum hingehört, weil sie überzeugt gewesen war, dass alles, was die Zukunft betraf, von ihr und Thomas gemeinsam entschieden werden würde.

»Das habe ich doch gerade gesagt«, antwortete Albrecht

jovial. »Ich weiß, für derart unkluge Entscheidungen bin ich nicht bekannt, aber man muss auch einmal das Herz sprechen lassen. Kann ich denn sonst noch etwas für dich tun, meine süße Freundin?«

Er trat zu ihr auf den Absatz und schob sich an sie heran wie etliche Male zuvor. Weiter als bis ans Geländer konnte sie nicht zurückweichen, wenn sie nicht rücklings in die Tiefe stürzen wollte, und sie spürte bereits seine Hüftknochen an ihrem Bauch. Diesmal aber ertrug sie es nicht. In einem Impuls schleuderte sie ihm den Haufen Wäschestücke ins Gesicht, nutzte den Augenblick seiner Verwirrung und rannte die Treppe hinauf vor ihm davon.

In ihrem Zimmer angekommen, warf sie die Tür ins Schloss und schob den Riegel vor. Als Angst und Ekel allmählich wichen, breitete sich ein Gefühl unendlicher Leere in ihr aus. Einen Augenblick lang erwog sie, sich nach Blaes fahren zu lassen in der Hoffnung, Albrecht könne gelogen haben. Gleich darauf aber fiel der Plan wie eine angestochene Schweinsblase in sich zusammen. Sie traute Albrecht keinen Schritt weit über den Weg, aber sie wusste, dass er in diesem Punkt die Wahrheit gesprochen hatte.

Er hatte keine Lüge nötig.

Thomas war abgereist, ohne Gerda ein Wort davon zu sagen.

18

Breslau
Mai 1928

Schon der Bahnhof überwältigte sie. Wenn von »der Stadt« die Rede war, hatte Gerda an Schlochau gedacht und an Danzig, den Märchenort, um dessen Türme Möwen kreisten und auf dessen Fluss Hansekoggen mit geblähten Segeln schwammen. Ihre Erinnerung an Danzig war verblasst, und der Bahnhof von Schlochau, wo sie so glücklich auf ihren Thomas gewartet hatte, war nicht mehr als ein Blechdach über zwei Gleisen.

Der Bahnhof von Breslau hingegen war ein gemauerter Würfel, den links und rechts zwei orientalisch anmutende Türme säumten und dem sich eine gigantische, mit Opakglas verkleidete Halle anschloss. Als ihr Zug einfuhr und mit gellendem Pfeifen zum Stillstand kam, fühlte sich Gerda wie ein winziger Krumen unter einer Riesenbutterglocke. Fassungslos zählte sie dreizehn Gleise. Vor dem ihren reihten sich Kioske, in denen Händler lauthals ihre Waren anpriesen. Von der Abendzeitung bis zum Reiseproviant war alles zu haben, und dazwischen drängten sich Reisende, Gepäckträger, Abholer und Bahnbeamte.

Gerda hatte noch nie zuvor ein solches Gewimmel von Menschen gesehen. Wie sollte sie sich hier nur zurechtfinden? Einen Herzschlag lang wäre sie am liebsten in den nächsten Zug gesprungen und nach Schlochau zurückgefahren. Aber sie war um Thomas willen hier. Als sie das Warten auf eine Nachricht von ihm nicht länger ertragen hatte und drei Briefe unbeantwortet blieben, war ihr das Märchen von der

Schneekönigin wieder in den Sinn gekommen, das sie und Thomas so lange begleitet hatte.

Was tat die Märchen-Gerda, als ihr Kay nicht mehr kam? Sie wusste, dass er nicht grundlos verschwinden würde, und machte sich auf die Suche nach ihm.

Mit der gewohnten plötzlichen Allmacht war der Frühling auf Lapienen eingezogen. Das Grün spross aus dem Boden, an den kahlen Kronen der Bäume platzten Knospen auf, und über den hohen blassblauen Himmel kehrten in Schwärmen die Schwalben zurück. Thomas würde auch zurückkehren, er hatte den Frühling auf Blaes geliebt, und er liebte Gerda. Sie würde sich aufmachen, ihn zu finden und den Splitter aus seinem Herzen zu ziehen.

Thomas zu lieben war all die Jahre lang ein Kinderspiel gewesen, denn was hatte es an diesem zärtlichen, klugen, freundlichen Mann gegeben, das nicht zum Lieben war? Jetzt aber, wo er sich wie ein schlecht erzogener Fremder betrug, der ihre Liebe zurückwies, brauchte er sie mehr denn je.

Noch immer verzagt, doch entschlossener stieg Gerda aus dem Zug und durchquerte die Halle. Die Gepäckträger, die sich ihr anboten, schickte sie ihres Weges. Sie hatte ja außer dem kleinen Koffer und ihrem Wäschesack nichts zu tragen, und außerdem musste sie ihr Geld zusammenhalten. Bei Thomas' Vermieterin würde sie nicht bleiben können, sondern musste sich ein Zimmer für die Nacht suchen. In Schlochau hatte sie sich bei dem Beamten am Fahrkartenschalter erkundigt, und er hatte ihr das Hotel du Nord am Großen Ring empfohlen: »Ein anständiges Haus, in dem eine Dame von Stand unbesorgt nächtigen kann.«

Gerda zweifelte nicht daran, dass das anständige Haus seinen Preis haben würde, und sie hatte keine Ahnung, wie lange sie sich dort würde einmieten müssen. Also widerstand sie der

Versuchung, sich an einem der Kioske eine Tüte der köstlich duftenden gebrannten Mandeln zu kaufen. Ihr Magen schmerzte vor Leere. Heute früh auf Lapienen hatte sie sich nicht mehr zum Frühstück gesetzt, um sich vor ihrer Familie nicht zu verplappern. Sie hatte lediglich eine knappe Nachricht verfasst und sie ihnen auf der Anrichte im kleinen Salon hinterlassen, damit niemand sich sorgte.

Womöglich hätte ja niemand sich gesorgt oder überhaupt bemerkt, dass das Nachschrapsel verschwunden war. Im Haus drehte sich immer noch alles um Leonie, die gleich nach ihrer Traumhochzeit schwanger geworden war und nun als Mutter des künftigen Herrn von Lapienen gefeiert wurde. Adele, Bernhard und die kleine Luise hatten keine Bedeutung mehr, und die Eltern richteten kaum je das Wort an sie.

Ganz zu schweigen von Gerda, in der mit jedem Tag die Erkenntnis wuchs, dass sie in Albrecht von Wolters Nähe nicht länger leben konnte. Weder seine Eheschließung noch die bevorstehende Vaterschaft hatten den Mann verändert. Er stellte ihr nach und gab sich nicht einmal Mühe, es zu verbergen. Gerda vermochte Leonie nicht mehr in die Augen zu sehen und hatte das Gefühl, durch seine ständige Anwesenheit krank zu werden.

Im Slalom durchquerte sie die überfüllte Bahnhofshalle, unterdrückte Hunger und Scheu und trat hinaus auf die Straße, wo die Abendsonne sie blendete. Der Verkehr schien aus sämtlichen Himmelsrichtungen an ihr vorbeizujagen – vom Bauernwagen bis zur Straßenbahn war alles vertreten. Menschen hasteten vorüber, manche rempelten sie an, weil sie im Weg stand. Offenbar hatte jeder ein Ziel, an das er schnellstens gelangen musste, weil jemand auf ihn wartete. Nur auf Gerda wartete niemand.

Da ihr nichts anderes einfiel, fragte sie eine Dame, deren

Dienstmädchen ein Dutzend Einkaufstüten hinter ihr hertrug, nach dem Weg zum Großen Ring. Zum Glück war es nicht weit, lediglich eine Viertelstunde Fußweg durch einen Stadtteil, der ihr wie aus einem Märchen erschien. Gab es in Breslau auch Häuser, die nicht himmelhoch aufragten und keine prachtvollen Fassaden hatten? Wo waren die Geschäfte, in denen kleine Leute Dinge des täglichen Bedarfs einkauften, Lokale wie der Dorfkrug, in denen Kutscher einkehrten? Hier in der Innenstadt schienen wohlhabende Patrizier zu leben, die von Not und Mangel auf dem Land noch nie etwas gehört hatten. Die Straßen waren breit und lebhaft, und sobald die Sonne am rötlichen Himmel zu sinken begann, wurden die elektrischen Laternen eingeschaltet.

Gerda ging an einem mit Skulpturen geschmückten Theater vorbei, in das Menschen in Abendgarderobe strebten. Ein Stück weiter reckten sich die beiden Türme des Doms, und dann stand sie vor einem vierstöckigen Eckhaus, dessen im Jugendstil verzierte Fassade fast in Gänze aus Fenstern bestand und von einer Atlasfigur mit einer glitzernden Weltkugel gekrönt war.

Staunend ging sie an den Schaufenstern entlang. Bei all dem Überfluss, in dem sie aufgewachsen war, hätte sie sich solche Pracht niemals vorstellen können. Sah so das Berliner Warenhaus aus, in dem Leonie ihre Aussteuer eingekauft hatte? Wie mochte ihre Schwester, die am liebsten in Reithosen umherspaziert war, sich dort gefühlt haben? Aber diese Leonie, die Gerda gekannt und lieb gehabt hatte, schien es gar nicht mehr zu geben.

So vieles gab es nicht mehr. Gerda schüttelte die düsteren Gedanken ab, blickte auf und entdeckte ein palastartiges Gebäude, auf dessen Dach in blasser Leuchtschrift die Buchstaben »Hotel du Nord« prangten. *Na wunderbar,* dachte sie.

Vermutlich war das von dem Bahnbeamten empfohlene Hotel das teuerste Haus am Platz. Konnte man an der Rezeption eines Hotels nachfragen, ob es in fußläufiger Entfernung ein billigeres gab, oder entlarvte man sich damit als Landei ohne Manieren? Doch selbst wenn es so war – was kümmerte es sie? Sie würde die Hotelangestellten schließlich nie wieder sehen, und mehr als wegschicken konnte man sie nicht.

Gerda holte tief Luft und betrat durch die Drehtür die Empfangshalle. Perlendes Klavierspiel, gleißendes Licht und intensiver Duft von Rosen empfingen sie. Der livrierte Mann an der Rezeption bediente gerade eine Dame mittleren Alters, die in ihrem Tunika-Kleid, der schlichten Perlenkette und dem grauschwarzen Haarknoten vornehm und gepflegt wirkte.

»Ich denke, wir haben die Buchung zur Zufriedenheit von Herrn Treichel junior vorgenommen, liebes Fräulein Grünbaum«, sagte der Mann zuvorkommend.

»Davon gehe ich aus«, erwiderte die Dame. »Mein Juniorchef ist ja keiner, der sich beklagt, und schon gar nicht über Ihr Haus, mit dem er wie sein Vater immer höchst zufrieden war.«

»Das wollen wir doch hoffen«, erwiderte der Mann. »Und Sie selbst haben auch alles zur Zufriedenheit vorgefunden?«

»Ach, für mich alte Eule würde es auch die Pension Scholl tun«, erwiderte die Dame. »Aber Sie kennen ja den jungen Herrn Treichel. Die Großzügigkeit in Person, selbst dort, wo es weder erforderlich noch angebracht ist. Nicht dass der Senior knickerig wäre – aber bei ihm behält doch die Vernunft die Oberhand, während dem Junior das Herz überquillt und wirtschaftliche Bedenken hinweggeschwemmt werden.«

»Er weiß eben, was für ein Juwel er an Ihnen hat«, begann der Rezeptionist, doch in diesem Augenblick fiel ihm Gerda ins Wort.

»Bitte entschuldigen Sie«, rief sie. »Können Sie mir vielleicht sagen, wo ich diese Pension Scholl finde? Ich würde dort gerne ein Zimmer mieten. Das ist nicht gegen Ihr Hotel gerichtet, mein Herr – ich kann es mir nur nicht leisten.«

Dem Rezeptionisten rutschte die Liebenswürdigkeit vom Gesicht. Die Dame hingegen lachte auf. »Ja, natürlich, den Weg kann ich Ihnen erklären. Oder, noch besser, ich bringe Sie hin. Glauben Sie nur nicht, ich könnte mir in dieser noblen Stätte auch nur eine Nacht aus eigener Tasche leisten. Ich bin Sekretärin und organisiere hier alljährlich ein Treffen mit Großkunden für meinen Juniorchef, der darauf besteht, mich fürstlich unterzubringen. Na, kommen Sie. Die Pension Scholl ist blitzsauber, die Betten sind bequem, und zum Frühstück wird eine Topfleberwurst aufgetischt, die es mit dem Angebot jedes Grandhotels aufnehmen kann.«

Der Rezeptionist wünschte der Dame etwas brummig einen schönen Abend, und ehe Gerda sichs versah, war sie an der Seite der anderen wieder draußen im quirligen Straßenleben.

»Irma Grünbaum«, stellte die Dame sich vor und reichte Gerda die Hand. »Aus Danzig.«

»Gerda von Westkamm«, hatte Gerda stammeln wollen, doch die Hälfte der Silben blieb ihr im Halse stecken. »Aus Danzig?«

Irma Grünbaum lächelte. »Sie schauen mich mit Ihren Sternenaugen an, als hätte ich gesagt: vom Mond.«

Gerda musste lachen, und der Bann war gebrochen. »Verzeihen Sie. Sie können ja nicht ahnen, dass Danzig die Stadt meiner Träume ist. Mit dem Mond hätten Sie mich weniger beeindruckt.«

Irma Grünbaum lachte mit. »Sie sollten mal den Mond sehen, wenn er sein Licht zwischen den Giebeln von unserem Danzig vergießt.«

»Sie wissen nicht, wie gern ich das täte«, rief Gerda. »Ich war nur einmal als Kind in der Nähe von Danzig zur Sommerfrische. Das war vor dem Krieg.«

»Ach ja, vor dem Krieg.« Irma Grünbaum seufzte. »Da war alles anders, und etliche Menschen trauern dem nach, aber wir leben nun einmal heute, nicht gestern. Und Sie sind so jung. Sie werden von der Welt noch so vieles sehen. Wenn es tatsächlich so sein sollte, dass wir aus den Schrecken des Krieges gelernt haben, uns zu vertragen, steht Ihnen ein reiches Leben bevor.«

Das war vielleicht das Angenehmste, was Gerda seit Milenkas Tod zu hören bekommen hatte, und es stimmte sie augenblicklich hoffnungsfroh. »Bisher bin ich noch nirgendwo hingekommen«, sagte sie. »Nur eben das eine Mal zur Sommerfrische im Ostseebad Westerplatte.«

»Westerplatte, das ist auch eine schwierige Geschichte«, murmelte Irma Grünbaum, ließ das Thema aber fallen und fuhr heiter fort: »Wenn Sie mich fragen, hätten Ihre Eltern Sie lieber in unser Zoppot bringen sollen. Ja, die neue Strandhalle und das Damenbad in Heubude sind hübsch, und Brögen und Glettkau haben auch ihren Reiz, aber unser Zoppot ist mondän, sage ich Ihnen – da geben die Reichen und Schönen der Welt sich ein Stelldichein. Und das grandiose Casino-Hotel, das sie uns jüngst dort an den Strand gestellt haben – meinen Juniorchef muss ich davon fernhalten, der wäre da gar nicht mehr rauszubekommen.«

Sie lachte auf und zwinkerte Gerda zu.

Die konnte kaum glauben, wie sympathisch ihr die neue Bekannte war. Am liebsten hätte sie sich so schnell nicht von ihr nicht getrennt. Ihre Freundlichkeit machte die Großstadt weniger fremd, doch sie hatten die Pension, die in einer Seitenstraße lag, bereits erreicht. »Ich hoffe, Sie finden hier ein passendes Zimmer«, sagte Irma Grünbaum. »Und natürlich wünsche ich Ihnen noch einen schönen Aufenthalt in Breslau.«

»Ich bin hier, um meinen Bräutigam zu besuchen«, erklärte Gerda unnötigerweise.

»Wie schön. Der Herr Bräutigam ist Breslauer?«

Gerda schüttelte den Kopf. »Wir stammen beide aus dem Kreis Schlochau. Er studiert hier.«

»An der Schlesischen Friedrich-Wilhelms-Universität? Ich gratuliere«, sagte Irma Grünbaum. Dann überlegte sie. »Und Sie sind aus der Grenzmark? Wie weit liegt Schlochau von der Grenze entfernt? Zehn Kilometer? Das kann so ganz einfach nicht sein.«

»Leider nein«, antwortete Gerda. »Ich selbst war noch ein Kind, als Westpreußen geteilt worden ist, ich kenne es praktisch nicht anders. Aber die älteren Leute fühlen sich beraubt und mögen die neue Ordnung nicht hinnehmen.«

»Ich weiß, wovon Sie sprechen«, sagte Irma Grünbaum mitfühlend. »In Danzig sieht es nicht anders aus. Dass wir nun Freistadt sind, dass wir unter Aufsicht des Völkerbundes stehen und unsere deutsche Staatsbürgerschaft verloren haben, wollen die meisten nicht schlucken. Dabei weiß ich gar nicht, was sich so Weltbewegendes verändert hat. Wir sprechen immer noch Deutsch, wir füllen unsere Piroggen mit Kraut, wir müssen fürs Brot und das Gläschen Machandel noch immer viel Geld hinblättern, ob nun in Reichsmark oder in Danziger Gulden.«

»So geht es mir auch!«, rief Gerda. »Ich verstehe von alledem wenig, ich wünsche mir nur, dass es so ist, wie Sie sagen – dass wir aus dem Krieg gelernt haben und künftig in Frieden leben.«

»Ich finde, Sie verstehen genug«, sagte Irma Grünbaum.

»Und der Herr Verlobte? Was studiert er denn, wenn ich fragen darf?«

»Geschichte und Philosophie«, antwortete Gerda stolz. »Er möchte dahinterkommen, warum Menschen Kriege führen, damit wir sie in Zukunft verhindern können.«

»Oho. Kleine Brötchen backt er nicht, oder?«

Gerda musste lächeln und sehnte sich nach Thomas. »Ich mag an ihm, dass er nicht nur von Geld träumt, sondern von Dingen, die dem Leben einen Inhalt geben. Von innerem Reichtum. Verstehen Sie, was ich meine? Ich kann es so schlecht in Worte fassen.«

»Wenn Sie mich fragen, können Sie das sehr gut«, sagte Irma Grünbaum. »Ich bin sicher, Sie beide werden es miteinander gut haben. Und wer weiß, vielleicht führt Ihre Hochzeitsreise Sie ja in unser Danzig.«

»So haben wir es geplant.«

Herzlich verabschiedeten sie sich voneinander, und Gerda bedauerte, dass sie die andere nicht wiedersehen würde. Zum Ausgleich gelang es ihr, in der Pension ein Zimmer mit Frühstück zu mieten, obwohl der Inhaberin anzusehen war, dass sie ihr das Alter von zweiundzwanzig nicht abnahm. Der Preis war beträchtlich, aber für ein paar Tage würde sie es sich leisten können. Nie hätte sie geglaubt, dass ein enges Kämmerchen mit Schrank, Bett und Waschtisch so teuer sein könnte. Doch das zeigte ihr einmal mehr, wie weltfremd sie war.

19

An jenem Abend kam Gerda nicht mehr dazu, sich auf die Suche nach Thomas zu machen. Frau Scholl, die Witwe, der die Pension gehörte, hatte sich bereit erklärt, ihr ein Butterbrot mit schlesischen Gurken zu richten, auf das sie sich mit Heißhunger stürzte. Kaum hatte sie es hinuntergeschlungen, überfiel sie eine bleierne Müdigkeit. Irma Grünbaum hatte recht gehabt: Das Zimmer war sauber, und das Bett wirkte bequem und einladend. Für den einen Tag hatte sie genug Abenteuer bestanden. Zudem wollte sie ihrem Liebsten ausgeruht entgegentreten. Sie verkroch sich unter die Daunendecke und schlief auf der Stelle ein.

Anderntags machte sie sich mithilfe eines Stadtführers auf den Weg zur Universität. Sie hatte sich darunter etwas wie die Präparandenanstalt in Schlochau vorgestellt, nur eben größer und erhabener. Das lang gestreckte Gebäude, das sich an der königsblau schimmernden Oder erhob, glich mit seinem Turm und den Fensterreihen hingegen einem Sakralgebäude. Ganz falsch lag sie damit nicht. Im Stadtführer las sie, dass die Gründung der Lehranstalt zu Beginn des achtzehnten Jahrhunderts durch Jesuiten vorangetrieben worden war. Sie hatte der Ausbildung von katholischen Klerikern gedient, bis Breslau vierzig Jahre später im Schlesischen Krieg an Preußen fiel. Und doch war sie, wie Thomas ihr erzählt hatte, Europas erste Universität, die sowohl eine katholische als auch eine protestantische Fakultät besaß. Gerda blickte zu dem Turm des majestätischen Gebäudes und empfand so etwas wie Ehrfurcht. Was konnte falsch daran sein, das eine wie das andere unter einem so großzügigen Dach zu lehren?

Sie musste ein Stück an der Oder entlanglaufen, ehe sie an eine Brücke gelangte, denn eine neue Universitätsbrücke sollte gerade erst gebaut werden. Krieg, Inflation und Not hatten den Bau verzögert, aber nun war überall in Breslau zu erkennen, dass die Stadt sich im Aufschwung befand. Ein Kran war errichtet worden, und Bauteile aus Stahl und Holz stapelten sich am Flussufer.

Als Gerda endlich vor dem Haupttor des Gebäudes stand, sank ihr der Mut. Was hatte sie sich gedacht? Wäre es nicht klüger gewesen, das Haus von Thomas' Wirtin in irgendeinem Vorort ausfindig zu machen, statt in diesem Labyrinth nach ihm zu suchen? Bestimmt tausend, wenn nicht sogar zweitausend Menschen studierten in diesem riesigen Komplex – wie wollte sie da ausgerechnet den einen finden, den sie liebte?

Sie wartete unschlüssig, bis ein Schwarm fröhlicher Studenten mit Mützen und Schärpen vor der Brust das Tor öffnete, und schlüpfte hinter ihnen hindurch. Ziellos strich sie durch einen Gang mit gewölbter, meterhoher Decke, betrachtete die Porträts der Würdenträger an den Wänden und fühlte sich eingeschüchtert und winzig klein. Dann aber stieß sie auf eine Tür, die in einen baumbestandenen Lichthof führte. Sie eilte hinaus, wollte sich auf eine der Bänke unter den blühenden Linden setzen, und da sah sie ihn. Er kam aus einer gegenüberliegenden Tür, trug keine Mütze und auch keine Schärpe über dem abgeschabten schwarzen Jackett und hielt eine Mappe mit Papieren unter dem Arm.

Thomas.

Warum fühlte sich Sehnsucht nie so heftig und unerträglich an wie in dem Augenblick, in dem sie sich erfüllte?

Sie rief seinen Namen und lief quer über den Hof, um sich in seine Arme zu werfen. »Thomas, Thomas, Thomas. O mein Gott, du weißt ja nicht, wie furchtbar es war, ohne dich zu sein.«

Er legte die Mappe auf der Bank ab, öffnete die Arme und fing Gerda auf. Sie lehnte ihre Wange an seine Brust, atmete seinen Duft ein und lauschte seinem Herzschlag, machte sich bewusst, dass sie nicht träumte und kein Märchen erdachte, sondern dass sie ihn wiederhatte und die Zeit der Kälte vorbei war. In diesen Sekunden stand die Welt still, und nichts anderes war zu hören als der flatternde Schlag seines Herzens und der Frühlingswind.

Und seine Stimme. Mehr erahnt als vernommen. Seine ganz leise Stimme, die wieder und wieder ihren Namen aussprach.

Gerda, Gerda, Gerda.

Er streichelte sie nicht, und sie streichelte ihn auch nicht, sondern hielt ihn nur fest.

Irgendwann kehrten die Geräusche der Welt in ihr Bewusstsein zurück: ferne Stimmen von anderen Studenten, Gelächter und Rufe, das Getrappel von Schritten. Es störte sie nicht. Sie und Thomas waren geborgen in ihrem eigenen Reich.

»Gerda.« Seine Stimme war jetzt laut und fest.

»Mein Liebling.« Sie blickte auf, aber er sah über sie hinweg.

»Du hättest nicht herkommen dürfen. Und du musst mich jetzt loslassen.«

»Was?«

»Ich will dich nicht wegschieben«, sagte er. »Darum bitte ich dich: Lass mich los. Ich weiß nicht, wie du hergekommen bist, und ich wünschte, du hättest es nicht getan. Ich werde dir helfen, zurück nach Lapienen zu kommen, aber das ist alles, was ich für dich tun kann. Danach dürfen du und ich uns nicht mehr sehen.«

Er spricht wie Kay, durchfuhr es sie. *Kay mit dem Glassplitter im Herzen.* Gleich darauf erfasste sie eine ohnmächtige Wut auf sich selbst, auf Hans Christian Andersens *Schneekönigin* und auf all den anderen Humbug. Wie kindisch war sie eigentlich, dass sie in diesem Augenblick an ihre albernen Märchen dachte? Kein Wunder, dass Thomas sie wegschicken wollte. Er hatte seine Mutter verloren, er brauchte eine erwachsene Frau, die seinen Schmerz mit ihm durchstand, kein kleines Mädchen, das an Schneeköniginnen und böse Wölfe glaubte.

»Thomas«, sagte sie. »Ich weiß, ich habe nicht alles richtig angefangen und dich enttäuscht. Ich war so durcheinander und traurig, ich konnte keinen klaren Gedanken fassen. Aber ich hätte mir klarmachen müssen, dass du mich stark brauchst, nicht schwach. Du kannst dich in Zukunft auf mich verlassen, und du brauchst mich auch nirgendwohin zu bringen, denn ich bin aus eigenem Antrieb gekommen. Ich wohne in einer ordentlichen Pension und bin in der Lage, mich um mich selbst zu kümmern.«

Sie nahm ihn zart bei den Schultern und rüttelte ihn ein wenig, aber er reagierte nicht, sondern blickte weiter über sie hinweg.

»Darum geht es nicht«, sagte er und ließ die Arme hängen.

»Worum geht es nicht?«

»Darum, dass du etwas falsch gemacht hättest. Es liegt an mir, nicht an dir. Ich kann nicht mehr mit dir zusammen sein, Gerda, nicht mit dir und mit niemandem sonst. Ich dachte, wenn ich auf deine Briefe nicht antworte, wirst du es begreifen, aber das war feige. Ich hätte es dir sagen müssen. Es tut mir leid.«

»Du willst nicht mehr mit mir zusammen sein?« Es konnte ja nicht wahr sein. Alles, aber nicht das.

»Ich kann nicht.« Er schob sie nun doch von sich und setzte sich auf die Bank, die Arme vor der Brust verschränkt.

»Natürlich kannst du.« Sie blieb vor ihm stehen. »Wir sind zusammen, solange wir leben, wir waren glücklich und haben eine glückliche Zukunft geplant.«

»Diese Zeit ist vorbei«, sagte er.

»Aber warum? Was habe ich dir getan?«

»Nichts«, gab er zurück. »Ich habe jetzt andere Dinge im Kopf. Ich bin dabei, zum katholischen Glauben zu konvertieren und habe viel zu erledigen.«

Also darum ging es. Um ein Haar hätte Gerda erleichtert geseufzt. »Das macht mir nichts aus«, sagte sie. »Überhaupt nichts. Wenn du katholisch sein willst, trete ich mit dir über. Es ist mir gleichgültig, denn ich finde weder in der einen noch in der andern Kirche Halt. Und darum geht es doch, oder nicht? Um einen liebenden Gott, der uns Trost und Halt schenkt und uns nicht einen weiteren Grund gibt, einander zu hassen und zu bekämpfen.«

»Mir gibt meine Kirche Halt«, sagte Thomas dumpf. »Den einzigen. Ich will nicht darüber sprechen, Gerda.«

Aber ich will darüber sprechen, begehrte es in ihr auf. *Ich will dich verstehen, wie ich dich immer verstanden habe, aber wie kann ich das, wenn du erst monatelang schweigst und mir dann nichts als ein paar gefühllose Worte hinwirfst?*

Sie nahm sich zusammen. Den dünnen Faden, der sie verband, durfte sie nicht reißen lassen. »Wir können ein andermal reden«, sagte sie. »Solange du weißt, dass mir die protestantische Kirche nichts bedeutet und es kein Opfer für mich wäre überzutreten.«

»Gerda«, unterbrach er sie. »Ich will nicht, dass du um meinetwillen übertrittst. Ich will, dass du nach Lapienen fährst und mich den Weg gehen lässt, den ich gehen muss.«

»Aber das tue ich doch!«, rief Gerda. »Das habe ich immer getan. Du musst keine Angst haben, dass ich dir auf der Tasche liege, denn ich werde mir Arbeit suchen und für meinen Unterhalt aufkommen. Es tut mir so leid, dass du Blaes verkaufen musstest, und ich wünschte, ich hätte dir helfen können, aber ...«

»Gerda«, unterbrach er sie von Neuem. »Es ist mir nicht schwergefallen, Blaes zu verkaufen, denn ich kann ja nichts mehr damit anfangen. Also bin ich froh, dass Herr von Wolter es mir zu einem Preis, der die Schulden deckte, abgenommen hat.«

»Du kannst nichts mehr damit anfangen? Aber es ist doch dein Zuhause, es sollte unser Zuhause sein!«

»Das ist vorbei«, sagte er. »Mein Zuhause ist jetzt meine Kirche.«

Um ein Haar hätte sie aufgelacht. Sowohl ihre als auch Thomas' Familie waren an den hohen Feiertagen selbstverständlich in den Gottesdienst gegangen, doch weder er noch sie hatten je sonderlich starke religiöse Gefühle gehegt. »Ich wüsste gern, was du damit meinst«, rang sie sich ab.

»Um das zu erklären, fehlt mir die Zeit«, sagte er. »Ich muss gehen. Der Dekan meiner Fakultät will mit mir über meine Exmatrikulation sprechen.«

»Deine Exmatrikulation?«, rief sie. »Willst du etwa jetzt auch noch das Studium aufgeben?«

»Nicht aufgeben«, sagte er. »Aber wenn mein Antrag bewilligt wird, wechsle ich zum nächsten Semester die Fakultät.«

»Und was studierst du dann?«

Er ordnete die Papiere in seiner Mappe und stand auf. »Katholische Theologie. Gleichzeitig hoffe ich auf eine Aufnahme ins Priesterseminar.«

»Das ist nicht dein Ernst!«, schrie Gerda, die glaubte, in irgendeinem absurden Albtraum gefangen zu sein.

»Doch, das ist es«, erwiderte Thomas. »Ihre Kirche war alles, was meiner Mutter geblieben war, und diese Kirche ist alles, was mir von meiner Mutter bleibt. Ich werde Priester, Gerda. Und als katholischer Priester werde ich im Zölibat leben und habe für eine Frau keinen Platz. Es ist gut so, glaub mir. Du und ich stammen aus verschiedenen Welten, auch wenn es uns bisher nicht klar war.«

Damit nickte er ihr zu und ging den Weg, den er gekommen war, davon. Gerda wollte ihn aufhalten, wollte ihm hinterherrufen, doch sie vermochte sich nicht zu rühren, und aus ihrer Kehle kam kein Laut. Also stand sie nur wie versteinert da und starrte ihm nach, bis er in der Tür verschwunden war.

FÜNFTE GESCHICHTE

Freie Stadt Danzig
1929

»Das Rentier wusste, dass die Schneekönigin dort ihr Sommerzelt hat und dass ihr Schloss oben, nahe dem Nordpol liegt.«

Hans Christian Andersen: »Die Schneekönigin«

20

Januar

Noch einmal in einem Zug sitzen und nicht wissen, wo sie die kommende Nacht verbringen würde, noch einmal auf einem Bahnhof aussteigen, ohne zu ahnen, welchen Weg sie einzuschlagen hatte, das hatte Gerda nicht gewollt. An ihre Reise nach Breslau, während der sie zwar nervös und unsicher, doch voller Hoffnung gewesen war, sollte nichts sie erinnern. Schon deshalb hatte sie sich zuvor erkundigt, wie sie vom Bahnhof an ihren Zielort gelangen würde, und telefonisch ein Zimmer in einer nahe gelegenen Pension reserviert – für eine Woche. Damit, dass sie mit ihrer ersten Bewerbung Erfolg haben würde, rechnete sie nicht, denn sie erfüllte kaum eine der Voraussetzungen. Aber es war ein Anfang, und Gerda war entschlossen weiterzusuchen. Eine Woche lang würde sie sich über Wasser halten können, das musste genügen. Sie würde sich kein zweites Mal gedemütigt und wie eine Bettlerin nach Lapienen zurückschleichen. Der Abschied, den sie dieses Mal genommen hatte, sollte endgültig sein.

Gerda saß auf der hölzernen Bank der dritten Klasse am Fenster, und wie die Wiesen, Sümpfe und Wälder der unter Schnee begrabenen Landschaft flog das vergangene Jahr an ihr vorbei. Sie wusste nicht, wie sie es überstanden hatte. Über allem lag eine bleierne Traurigkeit wie ein Schleier, von dem sie geglaubt hatte, er könne sich niemals mehr heben.

Die Atmosphäre im Haus hatte es ihr nicht leichter gemacht. Ihre Eltern schnitten sie, Adele schnitt alle Übrigen, und seit im November Leonies Sohn Crispin zur Welt gekommen war, schien aus der Zwietracht zwischen den beiden Schwestern eine Todfeindschaft geworden zu sein. Allein die Blicke, die Adele Leonie zuwarf, wenn sie gezwungen waren, sich in einem Raum aufzuhalten, ließen Gerda schaudern. Ihren kleinen Neffen behandelte Adele wie Luft, und seiner Taufe blieb sie fern.

Lediglich Onkel Hutz, Tante Benigna und Elsbeth bemühten sich, Gerda ein wenig aufzuheitern. Eine Art Trost fand sie auch in der Gesellschaft der kleinen Luisa, die so einsam zu sein schien wie sie selbst. Zwar kümmerte Bernhard sich liebevoll um seine Tochter, sooft es ihm erlaubt war, doch die meiste Zeit über beanspruchte Adele ihren Mann, der keinen eigenen Willen zu besitzen schien. Es war Geld im Haus, das Gut blühte auf, und den Bewohnern fehlte es an nichts. Feste wurden gefeiert, und Gäste gaben einander die Klinke in die Hand, aber Glück konnte Gerda nicht spüren. Nicht einmal darüber, dass nun wieder ein Crispin auf Lapienen lebte, ein kleiner Junge, der eines Tages die Tradition der Westkamms fortsetzen und das Gut weiterführen würde.

Albrecht machte sein Versprechen wahr: Er lud einen Heiratskandidaten nach dem anderen ein und stellte ihn Gerda vor. All diese Herren kamen ihr vor wie Marionetten, die er an seinen Schnüren vor ihr auf und ab tanzen ließ. Es fiel ihr schwer, ihnen auch nur mit Höflichkeit zu begegnen, und immer häufiger behauptete sie, unpässlich zu sein, und ließ sich entschuldigen.

Sie verbrachte unzählige, sich quälend dahinschleppende Stunden in ihrem Zimmer. Was hatte sie in all den Monaten getan, fragte sie sich jetzt, während der Zug an einem Wald kahler Birken vorbeirauschte. Ihre Märchenbücher rührte sie nicht mehr an, und auch das Schreiben hatte sie aufgegeben. Sie schlief wenig, hatte keinen Appetit und hasste die Pflicht, an den Mahlzeiten teilzunehmen, aber irgendwie waren die Tage und Wochen doch vergangen, weil es das war, was Zeit ausmachte: Sie blieb nicht stehen. Ob man es sich wünschte oder ob man sie beschwor, schneller zu verstreichen, machte überhaupt keinen Unterschied.

Die Heiratskandidaten, die Albrecht für Gerda einlud, hinderten ihn nicht, ihr nachzustellen, auch wenn er seine Taktik geändert hatte. Noch immer suchte er jede Gelegenheit, um mit ihr allein zu sein, aber er hatte aufgehört, sie körperlich zu bedrängen. Stattdessen machte er ihr den Hof wie in der ersten Zeit.

»Wir könnten glücklich sein«, sagte er an einem Nachmittag im Spätsommer, als er ihr an den See gefolgt war. »Auch jetzt noch, nachdem du mich gezwungen hast, deine Schwester zu heiraten, die mit einem Trakehnerhengst besser bedient gewesen wäre. Sie weiß, dass ich für sie keine Liebe empfinde, und sie weiß auch, wem meine Liebe gehört. An meinem Wunsch, diese Liebe zu leben, kann sie nichts ändern und wird es auch nicht versuchen.«

»Hast du das Leonie gesagt?«, fragte Gerda entsetzt.

»Das war nicht nötig«, erwiderte Albrecht. »Deine Schwester ist ungehobelt, aber sie ist nicht dumm. Und ich bin nicht hergekommen, um über sie zu sprechen, sondern über uns.«

»Es gibt kein ›uns‹, Albrecht!«

»Warum sollte es keines geben? Du und ich gelten als verwandt, keine Moral würde uns verbieten zu reisen, unsere Tage an den schönsten Orten unseres Landes zu verbringen und das Leben zu genießen. Wenn du es zulassen würdest, Gerda, würde ich dich auf Händen tragen. Du glaubst zu wissen, was

Liebe ist, aber ich könnte dir eine Liebe zeigen, von der du nie auch nur das Mindeste geahnt hast.«

Nein, hatte Gerda gedacht, *ich glaube nicht länger, dass ich weiß, was Liebe ist, und ich weiß auch nicht mehr, ob es sich lohnt, es zu wissen.* Wie immer entwand sie sich ihm so schnell wie möglich und floh zurück zum Gutshaus.

Manchmal nahm sie sich in ihrem Zimmer die Schatulle vor, in der sie ihre Briefe aufbewahrte. Doch es waren nicht die Liebesbriefe von Thomas, die sie durchblätterte, sondern die fröhlichen, liebevollen Karten, die Milenka ihr geschrieben hatte:

Mein liebes Mädchen,
ich will in der nächsten Woche in die Himbeeren, um mindestens eine Wagenladung sündhaft überzuckerter Konfitüre einzukochen und die Hälfte gleich selbst aufzuessen. Magst du mittun? Ein paar Fläschchen Himbeerlikör braue ich in meinem Hexenkessel auch, und eines vom letzten Jahr wäre noch da.
Deine Milenka, die Waldhexe

Liebste Gerda,
von meinem jüngsten Apfelbaum habe ich heute einen Korb goldene Äpfel gepflückt, und wer wäre eines Geschenkes von goldenen Äpfeln würdig, wenn nicht eine Gerda? Kommst du zum Apfelschnappen? Wenn du magst, kann ich auch einen dieser Apfelkuchen backen, der in meiner Kindheit Szarlotka hieß und in unserer Küche verschlungen war, noch ehe er erkalten konnte.
Deine alte Milenka

Ihre Schrift, die kleinen, hübschen Buchstaben, die über die Zeilen tanzten, erinnerten an ihr Wesen, doch die Hand, die sie geschrieben hatte, verrottete nun in der Erde. All die Liebe, die Milenka großzügig verschenkt hatte, hatte nicht genügt, um sie zu schützen. Kein Mensch war bei ihr gewesen, als sie gestorben war.

An der Liebe gestorben.

In ihren schwärzesten Nächten war Gerda bewusst, dass es so gewesen sein musste: Milenka war gestorben, weil Albrecht von Wolter zu ihr gesagt hatte, gegen ihren Sohn habe niemand etwas, allein sie sei das Problem.

Wie hätte Gerda Albrecht das je verzeihen können, und wie konnte sie es Thomas vorwerfen, dass er ihr nicht verzieh? Hätte es ihre Liebe nicht gegeben, wäre seine Mutter noch am Leben.

Gerdas Gedanken drehten sich im Kreis und prallten immer wieder an dieselbe Wand. Irgendwann verbot sie sich, an Thomas und Milenka zu denken, und redete sich ein, der dumpfe Trott, in dem sie vor sich hin lebte, wäre besser als der Schmerz.

Ihre tot geglaubten Lebensgeister erwachten erst wieder, als sie kurz nach Weihnachten zufällig auf eine Anzeige in einer der Zeitungen stieß, die Albrecht immer auf dem Tisch im Frühstückszimmer liegen ließ:

> Bürokraft für großes Danziger Unternehmen gesucht.
> Freundliches Wesen, tadellose Umgangsformen, ansprechendes Äußeres, perfekte Kenntnisse in Schreibmaschine und Kurzschrift sowie gute Zeugnisse erwünscht. Fremdsprachliche Kenntnisse von Vorteil.
> Gute Bezahlung, sichere Stellung, angenehmes Arbeitsklima.

Gerda hielt inne. Danzig! Es war dieses eine Wort, das ihr durch und durch ging. *Vielleicht könnte ich doch noch von hier weggehen,* durchfuhr es sie. *Ich habe zwar keinen Menschen mehr, nach dem ich mich sehne, aber einen Ort.*

Danzig. Die Märchenstadt am Meer.

Sie besaß weder Kenntnisse in Kurzschrift noch in Schreibmaschine, sie sprach, von einem jämmerlichen Rest Französisch abgesehen, keine Fremdsprache, und sie hatte kein einziges Zeugnis aufzuweisen. Um genau zu sein, war sie so ungefähr das Gegenteil der Kandidatin, die dieses Unternehmen suchte. Aber wenn eine Firma in Danzig Arbeitskräfte brauchte, gab es dort gewiss auch noch andere, die vielleicht weniger hohe Ansprüche stellten. Sie musste es wagen. War nicht alles besser, als zu bleiben und an der inneren Kälte zu erfrieren?

Ehe sie richtig begriff, was sie tat, hatte Gerda eine Bewerbung abgefasst und unter Angabe der Chiffre-Nummer an die Zeitung geschickt. Mit einer Antwort hatte sie nicht gerechnet, doch sie kam gleich nach Neujahr: ein Schreiben auf schwerem Büttenpapier mit einem mächtigen Briefkopf, in dem der Schriftzug *Werft und Reederei Treichel* als stilisierte Hansekogge gestaltet war. Das Unternehmen baute Schiffe! Dort wollte sie arbeiten. Unter dem Briefkopf prangten drei Zeilen und eine schwungvolle, unleserliche Unterschrift. Man teilte Fräulein Gerda von Westkamm mit, sie solle sich am Vormittag des 22. Januar im Direktionsgebäude der Werft in Danzig-Heubude zu einem Vorstellungsgespräch einfinden.

Und jetzt – drei Wochen später – war sie tatsächlich unterwegs! Onkel Hutz hatte ihr sowohl zu ihrem Geburtstag als auch zu Weihnachten ein großzügiges Geldgeschenk gemacht, sodass sie sich die Fahrkarte und das Pensionszimmer leisten konnte. Überdies hatte sie beim Juwelier in Schlochau mehrere Schmuckstücke verkauft, um ein kleines Polster zu haben.

Dieses Mal hatte sie keine Nachricht auf der Anrichte

hinterlassen, sondern ihrer Familie beim gemeinsamen Abendessen reinen Wein eingeschenkt. Sie war so gut wie einundzwanzig, niemand würde sie aufhalten. Streng genommen durfte zwar auch eine volljährige Frau gegen den Willen ihres Vaters oder Ehemannes keine Arbeit annehmen, aber sie vertraute darauf, dass ihr Vater an ihrer Zukunft kein Interesse zeigen würde – und sie behielt recht.

»Eine Westkamm als Lohnarbeiterin – eine Schande«, schnaubte ihre Mutter, aber ihr Vater bemerkte lediglich, sie müsse eben tun, was sie nicht lassen könne. Dieses Mal, so fügte er hinzu, ehe er sich wieder seinem Kümmelfleisch mit grünen Bohnen widmete, solle sie aber bitte endgültig gehen und nicht nach drei Tagen wieder vor seiner Tür stehen.

Gerda hatte nicht vor, wieder vor seiner Tür zu stehen, weder in drei Tagen noch sonst irgendwann. Milenkas Tod und der Verlust von Thomas hatten ihr so wehgetan, dass sie bei dem Gedanken, Lapienen nicht wiederzusehen, kaum noch Schmerz empfand.

Sie hatte für ihre Eröffnung absichtlich einen Abend gewählt, an dem Albrecht in Geschäften unterwegs war. Als er zurückkehrte, hatte sie ihre Fahrkarte und das Pensionszimmer bereits gebucht, und bis zu ihrer Abreise waren es nur noch drei Tage.

»Man hat mich von deinem Entschluss unterrichtet, und ich nehme ihn zur Kenntnis«, sagte er über seiner Tasse Schokolade, die er täglich zum Frühstück trank. »Für deine Schwester und mich ist es natürlich eine Enttäuschung, dass du am Aufwachsen deines Neffen keinerlei Anteil zu nehmen wünschst. Hätten wir dies geahnt, hätten wir für unseren Sohn eine andere Patin bestimmt.«

Gerda konnte nicht glauben, dass sie so glimpflich davongekommen sein sollte. Ja, sie hatte das Patenamt für den kleinen Crispin übernommen und ließ ihn nun ebenso im Stich wie Luisa, die an ihr hing. Aber was hätte sie als trübsinnige Tante für die Kinder schon ausrichten können? Sie würden auch ohne sie eine behütete Kindheit im Kreise der Familie verleben.

Womöglich machte sie es sich damit zu einfach, doch mit solchen Überlegungen wollte sie sich jetzt nicht quälen. Sie wollte einfach nur weg und endlich ein neues Leben anfangen. Am Abend vor ihrer Abreise hatte Albrecht sie ein letztes Mal auf der Treppe des Wirtschaftstraktes gestellt. Gerda hatte Pauline und den Mädchen Lebewohl gesagt, und da im Haupthaus die Familie von Albrechts Bruder zu Gast war, hatte sie sich sicher gewähnt.

Wie so oft tauchte Albrecht unverhofft auf dem Absatz über ihr auf. Er trug einen eleganten zweireihigen Abendanzug, der auf Figur geschnitten war und ihm hervorragend stand. Das blonde Haar war straff zurückgekämmt und mit Brillantine zum Glänzen gebracht. Er war der Inbegriff eines Landedelmannes, dessen Geschmack von Traditionsbewusstsein und Weltläufigkeit zugleich zeugte. Wie immer löste sein Anblick in ihr einen Würgereiz aus, den sie nur mit Mühe niederkämpfen konnte. »Ah, Gerda«, sagte er. »Wie schön, dass wir uns noch einmal sehen.«

Seine Stimme war verändert. Der überhebliche, beißend sarkastische Tonfall, der so viel Widerwillen in ihr ausgelöst hatte, war daraus verschwunden. Stattdessen glaubte sie, den unsicheren jungen Mann wiederzuerkennen, der ihr nach seinen ersten Besuchen auf Lapienen seine Liebe erklärt hatte.

»Es tut mir leid, Albrecht«, murmelte sie hastig, »aber ich habe noch jede Menge für morgen vorzubereiten.«

»Ich halte dich nicht lange auf«, sagte er. »Im Grunde wollte ich nichts weiter als dich noch einmal sehen.«

Was blieb Gerda anderes übrig? Auf der schmalen Stiege, in der trüben Beleuchtung des Treppenhauses stand sie still und wusste nicht, wo sie hinschauen sollte.

Albrecht betrachtete sie lange, ohne zu sprechen. Sein Blick schien sich durch die Kleider auf ihre Haut zu brennen. »Ich gestehe, es schmerzt mich mehr, als ich sagen kann, dass du mich noch immer zurückweist«, sagte er dann. »Ich hatte gehofft, du würdest nun, wo jener Mensch aus deinem Leben verschwunden ist, ein Einsehen haben und dich gegen die Freuden, die ich dir bieten wollte, nicht länger sträuben. Du hast anders entschieden, und du kannst mir glauben, dass ich einen solchen Schmerz nicht für möglich gehalten habe.«

Ich auch nicht, dachte sie. Einen Herzschlag lang fühlte Gerda sich ausgerechnet mit dem Mann, der an ihrem verpfuschten Leben Schuld trug, verbunden, weil sie beide den Schmerz kannten, den verstoßene Liebe verursachte. »Es tut mir wirklich leid«, begann sie noch einmal, aber Albrecht ließ sie nicht aussprechen.

»Und weißt du, was das Schlimmste ist?«, fragte er.

Stumm schüttelte Gerda den Kopf.

»Dass ich weiß, der Tag, an dem es nicht mehr schmerzt, wird der Tag sein, an dem ich dich nicht mehr liebe«, sagte er. »Es wird der Tag sein, an dem ich tot bin.«

Ein Schauder jagte Gerda den Rücken hinunter. Sie wusste nicht, was er mit seinen Worten bezwecken wollte. Steckte eine Drohung dahinter, hatte er vor, sie an der Abreise zu hindern?

Albrecht aber trat zur Seite und bot ihr mit einer Handbewegung die Stiege dar. »Das war schon alles. Nun kannst du dich in aller Seelenruhe deinen wichtigen Vorbereitungen widmen.«

Allein die Erinnerung an diese Begegnung ließ ihr Herz rasen. Sie atmete tief durch und versuchte, sich auf die Landschaft vor dem Zugfenster zu konzentrieren. Das alles lag hinter ihr, so wie die verschneiten Feuchtwiesen, Felder, Kiefern- und Birkenwälder. Der Zug fuhr nun durch eine städtische Gegend und brauste an Wohnhäusern und verwinkelten Gassen vorüber. Kirchtürme erhoben sich in den bleigrauen Himmel, über den ein Schwarm Nebelkrähen zog. Gleich darauf waren die Krähen verschwunden, und die Straßen wurden breiter, die Häuser höher, ihre Dächer geschmückt mit Treppengiebeln, Skulpturen und Schnitzwerk.

Unwillkürlich sprang Gerda vom Sitz, schob das Fenster herunter, um besser sehen zu können, und spürte die eisige Luft auf dem Gesicht, die ihr fast den Atem nahm.

»Na, nu' mal nicht so krischelig, bleiben Se lieber fein hucken, Marjellchen«, sagte die beleibte Frau, die ihr mit zwei prallen Taschen gegenübersaß. Sie war vor einer Stunde in einem Ort namens Hochstüblau zugestiegen und hatte seitdem mit Feuereifer gestrickt. »Wenn wir gleich einfahren, haut's Ihnen sonst die Flunsch weg, und das woll'n wir doch nich'.«

»Außerdem hubbern wir uns hier gleich zu Tode«, ergänzte eine weitere Frau, die die Arme um den Leib geschlungen hielt und in zu dünnen Kleidern schlotterte.

Kaum hatte Gerda das Fenster geschlossen und sich wieder gesetzt, da rauschte der Zug in eine Halle hinein. Flüchtig musste sie an den Bahnhof von Breslau denken und daran, wie beeindruckt sie gewesen war. Diese Halle war hoch, aber nicht so gigantisch, das Dach spitz, und durch ein großes, rundes Fenster fiel Licht. Augenblicklich erwachte eine Erinnerung in Gerda, ein hinter Nebeln verborgenes Bild. Mit kreischenden Bremsen kam der Zug zum Stehen, sodass die strickende Frau nach vorn geschleudert wurde und ihr Wollknäuel in Gerdas Schoß landete.

»Hoppla«, bemerkte sie, dann aber übertönte die Stimme des Bahnhofssprechers alles Weitere.

»Danzig Hauptbahnhof!«

21

Der Bezirk Heubude lag zwischen dem versandeten Flussarm, der den Namen Tote Weichsel trug, und dem Strand der Ostsee. Hier, unweit des Direktionsgebäudes der Treichel-Werft, hatte Gerda eine Pension aufgetrieben, und hier, so beschloss sie auf der Fahrt mit der Straßenbahn, wollte sie für immer bleiben.

Die Innenstadt, die sie gerade hinter sich gelassen hatte, entsprach dem Märchen, das sie als kleines Mädchen vor Augen gehabt und von dem sie jahrelang geträumt hatte. Sie schien mit ihren hohen, vielfarbig verputzten und dekorierten Patrizierhäusern, den Türmen, Brunnen, Toren und Prunkgebäuden nicht der Wirklichkeit, sondern ihrer Fantasie zu entspringen. Gerda konnte es nicht erwarten, durch all diese Gassen, die Marktstraßen, über die weiten Plätze und die Uferpromenaden der Mottlau zu flanieren und den Geschichten nachzuspüren, die das Mauerwerk bewahrte. Um in einem dieser Häuser zu leben, um hier einzukaufen oder gar in einem der Lokale einzukehren, musste man aber wohl einer Gesellschaftsschicht angehören, die sie hinter sich gelassen hatte und in die sie nicht mehr zurückkehren würde.

Reichtum in der Stadt kam ihr zudem völlig anders vor als auf dem Land. Gerda stellte sich den Alltag der Menschen in Danzigs von der Hanse geprägter Pracht vor wie ein Spiel mit undurchschaubarem Regelwerk. Hier draußen hingegen, in dem früheren Fischerdorf, das sich zum Ostseebad aufgeschwungen hatte und erst zwei Jahre zuvor ans Netz der Straßenbahn angeschlossen worden war, fühlte sie sich auf der Stelle zu Hause. Wohl gab es zwei- und dreistöckige Wohnhäuser und auch größere Gebäude, doch es überwogen die einstigen Fischerhütten mit ihrem Fachwerk, den spitzen Dächern und angebauten Lauben. Das dichte Gewirr der Straßen lichtete sich, und allmählich kamen Wälder, Wiesen, ein See und der breite Flussarm in Sicht.

Vor allem aber spürte Gerda hier, was sie von ihrem einzigen Aufenthalt als vage Erinnerung zurückbehalten hatte und was sie und Thomas immer mit Danzig verbunden hatten: die Nähe des Meeres, die die Hansestadt reich und weltoffen gemacht hatte. Sooft die Straßenbahn hielt, drängte sich Gerda an die Tür, um den harschen Wind auf der Haut zu fühlen, die salzige Luft einzuatmen und das Kreischen der Möwen zu hören, das von einem leisen, entfernten Rauschen begleitet schien. Ob sie es sich einbildete oder nicht – es kam ihr vor, als hieße das Meer sie willkommen.

Hier ein Zimmer zu finden und in warmen Nächten das Fenster offen zu lassen, damit die Bewegung der Wellen sie in den Schlaf sang – wie schön wäre das! Erst einmal musste sie jedoch eine Arbeit finden, mit der sich ein solches Zimmer finanzieren ließ. Gerdas Aufregung wuchs. Bald ein Jahr lang hatte sie kaum etwas empfunden, kaum etwas geplant oder gewünscht, und jetzt wünschte sie sich auf einmal so viel! Das mit der Stellung musste einfach gelingen – wenn nicht bei der

Treichel-Werft, dann vielleicht in einem der Zeitungskioske am Straßenrand oder in einem Lokal?

An der Endstation stieg sie aus und erhaschte den ersten Blick auf das Meer. Dort, wo die Straße endete, begann ein Feldweg, der durch ein Waldstück und an einer Art Jagdschloss vorbeiführte. Gerda reckte sich auf die Zehenspitzen und sah durch kahle Baumkronen das Weiß des Strandes aufblitzen. Es wurde schon dunkel, doch die weite, fast schwarze Fläche, über der wie zarte Gespenster Nebel waberten, war unverkennbar. Sie konnte nicht anders. Eigentlich hätte sie sich beeilen müssen, um ihre Pension zu finden und sich dann mithilfe eines Lehrbuchs für Kurzschrift auf den morgigen Tag vorzubereiten, aber sie packte einfach Koffer und Taschen und rannte den Feldweg hinunter auf das Wasser zu.

Jetzt, im Januar, war die kleine Strandhalle leer und verlassen. Der Sand des Strandes lag bedeckt mit pulverigem Schnee, und der eisige Wind, der ihr entgegenwehte, vereinte sich mit dem Rauschen des Meeres zu einem Lärm, der Gerda in den Ohren dröhnte. Dennoch hatte sie Mühe, sich zu bremsen und nicht weiterzulaufen, hinein in die aufgewühlte Flut, wie sie es als Kind getan hatte. Die Ermahnungen der Kinderfrau und die Strafpredigt ihrer Mutter waren seit Langem verhallt, doch das Lied des Meeres war ihr vertraut, als hätte sie es gestern zum letzten Mal gehört.

Welche Kraft dieses Wasser hatte, wie es tobte, sich gewaltig aufbäumte und sich wieder und wieder auf den Strand warf! Unmöglich, dass es jemals ermüdete, seine Wucht schien sich mit jeder sich brechenden Welle zu erneuern. Es rauschte auch gar nicht, sondern brüllte, und es tat dies zu keinem Zweck und aus keinem Grund, sondern schlicht, weil es das Meer war und weil niemand es hindern konnte. Es war so unaufhaltsam und von Menschen unbeeinflusst wie die Zeit

Gerda stand an seinem Ufer still, blickte auf seine Endlosigkeit und fühlte, wie auch sie selbst Kraft gewann, wie etwas in ihr gesund wurde. *Ich werde hier leben,* versprach sie sich. Mit nichts, was sie tat, konnte sie Milenkas Tod ungeschehen machen, weder Reue noch Trauer konnten der anderen das Leben zurückgeben. Aber sie verspürte die Pflicht, um Milenkas willen ihr eigenes Leben nicht wegzuwerfen, sondern es so gut, wie es ihr möglich war, zu nutzen. Als ihr zu kalt wurde und die Dunkelheit einbrach, sagte sie dem Meer auf Wiedersehen und machte sich auf den Weg. »Wir sehen uns morgen wieder«, rief sie leichthin und fühlte sich stark. »Ich komme jetzt jeden Tag.«

Die Pension lag nur ein paar Schritte entfernt in einer Straße namens Kleine Seebadgasse. Darüber hinaus gab es in dem engen Gässchen noch einen Milchladen, einen Schlachter, eine Bäckerei sowie einen Schuster, also alles, was das Herz begehrte. Gerda verliebte sich auf den ersten Blick in die Straße und in ihre neue Unterkunft. Die hieß Kanzlers Lokal und war gar keine richtige Pension, sondern ein Ausschank mit Mittagstisch und einem Dachgeschoss, in dem drei kleine Stuben vermietet wurden. Vor dem Haus wuchs ein Hagebuttenstrauch, dessen Zweige bis an die obersten Fenster ragten. Innen war es schlicht eingerichtet, und Mobiliar, Tapeten und Teppiche waren vom Alter vergilbt. Gerda gefiel es dennoch. Auf ihre Frage, ob sie noch etwas zu essen bekommen könnte, servierte die leutselige Frau Kanzler ihr eine Kartoffelsuppe, die sie Bullerwupp nannte, und blieb noch kurz an Gerdas Tisch stehen, um ihre Fragen zu beantworten.

Die Decke der Schankstube war so niedrig, dass man sich beim Eintreten unwillkürlich duckte. An allen Tischen außer dem ihren saßen Männer, die lautstark Gespräche führten, Butterstullen in sich hineinstopften und aus Stampfern klaren Schnaps tranken. Eine Gruppe, die sich um den Tisch im Winkel hinter dem Tresen quetschte, war lauter als alle zusammen.

»Das sind der Wnuck und der Hohnfeld«, erklärte Frau Kanzler und wies auf einen sehr beleibten und einen spindeldürren Mann, die offenbar die Wortführer waren. »Die dürfen Sie nicht so ernst nehmen. Machen sich nur wichtig, wollen 'ne Partei gegründet haben. Plachandern können die, was das Zeug hält, aber der ganze Haufen zusammen trinkt den Abend lang nicht mehr als ein Quartierchen. Was will man da machen? Ein ordentlicher Kneipenwirt setzt ja seine Leutchen nicht vor die Türe.«

Sie hatte kaum ausgesprochen, als der Spindeldürre aufsprang und mit entschlossener Miene den rechten Arm in die Höhe riss. Was er rief, konnte Gerda nicht verstehen, und was seine Kumpane erwiderten, ging im Gelächter der anderen Gäste unter. »Nu mal halblang, Wilhelmchen«, rief einer zu ihm hinüber. »Sonst pustet dich noch der Wind um, den du hier machst.«

Wieder folgte Gelächter.

»Unser Wilhelmchen ist doch gar kein Wilhelmchen mehr«, johlte ein kahlköpfiger Mann, der am Tresen auf einem Hocker thronte. »Der ist jetzt der Herr Gauleiter.«

Die Männer in der Schankstube brachen in Gewieher aus.

Der Spindeldürre spannte die Glieder wie ein Raubtier, das zum Sprung ansetzte, doch Frau Kanzler fuhr herum und gebot ihm Einhalt. »Kein Streit, verstanden!« Ihre Stimme übertönte den Tumult. »Trinkt euren Koppskiekelwein und vergnügt euch, aber wer hier gnietsch und gnatschig ist, fliegt raus.«

»Zu meinem Vergnügen bin ich nicht hier«, erwiderte der Spindeldürre, dessen Gesicht vor Entrüstung rot angelaufen war. »Leute wie Sie, brave Deutsche, die sich krummlegen, um über die Runden zu kommen, während die Judenbonzen in Gdynia sich goldene Nasen verdienen, werden uns und unserer Bewegung eines Tages dankbar sein.«

»Dankbar wär' ich, wenn du heut' mal deine Rechnung begleichen könnt'st, Willi«, erwiderte Frau Kanzler. »Kannste nicht? Lohntüte schon wieder leer? Na, ist kein Weltuntergang, aber dafür versprich mir, dass du mit deinem Hitler-Geschrei hier keine Keilerei anfängst.«

»Was ist denn das, Hitler-Geschrei?«, fragte Gerda, nachdem die Männer sich beruhigt hatten und zu ihren Beschäftigungen zurückgekehrt waren. Den Namen Hitler hatte sie im vergangenen Jahr immer wieder aus dem Mund von Albrecht gehört. Der Mann führte eine der nationalistischen Splitterparteien an, auf die in der Grenzmark so viele ihre Hoffnungen setzten, und hatte bei der Reichstagswahl im letzten Herbst eine Handvoll Sitze errungen.

»Sag ich doch, der Willi Wnuck und sein Kumpan, der Hohnfeld, die haben einen Ableger von der Partei gegründet, die im Reich dieser Hitler anführt. Und nun springen die ständig auf und schreien: Heil Hitler! Der liebe Gott weiß, warum. In den Volkstag gewählt hat die bei uns kein Mensch. Hier in Danzig haben wir zwar eine Menge Schreihälse, aber Dammelsköppe sind wir nich'.«

Gerda bedankte sich und fragte Frau Kanzler noch, ob sie ihr den Weg zum Direktionsgebäude der Treichel-Werft erklären könne. Ihr Vorstellungsgespräch war für den kommenden Vormittag um elf Uhr anberaumt.

»Ah, Sie sind also auch eine«, erwiderte Frau Kanzler. »Damit sind all meine Stübchen an Marjellchen vermietet, die beim Treichel arbeiten wollen. Die eine, aus Königsberg, ist sogar mit ihrer Mutter gekommen. Na, ein Wunder ist's nicht. Der Klawitter mag mit seiner Werft hopsgehen, weil sie uns in Gdingen den neuen Hafen vor die Nase gestellt haben, aber den Treichel, den haut so schnell nichts um. Über tausend Leute sind bei dem in Lohn und Brot, und wenn Sie da andocken können, haben Sie's gut.«

»Bei so vielen Bewerberinnen wird er wohl nicht ausgerechnet mich nehmen«, rutschte es Gerda heraus. »Von den Dingen, die in der Anzeige verlangt werden, kann ich kein einziges.«

»Ach, das ist dem Treichel nicht so wichtig«, sagte Frau Kanzler, hielt inne und musterte Gerda von Kopf bis Fuß. »Der junge, mein' ich. Eine Seele von Mensch ist der, dem tut jeder Dussel leid. Tät' mich nicht wundern, wenn er alle nimmt, die da morgen bei ihm auf der Matte stehen.«

Gerdas Nervosität wuchs, doch zugleich erwachte ihre Neugier. Was immer morgen auch herauskam, sie würde es als Erfahrung werten und sich nicht entmutigen lassen. Zumindest wusste sie nun endlich wieder, was sie wollte, und dafür würde sie kämpfen: Sie wollte in Danzig leben.

In der Nacht kroch sie unter das gewaltige Federbett, das Lotte Kanzler ihr hingelegt hatte, und ließ das Fenster hinter dem Hagebuttenstrauch einen Spaltbreit offen stehen, damit das Meer sie in den Schlaf sang.

22

Das Direktionsgebäude der Werft und Reederei Treichel war ein klotziger Ziegelbau in der Kalkreuthstraße, keinen Steinwurf vom Ufer der Weichsel entfernt und mit Fenstern, die auf die Anlegestelle für Dampfer hinausgingen. Im Innern erwartete Gerda ein Labyrinth aus Korridoren, durch die geschäftige Menschen mit Aktenordnern streiften. Zweimal versuchte sie ihr Glück, hielt jemanden an und fragte, wo sie sich zum Vorstellungsgespräch einzufinden habe. Der Erste sah sie an, als spreche sie kein Deutsch, und ging dann kopfschüttelnd weiter. Der Zweite erklärte, sein Name sei Hase, und er wisse von nichts.

Mit wachsender Verzweiflung blickte sie sich nach einem Hinweisschild um, als aus einem Seitengang eine Dame trat, die ebenfalls Aktenordner unter dem Arm hielt. Sie trug ein dunkelgrünes, elegant geschnittenes Kostüm, hatte sich ein schickes kleines Halstuch in den Blusenkragen gesteckt und ihr dichtes Haar zu einem runden Knoten geschlungen.

»Fräulein Grünbaum!«, rief Gerda fassungslos.

Deshalb war ihr der Name der Werft so bekannt vorgekommen. Treichel. Damals in Breslau hatte ihre nette Zufallsbekanntschaft den Namen ihres Chefs ja mehrmals erwähnt. Oder waren es nicht sogar zwei Chefs? Jetzt besann sich Gerda auf jede Einzelheit des Gesprächs. Der tiefe Schrecken, der ihr kurz darauf widerfahren war, hatte die Erinnerung an die freundliche Frau Grünbaum verdrängt, doch im Nu war alles wieder da.

»Fräulein von Westkamm, sieh einer an – da hat es Sie also tatsächlich in unser Danzig verschlagen.« Über das

Gesicht der Sekretärin breitete sich ein Lächeln. »Sind Sie auf Besuch? Ist der Herr Bräutigam auch hier, sind Sie womöglich schon verheiratet und gar kein Fräulein Westkamm mehr?«

Gerda schüttelte den Kopf. »Fräulein Westkamm bin ich, und Fräulein Westkamm werde ich bleiben«, sagte sie bemüht, die Traurigkeit zu unterdrücken. »Mein Bräutigam hat unsere Verlobung gelöst. Ich bin hier, weil ich mich um eine Stellung als Bürokraft beworben habe, obwohl ich gar nicht qualifiziert bin.«

»Gütiger Himmel«, entfuhr es Fräulein Grünbaum. »Das tut mir von Herzen leid, meine Liebe, das müssen Sie mir glauben. Sie haben in Breslau so glücklich auf mich gewirkt.«

»Ich war auch glücklich«, murmelte Gerda. »Ich habe mir wohl mein Leben lang eingebildet, ich hätte das Glück gepachtet, weil ich bei all dem Traurigen, was geschah, einen Menschen an meiner Seite hatte, der mich immer verstand. Aber solche Geschichten ereignen sich alle Tage und sind im Grunde banal, nicht wahr?«

»Dass sie sich alle Tage ereignen, macht sie für den, der sie gerade erlebt, ja nicht banal«, erwiderte Fräulein Grünbaum, ehe sie aus dem Kopf zitierte:

Es ist eine alte Geschichte,
Doch bleibt sie immer neu.
Und wem sie just passieret,
Dem bricht das Herz entzwei.«

»Von wem ist das?«, fragte Gerda.

»Heinrich Heine«, antwortete Fräulein Grünbaum. »Mein Lieblingsdichter, der für jegliche Lebenslage den richtigen

Vers parat zu haben scheint. Sie tun mir sehr leid. Selbst wenn es nicht so aussieht, war ich alte Eule ja auch einmal jung.«

»Natürlich sieht es so aus«, rief Gerda. »Sie sind immer noch jung, ich meine … Sie sind noch nicht alt, ach, ich weiß selbst nicht, wie ich es ausdrücken soll.«

Fräulein Grünbaum lachte. »Keine Sorge, ich mag mein Alter gern, obwohl ich in meiner Trutschigkeit wohl den Eindruck mache, ich wäre schon als alte Jungfer zur Welt gekommen. Ich finde die mittleren Jahre leichter als die Jugend mit ihren Stürmen, und hätte ich gewusst, wie angenehm sich mein Leben noch entwickeln würde, hätte ich mich womöglich weniger aufgeregt. Aber nun zu Ihnen, meine Liebe. Wie sehen Ihre Pläne aus?«

»Richtige Pläne habe ich nicht gemacht«, antwortete Gerda. »Ich bin jetzt also hier in Danzig und versuche mich an einem neuen Anfang. Allerdings kommt es mir reichlich vermessen vor, dass ich mich in Ihrer Werft um eine Stellung bewerbe, obwohl ich gar nichts gelernt habe. Ich meine, vielleicht sollte ich lieber anderswo anklopfen, wo die Anforderungen nicht so hoch sind …«

Gerda brach ab. Was hatte sie sich bei alledem gedacht? Sie würde auch anderswo nicht die nötigen Fähigkeiten mitbringen, sie hatte ja nicht einmal eine Idee, welcher Art von Arbeit sie gewachsen sein könnte.

»Einen Moment.« Fräulein Grünbaum überlegte. »Sie haben sich bei uns für die Stellung als Bürokraft beworben, aber Sie können nicht Schreibmaschine schreiben?«

Beschämt schüttelte Gerda den Kopf. »Ich habe versucht, es mir beizubringen, aber bei uns zu Hause gibt es keine Maschine. Also habe ich mir zum Üben eine Tastatur gezeichnet – dass das viel gebracht hat, glaube ich nicht.«

»Aber es zeigt immerhin Erfindungsgabe«, konstatierte Fräulein Grünbaum. »Und wie steht es mit Kurzschrift?«

Wieder musste Gerda verneinen. »Ich habe mir ein Buch gekauft, aber ich stelle mich schrecklich dumm an.«

Gerda war auf eine Zurechtweisung gefasst, auf die Frage, was sie sich einbilde, nicht aber auf das Lachen, das in Fräulein Grünbaums blanken grauen Augen blitzte. »Donnerlittchen«, sagte sie. »Mangelnden Mut kann man Ihnen jedenfalls nicht vorwerfen.«

»Das ist aber auch das Einzige, was man mir nicht vorwerfen kann«, murmelte Gerda.

»Kommen Sie.« Fräulein Grünbaum nahm ihren Arm. »Ich kann Ihnen nicht versprechen, dass ich etwas für Sie tun kann, und in Herrn Treichels Vorzimmer warten an die dreißig Bewerberinnen. Und soweit ich weiß, ist keine dabei, die nicht Maschine schreiben kann. Aber er ist ein umwerfend netter Mann und alles andere als konventionell. Die neue Kraft soll mir zuarbeiten, und wenn ich ihm sage, dass ich gern Sie hätte, haben wir zumindest eine Chance.«

»Aber warum sollten Sie ihm das denn sagen?«, rief Gerda. »Sie bekämen eine Hilfskraft an den Hals, die keine Hilfe ist, sondern zu nichts nutze.«

Fräulein Grünbaum lachte. »Dann werde ich Sie eben zum Kaffeekochen schicken müssen. Oder zur Bäckerei Semrau, wo es zu Kleinmittag die weltbesten Milchbrötchen gibt.«

»Ich weiß nicht einmal, was Kleinmittag ist«, gestand Gerda.

»Die Pause zum zweiten Frühstück«, erklärte Fräulein Grünbaum und zog sie mit sich den Korridor hinunter. »Jetzt kommen Sie erst einmal mit und reden mit Herrn Treichel. Er wird Sie nach Ihren Kenntnissen in Kurzschrift und alledem nicht fragen, weil er das voraussetzt, und Sie binden es ihm bitte nicht auf die Nase. Überlassen Sie das mir. Wichtig ist, dass er einen erfreulichen Eindruck von Ihnen bekommt, und wenn ich mich nicht sehr täusche, dürfte das kein Problem sein.«

Fräulein Grünbaum führte Gerda eine Treppe hinauf ins erste Obergeschoss, wo auf dem Korridor Glaskästen mit bronzenen Schiffsmodellen standen. Fasziniert blieb Gerda stehen und betrachtete einen dreimastigen Segler, der in sämtlichen Details, bis hin zur vom Wind geblähten Flagge, nachgebildet worden war.

»Wie wunderschön!«, rief sie aus.

»Ja? Gefällt es Ihnen?« Fräulein Grünbaum lächelte. »Sagen Sie das Herrn Treichel, damit haben Sie gleich einen Stein bei ihm im Brett. All die Modelle hier sind Nachbildungen von Schiffen, die in den letzten zweihundert Jahren auf der Werft gebaut wurden. Er liebt jedes einzelne. Das vor Ihnen ist die Dampfkorvette *Kriemhild,* vom Stapel gelassen im Mai 1826. Einer seiner Lieblinge.«

Fräulein Grünbaum führte sie in ein luftig gestaltetes Zimmer mit deckenhohen Fenstern, in dem es von Menschen wimmelte. Die meisten saßen in Reihen auf Stühlen, während die, die keinen Sitzplatz mehr gefunden hatten, von einem Bein aufs andere traten. Bis auf einen Herrn mit Gehstock waren alles Frauen.

Fräulein Grünbaum versetzte ihr einen freundlichen Stoß. »Hals- und Beinbruch«, raunte sie. »Ich spreche mit ihm. Er ist wirklich der netteste Mann, der auf diesem Planeten herumläuft, was beileibe nicht heißt, dass er keine Fehler hat. Aber die werden Sie nicht zu spüren bekommen.« Sie nickte Gerda ein letztes Mal zu, dann zog sie ihren Kopf aus dem Spalt und schloss die Tür.

Gerda fühlte sich unter all den gewiss bestens vorbereiteten Frauen, die die Köpfe nach ihr drehten, als stünde sie im

Nachthemd auf der Straße. Am anderen Ende des Raumes öffnete sich eine mit Tapete beklebte Tür, und ein »Fräulein Christa Schewe« wurde in den Nebenraum gerufen. In längeren Abständen folgten mehrere Namen und dann, als Gerda glaubte, sie könne es nicht länger aushalten, ohne zu fragen, ob es eine Toilette gäbe, ertönte der ihre: »Fräulein Gerda von Westkamm, bitte.«

Die Sache mit der Toilette blieb ein Problem. Gerda war sicher, dass jeder, der sie so merkwürdig staksend zur Tür gehen sah, erkannte, was los war. Aber was sollte sie machen? Die Dame, die sie aufgerufen hatte, winkte sie in den Nebenraum. Der präsentierte sich in der gleichen Helligkeit wie das Vorzimmer, die Fenster waren ebenso hoch und die Möbel aus honigfarbenem Holz, nur tummelten sich hier nicht Dutzende von Frauen. Alle vier Wände waren mit gerahmten Fotografien von Schiffen geschmückt. Ein Blick nach draußen zeigte den schimmernden Fluss und einen Steg, an dem Arbeiter ein grau lackiertes Dampfschiff vertäuten.

»Fräulein von Westkamm?«

Gerda fuhr herum. Hinter einem schlanken, ebenfalls aus hellem Holz gefertigten Schreibtisch saß ein Mann und blickte ihr entgegen. Nicht der schöne Mann, den sie nach Fräulein Grünbaums Schilderung erwartet hatte. Der Oberkörper wirkte über dem zierlichen Möbelstück massig, Hals und Gesicht weichlich und ein wenig aufgeschwemmt. Sommersprossen auf Nase und Wangen ließen ihn jünger wirken, als er wahrscheinlich war, und das glatte rötliche Haar hing ihm formlos um den Kopf.

»Äh, ja, die bin ich«, stieß sie hastig heraus und wollte sich zwingen, ihn nicht länger anzustarren. Aber das war unmöglich.

Der Mann stand auf und kam ihr mit strahlendem Lächeln

entgegen. »Fräulein von Westkamm aus dem Kreis Schlochau. Darf ich Sie in unserem schönen Danzig willkommen heißen?«

Das Lächeln veränderte nicht nur sein Gesicht. Es veränderte den Raum. *Er hat goldene Augen,* stellte sie fest, und golden kam ihr auf einmal auch der Tag vor, das Winterlicht, das ins Fenster fiel und das Reliefmuster der Tapete mit tanzenden Sprenkeln übersäte. Er war in der Tat ein schöner Mann, er war auf den zweiten Blick schlichtweg überwältigend. Die fleischige Hand, die er ihr reichte, blieb einige Zeit lang unbeachtet in der Luft, ehe Gerda sich zur Ordnung rief und sie ergriff.

»Vielen Dank«, stammelte sie. »Ich fürchte nur, ich bin für die Stellung nicht geeignet und hätte mich nicht bewerben dürfen …«

Was für eine Idiotin war sie eigentlich? Hatte Fräulein Grünbaum ihr nicht eingeschärft, sie solle ihre fehlende Qualifikation nicht erwähnen und das Problem ihr überlassen?

»Nun mal langsam. Wollen wir uns nicht erst einmal setzen?« Der Mann, an dem Mund, Augen, Hände, alles überlebensgroß zu sein schien, behielt ihre Hand in der seinen. »Ich bin übrigens Ferdinand Treichel, in der Familie liebevoll Ferdi und hier in der Firma ›der Junior‹ genannt. Daraus dürfen Sie getrost schließen, dass es auch noch einen Senior gibt – meinen gestrengen Herrn Vater, Matthäus Treichel, der die Besetzung meines Vorzimmers dankenswerterweise mir überlässt.«

An der Hand führte er sie zu einer Sitzgruppe aus drei Sesseln und einem niedrigen Tisch, die vor einem der hohen Fenster stand. Dabei ließ er ihren Blick so wenig los wie ihre Hand, sodass sie lediglich aus dem Augenwinkel die herrliche Aussicht wahrnehmen konnte. Glitzernd brach sich die Sonne auf dem Schwarzblau des Wassers, über das ein flach und spitz gebautes Schiff mit zwei Schornsteinen von Möwen begleitet dem Meer entgegenglitt.

Obwohl Treichels Blick noch immer auf ihr ruhte, hatte auch er das Schiff bemerkt. »Unsere *Pilot.* Gefällt sie Ihnen?«, fragte er mit unverhohlener Zärtlichkeit. »Sie ist der Stolz ihrer Klasse, benannt nach dem ersten Eisbrecher der Schifffahrtsgeschichte. Der Hafen von Sankt Petersburg, der sie von uns übernimmt, hätte keine bessere Wahl treffen können. Ach nein, Sankt Petersburg gibt es ja nicht mehr. Leningrad heißt es jetzt, aber das macht für mich keinen Unterschied, solange sie dort sorgsam mit meiner Schönen umgehen. Mit den Sowjets verstehen wir Treichels uns nicht weniger gut als zuvor mit den Beamten des Zarenreichs, und als Danziger haben wir auch nicht auf den Vertrag von Rapallo warten müssen, um mit ihnen Handel zu treiben.«

»Ihr Schiff ist wirklich schön«, sagte Gerda und stellte sich vor, wie das schlanke Schiff die Weite des Meeres überquerte, um in das ferne Russland zu gelangen.

»Sie mögen Schiffe?« Er hatte etwas von einem kleinen Jungen, dessen Spielzeug man lobte.

»Ich gerate ins Träumen, sobald ich eines sehe, aber ich bin noch nie auf einem gewesen«, gab Gerda zu, obwohl sie sich damit als die hoffnungslose Traumtänzerin entlarvte, die sie war.

»Sie sind noch nie auf einem Schiff gewesen?«, rief Ferdinand Treichel. »Das müssen wir ändern, liebes Fräulein von Westkamm, das müssen wir auf dem schnellsten Wege ändern. Sie können ja schlecht für eine Schiffswerft arbeiten und nicht wissen, wie es sich anfühlt, wenn man so ein Prachtstück unter sich hat.«

»Ich arbeite doch gar nicht für eine Schiffswerft«, sagte Gerda.

»Aber ich dachte, das war es, was Sie wollten.« Auf seine Kleine-Jungen-Art klang Treichel furchtbar enttäuscht. Gleich darauf aber lächelte er wieder und bot Gerda einen der Sessel an. »Sie armes Geschöpf, wie üblich habe ich mich um Kopf und Kragen geschwatzt und Sie verwirrt. Kommen Sie, machen wir es uns bequem, und dann sind Sie an der Reihe mit dem Erzählen. Wenn Sie möchten, lasse ich uns von meiner weltbesten Sekretärin einen Kaffee bringen. Oder hätten Sie lieber etwas Stärkeres?«

»Etwas Stärkeres?«

Er zwinkerte ihr zu, dann ging er zum Wandschrank, zog einen Schlüssel aus der Hosentasche und öffnete ein Barfach. Zurück kam er mit einem kleinen Silbertablett, auf dem zwei Gläser und eine Flasche standen. Die Gläser waren nicht aus Kristall, sondern aus einem gemaserten goldbraunen Material gefertigt, das zwar wie Glas glänzte, aber nicht durchsichtig war. »Goldwasser«, erklärte Treichel stolz, und jetzt sah Gerda die winzigen goldenen Flocken, die in der Flasche schwammen wie Splitter von Sternen. Er schenkte in beide Gläser gut und gern das Doppelte, das ihr Vater sich vor dem Abendessen an Weinbrand gönnte. »Gebrannt im Lachs zu Danzig, denn sonst wäre er ja nicht echt. Als Neu-Danzigerin müssen Sie unsere beiden kostbarsten Wässerchen probieren: Goldwasser für die Süße und Ostseewasser für das Salz des Danziger Lebens.« Er setzte sich Gerda gegenüber, reichte ihr eines der goldbraunen Gläser und hob sein eigenes. »Auf Ihre Ankunft. Möge Ihr Aufenthalt in unserer Stadt so lange währen und so vom Glück gesegnet sein wie diese Stadt selbst.«

Man mochte sein Gehabe und seine Rede überzogen finden. Aus seinen Worten sprach jedoch eine solche Liebe für seine Stadt, dass Gerda eher berührt war. Zudem saß in seinem

Mundwinkel und in den funkelnden Augen der Schalk. Er sah aus wie ein Mann, dem es nicht schwerfiel, über sich selbst herzhaft zu lachen. Gerda hob ihr Glas ebenfalls, und er stieß seines behutsam dagegen. »Bernstein«, sagte er. »Das Gold der Ostsee. Er splittert recht leicht und wird für Trinkgefäße eigentlich nicht verwendet, aber ich lasse mir diese hier eigens anfertigen, weil ich finde, Goldwasser sollte aus nichts anderem getrunken werden.«

Gerda trank und erschrak. Ja, das Getränk war süß, aber es war auch stark und brannte in der Kehle. Was hatte sie erwartet? »So früh am Morgen habe ich noch nie Alkohol getrunken«, platzte sie heraus.

Ferdinand Treichel lächelte. »Goldwasser ist ja kein Alkohol, liebes Fräulein von Westkamm. Es ist Danzigs Gruß an Sie, sein Dank dafür, dass Sie ihm die Ehre erweisen.«

»Ich habe von Danzig geträumt, solange ich denken kann«, sagte Gerda und war schon wieder zornig auf sich. Warum erzählte sie ihm nicht etwas Handfestes, zum Beispiel von den Französischstunden, die sie immerhin genossen hatte, sondern redete von nichts als ihren kindischen Träumen? Zumindest hätte sie erwähnen sollen, dass sie als Kind schon einmal in dem nahe gelegenen Seebad gewesen war.

»Das ist sehr schön«, sagte Treichel. »Und? Hält unser Danzig Ihren Träumen stand?«

»Es ist viel schöner«, rief sie. »So schön kann ein Traum gar nicht sein, denn er verlischt ja wieder, und Danzig steht für alle Zeit.«

»Ja, es steht seit mehr als tausend Jahren«, sagte Treichel. »Und in mehr als tausend Jahren wird es immer noch stehen. Sie machen mich mit dem, was Sie mir da erzählen, sehr glücklich, Fräulein von Westkamm. Darf ich Sie noch etwas fragen?«

»Natürlich.« Jetzt würde es kommen. Kurzschrift, Maschineschreiben, Arbeitszeugnisse. Ihre schillernde Seifenblase war kurz davor, zu zerplatzen.

»Erlauben Sie mir, Ihnen heute Abend ein wenig von Danzig zu zeigen? Die Rechtstadt rund um Frauengasse und den Langen Markt. Und gehen Sie hinterher mit mir an der Mottlau essen?«

Gerda war dermaßen überrumpelt, dass Sie nicht mehr als »Aber ich …« herausbrachte.

Ferdinand Treichel trank sein Glas leer und schenkte sich noch etwas nach, während Gerda bereits nach einem Schluck der Kopf kreiste. »Bitte haben Sie keine Angst, Fräulein von Westkamm.« Er streckte die Hand aus, berührte die ihre und zog sie dann wieder zurück. »War ich zu stürmisch? Zu aufdringlich? Das ist meine Art, das dürfen Sie bitte nicht so nehmen. Meine Schwester Selma sagt immer, ich hätte als Kind viel mehr Prügel bekommen müssen, aber weil meine Kinderfrauen sich von meinem Augenaufschlag haben bezirzen lassen, ist aus mir nichts Manierliches geworden.«

Wie um es ihr zu beweisen, blinzelte er mit den aufgebogenen rotblonden Wimpern.

Gerda musste lachen. »Ich habe keine Angst«, sagte sie. »Und ich finde, Sie sind auch ohne Prügel sehr nett geraten.«

»Ist das Ihr Ernst?«

»Mein voller Ernst.«

»Lassen Sie das nicht meine Schwester Selma hören. Die glaubt sonst, ich habe Sie auch bezirzt.«

»Ihre Schwester Selma wird mir wohl kaum über den Weg laufen«, antwortete Gerda. »Hergekommen bin ich schließlich nur, um mir Arbeit zu suchen.«

»O ja.« Er schlug sich kurz vor die Stirn, als wäre ihm das entfallen. »O ja, natürlich.«

»Und da in Ihrem Vorzimmer ein halbes Regiment darauf wartet, zu Ihnen vorgelassen zu werden, habe ich ein schlechtes Gewissen, Sie allzu lange aufzuhalten.«

»Nein, bitte, Fräulein von Westkamm – das nicht.« Beschwörend sah er ihr in die Augen. »Sie haben ja recht, wir müssen den anderen Damen sagen, dass sie nach Hause gehen können. Es wäre nicht fair, sie umsonst warten zu lassen, und ich sage Tiedemann im Pförtnerhaus, er soll jeder von ihnen eine Tafel Treichel Vollmilchschokolade überreichen. Die lassen wir nämlich für unsere Kunden eigens anfertigen – mit einem Hochglanzbild von der *Heliade,* unserem besten Stück, obendrauf.«

Der Mann redete wie ein Wasserfall. Hörte er jemals auf? Gerda musste schon wieder lachen. »Sie wollen doch nicht alle Bewerberinnen wegschicken, ohne sie gesprochen zu haben.«

»Doch, ja, natürlich«, sprudelte Treichel heraus. »Wir haben uns ja längst entschieden – mit ›wir‹ meine ich sowohl mich als auch meine weltbeste Sekretärin, Fräulein Irma Grünbaum. Hätte ich sie noch nicht gesprochen, müsste ich ihr Urteil abwarten, denn ohne das Einverständnis der formidablen Irma Grünbaum läuft im Hause Treichel gar nichts, das können Sie mir glauben. Da sind schon Kämpfe ausgetragen worden, Kämpfe, sage ich Ihnen, gegen die ist der Trojanische Krieg ein Mondscheinspaziergang. Da aber Fräulein Grünbaum vorhin schon bei mir war, um mich wissen zu lassen, dass sie Sie gerne hätte, fällt unsere Entscheidung ausnahmsweise einstimmig aus.«

»Sie haben sich für mich entschieden?«, rief Gerda ungläubig. »Aber Sie kennen mich doch überhaupt nicht, Sie wissen nichts von mir, Ihnen ist nicht einmal bekannt, dass ich völlig unfähig bin und überhaupt noch nie eine Stellung hatte …«

»Einmal ist immer das erste Mal«, unterbrach Ferdinand Treichel sie fröhlich. »Und kennenlernen werde ich Sie ja dann, wenn Sie für uns arbeiten. Sie könnten mir allerdings die Freude machen und meine Einladung für heute Abend annehmen, dann fangen wir mit dem Kennenlernen schon einmal an.« Er hob die Flasche und bot sie ihr an. »Noch einen Tropfen Goldwasser?«

»Du lieber Himmel, ich bin von dem halben Glas schon betrunken«, wehrte Gerda ab.

»Das ist nicht der schlechteste Zustand«, sagte Treichel und schenkte sich ein.

Wie erledigte der Mann seine Arbeit nach drei Gläsern von diesem höllischen Brand? Er schien ihre Verwirrung zu bemerken. »Bitte, seien Sie unbesorgt«, sagte er. »Unsere Leute arbeiten gern bei uns, und niemand wird etwas von Ihnen verlangen, das Sie nicht bewältigen können.«

Gerda nickte.

»Also darf ich Sie heute Abend abholen? Und was Ihren Arbeitsvertrag und die Bedingungen angeht, spricht Fräulein Grünbaum mit Ihnen.«

Ich bin tatsächlich in ein Märchen geraten, dachte Gerda. *In ein völlig verrücktes zwar, aber unzweifelhaft in ein Märchen.*

Dass Märchen sich im wirklichen Leben nicht lange hielten, hatte sie bereits auf schmerzhafte Weise gelernt, aber sie würde dieses genießen, solange es dauerte.

23

Wie einsam Gerda gewesen war, erfasste sie erst in vollem Umfang, als sie es nicht länger war.

Von einem Tag zum anderen hatte sie einen Ort, an dem sie täglich erwartet wurde, an dem Menschen sich freuten, wenn sie kam, und ihr »Bis morgen« zuriefen, wenn sie ging. Tiedemann, der Pförtner, winkte ihr aus seinem Glaskasten zu, und Ilseken, die zweite Bürokraft, setzte in der Kaffeeküche den Kessel auf, »damit wir drei Hübschen den Tag mit einer kleinen Plachanderei beginnen können«. Ilseken war nicht viel älter als Gerda, war jedoch bereits mit sechzehn Jahren bei Treichel angelernt worden.

»Ich hab' mich in der Schule nicht ganz dusselig angestellt, also meinte mein Vater, ich könnt' was lernen, statt mich in Diensten schurigeln zu lassen. Dafür bin ich ihm dankbar, denn so schön wie bei unserer lieben Grünbaum hätt' ich's sonst ja nirgendwo treffen können. Und beim Junior.« Sie strahlte. Das taten die meisten weiblichen Angestellten, wenn vom jungen Treichel die Rede war.

Fräulein Grünbaum lernte auch Gerda an. Sie borgte ihr eine Schreibmaschine, die sie mit nach Hause nehmen konnte, um darauf zu üben, und in Kurzschrift nahm sie täglich kleine Diktate mit ihr auf. Ansonsten ließ sie sie Rechnungen abheften, Post sortieren und telefonisch Termine vereinbaren.

»Sie haben eine charmante Telefonstimme. Die ersten unserer Kunden lassen bereits Grüße an Sie ausrichten oder verlangen nach Ihnen persönlich«, berichtete sie Gerda.

Die Arbeit war des Öfteren eintönig, und manches fiel ihr schwer, aber sie ging jeden Tag aufs Neue gern hin. Es war ein überwältigendes Erlebnis, am Ende der Arbeitswoche mit den anderen Angestellten im Zahlungsbüro anzustehen und die braune Papiertüte mit Lohn entgegenzunehmen. Gerda hatte nie gelernt, sich Geld einzuteilen, doch zu ihrer Überraschung fiel es ihr nicht schwer. Bei den Kanzlers in der Kleinen Seebadgasse gefiel es ihr, und Lotte Kanzler hatte sich bereit erklärt, ihr das Stübchen hinter dem Hagebuttenstrauch zu einem verbilligten Preis auf Dauer zu vermieten. Dreißig Gulden für Wasser, Heizung und zwei Mahlzeiten waren ein Glücksgriff. In der Schankstube bekam sie morgens ein Frühstück aus Hafergrütze und Konfitüre und abends Heringe mit Zwiebeln und Schwarzbrot oder die herzhafte Bullerwupp.

Viel mehr brauchte sie nicht. Von ihrem Geld konnte sie Woche für Woche etwas sparen, auch wenn sie nicht wusste, wofür. Ab und an schickte Fräulein Grünbaum sie mit einem Auftrag hinüber in die Fertigungshalle oder an die Docks, und das waren die Höhepunkte ihres Arbeitstages. Es machte ihr Spaß, die einzelnen Schiffstypen, die das Unternehmen baute oder instand hielt, zu studieren. Treichels Werft verband mit Danzig eine lange Tradition. Heinrich Treichel, Urahn der jetzigen Herren, war zu Beginn des achtzehnten Jahrhunderts in die Schiffszimmermanngilde der Hansestadt aufgenommen worden. Das Porträt, auf dem er stolz aus seinem goldenen Rahmen blickte, hing neben denen seiner Nachfahren im Sitzungssaal des Gebäudes.

Seit jenen Anfängen waren auf den drei Hellingen der Werft an die fünfhundert Schiffe hergestellt und noch weit mehr auf ihren Docks repariert worden. Treichel hatte zu den Zulieferern der Königlichen und später der Kaiserlichen Marine gehört, hatte Dampfkanonenboote und Panzerkreuzer gebaut, bis die Niederlage im Weltkrieg und die Bestimmungen im Vertrag von Versailles dem ein Ende machten. Andere Werften waren daran zugrunde gegangen, aber Treichel senior hatte vorgesorgt.

Matthäus Treichel, dessen Porträt zwischen den anderen im Sitzungssaal betrachtet werden konnte, erschien bereits auf den ersten Blick aus der Art geschlagen. Während die Reihe der übrigen Treichels in ihrer rotblonden, fülligen Lebenskraft samt und sonders wie unfertige, noch nicht ganz so üppige Ausgaben von Ferdinand Treichel wirkten, war sein Vater schmal, geradezu zerbrechlich, hatte fein gezeichnete Züge und dunkles, inzwischen schneeweiß verblichenes Haar. Außerdem litt er seit seiner Jugend an einer heimtückischen Krankheit namens Morbus Charcot, die in Schüben auftrat und nach und nach seine Lebensfähigkeit zerstörte. Die meisten Krankheitsanzeichen, die ihn während der Schübe quälten, bildeten sich hinterher zurück, doch jedes Mal blieb eines von ihnen erhalten und schränkte ihn stärker ein.

Seine Hochzeit mit der schönen Tochter eines halb deutschen, halb kaschubischen Theaterleiters hatte er noch auf seinen eigenen Beinen feiern können, doch er litt bereits unter Sehstörungen, unter Schwäche und Gefühlen der Taubheit in den Gliedern. Als sein erstes Kind, die Tochter Selma, zur Welt kam, bewegte er sich an Krücken, und bei der Geburt des zweiten, des Sohnes Ferdinand, starb seine Frau. Kurz darauf erlitt Matthäus Treichel seinen bisher heftigsten Schub und war nach dessen Abklingen auf einen Rollstuhl angewiesen.

Die Krankheit beeinträchtigte ihn, doch er war ein kluger Kopf, womöglich der klügste seiner Art. Dass der Krieg für das Deutsche Reich kein gutes Ende nehmen würde, ahnte er voraus. Ebenso, dass die Hellingen, die sich im flachen Fahrwasser der Toten Weichsel errichten ließen, für die Größe künftiger Kriegsschiffe nicht ausreichen würden. Aus diesen Gründen ließ er ein Schwimmdock bauen, das bewegt und ins Wasser abgesenkt werden konnte und zur Reparatur von Schiffen unschlagbar war. Zusätzlich sah er sich nach einem Schiffstyp um, mit dem er die Treichel-Werft in die Zukunft führen konnte.

»Wenn es in unseren Häfen etwas gibt, das wir mit all unseren Erfindungen nicht abschaffen können, dann ist es das Eis«, hatte er seinen Konstrukteuren erklärt und angekündigt, dass die Treichel-Werft sich künftig auf Eisbrecher spezialisieren würde. Damit hatte er ins Schwarze getroffen. Die junge Sowjetunion verfügte nach der Aufteilung der Gebiete über keinen eisfreien Hafen mehr, und auch Polen und die neuen baltischen Staaten mussten Winter für Winter gegen zugefrorene Wasserwege kämpfen. Die Anrainerstaaten der Ostsee rissen ihm die Schiffe förmlich aus den Händen. Dass Danzig nicht Deutschland zugeschlagen wurde, kam der Werft zugute, da die Freistadt von Handelsembargos verschont blieb. Und wenn ein Kunde dennoch Vorurteile gegen Danziger Deutsche hegte, hatte Matthäus Treichel eine unfehlbare Waffe aufzubieten: seinen Sohn Ferdinand.

So besonnen und vorausschauend der Vater sein Geschäft führte, so spontan und überschwänglich handelte der Sohn. Der Vater hatte durch Verlässlichkeit und Qualität seine Kunden gewonnen, der Sohn gewann sie durch Charme. Matthäus war zurückhaltend und privat, Ferdinand war süchtig nach Menschen und konnte nicht genug Trubel um sich haben. Kein Mensch, der die beiden nicht kannte, hätte sie für Vater und Sohn gehalten, doch auch wenn sie einander selten verstanden, liebten sie sich innig und ergänzten sich perfekt.

Das dritte Mitglied der Familie tat sich mit dem Lieben

schwerer, doch auf ihre Art hing gewiss auch Selma an ihrem Vater und ihrem Bruder, auch wenn vor allem Letzterer sie fortwährend an den Rand eines Nervenzusammenbruchs trieb. Selma war das, was Albrecht einen Blaustrumpf genannt hätte. Bereits als junges Mädchen hatte sie ihre Nase lieber in Schulbücher gesteckt, als auf Gesellschaften zu tanzen, und schon früh hatte ihr Entschluss festgestanden, niemals zu heiraten. »Ich habe dich und Vater zu ertragen«, hatte sie zu Ferdinand gesagt. »Für einen weiteren Mann sind meine Nerven nicht stark genug.«

Statt sich vom Vermögen ihrer Familie ein sorgenfreies Leben zu leisten, trat sie der Sozialdemokratischen Partei bei, zog in eine Mietwohnung im Arbeiterviertel von Stolzenberg und verdiente ihren Unterhalt als Volksschullehrerin. Wenn sie zu Familienfeiern wie ein Sturmwind in ihr Elternhaus fegte, schimpfte sie über die Dekadenz und Verschwendung, in der ihr Bruder lebte. Dennoch ließ sie sich nicht abhalten wiederzukommen, sondern versuchte unermüdlich, Ferdinand auf den rechten Weg zurückzubringen.

Gerda hatte all dies und noch unzählige weitere Details von Ferdinand erfahren, der freimütig, amüsiert und mit unverhohlenem Stolz von seiner Familie erzählte. »Ich möchte, dass du sie kennenlernst«, sagte er. »Meinen Vater, den du ja zumindest aus der Ferne schon erlebt hast, die Tugendwächterin Selma, meine Zwillingstanten mit ihrem Pinscher und eben die ganze Bagage. Du wirst sie bestimmt mögen – und sie dich. Glaube mir.«

Während der Arbeitszeit blieben sie förmlich beim ›Sie‹, doch so oft wie Ferdinand Gerda ins Restaurant *Behring,* beim Krantor an der Mottlau, in die Tanzdiele oder in eins der neuen Strandhotels ausführte, waren sie längst beim Du gelandet. Er liebte es, mit ihr seine Abende und sogar Wochenenden zu verbringen, und wann immer sie Zeit hatte, nahm er sich auch welche.

Am schönsten war es für Gerda, wenn er mit ihr in seinem weißen, offenen Mercedes zum Hafen fuhr, um ihr voll Stolz die Werft zu zeigen. Sie besichtigten die Eisengießerei, die Kesselschmiede und die Fabrik für Schiffsmaschinerie, vor allem aber die Docks und Hellinge, in denen die Schiffsleiber ihre Gestalt erhielten. Besonderes Vergnügen bereitete es ihm, Gerda sein »bestes Pferd im Stall« vorzuführen, die neueste Errungenschaft der Werft und der von ihm neu begründeten Reederei: die *Heliade*. Ein schneeweißes, riesiges Motorschiff, dessen Außenverkleidung in den letzten Zügen lag und das nicht zum Verkauf bestimmt war.

»Als Reeder will ich mich auf Kreuzfahrtschiffe spezialisieren«, erklärte er Gerda, die fasziniert an dem hohen Rumpf mit seinen Reihen von Kabinenfenstern hinaufsah. »Ist es nicht eine großartige Vorstellung, die Meere der Welt zu bereisen, ohne irgendwo an Land gehen zu müssen, um in einem langweiligen Hotel einzukehren? Schlafen auf dem Wasser, von den Wellen in süßen Schlummer geschaukelt – wie würde dir das gefallen?«

»Zu schön, um wahr zu sein«, antworte Gerda.

Ferdinand lachte. »Nun, es ist bereits wahr, meine liebe Träumerin. Das erste Kreuzfahrtschiff wurde schon um die Jahrhundertwende gebaut, und ich fand, es wurde Zeit, dass Treichel in Danzig sich auch eines zulegt. Die *Heliade* ist nun die erste ihrer Art, und eines Tages soll sie eine Flotte von Schwestern haben. Willst du sie besichtigen, wenn sie fertig ist? Du glaubst nicht, wie luxuriös die Kabinen sind und was an Unterhaltung geboten wird. Wir haben ein Sonnendeck, eine Theaterbühne, eine Pianobar und sogar ein Schwimmbad. Mit dem Innenausbau habe ich Spezialisten aus Frankreich beauftragt, und für den Rumpf wurden Experten von Blohm & Voss hinzugezogen. Das hat seinen Preis, aber das war es mir wert. Die *Heliade* ist ein schwimmender Palast, in dem jeder Gast zu König oder Königin wird.«

»Was bedeutet der Name?«, fragte Gerda, die das Schiff am liebsten sofort besichtigt hätte – nicht weil sie das schwimmende Schwimmbad oder die Pianobar interessierte, sondern weil sie wissen wollte, wie es sich anfühlte, dort oben auf dem höchsten Deck zu stehen und das Gesicht in den salzigen Wind zu halten.

Ferdinand nahm ihre Hand und hauchte einen dezenten Kuss darauf. »Für solche Fragen liebe ich es, mit dir zusammen zu sein. Die meisten Leute, würden vorgeben, jeden Begriff, der im Entferntesten griechisch oder lateinisch klingt, zu kennen, weil sie als gebildet und kultiviert gelten wollen. Aber nur wer fragt, kann wirklich etwas Neues lernen, oder nicht?«

Gerda musste lachen. Dass Ferdi eine Frage auf direktem Wege und mit einem schlichten Satz beantwortete, kam so gut wie nie vor. Sie mochte sein Gesprudel gern, auch weil es das hallende Schweigen in ihrem Elternhaus vergessen machte.

»Die Heliaden sind die drei Töchter des Helios«, fuhr er fort. »Sie stahlen ihrem Vater den Sonnenwagen und ließen ihren Bruder Phaeton darin über den Himmel fahren. Er geriet zu nah an die Sonne, wie Ikarus, stürzte ab und kam um. Zur Strafe wurden die drei Heliaden in Bäume verwandelt, und aus Trauer um ihren Bruder weinten sie goldene Tränen. Der Legende nach sind es die ins Meer geschwemmten Tränen, aus denen unser Bernstein besteht.«

Phaeton.

Der Einspänner, auf dem Gerda mit Milenka gesessen hatte, war also nach jenem unglücklichen Wagenlenker benannt worden. Gerda und Milenka waren ebenfalls abgestürzt, und nichts machte das wieder gut, aber sie, Gerda, hatte überlebt, stand hier in Danzigs Hafen und freute sich daran, am Leben zu sein.

Als der Frühling Einzug hielt, ließ Ferdi sich von Irma Grünbaum einen Picknickkorb mit Delikatessen besorgen und fuhr mit Gerda die Danziger Bucht ab, von den endlosen Stränden der Landzunge, die den Namen Frische Nehrung trug, bis zu der steil abfallenden Küste der Halbinsel Samland. Das Seebad Westerplatte, in dem Gerda als Kind so glücklich gewesen war, besuchten sie allerdings nicht, denn es existierte nicht mehr.

»Da, wo du als kleines Mädchen deine Sandburgen gebaut hast, steht jetzt ein polnisches Munitionsdepot«, erklärte ihr Ferdi. »Vor etlichen Jahren gab es bei uns einen Streik der Hafenarbeiter, die sich weigerten, ein polnisches Kriegsschiff zu entladen. Daraufhin hat Polen beim Völkerbund Platz für ein eigenes Depot beantragt und Westerplatte zugesprochen bekommen. Natürlich gab es deswegen wieder jede Menge Proteste, aber ich denke, man sollte sich das Leben nicht mit Dingen schwer machen, die nun einmal nicht zu ändern sind. Du sei bitte auch nicht traurig, liebe Gerda. Unsere Bucht hat ja nicht nur Westerplatte zu bieten, und ich werde dir das Schönste davon zeigen.«

Sie ließen das Auto stehen und wanderten durch lichte Wälder, in denen dem Sanddorn die Knospen aufbrachen, über von Kräutern überwucherte Salzwiesen und Röhrichte voller Schilf, in die Schnepfen, Brachvögel und Regenpfeifer aus ihren südlichen Winterquartieren heimkehrten. Kahle

Bäume waren schwarz vor Kormoranen, und Seeschwalben mit dunklen Köpfen kehrten ebenfalls aus dem Süden zurück und gesellten sich den Möwen zu.

Ferdi war kein großer Naturliebhaber und fühlte sich in der Stadt mit ihren Lichtern, ihrer Musik, ihren Lokalen und Schankstuben weit mehr in seinem Element. »Der einzige Teil Natur, den ich liebe, ist der flüssige«, pflegte er mit dem Blick über sein geliebtes Meer zu sagen und griff anschließend nach dem flüssigen Inhalt des Picknickkorbes – einer Flasche Champagner. Weil er aber wusste, dass Gerda diese Wanderungen liebte, machte er sie bereitwillig mit und gab sich Mühe, seine Ungeduld vor ihr zu verbergen. Sein Versuch, ihr Interesse an Vogelarten, Kräutern und verschlungenen Waldwegen vorzuspielen, geriet so unbeholfen und komisch, dass Gerda lachen musste.

»Ferdi, weißt du, dass du ein schrecklich netter Mann bist?«

»Bin ich das?« Sein Gesicht sprach wie üblich Bände und verriet das Ausmaß seiner Freude. »Das trifft sich bestens. Ich wollte dich nämlich um einen Gefallen bitten, den du einem schrecklich netten Mann ja kaum abschlagen wirst.«

»Und um was für einen?«

»Sag erst Ja. Dann erzähl' ich es dir.«

Wieder musste sie lachen. »Also schön, auch wenn es unverschämt von dir und dumm von mir ist. Worum geht es?«

»Mein Vater hat heute Geburtstag.«

»Heute?«, rief Gerda. »Und da spazierst du mit mir durch die Gegend, statt mit deiner Familie zu feiern?«

»Ich habe ihm eine besondere Überraschung versprochen«, sagte Ferdi und setzte ein Pokergesicht auf.

»Was denn für eine?«

»Dich.«

Gerda erstarrte mitten im Schritt. »Wie bitte?«

»Ich habe ihm versprochen, dass ich dich anlässlich seines Geburtstages endlich mitbringe. Er weiß, wie glücklich mich unsere Freundschaft macht, ich liege ihm ja tagein, tagaus mit meinen Schwärmereien in den Ohren. Und er ist schon ein bisschen verschnupft, der alte Herr, weil ich dich immer noch nicht förmlich in die Familie eingeführt habe. Von meiner Schwester Selma, der Dauerverschnupften, ganz zu schweigen.«

Gerda blickte an sich herunter. Sie trug ihren ältesten Rock und eine noch ältere Bluse, dazu eine Jacke, die sie auf Lapienen zum Reiten angehabt hatte, und grobe, praktische Schuhe. Ilseken hatte das Patrizierhaus der Treichels, das mitten in der begehrten Rechtstadt, dem mittelalterlichen Kern der Hansestadt, lag, in den höchsten Tönen beschrieben, und Gerda zweifelte ganz erheblich daran, dass ihr Aufzug in dieser Umgebung Beifall finden würde.

»Ich weiß, was du denkst«, sagte Ferdi.

»Ach ja?«

»Du denkst, dass du für den Anlass nicht richtig angezogen bist. Diese Bedenken könnte ich ausräumen, weil du in deiner Kleidung bezaubernd aussiehst und mein Vater, der ja auch ein Mann ist, zu genau demselben Urteil kommen wird. Außerdem ist es nicht seine Art, andere für ihr Äußeres zu kritisieren, was man von Selma nicht behaupten kann. Aber was Selma sagt, spielt keine Rolle, weil sie dich sowieso kritisiert, egal, was du anhast. Wenn sie nichts zu nörgeln hat, ist Selma nicht glücklich, du würdest ihr also gewissermaßen eine Freude machen.«

»Trotzdem, Ferdi …« Gerda wollte sich keinesfalls in ihrem schlammbespritzten Rock dem Seniorchef ihrer Firma präsentieren. Sie wollte sich ihm überhaupt nicht präsentieren, wollte Arbeit und Privates nicht derart vermengen. Das mit

Ferdi hatte ihr ebenfalls Sorgen bereitet, aber Ferdi war einfach kein Mensch, dem man etwas abschlagen konnte. Außerdem musste sie sich eingestehen, dass er wie ein Lebenselixier auf sie wirkte und sie sich die Tage ohne ihn kaum noch vorstellen konnte. Seinen Vater und den Rest seiner Familie wollte sie aber nicht auch noch mit hineinziehen.

»Diesmal weiß ich nicht, was du denkst«, sagte Ferdi. »Aber falls du mit dem Gedanken spielen solltest, mir wegen der Kleider einen Korb zu geben, nehme ich dir den Wind aus den Segeln.«

»Ich wüsste nicht, wie du das fertigbringen solltest.«

»Nein? Dann komm mit!« Mit seiner Kleine-Jungen-Aufregung nahm er sie bei der Hand und rannte mit ihr den Waldweg entlang zurück zum Auto. Ohne ihre Hand loszulassen, schnappte er sich vom Rücksitz ein großes Paket, das mit dem Namen des eleganten Kaufhauses Nathan Sternfeld bedruckt war.

»Komm weiter«, rief er vergnügt und lief von Neuem mit ihr los, diesmal in Richtung des Strandes mit dem Damenbad. Jetzt, Anfang Mai, hatte es noch geschlossen, die mit rotweißen Streifen bemalten Holzkabinen, in denen die Damen sich zum Baden umkleiden konnten, säumten aber bereits die Uferpromenade.

»Das hier ist für dich.« Ferdi drückte Gerda das Paket in die Hände. »In einer der Hüttchen kannst du dich stadtfein machen. Ich hoffe, ich habe deinen Geschmack getroffen – ich musste augenblicklich an dich denken, als ich die Sachen im Schaufenster gesehen habe.«

»Du hast mir Kleider gekauft?«, rief Gerda entgeistert. »Aber Ferdi, das ist unmöglich, das kann ich nicht annehmen.«

»Warum denn nicht?«, fragte er mit weit geöffneten Goldaugen. »Wir sind Freunde, und Freunde machen einander ab und zu Geschenke, oder etwa nicht? Zu Weihnachten, beispielsweise, habe ich dich ja noch gar nicht gekannt, also könntest du es als ein verspätetes Weihnachtsgeschenk betrachten.«

»Im Mai!«, stieß sie heraus. »Servierst du mir dazu vielleicht auch noch Pfefferkuchen und singst *Stille Nacht*? Und was für ein Geschenk mache ich im Gegenzug dir?«

»Du schenkst mir den heutigen Abend«, erwiderte er. »Ein wertvolleres Geschenk könntest du mir gar nicht machen. Und jetzt lauf. Ich kann es kaum erwarten zu sehen, ob dir die Sachen so gut stehen, wie ich es mir vorgestellt habe.«

Gerda wusste, sie hätte auf ihrer Ablehnung bestehen müssen. Etwas an dieser ganzen Sache war grundfalsch. Aber da war eben auch Ferdi, der kein Nein als Antwort akzeptierte und der sie ansah wie ein Schulbub, der nicht verstand, warum sein selbst gemaltes Bild zurückgewiesen wurde.

Sie gab sich geschlagen. Mit beklommenen Gefühlen stapfte sie durch den Sand auf eine der Badekabinen zu, schloss die Tür hinter sich und schob den verrosteten Riegel vor.

Es roch, als hätten die hölzernen Wände Salz und Sand und Sonne von etlichen Sommern eingefangen, als herrsche draußen gleißender August und sie könnte gleich über den warmen Strand ins Meer hineinlaufen – sich in die Wellen werfen wie damals in Westerplatte. Die Beklommenheit verflog. Sie öffnete das Paket und fand darin einen weißen, gerade geschnittenen Rock, der bis zu den Knöcheln reichen würde. Dazu eine marineblaue Bluse mit weiß gepaspeltem Matrosenkragen.

Ihr Matrosenkleid!

Ungläubig betastete sie das feine Material. Sie hatte Ferdi nie von dem Kleid erzählt, und doch hatte er eines im gleichen Stil für sie ausgewählt. An weiße Strümpfe, Schuhe aus Segelstoff und an eine kleine weiße Handtasche hatte er ebenfalls gedacht.

Gerda besaß genug Erfahrung mit edlen Stoffen, um mit den Fingerspitzen zu erkennen, dass es sich um teuerste Ware handelte. Sie hätte sie zurückweisen müssen, aber wie konnte sie diesem Glückskleid aus ihrer Kindheit widerstehen?

In aller Eile kleidete sie sich um und wickelte ihre eigenen Sachen in das Paket. Als sie gleich darauf aus der Kabine trat, brach Ferdi in Entzücken aus.

»Da ist es ja!«, rief er. »Mein Mädchen vom Meer. Meine kleine Meerjungfrau.«

Die kleine Meerjungfrau. Das war ein Märchen von Hans Christian Andersen, durchfuhr es Gerda. Sie hatte ihren Fischschwanz gegen ein Paar menschliche Beine getauscht und unerträgliche Schmerzen auf sich genommen, um einem Prinzen zu gefallen, der sie später für eine andere verließ. Gerda wollte an all diese Geschichten nicht mehr denken. Glücklicherweise schwatzte Ferdi bereits weiter.

»Ich habe gewusst, dass die Sachen wie für dich gemacht sind. Du siehst darin so schön aus, dass wir ein Werbeplakat für das maritime Danzig mit dir aufnehmen sollten:

Besuchen Sie Danzig am Ostseestrand,
denn unsere Mädchen sind die schönsten Europas.
Und wenn Sie schon einmal da sind,
geben Sie am besten noch heute
ein Schiff bei der Treichel-Werft in Auftrag.«

»Du bist unmöglich.« Gerda lachte verlegen.

»Das weiß ich.« Er nahm ihren Arm und ging mit ihr zurück zum Auto. »Und jetzt braucht der unmögliche Juniorchef der Firma Treichel unbedingt einen steifen Drink, denn meine Schwester wird sich in einer ihrer Schimpftiraden ergehen, weil das Abendessen nicht pünktlich serviert werden kann.«

24

Das Stadthaus der Treichels lag tatsächlich in der Breiten Gasse, inmitten der Patrizierhäuser und vornehmen Geschäfte der Rechtstadt. Es war ein hellgelb verputztes, schlankes Giebelhaus, dessen Fassade mit Geschöpfen aus dem Meer – vom Tintenfisch bis zur Seeschlange – verziert war und über dessen Dachfirst das geschmiedete Modell einer Kogge in vollen Segeln schwebte. Einst hatten hier die Stadthöfe zweier Klöster gestanden, doch bereits im fünfzehnten Jahrhundert begannen reiche Geschäftsleute, sich auf dem einstigen Klosterland anzusiedeln. Die berühmte Brennerei Lachs zu Danzig mit ihrer rosa Fassade befand sich keine hundert Schritte entfernt, und im Westen beherrschte die imposante, golden beleuchtete Silhouette der Großen Synagoge mit ihrer Kuppel und ihren Türmen den sternklaren Himmel. Durch die verkehrsfreie Straße flanierten auch jetzt, nach Sonnenuntergang, noch Scharen von sorglosen, elegant gekleideten Menschen.

Im Innern waren die Wohnräume der geringen Breite wegen über drei Stockwerke verteilt, während die Schlafzimmer im Dachgeschoss lagen. Ferdi zufolge hatte man von dort einen atemberaubenden Blick über Danzigs schönstes Viertel bis hin zur Speicherinsel mit ihren Kornlagern und den auf

Entladung wartenden Schiffen. Wirtschaftsräume und Dienstbotenkammern befanden sich im Souterrain, Salon und Esszimmer in der Beletage, in das Essen mit einem Speiseaufzug befördert wurde.

Die Einrichtung von Halle und Treppenhaus mit ihren Smyrna-Teppichen, den Tapeten im Samtrelief, dem gediegenen Gründerzeitmobiliar und den goldgerahmten Ölgemälden bewies sowohl traditionellen Geschmack als auch das, was Gerdas Vater altes Geld nannte. Umso überraschter war Gerda, als Ferdi sie in den Salon führte, wo die Familie bei Kaffee und Aperitif versammelt saß. Sie hatte auch hier Eiche und Gold, antike Vasen, Brücken und Gemälde erwartet, doch stattdessen stand sie in einem weiten Raum, der vollständig im Jugendstil gestaltet war. Möbel aus schimmernden Edelhölzern wie Mahagoni und Ebenholz dominierten, dazu kamen gewagte Accessoires aus Bronze und Perlmutt, minzgrüne Tapeten, auf denen Reiher im Flug ihre Schwingen ausbreiteten, passende Polster und Vorhänge sowie ausgewählte Stücke moderner Kunst.

Insgesamt strahlte der Salon so viel Modernität und französisch anmutenden Schick aus, dass Gerda der Mund offen stehen blieb.

»Liebes Fräulein von Westkamm – wie schön, dass Sie uns heute beehren.« Ferdis Vater wendete geschickt seinen Rollstuhl, hielt auf Gerda zu und wollte mit seiner Begrüßung fortfahren, doch eine stämmige Frau, die einen der zierlichen Sessel vollkommen ausfüllte, schnitt ihm das Wort ab: »Kein Wunder, dass der Firlefanz Ihnen die Sprache verschlägt«, sagte sie zu Gerda. »Wenn Sie die Rechnungen gesehen hätten, die mein Bruder uns dafür hat ins Haus flattern lassen, würden Sie den Mund überhaupt nicht mehr zubekommen. Und dabei war dies bis vor Kurzem noch ein tadellos ausgestatteter Raum, dessen Einrichtung für die Ewigkeit gefertigt wurde und Generationen überdauert hat.«

»Die Generationen sind aber tot, meine Beste.« Ferdinand lachte. »Und der Salon, in dem der Besitzer von Danzigs modernster Reederei seine Gäste empfängt, sollte doch nicht wie ein verstaubtes Museum aussehen.« An Gerda gewandt sagte er: »Dreimal darfst du raten, wer meine Schwester Selma ist. Sie stellt sich wie üblich selbst vor, um mir die Mühe zu ersparen.«

Ferdis Familie war ganz so, wie er sie Gerda beschrieben hatte, und Gerda brauchte keine Stunde, um sie alle in ihr Herz zu schließen. Die beiden lebhaften Tanten, die abwechselnd den beständig kläffenden Rehpinscher Adonis mit Aufmerksamkeit überschütteten, wie die so beflissen auf ein anständiges Leben bedachte Selma, die ihrem Bruder äußerlich glich, aber nichts von seinem Zauber geerbt hatte. Sie trug ein zu enges, bereits vor Jahren aus der Mode gekommenes Jackenkleid zu einer gestärkten weißen Bluse, hatte ihr Haar streng in den Nacken frisiert und bedachte Ferdi jedes Mal, wenn er sich ein neues Glas einschenkte, mit einem missbilligenden Blick durch dick gerahmte Brillengläser.

»Sollten nicht Sie ihn daran hindern, sich mit erschreckender Geschwindigkeit zu Tode zu trinken?«, fragte sie Gerda.

»Ich wüsste nicht, was mich dazu berechtigen würde«, erwiderte Gerda. Ihr gefiel Selmas gerade, unverblümte Art, und ein wenig tat sie ihr leid, weil sie in dieser charmanten Familie auf verlorenem Posten stand. »Aber ich denke, davon, sich zu Tode zu trinken, ist Ihr Bruder weit entfernt. Dazu lebt er doch viel zu gern.«

Dass Ferdi bei alkoholischen Getränken gern reichlich zulangte, war Gerda bereits aufgefallen, aber sie hatte sich darüber keine Gedanken gemacht. Ferdi langte bei allem reichlich zu, er war ein Genussmensch, der sich nichts versagte, sondern die schönen Dinge des Lebens bis zur Neige ausschöpfte.

»Das ist eben sein Problem«, brummte Selma. »Er lebt zu gerne, denkt nicht weiter als bis zur Öffnung der nächsten Flasche, und wer eines Tages die Rechnung bezahlen muss, ist ihm egal.«

»Und damit ist Selma wieder bei ihrem Lieblingsthema«, bekundete Ferdi, trank seinen Cognac und schien mit sich und der Welt im Reinen. »Bei meinen schlechten Charaktereigenschaften.«

»Das würde ich gerne, aber dazu müsstest du ja erst einmal Charakter besitzen«, konterte Selma.

»Ach, Kinder, streitet euch doch nicht.« Tante Gisela, die den Pinscher mit Schmalzgebäck fütterte, seufzte aus tiefster Kehle. »Nicht ausgerechnet heute, wo wir Matthäus' Geburtstag feiern und auch noch einen Ehrengast haben.«

»Keine Sorge, liebe Schwester.« Ferdis Vater legte seine verkrümmte Hand auf die der Tante und sandte ihr ein Lächeln. »Ich würde mir Sorgen machen, wenn sich meine Herzenskinder an meinem Geburtstag anders betragen würden als sonst. Und Fräulein von Westkamm lernt uns besser gleich so kennen, wie wir sind, denn auf Dauer können wir uns ohnehin nicht verstellen.«

Er war ein beeindruckender Mann, fand Gerda. Von seiner schweren Krankheit ließ er sich so wenig beeinträchtigen wie von den Kabbeleien seiner Familie. Er erfreute sich an ihrer Gesellschaft. Zudem zeugte alles, was er zu den Gesprächen beitrug, von Besonnenheit, Sachkenntnis und hoher Intelligenz. Über eine Aufführung von *Nathan der Weise* im benachbarten Jüdischen Theater vermochte er ebenso fachkundig zu sprechen wie über Josef von Sternbergs neuesten Film *Sein letzter Befehl*, die Fortschritte des Rundfunks, der bald in der Lage sein würde, in alle Welt zu übertragen, die Debatten im Volkstag und die Zubereitung von heiß geräuchertem Lachs.

Teresa, das Mädchen, das sie bediente, bis der Hausherr sie zu Bett schickte, war zu Gerdas Überraschung Polin, und Matthäus Treichel sprach Polnisch mit ihr. Als er Gerdas Verwunderung bemerkte, sagte er: »Hier in Danzig haben Deutsche und Polen jahrhundertelang voneinander profitiert. Danzig war ein Bindeglied zwischen beiden Völkern. Wir haben unser Salz und unsere Heringe nach drüben geliefert und Getreide und Holz dafür bekommen. Wenn wir uns jetzt spalten lassen, weil ein paar Fanatiker uns einreden wollen, es wäre zu unserem Nutzen, dann wären wir töricht.«

»Aber kommt es nicht zu Protesten, weil der polnische Hafen in Gdingen dem von Danzig wichtige Aufträge wegnimmt?«, fragte Gerda, die bei Kanzlers ständig Gäste darüber diskutieren hörte.

»Das ist zweifellos so, aber dass der polnische Staat sich seinen Hafen ausbaut, ist ihm schließlich nicht vorzuwerfen«, erwiderte Matthäus Treichel. »Meine Großmutter pflegte zu sagen: ›Wenn die Futterkrippe leer ist, beginnen die Esel das Streiten‹, und damit hatte sie leider wohl recht. Wenn unsere Futterkrippen aber wirklich leer sein sollten, dann haben wir unsere eigene Regierung dafür zur Rechenschaft zu ziehen, nicht die fremder Staaten oder gar unsere eigenen Mitbürger, die eine andere Muttersprache haben.«

Er warf einen Blick in die Runde, und als niemand das Wort erhob, fügte er an: »Vielleicht ist es ja von Nutzen, sich gelegentlich daran zu erinnern, dass der preußische Staat seinen Wohlstand und seine Stärke mithilfe von Einwanderern aus den verschiedensten Himmelsrichtungen aufgebaut hat. Polen und Böhmen, Hugenotten und Juden, Niederländer und Schweizer – sie alle haben ihren Beitrag zum Gewebe geleistet. Diesen Zauberteppich sollten wir feiern, statt ihn auseinanderzuklamüsern.«

Zum Abendessen, in das sie in das ebenfalls stilvoll modernisierte Speisezimmer umzogen, trafen noch Freunde ein: ein Reeder-Ehepaar, ein Privatbankier mit seinem erwachsenen Sohn, ein Zeitungsverleger namens Fuchs, der einen Trauerflor am Ärmel trug, und Fräulein Grünbaum. Der Umstand, dass die Treichels ihre Sekretärin ebenso zu ihren Freunden zählten wie die betuchten Vertreter ihrer eigenen Klasse, verstärkte noch Gerdas Sympathie für sie.

Selma beanspruchte den Platz neben Fräulein Grünbaum für sich, obwohl Roland Fritsche, der Bankierssohn, als Tischherr für sie vorgesehen war, und bestürmte sie mit ihren Klagen über den Bau der *Heliade*. Ferdi, der sonst überall unverzüglich seinen Senf dazugab, spielte diesmal den stillen Beobachter und schien sich über die Erregung seiner Schwester königlich zu amüsieren.

»Schiffe zu bauen, wie es seine Vorfahren seit jeher getan haben, ist meinem Bruder nicht mehr gut genug«, ereiferte sie sich. »Ein Herr Reeder will er sein, und natürlich nicht irgendeiner, sondern der mit der größten, Geld verschlingenden Pleite-Badewanne von ganz Danzig. Wie soll er denn das Geld, das er in dieses absurde Ungetüm gesteckt hat, je wieder hereinholen? Italienischer Marmor in den Badezimmern, vergoldete Armaturen, für das Geklimper in der Bar ein Steinway-Flügel – ich bitte Sie! Auf einem Schiff? Was er an Strom, Öl und Gas bezahlen muss, um den Humbug zu betreiben, fragt er sich kein einziges Mal. Und wer soll sich auf seinem Dampfer *Größenwahn* bitte schön einschiffen? Woher nimmt er tausendfünfhundert Menschen, die sich solchen Irrsinn leisten können?«

»Oh, den Menschen in Danzig und auch denen im Reich geht es gut«, mischte der andere Reeder sich ein, der ein Gesicht wie ein glücklicher Hamster hatte und als Ignaz Gebauhr vorgestellt worden war. »Der Dawes-Plan mag seine Fehler gehabt haben und wird daher jetzt ersetzt, aber er hat es der deutschen Republik ermöglicht, amerikanische Kredite aufzunehmen und damit die Wirtschaft in Schwung zu bringen. Die Leute haben Arbeit, die Unternehmen Aufträge, und mehr und mehr Geld bleibt für so schöne Dinge wie Ferienreisen übrig.«

»Kredite, Kredite, ich höre immerfort Kredite«, ereiferte sich Selma. »Danzig hat sich doch auch erst kürzlich vom Völkerbund Geld leihen müssen, um den Kopf über Wasser zu halten. Und was ist, wenn diese Kredite eines Tages zurückgefordert werden und niemand sie bedienen kann, weil alles Geld beim Herumschippern auf Ferdinands Luxuskahn verplempert worden ist?«

»Wer vorankommen will, muss eben etwas wagen«, erwiderte Ignaz Gebauhr verhalten. »Das Geschäft mit den Kreuzfahrten ist noch jung. Ich kann schon verstehen, dass dein Bruder da mitmischen möchte, ehe sämtliche Kuchenstücke verteilt sind.«

»Und warum hast du selbst dann weiterhin eine Flotte solider Handelsschiffe vor Anker liegen und baust dir nicht auch so eine *Titanic,* auf die der Eisberg schon wartet?«, schoss Selma zurück.

»Ich bin nicht mehr jung«, wich Gebauhr der direkten Frage aus und nahm die Hand seiner Gattin in seine. »Und meiner Hermine und mir waren ja bedauerlicherweise keine Kinder beschert.«

»Was das Ausmaß der deutschen Auslandskredite angeht, hat Selma nicht unrecht«, mischte sich jetzt der junge Roland Fritsche ein. »Deutschland ist vollkommen überschuldet, seit 1924 sind Gelder im Wert von mehr als zehn Milliarden Reichsmark aus den Vereinigten Staaten in seine Kassen geflossen, und die sind durchaus nicht alle für Investitionen ausgegeben worden. Gerade weil man sich darüber inzwischen auch im Ausland Sorgen macht, wird ja derzeit in Paris über einen neuen Plan verhandelt.«

»Hoffen wir, dass der neue Plan nur Verbesserungen bringt«, sagte Hans Fuchs, der Verleger, der die *Danziger Neuesten Nachrichten* herausgab. »Jetzt, wo die Regierung im Reich sich in einer so stabilen Phase befindet, wäre es bedauerlich, wenn sie wegen eines umstrittenen Plans geschwächt würde. Letzten Endes schwappen diese Konflikte ja immer auch zu uns herüber.«

»Ich bin sicher, dass Sie mit alledem recht haben«, sagte Fräulein Grünbaum diplomatisch. »Dennoch würde ich gern darum bitten, über diese Verhandlungen zum neuen Plan heute Abend nicht länger zu sprechen. Wie ich das Haus Treichel kenne, wird uns gewiss gleich ein vorzügliches Mahl aufgetischt, und mir haben die Schreihälse von der NSDAP mit ihrem Protest gegen jeglichen Plan unterwegs bereits fast den Appetit verdorben.«

»Sind diese Ewiggestrigen etwa schon wieder auf Achse?«, fragte Matthäus Treichel.

Fräulein Grünbaum nickte. »Es waren nicht mehr als zwei Dutzend, aber wer sie grölen hört, muss glauben, sie wären zu hundert.«

»Und was grölen sie?«, fragte Hans Fuchs.

Irma Grünbaum senkte den Kopf. »›Danzig bleibt deutsch‹«, sagte sie leise. »›Tod den Landesverrätern‹.«

»Nun ja.« Roland Fritsches Vater räusperte sich. »Natürlich will ich nicht Hitlers Mob das Wort reden, aber ganz verdenken kann man diesen Jungen ihren Zorn nicht. Dass ausländische Regierungen noch immer entscheiden, wie man in Deutschland sein Geld ausgibt, scheint doch ein wenig vermessen.«

Fräulein Grünbaum blickte auf. »Lieber Herr Dr. Fritsche, es wäre vermessen von mir, wenn ich so tun würde, als könnte ich einem Fachmann wie Ihnen das Wasser reichen. Als schlichte Danzigerin habe ich lediglich einen Wunsch: dass Lösungen in diesen Fragen friedlich angestrebt werden, dass man nicht grölt, um die andere Seite mundtot zu machen.«

Gerda hatte nie zuvor erlebt, dass etwas Irma Grünbaum aus der Ruhe brachte. Auch jetzt sprach sie beherrscht, doch in ihrer Stimme schwang ein Zittern.

»Das war wie immer das richtige Wort zur richtigen Zeit, liebe Irma«, sagte Ferdis Vater mit Wärme. »Es tut mir leid, dass Ihnen dieses Erlebnis unsere kleine Feier verleidet hat. Das nächste Mal lasse ich Sie von meinem Fahrer abholen. Keine Widerrede.«

»Ihren Ehrentag würde ich mir von diesen Leuten nie verderben lassen«, widersprach Fräulein Grünbaum. »Es ist nur …«

»Bitte sprechen Sie es aus«, sagte Matthäus Treichel, als wären sie beide allein im Raum. »Wenn jemand Sie behelligt hat, dann gehe ich gegen ihn vor.«

»Nein, das nicht«, rief Irma Grünbaum. »Mir schlägt es nur auf den Magen, wenn in den Straßen unserer Stadt Horden herumziehen, die ihren Mitmenschen den Tod wünschen, ›Hängt die Novemberverbrecher‹ schreien und … ›Juda verrecke‹.«

Kurz war alles still. »Was für eine Schande«, sagte Matthäus Treichel dann. »Ich rede mit Friedrich Spill, wozu sitzt er schließlich im Volkstag. Diesen Leuten müssen Manieren beigebracht werden, ansonsten schaden sie dem Ruf unserer Stadt.«

»Friedrich Spill sitzt nicht nur im Volkstag, sondern er ist auch dessen Präsident«, ergänzte Selma.

»Nehmen Sie sich dieses abscheuliche Ereignis bitte nicht zu Herzen«, fuhr Matthäus Treichel fort. »Ein paar zu kurz gekommene Rüpel stehen keinesfalls für ganz Danzig. Und jetzt lassen Sie sich ein wenig aufmuntern.« Er blickte in die Runde. »Erheben Sie bitte Ihr Glas auf die weltbeste Sekretärin, ohne die wir nicht wüssten, wie wir unser Tagwerk erledigen sollten.«

»Mein Herr Vater spricht mir aus der Seele.« Ferdi stand auf. »Es wird höchste Zeit, dass wir auf die heimliche Königin der Treichel-Werke anstoßen. Auch die Herrschaften von der Konkurrenz bitte, selbst wenn euch der Neid packt.«

Fräulein Grünbaum war blass. Dennoch bedachte sie Ferdi mit einem dankbaren Lächeln.

»Und das hätte sich ohne zusätzlichen Alkohol nicht zum Ausdruck bringen lassen?«, kam es knurrig von Selma.

»Keineswegs, liebstes Schwesterherz«, erwiderte ihr Bruder. »Sogar du wirst zu Ehren von Fräulein Grünbaum ausnahmsweise auf deinen Gänsewein verzichten müssen.«

Er stellte ihr eine überschäumende Flöte Champagner hin und ließ musikalisch sein Glas gegen ihres klirren.

Alles lachte, und noch einmal klirrten die Gläser aneinander. Dann wurde das Essen aufgetragen: Es gab Schinkensuppe mit Semmelbröseln, Entenleberpastete, gebackene Scholle mit Stukkartoffeln und süßsaurem Gurkensalat, Rebhuhn in Weinbrand und Wacholder, eine gewaltige Käseplatte und zum Abschluss eine Fürst-Pückler-Speise mit Sahne und geriebener Blockschokolade.

Vor allem aber wurde geredet, gealbert und gelacht, wie es in Gerdas Familie unvorstellbar gewesen wäre. *Nur beim Tanzen,* dachte sie, *nur beim Tanzen tauen die Westkamms auf und sind ein wenig ausgelassen.* Auch die Treichel'sche Festgesellschaft zog nach dem Essen zum Tanzen in den Salon um, wo ein hochmodernes Grammofon auf seinen Einsatz wartete.

Viele Paare kamen nicht zustande. Ignaz Gebauhr tanzte mit seiner aparten Gattin, und Bankier Fritsche forderte Tante Gisela auf. Sein Sohn Roland dienerte vor Selma, handelte sich jedoch einen Korb ein, weil die gestrenge Lehrerin erklärte, sie wisse nicht, was die Leute an derart hohlen Vergnügungen fänden. Tante Malwine musste sich um den Pinscher kümmern, sodass Roland leer ausging. Matthäus Treichel saß in seinem Rollstuhl neben Irma Grünbaum, und beide hatten die Köpfe zusammengesteckt.

Hans Fuchs, der Verleger, verabschiedete sich. Vor Gerda verbeugte er sich und küsste ihr die Hand. »Da mein Vater erst vor sechs Wochen verstorben ist, schickt es sich nicht, dass ich tanze«, sagte er. »Ansonsten hätte ich Sie um die Ehre gebeten. Aber ich glaube, ich mache Ferdi eine Freude, wenn ich verzichte.«

Ferdi stand beim Grammofon, wählte aus dem hohen Stapel von Platten eine aus und legte sie auf. Rau und eigentümlich zärtlich zugleich begann eine Frauenstimme ihr Lied auf Englisch, das Gerda nie gelernt hatte. Die Musik ging ihr in die Beine, obwohl sie nicht einmal hätte sagen können, welcher Tanzschritt dazu passte. Ins Herz ging sie auch. Sie wünschte, sie hätte verstehen können, was die Worte bedeuteten:

I wanna be loved by you, just you,
And nobody else but you.
I wanna be loved by you alone.

»Tanzt du mit mir?« Ferdinands Stimme neben ihr klang heiser und eigentümlich zärtlich, wie die der Sängerin.

»Ich bin nicht sicher, ob ich es kann«, sagte Gerda und bewegte sich doch bereits mit ihm im schmelzenden Rhythmus der Musik. Ferdi nahm ihre Hand und legte ihr den Arm um die Taille. Sie hatten des Öfteren in Danzigs Rosendiele miteinander getanzt, und Gerda hatte es genossen, dass Ferdi sich auf die schwungvollen neuen Rhythmen wie Charleston und Shimmy verstand, aber dies hier war anders. Es war näher, intimer, sinnlicher und nicht durch feste Schrittfolgen reglementiert. Der enge Rock schränkte Gerdas Bewegungsfreiheit ein, aber sogar die kleinen Schritte waren auf irritierende Weise erregend.

Ferdi war zweifellos der größte Mann, mit dem sie je getanzt hatte. Er war ein Fels, an dem sie sich festhalten konnte, auch wenn sein Schritt nicht mehr ganz sicher war, sondern ein wenig zu schwanken schien. Für das, was er und sein Vater heute Abend für Irma Grünbaum getan hatten, mochte sie ihn noch lieber als zuvor.

»Und?« Er lächelte zu ihr herunter. »Gefällt sie dir?«

»Deine Familie?«, fragte Gerda zurück. »Oh, Ferdi, sie sind alle wundervoll.«

»Das finden sie umgekehrt auch«, sagte er strahlend.

»Woher willst du das wissen?«

»Ich kenne sie.«

In einer Drehung zog er sie an sich, und sie lehnte sich gegen seine Brust. Sie hatte zu viel getrunken, ihr war angenehm schwindlig, und sie erinnerte sich nicht, wann sie sich zuletzt so wohlgefühlt hatte. »Danke, dass du mich eingeladen hast«, sagte sie. »Danke, dass du mir das Leben so schön machst.«

»Das ist erst der Anfang.« Sanft streichelte Ferdi ihr den

Rücken. »Ich will dir die Schönheit der ganzen Welt zeigen, Gerda. Der ganzen Welt. Nächstes Wochenende fahren wir nach Zoppot, gehen ins Casino und bleiben über Nacht im Grandhotel.«

Gerda wollte protestieren, hatte es im nächsten Moment jedoch vergessen und wiegte sich mit ihm zum Säuseln der Musik.

I wanna be loved by you, just you.
Nobody else but you.

»Kannst du Englisch?«, fragte sie ihn.

»Aber ja. Ich bin doch ein Mann von Welt.«

»Was bedeutet der Text?«

»Ich will von dir geliebt werden«, sagte Ferdi. »Nur von dir. Von niemandem als von dir.«

Dem Himmel sei Dank, dass wir nicht voneinander geliebt werden wollen, dachte Gerda. *Dass wir Freunde sind, ist so viel besser, und ich brauche keine Angst zu haben, dass wir uns wieder verlieren.*

25

Zoppot lag eine Viertelstunde Autofahrt westlich von Danzig in die Bucht gebettet und musste das hübscheste Seebad der Ostsee sein. Sein Strand war schneeweiß, die Dünen ein schützender, grasbewachsener Gürtel, das kleine Städtchen wie aus einer Spielzeugkiste. Es gab ein Kurhaus, in dem den Sommer über Konzerte abgehalten wurden, eine ins Meer ragende Seebrücke, eine Galopprennbahn und eine von Wald umgebene Freilichtbühne für Opernaufführungen. Und es gab das majestätische brandneue Grandhotel, das gebieterisch die Küste überblickte und aussah wie das Lustschloss eines französischen Königs.

Französische Könige existierten nicht mehr, aber den Reichen und Schönen Europas ging es in dem grenzenlosen Luxus von Zoppots Grandhotel gewiss nicht schlechter als Gott in Frankreich. Morgens wählten sie im Restaurant mit Ostseeblick ihr Frühstück von vier warmen und kalten Büfetts und tranken rosa Champagner oder Sekt von der Krim dazu. Tagsüber räkelten sie sich unter den weißen Sonnensegeln am hoteleigenen Strand, ließen sich von Kellnern in schmucker Livree Picknicks und mit Schirmchen geschmückte Cocktails servieren oder pflegten bei schlechtem Wetter ihre Schönheit in Dampfbad und Massagesalon. Abends genossen sie die Fischspezialitäten, für die die Küche des Hotels berühmt war, tanzten im schummrigen Licht der Bar und begaben sich zu guter Letzt nach unten, in Pommerns einziges Casino, wo im Laufe einer Nacht Vermögen geschaffen und vernichtet wurden.

Legenden zufolge bekam ein Spieler, der seine letzten Jetons verprasst hatte, vom Croupier einen Revolver überreicht, aber Gerda hatte noch niemanden gesprochen, der dergleichen miterlebt hatte. Eine Petersburger Fürstin, die ihre Barschaft vor den Bolschewiken gerettet hatte, sollte sich in der Tat im Eröffnungswinter des Casinos das Leben genommen haben. Doch Herr Stephan, der Empfangschef, beharrte darauf, sie habe der Welt nicht aufgrund von Spielverlusten, sondern aus unerwiderter Liebe zu einem zwanzig Jahre jüngeren Kellner Lebewohl gesagt.

Was immer der Wahrheit entsprach, zu einem Hotel wie

diesem gehörten dramatische Legenden offenbar ebenso wie die Fotografien der prominenten Gäste, die das Billardzimmer und die Rauchsalons schmückten. Ebenfalls häufig erzählt wurde die Geschichte einer Holzfällerwitwe, die im siebzehnten Jahrhundert auf dem Platz, wo jetzt das Hotel stand, als Hexe verbrannt worden war und auf seinen Gängen spuken sollte. An den Spuk glaubte Gerda zwar nicht, aber sie liebte die Atmosphäre des Hotels, die modern und maritim und zugleich den Traditionen des kleinen Ortes verhaftet war. Der überwältigende Luxus stellte einen scharfen Kontrast zu ihrer Unterkunft bei den Kanzlers dar, was ihren Aufenthalten einen Anstrich von Unwirklichkeit verlieh. Wenn überhaupt möglich, genoss sie die Tage deshalb noch mehr.

Im Mai, nach der Geburtstagsfeier, hatte Ferdi ein Wochenende mit ihr in dem Hotel verbracht und sie in einem Balkonzimmer mit Meerblick eingemietet. Vor der marmornen Brüstung blühten rote Geranien, und wenn Gerda in der Frühe hinauslief und sah, wie der Tag über dem Meer erwachte, spürte sie nichts als Dankbarkeit.

Von dem Glück, das sie einst mit Thomas geteilt hatte, war nichts mehr übrig, und die Trauer über das Verlorene war ein Teil von ihr geworden. Manchmal, wenn sie allein und alles um sie still war, empfand sie Leere an der Stelle, wo Liebe und Zutrauen gewesen waren. Sobald sie aber hinunter in die Schankstube ging, um einen Schwatz mit Lotte Kanzler zu halten, sich auf den Weg zur Arbeit machte, wo Fräulein Grünbaum und Ilseken auf sie warteten, oder Ferdi traf, ihren Zauberer, der sich zum Ziel gesetzt hatte, sie glücklich zu machen, fiel die Beklemmung von ihr ab.

Sie wohnte in der schönsten Stadt Europas und hatte ein Zuhause, in dem sie sich geborgen fühlte, sie hatte Freunde, in deren Nähe sie ihre Traurigkeit vergaß, und sie hatte das Meer. An jenem Morgen in Zoppot hätte sie es umarmen wollen.

Obwohl es zum Baden noch zu kühl gewesen war, hatten sie und Ferdi den sonnigen Tag am Strand verbracht, und Gerda war bis zu den Knien ins Wasser gelaufen. Ferdi hatte ihr Mittagessen nach draußen bestellt, und nachdem sie die erste Flasche schweren Rotwein geteilt hatten, leerte er eine zweite allein.

»Du trinkst wirklich zu viel, Ferdi«, rutschte es Gerda heraus.

In seinem blau-weiß gestreiften Badeanzug rekelte er sich neben ihr auf der Liege und lachte. »So bin ich eben. Ich will von allem zu viel: vom Trinken, Essen, Lieben, Leben.« Er sah sie herausfordernd an. »Ich dachte, ich bin mit Gerda, dem Mädchen vom Meer, nach Zoppot gefahren, nicht mit dem Sauertopf Selma.«

Sie musste auch lachen. Warum sollte er nicht tun, was er wollte? Es war schließlich sein Leben, und er tat keiner Menschenseele etwas zuleide.

Abends ging er mit ihr essen, tanzen und anschließend ins Casino, wo er am Roulettetisch um Summen spielte, die Selma schwindeln lassen würden. Er bot auch Gerda Jetons an, und um ihn nicht vor den Kopf zu stoßen, setzte sie eine kleine Menge auf Schwarz. Die Kugel blieb auf der roten Fünf liegen. Sie schob den Rest der Münzen zu Ferdi zurück. »Spiel du«, sagte sie. »Ich habe kein Glück.«

»Aber du bringst mir Glück«, erwiderte er, setzte einen Berg Jetons auf die 17, den Tag ihrer Geburt, und gewann. Er gewann immer weiter, einen Jeton-Stapel nach dem anderen, während Gerda in dem weiß-seidenen Abendkleid, das er ihr geschenkt hatte, wie etliche andere Damen danebensaß und ihm zusah.

Es war der einzige Teil des Wochenendes, der ihr kein Vergnügen bereitete. Der Nervenkitzel, der als so unwiderstehlich galt, war ihr unangenehm. Ferdi in seiner erregten Konzentration auf die Zahlen erschien ihr mit einem Mal fremd. Um Mitternacht stand sie auf und sagte: »Ich gehe zu Bett. Ich hoffe, das Glück bleibt dir hold.«

Ferdi trank Whisky. Gerda hatte aufgehört zu zählen, der wievielte es war. Er erhob sich jedoch auf der Stelle, um sie nach oben zu begleiten. »Bitte entschuldige«, sagte er. »Die Glückssträhne hat mich regelrecht mitgerissen, aber ich hätte bemerken müssen, dass du dich langweilst.«

»Ich bin nur müde«, behauptete Gerda.

Ferdi ging zur Kasse und tauschte seine Jetons in sage und schreibe zwölftausend Gulden um, was Gerda unfassbar vorkam.

»Du brauchst das Geld nicht, oder?«, fragte sie ihn auf der mit rotem Teppich ausgelegten Treppe. »Du spielst nicht deswegen?«

»I wo. Wenn wir so viel Heu hätten, wie wir Geld haben, müsste ich mir Kaninchen halten. Es ist einfach dieser Reiz – ein bisschen harmloses Geplänkel mit dem Glück, sonst nichts.«

Vor ihrer Zimmertür blieb er stehen und bedankte sich für den schönen Tag. Im Grunde war sie es, die sich hätte bedanken müssen, doch stattdessen sagte sie: »Pass bitte auf dich auf.«

Der nächste Tag – Sonntag – war wieder sonnig und ungetrübt, und in der Abendröte fuhren sie zurück in die Stadt.

Vor dem Sommer hatte Gerda ein wenig Angst, weil sie, sobald die Tage länger wurden, noch immer an ihr verlorenes Glück denken musste. Ferdi aber fuhr mit ihr wiederum nach Zoppot, sie liefen endlich ins Meer und schwammen um die

Wette, und die Angst verflog. Ins Casino ging sie dieses Mal nicht mit, und morgens beim Frühstück sah sie an den Ringen unter Ferdis Augen, dass es spät geworden sein musste.

»Hast du gewonnen?«, fragte sie.

»Nicht genug.« Er lächelte. »Aber ich bin mit dir in Zoppot – was für einen größeren Gewinn könnte es geben?«

»Wie viel wäre denn genug?«

Ferdi zuckte mit den Schultern und häufte sich das zarte Fleisch seiner geräucherten Makrele auf die Gabel. »Bei einem wie mir lässt sich das schwer sagen. Ich bin so unersättlich.«

Im Juli und August fuhren sie drei weitere Male, und als Gerda Fredi bat, nicht jedes Mal das teuerste Zimmer für sie zu buchen, schüttelte er lediglich den Kopf und sagte: »Für meine beste Freundin ist nicht einmal das teuerste gut genug. Sobald die *Heliade* fertig ist, nehme ich dich mit auf eine Kreuzfahrt, und dann wirst du in einer meiner Prinzessinnenkabinen logieren.«

Wegen der *Heliade* bekam er wiederholt Streit mit seiner Schwester, weil ihm ständig weitere Finessen für den Innenausbau einfielen und neue Rechnungen bezahlt werden mussten. Die Jungfernfahrt des Schiffes, die endlich Geld einbringen sollte, verschob sich dagegen immer wieder.

»Bringt das die Firma in Schwierigkeiten?«, fragte Gerda besorgt, aber Ferdi lachte nur.

»Unsere Firma? Aber liebstes Gerda-Mädchen, hast du denn noch immer nicht begriffen, dass Selma sich nicht wohlfühlt, wenn sie keinen Teufel an die Wand malen kann? Der Firma geht es blendend, die hätte den Geldsegen, den die *Heliade* ihr einbringen wird, gar nicht nötig, aber Selma regt sich nun einmal gern auf. Lassen wir ihr ihre kleine Freude und genießen unsere große.«

Der letzte Tag im August war ein Samstag, und er war strahlend schön. »Sagen wir dem Sommer auf Wiedersehen«, schlug Ferdi vor, und sie luden ihre Taschen ins Auto und brausten nach Zoppot. Es wurde ein herrlicher Tag mit Schwimmen, Sonnenbaden und einem Mittagsmahl aus frischen Krabben, doch gegen Abend erfasste Gerda eine Melancholie, die sie nicht abschütteln konnte. Es würde einen langen Herbst und Winter dauern, ehe sie wieder in der Ostsee schwimmen konnte, und wer wollte wissen, wie es um sie alle dann stand?

»Um mich und dich besser denn je«, sagte Ferdi, der sie gefragt hatte, warum sein Mädchen vom Meer auf einmal so traurig sei. »Wenn es nach mir geht, sind du und ich im nächsten Sommer die glücklichsten Leute von Danzig, aber mit dieser Tür falle ich dir jetzt nicht ins Haus. Was meinst du, werfen wir uns in Schale und versuchen unser Glück mit der kreisenden Kugel?«

»Du gehst«, sagte Gerda. »Ich will nach dem Abendessen noch ein bisschen am Meer sein.«

Nach ein paar erfolglosen Versuchen, sie zu überreden, zog er seines Weges, und sie ging zurück an den Strand in Richtung Seebrücke, wo heute das letzte Wettschwimmen für junge Männer gestartet worden war. Jetzt beleuchtete eine Reihe von Laternen den Steg bis weit aufs Wasser hinaus. Während Gerda dort entlangging, drang vom Hotel her Musik zu ihr herüber. Dennoch hatte sie das Gefühl, zwischen Meer und Himmel allein zu sein.

Das Meer war ruhig, die kleinen Wellen schwappten wie im Spiel an die Pfähle des Stegs, und der Himmel war übersät von Sternen. Urplötzlich überfielen sie Gedanken an Thomas, den sein Vater die Namen der Sternbilder gelehrt hatte und der sie ihr in klaren Nächten auf Lapienen gezeigt hatte. Sie erkannte die Konstellation der Leier und des Schwanes.

Thomas hatte ihr erzählt, dass Schwäne sich nur ein einziges Mal in ihrem Leben einen Gefährten suchten und allein blieben, wenn sie ihn verloren.

»Ich glaube, ich bin ein Schwan«, hatte er gesagt.

Ich bin auch einer, dachte Gerda. *Ich habe dich verloren, und ich habe gelernt, dass ich damit leben kann, aber ich bleibe allein. Bist du auch allein, irgendwo auf der Welt? Siehst du vielleicht gerade jetzt die Sterne an und denkst daran, dass du sie einmal einem Mädchen erklärt hast, das du dein Schrapsel nanntest – als ich die kleine Gerda für dich war und du für mich der kleine Kay?*

Im nächsten Augenblick schoss über den schwarzblauen Himmel, an dem all die Sterne funkelten, ein Meteor. Er schien gigantisch zu sein, und sein Schweif war so hell, dass alle anderen Himmelskörper dagegen verblassten.

War das eine Sternschnuppe? Sie kamen in Augustnächten häufig vor. Gerda hatte in diesem Jahr einige gesehen und nie etwas zu wünschen gewusst als: *Möge alles so bleiben, wie es ist.*

Durfte sie sich jetzt wieder etwas wünschen? Der Aberglaube war kindisch, doch mit aller Kraft wünschte sie sich dasselbe wie zuvor: dass alles so bliebe, ihr kleines, zufriedenes Leben weiter seinen Gang ging und den Menschen, die sie lieb hatte, nichts geschah. Sie starrte dem hellen Meteor nach, bis er in der Ferne verschwand. Dann drehte sie sich auf dem Absatz um und lief die Seebrücke zurück, dem Licht und der Musik des Hotels entgegen.

Auf dem Strand hatten sich Menschen in Gruppen versammelt, starrten gen Himmel und führten, erregt gestikulierend, Gespräche. Über die breite Terrasse, wo sie vorhin zu Abend gegessen hatten, kam Ferdi in seinem weißen Smoking auf sie zugelaufen.

»Gerda?«, rief er außer Atem. »Ist alles in Ordnung?«

Sie lief zu ihm, und er fing sie in seinen Armen. Seine Größe und tröstliche Kraft hatten ihr nie so wohlgetan wie jetzt.

»Ja, ich denke«, antwortete sie. »Ich habe gerade die größte Sternschnuppe meines Lebens gesehen und mich ein bisschen erschreckt, aber Sternschnuppen bringen ja Glück.«

»Diese nicht«, sagte Ferdi. »Ein paar Damen, die sie auch gesehen haben, sind ins Casino gestürzt und wollten ihre Männer von den Spieltischen wegziehen, weil ein so großer Meteor angeblich ein Unglück ankündigt.«

Gerda wurde kalt. Auf der bloßen Haut ihrer Schultern spürte sie, dass die Nacht nicht länger sommerlich war.

»Deshalb bin ich gekommen«, sagte Ferdi. »Auf einmal musste ich unbedingt zu dir und mich vergewissern, dass es dir gut geht.«

»Danke«, sagte Gerda und vergrub ihr Gesicht an seiner Hemdbrust, die den vertrauten Duft ausströmte.

Er streichelte ihr den Rücken. »Dabei ist das ja albern. Sterne, die vom Himmel fallen, bringen höchstens Unglück, wenn sie einen auf den Kopf treffen.«

»Ach, Ferdi.« Sie konnte noch immer nicht lachen, aber ein wenig legte sich die unerklärliche Furcht. »Und nun hast du meinetwegen dein Spiel unterbrochen.«

»Das habe ich gern getan«, sagte er. »Ist dir kalt? Du zitterst ja.« Er schlüpfte aus dem Smokingjackett und breitete es ihr über die Schultern. »Komm, wir gehen nach drinnen, ins Warme. Wollen wir beide auf den Schrecken in der Bar noch etwas trinken?«

Gerda überlegte. »Ins Warme würde ich gern und etwas trinken auch, aber ich glaube, in die Bar möchte ich lieber nicht.«

»Soll ich dich in dein Zimmer bringen?«, fragte er fürsorglich. »Ich könnte noch eine kleine Weile bei dir sitzen und uns etwas nach oben bringen lassen, eine Flasche von dem kräftigen jungen Burgunder, der dir neulich so gut geschmeckt hat.«

»Das klingt himmlisch«, sagte Gerda.

Auf diese Weise wurde es doch noch ein schöner Abschied vom Sommer, und als sie zurück nach Danzig kamen, dachte Gerda nicht länger an den Meteor.

26

Oktober

Beinahe zwei Monate später, als ein finsterer, stürmischer Herbst die Stadt und ihre Bucht im Griff hielt, stürzte mitten in der Woche, an einem Donnerstag kurz vor Feierabend Ferdi ins Vorzimmer und blieb vor Gerdas Schreibtisch stehen. »Wie lange brauchst du, um ein, zwei Sachen zu packen und dir irgendetwas Warmes für die Fahrt anzuziehen?«, fragte er. »Ich muss ein paar Tage raus. Ich habe in Zoppot angerufen, und sie halten uns unsere Zimmer frei.«

»Aber ich muss morgen doch arbeiten«, sagte Gerda, die ihn verändert fand, seltsam erregt. Stunden zuvor war Selma, wie immer wutschnaubend, ins Gebäude gestapft und in seinem Büro verschwunden. Gerda hatte nicht gesehen, wann sie wieder gegangen war.

»Ich bin dein Chef, oder nicht? Und ich will eben, dass du morgen mit mir in Zoppot arbeitest.«

In den letzten Wochen war die Arbeit oft anstrengend

gewesen, und das üble Wetter setzte Gerda zu. Ein paar Tage am Meer klangen verlockend, und dennoch war sie nicht so fröhlich, wie sie sich gab, als Fräulein Grünbaum und Ilseken ihr ein fröhliches Wochenende wünschten.

»Was ist los?«, fragte sie Ferdi, als er in dem geschlossenen schwarzen Mercedes, den er sich für die kalte Jahreszeit gekauft hatte, viel zu schnell die Uferstraße entlangjagte.

»Nichts, Kleines«, sagte er und tätschelte ihr in der Fahrt die Hand, klang aber nicht so beruhigend wie sonst. »Ich bin nur ein bisschen überarbeitet, was einem Faulpelz wie mir nicht gut bekommt. Und mir zerrt diese ewige Unkerei von Selma an den Nerven. Wenn man ihr Glauben schenkt, geht morgen die Welt unter, weil an der Börse in New York der Kurs ein bisschen stolpert. Ihrer Ansicht nach werden die kleinen Toms, Dicks und Harrys, die sich auf Kredit ein paar Aktien gekauft haben, jetzt sämtlich in Panik verfallen, alles auf den Markt werfen und damit die Börse zum Einsturz bringen. Als wäre je eine Börse wegen ein paar Kleinanleger zusammengebrochen und als hätte ausgerechnet meine kreuzbrave Schwester Ahnung von Aktiengeschäften.«

»Und wenn sie recht behielte?«, fragte Gerda. »Wenn die Börse wirklich zusammenbrechen würde – könnte euch das schaden?«

»Ach was.« Ferdi hob eine Hand vom Steuer und machte eine wegwerfende Bewegung. »Ja, wir haben auch ein bisschen Taschengeld dort drüben investiert, so etwas macht Spaß, und wenn man über den eigenen Tellerrand hinausschaut, fällt man bei der nächsten Hyperinflation in kein gar so tiefes Loch. Aber deshalb braucht doch niemand Angst zu haben, der kleine Schluckauf der amerikanischen Börse könnte ihn in den Ruin stürzen – weder Selma noch Vater und du schon gar nicht. Wir beide machen uns ein paar schöne

Tage, entspannen uns, und wenn wir am Sonntag zurück in Danzig sind, ist alles wieder im Lot.«

Ferdi hatte telefonisch nicht nur ihre gewohnten Zimmer, sondern auch ihren angestammten Fenstertisch im Restaurant und das komplette Menü aus fünf Gängen bestellt. Es war schon dunkel, als sie eintrafen, und es regnete in Strömen, aber das vom Regen gepeitschte Meer war so fesselnd, dass Gerda sich kaum abwenden konnte. Sooft sie hier gewesen waren, hatten die Laternen auf der Mole und die Lampions um den privaten Strand die Nacht erhellt, aber jetzt schien nicht einmal der Mond. Das einzige Licht stammte von den Kronleuchtern im Restaurant und tauchte den Strand in einen gespenstischen Schimmer.

Dort draußen schien aufzuleben, was Gerda so lange unterdrückt hatte: Die Gestalten aus ihren Märchen erhoben sich aus dem Schlaf, zu dem sie sie verbannt hatte, und begannen ihren Tanz. Im Wechsel aus Regen und Licht erkannte sie Gnome und Geister, Trolle und Elfen, Feen, Zwerge und zwischen allen die weiß gewandete Schneekönigin. Es war unheimlich, aber es war auch schön und erinnerte sie an ihre Kinderzeit, wenn sie nachts wach gelegen und in jedem kleinsten Muster der Tapete eine Gestalt und ihre Geschichte ausgemacht hatte.

Die Geschichten hatte sie anderntags Thomas erzählt, und es waren trotz all der fantastischen Gestalten, der Wendungen und Abgründe am Ende immer Geschichten von ihnen beiden gewesen. Ihre Art, etwas zum Ausdruck zu bringen, was sich in Alltagsworten nicht aussprechen ließ und was in Gerdas Elternhaus auch niemand hätte hören wollen: Angst vor etwas, das Krieg genannt wurde und das sie nicht begreifen konnte. Sorge um Erwachsene, die von einem Tag zum anderen wie versteinert waren. Einsamkeit in einer Welt, die nicht länger vertraut war. Trauer um Tote ohne Gräber, um Menschen, die ohne Abschied verschwanden, um Verlorenes, das nicht beim Namen genannt werden durfte.

Gerda sah dem Tanz ihrer verlassenen Gestalten zu und konnte sich nicht lösen. Bis Ferdis Stimme in ihre Verzauberung hallte und den Bann brach: »Was gibt es denn da draußen? Den Stein der Weisen? Auch wenn es noch so bahnbrechend ist – ich warte seit geraumer Zeit darauf, mit dir anzustoßen.«

Erschrocken fuhr Gerda herum. Nie zuvor in all den Monaten ihrer Freundschaft hatte Ferdinand in solchem Ton mit ihr gesprochen. Forschend sah er sie an. Sein Blick war ein wenig glasig, und das halb leere Weinglas in seiner Hand hing schräg.

Hastig ergriff sie das ihre. »Entschuldige. Ich habe nur die Ostsee noch nie bei solchem Wetter gesehen.«

»Nun, dazu wirst du in den nächsten Tagen reichlich Gelegenheit erhalten«, sagte er. »Wie es aussieht, wird das Wetter elendig schlecht bleiben, aber wir sind ja nicht zum Baden hier.«

Die Kellner kamen mit den Horsd'œuvre, und Gerda war froh, dass dies ihr Gespräch vorerst unterbrach. Wie gewohnt, war das Essen erlesen, aber Ferdi, der Genussmensch, schaufelte heute einen Gang nach dem anderen in sich hinein. Dazu trank er Unmengen Wein und zwischendurch klare Schnäpse, »um den Gaumen zu reinigen«. Mehrmals zog er seine Uhr aus der Tasche, wenn er mit einem Gang früher als sie fertig war, und als sie ihr Dessert, eine Götterspeise aus Preiselbeeren, langsam löffelte, brach es aus ihm heraus: »Wäre es möglich, dich ein bisschen zu beeilen? Ich würde gern ins Casino. Wenn wir uns hier noch länger ausmären, ist am Roulettetisch jeder Platz besetzt.«

Gerda erschrak von Neuem. Dass Menschen harsch mit ihr sprachen, war sie von klein auf gewohnt. Sie kannte es von ihrem Vater, und von ihrer Mutter hatte sie kaum anderes in Erinnerung. Ferdi aber hatte immer nur freundlich mit ihr gesprochen, und dieser neue Tonfall machte einen fremden Menschen aus ihm.

»Bitte warte nicht auf mich«, sagte sie. »Das Casino ist dein Element, da würde ich nur stören. Ich esse in Ruhe auf und gehe früh zu Bett.«

»Und wenn ich dich heute gern bei mir hätte?«, fuhr er auf. »Wenn es mir so geht wie dir an dem Abend mit dem verdammten Meteor, als du dir gewünscht hast, dass ich bei dir bleibe? Ich wünsche es mir heute, Gerda. Iss in Gottes Namen dieses klebrige Zeug auf und komm auf ein paar Spiele mit.«

Gerda ließ ihre Götterspeise stehen. Der Appetit war ihr ohnehin vergangen. In dieser Nacht blieben sie bis zwei Uhr früh im Casino, und Ferdi verspielte einen Stapel Jetons nach dem anderen. Er konnte nicht aufhören. War ein Betrag verloren, setzte er sofort den nächsten noch höheren. Dazu stürzte er doppelte Whiskys hinunter, bis er Mühe hatte, die Spielmünzen abzuzählen.

Gerda tat es für ihn und fragte zwischendurch immer wieder: »Wie viel hast du schon verloren?«

»Wer weiß, wer weiß«, nuschelte er und schob den nächsten Stapel Jetons auf eine Zahl, an der die Kugel vorbeirollte.

Gerda hatte Angst, selbst nachzurechnen, tat es aber schließlich doch und hielt entsetzt bei dreißigtausend Gulden inne.

Ferdi trank, tauschte erst Banknoten und kurz darauf Schecks gegen Jetons ein und verlor, bis außer ihm niemand mehr am Tisch saß und der Croupier die Nacht für beendet erklärte. Ferdi protestierte, doch schließlich lallte er eine Entschuldigung und ging.

Gerda nahm ihn beim Arm, um ihm in sein Zimmer zu helfen. Seit sie ihn kannte, hatte sie ihn Unmengen von alkoholischen Getränken in sich hineinschütten sehen, aber noch nie hatte sie ihn bis zur Besinnungslosigkeit betrunken erlebt. In den Lift musste sie ihn beinahe schleifen, und in seinem Zimmer blieb ihr nichts übrig, als ihm aufs Bett zu helfen, ihm Schuhe und Strümpfe auszuziehen und das Hemd vom Leib zu knöpfen. Dabei beließ sie es, deckte ihn zu und löschte das Licht auf dem Nachttisch, ehe sie ging.

»Gute Nacht, Ferdi«, sagte sie. Er griff nach ihrer Hand, und sie streichelte die seine, bis sie erschlaffte und er zu schnarchen begann. Weiter konnte sie nichts für ihn tun. Falls er in den vergangenen Stunden mehr Geld verspielt hatte, als das Unternehmen verkraften konnte, würden sie dem am nächsten Tag ins Auge blicken müssen.

Am Morgen erschien er zu spät zum Frühstück und sah zum Fürchten aus: das Gesicht aufgedunsen und gerötet, die Augen zu Schlitzen geschwollen, die Stirn schweißbedeckt. Wie immer hatte er sich geschmackvoll gekleidet, aber die Krawatte saß schief, das Haar stand ihm zu Berge, und die Hände zitterten heftig, wenn er nach etwas griff. »Es tut mir leid«, sagte er kleinlaut zu Gerda. »Kannst du mir verzeihen?«

»Verzeih lieber dir selbst, und geh ein bisschen vorsichtiger mit dir um«, sagte Gerda. »Mir hast du ja nichts getan.«

»Ich habe dich blamiert und dir den Abend verdorben«, widersprach Ferdi. »Bist du mir wirklich nicht böse?«

»Nein«, sagte Gerda. »So schlimm war es nicht. Wie steht es mit dem Geld, Ferdi? Du hast eine sehr große Summe verloren – entsteht euch daraus wirklich kein Schaden?«

»Fang nicht an wie meine Schwester, ich bitte dich!« Jäh war seine Stimme wieder scharf. »Willst du mir etwa gleich noch erzählen, ich hätte die Verantwortung für meinen kranken

Vater und würde seine Zukunft gefährden? Ein Mann wird sich nach einer harten Woche ja wohl ein bisschen Vergnügen gönnen dürfen, und die paar Verluste ersetze ich aus der Portokasse.« Dann erhob er sich halb und winkte dem Kellner. »Friedhelm, seien Sie so gut und bringen uns eine Flasche Veuve Clicquot Rosé. Und zum Kaffee einen Cognac, Très Vieille Réserve.«

»Ferdi!«, rief Gerda aufrichtig erschrocken. »Du kannst doch nicht schon wieder trinken, wo sich dein Körper gerade erst erholt.«

»Ich kann tun, was ich will«, sagte er. »Hört endlich auf, mich wie ein unmündiges Kind zu behandeln. Wer hat denn die Werft in den letzten zehn Jahren geleitet, seit sich der Zustand des allseits verehrten Seniorchefs so rasant verschlechtert hat? Selma vielleicht? Im Leben nicht. Der dumme, kleine Ferdi, den sie alle bevormunden wollen, ist es gewesen, und so schlecht seid ihr damit wohl nicht gefahren. Und wer hat dafür gesorgt, dass die Firma Treichel in den Olymp der Reedereien aufsteigt? Wer hat Visionen für die Zukunft entwickelt und sie umgesetzt?«

Der Kellner kam mit den Getränken und unterbrach seinen Wortschwall. Ferdi wischte sich den Schweiß von der Stirn und steckte dem Mann ein wenig zu auffällig einen Geldschein zu.

»Wünschen Sie die Morgenzeitungen, mein Herr?«, fragte der Kellner.

»Lieber nicht, die verderben mir den Appetit«, antwortete Ferdi, der bereits einen Schluck von seinem Cognac hinuntergestürzt hatte. »Schicken Sie sie mir aufs Zimmer, dann kann ich nachher einen Blick hineinwerfen, falls mir danach ist.«

Der Kellner ging, und Ferdi wandte sich mit dem Cognacschwenker in den Händen Gerda zu. »Es tut mir leid«, sagte er zum zweiten Mal an diesem Morgen. »Wir ziehen einen Strich unter die vergangene Nacht und machen uns heute einen schönen Tag, was hältst du davon? Lass uns einkaufen gehen. In der Seestraße gibt es einige wirklich exquisite Geschäfte, da werden wir etwas Hübsches für dich finden. Und hinterher …«

»Ferdi, du brauchst mir keine Geschenke zu kaufen«, unterbrach ihn Gerda. »Wie schon gesagt, du hast mir nichts getan, und ich mache mir nur Sorgen um dich. Mir wäre es am liebsten, wenn wir nach Danzig zurückfahren würden. Falls du aber noch bleiben möchtest, nehme ich gerne den Zug.«

»Bitte nicht«, rief er geradezu flehentlich. »Ich weiß, ich habe mich unmöglich benommen, aber ich mache es wieder gut.« Er stellte das Cognacglas ab, nahm ihre Hände in seine und streichelte sie. »Ich habe mich so fürchterlich darüber geärgert, dass Selma sich in alles einmischt, deshalb habe ich den Kopf verloren. Schließlich gehe ich ja auch nicht in ihre Schulklasse und schreibe ihr vor, wie sie ihre Arbeit zu tun hat. Aber sie ist eben, wie sie ist, und wir dürfen uns davon nicht noch einen Tag verderben lassen. Bitte bleib hier, liebe Gerda. Bleib in unserem Zoppot, lass mich nicht allein.«

Seiner Art, sie anzubetteln wie ein kleiner Junge, wusste sie nichts entgegenzusetzen, zumal er ihr ja tatsächlich nichts getan hatte. Also machte sie sich mit ihm auf den Weg ins Städtchen, doch wohl fühlte sie sich nicht dabei.

Während in Danzig rund um die Bahnhöfe und die belebten Straßen den ganzen Tag Zeitungsjungen ihre Ausgaben anpriesen, ging es in Zoppot ruhig zu, und wer eine Schlagzeile lesen wollte, musste es an einem der Kioske tun. An diesem Freitag schien jedoch eine seltsame Anspannung in der sonst friedlichen Einkaufsstraße spürbar, und als Gerda und Ferdi zum Strand zurückkehrten, um im Kurhaus zu Mittag zu essen, fanden sie am Eingang gleich drei Zeitungsjungen vor.

»Extrablatt! Panik an den Börsen!«, schrie der erste und schwenkte eine Sonderausgabe der von Hans Fuchs herausgegebenen *Danziger Neuesten Nachrichten.*

»New Yorker Börse zusammengebrochen«, brüllte der zweite, der die *Danziger Volksstimme,* die Zeitung der Sozialdemokraten, in die Höhe hielt. »Sämtliche Kurse im Sturzflug, Kleinanleger um ihr Geld gebracht!«

Der dritte Junge war etwas älter und pries sowohl den *Danziger Vorpfosten* als auch den *Völkischer Beobachter* an, Zeitungen, die Albrecht von Wolter gelesen hatte. »Aktien im Wert von vier Milliarden gehen in Rauch auf. Amerikanisches Judenkapital wird aus Deutschland abgezogen.«

»Lasst uns mit euren Schmierblättern in Ruhe.« Ferdi beschleunigte seinen Schritt und stieß den Jungen mit den nationalistischen Zeitungen zur Seite. »Kommst du, Gerda?« Er hielt ihr die Tür zum Restaurant des Kurhauses auf, aber Gerda war stehen geblieben.

»Warte!«, rief sie, gab dem Jungen mit den *Neuesten Nachrichten* zwei Groschen und ein Fünf-Pfennig-Stück und nahm ein Exemplar der Zeitung entgegen.

»Was willst du denn damit?«, blaffte Ferdi, als sie zu ihm aufschloss und sie der Kellnerin an einen der Tische folgten. »Mit ihrer Schwarzmalerei wollen sie uns das Geld aus der Tasche ziehen, und du gehst ihnen in die Falle. Wir haben doch seriösere Tageszeitungen im Hotel, wenn du so scharf darauf bist.«

»Sind die *Neuesten Nachrichten,* die euer Freund Hans Fuchs herausgibt, nicht seriös?«, fragte Gerda. »Fräulein Grünbaum sagt, sie liest lieber die *Volksstimme,* weil ihr die *Nachrichten* vor lauter Seriosität schon fast langweilig sind.«

»Wenn sie diesen Unsinn in Fettdruck auf ihre Titelseite setzen, ist das Sensationshascherei, ob sie vom Füchschen stammt oder vom lieben Gott«, erwiderte Ferdi und schlug mit dem Handrücken gegen die Zeitung. »Panik an der Börse – was sollen wir aus dieser Meldung denn schließen? Dass morgen alles zusammenbricht?«

»Ich weiß es nicht«, antwortete Gerda. »Aber ich will es gern wissen. Es ist mir nicht leichtgefallen, mir hier ein Leben aufzubauen, und wenn etwas dieses Leben bedroht, dann möchte ich darauf vorbereitet sein.«

»Gerda«, rief Ferdi und nahm wieder ihre Hände, »meine arme, liebe Gerda. Genau deshalb regen mich diese Zeitungsschreier so auf – weil sie gute, unbescholtene Menschen wie dich grundlos in Panik versetzen. Natürlich ist dein Leben nicht bedroht, wenn in Amerika ein paar Aktienkurse einbrechen, genauso wenig, wie wenn in China ein Sack Reis umfällt. Dein Leben wird niemals und von gar nichts bedroht sein, das verspreche ich dir. Wozu hast du schließlich den guten, alten Ferdinand zum Freund?«

Er hatte seine Krise vom Morgen offenbar überstanden, wirkte jetzt regelrecht aufgekratzt und versuchte alles, um Gerda aufzuheitern. Später, als sie ins Hotel zurückkehrten, zeigte er ihr das *Berliner Tageblatt,* das auf der Titelseite von einem Attentat in Brüssel berichtete, einem Schuss auf den italienischen Kronprinzen, der diesen jedoch verfehlt hatte. »Das ist eine traurige Geschichte«, sagte er. »Warum schießt man auf dieses grüne Bürschlein, wenn man Mussolini loswerden will? Warum schießt man überhaupt auf Menschen? Wenn du mich fragst, tut man besser daran, tanzen zu gehen und es sich gut gehen zu lassen.«

Dem Zusammenbruch der Börse in den Vereinigten Staaten widmete das *Tageblatt* lediglich einen kurzen Artikel unten auf der Seite. Darin hieß es, durch die Kursstürze werde es vorübergehend zu dem einen oder anderen Engpass kommen, doch echte Sorgen brauche man sich in Deutschland nicht zu machen.

»Das nenne ich vernünftige Berichterstattung«, erklärte Ferdi. »Jeder weiß, worauf er sich einstellen muss, aber ein gutgläubiges Mädchen wird nicht um seinen Schlaf gebracht. Dem Füchschen werde ich übrigens sagen, was ich von seinem Geschmiere halte, und die fünfundzwanzig Pfennige für den Schund soll er dir zurückerstatten. Immerhin hält er ja große Stücke auf dich.«

Der Abend wurde schön. Oder besser, er wäre schön geworden, wenn Gerda das Erlebte hätte vergessen können. Sie nahmen ein leichtes Abendessen zu sich und hörten anschließend in der Bar einer Jazzkapelle aus New Orleans zu. Ferdi ging nicht ins Casino, weder in dieser Nacht noch in der nächsten, und am Sonntag legte er ihr zum Frühstück wieder die Titelseite des *Tageblatts* vor, deren Schlagzeile sich dem Zusammenschluss mehrerer Hersteller von Zündhölzern widmete.

»Du siehst, es wird nichts so heiß gegessen, wie es gekocht wird«, sagte er mit strahlendem Lächeln und schenkte ihnen beiden rosafarbenen Champagner in die Kelche, obwohl Gerda ihm gesagt hatte, sie wolle beim Kaffee bleiben.

27

1930

Die Krise, die in den Vereinigten Staaten ihren Anfang genommen hatte, breitete sich in atemberaubender Geschwindigkeit über die gesamte Welt aus. Albrecht von Wolter hatte einmal gesagt, nichts reise so schnell wie Geld und schlechte Nachrichten, und in diesen Wochen sah Gerda das bestätigt.

Kein anderes Land war so schwer betroffen wie Deutschland, dessen Wirtschaft durch hohe Kredite an die der Vereinigten Staaten gekoppelt war. Geld, das Menschen in Aktien angelegt hatten, weil ihnen auf Werbeplakaten erklärt worden war, sie müssten es für sich arbeiten lassen, verlor über Nacht seinen Wert. Laufzeiten für die mehr als 21 Milliarden Reichsmark, die nach Deutschland geflossen waren, hatten sich beständig verlängern lassen, jetzt aber verlangten die amerikanischen Kreditgeber ihr Geld mit sofortiger Wirkung zurück. Sie zogen ihr Kapital aus Deutschland ab, und die Unternehmen, die die geliehenen Beträge in Investitionen hatten, saßen auf dem Trockenen.

Massenentlassungen folgten noch vor dem Jahreswechsel. Zwei Millionen Menschen waren 1929 in der Republik ohne Arbeit gewesen. Als das neue Jahr anbrach, waren es bereits drei. Was in Deutschland geschah, setzte sich mit geringfügiger Verzögerung in Danzig fort. Die Firma Klawitter, eine der großen Traditionswerften von Danzig, mit der die Treichels in freundschaftlicher Rivalität lebten, musste ein Drittel ihrer sechshundert Arbeiter entlassen. Auch Ignaz Gebauhr, den Freund der Treichels, hatte es hart getroffen. Er teilte es ihnen auf der Silvesterfeier mit, zu der sie alle im Haus in der Breiten Gasse zusammengekommen waren:

»Zum ersten Mal bin ich froh, dass meiner Hermine und mir der Wunsch nach Kindern verwehrt blieb«, sagte er. »Wir haben somit für niemanden zu sorgen und werden mit dem, was uns nach der Schließung der Werft übrig bleibt, unseren Lebensabend auf halbwegs anständige Weise verbringen können.«

»Das kann nicht dein Ernst sein, Ignaz«, sagte Ferdis Vater. Er litt seit mehreren Wochen unter einem erneuten Schub seiner Krankheit, der ihm starke Schmerzen bereitete und ihm die Mitarbeit im Unternehmen praktisch unmöglich machte.

»Mein bitterer Ernst, Matthäus, sosehr mir das Herz blutet. Wir Danziger Werftbesitzer hatten seit dem Ausbau des Hafens in Gdingen kein leichtes Leben mehr, aber wir Männer vom Meer sind von Natur aus findig und wissen uns zu helfen. Auf die Kredite aus Amerika haben wir allerdings gebaut. Dass diese Quelle schlagartig versiegt ist, bricht Unternehmen wie meinem das Genick.«

»Und wer ist der Nächste?« Im Aufspringen stieß Selma ihren Stuhl um, sodass der Pinscher auf Tante Malwines Schoß zu kläffen begann. »Das kann ich euch sagen. Die Firma Treichel ist es, die in ihrem Dock eine gigantische Schiffsleiche liegen hat, die jeden Tag Unsummen verschlingt und nie fertig wird. Und als wäre das nicht genug, verschleudert mein Herr Bruder Firmenkapital mit seinen angeblich so genialen Spekulationen. Die haben sich nun samt und sonders als Windeier entpuppt, und das Geld ist futsch!«

Ferdi war ebenfalls aufgesprungen und begann, zurückzuschreien, aber sein Vater hob appellierend die Hände und schaffte es, seine beiden Kinder zum Schweigen zu bringen.

»Ich bitte euch, beruhigt euch«, brachte er mühsam heraus. »Ja, wir werden in uns gehen und die Finanzplanung des nächsten Jahres mit Sorgfalt überdenken müssen, aber wir stehen nicht vor dem Bankrott. Krisen gab es immer und wird es immer geben. Menschen begehen nun einmal Fehler, Selma. Sie verfügen jedoch auch über die Fähigkeit, Durststrecken zu überstehen und ihre Fehler auszubügeln. Nicht wir sind es, die von ihrem Lebenswerk Abschied nehmen müssen, sondern unsere Freunde Hermine und Ignaz. Für sie sollten wir jetzt da sein, statt uns darum zu sorgen, wie wir unsere eigenen Schäfchen ins Trockene bringen.«

Den Worten des Hausherrn setzte niemand etwas entgegen. Gerda entging jedoch nicht, dass Selma flüsternd auf Fräulein Grünbaum einsprach und dass Ferdi Cognac aus einem Weinglas trank und vor Wut schäumte. Ihr entging auch nicht, dass die Züge seines Vaters vor Schmerz verzerrt waren und dass er sich mit seiner gesunden Hand an die Armlehne des Rollstuhls klammerte.

Um Mitternacht traten sie alle ans Fenster, sahen sich das herrliche Feuerwerk über der Speicherinsel an und wünschten einander ein glückliches 1930. Hoffnungsvolle Stimmung aber wollte nicht aufkommen. Gerda hörte, wie Selma in ihrem Rücken zu Fräulein Grünbaum sagte: »Mich würde es ja nicht stören, wenn mit dem Untergang des Großkapitals auch unsere Werft absaufen würde. Aber was wird dann aus den Arbeitern? Und aus ihren Familien? Die Regierung hat doch überhaupt keine Rücklagen, um die Menschen, die demnächst ohne Lohn und Brot dastehen, durchzufüttern. Und nächstes Jahr sind Wahlen zum Volkstag, das wird ein gefundenes Fressen für die Nazis.«

Gerda verabschiedete sich so früh, wie es die Höflichkeit erlaubte. Ferdi insistierte, er wolle sie nach Hause fahren, doch er konnte sich kaum noch auf seinen Beinen halten. Gerda war deshalb heilfroh, als Hans Fuchs ihr anbot, sie zu Fuß zu begleiten. Es war ein langer Weg durch stille Straßen, in denen nur vereinzelt noch Nachtschwärmer und bunte Vögel heimwärts torkelten, und das Schweigen nach all dem Aufruhr tat ihr gut.

Als sie die Kleine Seebadgasse in Heubude beinahe erreicht hatten, gab Hans Fuchs ihr einen Gulden und seine Visitenkarte und sagte: »Unser gemeinsamer Freund Ferdinand hat mich wiederholt darauf aufmerksam gemacht, dass ich Ihnen Geld schulde. Lassen Sie mich das hiermit begleichen.«

»Sie schulden mir Geld?«

Fuchs nickte. »Sie haben offenbar durch einen Artikel in meiner Zeitung Schaden erlitten, was nicht in der Absicht der *Neuesten Nachrichten* lag. Betrachten Sie den Rest als Schmerzensgeld.«

Im Licht einer Straßenlaterne erkannte Gerda erleichtert, dass er lächelte. »Gott sei Dank«, entfuhr es ihr. »Ich hatte schon Angst, Sie meinen das ernst. Bitte behalten Sie Ihren Gulden. Ferdi redet Unsinn.«

»Das kommt vor«, erwiderte Fuchs. »Den Gulden behalte ich nur, wenn Sie meine Karte behalten. Für den unwahrscheinlichen Fall, dass es bei Treichel doch Schwierigkeiten gibt und ich Sie für die Mitarbeit bei meiner Zeitung interessieren könnte.«

»Sie wollen mich bei Ihrer Zeitung?«, rief Gerda. »Aber Sie kennen mich doch gar nicht – ich bin die langsamste Tipperin, die Sie je gesehen haben, meine Kurzschrift ist miserabel, und den größten Teil meiner Arbeit erledigt Fräulein Grünbaum für mich.«

»An Büroarbeiten hatte ich auch nicht gedacht«, sagte Fuchs. »Mir gefällt, wie Sie sich ausdrücken, und die kleinen

Geschichten, die Sie immer wieder einstreuen, faszinieren mich. Wir haben donnerstags ja unsere Beilage *Heimat und Brauchtum,* und vielleicht hätten Sie ja Lust, dazu einmal etwas beizusteuern.«

Gerda war nicht einmal bewusst, dass sie an den Abenden bei den Treichels viel gesprochen, geschweige denn Geschichten eingestreut hatte. Plötzlich musste sie an Thomas denken, der gesagt hatte, sie sei von ihrer Natur her eine Schriftstellerin und könne sich gar nicht dagegen zur Wehr setzen. Hatte er damit recht gehabt? Lebten die Geschichten in ihr weiter trotz ihres Entschlusses, mit alledem ein Ende zu machen?

In dieser Nacht war sie zu erschöpft, um darüber länger nachzugrübeln, also bedankte sie sich bei Hans Fuchs und verabschiedete sich. Sie war unendlich froh, sich bei den Kanzlers in ihr behagliches Stübchen mit dem dicken Federbett verkriechen zu können. Vor ihrer Zimmertür fand sie ein Glas mit einer Hyazinthenzwiebel, über die man ein Papierhütchen stülpte, bis sie Wurzeln schlug und ihre duftende Blüte hervorbrachte. *Ein bisschen Frühling fürs neue Jahr, Ihre Wirtin Lotte Kanzler,* stand auf einem Zettel, der an dem Glas klebte. Gerda freute sich so sehr, dass sie in Tränen ausbrach. Was war mit ihr los? Sie hatte doch sonst nicht so nah am Wasser gebaut.

Hinter dem Glas lehnte ein Briefumschlag, in den in schräger Sütterlinschrift die Adresse von Lapienen geprägt war. Sie selbst hatte ihrer Familie auf einer Postkarte knapp ihre Anschrift mitgeteilt, hatte aber nichts von ihnen gehört. Sie riss den Umschlag auf. Der Brief war von Elsbeth:

Liebes Cousinchen,
schon so lange will ich Dir schreiben und habe es doch immer wieder aufgeschoben. Jetzt aber, wo uns das neue Jahr winkt und doch gar nicht so lustig aussieht, wie wir es gern gehabt hätten, soll es endlich so weit sein.

Wie ist es Dir denn ergangen in Deinem Danzig, ist es so, wie Du es Dir vorgestellt hast? Das wünsche ich Dir von Herzen, und am liebsten hätte ich Dich besucht, als ich auf meiner Hochzeitsreise dort übernachtet habe. Noch lieber hätte ich Dich zu meiner Hochzeit eingeladen, aber Du weißt ja selbst, so eine Idee wäre im Hause Westkamm nicht gut angekommen. Allzu schade ist das, und nun, wo es aussieht, als wäre unser Herr und Meister Albrecht durch das infame jüdische Großkapital seines legendären Nibelungenschatzes beraubt worden, wird er sich wohl kaum gnädiger gestimmt zeigen.

Auf ein Wiedersehen dürfen wir also kaum hoffen, aber vielleicht könnten wir uns ab und an schreiben? Mir würde das gut gefallen, denn ich habe Dich immer gerngehabt und vermisse Dich.

Du hast richtig gelesen: Ja, die arme, bucklige Verwandte hat tatsächlich noch jemanden gefunden, der sich ihrer erbarmt hat, und darf sich jetzt Frau Jacoby nennen. Ein Bild von meinem Kurtchen würde ich gern beilegen, habe aber keines zur Hand.

Leo ist übrigens wieder schwanger, und Adele ist es nicht. Was das zusätzlich zu Albrechts Geldnöten für die Atmosphäre im Haus bedeutet, kannst Du Dir denken. Lass es Dir gut gehen, da oben am Meer, liebes Cousinchen, sieh zu, dass Dir Dein Boot in diesen stürmischen Zeiten nicht leckschlägt, und schreib mir doch einmal ein paar Zeilen, wenn Du lustig bist. Darüber freuen würde sich
Dein buckliges altes Cousinchen Elsbeth Jacoby

Ich würde mich auch sehr freuen, dachte Gerda, der die Tränen unablässig über das Gesicht strömten. An ihre Eltern, Albrecht und die letzten Jahre auf Lapienen konnte sie nicht denken, ohne dass der Druck auf ihrem Magen sich verstärkte. Und dem Brief zufolge hatte auch Albrecht durch den Einsturz der Börsenkurse Geld verloren. Gerda war froh, nicht mehr dort zu sein, sondern hier ihr friedliches Zuhause zu haben, auch wenn die nächste Zeit schwierig werden mochte. Elsbeth aber fehlte ihr. Sie würde ihr Glückwünsche und ein Geschenk schicken.

Wen mochte sie geheiratet haben? Kurt Jacoby – war das der stotternde Vetter von Albrecht, mit dem sie an jenem unseligen Weihnachtsabend geflirtet hatte?

Wer immer es war – Gerda wünschte ihrer Cousine von ganzem Herzen, dass er sich als ihr Ritter auf dem Ackergaul erweisen würde, auf den sie hatte warten wollen. Und dass Elsbeth mit ihm Glück erleben würde.

So wie das Glück, das ich erlebt habe.

Sie stellte das Glas mit der Hyazinthenzwiebel auf das Sims ihres Fensters und sah hinaus in den Nachthimmel, vor dem schwarze Wolken einander jagten. Seit Langem empfand sie zum ersten Mal wieder Dankbarkeit für das Glück, das sie mit Thomas erlebt hatte, und war sich bewusst, wie vielen Menschen Ähnliches verwehrt blieb. Sie fühlte sich stark, weil sie auf solche Weise geliebt worden war und geliebt hatte. Hätte sie am Winterhimmel jetzt eine Sternschnuppe gesehen, hätte sie sich gewünscht, diese Stärke nutzen zu können, um ihren Freunden beizustehen.

Die folgenden Monate erwiesen sich in der Tat als schwierig. Auch wenn es niemand vor ihr aussprach, wurde Gerda rasch klar, dass Ferdis amerikanische Spekulationen das Unternehmen weit mehr Geld gekostet hatten, als es verkraften konnte. Hinzu kamen zahlungsunfähige Kunden, verfrüht fällige Kredite und ausbleibende Aufträge. Innerhalb von Wochen sah die Treichel-Werft sich gezwungen, Leute zu entlassen. Wie hart das Ferdi ankam, der seine Mitarbeiter wie Angehörige eines Freundeskreises betrachtete, wusste Gerda nur zu gut.

Ich bin es, die er als Erstes entlassen sollte, dachte sie. Auch wenn sie im Laufe der Zeit mit Fräulein Grünbaums Hilfe halbwegs akzeptabel Kurzschrift und Maschineschreiben gelernt hatte, war ihr klar, dass ihre Talente darin sich in Grenzen hielten und dass Irma Grünbaum und Ilseken ohne sie zurechtkamen. Außerdem bezahlte Ferdi ihr mehr, als ihre Arbeit wert war, und anders als die meisten der übrigen Beschäftigten hatte sie nur sich selbst und keine Familie zu ernähren. In einer Kleinmittagspause, als Ilseken mit einem Laufzettel unterwegs war und Fräulein Grünbaum eine Tüte mit ihren geliebten Milchbrötchen auspackte, fasste sich Gerda ein Herz und sprach die Ältere darauf an.

Irma Grünbaum ließ sie ausreden, schüttelte dann jedoch sofort den Kopf. »Bitte spielen Sie nicht einmal mit dem Gedanken«, sagte sie. »Vielleicht ist es Ihnen nicht bewusst, aber Sie sind es, die unseren Juniorchef bei Kräften hält. Er versucht es ja zu übertünchen, aber er leidet wie ein Tier unter der Schlappe, die er erlitten hat: Er hat fatale Aktienkäufe getätigt, er verprasst zu viel Geld, und vor allem hat er dem Unternehmen seinen Traum mit der *Heliade* aufs Auge gedrückt, der sich jetzt als Grab für Kapital entpuppt.« Fräulein Grünbein rieb sich die Schläfen. »Dass seine Schwester ihm Verantwortungslosigkeit vorwirft, verstehe ich. Nur will Ferdinand Treichel doch im Grunde seines Herzens nichts anderes, als all die Menschen, denen seine Liebe gilt, mit guten Gaben zu überhäufen. Er hat seine Fehler, aber glauben Sie einer alten Eule, die ihn bald sein Leben lang kennt: Er ist ein sehr feiner Mensch, und er braucht Sie, Fräulein von Westkamm.«

»Dass er ein feiner Mensch ist, weiß ich«, sagte Gerda. »Und wenn ich ihm helfen könnte, wäre ich froh, denn er hat mir im vergangenen Jahr mehr geholfen, als ich ihm je vergelten könnte. Mir macht nur zu schaffen, dass er mir so viel Geld dafür bezahlt, das er anderswo dringend bräuchte. Ich leiste dafür doch viel zu wenig und kann im Grunde gar nichts für ihn tun.«

»Glauben Sie das wirklich?«, fragte Irma Grünbaum.

Gerda zuckte mit den Schultern. »Ja, schon.«

»Dann kennen Sie Ferdinand Treichel schlecht«, sagte Fräulein Grünbaum. »Wäre seine Mutter bei seiner Geburt nicht gestorben, wäre aus ihm vermutlich ein Muttersöhnchen geworden. Aber sie ist gestorben, und der Senior war vollkommen überfordert – mit seiner Krankheit, der Verantwortung für das Unternehmen und den zwei Kindern, denen er die fehlende Mutter ersetzen wollte.

Selma hat gewiss in ihrem ganzen Leben keine Tat begangen, die nicht redlich und anständig war, aber Ferdinand war anders. Ein Träumer, ein Rebell. Nicht nur aus der Schule kamen ständig Klagen. Sein Vater hat ihn geliebt, aber es konnte Ferdi nicht entgehen, dass er ihm unentwegt Sorgen bereitete und zur Verschlechterung seines Zustandes beitrug.«

»Das tut mir so leid«, rief Gerda und meinte den Sohn ebenso wie den Vater.

Irma Grünbaum nickte. »Alles, was Matthäus will, ist, dieses schwierige, große Kind unbeschadet durchs Leben zu bringen, und alles, was Ferdinand will, ist, diesem heldenhaften, unerreichbaren Vater ein einziges Mal zu imponieren. Mit der *Heliade* wollte er den großen Coup landen, und ausgerechnet die könnte nun das Unternehmen zu Fall bringen. Ferdinand quält sich, Fräulein von Westkamm. Wie sehr, vermag ich kaum auszudrücken, und wenn er Sie nicht hätte – ich möchte nicht wissen …«

»Danke, dass Sie mir all das erzählt haben«, murmelte Gerda. »Und bitte – nennen Sie mich doch Gerda.«

Fräulein Grünbaums Miene hellte sich auf. »Ich habe auch schon daran gedacht, Ihnen das Du anzubieten, aber ich glaube, es geht nicht. Ich habe mich an Fräulein von Westkamm gewöhnt.«

Gerda lachte. »Mir geht es umgekehrt genauso. Können wir aber vielleicht wenigstens das ›von‹ streichen?«

»Einverstanden. Streichen wir das ›von‹. Also, meine Liebe, wir alle zählen auf Sie. So ein Sohn ohne Mutter, der nicht erwachsen wird, findet sich ja unweigerlich von unzähligen Müttern ohne Söhne adoptiert – ich bin durchaus nicht die einzige.«

Ich bin auch eine, dachte Gerda, obwohl Ferdi mehr als zehn Jahre älter war als sie. Was Fräulein Grünbaum ihr anvertraut hatte, lud ihr eine Menge Verantwortung auf. Es machte ihr Angst, doch es machte sie auch froh. Sie verdankte diesen Menschen, die sie vorbehaltlos in ihren Kreis aufgenommen hatten, so viel und wollte ihr Bestes tun, um etwas davon zurückzugeben.

In den folgenden Wochen ließ Matthäus Treichel sämtliche Bücher prüfen, die die *Heliade* betrafen, und strich an Ausgaben zusammen, was sich nur irgend streichen ließ. Die für den Sommer angesetzte Jungfernfahrt, die als luxuriöse Reise zu den schönsten Hafenstädten des Mittelmeeres geplant war, wurde zu einer günstigeren Tour entlang der Ostseeküste umgestaltet. Das Schwimmbad, auf das Ferdi so stolz gewesen war, fand sein Vater im Unterhalt zu teuer und machte kurzerhand einen Lagerraum daraus. Und die beiden sogenannten Prinzessinnensuiten für die eigene Sonnenterrassen vorgesehen waren, teilte er in je drei schlichtere Kabinen der ersten Klasse auf.

Der mörderisch kalte Winter kam der Treichel-Werft zugute. Die Danziger Bucht war von einer dicken Eisschicht bedeckt, auf der man bis zur Halbinsel Hela hätte laufen können, und das Unternehmen erhielt Aufträge für zwei

Eisbrecher. Das Geld steckte Matthäus Treichel jedoch nicht in den Ausbau der *Heliade,* wie Ferdi es erhoffte, sondern beglich damit Verbindlichkeiten.

Für Ferdi war die Demütigung kaum zu ertragen. In seinen Augen hatte sein Vater sich nun endgültig auf die Seite seiner Schwester geschlagen. »Es ist, als würde er mich vor den Augen der gesamten Belegschaft enterben und wie einen kleinen Jungen mit ein paar Backpfeifen dahin schicken, wo der Pfeffer wächst«, sagte er zu Gerda.

Sie versuchte, ihm verständlich zu machen, dass sein Vater ihn liebte und das Beste für ihn wollte, doch ihr war klar, dass Ferdi im Augenblick nicht in der Lage war, das zu erkennen. Erschwerend hinzu kam, dass die zusätzliche Arbeit Matthäus Treichel überforderte und seine Krankheit sich dadurch verschlimmerte. Selma, die im Vorbeigehen Dinge wie: »Er bringt den alten Mann noch ins Grab«, vor sich hin brummte, trieb die schwelenden Konflikte zwischen den Geschwistern auf die Spitze.

»Muss ich mir das sagen lassen?«, wollte Ferdi von Gerda wissen. »Reibe ich mich nicht tagein, tagaus für dieses Unternehmen auf, während sie mit ihren Arbeiterkindern Ringelreihen spielt? Ist alles, was ich tue, verderbt und böse, während alles, was sie tut, sie zur Heiligen macht?«

Anfangs hatte Gerda versucht, ihn zu beschwichtigen, wenn er so sprach, aber sie gab es bald auf. Es hatte keinen Sinn, er hörte ihr nicht einmal zu.

Mehr erreichte sie, indem sie ihn ablenkte, Unternehmungen vorschlug, die er liebte, mit ihm in seinen Lieblingsrestaurants zu Abend aß und Wochenenden mit ihm in Zoppot verbrachte. Er war ein Mensch, der sich nur allzu gern dazu verleiten ließ, seine Sorgen über Bord zu werfen, und nach ein paar Gläsern bei Musik und glitzerndem Lampenschein kehrte der lebensfrohe, vor Charme sprühende Ferdi zurück. Auch gab Gerda sich Mühe, sein Selbstbewusstsein zu stärken, ihn an die Dinge zu erinnern, die andere an ihm liebten, und aufzuzählen, was er geschaffen hatte.

»Auch wenn die *Heliade* nun erst einmal kein Schwimmbad bekommt, ist sie doch immer noch ein herrliches Schiff«, sagte sie, als er wieder einmal in Verzweiflung über den »blassen Abklatsch« geriet, der von seinem Traum übrig geblieben war. »Die Gäste, die bald auf ihr die Ostsee überqueren, werden die schönsten Ferien ihres Lebens verbringen, und das verdanken sie dir.«

Tatsächlich gab es bisher viel zu wenig Buchungen. Mit einer derart geringen Auslastung würde die Reise der *Heliade* mehr kosten, als sie einbrachte. Menschen mit mittleren Einkommen, die an der geplanten Ostsee-Kreuzfahrt Interesse haben mochten, hatten ihr Geld oder ihre Arbeit verloren und konnten sich solche Extravaganz nicht länger leisten. Für die vermögenden Kunden hingegen, denen die Krise nicht viel ausmachte, war das Schiff nun nicht mehr luxuriös genug.

Ferdinand ließ sich täglich das Buch mit den Reservierungen bringen, und täglich sah Gerda mit an, wie die Hoffnung, mit der er es aufschlug, in seinem Gesicht erlosch. Es tat ihr im Herzen weh. Er mochte einen Fehler gemacht haben, aber Gerda kannte keinen Menschen, der derart aufrichtig nur das Beste für andere wollte.

Wann immer sie sein Schiff lobte, lebte er regelrecht auf. »Gefällt sie dir wirklich?«, fragte er sie im April, als noch immer nicht einmal die Hälfte der Kabinen ausgebucht war. »Dann gehst du also doch mit mir auf die Jungfernfahrt? Auch wenn du nicht mehr zu sehen bekommst als Warnemünde und Riga und ich dir nur eine schäbige Feld-Wald-und-Wiesen-Kabine bieten kann?«

»Ferdi, ich kann mir keine Kreuzfahrt leisten«, protestierte Gerda. »Auch nicht in dem, was du Feld-Wald-und-Wiesen-Kabine nennst. Es genügt schon, dass du mich ständig ausführst und für das Hotel in Zoppot bezahlst.«

Augenblicklich reagierte er gekränkt. »Ich darf also eine befreundete Dame nicht mehr zu gemeinsamen Vergnügungen einladen? Was für jeden Mann mit Anstand selbstverständlich ist, wird mir neuerdings verwehrt? Weißt du, wie ich mir vorkomme? Wie ein Geächteter. So, als hätte ich höchstpersönlich den Zusammenbruch der amerikanischen Börse verursacht und die Wirtschaft der Welt ins Verderben gestürzt.«

Sie versuchte, ihm klarzumachen, dass es dabei nicht um ihn, sondern um sie ging, dass sie sich nicht wohl damit fühlte, so tief in seiner Schuld zu stehen, doch er hörte nicht hin, und so ließen sie das Thema fallen. Immerhin blieb sie standhaft und verbot ihm, eine Kabine für sie zu reservieren, sooft er sie auch bat.

Bis der Juni kam. Und eine Begegnung, die alles veränderte.

28

In Kanzlers Schankstube hatten sich schon länger keine Nationalsozialisten der Ortsgruppe Danzig mehr versammelt. Gerda liebte es, dort zu Abend zu essen, auch weil sie unter den Straßenbahnfahrern und den Arbeitern von der Dampferanlegestelle immer jemanden für einen Schwatz fand.

Von Fräulein Grünbaum wusste sie, wie heikel die politische

Lage inzwischen war. Die Arbeitslosenzahlen schossen in schwindelnde Höhen, und in Deutschland war die Regierung des besonnenen sozialdemokratischen Reichkanzlers Müller gescheitert, weil sich eine Erhöhung der Arbeitslosenversicherung in seiner Fraktion nicht durchsetzen ließ. Dem Reichstag drohte die Auflösung, und in Danzig standen ohnehin Neuwahlen an.

»All das spielt den Radikalen in die Hände«, sagte Fräulein Grünbaum, und die Angst stand ihr ins Gesicht geschrieben. Vor Kurzem waren sie, Gerda und Ilseken auf dem Heimweg von ein paar jungen Burschen in braunen Hemden und albernen kurzen Hosen aufgehalten worden, die ihnen schmierig bedruckte Doppelseiten in die Hände drücken wollten. »Nachrichtenblatt für das Gau Danzig«, rief einer von ihnen zackig. »Der Niedergang unserer Stadt geht jeden aufrechten Deutschen 'was an!«

Es gab in diesen Tagen eine Menge Vorkommnisse, die Gerda beunruhigten, aber die Horde Jungen in kurzen Hosen gehörte ganz sicher nicht dazu. Sie nahm das Blatt achtlos entgegen und wollte weitergehen, aber Fräulein Grünbaum blieb wie angewurzelt stehen und wirkte regelrecht starr vor Schreck.

»Bitte lassen Sie mich in Ruhe«, murmelte sie. »Ich möchte nichts als nach Hause gehen.«

»Was ist denn mit der los?« Einer der Jungen boxte seinen Nebenmann und grinste.

Der stellte sich Irma Grünbaum in den Weg. »Wir tun dir doch nuscht, Olsche. Biste etwa 'ne Judsche, oder warum zitterste so?«

Die Übrigen lachten. Dann begann einer lauthals zu singen, und die anderen stimmten ein:

»Es zittern die morschen Knochen
Der Welt vor dem großen Krieg.
Wir haben den Schrecken gebrochen,
Für uns war's ein großer Sieg.«

Kurz entschlossen packte Ilseken Fräulein Grünbaum am Arm und zog sie im Bogen um die Jungen herum und die Uferstraße hinunter. Während Gerda ihnen verstört hinterhereilte, sah sie das spinnenartige Symbol der Nationalsozialisten auf einer der Armbinden, die sie trugen. Hastig schloss sie zu ihren Freundinnen auf. In ihrem Rücken sangen die Nazis weiter:

»Wir werden weiter marschieren,
Wenn alles in Scherben fällt.
Denn heute, da hört uns Deutschland
Und morgen die ganze Welt.«

Der Text ließ sie schaudern, aber eigentlich waren ein paar Halbstarke, die gruselige Lieder sangen, ja kein Grund zum Fürchten. Eben das versuchte sie, Fräulein Grünbaum zu erklären, sobald sie außer Hörweite waren: »Es tut mir leid, dass Sie sich so erschreckt haben, aber mehr als ein paar Bengel, die nichts zu tun haben, sind das doch nicht. Wenn die Nazis mit denen in den Volkstag einziehen wollen, muss keiner schlaflose Nächte haben, denke ich.«

»Das sag' ich ihr doch auch«, rief Ilseken. »Tagein, tagaus red' ich mir den Mund fusselig, aber sie hört nicht auf mich.«

Fräulein Grünbaum hingegen war aschfahl und sah Gerda an wie ein Gespenst. »Sie wollen nicht in den Volkstag«, sagte sie tonlos. »Das haben Sie doch gehört – sie wollen die ganze

Welt. Keine zweihundert Mitglieder hatten sie nach den letzten Wahlen – inzwischen haben sie mehr als das Doppelte.«

Am nächsten Morgen kaufte Gerda unterwegs bei Semrau eine große Tüte Milchbrötchen, um Fräulein Grünbaum eine Freude zu machen, dann aber dachte sie nicht weiter an den Vorfall. Bis zu dem Abend Ende Juni, als sie nach Feierabend hinunter in die Schankstube kam und Frau Kanzler sie an der Türe abfing.

»Ich geb' Ihnen heut' den Tisch ganz hinten im Erker«, sagte die Wirtin. »Damit Sie nach der Arbeit ungestört essen können. Die Hitler-Schreier sind wieder mal da. Sonst gehen die ja jetzt ins Café Derra, dem Himmel sei's gedankt, nur hat's da wohl 'ne Überschwemmung gegeben, und prompt landet das Kroppzeug wieder bei uns. Den Hohnfeldt, den Schreihals, haben die ja abgesägt, aber der Pomuchelskopp, den sie sich jetzt geholt haben, klabastert noch lauter rum als der davor.«

Gerda setzte sich in die geschützte Ecke und aß ihre Linsensuppe mit Schlackwurst, die Frau Kanzler mit Mostrich und Nelkenpfeffer kräftig gewürzt hatte. Die Nazis am vorderen Stammtisch waren zwar nicht zu überhören, sehen können hätte Gerda sie aber nur, wenn sie sich aus dem Erker hinausgereckt hätte. Der Mann, der laut und hallend eine Rede hielt, musste der neue Rädelsführer sein, von dem Lotte Kanzler gesprochen hatte.

»An unserem Danzig und unserem deutschen Land im Osten müssen wir mit unseren Herzen unerschütterlich festhalten«, deklamierte er. »Dann wird sich schon bald zeigen, dass deutsche Herzen nicht verzagen, dass sie sich von nichts und niemandem in die Knie zwingen lassen, sondern dass in uns eine Flamme lodert, die alles verbrennt, was nicht unserem Ziel dient.«

Gerda wollte sich von dem Geschrei nicht den Appetit verderben und sich schon gar nicht in Unruhe versetzen lassen. Selbst vierhundert Mitglieder waren schließlich nicht viel, und wenn die Hälfte davon Jungen in kurzen Hosen waren, würde aus den vollmundigen Ankündigungen wohl so schnell nichts werden. Sie kam aber nicht umhin zu bemerken, dass die Rede dieses neuen Mannes etwas Unausweichliches, Packendes hatte. Selbst wenn das Bild von den in die Knie gezwungenen Herzen eher zum Lachen reizte – würden die Leute, die er mit seiner Leidenschaft mitriss, überhaupt noch hören, was er sagte?

»›Denkt daran, dass ihr Deutsche seid‹, das ist es, was wir den Danzigern in Herz und Hirn und Blut pflanzen müssen«, fuhr er fort. »Zehn Jahre lang leben wir nun bereits mit der Schmach, die Danzigs Losreißung vom Mutterland uns zugefügt hat, und das sind zehn Jahre zu viel! Die Knechtung unseres Volkes muss ein Ende haben, seine Feinde müssen vernichtet werden, was für Opfer es uns, die wir für es kämpfen, auch kosten mag.«

Das ist es, was so unheimlich ist und was vermutlich auch Fräulein Grünbaum solche Angst macht, dachte Gerda. *Diese Leute reden, als wären sie im Krieg.* Sie benutzten Worte wie *verbrennen, vernichten, auslöschen,* als ginge es ihnen nicht darum, Wähler der anderen Parteien für sich zu gewinnen, sondern ihre Gegner mit offener Gewalt zu bekämpfen.

Der Redner schwieg nun, und Gerda glaubte zu hören, wie er in schweren Zügen Luft holte. Sie beschloss, rasch noch ein paar Bissen zu essen und dann auf ihr Zimmer zu gehen, da es heute zweifellos nicht mehr möglich sein würde, hier eine gemütliche Stunde zu verbringen. Sie würde den Roman lesen, den Ilseken ihr geliehen und in den höchsten Tönen empfohlen hatte. Sie hatte schon viel zu lange kein Buch mehr angefasst.

Da aber erhob sich ein anderer Mann am Tisch der Nazis, und seine Stimme ließ Gerda das Blut in den Adern gefrieren.

Er schrie nicht, sondern sprach beherrscht und leutselig. »Sehr brav, lieber Parteigenosse Forster.« Gerda hörte das leise Tappen, mit dem er dem anderen die Schulter klopfte. »Ich habe mir Ihre Pläne für den Aufbau der Bewegung in Danzig angesehen und werde der Parteiführung empfehlen, Sie zu berufen. Allerdings fruchtet der schönste Plan nichts, wenn die innerparteilichen Streitereien, die uns bedauerlicherweise aus dem Danziger Gau immer wieder berichtet werden, andauern. Wer hier die Zügel in die Hand bekommt, müsste also als Erstes Ordnung im eigenen Stall schaffen. Mit dem eisernen Besen auskehren. Eine straffe, neue Organisationsstruktur anlegen, die die Spreu vom Weizen trennt. Trauen Sie sich das zu, Forster? Es bedarf dazu eines Mannes, der weder Samthandschuhe trägt, noch Skrupel kennt.«

»Worauf Sie sich verlassen können«, antwortete der Mann namens Forster. »Skrupel sind mir fremd, wie Ihnen jeder, der mit mir in diesem verdammten kleinen Jerusalem Fürth gearbeitet hat, bestätigen wird. Und der einzige Handschuh, den ich mir jemals überstreifen würde, wäre aus Kruppstahl und hätte Dornen.«

»Nicht übel, mein Lieber. Sie sind kein Florettfechter, was?«

»Nie gewesen«, erwiderte Forster. »Mit einer Damenwaffe kommt man in Danzig nicht weit.«

»Ich werde entsprechend Bericht erstatten, Forster«, versprach sein Gegenüber. »Diese herrliche, so schändlich misshandelte Stadt hat Männer wie Sie bitter nötig – und wir übrigen Deutschen, die wir uns nun erneut als Opfer der jüdischen Großfinanz wiederfinden, nicht minder. Und nun, meine Herren, erlaube ich mir, Sie alle noch zu einem Glas einzuladen.«

Gerda erstarrte. Dass sie sich aus dem Erker herausgebeugt hatte, sodass sie den Mann nicht nur hören, sondern auch sehen konnte, hatte sie überhaupt nicht bemerkt. Jetzt erhob er sich, wohl um zum Tresen zu gehen, dort auf den Klingelknopf zu drücken und Lotte Kanzlers behäbigen Sohn herbeizurufen, der meist im Hinterzimmer einnickte. Mit dem nächsten Herzschlag traf ihr Blick den seinen, und sie sahen einander geradewegs in die Augen.

»Gerda.« Die Stimme war nicht mehr als ein Flüstern, doch lag darin dasselbe besitzergreifende Verlangen, dem sie auf den Gängen und in den Treppenhäusern von Lapienen ausgeliefert gewesen war. »Die süße Gerda.«

Sie brachte keinen Laut heraus. Ihre Kehle war trocken wie Staub, und ihr Körper gehorchte ihr nicht mehr. Vor ihr, in einer schwarzen Uniform und hohen Stiefeln, stand Albrecht von Wolter.

Sie hatte es an jenem Tag dann doch noch geschafft, aus der Stube zu fliehen, war die Straße hinunter zum Meer gerannt, so schnell sie ihre Füße tragen konnten. Am Strand versteckte sie sich wie eine Verbrecherin in einer der Badekabinen und wagte sich erst wieder hinaus, als es an diesem klaren Juniabend längst dunkel war. Wiederum, als hätte sie ein Verbrechen begangen, schlich sie sich in die Pension zurück. In der Schankstube herrschte Stille, nur ein paar Männer von den Dampfern spielten Karten. Gerda eilte nach oben, verkroch sich in ihrem Zimmer und verriegelte die Tür.

Von diesem Tag an konnte sie durch die sommerliche Stadt, in der sie sich so wohl und geborgen gefühlt hatte, nicht länger gehen, ohne sich umzublicken. Bei jeder Regung zuckte sie zusammen und quälte sich mit dem Gefühl, jemand beobachte sie.

Von jenem Abend an war es mit der Geborgenheit, die Gerda in Danzig empfunden hatte, vorbei. »Mir kommt's gerade so vor, als hätte die gute Grünbaum dich angesteckt mit ihren Nazi-Gespenstern, die sie überall sieht«, sagte Ilseken, als sie beide allein im Vorzimmer saßen, weil Fräulein Grünbaum mit Ferdi in einer Besprechung war.

»Ja, vielleicht«, murmelte Gerda, weil sie nicht wusste, was sie darauf antworten sollte.

»Du bist doch aber gar keine, oder doch?«, fragte Ilseken.

»Keine was?«

»Na, was wohl? Keine Judsche wie Grünbaum, mein' ich. Deshalb ist sie doch so durch den Wind, weil die Nazis immerzu diese Hetzlieder singen, vom Judenblut, das vom Messer spritzt, und solches Zeug.«

»Ich habe nicht gewusst, dass Fräulein Grünbaum Jüdin ist«, sagte Gerda.

»Woher soll man das auch wissen?«, fragte Ilseken. »Ich geh in keine Kirche, sie geht in keine Synagoge, nur der Name ist eben anders, oder? Grünbaum. Unter den Unsrigen kenn' ich jedenfalls keinen, der so heißt.«

Gerda wünschte sich, Fräulein Grünbaum hätte mit ihr über ihre Ängste gesprochen, und sie hätte im Gegenzug mit ihr über Albrecht von Wolter sprechen können. Aber das war unmöglich. Seit sie auf der Treichel-Werft ihre Stellung angetreten hatte, hatte sie ihre Vergangenheit nie wieder erwähnt, denn das hätte bedeutet, Thomas und Milenka zu erwähnen, und dazu fühlte sie sich nicht stark genug.

Also blieb sie mit der Angst allein und ging kaum noch aus. Die Folgen der Überschwemmung im Café Derra waren rasch beseitigt, sodass die Nazis sich fortan wieder dort versammelten, aber Gerda fühlte sich in Kanzlers Schankstube nicht mehr sicher. Abends nahm sie ihr Essen mit auf ihr

Zimmer, zum Frühstück ging sie nicht mehr, und nicht nur Fräulein Grünbaum, sondern auch Ferdi fiel auf, dass sie immer dünner wurde.

»Du fällst mir ja vom Fleisch«, sagte er. Es war inzwischen Mitte Juli, und in den vergangenen Wochen hatten sie sich selten gesehen. Ferdi hatte alle Hände voll zu tun, er kämpfte noch immer um Buchungen für die Ostseekreuzfahrt mit der *Heliade,* deren Innenausbau inzwischen in seiner reduzierten Form fertiggestellt war, und wirkte selbst nicht länger wie das blühende Leben. »Geht es dir nicht gut, Gerda, lassen wir dich zu hart arbeiten?«

»Ihr lasst mich überhaupt nicht hart arbeiten«, erwiderte Gerda. »Im Gegenteil, ich müsste mehr tun für mein Geld.«

»Für mich könntest du durchaus mehr tun«, erwiderte Ferdi. »Aber das willst du ja nicht.«

»Was will ich nicht?«

»Mich im August auf die Jungfernfahrt der *Heliade* begleiten«, antwortete er und blickte wie von Sehnsucht gepackt aus dem Fenster. »Ich bin ja in deinen Augen kein Mann mehr, der dich zu einer solchen Reise einladen darf.«

»Ferdi, ich würde mich von überhaupt keinem Mann zu einer derart teuren Reise einladen lassen«, setzte Gerda einmal mehr zu der Erklärung an, die sie ihm schon etliche Male gegeben hatte. Dann aber brach sie ab. Was, wenn sie sein Angebot einfach annahm? Das Schiff war ohnehin nur knapp zur Hälfte ausgebucht, sie würde das Unternehmen also nicht um wichtige Einnahmen bringen. Und dort draußen auf dem Meer müsste sie zwei Wochen lang keine Angst haben, Albrecht von Wolter in die Arme zu laufen oder von ihm in einer dunklen Gasse bedrängt zu werden.

Sie wäre frei, könnte ihre Ruhe wiederfinden und überlegen, wie ihr Leben sich ins Lot bringen ließe. Während sie nachdachte, spürte sie bereits den salzigen Wind auf der Haut und sah sich auf dem Oberdeck nach allen Richtungen Ausschau halten, ohne etwas anderes zu entdecken als Wasser, Himmel und Möwen.

Vielleicht noch einen Leuchtturm irgendwo am Horizont, wie den in Zoppot.

»Weißt du was, Ferdi?«, hörte sie sich sagen. »Mir ist gerade danach, auf sämtliche Prinzipien zu pfeifen. Wenn du mich also wirklich immer noch dabeihaben willst, dann komme ich mit.«

29

Um die Jungfernfahrt ihres ersten Kreuzfahrtschiffs zu feiern, hatte die Werft und Reederei Treichel zu Sekt und Bier und heißen Würstchen an ihren Kai eingeladen. Girlanden aus weißen Wimpeln hingen zwischen den Pfosten, und ein weiß gekleideter Mädchenchor sang: *Nun ade, du mein lieb Heimatland,* während alle mit weißen Taschentüchern winkten. Es war ein hübscher Anblick, zumal der Himmel sommerlich blau war.

»Großen Zulauf haben wir nicht gerade«, bemerkte Ferdinand dennoch missmutig. Er stand mit Gerda an der Reling des Hauptdecks und sah auf die kleine Menschenmenge hinunter. »Und die paar Gestalten sind wegen des Biers und des Essens da, nicht weil sie sehen wollen, wie das schönste Schiff, das in ihrer Stadt je gebaut worden ist, aufs Weltmeer hinausläuft. Wo ist nur all der Zauber hin, Gerda? Das Leben ist so nüchtern geworden, einem jeden geht es nur noch um Geld.«

»Wenn man keines hat, ist es schwierig, sich mit etwas anderem zu beschäftigen«, sagte Gerda. Dann aber hakte sie sich bei ihm unter und stieß ihm den Ellenbogen in die Seite. »Komm schon, jetzt zieh nicht so ein miesepetriges Gesicht. Das steht dir nicht. Wir wollen diese Reise doch genießen und sie uns nicht schon am ersten Tag vergällen lassen.«

Sie war ihm so dankbar. Das Schiff wurde von den Leinen gelassen, gab ein dumpfes Tuten von sich und begann, vom Kai wegzugleiten. Mit jeder Seemeile, die es zurücklegte, entfernte sie sich weiter von Albrecht von Wolter, und ihre Atemzüge beruhigten sich. Sie fühlte sich augenblicklich stärker, und umso mehr wünschte sie sich, nun auch ihn aufzuheitern.

Ferdi wäre nicht Ferdi gewesen, wenn er nicht auf der Stelle darauf eingegangen wäre. »Du hast recht, liebes Du-chen«, sagte er, und über sein Gesicht breitete sich das vertraute Lächeln. »Lassen wir es uns gut gehen, und der dumme Ballast bleibt an Land. Und am besten fangen wir damit an, indem wir auf die kommenden zwei Wochen die Gläser heben!«

Er winkte einem der Kellner, die mit Tabletts umhereilten, und griff nach zwei mit Champagner gefüllten Kelchen. »Auf dich, liebste Gerda. Danke, dass du bei mir bist, dass du in diesen unglückseligen Monaten immer bei mir warst. Ich weiß nicht, wie ich das Elend ohne dich ausgehalten hätte – und ich weiß auch nicht, wie ich all das, was noch kommt, aushalten sollte, wenn du nicht mehr bei mir wärst.«

Es war ein bisschen zu viel Gewicht, das er ihr da auflud, fand Gerda, aber so war Ferdi eben: Bei ihm war alles ein wenig größer, höher, weiter als bei gewöhnlichen Sterblichen, und in den nächsten zwei Wochen wollte sie wie früher daran ihren Spaß haben, ohne allzu viel darüber nachzudenken. Sie würde Riga, Tallinn und die einstige Kaiserstadt Petersburg zu sehen bekommen und auf der Rückreise das Seebad Warnemünde, das die letzte Station ihrer Reise bildete.

Wie viele Menschen mussten sie um diese Gelegenheit beneiden – Menschen, die daheim in Danzig um ihre Stellung, ihr Einkommen, ihre Existenz bangten, die vor Sorgen weder ein noch aus wussten! Wenn sie dieses unverdiente Geschenk nicht genoss, dann war es verschwendet. Schließlich war die *Heliade* gebaut worden, um ihre Gäste aus ihrem Alltag zu entführen und sie in einem Märchenreich aus Luxus alles vergessen zu lassen.

Die beiden nebeneinanderliegenden Kabinen, die Ferdi ihnen reserviert hatte, befanden sich auf dem Vorderdeck und waren aus der ehemaligen Prinzessinnenkabine entstanden. Sie waren geräumiger als Gerdas Zimmer bei den Kanzlers, mit modernem Chic ebenso wie mit allem erdenklichen Komfort ausgestattet und verfügten über private Sonnenterrassen, die nur durch einen niedrigen Zaun getrennt waren. Hier nahmen Ferdi und Gerda ihr Frühstück ein, sooft ihnen nicht danach war, hinauf in das Restaurant auf dem Oberdeck zu gehen, und hier lagen sie in Liegestühlen nebeneinander, jeder auf seiner Seite des Zaunes, und tranken einen Scheidebecher, wenn sie des Nachts aus der Pianobar kamen. Sie blickten hinauf in den von Sternen übersäten Himmel, und eine Ahnung von Unendlichkeit verschluckte, was immer sie belastet hatte.

»Glaubst du, dass eines Tages Menschen zu den Sternen reisen werden, Ferdi?«, fragte Gerda. »Genauso, wie wir jetzt von Stadt zu Stadt reisen?«

»Ich glaube, dass Menschen eines Tages alles tun werden, was sie sich vornehmen«, antwortete Ferdi. »Wir Menschen sind großartig, wir sind die Krone der Schöpfung. Wir vergessen es nur viel zu oft, weil alle Welt uns das Gegenteil erzählt.«

Aus dem Zaun machte sich Ferdi einen Witz: »Getrennte Kabinen«, bekundete er, »wie es sich für einen Herrn von Anstand und eine junge Dame von noch viel mehr Anstand gehört.« Dazu nahm er Gerdas Hand und ließ ihre vereinten Hände baumeln. Wenn Gerda fror, eilte er in seine Kabine, um ihr eine der flauschigen weißen Decken mit dem Emblem der Treichel-Reederei zu holen, und tat so, als müsse er sich weit hinüberbeugen, um sie darin einzuwickeln.

Er brachte sie wieder zum Lachen, und mit jeder Stunde, die verstrich, fiel Anspannung von Gerda ab. Das Meer war ihr Element, sie hätte sich auf ihm treiben lassen wollen, wohin auch immer es sie trug. Es weckte in ihr eine Neugier auf die Welt und ihre Geschichten. In Riga gingen sie zwei Tage lang vor Anker, schlenderten durch die prächtige Altstadt mit ihren Kirchen und Festungsanlagen und aßen auf dem mittelalterlichen Marktplatz, umgeben von einem Sprachengewirr, zu Abend.

Die Stadt war zauberhaft, doch noch zauberhafter war es, nach einem erfüllten Tag zu ihrem Schiff zurückzukehren, das sie mit Lichterketten beleuchtet empfing. Gerda liebte es, in ihrer Kabine in ihr behagliches Bett zu kriechen, die Bilder des Tages an sich vorüberziehen zu lassen, das sachte Schwappen des Meeres zu spüren, das sie in den Schlaf wiegte. Als die *Heliade* in der Frühe ablegte, um ihre Reise fortzusetzen, kamen etliche Menschen zum Kai gelaufen, um zu winken, und ein alter Mann spielte auf seinem Akkordeon eine Abschiedsweise.

Bis hierher hätte das Wetter ihnen nicht freundlicher gesinnt sein können, doch auf der Fahrt nach Tallinn, der Hauptstadt der jungen Republik Estland, gerieten sie in einen Sturm. Etliche Passagiere wurden seekrank oder zogen sich verängstigt in ihre Kabinen zurück. Gerda aber genoss die Wildheit, mit der das Meer sich gegen die Flanken des Schiffes warf, fast noch mehr als die spiegelglatte See der Sonnentage. Beim Abendessen schaukelte die *Heliade* so heftig, dass Ferdis Weinglas umkippte und seine Hemdbrust von oben bis unten ins Rot vom Burgunder tauchte.

»Ich bitte vielmals um Entschuldigung, Herr Direktor«, rief der Kellner, der sie bediente, und eilte mit einer Wasserkaraffe und Lappen herbei.

Ferdi aber lehnte sich in seinem durchtränkten Hemd zurück und brach in fröhliches Gelächter aus. »Wofür entschuldigen Sie sich denn, Felix?«, fragte er strahlend. »Dafür, dass Sie das Wetter nicht richtig temperiert haben? Lassen Sie mal – meine zauberhafte Begleiterin hat einen Tropfen Salzwasser im Blut und stammt, wie es aussieht, von Piraten ab. Wir lassen uns von ein bisschen Sturm nicht schrecken. Nur eine neue Flasche von dem köstlichen Blauburgunder, der mir so blau gar nicht vorkommt, müssten Sie uns bitte noch bringen, denn diese ist leer, und auf einem Bein kann man bei solchem Seegang ja nicht stehen.«

Ungläubig lachte der junge Kellner mit. *Was für ein netter Mann Ferdi ist,* dachte Gerda. Ja, er konnte nicht mit Geld umgehen, er trank zu viel, und Gerda wusste, dass er, sobald sie sich schlafen gelegt hatte, ins Unterdeck an einen der Spieltische ging, aber seine Menschenliebe war unvergleichlich.

An diesem Abend trank auch Gerda mehr als sonst und tanzte mit ihm, bis sie als die letzten Gäste in der schwankenden Pianobar übrig blieben.

»Du weißt nicht, was du mir schenkst«, raunte er ihr zu,

während sie sich auf der Treppe zu ihren Kabinen am Geländer festklammern mussten. »Und ich weiß nicht, wie ich dir dafür danken soll.«

»Du hast es verdient«, erwiderte Gerda und strich ihm das verschwitzte Haar aus dem Gesicht. »Pass gut auf dich auf, Ferdi. Menschen wie dich gibt es viel zu wenige.«

Anderntags ankerten sie vor Tallinn am Finnischen Meerbusen, das ein Jahrtausend lang zwischen Esten, Letten, Dänen, Deutschen, Schweden und Russen hin und her gezerrt worden war, einmal Reval, dann wieder Lyndanisse geheißen hatte und nun Hauptstadt von Estland war. Das Wetter war kalt wie im Herbst, aber der Sturm hatte sich gelegt, und die Sonne stand strahlend am glasklaren Himmel. Gerda konnte es kaum abwarten, in der Altstadt mit ihren mittelalterlichen Kirchen und Wohnhäusern der Geschichte ihrer Bewohner nachzuspüren, und Ferdi, den »alte Steine« herzlich wenig interessierten, ging getreulich und geduldig mit. Zuletzt besichtigten sie das Rathaus mit seinem hohen Aussichtsturm, der eine atemberaubende Aussicht über die Unterstadt und die Meeresbucht bot.

Der Angestellte, der sie dort hinaufführte, ging tief gebeugt und musste an die hundert Jahre alt sein, doch die zahllosen ausgetretenen Steinstufen erklomm er ohne ein Ächzen. »Wenn Sie wollen nach draußen schauen, Sie sehen Hüter über unsere Stadt«, erklärte er in kaum gebrochenem Deutsch und wies aus der Fensteröffnung hinaus zum Turmhelm. Ganz oben erkannte Gerda eine Wetterfahne in Gestalt einer kupfernen Figur mit Schwert und flachem Hut. Sie stellte wohl einen Stadtsoldaten oder Wachmann dar und hatte ein erstaunlich liebenswürdiges Gesicht.

»Der alte Thomas«, sagte der Mann. »Wacht über uns nun schon fünfhundert Jahre. In Tallinn wir sagen: Solange Thomas steht auf Turm von Rathaus, so lange der Stadt nichts kann geschehen.«

Der Name des kupfernen Wächters traf Gerda wie ein Nadelstich ins Herz. Wie lange hatte sie nicht mehr gehört, wie jemand diesen Namen, der in ihrer Heimat selten vorkam, aussprach. Der Schmerz war erträglich, aber er ließ nicht nach. Als sie die Treppen wieder hinuntergestiegen waren und auf der belebten Straße standen, nahm Ferdi ihre Hand.

»Du bist auf einmal so traurig, meine fröhliche, kleine Reisebegleitung«, sagte er. »So als wäre eine Katze über dein Grab gelaufen. Das sagt meine Tante Gisela immer, aber das mag ich nicht. Mein Mädchen vom Meer soll noch mindestens hundert Jahre lang kein Grab brauchen, und die Katze ist in der Speisekammer besser aufgehoben. Weißt du was? Wir zwei suchen uns jetzt das exquisiteste Restaurant von ganz Tallinn und tafeln, dass die Götter des Olymps vor Neid erblassen.«

Tatsächlich fand er eines, ein schmales Giebelhaus im gotischen Stil, das den Namen Peppersack trug und nur über wenige Tische verfügte. Eine Entdeckung. Ohne dass sie bestellt hatten, servierte man ihnen das köstlichste, in einem Sud aus Lorbeer und Pfeffer zubereitete Fischgericht, das Gerda je gegessen hatte. Dazu wurde ein Wodka gereicht, dessen Kälte die Gläser beschlug und der ebenfalls pfeffrig schmeckte. Gerda musste daran denken, dass man sich in ihrer Heimat erzählte, ein Mädchen, das keinen Fisch zu kochen wusste, könne nicht heiraten. In ihrem Fall hatte sich die Mär bewahrheitet. Traurigkeit stieg wieder in ihr hoch, ließ sich aber ertragen, solange sie von Ferdis Fürsorge und seiner Liebe zum Leben umgeben war.

Sankt Petersburg, das erst in Petrograd umbenannt worden war und nun Leningrad hieß, war der Höhepunkt ihrer Reise. Ob man dachte, dass mit jedem neuen Namen auch eine neue

Stadt entstehen würde? Aber das war unmöglich. Wenn sie sich einen neuen Namen hätte geben können, bliebe sie doch immer dasselbe Mädchen, das auf Lapienen zur Welt gekommen war, das Milenka von Merwitz zur Freundin gehabt und deren Sohn Thomas geliebt hatte. Der neue Name verlieh höchstens eine neue Schicht, die sich über die vorhandenen legte. Unter dem modernen Leningrad, wo an allen Ecken und Enden gebaut wurde, lebte die alte Kaiserstadt samt ihren Märchen und Legenden, der Hexe Baba Jaga, dem Zauberer Kaschtschei, dem Feuervogel und dem Schneemädchen Snegurotschka. Während Gerda an Ferdis Seite durch die von Scharen junger Menschen bevölkerten Straßen streifte, kam es ihr vor, als würden sich die Geschichten und Gestalten dieser alten Welt unter ihren Füßen rühren. Sie glaubte zu spüren, wie sie durch den frisch gepflasterten Boden zu brechen versuchten, um unter der Last des Neuen nicht zu ersticken.

Und dabei war das erst 1703 erbaute Petersburg doch selbst eine noch so neue, junge Stadt.

Abends aßen sie unweit der Dreifaltigkeitskathedrale mit ihren blau leuchtenden Kuppeln zu Abend. Das Restaurant im Erdgeschoss eines barocken Palastes strotzte vor Schnörkeln und überladener Pracht, und zwischen Wandarmen, in denen Kerzen flackerten, hüpfte ein Geiger umher und spielte schmelzende Tangos. Das Essen hingegen war klar und schlicht – Blinis, saure Sahne, Sardinen, eine tönerne Schale mit schwarzem Osietra-Kaviar, den Gerda in solchen Mengen noch nie gesehen hatte.

Und Wodka. Ferdi kippte ihn wie Wasser, und sie selbst hatte seine Stärke unterschätzt. Ob es allerdings wirklich das Getränk war, das ihr so gewaltig zu Kopf stieg, oder die bittersüße Musik hätte sie nicht zu sagen vermocht.

Hier war das alte Petersburg zu Hause, tanzte der lüsterne

Koschtschei, dessen Seele nicht in seinem Körper wohnte, mit der verzauberten Jungfrau Wasilisa, umringt von Wasser-, Wald- und Feldgeistern. Die Bilder, die Gerda in den flackernden Schatten zu erkennen glaubte, gewannen eine solche Kraft, dass sie Ferdi von ihnen erzählen musste, von den Geschichten der Menschen, die einst hier gelebt hatten und sich weigerten, völlig zu verstummen.

»Woher kennst du denn all diese gruseligen altrussischen Schmonzetten?«, fragte Ferdi verwundert. »Sag bloß, so etwas Furchterregendes erzählt man in Westpreußens Herrenhäusern seinen Kindern zur guten Nacht?«

»Nein, natürlich nicht«, erwiderte Gerda eilig und wünschte, sie hätte nichts davon erwähnt. »Ich habe als Kind gern Märchen gelesen.« *Und selbst welche geschrieben,* fügte sie in Gedanken hinzu. Jahrelang hatte sie sich in ihre Märchen wie in eine verborgene Kammer geflüchtet, wann immer die Wirklichkeit sie überwältigte. Aber die Märchen hatten ihr auch geholfen, sich diese Wirklichkeit zu erklären, um im Kleinen zu begreifen, was sie im Großen nicht zu fassen bekam. Sie hätte Ferdi nichts davon sagen sollen. Es ließ sich anderen Menschen nicht verständlich darlegen.

»Gerda.« Unvermittelt nahm Ferdi ihre Hand und drückte sie so fest, dass es wehtat. »Bist du mir böse, wenn wir ein andermal von deinen Kindermärchen reden?«

»Aber nein, warum sollte ich? Gibt es etwas, über das du gern reden willst, oder sollen wir zurück zum Schiff gehen?«

»Ich will nicht zurück!«, rief er heftig. »Nicht zurück nach Danzig, zu meinem Vater und meiner Schwester, die von früh bis spät an mir herumnörgeln, zu den roten Zahlen und der Arbeit, die nur noch ein einziges Elend ist. Und auch nicht zu den Gesichtern der entlassenen Arbeiter, die mich bis in den Schlaf verfolgen.«

»Aber Ferdi!« Erschrocken erwiderte Gerda den Druck seiner Hand. »Siehst du nicht ein bisschen zu schwarz? Die Wirtschaft wird sich ja auch wieder erholen, ihr gebt euer Bestes, um die Werft aus der Talsohle herauszuholen, und mehr kann niemand tun.«

Er entzog ihr seine Hände und stützte das Kinn hinein. »Ich bin verantwortlich«, sagte er dumpf brütend. »Mir haben es diese Männer zu verdanken, dass sie ihren Familien kein Brot mehr auf den Tisch stellen können. Ich will es an ihnen wiedergutmachen, Gerda. Ich will die Werft in ein neues Zeitalter führen und habe dafür grandiose Pläne, aber mein Vater hört mich ja nicht einmal an. Für ihn bin ich nie etwas anderes gewesen als ein dummer Rotzbengel. Ein missratenes Kind.«

»Ferdi, das ist nicht wahr!«

Er hörte sie nicht, sondern winkte dem Kellner und zeigte ihm die leere Wodkaflasche. »Lass uns heute nicht so bald zum Schiff zurückgehen«, sagte er. »Und wenn wir gehen müssen, lass mich nicht allein. Kannst du das diese eine Nacht lang für mich tun?«

»Natürlich«, sagte Gerda, ohne zu zögern. Wenn es das war, was ihm in der Hölle, die er durchlebte, half, würde sie es ihm geben, und was Moralapostel davon hielten, war ihr gleichgültig. Er war ihr Freund, er war für sie da gewesen, als sie ihn gebraucht hatte, und jetzt brauchte er sie.

Auch die zweite Flasche wurde noch geleert, und erst als die Kellner ringsum die Lichter löschten, bestellte Ferdi einen Wagen, der ihn und Gerda zurück zum Schiff brachte. Ein wenig musste sie ihn stützen, doch für die Unmengen Wodka, die er im Leib hatte, ging er noch erstaunlich sicher. Die Traurigkeit schien schwerer auf ihm zu lasten als der Alkohol. Als sie auf Gerdas Terrasse standen, sah sie, dass Tränen ihm über das Gesicht liefen. Der Himmel war klar wie schwarzes Glas, die Sterne wie Splitter darüber verstreut.

»Darf ich wirklich mit zu dir?«

Gerda nickte und schloss die Tür auf. Sie machten kein Licht. Sobald sie nebeneinander auf dem Bett lagen, begriff Gerda, was unweigerlich geschehen würde, und stellte fest, dass es ihr nichts ausmachte. Es war eine Art von Trost, von Wärme, wie sie auch Tiere einander schenkten, und weiter hatte es nichts zu bedeuten.

»Ferdi«, sagte sie, als er sie mit dunklem Stöhnen umarmte: »Was wir heute Nacht tun, tun wir einmal und danach nie wieder, abgemacht? Wir sind Freunde, und unsere Freundschaft gefährden wir nicht, indem wir uns betragen, als wären wir verliebt.«

»Uns betragen?« Ferdi streichelte ihr Gesicht, fuhr ihren Hals hinunter und öffnete die Knöpfe ihrer Bluse. »Aber ich bin doch in dich verliebt, Gerda. Ich bin es seit dem ersten Tag, an dem du mit deinen großen Augen, die nach etwas suchten, in mein Büro spaziert bist, und seither ist kein Tag vergangen, an dem ich mir nicht gewünscht habe, du wärst es auch.«

In Warnemünde gingen sie nicht noch einmal von Bord, sondern verbrachten ihren letzten Tag auf dem Schiff. Danach ging es ohne Verzug zurück nach Danzig, an die Arbeit und in die Wirklichkeit. Gerda wusste, dass ihre Beziehung zu Ferdi ihre Unschuld verloren hatte und dass sie alles vermeiden musste, was in ihm Hoffnungen schürte. In der Firma konnte sie ihm nicht aus dem Weg gehen, aber wenn er sie wie früher zu privaten Unternehmungen einlud, erfand sie Ausreden. Er fehlte ihr. Ihre Freundschaft war ihr Halt und Stütze gewesen, doch um Ferdis willen musste sie darauf verzichten.

Die Wirtschaftskrise war ein Sturm, der nun seit bald einem Jahr die Welt verwüstete und sich noch immer nicht ausgetobt hatte. In Danzigs Straßen eröffnete eine Armenküche nach der anderen, und die Schlangen davor wurden täglich länger. Auf dem Weg zur Arbeit begegnete Gerda jetzt Bettlern und Männern, die sie anflehten, bei ihrem Chef ein Wort für sie einzulegen:

»Ich mach' jede Arbeit. Jeden Dreck, wenn's nur ein paar Pfennige für meine Kinder bringt.«

Mitte September wurde in Deutschland der aufgelöste Reichstag neu gewählt. Die NSDAP, die sich auch Hitler-Bewegung nannte und bisher keinen nennenswerten Erfolg errungen hatte, wurde dabei zur zweitstärksten Partei. In der Nacht nach der Bekanntgabe des Ergebnisses marschierten Nazi-Anhänger in braunen Uniformen durch Danzigs Innenstadt und warfen dem Kaufhaus Sternfeld die Schaufenster ein. Ausländische Kredite, die den Börsencrash überstanden hatten, wurden in Panik abgezogen.

Gerda wurde krank. Tagelang war ihr zu übel, um zu essen. Sie hatte auf einmal wieder Albträume von Milenkas Tod und von Albrecht von Wolter. In den Zeitungen war die Rede von einer Wahl aus Verbitterung, die korrigiert werden würde, sobald die aufgehetzten Menschen begriffen, dass Hitler seine Versprechungen nicht halten konnte.

Gerda versuchte, sich zusammenzureißen und Fräulein Grünbaum Mut zuzusprechen. Die Kollegin wurde immer stiller, zog sich zurück und ging nicht mehr aus. »Danzig ist nicht Deutschland«, sagte Gerda zu ihr. »Bei uns kommt diese Partei über ein paar Schreihälse nicht hinaus, und die Randalierer vor dem Kaufhaus sind verhaftet worden.«

An ihre Begegnung mit Albrecht wollte sie dabei so wenig denken wie an die abscheulichen Wahlplakate, die überall in der Stadt klebten. Abgebildet war eine fette Schlange, der ein blonder Nazi-Recke ein Schwert in den Kopf hieb. Auf dem Leib der Schlange standen Worte wie *Bolschewismus, Vertrag von Versailles* und *Jüdische Großfinanz*. Im Oktober, als Gerda vom Einkaufen kam, brauste ein Korso aus offenen Automobilen an ihr vorbei, in denen Braunhemden mit ausgestreckten rechten Armen standen und »Juda, verrecke« brüllten. Ihr wurde so schlecht, dass sie den Rest des Weges rannte und sich daheim übergab.

Im November, bei den Wahlen zum Volkstag, wurde auch die Danziger NSDAP, der jetzt jener neue Mann namens Albert Forster vorstand, zweitstärkste Kraft. Die Sozialdemokraten blieben zwar wie in Deutschland stärker, verloren aber mehr als acht Prozent. Sie konnten nur noch neunzehn Abgeordnete ins Parlament senden, während die NSDAP mit zwölf Kandidaten vertreten war. Der Versuch, noch einmal eine Koalition aus demokratischen Parteien der Linken und der Mitte zu bilden, scheiterte. Stattdessen gingen die deutschliberale Partei und das Zentrum einen Bund mit den Deutschnationalen ein, der von den Nazis toleriert wurde.

Am Tag nach der Regierungsbildung erschien Fräulein Grünbaum nicht zur Arbeit. Seit Gerda bei Treichel beschäftigt war, hatte die Sekretärin keinen einzigen Tag gefehlt, und sie nahm sich vor, nach Feierabend bei ihr vorbeizugehen und nach ihr zu sehen. Kurz zuvor wurde ihr jedoch so übel, dass sie es gerade noch auf den Abtritt schaffte, ehe sie alles, was sie tagsüber zu sich genommen hatte, wieder von sich gab.

Anschließend blieb sie auf den Knien vor dem Toilettenbecken liegen, weil sie zu schwach war, sich aufzurichten. Die Augenwischerei, die sie betrieb, half nicht länger: An den Ereignissen in Danzig oder Deutschland mochten die Nazis schuld sein, doch mit der Übelkeit, die sie seit bald drei Monaten quälte, hatten sie nichts zu tun.

Sie musste den Tatsachen ins Auge blicken.

Und sie musste auf dem schnellsten Weg mit Ferdi sprechen.

SECHSTE GESCHICHTE

Freie Stadt Danzig
März 1933

»Ich kann ihr keine größere Macht geben,
als sie schon besitzt.«

Hans Christian Andersen: »Die Schneekönigin«

30

Das kleine Mädchen kam ihnen über den Kohlemarkt, vom Stadttheater her entgegen.

Es trug ein gerade geschnittenes marineblaues Kleid mit ein wenig Lochstickerei auf der Brust und einem schmalen weißen Kragen. Das Haar hatte man ihm in geflochtenen Zöpfen um den Kopf geschlungen. Über dem Kleid trug es ein weißes Wintermäntelchen mit Pelzbesatz und an den Füßen ebenfalls weiße Stiefel. Hätte es den Mantel geschlossen getragen, hätte es etwas von einer Schneeflocke gehabt.

»Gucken Sie mal, Pater«, rief Ludwig, der mit seinem Bruder an der Hand voranging. »Die Kleine da mit dem Schaukelpferd! Das ist doch viel zu groß für so'n kleines Pischkachelchen.«

Dass sie ihn Pater nannten, war den Kindern nicht abzugewöhnen, also ließ er sie gewähren. Ludwig hatte recht. In Papier vom Kaufhaus Sternfeld eingeschlagen trugen das kleine Mädchen und die beiden Frauen, die neben ihm gingen, gemeinsam ein mächtiges ebenholzschwarzes Schaukelpferd mit rotem Zaumzeug. Er erinnerte sich, ein ähnliches schon einmal gesehen zu haben. Aber nein, das war kein Schaukelpferd gewesen, sondern ein lebendiges Pony, und er hatte es samt dem roten Sattel und Zaum zum sechsten Geburtstag bekommen.

Apoll. Ach, Apoll. Verbotene Gedanken, die einen Sumpf aus Schmerz aufwühlten, sodass er nicht mehr klar sehen konnte.

Sehr klar sah er offenbar ohnehin nicht, was für einen Mann, der zwanzig kleine Jungen in Zweierreihen über einen belebten Platz zu führen hatte, keine günstige Voraussetzung war. Er war dermaßen auf die Kleidung des Kindes fixiert gewesen, dass ihm das riesige Spielzeugpferd anfangs gar nicht aufgefallen war. Ludwig hatte auch mit seiner anderen Bemerkung recht: Das Pferd war zu groß für das Mädchen, das keine sechs, sondern höchstens zwei Jahre alt war. Es konnte die Last unmöglich tragen, aber jedes Mal, wenn die Frau, die seine Mutter sein musste, oder die zweite, vielleicht die Großmutter, das Pferd ganz zu sich ziehen wollte, stampfte das Mädchen mit dem Fuß auf und bestand darauf, die Hinterbeine in seinen kleinen Händen zu behalten.

Die beiden Frauen lachten.

»Wie schade, dass wir so eins nicht haben können«, murmelte Benedikt sehnsüchtig. »Ich wäre nicht zu klein.«

»Ich schon gar nicht!«, rief der ein Jahr ältere Jakob. »Ich würde Ritter vom Deutschen Orden damit spielen.«

»Ritter vom Deutschen Orden gab es auch ohne Pferde«, sagte Thomas. »Und außerdem lässt sich aus einem Küchenschemel ein ziemlich brauchbares Pferd basteln.«

»Aber Pater Anselm wird es nicht erlauben«, jammerte Jakob. »›Die Schemel hat der Herrgott euch zum Sitzen gegeben, nicht zum Herumjachern‹«, ahmte er mit seiner hohen Jungenstimme den Tonfall des alten Paters nach, der die Rolle des Hausvorstands innehatte. »Wissen möcht' ich mal, warum der Herrgott uns nie etwas gibt, das wir uns wünschen?«

»Gott hat euch eure Fantasie gegeben«, sagte Thomas, der seinen Blick noch immer nicht von den beiden Frauen mit dem Schaukelpferd abwenden konnte. »Damit könnt ihr alles machen, was euch einfällt. Ihr könnt heute Ordensritter und morgen Gendarmen und Räuber sein, zum Frühstück

Zauberer und abends eine Horde Gnome, die in den Fundamenten der Häuser wohnen.«

»Gnome sind dusselig.«

»Und langweilig.«

»Ich will in einer Ritterburg wohnen.«

»Und ich will ein Pferd.«

Thomas blieb stehen. »Wartet einen Augenblick.« Er ging mit den Jungen häufig hier in Danzigs Zentrum spazieren, weil er fand, sie hätten ebenso wie die Kinder reicher Leute das Recht, die Schönheiten ihrer Stadt kennenzulernen. Für heute hatte er ihnen einen Besuch am Neptunbrunnen versprochen und hinterher eine verbotene Zuckerstange aus Poldermanns Süßwarenhandlung. Bis zum Mittag, wenn sie zurück in Stolzenberg sein mussten, blieb ihnen kaum eine halbe Stunde. Weshalb stand er also hier wie vor einer vermeintlichen Geistererscheinung und vergeudete Zeit?

Die Frau, die er am anderen Ende des Kohlenmarktes mit ihrem Kind und ihrer Bekannten herumtollen sah, war schließlich keine Geistererscheinung. Im Gegenteil. Etwas in ihm hatte immer geahnt, dass es sie hierhergezogen haben musste, nicht anders als ihn selbst. Und sogar in einer Stadt mit mehr als einer Viertelmillion Einwohnern war absehbar gewesen, dass man einander früher oder später über den Weg lief.

Und hatte er sich nicht insgeheim danach gesehnt? Hatte er sich etwa nie gewünscht zu erfahren, wie sie jetzt war, wie sie aussah, wie sie sich verändert hatte? Hatte er sich in unzähligen Nächten nicht gefragt, welchen Weg ihr Leben genommen hatte und ob sie glücklich geworden war?

Unvermittelt musste er an das Märchen von der Schneekönigin denken. Während er die Frau betrachtete, war ihm, als schmelze der Splitter, der ihm so lange im Auge gesteckt hatte, und er sehe auf einmal wieder klar: Ihre Kleidung glich der des Kindes – ein marineblaues Kleid mit einem Matrosenkragen zu einem weißen, wollenen Mantel, den sie bei dem milden, fast frühlingshaften Wetter offen trug. Die Sachen standen ihr. Sie betonten, was er so an ihr geliebt hatte: ihre natürliche Grazie, ihre Art, schön zu sein, ohne darüber nachzudenken, ihre Lebensfreude. Sie und das Kind hatten das große Schaukelpferd, das aussah wie sein Pony Apoll, auf der Straße abgestellt und kauften einem alten Mann eine Papiertüte mit Körnerfutter ab. Mit einem Jauchzen lief das kleine Mädchen auf den Schwarm weißer und rauchgrauer Tauben zu, die vor dem Zeughaus auf dem Pflaster pickten.

»Vöglein, Vöglein, Vöglein!«

Ungeschickt riss sie die Tüte auf und brach in Tränen aus, als sämtliche Körner zu Boden rieselten.

Die Mutter überließ das Pferd der Älteren, war mit einem Satz bei ihrer Tochter, ergriff ihre Hände und drehte sich mit ihr im Kreis, als spiele für sie beide eine Musik, die kein anderer hörte. Im Nu waren Mutter und Kind von flatternden, gurrenden, nach Futter pickenden Tauben umringt, die beim Körnerpicken mit ihnen zu tanzen schienen. Die ältere Frau, die einen eleganten Mantel und ihr Haar in einem Knoten trug, stand dabei und klatschte selbstvergessen in die Hände. Der Postkarten-Fotograf, der ein Stück weiter beim Stockturm seine Ausrüstung aufgebaut hatte, um Danzigs Sehenswürdigkeiten zu fotografieren, schnappte sich Kamera und Stativ und rannte mit wehenden Mantelschößen hinüber, damit die kleine Szene ihm nicht entging.

Thomas konnte es ihm nicht verdenken. Er hätte selbst gern eine Kamera gehabt und das, was er vor sich sah, im Bild festgehalten. Stattdessen würde nur ein Abglanz davon in seinem Gedächtnis bleiben und sich zu den zahllosen Bildern gesellen, die er dort hütete wie einen Schatz. Sie waren das Kostbarste, was er besaß, doch sein Kampf gegen ihr Verblassen war vergebens.

»Warum gehen wir denn nicht weiter, Pater?«, rief Jakob, und seine jüngeren Kameraden, die schon seit Längerem ungeduldig mit den Füßen scharrten, stimmten auf der Stelle ein:

»Sie haben doch gesagt, wir dürfen noch zu Poldermanns!«

»Wir kriegen Zuckerstangen, haben Sie versprochen!«

»Die Leute haben das Pferd ja stehen lassen – ob wir wohl mal drauf reiten dürfen?«

»Nichts da.« Thomas gab sich Mühe zu lachen. »Wenn ich Zuckerstangen versprochen habe, wird mir nichts übrig bleiben, als es einzulösen. Aber verpetzt mich nicht bei Pater Anselm! Und zuerst stellen wir uns wieder ordentlich in Zweierreihen auf, damit wir unterwegs nicht allen Leuten die Straße versperren.«

Gejohle und Gerangel folgten, bis die Jungen paarweise zusammengefunden hatten und in entgegengesetzte Richtung ihres Weges marschierten. Noch immer benommen und wie in einer anderen Welt zwang sich Thomas, ihnen zu folgen.

Nun also hatte er seine Antworten – und weshalb gab er sich nicht zufrieden mit ihnen, wo sie doch viel besser ausgefallen waren, als er es sich in seinen dunkelsten Befürchtungen ausgemalt hatte? Ja, sie hatte es nach Danzig geschafft, sie lebte hier, in dieser besonderen Stadt voller Legenden und Geschichten, die wie keine zweite zu ihr passte. Sie hatte sich nicht beugen, nicht hinnehmen müssen, was ihre Eltern von ihr verlangten, und hatte den Mann, an den Thomas trotz aller Mühe nur mit Hass denken konnte, nicht geheiratet. Ja, sie war noch immer schön. Ihre Schönheit war erwachsen geworden, das Versprechen, das in dem jungen Mädchen angelegt gewesen war, hatte sich in der Frau erfüllt. Sie strahlte noch immer denselben Zauber aus und weckte in ihm den Wunsch, ihr nahe zu sein.

Schrapsel. Mein Schrapsel.

Aber es durfte nicht sein. Er durfte es nicht einmal in Gedanken durchspielen, wie er es, wenn er ehrlich zu sich war, bis heute unzählige Male getan hatte. Er hatte sich ausgemalt, was er tun würde, falls er ihr unerwartet begegnete, hatte sich Worte überlegt, mit denen er sie ansprechen wollte, und sich gefragt, was sie ihm antworten mochte. Ganz am Anfang hatte er sogar erwogen, nach ihr zu suchen, vor sie hinzutreten und ihr zu erklären, was er empfand. Er hatte es sich verboten. Sie war kein Spielzeug, das er heute in eine Kiste werfen und morgen wieder herausnehmen durfte, sondern hatte Respekt verdient. Der Versuchung zu widerstehen war ihm beinahe über die Kräfte gegangen, und in manchen Nächten hatte sich ihm die Frage aufgedrängt:

Und wenn sie es auch will?

Wenn es ihr ergeht wie mir und sie nicht vergessen kann?

Jedes Mal aufs Neue hatte er solche Fragen erstickt, und von jetzt an durfte es keine mehr geben. Schließlich hatte er ja nun seine Antwort: Es war ihr nicht ergangen wie ihm, und sie hatte vergessen können. Was er ihr gewünscht und was sie verdient hatte, war eingetreten: Sie hatte ein Kind, sie tanzte mit ihm, wie er es sich an einem Frühlingstag im Schilf des Seeufers vorgestellt hatte. Sie hatte jemanden gefunden, mit dem sie glücklich war.

Und er hatte andere Sorgen. Im Mai standen Wahlen zum Volkstag an, und die Nazis führten ihren Wahlkampf mit nie gekannter Brutalität. Seit in Deutschland Hitler zum Reichskanzler ernannt worden war, schreckten sie vor nichts mehr zurück, sondern zeigten offen, wie Danzig unter ihrer Regierung sein Gesicht verändern würde. Versammlungslokale der

Kommunisten und Sozialdemokraten waren gestürmt und in Trümmer geschlagen worden, und eine Gruppe von SS-Männern hatte ein Fähnlein polnischer Pfadfinder in Langfuhr auf offener Straße verprügelt.

Unwillkürlich ballte er die Fäuste, wenn er nur daran dachte. Noch hegte er die Hoffnung, dass die Danziger Vernunft beweisen und diesen Verbrechern ihre Stimme nicht geben würden. Wenn es hier aber kam wie in Deutschland, mussten sie gewappnet sein – die Patres und das übrige Personal der Schule ebenso wie er selbst. Er konnte den Zorn, der in ihm aufwallte, nur mühsam beherrschen, denn auch die kleine Schar, für die er die Verantwortung trug, würde diesen Menschen ohne Menschlichkeit ein Dorn im Auge sein. Dass die Patres es bei der Aufnahme eines Schülers weder mit dessen Herkunft noch mit dessen Konfession sonderlich genau nahmen, sondern allein auf die Bedürftigkeit schauten, war schließlich ein offenes Geheimnis.

Thomas hielt inne. Seine Vergangenheit drohte ihn zu übermannen, und das durfte er sich nicht erlauben, denn dann wäre er nicht länger handlungsfähig. Er hatte seine Chance verspielt, und es war sinnlos, sich nach Unerreichbarem zu sehnen. Dennoch drehte er sich noch einmal um, während die zwanzig Jungen vergnügt in Richtung Langer Markt sprangen.

Das große Schaukelpferd stand nun auf seinen Kufen, das kleine Mädchen auf seinem Rücken wirkte winzig, schaukelte aber mit aller Wucht und johlte vor Vergnügen. Seine Mutter hatte einen Arm um es gelegt, um es im Sattel festzuhalten, und die ältere Frau zog das Pferd vergnügt am Zügel, um ihm Schwung zu verleihen. Eine Reihe von Menschen war stehen geblieben, hatte um die beiden einen Halbkreis gebildet und feuerte sie an.

»Noch höher, Marjellchen, noch ein bisschen höher!«

»Aus dir wird einmal eine tüchtige Reiterin.«

Maren, dachte Thomas und musste sich eine Hand aufs Herz legen, so heftig war der Stich, den er verspürte. *Sie heißt Maren, und ihre Mutter heißt Gerda, und der Mann, der heute Abend zu ihnen nach Hause kommt, der sie beide beim Namen ruft und sie gleichzeitig in seine Arme nimmt, hätte ich sein sollen.*

Der glücklichste Mann der Welt.

Aber nicht er war es, sondern ein anderer. Und das kleine Mädchen hieß gewiss nicht Maren.

31

April 1935

Der Brief lag in der Porzellanschale auf der Anrichte im Salon, wo Teresa alles, was mit der zweiten Post eintraf, deponierte. Erregt und aufgewühlt kam Gerda mit ihrem Kind vom Einkauf, entdeckte ihn und riss ihn, noch im Mantel, auf.

»Oh, mein Kügelchen, er ist von Elsbeth«, rief sie, und für einen Augenblick war die nervöse Spannung verflogen. »Schau nur, hier siehst du deine Cousinen und deinen Cousin!«

Sie setzte sich in ihren Lieblingssessel am Fenster, nahm ihre Tochter auf den Schoß und hielt ihr die Fotografie entgegen, die Elsbeth dem Brief beigelegt hatte. Darauf war ein Pferd zu sehen – kein Kinderpony, sondern ein hochbeiniger Trakehner, ein Dunkelfuchs, auf dem vier Kinder wie durcheinandergeratene Orgelpfeifen in einer Reihe saßen. Auf den weißen Rand des Bildes hatte sie die Namen der Kinder geschrieben und mit Pfeilen gekennzeichnet, sodass Gerda es leicht erklären konnte.

»Hier vorn sitzt Crispin, der Sohn von Tante Leonie – er hält die Zügel schon wie ein richtiger Reiter, meinst du nicht auch? Bestimmt wird er einmal einer werden – sein Onkel, von dem er seinen Namen hat, war von keinem Pferd herunterzubringen, und seine Mutter hätte am liebsten noch im Sattel geschlafen.«

»Geschlafen, Mami?«, fragte die Kleine. »Darf ich heute Nacht auch im Sattel von Artus schlafen?«

Artus war das Schaukelpferd, das sie partout hatte haben wollen und das Irma Grünbaum ihr vor zwei Jahren im Kaufhaus Sternheim gekauft hatte. Es war viel zu groß und auch zu teuer gewesen, aber Fräulein Grünbaum, die doch sonst die Vernunft in Person war, warf ihren Verstand über Bord, wenn es um Gerdas Tochter ging. Sie war ihre Taufpatin. Zu Gerdas Verblüffung war sie, wie die Treichels, katholisch getauft, während sie selbst hatte konvertieren müssen.

Ihr Amt nahm Fräulein Grünbaum so ernst, wie man es sich nur wünschen konnte. Da weder Vater noch Mutter des Mädchens mit ihm in die Kirche gingen, hatte sie diese Aufgabe übernommen, und nach der sonntäglichen Messe in der Johanneskirche gingen die beiden zusammen in die Konditorei Pachulke in der Beutlergasse zu Bienenstich und heißer Schokolade. Sie waren ein Herz und eine Seele, und die Kleine konnte den Sonntag kaum erwarten.

Da es Gerda selbst jetzt noch nicht gelingen wollte, das eingebürgerte »Fräulein Grünbaum« gegen »Irma« zu tauschen, rief ihre Tochter die geliebte Patin »Tante Grünbaum«.

»Was ist denn nun, Mami?« Mit erstaunlicher Kraft zerrte die kleine Hand sie am Ärmel. »Darf ich auf Artus schlafen? Und wer ist das da? Das Mädchen hinter dem Kriss-plien?«

»Crispin«, verbesserte Gerda lachend. »Und das Mädchen hinter ihm ist Luise, deine älteste Cousine. Lass mich nachrechnen – sie muss jetzt bald acht Jahre alt sein.«

»Acht«, konstatierte ihre Tochter und betrachtete ihre Finger. »An meinem Geburtstag bin ich vier. Ist acht sehr viel größer?«

Der Geburtstag, der im Mai ins Haus stand und mit all ihren kleinen und großen Freunden gefeiert werden sollte, beschäftigte sie bereits seit Wochen. »Acht ist das Doppelte von vier«, antwortete Gerda. »Also ist Luise doppelt so alt wie du.« *Und ich bin einmal so mit ihr durch das Haus getobt wie jetzt mit dir,* dachte Gerda, und die Sehnsucht nach ihrer Nichte überkam sie mit ungeahnter Wucht. Rasch sprach sie weiter: »Das mit dem Schlafen auf Artus ist allerdings keine so gute Idee, denn wie soll der arme Artus Schlaf bekommen, wenn du auf ihm sitzt?«

»Artus kann das«, behauptete ihre Tochter. »Artus ist ein Zauberpferd.«

Dem wusste Gerda nichts entgegenzusetzen und fuhr daher mit der Vorstellung der Kinder auf dem Pferderücken fort. »Wollen wir schauen, wen wir hier noch haben?« Hinter Luise saß ein dunkelhaariges Mädchen, das mit seinen scharf geschnittenen Zügen Leonie wie aus dem Gesicht geschnitten war. »Das muss Crispins Schwesterchen sein. Helga heißt sie, schreibt Elsbeth.«

»Will auch ein Schwesterchen«, rief ihre Tochter. »Zu meinem Geburtstag.«

»So einfach geht das nicht, Kügelchen.« Gerda versuchte nicht zum ersten Mal, ihr zu erklären, warum ausgerechnet dieser Herzenswunsch sich nicht erfüllen ließ, wo sich doch sonst die ganze Familie überschlug, um ihr jedes kleinste Begehren von den Augen abzulesen. »Ein Kind kann man sich nur wünschen – man kann es sich nicht im Geschäft aussuchen wie deinen neuen Mantel und an der Kasse bezahlen. Und wenn wir denn eines bekämen, könnte es ja auch ein Brüderchen werden.«

»Macht nichts«, sagte ihre Tochter. »Wenn es kein Schwesterchen ist, kriegen wir eben einen Kriss-plien.«

Dein Wort in Gottes Ohr, dachte Gerda, ehe sie auf das letzte Kind in der Reihe zeigte. »Und das ist Elsbeths Mädchen. Elsbeth hat sich schrecklich lange ein Kind gewünscht, weißt du? Und nun hat sie ihre Tochter und ist so froh, wie wir sind, dass wir dich haben. Sie ist ein Jahr jünger als du, und Sabine heißt sie – ist das nicht ein hübscher Name? Eine Sabine ist mir noch nie begegnet.«

Mit ihren großen, sehr hellen Augen sah ihre Tochter sie an. »Willst du auch eine Sabine? Soll ich Sabine sein?«

»Nein, natürlich nicht!«, rief Gerda und drückte sie an sich. »Du bist doch Maren. Meine Maren!«

Sie hatten ihr einen anderen Namen geben wollen. Martha, nach Ferdinands Mutter, hatte auf der Liste gestanden, Irma, nach der Patin, oder Bertha, was Selma vorgeschlagen hatte, weil sie Bertha von Suttner, die als erste Frau den Friedensnobelpreis erhalten hatte, so sehr verehrte. Eine Kämpferin für den Frieden als Namenspatronin wäre Gerda nur recht gewesen, und auch der Name Irene, was in der griechischen Sprache Frieden bedeutete, gefiel ihr. Als der kleine, neue Mensch jedoch auf der Welt war, als sie ihre Tochter in den Armen hielt und nicht mehr hergab, obwohl die Hebamme sie waschen, wickeln und einkleiden wollte, war nichts anderes mehr infrage gekommen.

Sie war Maren. Das Mädchen, das seinem trockenen Land den Regen brachte. Sie hätte anders nicht heißen können.

Wir sind Maren und Gerda, die zwei mit den Märchennamen, dachte sie und vergrub ihr Gesicht in dem weichen honigfarbenen Haar des Kindes. *Auch wenn das Leben mir meine Märchen ausgetrieben hat – mit dir hat es mir ein neues geschenkt.*

Gerda musste lachen. Kaum ein Mensch, den sie kannte, war weniger märchenhaft als ihre bodenständige Tochter. Sie war kein Prinzesschen, weder Fee noch Elfe, sondern eine patente Marjell, die mit beiden Beinen in ihrer Welt stand. Dabei aber war sie von einem Zauber umgeben, der sämtliche Märchen, die Gerda kannte, in den Schatten stellte. Gerade eben, als sie nach Hause gekommen war, hatte sie sich gefühlt, als würde ihre Sorge sie erdrücken. Jetzt aber, wo sie mit Maren hier saß und ihr von ihrer Familie erzählte, war sie auf einmal wieder sicher, dass alles so schlimm, wie es aussah, schon nicht werden würde.

Der Tag hatte sie angestrengt und mit Furcht und Traurigkeit erfüllt. Sie hatte mit Maren bei Sternfeld Kleidung kaufen wollen, weil die Kleine aus allem herausgewachsen war. Vor den Toren des Kaufhauses, das die Danziger liebten, hatten jedoch Männer in der Uniform der SA gestanden und Schilder mit der Aufschrift *›Deutsche, kauft nicht beim Juden‹* in die Höhe gehalten.

Gerda wollte an ihnen vorbeigehen und das Kaufhaus wie geplant betreten. Alles in ihr sträubte sich dagegen, sich von diesen Leuten einschüchtern zu lassen. Vor zwei Jahren, bei der Wahl zum Volkstag, hatten Forsters Nazis einen überwältigenden Sieg errungen, und seither tyrannisierten sie jeden, der anders dachte als sie: Die Presseorgane der übrigen Parteien wurden zeitweise verboten, ihre Vertreter unter fadenscheinigen Vorwänden festgenommen, ihre Versammlungen durch Krawalle gestört. Sozialdemokraten und Kommunisten wurden ohne Angabe von Gründen aus dem Staatsdienst entlassen – darunter auch Lehrerinnen wie Gerdas Schwägerin Selma.

So war es nicht weiter verwunderlich, dass die Nazis beim erneuten Wahlgang vor vier Wochen eine absolute Mehrheit errungen hatten und seither endgültig glaubten, sie wären über Recht und Gesetz erhaben.

Aber das waren sie nicht!

Danzig war nicht Deutschland. Noch immer stand die Freistadt unter der Obhut des Völkerbundes. Dessen Hoher Kommissar – der Ire Seán Lester – residierte im Neuen Rathaus am Elisabethwall und würde eingreifen, falls Forsters Nazi-Horden den Bogen überspannten. Danziger Bürger hatten das Recht, bei Sternberg einzukaufen, wie sie es immer getan hatten, und Gerda wollte von diesem Recht Gebrauch machen. Als sie jedoch die Schlagstöcke in den Händen der SA-Männer sah, die Schusswaffen in ihren Koppeln und die grimmigen Gesichter, spürte sie die Hand ihrer Tochter in der ihren und blieb stehen.

»Was ist denn, Mami?«, hatte Maren gefragt, in deren kleinem Leben es noch nie einen Grund gegeben hatte, vor etwas Angst zu haben. »Warum gehen wir nicht rein? Ich will einen Kasper, und eine Hupe will ich auch!«

»Heute nicht«, hatte Gerda sich selbst sagen hören, hatte kehrtgemacht und war die Straße hinuntergeeilt, wobei sie Maren hinter sich her zerrte. »Wir gehen zu Spiele-König. Da darfst du dir etwas aussuchen. Und hinterher kaufen wir dir einen Mantel für den Frühling und ein paar Schuhe mit Riemchen dazu. In der Frauengasse gibt es doch dieses schöne Geschäft …«

Sie hatte sich geschämt wie eine Verräterin. Wenn vor lauter

Angst niemand den Nazis etwas entgegensetzte – wohin sollte deren Terror dann führen? Maren war klug und hatte ein feines Gespür. Dass etwas nicht in Ordnung war, entging ihr nicht, und an einem Spielzeug zeigte sie nun kein Interesse mehr. Der Einkaufsbummel war ihnen beiden verdorben, und sie hatten bedrückt den Heimweg angetreten.

Jetzt aber hatte Maren die schlechten Gefühle wie Seifenblasen weggepustet. Fasziniert betrachtete sie die Kinder auf der Fotografie, die ihre Verwandten waren, und wärmte Gerda damit das Herz. Seit Maren auf der Welt war, hatte sie die Sehnsucht nach ihrer Familie nicht länger unterdrücken können. Auf einmal hatte es ihr wehgetan, dass Maren zwar einen wundervollen Großvater, eine engagierte Tante und zwei einzigartige Großtanten hatte, ihre Familie mütterlicherseits aber nie kennenlernen würde – und Lapienen auch nicht.

Sie würde keinen Ort vor Augen haben, wenn ihre Mutter ihr von ihrer Kindheit erzählte. Nie würde sie bei Pauline in der Küche stehen und Pfefferkuchenbruch stibitzen, nie darauf warten, dass im Frühling ein Storchenpaar sein Nest auf dem Dach eines Gesindehauses baute, nie tanzen, wenn die Erntearbeiter auf den Heuwagen Austbier tranken, und nie in der Halle des Herrenhauses an einer geschmückten Tanne hinaufblicken. Mit ihren Cousins und Cousinen würde sie nie spielen und nie auf einem Schlitten sitzen, der durch knietiefen Schnee gezogen wurde.

Der Gedanke setzte Gerda zu, weil ihrem Kind, dem Menschen, der ihr auf der Welt am nächsten stand, ein Teil von ihr vorenthalten bleiben würde. Und damit bliebe Maren auch ein Teil ihrer selbst fremd. Jetzt aber, wo Elsbeths Brief vor ihnen lag und sie miteinander die Kinder von Lapienen betrachteten, schien das bisher Undenkbare auf einmal möglich.

Du bist auch ein Kind von Lapienen, dachte Gerda und strich Maren das Haar hinters Ohr.

»Mami«, sagte Maren. »Warum sitzt der Kriss-plien vorne? Die da«, sie tippte auf Luise, »ist doch viel größer.«

Weil Jungen immer vorn sitzen, wäre es Gerda fast herausgerutscht. Gerade das aber wollte sie ihre Tochter nicht wissen lassen. Sie würde früh genug erfahren, dass sie zwar für ihre Mutter ganz genau richtig und das beste Kind auf der Welt war, dass aber die meisten Menschen sich, wenn sie die Wahl gehabt hätten, für einen Jungen entschieden hätten.

»Vielleicht wollte er gern vorn sitzen«, sagte sie. »Und Luise war es nicht so wichtig, also hat sie ihm den Vortritt gelassen.«

»Würd' ich nicht machen«, erklärte Maren im Brustton der Überzeugung.

»Nein. Natürlich nicht.« Gerda lachte. »Hör mal, Kügelchen – Elsbeth, die Mami von Sabine, die so was wie deine Tante ist, lädt uns ein, sie im Sommer zu besuchen. Hättest du dazu Lust? Willst du deine Cousinen kennenlernen? Und auf einem Pferd reiten?«

Albrecht wird den ganzen Sommer über wieder mehr in Berlin und wer weiß wo sein als hier bei uns, hatte Elsbeth geschrieben. *Er ist ja längst viel mehr Politiker als Gutsherr. Möchtest du uns dann nicht mit deiner Kleinen besuchen? Dein Vater wird vielleicht knurren und euch schneiden, aber er wird euch kaum vom Hof werfen, und unterbringen könnten Kurt und ich euch bei uns. Du müsstest niemandem begegnen, dem du nicht begegnen willst.*

»Auf einem richtigen Pferd?«, fragte Maren.

Gerda nickte. Sie glaubte, den Duft von Heu, von dampfendem Pferdefell und Sattelleder wahrzunehmen und das Wiehern der Fohlen zu hören, die im Frühling auf die Koppeln stürmten. Ihre Sehnsucht wurde übermächtig.

»Darf ich das auch füttern? Ganz alleine?«

»Ganz alleine vielleicht nicht. Aber die Pferde auf Lapienen freuen sich, wenn du ihnen einen Apfel oder eine Möhre bringst.«

»Wann fahren wir los?«, rief Maren und sprang vor Aufregung von ihrem Schoß. »Morgen? Ich pack meinen Koffer!«

Ihren bunten Kinderkoffer, der ebenfalls ein Geschenk von Tante Grünbaum war, hatte sie schon etliche Male mit Spielzeugtieren und Bilderbüchern gefüllt, um für ein Wochenende nach Zoppot zu fahren. Gerda setzte gerade an, ihr zu erklären, dass es mit der Reise nach Lapienen noch ein wenig dauern würde, als es an der Tür klopfte. Gleich darauf schob Teresa beide Flügel auf, und Matthäus Treichel kam in seinem Rollstuhl herein.

»Großpapa!«, rief Maren begeistert, stürmte auf ihn zu und sprang auf seine Knie. »Ich fahre morgen zu einem Pferd! Einem richtigen! Darauf darf ich reiten und ihm Äpfel geben, und ein Kriss-plien und ein Schwesterchen sind auch da.«

Gerda sah, wie sich das Gesicht des schwer kranken Mannes schmerzhaft verzog, als seine Enkelin auf seinem Schoß landete. Sie hatte Maren beizubringen versucht, dass sie mit ihrem Großvater behutsam sein musste, aber Matthäus hatte abgewinkt. »Lass sie sein, wie sie ist«, hatte er gesagt. »Sie schenkt mir so viel Freude, da ist das Knirschen der alten Knochen rasch vergessen.«

Tatsächlich verzog er auch jetzt den Mund sofort wieder zum Lächeln. »Ein Pferd, ein Schwesterchen und dann auch noch ein Krisplien? Selbst wenn ich nicht ganz sicher bin, was es mit Letzterem auf sich hat, bin ich grün vor Neid.«

Maren lachte glücklich und zerrte an der Haut seiner Wangen. »Du bist gar nicht grün, Großpapa.«

»Innen schon. Das siehst du nur nicht. Ich sehe im Innern aus wie der Froschkönig.«

Es war eine solche Freude, diese zwei zusammen zu erleben. Matthäus' Gesundheitszustand verschlechterte sich rapide, und Gerda wusste, dass die politische Lage ihm ebenso wie die Probleme der Werft schlaflose Nächte bereitete. Dennoch blühte er auf, wann immer er Zeit mit Maren verbrachte, und alberte mit ihr herum wie ein junger Mann. Wenn ihr Schwiegervater darüber enttäuscht war, dass Maren kein Junge geworden war, dann hatte er es sich niemals anmerken lassen.

Eine Zeit lang ließ er die Kleine auf sich herumtollen, dann lief sie aus dem Zimmer, um etwas zu holen, das sie ihm unbedingt zeigen wollte. »Du fährst also deine Familie besuchen?«, fragte Matthäus, sobald Maren außer Hörweite war.

»Ich denke darüber nach«, antwortete Gerda. »Vielleicht ein paar Tage im Sommer. Meine Cousine hat uns eingeladen.«

»Ich hoffe, du weißt, wie sehr ich mich für dich freuen würde«, sagte Matthäus. »Es mag ein Klischee sein, dass man einen Baum nicht von seinen Wurzeln schneiden kann, und glücklicherweise sind wir ja nicht in der Erde festgewachsen. Aber etwas ist trotzdem daran. Mit unserer Familie in Unfrieden zu sein versetzt uns in eine seltsame Art von Unfrieden mit uns selbst.«

»Du hast recht«, sagte Gerda. »Seit ich Mutter bin, habe ich immer häufiger das Gefühl, dass mir etwas fehlt. Außerdem möchte ich meinen Schwestern und meiner Cousine so gern Maren zeigen – und meiner Tante. Und meinem Patenonkel.«

An Onkel Hutz hatte sie selten gedacht, weil es zu sehr wehtat. In ihren Briefen hatte sie auch nie gewagt, Elsbeth nach ihm zu fragen. Sie hoffte, dass er wohlauf war und wie eh und je seine taktlosen Witze riss, schließlich war er ein westpreußisches Urgestein und unverwüstlich. Fast konnte sie ihn vor sich sehen, wie er mit Maren auf seinen Knien *Hoppe, hoppe, Reiter* spielte.

So wie früher mit mir.

Sie hatte all das Schlimme vergessen wollen, weil es so viel Kraft gekostet hatte, es zu ertragen. Dabei hatte sie auch die schönen Bilder verloren, die jetzt wie durch Nebel aufblitzten.

»Unsere Meerjungfrau wird eine kleine Sensation sein«, sagte Matthäus. »Ach was, keine kleine. Eine große. Wann wollt ihr fahren? Im Juni?

»Im Juli, denke ich. Der Sommer auf Lapienen mit seinen Seen und Wäldern ist wunderschön für ein Kind.«

»Das kann ich mir vorstellen«, sagte Matthäus, ehe er sich räusperte, wie er es häufig tat. »Und Ferdi willst du nicht mitnehmen? Verzeih, dass ich das frage, es geht mich natürlich nichts an. Ich dachte nur, vielleicht ist deine Familie ja doch ein wenig neugierig darauf, den Mann kennenzulernen, den du geheiratet hast.«

Dass keiner der von Westkamms seinerzeit zur Hochzeit erschienen war, hatte Matthäus hingenommen. Wie er überhaupt das, was Ferdi und Gerda taten, hinnahm und sich in das Leben der jungen Familie nicht einmischte.

Auf die Idee, Ferdi mitzunehmen, war Gerda nicht gekommen. In diesen schwierigen Zeiten konnte Ferdi kaum ein Wochenende frei machen, um mit Frau und Tochter nach Zoppot zu fahren. Und wie würde es ihm auf Lapienen ergehen? Ferdi war so groß und laut und raumgreifend. Er würde die Missachtung ihrer Eltern nicht einfach wegstecken, sondern sich gekränkt fühlen.

Es gab noch andere – dunklere – Gründe, die ihr bei dem

Gedanken Sorge bereiteten. Aber musste sie diese nicht beiseiteschieben, musste der Wunsch, ihrem Mann ihre Heimat zu zeigen, nicht stärker ins Gewicht fallen?

»Ich glaube kaum, dass Ferdi hier abkömmlich ist«, sagte sie schließlich. »Ihm liegt so viel daran, das Unternehmen wieder auf Kurs zu bringen.«

»Ich weiß, du Liebe«, sagte Matthäus. »Und er kann sich glücklich schätzen, eine Frau zu haben, die ihn darin unterstützt. Dennoch wird ihm wohl kaum an etwas mehr liegen als an seiner Familie.«

»Nein. Natürlich nicht.«

»Ich hätte gern, dass Ferdi sich eine Pause gönnt«, sagte Matthäus. »Ein wenig Ferien macht und seine zwei wundervollen Frauen genießt. Selbstverständlich liegt die Entscheidung bei dir, und wenn du nach all den Jahren lieber allein Zeit mit deiner Familie verbringen willst, möchte ich dir das nicht verleiden …«

»Nein, daran liegt es nicht«, rief Gerda hastig. »Ich fände es schön, wenn Ferdi mitkäme, es ist nur …«

Sie brach ab. Ihr Schwiegervater suchte ihren Blick. »Ich weiß, was es ist, und ich verstehe dich nur zu gut«, sagte er. »Vermutlich wünsche ich mir gerade aus den Gründen, die dich zögern lassen, du würdest Ferdi mit in die ländliche Idylle der Grenzmark nehmen, weit weg von den Gefahren und Versuchungen der Stadt.«

Und ich sollte es mir auch wünschen, tadelte Gerda sich innerlich. *Schäme ich mich etwa für meinen Mann, habe ich Angst, er könnte sich schlecht benehmen? Ferdi ist ein feiner Kerl, er ist durch und durch anständig, und was immer er falsch macht, geschieht nicht aus Bosheit, sondern aus Schwäche. Vor meinen Leuten in Lapienen, die ihre Freunde im Stich gelassen haben, braucht er sich wahrlich nicht zu verstecken.*

»Ich wollte dich nicht in Kalamitäten bringen«, sagte Matthäus. »Du hast dir genug auf die Schultern geladen, Gerda, du solltest dich unbeschwert auf deine Reise freuen dürfen.«

Zu Gerdas Erleichterung stürmte in diesem Augenblick Maren ins Zimmer, in den Händen ein aufgeklapptes Album. »Guck mal, guck mal, Großpapa! Meine Zigettenbilder!« Das Wort »Zigarette« bekam sie noch nicht richtig heraus, aber sämtliche Bekannten der Treichels sammelten die Bilder der verschiedenen Serien für sie.

Sie hatte sich gerade wieder auf Matthäus' Knie gesetzt und das Album aufgeschlagen, als unten die Haustür zuschlug. »Papi!«, rief Maren, sprang sofort wieder auf und eilte die Treppe hinunter, so stürmisch, dass Gerda jedes Mal Angst hatte, sie könnte kopfüber die Stufen hinunterpurzeln. »Papi, Papi, Papi!«

»Ich lasse euch drei allein«, sagte Matthäus und blickte zu ihr auf. »Ich esse nachher in meinem Zimmer. Könntest du Ferdi ausrichten, dass ich ihn noch sprechen müsste? Es macht nichts, wenn es später wird, ich bin lange wach.«

»Etwas Unangenehmes?« Augenblicklich verspannte sich Gerdas Schulterpartie.

»Mach dir keine Sorgen.« Matthäus berührte kurz ihre Hand, ehe er den Rollstuhl wendete und in Richtung Tür steuerte.

32

Gerda beschloss, zu warten, bis sie Maren nach dem Abendessen ins Bett gebracht hätte. Es gab zwar eine Kinderfrau, aber das abendliche Ritual wollte Gerda ihr nicht überlassen. Nicht einmal heute, wo sie genau wusste, wie sehr Ferdi darauf brannte, mit ihr allein zu sein.

Er war mit Maren auf den Armen in den Salon gekommen und hatte auch noch Gerda umschlungen. Schwer hatte er ihr die Stirn auf die Schulter gelehnt. »Das ist der Augenblick, der diesen elenden Kampf da draußen wert ist«, hatte er gesagt. »An Tagen wie diesem weiß ich nicht, wie ich das alles länger aushalten soll, aber wenn ich in dieses Haus komme, zu meinen beiden hübschen Mädchen, bin ich der glücklichste Mann auf der Welt.«

Vor Maren mochte sie ihn nicht fragen, was ihm heute wieder zugestoßen war, und sie erzählte ihm nichts von ihrem Erlebnis in der Stadt. Stattdessen ließ sie Maren ihren neuen Mantel vorführen und von der geplanten Reise plappern. Sie wollte die Aufsicht über den kompletten Pferdebestand von Lapienen übernehmen und außerdem als Kunstreiterin in einem Zirkus auftreten. Ferdi trank seinen üblichen Cognac, »um abzuschalten«, und einen zweiten als Aperitif, obwohl er sich drüben, im Speisezimmer, zum selben Zweck noch einen trockenen Sherry servieren lassen würde.

»Ich glaube, sie hätte gern ein Pony«, sagte er zu Gerda, während sie zum Essen nach nebenan gingen und Maren ihnen voraus hüpfte. »Wenn wir die Ankunft ihres Bruders feiern, kaufe ich eines, einverstanden? Für alle beide.«

Ferdi liebte Maren. Aber er hatte nie einen Hehl daraus

gemacht, dass er sich einen Sohn gewünscht hatte und noch immer wünschte. »Von einem Mann in meiner Stellung wird nun einmal erwartet, dass er einen Sohn und Erben zustande bringt«, hatte er Gerda erklärt. »Und ich bringe doch sonst schon nichts zustande, was von einem Mann in meiner Stellung erwartet wird.«

Wir sind wie Pferde, die man vor himmelhohe Hürden stellt, an denen sie sich im Sprung die Beine brechen, dachte Gerda und erinnerte sich an ein Springpferd ihres Bruders, das noch im Parcours erschossen worden war. *Wenn wir aufhören würden, aneinander himmelhohe Erwartungen zu stellen – könnte unser Leben nicht voller Zärtlichkeit und Zauber sein?*

Sie sah zu, wie ihre Tochter die Ärmchen um den Hals ihres Vaters schlang und ihn mit Rosinen aus ihrer Nachspeise fütterte. Wie traurig es war, dass er dieses Glück nicht auskosten konnte, weil sie nicht der Junge war, den die Welt von ihm erwartete. Es tat Gerda für Ferdi, aber mindestens ebenso für Maren weh. Aber Ferdi war ein erwachsener Mann, Maren hingegen ihr Kind. Wem von beiden ihr Schutz gelten musste, lag klar auf der Hand. Sie brachte Maren zu Bett, las ihr aus einem Buch mit Kindergedichten vor und verbrachte mehr Zeit bei ihr als gewöhnlich.

»Fahren wir wirklich morgen zu den schönen Pferdchen?«, fragte Maren zum Schluss ganz leise und schon fast im Schlaf.

»Nicht morgen, mein Lieblingskügelchen«, antwortete Gerda und blies kleine Gruben in ihr dichtes Haar, was ihre Tochter liebte. »Aber bald. Nach deinem Geburtstag. Wenn wieder den ganzen Tag die Sonne scheint.«

Sie saß still und hielt die Hand ihres Kindes, bis sie in ihrer erschlaffte. Dann ging sie hinüber zu Ferdi, der inzwischen im Salon saß, vor sich hin brütete und Whisky trank. »Du warst lange weg«, sagte er. »Jeden Abend länger, scheint mir.«

»Maren mag unser abendliches Vorlesen«, erwiderte Gerda. *Und ich mag es auch,* dachte sie.

»Ich weiß. Du bist eine gute Mutter. Ich wünschte mir nur manchmal auch eine gute Ehefrau, um ehrlich zu sein.«

Das war ungerecht und passte nicht zu ihm. Dass er gemein wurde und versuchte, sie zu verletzen, kam erst seit ein paar Monaten vor und nur, wenn er getrunken hatte. Leider wurden die Tage, an denen er nicht getrunken hatte, zunehmend seltener.

»Ich glaube, ich gebe mir alle Mühe, dir eine gute Ehefrau zu sein«, sagte Gerda und setzte sich ihm gegenüber in einen Sessel. »Wenn du es allerdings anders siehst, bitte ich dich darum, genauer zu erklären, was dich stört. Dass ich mich um unsere Tochter kümmere? Dass ich plane, meine Familie zu besuchen?«

»Du hättest mich fragen können«, unterbrach er und klang nicht mehr gemein, sondern wie ein zurückgewiesenes Kind.

»Ich habe den Brief mit Elsbeths Einladung heute erst erhalten«, sagte sie. »Und natürlich hätte ich dich gefragt, denn da ich über kein eigenes Geld verfüge, könnte ich ohne deine Einwilligung ja gar nicht fahren.«

Ferdi hatte darauf bestanden, dass sie ihre Stellung im Büro aufgab und zu ihm in die Breite Gasse zog, sobald sie ihm von ihrer Schwangerschaft erzählt hatte. Anfangs hatte Gerda Fräulein Grünbaum und Ilseken ebenso vermisst wie ihr Kämmerchen bei den Kanzlers. Nach Marens Geburt war sie dennoch ein Jahr lang rundum zufrieden damit gewesen, mit ihrer Tochter in einer Art Kokon zu leben, und auch jetzt waren ihre Tage ausgefüllt.

»So habe ich es nicht gemeint«, sagte Ferdi. »Was mein ist, ist auch dein, und das weißt du. Ich hätte nur erwartet … ich meine, ich hätte gehofft, dass du mich fragst, ob ich mitkommen will.«

Der Blick, mit dem er sie ansah, fuhr ihr ins Herz. Sie zwang sich, nach seiner Hand zu greifen. »Ferdi, was ist los? Natürlich würde ich mich freuen, wenn du dich frei machen und mitkommen könntest, aber wann hätte ich dich denn fragen sollen?«

Er senkte den Kopf und drückte ihre Hand. »Es tut mir leid. Ich will das alles nicht an dir auslassen, aber manchmal geht es einfach mit mir durch. Es ist, als könnte ich mich abrackern, bis ich umfalle, und doch laufe ich wieder und wieder gegen eine Wand.«

»Erzähl's mir«, sagte Gerda ruhig.

Er zog die Whisky-Karaffe zu sich und schenkte sich nach. »›Kraft durch Freude‹ hat zwei weitere Schiffe für Kreuzfahrten von anderen Reedereien gechartert«, sagte er dann. »Eines geht auf Tour durch die norwegischen Fjorde, es fährt genau die Route, die ich für die *Heliade* geplant hatte.«

»Kraft durch Freude« war die deutsche Nazi-Organisation, die Freizeitangebote für Arbeiter bereitstellte. Es gab sogenannte bunte Abende, Theateraufführungen, Lehrgänge, Konzerte, Sportveranstaltungen – und als Krönung versprach die Leitung jedem deutschen Arbeiter einmal jährlich eine Urlaubsreise. Von Aufenthalten in eigens geplanten Ferienkolonien an deutschen Küsten bis hin zu Kreuzfahrten ins Ausland sollte auch Familien mit geringem Einkommen alles Erdenkliche ermöglicht werden.

Selma geriet in Wut, wenn nur der Name der Organisation fiel. »Pure Propaganda!«, hatte sie sich ereifert. »Damit wollen sie kontrollieren, was Arbeiter an Kultur mitbekommen, und so wird die Bevölkerung langsam, aber sicher mit vergiftetem Gedankengut infiltriert. Es ist doch wohl nicht euer Ernst, dass ihr euch an dieser Nazi-Schweinerei die Finger schmutzig machen wollt?«

Seit sie aus dem Schuldienst entlassen worden war, mischte Selma sich zu Ferdis Leidwesen mehr als zuvor in die Belange des Unternehmens ein. Noch immer tat ihr Vater sein Bestes, um die Konflikte zwischen den Geschwistern zu schlichten, doch aus Ferdis Sicht ergriff er immer häufiger Selmas Partei. Einer Zusammenarbeit mit der Nazi-Organisation hatte auch er sich verweigert. »Die Haltung dieser Leute entspricht nicht den Werten der Treichel-Werft, die ihre Existenz der Weltoffenheit dieser Stadt verdankt«, hatte er erklärt. »Solange ich als Direktor für das Unternehmen firmiere, werden wir keine Schiffe für Organisationen der Hitler-Bewegung bauen. Ich sehe jedoch ein, dass du, Ferdi, für die Zukunft der Firma stehst und mit der Zeit gehen musst. Die Reederei ist dein Bereich. Wenn du es vertreten kannst, deine Schiffe dieser Organisation für ihre Fernreisen zu vermieten, lege ich dir keine Steine in den Weg.«

Ferdi hatte das nicht gewollt. Mit all seiner Energie hatte er versucht, für die *Heliade* und die zwei Dampfer, die er für kürzere Routen aufgekauft und umgestaltet hatte, eigene Reiseprogramme auf die Beine zu stellen. Sie sollten Träume erfüllen und Fernweh stillen, doch es gelang ihm einfach nicht, die Reservierungsbücher so weit zu füllen, dass eine Fahrt sich rentierte. Es blieb dabei: Für die oberen Zehntausend waren seine Reisen nicht luxuriös genug, und der Rest stürzte sich auf die billigen Angebote von »Kraft durch Freude«, die auf Monate hinaus ausgebucht waren.

Bisher besaß die Organisation noch keine eigenen Schiffe, sondern charterte sie von Reedereien, plante jedoch, in absehbarer Zukunft welche bauen zu lassen. Schweren Herzens hatte Ferdi sich entschlossen, ihnen die *Heliade,* sein geliebtes

Flaggschiff, anzubieten. Die prachtvolle Königin der Meere, auf der er mit Gerda bis nach Sankt Petersburg gereist war, übertraf alles, was anderswo vor Anker lag. Zu erwarten stand, dass die KDF-Leute sie Ferdi buchstäblich aus den Händen reißen würden.

»Da mein Vater mir auf Selmas Einflüsterungen hin den Geldhahn zugedreht hat, kann ich mir nicht leisten, noch länger zu warten«, hatte er Gerda erklärt. »Jeder Tag, den die Schiffe im Hafen herumliegen, kostet mich ein Vermögen, das ich nicht besitze. Es kommt mir vor, als würde ich ein Stück von unserer Liebe hergeben, wenn ich diesen unappetitlichen Menschen die *Heliade* vermiete, aber ich habe keine andere Wahl.«

Gerda hätte es ihm gern ausgeredet, hätte ihn dazu bewegen wollen, die Kreuzschifffahrt aufzugeben und alle drei Schiffe zu verkaufen. Sobald sie dergleichen jedoch nur erwähnte, schnitt Ferdi ihr verletzt das Wort ab: »Soll ich also alles, was ich in meinem Leben geschaffen habe, aufgeben? Muss ich das Einzige, was mir jemals gelungen ist, in den Boden stampfen, um meinem Vater und Selma zu gefallen? Ich tue doch schon alles, was sie wollen, bin eine Marionette, die an ihren Fäden zappelt. Wenn ich die Reederei aufgebe, ist von mir nichts mehr übrig. Dann kann ich genauso gut meinen Hut nehmen und stempeln gehen.«

Gerda hatte das Thema auf sich beruhen lassen und sich eingeredet, dass es so schlimm nicht wäre, wenn er sein Schiff an die Nazis vermietete. Immerhin kämen die Reisen Arbeitern zugute.

Und jetzt saß er vor ihr, starrte in sein Whisky-Glas und langte schon wieder nach der Karaffe.

»Ich habe mich also durchgerungen«, sagte er dumpf. »Wie ein Bettler habe ich mich vor diesen Robert Ley und seine

Kumpane hingestellt und ihm mein Schiff wie Sauerbier angepriesen. Und was hat er gesagt, dieser aalglatte Emporkömmling mit seiner Visage wie ein Säugling? ›Wir bedauern, Herr Treichel, wir wissen Ihr Angebot zu schätzen‹, hat er gesäuselt. ›Leider aber ist die ins Dekadente weisende, vorwiegend französische Ausstattung Ihres Schiffs nicht das, was den Bedürfnissen der deutschen Arbeiterschaft entspricht.‹ Und das war's. Damit hat er mich stehen lassen. Von wegen Dekadenz und französische Ausstattung! Wir wissen doch alle, dass mein Vater und ich für diese Leute Geächtete sind, weil wir Eisbrecher nach Polen liefern und uns weigern, in ihre Partei einzutreten.«

Er rang nach Atem. Gerda wartete eine Weile, dann schob sie die Karaffe, in der sich nur noch eine schmale Neige Whisky befand, zur Seite und nahm wieder seine Hand. »Sei stolz darauf, Ferdi. Ich jedenfalls bin stolz darauf, dass mein Mann und mein Schwiegervater sich dazu nicht hergeben.«

»Du bist stolz darauf, dass dein Mann nicht in der Lage ist, seine Frau und seine Kinder zu ernähren?«, herrschte er sie an.

»Uns geht es gut«, sagte Gerda. »Ich und das eine Kind, das wir haben, sind aufs Beste versorgt.«

»Das eine Kind, das wir haben«, ahmte er sie nach und riss die Karaffe wieder an sich. »Musst du mir das auch noch unter die Nase reiben? Dass ich nicht Manns genug bin, meiner Frau einen Sohn zu machen, wie es selbst mein verkrüppelter Vater geschafft hat? Zwar ist ihm sein Sohn missraten, aber dass es ein Sohn ist, kann man ihm trotz allem nicht absprechen.«

»Ich bin glücklich mit meiner Tochter!«, rief Gerda nun selbst heftiger als beabsichtigt. »Ich wünschte, du wärst es auch und müsstest nicht literweise Alkohol in dich hineinkippen, um das Leben mit uns zu ertragen.«

Augenblicklich sackte er in sich zusammen. »So ist es doch nicht, Gerda«, murmelte er. »Ihr seid mein Leben, du und unsere Maren. Mein ganzes Leben.«

»Dann reiß dich zusammen«, sagte sie. »Lass den Whisky stehen und freu dich an dem, was wir haben. Anderen geht es elend, wir dagegen haben mit den Eisbrechern immer noch ein Einkommen, das uns ein Leben im Luxus ermöglicht. Wir haben eine wundervolle Familie, die besten Freunde und das beste Kind auf der Welt. Diese Zeit wird vorübergehen. Menschen wie uns, die sich dem Terror nicht beugen, gibt es doch viele, und je mehr es werden, desto schneller ist es vorbei.«

Ich selbst habe mich heute gebeugt, durchfuhr es sie. *Ich hatte Angst und habe die Sternbergs im Stich gelassen. Wer bin ich eigentlich, dass ich Ferdi vorschreiben will, was er zu tun hat?*

»Du glaubst noch immer daran, dass ich das schaffe, nicht wahr?« Mit blutunterlaufenen Augen sah er sie an. »Du hast mich noch nicht abgeschrieben wie mein Vater und Selma?«

»Natürlich nicht. Dein Vater und Selma haben dich auch nicht abgeschrieben, und im Übrigen will dein Vater dich sprechen …«

»Liebst du mich noch?«, fiel ihr Ferdi ins Wort.

Es war diese Frage, die sie regelmäßig wie ein Schlag in den Magen traf. Hätte sie sie leichten Herzens beantworten können, hätte sie ihn so lieben können, wie er es verdiente, würde es ihm dann besser gehen, würde er in der Lage sein, sein Leben in den Griff zu bekommen? Sie hatte ihn geheiratet, weil ihr Kind einen Vater und eine heile Familie haben sollte, weil er ihr Freund war – und weil es die einzige Lösung zu sein schien.

Hatte sie ihn damit nicht missbraucht? Schuldete sie ihm nicht etwas Besseres? Sie drehte den Kopf zur Seite und sagte: »Ja. Ja, gewiss doch.«

»Und du willst, dass ich mit euch beiden in die Grenzmark fahre? Auf das Gut deiner Familie?«

»Nicht, wenn du dich dort jeden Abend betrinkst«, sagte Gerda und bereute es sofort. »Ich muss mit meiner Cousine Elsbeth sprechen. Aber ja. Wenn es möglich ist, hätte ich es gern.«

»Ich verspreche dir, ich werde dich nicht blamieren, Gerda. Ich werde ein vorbildlicher Ehemann sein, so vorbildlich, dass deine Familie versöhnt ist, weil sie dich bei mir in guten Händen weiß.«

»Ich bin bei dir in guten Händen«, sagte Gerda. »Der daran zweifelt, bist du, nicht ich.«

»Wollen wir beide uns dann jetzt nach oben in unser Nest verkriechen und uns an unseren Jungen machen?«, fragte er. »Wäre es nicht schön, wenn wir deiner Familie im Sommer schon sagen könnten, dass unser Sohn unterwegs ist?«

»Dein Vater will mit dir sprechen, Ferdi.«

»Verdammt, mein Vater will ewig und drei Tage mit mir sprechen. Und wozu? Um mich kleinzumachen, um mir vorzuhalten, was für ein Versager ich bin. Nun, wenn er das für sein Seelenheil nötig hat, wird er sich eben gedulden müssen. Unser Sohn ist wichtiger. Du bist wichtiger, Gerda.«

Gerda wusste, was geschehen würde, wenn sie seinem Wunsch nachgab. Das, was immer geschah. Durch seine Misserfolge verunsichert und von Alkohol seiner Kraft beraubt, wäre er nicht in der Lage, mit ihr den Liebesakt zu vollziehen. Er würde sich anklagen, sich einen Nichtsnutz schimpfen, und schließlich würde er aus dem Haus laufen, um irgendwo bis in die Morgenstunden weiterzutrinken und

Geld zu verspielen. Vielleicht hätte sie ihn vor alledem bewahren können, wenn sie ihn geliebt hätte, wenn sie die gleiche Leidenschaft aufgebracht hätte wie einst, in jenem Sommer im Schilf. Aber sosehr sie sich auch bemühte, sie konnte ihm nicht geben, was sie nicht besaß.

»Es wäre mir lieb, wenn du erst kurz zu deinem Vater gehen könntest«, rang sie sich ab. »Ich habe ihm versprochen, dass ich es dir ausrichte. Ich warte oben auf dich.«

»Also schön, zum Teufel.« Ferdi stöhnte und stand auf. »Auch wenn ich dir jede seiner Tiraden auswendig herbeten kann.«

Sie ließ sich umarmen und erwiderte seinen Kuss, auch wenn der Geruch von Whisky ihren Magen reizte. Dann entfloh sie die Treppe hinauf. Wenn sie Glück hatte, würde ihm nach dem Gespräch mit seinem Vater die Lust auf Liebe vergangen sein. Aber wäre das wirklich ein Glück? Konnte sie es Glück nennen, dass sie ihren Mann aus ihrem Schlafzimmer trieb und in Etablissements jagte, in denen die Verzweiflung wohnte?

Gerda fühlte sich auf einmal todmüde und wusste, sie würde heute Nacht auf all die Fragen keine Antwort finden. Sie wollte lieber versuchen, ein wenig zu schlafen und Kraft zu schöpfen. Morgen früh begann ein neuer, vielleicht ein hellerer Tag.

33

März 1938

Hans Wichmann, einer von Selmas Freunden und einstigen Parteigenossen, war spurlos verschwunden. Er hatte zu den wenigen gehört, die 1935 für die SPD noch einmal in den Volkstag gewählt worden waren, und hatte anschließend immer wieder öffentlich erklärt, Forsters Nazis hätten das Wahlergebnis gefälscht.

Ein Jahr später hatten die Nazis die SPD verboten. Ihren Abgeordneten bot man an, im Volkstag zu verbleiben, wenn sie zur NSDAP übertraten.

»Hans wäre lieber gestorben«, hatte Selma erklärt. »Arthur hat sich auch geweigert – und was ist passiert? Sie haben ihn festgenommen. Wegen verbotenen Waffenbesitzes – absurder geht es nicht mehr!«

Arthur war Vorsitzender der SPD gewesen und gehörte ebenfalls zu Selmas Freundeskreis. Vier Monate lang hatte er in nationalsozialistischer Untersuchungshaft verbracht, ehe er sein Mandat angeblich freiwillig niederlegte und als gebrochener Mann entlassen wurde. Kurz darauf – im Frühling 1937 – war Hans Wichmann verhaftet worden. Er sollte für den polnischen Staat spioniert haben. Selma hielt das für ausgeschlossen, und schon bald wurde der Fall nicht mehr erwähnt. Angeblich hatte es im Polizeigefängnis nie einen Verhafteten Hans Wichmann gegeben. Seither suchte Selma nach ihrem Freund.

Sie kam häufig in das Haus in der Breiten Gasse, allerdings nur wenn ihr Bruder nicht da war. Mit Gerda redete sie und ließ sich manchmal von ihr Geld zustecken.

»Ich bin froh, dass ich dich habe«, sagte Selma und wischte sich über die Augen. »Ich kann dir vertrauen, auch wenn wir in verschiedenen Welten leben. Geld sollte ich von dir nicht nehmen, aber Hans hat eine Frau und zwei Kinder, die ohne einen Pfennig dastehen, und auch die Suche verschlingt ein Vermögen. Meinen Vater mag ich nicht hineinziehen. Es geht ihm ohnehin elend, und er ist irr vor Angst, ich könnte als Nächste verhaftet werden.«

»Ich habe auch Angst um dich, Selma«, sagte Gerda. »Bitte sieh dich vor.«

»Erklärst du mir auch, wie ich das machen soll?«, fuhr Selma auf. »Meine Freunde werden von der Straße weg in Autos gezerrt, werden verschleppt und tauchen nie wieder auf. Wenn wir, die wir übrig sind, nicht alles tun, um sie zu finden – wie sollen ihre Familien dann je erfahren, was aus ihnen geworden ist?«

»Ich will nicht, dass du auch verschleppt wirst«, sagte Gerda.

»Und ich will, dass ihr hier in eurem Wolkenkuckucksheim endlich begreift, dass diese Leute vor nichts haltmachen«, erwiderte Selma. »An der spanischen Grenze ist ein Sack mit einer Leiche gefunden worden. Arthur, ich und ein paar andere haben alle Hebel in Bewegung gesetzt, um herauszufinden, ob es sich um Hans handelt, aber wir laufen gegen Mauern aus Schweigen. Das nämlich haben sie mit uns vor: Sie wollen die Abertausende, die ihnen nicht passen, nicht nur töten, sondern totschweigen, und wenn es uns nicht gelingt, sie aufzuhalten, wird es eines Tages sein, als hätte es uns nie gegeben.«

Maren, die jetzt ein Schulkind war und nach Ostern bereits ihr Übertrittszeugnis für die zweite Klasse erhalten würde, kam in den Salon gestürmt. »Guck mal, Tante Selma!« Die beiden Frauen verstummten. Eifrig kramte sie in ihrem Tornister und wollte ihrer Tante sämtliche Hefte zeigen. Selma aber stand auf und schüttelte sie ab. »Nichts für ungut, Kleine. Ich weiß, ich sollte für dich da sein, dich aus diesem Puppenhaus herausholen und dir die Welt zeigen, wie sie wirklich ist, aber dies ist eben keine Zeit für Kinder. Nur eine für Tote, wie es scheint.«

Selma ging, um eine weitere Eingabe beim Hohen Kommissar des Völkerbundes vorbereiten. Auch wenn sie nichts von ihm hielt. »Seán Lester war ein mutiger Mann, der seinen Mund aufgemacht und gegen das protestiert hat, was hier mit Juden, Polen und Andersdenkenden passiert«, hatte sie nach dem Rücktritt des Iren zu Gerda gesagt. »Aber dieser Schweizer ist ein opportunistischer Feigling, von dem wir keine Hilfe zu erwarten haben.«

Seán Lester war seine Arbeit zunehmend erschwert worden, weil sowohl die Nazis in Deutschland als auch die in Danzig ihn seiner Proteste wegen boykottierten. Im vergangenen Jahr hatte er schließlich aufgegeben, und der Schweizer Carl Jacob Burckhardt war ihm ins Amt gefolgt. Selma behielt recht: Auf ihre Eingabe erhielt sie lediglich ein lapidares Schreiben, in dem Burckhardts Sekretär ihr mitteilte, der Hohe Kommissar habe Weisung erhalten, sich in die inneren Angelegenheiten Danzigs nicht einzumischen.

Selmas Freund Hans blieb unauffindbar. Eigentümlicherweise erhielt seine Frau jedoch eine Benachrichtigung, sie könne ihre Söhne ohne Bezahlung in Stolzenberg auf eine von Karmelitern geleitete Schule schicken, wo die beiden auch beköstigt würden. »Karmeliter!«, rief Selma außer sich, als sie das nächste Mal bei Gerda auftauchte. »Da hat wohl jemand Angst, in der Hölle zu landen, und glaubt, ihr zu entkommen, wenn er die armen Gnaschel irgendwo unterbringt. Aber uns machen sie damit nicht mundtot, die bigotten Schweine. Wir geben nicht auf, bis wir herausgefunden haben, was mit Hans geschehen ist.«

Die Suche nach dem Freund wurde bei ihr zur Besessenheit, und Gerdas Sorge um sie wuchs. Leider war Selma beileibe nicht der einzige Mensch, um den sie in diesem Frühling 1938 in beständiger Sorge lebte.

Matthäus war inzwischen so krank, dass er morgens nur mit Mühe die Kraft aufbrachte, sich aus dem Bett zu kämpfen. Geistig war er hellwach wie immer, und es hatte keinen Sinn, etwas vor ihm zu verbergen. Er bekam alles mit. Sein Arzt, Dr. Joseph Plauen, kam zweimal wöchentlich, um nach ihm zu sehen, doch viel mehr, als seine Schmerzen zu lindern, konnte er nicht für ihn tun.

»Diese Krankheit ist noch viel zu wenig erforscht, um Genaues zu sagen«, erklärte er Gerda, als Matthäus sie nicht hörte. »Ich gehe aber davon aus, dass sein seelisches Befinden sich negativ auf seine Gesundheit auswirkt und die Ereignisse ihn zu sehr belasten, um noch einmal aus dem Schub herauszufinden.«

Gerda musste ihm zustimmen. Am Tag nachdem Hitler in Österreich einmarschiert war, hatte Matthäus nicht einmal mehr den Versuch gemacht aufzustehen und keine Mahlzeit angerührt, die Teresa ihm nach oben brachte.

»Als Nächstes holt dieser Mensch sich das Sudetenland«, sagte er zu Gerda und Dr. Plauen, die an seinem Bett standen. »Und das Land um die Memel. Und danach wird er keine Ruhe geben, bis er Danzig und Ostpreußen hat.«

»Aber ewig werden doch die anderen Mächte nicht tatenlos zuschauen«, wandte Gerda ein.

»Das will er ja erreichen«, erwiderte Matthäus. »Dass sie

nicht länger zuschauen. Jetzt bin ich sicher, dass er darauf wartet.«

»Als einen solchen Schwarzseher kenne ich dich gar nicht, alter Freund«, sagte Dr. Plauen. »Vor Kurzem warst du es noch, der mich daran erinnert hat, dass Danzig nicht Deutschland ist und dass wir hier immerhin einen Hohen Kommissar des Völkerbundes zu unserem Schutz haben.«

»Ich habe wohl überschätzt, was er bewirken kann«, sagte Matthäus. »Dieser Völkerbund, den die Nationen nach dem Krieg gegründet haben, ist eine schöne Idee. Aber schöne Ideen richten nichts aus, wenn Hitler seine Panzer auffahren lässt.«

Seine Wortwahl ließ Gerda schaudern.

Joseph Plauen aber bewahrte die Ruhe. »Immerhin hat Kommissar Burckhardt bewirkt, dass die Nürnberger Rassegesetze in Danzig nicht übernommen worden sind«, sagte er. »Ich dürfte sogar eine blonde deutsche Danzigerin ehelichen, wenn ich denn wollte, und könnte höchstens wegen Bigamie belangt werden.«

Plauen wusste, wovon er sprach, und Gerda atmete ein wenig auf. Der Arzt und seine Familie waren selbst Juden. Wenn er noch Witze machte, konnte es gar so arg nicht sein.

Gerdas Schwiegervater wies Teresa an, die Schatulle aus dem Arbeitszimmer zu holen, aus der er das Honorar des Arztes begleichen wollte. Dieser aber wand sich. »Das kann ich nicht annehmen, Matthäus. Ich komme zu dir als Freund. Du weißt selbst, dass ich keine Approbation mehr habe und dich offiziell gar nicht behandeln dürfte. Ich darf mich streng genommen nicht einmal mehr Arzt nennen, sondern jüdischer Krankenbehandler.«

»Und dem Völkerbund, der so etwas zulässt, vertraust du?«, fragte Matthäus mit krächzender Stimme. »Du bist mein Arzt. Und du bist mein Freund. Das Geld steht dir also doppelt zu. Es steht dir genauso zu wie dem reizenden Hausmädchen, das für mich sorgt wie eine Tochter. Auf Stimmen, die mir ins Ohr zischeln, ich müsse sie ihrer Herkunft wegen feuern, gebe ich keinen Pfifferling. Zu einer anderen Zeit, in der mit meinem Sohn noch zu rechnen war, hat dieser einmal gesagt: ›Wir Treichels werden äußerst unangenehm, wenn einer der Unseren verletzt oder gekränkt wird.‹ Ich bin vielleicht eine flügellahme Ente, die für niemanden mehr unangenehm wird, aber noch immer gilt, dass in diesem Haus unsere Freunde Schutz finden, wann immer sie ihn brauchen. Vergiss das nicht, Joseph. Und jetzt steck das Geld ein.«

Gerda nahm sich vor, mit Ferdi zu sprechen, sobald sich eine Möglichkeit bot. Sie musste ihn drängen, seinem Vater zu beweisen, dass mit ihm auch jetzt noch zu rechnen war und dass er zur Stelle sein würde, um die Freunde der Familie im Notfall zu schützen. Was immer zwischen den beiden Männern vorgefallen sein mochte, Gerda wusste, dass die Liebe zwischen ihnen nicht tot war und dass sie sich aussprechen mussten, wenn Ferdi eine Chance haben sollte, sich zu fangen.

Es ging bergab mit ihm. Es ging so rapide bergab, dass Gerda vom Zusehen schwindlig wurde. Inzwischen versuchte sie, Maren abzulenken oder mit ihr aus dem Haus zu gehen, wenn ihr Vater angetrunken nach Hause kam. Maren aber war ein hellwaches Kind von bald sieben Jahren, das sich so leicht nicht täuschen ließ.

»Ist der Papi krank?«, hatte sie neulich gefragt. »Wenn er läuft, wackelt er wie das Pendelmännchen von meiner Uhr.«

Die Kinder-Standuhr in Marens Zimmer war eines der vielen Geschenke von ihrer liebsten Tante Grünbaum, und das lustige Männchen, ein Harlekin, der als Pendel hin und her schwang, hatte in der Tat Ähnlichkeit mit Ferdi, wenn er die Treppe hochschwankte. Nur dass an Ferdi nichts lustig war.

Seit sein Vater vor drei Jahren, in jenem nächtlichen Gespräch, von ihm verlangt hatte, die *Heliade* zu verkaufen, hatte der Sturz ins Bodenlose begonnen. »Er will, dass ich meinen Traum opfere«, hatte er am Morgen in Gerdas Schoß gelallt. »Wenn ich kein Reeder mehr bin und mein Schiff nicht mehr habe, bin ich nichts.«

Daran, dass sich letzten Endes kein Käufer für die *Heliade* gefunden hatte, dass sie buchstäblich ausgeschlachtet und in Einzelteilen zu Geld gemacht worden war, mochte Gerda nicht denken. Für Ferdi musste es gewesen sein, als hätte man sein Traumschiff wie eine Schlackwurst scheibchenweise verkauft.

Hätte sie es geschafft, ihn aufzubauen, ihm Halt zu geben, ihn in seinem Abgrund von Verzweiflung so weit zu stützen, dass er mit ihr den ersehnten Sohn zeugen konnte, wäre das vielleicht seine Rettung gewesen. Stattdessen war sie geflohen, war mit Maren allein nach Lapienen gefahren und hatte danach für lange Zeit zu viel mit sich selbst zu tun gehabt, um auf Ferdi zu achten.

Der war ebenfalls geflohen. In den Alkohol, ins Glücksspiel, wie er es gewohnt war. Inzwischen trank er schon tagsüber so viel, dass Fräulein Grünbaum den Hauptteil seiner Arbeit erledigte. Die hätte darüber nie ein Wort verloren. »Ich habe nie behauptet, Ferdinand Treichel hätte keine Fehler«, sagte sie das eine Mal, als Gerda sie damit konfrontierte. »Aber wenn Sie mich alte Eule fragen, ist ein schlechter Mensch nicht der, der sich im Netz seiner Fehler verfängt, sondern der, der sie für Tugenden hält.«

Auch Ilseken versuchte, die Probleme herunterzuspielen.

»Besuckelt haben wir uns schließlich alle schon mal«, hatte sie gesagt. »Die Zeiten sind eben nicht leicht, aber der Junior, der berappelt sich schon wieder, der liebt doch dich und sein Marjellchen bis zum Himmelszelt.«

Sie musste mit Ferdi sprechen. Unzählige Male in diesen drei Jahren hatte sie es versucht und war gescheitert, aber jetzt lief ihr die Zeit davon. Vater und Sohn mussten sich versöhnen, einen Weg zueinander finden. Gerda nahm sich vor, das Gespräch am kommenden Sonntag zu führen, wenn Fräulein Grünbaum Maren zur Messe abholte. In die gesamte Beutlergasse fielen inzwischen die Schatten von Hakenkreuzfahnen, weshalb Fräulein Grünbaum nicht mehr zu Pachulke gehen mochte. Stattdessen lud sie Maren nach der Messe auf eine Tasse Schokolade und Kekse in ihre gemütliche Dachwohnung ein. Bis sie das Mädchen zum Mittagessen nach Hause brachte, würde Gerda genug Zeit für ein Gespräch bleiben, und an einem Sonntagvormittag durfte sie darauf hoffen, Ferdi nüchtern anzutreffen.

Für die Messe bestand Maren noch immer darauf, dass Gerda ihr das Haar zur Krone flocht. Dabei zappelte sie von einem Bein aufs andere, weil sie sich so sehr freute, und schmetterte bereits aus voller Kehle die Kirchenlieder, die sie besonders liebte:

Großer Gott, wir loben dich,
Herr, wir preisen deine Stärke.

Trotz aller Sorgen musste Gerda lachen. »Wer hätte das gedacht, dass ausgerechnet dein Papi und ich so ein frommes Marjellchen zustande bringen. Wofür willst du denn heute beten, Kügelchen? Hast du dir das schon überlegt?«

»Heute bitte ich den lieben Gott, dass wir im Sommer wieder nach Lapienen fahren«, kam es von Maren. »Ich habe ihm schon gesagt, wie traurig ich war, weil wir im letzten Jahr nicht gefahren sind, deshalb hilft er mir diesmal bestimmt.«

Sofort packte Gerda ihr schlechtes Gewissen. Maren hatte so sehr gebettelt, im vergangenen Sommer zum dritten Mal zu ihren Cousinen und den Pferden zu fahren, aber Gerda hatte sich dafür nicht stark genug gefühlt. Sie liebte Elsbeth und war froh, dass Maren in den zwei Sommern auf dem Gut so frei und unbeschwert gewesen war, wie sie es sich für sie wünschte. Wenn jedoch die Sprache auf eine mögliche Reise in diesem Sommer kam, verkrampfte sich ihr Herz.

Auf Lapienen waren zu Beginn des Jahres noch zwei späte Kinder zur Welt gekommen: Leonie hatte eine zweite Tochter zur Welt gebracht, die auf den Namen Gudrun getauft worden war, und Elsbeth hatte zur allgemeinen Verblüffung einem Jungen das Leben geschenkt. Somit gab es nun ein zweites männliches Kind auf dem Gut, aber natürlich bedrohte der kleine Michael nicht die Alleinherrschaft des Kronprinzen Crispin von Wolter. Schließlich entsprang Michael Jacoby nur der Verbindung einer angeheirateten Cousine mit einem Bahnbeamten aus Schlochau.

Ja, Elsbeths Mann, Kurt Jacoby, war in der Verwaltung der Reichsbahn tätig gewesen und hatte sich beim Eislaufen auf dem Amtssee in seine Elsbeth verliebt. Weil sie nur eine mittellose Verwandte war, hatte sie ihn heiraten dürfen, und die beiden waren miteinander in das Verwalterhaus gezogen, das die emsigen Brinkmanns aus unerfindlichen Gründen geräumt hatten.

Gerda, die in zwei Sommern bei ihnen gewohnt hatte, hatte Elsbeth und Kurt als etwas erlebt, mit dem sie in ihrer Familie nicht länger gerechnet hatte: als ein glückliches Paar. Die beiden verlangten nicht viel, sie hatten einen ähnlichen Humor und lachten ständig miteinander, liebten ihr Töchterchen, das Sabinchen, auf das sie lange hatten warten müssen, und der kleine Michael, auf den sie nicht mehr zu hoffen gewagt hatten, krönte ihr Glück.

Ihr müsst im Sommer unbedingt wieder kommen und unseren kleinen Schelm kennenlernen, hatte Elsbeth geschrieben. Gerda war mulmig bei dem Gedanken, aber wenn Maren sogar den lieben Gott darum bitten wollte – was konnte sie dem entgegensetzen?

»Bis zum Sommer ist es noch lange hin«, sagte sie und befestigte die letzte Klemme in Marens Haarkranz. »Erst kommt der Osterhase, und dann steht dein Geburtstag vor der Tür.«

»Mami«, sagte Maren. »Den Osterhasen gibt's nicht.«

»Tatsächlich nicht?« Gerda verspürte einen Anflug von Bedauern. War die Zeit des Zauberglaubens, in der Eier bemalende Hasen, Weihnachtsmänner und Plüschbären über alles Leid hinwegtrösten konnten, schon vorbei?

»Wenn man sich was wünscht, muss man nicht den Osterhasen, sondern den lieben Gott bitten«, belehrte ihre Tochter sie. »Und den bitt' ich heute auch, dass er den Großpapa und den Papi wieder gesund macht.«

»Ach, mein Kügelchen.« Gerda schlang die Arme um die Kleine. »Der Papi wird ganz bestimmt wieder gesund, und vielleicht fährt er sogar im Sommer mit uns nach Lapienen.«

Glaubte sie daran wirklich? Und wenn nicht – hatte sie das Recht, ihrem Kind eine solche Lüge aufzutischen?

»Und der Großpapa?«, fragte Gerda weiter.

Zu Gerdas Erleichterung klingelte es in diesem Augenblick an der Haustür. Teresa hatte an diesem Sonntag frei und besuchte ihre Familie, die aus Danzig ins polnische Gdynian hatte ziehen müssen. Und weil es einen Hausdiener nicht mehr gab, lief sie mit Maren um die Wette die Treppe hinunter.

»Tante Grünbaum, Tante Grünbaum, ich bin schon fertig! Und im Sommer kommt der Papi mit uns zu den Pferden!«

Sie riss an der Tür, noch ehe Gerda sie entriegelt hatte, und schließlich zogen sie sie beide zusammen auf.

»Tante Grün…«

Draußen auf der Stufe stand Ilseken unter einem Schirm im leichten Nieselregen.

»Tut mir leid, Marjellchen«, sagte sie. »Die Tante Grünbaum, die ist heut' leider verhindert. Dafür schickt sie mich, um mit dir in die Kirche zu gehen. Getauft haben 'se mich zwar lutherisch, aber mir ist das Jacke wie Hose, und die Tante sagt, eine wie mich schmeißen die schon nicht raus.«

»Warum sollen die dich denn rausschmeißen?«, fragte Maren verstört.

»Ach, weiß ich auch nicht, war nur so dahinplachandert.« Ilsekens Lachen klang gekünstelt. »Und jetzt mach hin, Marjellchen, wenn wir nicht zu spät kommen wollen, müssen wir die Beine in die Hand nehmen.«

In Wirklichkeit blieb ihnen für den kurzen Weg noch gut eine halbe Stunde, aber Maren widersprach nicht, sondern lief, um ihren Mantel zu holen. Ilseken nutzte die Gelegenheit und steckte Gerda hastig einen Umschlag zu – schweres, lindgrünes Briefpapier, wie Fräulein Grünbaum es benutzte. »Hier, den hat sie mir für dich gegeben. Ich geh' nachher noch mit der Kleinen konditorn und bring' sie dir pünktlich zurück.«

Sobald sie aus der Tür waren, riss Gerda den Umschlag auf:

Liebes Fräulein Westkamm,
stand in Irma Grünbaums gleichmäßiger, gerader Schrift auf dem Bogen.

(Ich weiß, Sie sind nun schon so lange eine würdige Frau Treichel – aber das eine Mal werden Sie mir die vertraute Anrede gewiss noch durchgehen lassen.)

Von Herzen möchte ich Ihnen dafür danken, dass Sie mir damals das Patenamt für Ihre Tochter anvertraut haben. Danke für fast sieben wunderschöne Jahre, die ich mit Maren verbringen durfte. Leider muss ich Ihnen heute schreiben, dass ich mich nicht länger in der Lage sehe, mein Amt als Patin auszuüben. Ich möchte Sie daher bitten, eine neue Patin mit der Fürsorge für Maren zu betrauen. Pater Benedikt von der Johanniskirche hat mir nahegelegt, die sonntägliche Messe nicht mehr zu besuchen, und mir außerdem zu verstehen gegeben, dass mir die Mitgliedschaft in der römisch-katholischen Kirche in absehbarer Zukunft entzogen werden könnte. Ihm selbst ist von höherer Stelle die Weisung erteilt worden, jüdische Gemeindemitglieder von der Kirche fernzuhalten, und aufgrund des zwischen der deutschen Regierung und dem Heiligen Vater geschlossenen Reichskonkordats ist Widerspruch nicht möglich. Man muss dies hinnehmen, aber die kleine Maren soll nicht darunter leiden. Ich habe Pater Benedikt eine entsprechende Bitte vorgebracht, und er versprach, Sie könnten sich vertrauensvoll an ihn wenden. Zwar sei es nicht üblich, nach der Taufe eine weitere Patin zu benennen, doch werde er sich bemühen, Ihnen in diesem Sonderfall entgegenzukommen.

Ich bleibe Ihnen verbunden und wünsche Ihnen und Maren alles Glück der Erde.
Ihre Irma Grünbaum.

34

Im Sommer fuhr Gerda schweren Herzens noch einmal allein mit Maren nach Lapienen. Sie hatte weder den schwer kranken Matthäus noch den dauerbetrunkenen Ferdi sich selbst überlassen wollen. Maren aber war so traurig gewesen, dass Gerda in dieser Reise die einzige Möglichkeit gesehen hatte, sie aufzuheitern.

Ihre Tochter vermisste ihre Tante Grünbaum mit der ganzen Kraft ihrer jungen Seele. Den lustigen Harlekin, über den sie sich so gefreut hatte, löste sie allabendlich vom Pendel der Uhr und bestand darauf, ihn mit ins Bett zu nehmen. In der Frühe aber befestigte sie ihn wieder an seinem Platz. Aus dem fröhlichen, übersprudelnden Mädchen war ein verschlossenes, trotziges Kind geworden. Gegen Ilseken entwickelte sie eine heftige Abneigung, als trüge diese die Schuld am Verlust ihrer geliebten Tante. In die Messe der Johanniskirche wollte sie nicht länger gehen.

Nach Lapienen wollte sie anfangs auch nicht, doch letzten Endes konnte sie der Aussicht auf ein paar Wochen mit den Pferden und ihren Cousinen nicht widerstehen. Vor allem Luise, die schon zwölf Jahre alt war, kümmerte sich rührend um die Jüngere, zog mit ihr durch die Wälder und zeigte ihr, wo Vögel nisteten und wilde Tiere ihre Bauten hatten und Junge zur Welt brachten.

Um Marens willen hielt Gerda die drei Wochen durch, auch wenn jeder Tag eine Qual für sie war. Nur wenn sie die Abende mit Kurt und Elsbeth verbringen konnte, fühlte sie sich wohl und sicher. Gelegentlich kamen auch Tante Benigna und der inzwischen gebrechliche Onkel Hutz herüber ins Verwalterhaus, Kurt spielte nach dem Essen auf der Klampfe, bis die Kinder in den Armen ihrer Eltern einschliefen, und Sorge und Anspannung legten sich.

Mit der ein wenig gestärkten Maren kehrte sie nach Danzig zurück. Während der Rückfahrt im Zug hielt ihre Tochter jedoch ihren Harlekin fest in den Händen, und als sie auf dem Hauptbahnhof ausstiegen, wo Ferdi sie abholte, beachtete sie ihren Vater kaum, sondern sagte zu Gerda: »Ich will Tante Grünbaum besuchen gehen. Jetzt gleich. Ich weiß den Weg.«

Wie sich herausstellte, hatte sie Luise von ihrem Kummer erzählt, und diese hatte ihr in einen Stadtplan von Danzig eingezeichnet, wie sie vom Bahnhof in die Kanalgasse kam. Gerda konnte die beiden Mädchen für ihre Entschlossenheit nur bewundern. Sie selbst hatte zweimal versucht, bei Fräulein Grünbaum, die ihre Stellung bei Treichel aufgegeben hatte, Einlass zu finden, war jedoch beide Male abgewiesen worden.

»Bitte glauben Sie mir, es ist besser für uns alle«, hatte die Frau, die nach Milenkas Tod ihre beste Freundin geworden war, durch die verschlossene Tür zu ihr gesagt. Konnte sie riskieren, dass Maren ebenso abgewiesen wurde? Wie würde das kleine Mädchen, das ohnehin allzu viel in ihrer einst heilen Welt nicht mehr verstand, damit fertigwerden?

Letzten Endes befand sie jedoch, sie habe keine Wahl. Sie konnte Maren nicht verbieten, nach ihrer Tante zu sehen, konnte nicht von ihr verlangen, einen geliebten Menschen zu vergessen, wie es einst von ihr selbst verlangt worden war.

»Ich komme mit«, sagte sie entschlossen. Sie nahm Maren bei der Hand und machte sich mit ihr auf den Weg. Während sie mit ihrem Kind durch den schönsten Teil ihrer Stadt ging, erkannte sie die Straßen kaum wieder. Wo war Danzigs

Zauber, dem sie bei ihrer Ankunft vor bald zehn Jahren auf Anhieb verfallen war? Von den bunt bemalten Fassaden der Patrizierhäuser hingen Hakenkreuzfahnen herunter, und an den Türmen und Toren prangten Banner mit hasserfüllten Parolen. Auf Litfaßsäulen klebten Propagandaplakate mit abscheulichen Zeichnungen: Auf einer war die Karikatur eines alten Mannes mit lüsternem Blick und riesiger Nase zu sehen, der nach einem blonden Mädchen gierte. »Der Jude als Rassenschänder« stand darunter.

War es das, was sie ihrer Tochter zumuten wollte? Sollte Maren solche Bilder von ihrer Heimatstadt im Kopf haben und anschließend friedlich schlafen? Was war mit Danzig geschehen, wie hatte sich dieses Gift so schnell ausbreiten können?

Das Haus, in dem Irma Grünbaum wohnte, war ein schmales, vier Stockwerke hohes Gebäude aus grauem Stein. Die Mieter hier waren Beamte und Angestellte, die sich keine großen Sprünge, wohl aber ein behagliches Leben leisten konnten. Die Straße war friedlich, es gab eine Kartoffelhandlung, eine Änderungsschneiderei und eine Bäckerei, die auf einer mit Kreide beschrifteten Tafel *Wurststullen, frisch geschmiert* feilbot. Maren zeigte mit dem Finger darauf. »Da hat Tante Grünbaum Schlagsahne gekauft. Für unsere Schokolade. Kekse auch. Mit Mandeln drauf.«

»Wollen wir ihr welche kaufen?«, schlug Gerda vor. »Mandelkekse, meine ich.«

Maren nickte und stapfte in das winzige Lokal. Hinter dem Tresen bediente eine Frau mit Dutt und Apfelbäckchen wie aus einem Bilderbuch für Kinder. Sie packte einer Kundin mit Kinderwagen zwei Stück Pflaumenkuchen in eine Tüte, und als diese ihren Wagen aus der Tür geschoben hatte, entdeckte sie Maren. »Ach, das Judenmädchen«, sagte sie, und das Lächeln verschwand von ihren Lippen. »Auch wenn die Olsche jetzt dich schickt, weil sie sich selbst nicht hertraut – für solche wie euch gibt's hier nichts mehr zu holen, verstanden?«

Vor Gerdas Augen verwandelte sich der enge Innenraum der Bäckerei in die von deckenhohen Bücherregalen gesäumten Räume der Buchhandlung Wernecke. Sogar den Duft von Staub und Druckerschwärze glaubte sie wahrzunehmen. Dazu hallte ihr eine schrille Frauenstimme durch den Schädel: *Mein Mann ist Ehrenritter des Johanniterordens und im Landesvorstand der Deutschnationalen. Der würde nie gestatten, dass sein Sohn in denselben Geschäften verkehrt wie dieses Pack.*

Maren stand da wie versteinert und blickte ungläubig zu der Bäckersfrau auf.

»Was fällt Ihnen ein?«, rief Gerda und legte die Arme von hinten schützend um ihr Kind. »Meine Tochter ist keine Jüdin.«

Gleich darauf hätte sie sonst etwas dafür gegeben, die Worte zurücknehmen zu können. Es war die falsche Antwort, so wie es falsch gewesen war, als sie Albrecht von Wolter entgegengeworfen hatte, Thomas sei kein Pole.

Ihr ganzer Körper spannte sich. Sie zog Maren dichter an sich.

»Was meinen Sie damit, Ihre Tochter ist keine Judsche?«, fragte die Bäckersfrau. »Der Pischkachel da ist Ihre Tochter? Ich hab' gedacht, die gehört zu der Judschen von oben, mit der sie immer gekommen ist.« Dabei wies sie bedeutungsvoll in die Höhe und sandte Gerda einen verschwörerischen Blick. »Dabei hätt' ich's mir denken sollen. So ein hübsches Näschen und goldblonde Löckchen, so sieht doch keine Judsche aus.«

»Die Dame aus Nummer acht ist meine Schwester«, hörte Gerda sich sagen. »Aber meine Tochter ist nur Halbjüdin, ihr

Vater ist polnischer Kommunist.« Damit packte sie Maren bei der Hand und zog sie aus dem Geschäft.

Die vier Treppen zu Fräulein Grünbaums Wohnung eilte sie so schnell hinauf, dass Maren, die mit ihren kurzen Beinen nicht hinterherkam, protestierte. Oben klingelte sie und hämmerte zugleich mit der Faust an die Tür. »Machen Sie auf, Fräulein Grünbaum. Wir sind es. Ihre Freunde. Gerda Treichel und Maren.«

Es war nichts zu hören. Dann schlug Maren mit ihrer kleinen Faust an die Tür, und kurz darauf vernahmen sie schleppende Schritte. Die Tür wurde eine Handbreit aufgezogen.

Solange Gerda sie kannte, hatte Fräulein Grünbaum immer elegant ausgesehen, adrett vom Scheitel bis zur Sohle. Sie war eine jener Frauen, von denen man sich nicht vorstellen konnte, dass sie je mit einer Laufmasche in den Strümpfen aus dem Haus gingen oder einen Ärmel ihrer Bluse zu bügeln vergaßen. Ihr Haar hatte sie stets ordentlich frisiert getragen, und auch jetzt war es zurückgesteckt und wirkte frisch gewaschen. Sie war gekleidet, als würde sie sich gleich auf den Weg ins Büro machen, doch davon abgesehen war von ihrer Eleganz und Souveränität nichts mehr übrig. Sie wirkte verhärmt. Müde. Sogar krank.

»Tante Grünbaum.« Unaufhaltsam zwängte sich Maren durch den Spalt und schlang die Arme um ihre Patin. »Ich lass' dich nie mehr los, Tante Grünbaum. Nie, nie mehr.«

Über den Kopf des Kindes hinweg trafen sich die Blicke der Frauen. »Sie hätten nicht kommen dürfen«, sagte Irma Grünbaum. »In Ihrem, in meinem, aber vor allem in Marens Interesse.«

»Maren liebt Sie«, sagte Gerda. »Wenn Sie sich ihr von einem Tag zum anderen entziehen, ohne ihr eine Erklärung zu geben, kann das nie und nimmer in ihrem Interesse sein.«

Vieler Worte bedurfte es nicht. Irma Grünbaum hatte Maren noch nie widerstehen können. Sie bat schließlich beide in die Wohnung und bot ihnen Kamillentee an, weil sie anderes nicht im Haus hatte. Tatsächlich schien es in der einst so heimeligen Küche kaum Vorräte zu geben, und die Glühbirne war durchgebrannt. Gerda nahm sich vor, in den nächsten Tagen einkaufen zu gehen und ihrer Freundin alles, was sie brauchte, vor die Tür zu stellen.

Das Wichtigste aber war, dass Fräulein Grünbaum Maren ihre Bitten nicht abschlug. Sie einigten sich darauf, dass das Mädchen sie einmal im Monat an einem Sonntag besuchen kommen durfte. Gerda würde sie herbegleiten und hinterher wieder abholen. »Achten Sie darauf, dass niemand Sie zu sehen bekommt«, sagte Irma Grünbaum. »Sie bringen sich und das Kind in Teufels Küche, und wie schlimm das für mich wäre, kann ich Ihnen nicht sagen.«

»Für mich war schlimm, dass du nicht mehr da warst, Tante Grünbaum«, rief Maren. »Ich hab' meinen Harlekin und mein Pferdchen Artus angeguckt, und in mir drinnen war ein Loch.« Auf einmal brach sie in Tränen aus.

Fräulein Grünbaum nahm sie in die Arme und wiegte sie. »Ich hab' ja nicht gewusst, dass ich alte Eule dir so wichtig bin, meine Maren.«

»Hast du das nicht? Dann bist du dumm, Tante Grünbaum.«

»Ja, ich bin dumm«, murmelte Irma Grünbaum, und Gerda sah, dass auch sie weinte. »Wäre ich schlau gewesen, mein Goldchen, dann hätte ich nicht erlaubt, dass wir beide uns lieb haben.«

35

Im September ließ Hitler zwei Städte im Sudetenland besetzen, die vornehmlich von Deutschen bewohnt wurden. Zuvor hatte er in Verhandlungen mit dem britischen Premierminister Chamberlain verlangt, das Sudetenland von der Tschechoslowakei abzutrennen und dem Deutschen Reich zuzuschlagen. Der Tschechoslowakei hatte er offen mit Krieg gedroht, wenn sie in der Sudetenfrage nicht nachgab. Chamberlain bat Mussolini um Vermittlung. Zusammen mit diesem und dem französischen Staatschef Daladier traf er sich mit Hitler in München.

»Damit hat unser Herr des Tausendjährigen Reiches den Bogen überspannt«, sagte Dr. Plauen. »Jetzt haben die Westmächte keine andere Möglichkeit mehr, als ihn in seine Schranken zu weisen. Du wirst sehen, Matthäus – in ein paar Wochen ist der Spuk vorbei.«

Dr. Plauen waren die Schmerzmittel ausgegangen, und an neue kam er ohne Zulassung nicht heran. »Das ist kein Problem«, hatte Matthäus gesagt. »Es schlägt sowieso nichts mehr an.«

Jetzt sagte er mit einer Stimme, die nur noch mit Mühe zu verstehen war: »Dein Wort in Gottes Ohr, Joseph. Manchmal beneide ich in diesen Tagen meine Freunde ohne Kinder, weil sie unbesorgt abtreten dürfen.«

Wie immer begleitete Gerda Dr. Plauen zur Tür. »Das, was er redet, braucht Ihnen kein Kopfzerbrechen zu bereiten«, sagte der Arzt. »Er denkt nicht mehr klar, ist nicht mehr der besonnene Mann, den wir kannten. Aber den Sohn sollten Sie so bald wie möglich an sein Bett bekommen. Es wird nicht mehr lange dauern.«

Gerda wollte sich sofort auf den Weg machen. Doch erst musste sie sich versichern, dass Matthäus alles hatte, was er brauchte, und dafür sorgen, dass Teresa ihr Maren hüten konnte. Teresa ging es nicht gut. Der junge Mann, mit dem sie seit zwei Jahren verlobt war, hatte Danzig im Sommer verlassen. Am Strand von Heubude, wo die Liebenden spazieren gegangen waren, hatte er ein Schild mit der Aufschrift *Baden und Benutzung des Strandes ist für Polen verboten* entdeckt. *Gegen Zuwiderhandelnde hat jeder Deutsche das Recht der Selbsthilfe.*

Daraufhin hatte er seine Habseligkeiten zusammengepackt und das Geld, das er für die Hochzeit gespart hatte, für eine Schiffspassage ausgegeben. Nach Amerika. Das nahe Gdingen war ihm »nicht weit genug von Herrn Hitler und Herrn Forster weg«.

Teresa hatte mitfahren sollen, doch sie hatte es nicht über sich gebracht. »Hier ist doch mein Zuhause, was soll ich in Amerika, wo ich nicht einmal die Sprache verstehe? Und meine Eltern und meine Schwestern würde ich nie mehr wiedersehen, nicht einmal wenn es mit den Eltern zu Ende geht.«

Gerda schonte sie, soweit es ihr möglich war, aber heute würde sie ihre Hilfe brauchen. Die beiden Tanten waren mit dem Pinscher ausgegangen, und so lieb sie die beiden schrulligen alten Damen auch hatte, traute sie ihnen die Versorgung eines Kindes nicht zu. Ihr Herz klopfte wild, als sie Matthäus' Schlafzimmer betrat. Sie fühlte sich klein und verloren. Wenn er nicht mehr am Steuer dieses Schiffes stand – wer sollte es durch die Stürme lenken, wer es vor Klippen und Untiefen bewahren?

»Ich gehe und hole Ferdi«, sagte sie gepresst. »Gibt es vorher noch etwas, das ich für dich tun kann?«

»Hat dir Plauen gesagt, dass es so schlimm um mich steht?«, fragte Matthäus.

Gerda gab keine Antwort, und das war Antwort genug.

»Ferdi braucht sich nicht herzubemühen«, sagte Matthäus. »Es würde womöglich mehr schaden als nützen. Du achtest mir auf ihn, nicht wahr? Vielleicht wäre es vernünftig, Selma zu nehmen und von hier fortzugehen, wie Teresas Verlobter es getan hat.«

»Nach Amerika?«, fragte Gerda perplex. »Aber wir sind doch keine …«

»Nein, wir sind keine Polen und auch keine Juden«, beendete Matthäus ihren Satz. »Wir sind stramme, reinblütige Deutsche, halten uns für das Maß aller Dinge und für die Herren, denen dieses Land gehört. Wenn aber eines Tages das Blatt sich wendet – was, glaubst du, werden die Menschen mit uns machen, die wir wie Ungeziefer behandelt und aus ihren Häusern gejagt haben? Werden sie uns Gehör schenken, wenn wir um Mitleid mit unseren Kindern betteln? Haben wir Mitleid gezeigt?«

Gerda musste an ihre Familie auf Lapienen denken, und ihr wurde kalt.

Als hätte er ihre Gedanken gelesen, sagte Matthäus mit kraftloser Stimme: »Kümmere dich nicht um einen alten Zausel, dessen Zeit abgelaufen ist, denn er hatte ein gutes Leben und stirbt in seinem Bett. Kümmere dich um die Deinen, stell sicher, dass ihr im Notfall bereit seid. Mein seliger Vater schrieb mir einst in ein Buch, das er mir zur Volljährigkeit schenkte: ›Empfange die Welt in deinem Haus, wie du im Haus der Welt empfangen sein willst.‹ Wir haben dieses Land nicht teilen wollen, weshalb also sollten die anderen es tun?«

Gerda fühlte Panik in sich aufsteigen, sie wollte über das alles jetzt nicht nachdenken. »Ich hole rasch Ferdi, Papa.« Zum ersten Mal sprach sie ihn so an. »Es ist doch wichtig, dass ihr beide miteinander sprecht.«

Mit seinen verkrümmten Händen umfasste er ihre. »Wichtig ist, dass ihr auf euch achtgebt, auch auf meine störrische, großherzige Selma. Und bitte habt ein Auge auf Irma Grünbaum, für die ich viel mehr hätte tun wollen – allein ich war feige und habe nie gewagt, ihr zu sagen, wie gern ich sie an meiner Seite gehabt hätte.«

Ich habe es gewusst, dachte Gerda. *Sie hätten zueinander gepasst.*

»Versprichst du mir, dass du sie schützt? Sie hierherholst, wenn sie das will?«

Gerda nickte.

»Ich liebe euch sehr, Gerda. Ich hätte mir gewünscht, dass die kleine Maren eines Tages die Treichel-Werft weiterführt und ihre lange Reihe von männlichen Ahnen in den Schatten stellt. Nun aber wünsche ich mir, dass sie irgendwo auf der Erde in Frieden und Sicherheit aufwachsen und in Anstand ihr Leben führen kann.«

Es kostete Gerda alle Kraft, sich von ihm loszureißen und obendrein die weinende, sich wehrende Maren in Teresas Obhut zurückzulassen, doch sie war es Ferdi schuldig. Was aus ihm wurde, wenn er seinen Vater vor dessen Tod nicht mehr sprach, mochte sie sich nicht vorstellen. Kopflos rannte sie durch die Straßen. Dass es in Strömen regnete, spürte sie kaum. Im Laufen hielt sie nach einer Motortaxe Ausschau, fand aber keine, die frei war. Stattdessen war ihr Weg gesäumt von Zeitungsjungen, die lauthals die Abendausgaben anpriesen. Die *Danziger Neuesten Nachrichten* wurden neben dem *Vorpfosten* und dem *Völkischen Beobachter* in die Höhe gehalten. Nur die *Volksstimme* der Sozialdemokraten gab es nicht mehr.

Sie war vor zwei Jahren zusammen mit der Partei verboten worden.

Gerda rannte, dass ihr die Lunge schmerzten. Im Vorbeihasten erfasste sie die Schlagzeilen. Die Konferenz von München war vorüber. Großbritannien und Frankreich waren nicht gegen Hitler aufgestanden, sondern forderten die Tschechoslowakei auf, die von Sudetendeutschen bewohnten Gebiete an Deutschland abzutreten. Gerdas Herz klopfte zum Zerspringen. Sie würde nicht länger laufen können, würde stürzen, Ferdi nicht rechtzeitig erreichen.

»Gerda! Gerda!«

Sie brauchte mehrere Sekunden, ehe ihr klar wurde, dass neben ihr, am Rinnstein, ein Auto angehalten hatte. Es war ein klappriger, uralter Transporter mit Mehlsäcken und Kisten voller Rüben und Kartoffeln auf der Ladefläche. Aus dem Fenster der Fahrerkabine beugte sich ein Mann.

Gerda blieb stehen. Dann schrie sie auf. Der Schrei aber geriet so leise, dass nicht einmal sie selbst ihn hörte.

»Komm, steig ein«, sagte der Mann und öffnete ihr die Tür. »Wohin auch immer du musst, ich bringe dich hin.«

36

»Wirklich ein Zufall ist es nicht«, gestand er. »Ich habe mir hundertmal gesagt, dass ich kein Recht hätte, dir nachzustellen. Aber seit ich dich vor Jahren mit deiner Tochter auf dem Kohlemarkt und später in dein Haus habe gehen sehen, habe ich mich nicht hindern können, einen Umweg zu fahren, wann immer ich unterwegs war. Ich habe einen Vertrag mit mir geschlossen: Ich würde nichts unternehmen, um mit dir in Kontakt zu treten. Zum Ausgleich würde ich zur Stelle sein, falls du mich jemals brauchst.«

Gerda schloss beide Hände um die Kaffeetasse und hielt sie vor ihr Gesicht. Es war erst Ende September und zwar regnerisch, aber nicht kalt. Dennoch verspürte sie den Wunsch, sich an dem heißen Getränk zu wärmen. »Du warst in der Tat da, als ich dich gebraucht habe«, brachte sie heraus.

Es war alles so schnell gegangen. Sie hatte keine Zeit gehabt, um die Situation abzuwägen, hatte den sterbenden Matthäus vor Augen gehabt und wollte so schnell wie möglich zu Ferdi. Zudem war sie bereits völlig außer Atem gewesen und hätte unmöglich ohne Pause weiterlaufen können. Sie war ins Fahrerhaus des alten Lastwagens gesprungen, und Thomas hatte sie zum Direktionsgebäude der Treichel-Werft gefahren.

Ferdi war nicht in seinem Büro gewesen. Ilseken hatte sich gewunden wie ein Aal, und erst als Gerda sie angeschrien hatte, hatte sie ihr den Namen des Lokals genannt, in das er einkehrte, um zu trinken und Karten zu spielen. »Er tut es nur, wenn ihm die Kraft ausgeht, Gerda.« Ilseken war den Tränen nah, weil sie wohl annahm, sie habe ihren verehrten Chef ans Messer geliefert. »Er nimmt sich doch alles so zu Herzen – ich habe schon immer zur Grünbaum gesagt: Der Junior ist zu empfindsam für die Welt.«

Gerda hörte nicht mehr hin, rannte die Treppe hinunter und sprang wieder ins Auto. Das Lokal hieß *Zum Fischkopp* und lag am Ende einer kopfsteingepflasterten Einbahnstraße, über die der kleine Lastwagen rumpelte. Einer der Mehlsäcke fiel herunter und platzte auf, worauf Thomas zurücklief, um zu retten, was zu retten war, während Gerda in die Destille eilte. »Nein, komm nicht mit«, wies sie sein Angebot zurück. »Das hier muss ich allein tun.«

Zwielicht empfing sie. Unter der niedrigen Decke aus Holzbalken saßen drei Männer an einem Tisch und spielten Siebzehn und Vier, vor sich Hügel aus Münzen und Scheinen. Ein vierter spielte nicht länger mit, sondern hatte seinen Kopf auf die Arme gebettet und schien zu schlafen. Der vierte war Ferdi.

Gerda rüttelte ihn wach. »Du musst nach Hause. Dein Vater stirbt.«

Der Wirt brachte ihr Wasser, das sie ihm über Kopf und Nacken schüttete, und die Kumpane mit den Karten stießen ihn in die Seite, um ihn aufzuwecken. In einem erkannte Gerda Karl Helmer, der Vorarbeiter auf der Werft gewesen, doch nach dem Zusammenbruch der Börsen entlassen worden war. »Verspielt hat er sowieso schon alles. Hat in letzter Zeit kein Glück, unser Junior – oder nur beim Körnchen, nicht bei den Karten.«

Niemand lachte. Die drei Männer packten mit an, bugsierten mit ihr den torkelnden Ferdi auf die Straße und verfrachteten ihn in die Fahrerkabine des Lastwagens. Vor dem Haus in der Breiten Gasse half Thomas ihr, Ferdi aus dem Wagen zu bekommen. Der zitterte, und sein Gesicht sah verwüstet aus, doch er schien halbwegs ausgenüchtert. »Kommst du mit mir nach oben?«, fragte er bittend.

Gerda schüttelte den Kopf. »Ich habe dich hergebracht. das ist alles, was ich für dich tun kann. Alles andere liegt bei dir.«

Ferdi trollte sich wie ein geprügelter Hund, während Gerda und Thomas unentschlossen auf der Straße stehen blieben.

»Darf ich dir irgendwo einen Kaffee kaufen?«, fragte Thomas. »Und bei dir bleiben, bis es dir ein wenig besser geht? Danach verschwinde ich, Gerda. Du hast mein Versprechen.«

Sie wollte Nein sagen, doch ihr fehlte die Kraft. Also sagte sie gar nichts und trottete hinter ihm her. In einer Seitenstraße hinter dem Grünen Tor setzten sie sich in ein Lokal, und Thomas bestellte zwei Tassen Kaffee. »Deine Lebensmittel werden gestohlen, wenn du sie auf dem offenen Wagen stehen lässt«, sagte Gerda.

»Ich weiß, und ich sollte damit nicht leichtsinnig umgehen, denn die Sachen gehören nicht mir«, sagte er. »Aber im Augenblick kann ich mich darum nicht kümmern. Mach dir keine Sorgen. Wenn etwas verloren geht, muss ich es eben ersetzen.«

»Wozu fährst du denn so viel Mehl und Rüben und all das durch die Gegend?« Gerda hatte ihm keine Fragen stellen, ja ihn nicht einmal ansehen, sondern nur still bei ihrem Kaffee sitzen wollen, bis sich ihr Herzschlag ein wenig beruhigte. Aber sie hatte ihm eine Frage gestellt, und sie war bereits dabei, ihn anzusehen. Er war schmal und sehnig, wie sie ihn in Erinnerung hatte, und trug sein Haar sehr kurz. Sein scharf geschnittenes Gesicht war so viel älter geworden, dass sie sich unwillkürlich fragte, wie sie selbst aussah. Er trug ein ausgebeultes schwarzes Jackett über einem schwarzen Hemd, das kragenlos war, wohl damit später der weiße Kragen eines Geistlichen darum gelegt werden konnte.

»Die Einkäufe sind für die Knabenschule der Karmeliter in Stolzenberg«, sagte er. »Die meisten unserer Schüler sind mittellos und erhalten Schulspeisung, viele leben im angeschlossenen Internat.«

»Du bist … Karmeliter?« Was das war, wusste sie nicht genau und kam sich dumm vor. Eine Art Mönch wohl. Unwillkürlich reckte sie sich, doch eine Tonsur konnte sie nicht erkennen. Sein Haar bedeckte noch immer dicht und dunkel seinen Kopf.

»Ich bin Katechet«, sagte er. »Eigentlich dürfte ich nur die religiösen Fächer unterrichten, aber unsere Patres sind der Ansicht, dass man es in diesen Zeiten nicht allzu genau nehmen kann. Ihnen geht es darum, den Jungen Zugang zu Bildung zu verschaffen und den Waisen unter ihnen ein Dach über dem Kopf.«

Als sie vor Verwunderung keine Worte fand, erklärte er ihr, warum er zur Stelle gewesen war, als sie auf der Straße zusammengebrochen war. Gerda horchte in sich hinein, versuchte herauszufinden, was sie empfand, doch sie vernahm nur den noch immer viel zu schnellen Schlag ihres Herzens.

»Du darfst nicht schlecht von Ferdi denken!«, stieß sie heraus. »Ich weiß, dass er jetzt auf alle Welt verächtlich wirkt, weil er schwach ist und sein Leben nicht in den Griff bekommt, obwohl es doch so vielen schlechter geht als ihm. Aber für mich ist er nicht verächtlich. Er ist mein Mann. Und er war gut zu mir.«

Zu ihrem Entsetzen liefen ihr Tränen über das Gesicht.

»Ich denke nicht schlecht über ihn«, sagte Thomas. »Ich glaube, ich könnte über niemanden schlecht denken, den es krank und schwach macht, diese elende Zeit zu ertragen. Und über einen Mann, von dem du sagst, er war gut zu dir, erst recht nicht.«

Sie blickte auf. »Ich habe kein Taschentuch«, sagte er und gab ihr seine Serviette.

»Ich war so allein«, sagte sie. »Und ich musste irgendwohin. Auf Lapienen konnte ich nicht bleiben, ich hätte den Mann meiner Schwester nicht länger ertragen.«

»Albrecht von Wolter?«

Gerda nickte.

»Der ist jetzt ein hohes Tier. SS-Brigadeführer und Kreisleiter in Posen-Westpreußen, wie sie die Grenzmark neuerdings nennen.« Thomas' Blick verdüsterte sich. »Und diesem Satan Forster, der Danzig im Würgegriff hält, hat er auch in den Sattel geholfen.«

»Ich weiß. Ich war dreimal mit meinem Kind auf Lapienen.« Alles, was sie so lange in sich verschlossen hatte, sprudelte jetzt aus ihr heraus, als wäre ein Korken aus einer Flasche gesprungen. »Es ist nicht zu ertragen. Meine Eltern sind auch in die Partei eingetreten. Sie grüßen morgens mit diesem unsäglichen Hitler-Gruß, beten die Parolen voller Menschenverachtung nach, und im Esszimmer, an der Kopfseite, hängt ein riesenhaftes Porträt von Hitler. Ich weiß nicht, wie man einen Bissen herunterbringen kann, während dieser Mensch einem zusieht. Aber das Schlimmste ist meine Schwester. Leonie. Ich glaub', als Kind habe ich von allen Leo am liebsten gemocht. Sie war so lustig. So mutig. So sehr sie selbst. Immer ein wenig polterig, aber ich glaube nicht, dass sie jemals einem Wesen ein Leid angetan hat. Einer Schwalbe, die einen Huftritt abbekommen hat, hat sie aus einem Zahnstocher eine Schiene für den gebrochenen Flügel gebaut.«

Thomas' Blick traf ihren. »Ich erinnere mich«, sagte er. »Ich glaube, ich habe sie immer nur mit einer Schar bedürftiger Tiere im Schlepptau gesehen – ein bisschen wie eine Entenmutter.«

»Ich wünschte, ich müsste nach Lapienen nie wieder fahren«, rief Gerda. »Ich halte nicht aus, was ihre unterwürfige Liebe zu Albrecht von Wolter aus ihr gemacht hat. Für die NS-Frauenschaft sitzt sie in der Kreisleitung, hält Schulungsabende über Rassenkunde, und ihre Kinder erzieht sie zu linientreuen Nazis. Als ich fortging, war Crispin ein fröhlicher kleiner Junge, der nicht aufhören konnte zu lachen, wenn ich wie ein Frosch für ihn quakte. Jetzt ist er ein Widerling, ein Tyrann, der den gesamten Haushalt herumkommandiert, die anderen Kinder schikaniert und nie etwas anderes spielt als Krieg. Ihren Töchtern liest Leonie ein Buch vor, das *Der Giftpilz* heißt. Darin steht, man könne Juden wie giftige Pilze am Geruch erkennen und müsse lernen, sie zu zertreten.«

Sie weinte noch immer, konnte einfach nicht aufhören. Das grauenhafte Zerrbild, zu dem ihre Familie geworden war, sah sie in allen Einzelheiten vor sich, und mit der Beherrschung, die sie sich um Marens willen auferlegt hatte, war es vorbei. Die Kellnerin, die hinter dem Tresen Gläser polierte, blickte zu ihnen herüber, und Thomas gab Gerda mit einer Handbewegung zu verstehen, sie müsse ihre Stimme dämpfen. Dann rückte er seinen Stuhl um den Tisch herum neben den ihren und legte den Arm um sie.

Es war nicht richtig. Aber es tat ihr gut. Seine Umarmung wärmte sie, und die Festigkeit seines Körpers rief in ihr die Erinnerung an eine Zeit wach, in der sie mit den Anforderungen ihres Lebens nicht allein gewesen war. Sie fühlte sich gehalten und ließ sich gegen ihn fallen, bis das Weinen abebbte. Dann setzte sie sich auf. Behutsam ließ er sie los und rückte wieder von ihr ab.

»Ich bin deswegen nie wieder dorthin gefahren«, sagte er leise. »Weil ich nicht aushalten wollte, was du aushältst – das, was aus unserer Welt geworden ist. Es wird immer der Ort bleiben, an dem ich am glücklichsten gewesen bin. Mit meinen Eltern – und mit dir. Mir fehlt der Mut, diese Erinnerungen zu zerstören.«

Gerda presste die Lippen aufeinander und starrte auf die Tischplatte. »Ich habe es für Maren getan«, sagte sie schließlich. »Ich wollte, dass Maren sieht, wo ich Kind gewesen bin.«

»Maren? Du hast sie wirklich Maren genannt?«

Gerda konnte nicht anders, sie musste ihn wieder ansehen. Keiner von ihnen sprach, bis die Kellnerin schließlich vor ihren Tisch trat und fragte: »Noch einen Kaffee, die Herrschaften?«

Thomas' Blick gab die Frage an Gerda weiter.

»Für mich nicht«, sagte sie hastig. »Ich muss nach Hause. Mein Schwiegervater stirbt, mein Mann braucht mich, und meine Tochter ist mit unserem polnischen Hausmädchen allein.«

»So was sollte nicht sein«, sagte die Kellnerin, auf die Gerda nicht mehr geachtet hatte. »Polacken, die bei Deutschen arbeiten.«

»Und auch keine Polacken, die bei Deutschen Kaffee trinken«, entgegnete Thomas prompt, ließ einige Münzen auf den Tisch fallen und stand auf. »Wir sind schon weg.« Er nahm Gerdas Mantel von der Garderobe und half ihr hinein.

Als sie auf die Straße traten, fiel der Regen nur noch ganz sacht. Das Tageslicht war so gut wie verloschen, und all die geschmiedeten Laternen an den Häusern und entlang der Gassen der Rechtstadt verströmten ihr goldgelbes Licht. Während sie durch die glitzernden Fäden des Regens gingen, gewann Danzig seinen Zauber zurück. Im Halbdunkel ließen sich die Hakenkreuzfahnen wegdenken, und die Parolen auf den Bannern verschwammen hinter Nebeln, die aus dem Fluss aufstiegen. Türme und Giebel ragten schützend in die beginnende Nacht, um geschmiedete Wetterfahnen kreisten Möwen, und die Stadttore öffneten sich zur Welt hin und hießen Besucher aus aller Herren Länder willkommen.

»Es ist so schön«, sprach Thomas aus, was Gerda dachte. »Wenn man es jetzt anschaut, möchte man nicht glauben, dass hinter seinen Türen so viel Hass und Dünkel und Furcht vor Menschen, die anders sind, hausen.«

Gerda nickte. »Ich dachte immer, diese ganze Stadt ist von Menschen wie meinem Schwiegervater bevölkert – ein bisschen überlebensgroß und für die eigenen Kinder nicht leicht zu ertragen, aber weltoffen, großzügig, tolerant und voller Menschenliebe.«

»Dein Schwiegervater klingt nach einem Mann, den ich gerne gekannt hätte.«

»Ihr hättet euch gemocht«, war es Gerda entfahren, ehe sie sich eines Besseren besinnen konnte.

»Es tut mir leid, dass du ihn verlierst«, sagte er.

»Es tut mir leid, dass wir alle ihn verlieren«, sagte Gerda. »Seine Familie, seine Freunde, sein Danzig. Er hat vorausgesagt, dass Hitler sich auch das Sudetenland nehmen wird – aber er hat sich so sehr gewünscht, dass er sich irrt. Ich kann nur hoffen, er hat nicht mehr mitbekommen, dass sein Wunsch sich nicht erfüllt hat.«

»Das wünsche ich ihm auch«, sagte Thomas. »Noch mehr wünschte ich, er könnte bleiben, weil die, die er liebt, ihn brauchen.«

»Wir brauchen ihn so sehr«, sagte Gerda. »Er kann sich kaum noch bewegen, und das Sprechen fällt ihm schwer, aber ich glaube, keiner von uns weiß, wie wir ohne ihn weitermachen sollen. Am liebsten hätte ich zu ihm gesagt, was meine Cousine Elsbeth im Sommer zu meinem Onkel gesagt hat, der ganz klein und klapprig geworden ist: ›Komm, rappel dich auf, alter Hutz. Es ist keine Zeit, in der die Guten schlappmachen dürfen.‹«

Über Thomas' Gesicht wischte ein Lächeln. »Deine Cousine Elsbeth mochte ich gern. Und dein Onkel Hutz war ein Kerl wie ein Karpatenbär – den kann ich mir klein und klapprig nicht vorstellen!«

Durch das Silber des Regens sahen sie einander an und fanden in aller Verzweiflung eine Vertrautheit, wie man sie als Kind verspürt, wenn man in einer Nacht voller Angst nicht mehr allein ist. »Ja, nicht wahr? Es darf doch nicht alles plötzlich so anders sein, so als hätte es mit uns gar nichts mehr zu tun.«

»Es hat mit uns zu tun«, sagte Thomas. »Du warst es, die mir einmal erklärt hat, dass dafür Geschichten erzählt werden. ›Weil sie das Echo der Menschen sind, die einmal hier gesungen haben‹, hast du gesagt.«

»Das habe ich wirklich gesagt?« Gerda war, als hörte sie ihre eigenen Worte inmitten der Stimmen der Menschen, die an diesem Septemberabend über den Langen Markt schlenderten. Als begegne sie einer Gerda, die sie fast vergessen hatte und die doch genauso wirklich gewesen war wie die Gerda, die sie heute war.

»Gerda«, sagte er. »Darf ich dich um etwas bitten, auch wenn ich kein Recht dazu habe?«

Sie sah zu ihm auf.

»Ich weiß, ich darf dich nicht wiedersehen, und ich wünsche dir und deinem Mann, dass ihr weiter so umeinander kämpft, wie ich euch heute habe kämpfen sehen. Und dass ihr euren Kampf gewinnt. Kannst du mir trotzdem etwas von dir geben, ein Echo davon, dass auch wir beide einmal wahr waren?«

Gerda zuckte mit den Schultern und fragte sich, wann sie sich zum letzten Mal derart hilflos gefühlt hatte. »Was?«

»Wenn du ein neues Märchen schreibst – würdest du mir eine Abschrift davon schicken, damit ich es lesen kann, wie ich einmal all deine Märchen gelesen habe?«

»Ich schreibe ja keine Märchen mehr«, sagte Gerda, und eine fremde Stimme in ihrem Innern fügte hinzu: *Hätte ich damit nicht aufgehört, hätten alle meine Märchen von Dämonen gehandelt, die in finsteren Winkeln Mädchen Unaussprechliches antun. Und von guten Feen, die tot von Dachbalken baumeln und niemanden mehr mit ihrer Liebe schützen können.*

»Ich verstehe«, sagte Thomas leise und ohne Ausdruck. Einen Augenblick lang öffnete sich seine Hand, wie um die ihre zu umfassen, doch er berührte sie nicht und schob die Hand zurück in seine Manteltasche. Schweigend bogen sie in die Breite Gasse ein, und schon von Weitem sah Gerda seinen verbeulten Lastwagen, auf dessen Ladefläche nichts zu fehlen schien. Hier im Herzen der Stadt, wo es keine Armenküchen mit ellenlangen Schlangen davor gab, sondern hübsch verputzte Häuser, in deren Küchen üppige Abendessen zubereitet wurden, machten ein paar Säcke voll Linsen und Graupen offenbar niemanden zum Dieb.

Aus der Ferne erspähte Gerda ihr Haus mit dem Schiff, das in vollen Segeln über dem Dach schwebte. Aus den Fenstern drang Licht und verriet Leben, doch was dahinter in der Zwischenzeit geschehen war, ließ sich nicht erahnen.

»Willst du, dass ich mit dir komme?«, fragte er sie.

Sie schüttelte den Kopf und wandte sich ab. Dann aber fiel ihr etwas ein, und sie drehte sich noch einmal um. »Thomas«, sagte sie, »du als Priester – kannst du einem Sterbenden diese Sakramente geben, die eure Kirche verlangt? Ich kenne mich nicht aus, ich bin nur für die Hochzeit mit Ferdi übergetreten, und mein Schwiegervater war nie religiös. Aber er ist Katholik, und vielleicht wünscht er sich, im Frieden mit seiner Religion zu sterben.«

»Das ist gut möglich«, sagte Thomas. »Aber ich bin kein Priester, Gerda. Wenn du willst, fahre ich zurück zur Schule und schicke euch Pater Anselm oder Pater Franziskus. Sie würden gewiss auf dem schnellsten Wege kommen und deinem Schwiegervater die letzte Ölung spenden.«

»Du … du bist kein Priester?«, stammelte Gerda.

Thomas schüttelte den Kopf. »Ich habe das damals tun müssen, so schwer es ist, das zu verstehen. Ich habe mich gefühlt wie im Palast der Schneekönigin, schwarz gefroren vor Kälte und unfähig, über die Eisblöcke um mich hinauszublicken. Mit der Welt, die mir meine Mutter geraubt hatte, wollte ich nichts mehr zu schaffen haben, und zu dieser Welt gehörtest in meinen Augen auch du. Ich wollte eine Trennung vollziehen, den radikalsten Schnitt, der mir einfiel. Mir war so kalt, ich habe mich ins Studium gestürzt wie in eine Feuersbrunst. Aber als von dem Eis ein wenig schmolz und ich begann, dich zu vermissen, bin ich aufgewacht.«

Gerda wusste, sie hätte ihm nicht länger zuhören dürfen, hätte davonlaufen müssen und dafür sorgen, dass sie ihn nie wiedersah. Woher aber hätte ihr die Kraft kommen sollen? Sie blieb im sachten Regen stehen und sah zu ihm auf. »Und dann?«

»Ich habe das Studium abgeschlossen und auch die Ausbildung am Priesterseminar«, antwortete Thomas. »In der Nacht, bevor ich im Breslauer Dom von Bischof Bertram zum Priester geweiht werden sollte, bin ich zusammengebrochen. Das Eis, das mich beschützt, aber auch gefangen gehalten hatte, war geschmolzen. Ich war ein wimmerndes Häufchen Elend, das keine Wahl hatte, als sich dem Bischof anzuvertrauen. Zu meinem Glück ist Adolf Bertram ein lebenskluger Mann, dem wenig Menschliches fremd ist. Er nahm Kontakt mit Pater Franziskus auf, den er aus seiner Zeit im katholischen Studentenverband kannte, und empfahl ihm mich als Katechet. Den Karmelitern hier fehlt es an Lehrkräften, sie haben wenig Geld und zu viele Bedürftige, also machen sie nicht viele Umstände. Ich bin nicht Mitglied ihres Ordens, aber ich lebe mit ihnen. Wir kommen gut aus, und ich mag meine Arbeit mit den Jungen. Es ist ein friedlicher Ort.«

»Ach, Thomas!«, platzte Gerda heraus. »Das hört sich an, als würde ich gern dort einziehen. Frauen nehmen sie aber nicht, fürchte ich.«

»Das nicht, aber du könntest mich besuchen kommen«, antwortete Thomas.

»Du weißt, dass ich das nicht kann«, sagte Gerda. Jetzt, wo sie wusste, dass er kein Priester war, würde sie ihn erst recht nie wiedersehen dürfen. Eine ungeheure Woge von Zorn erfasste sie – auf das Schicksal, das sie aneinander vorbeigeführt hatte, und auf ihn, der seinen brutalen Entschluss erst bereut hatte, als es für sie beide zu spät gewesen war. Dann verpuffte die Woge. Schicksal war nur ein Wort, das Menschen für die Unbegreiflichkeit des Lebens benutzten, und wenn sie an Milenka dachte, war ihr klar, dass Thomas nicht anders hatte handeln können.

»Ja, das weiß ich«, sagte er gepresst. »Und jetzt fahre ich und schicke dir Pater Franziskus. Versprich mir nur eines, Gerda – bitte tu's, oder ich bringe es nicht fertig, dich hier stehen zu lassen.«

»Was?«

»Wenn du mich brauchst, einerlei aus welchem Grund – komm zu mir.«

Ferdis Weinen drang durch das Treppenhaus bis herunter in die Halle. Während Gerda die Treppe hinaufstürmte, vernahm sie aus dem Kinderzimmer ebenfalls Weinen – das von Teresa und das von Maren. Aus dem nach Westen gehenden Schlafzimmer hörte sie das Weinen der Tanten, begleitet vom Gekläff des Pinschers. Wenn alle Menschen, die man liebte, in Not waren – wem half man zuerst? In diesem Fall musste sie darauf vertrauen, dass Maren bei Teresa in guten Händen war, und nach ihrem Mann sehen.

Und nach Matthäus.

Der alte Mann war gestorben, und einen Augenblick lang schien es im gesamten Universum für sie alle keinen Schutz mehr zu geben. Gerda hätte sich fallen lassen und haltlos weinen wollen, aber das durfte sie nicht. Am Fußende des Bettes lag Ferdi über den Beinen seines Vaters und weinte zum Gotterbarmen. Sie würde durchhalten, weil Ferdi sie brauchte, weil alle sie brauchten.

Sie kümmerte sich um Ferdi, sorgte dafür, dass Maren und die Tanten ein Abendessen bekamen, und versprach Teresa, die vor Angst am ganzen Körper schlotterte, dass sie im Haus der Treichels in Sicherheit war, wie sie es zu Matthäus' Lebzeiten gewesen war. »Unsere Freunde finden bei uns Schutz«, sagte sie. »Daran ändert sich nichts. Machen Sie sich keine Sorgen, Teresa. Und wenn es jemanden gibt, den Sie gern im Schutz dieses Hauses wüssten, dann bringen Sie ihn her.«

Kurz darauf traf der Karmeliterpater ein, ein großer Mann mit dem Gesicht eines Hundertjährigen, der jedoch die Stufen mühelos wie ein Junge erklomm. Während er Matthäus Treichel mit den Sterbesakramenten versah, die uralten Segensformeln sprach und seine Stirn mit dem geweihten Öl einrieb, breitete sich ein wenig Frieden aus, der Gerda guttat. Sie hatte in ihrem Leben nie die Gegenwart eines Gottes gespürt, aber sie hatte den Trost von Menschen erfahren, die einander Gutes taten. Als endlich alles erledigt war und Ferdi schlief wie ein Bewusstloser, kroch sie zu Maren ins Kinderbett. Sie klammerten sich aneinander, fanden jedoch beide keinen Schlaf.

»Kannst du mir ein Märchen erzählen, Mami?«

»Ein Märchen?«

Maren nickte. »Der Großpapa hat mir oft welche erzählt. Seefahrermärchen. Das von den Klabautermännern und das von Sindbad mit den sieben Reisen. Jetzt ist er weg, und ich will nicht, dass die Märchen auch noch weg sind!«

Mit aller Anstrengung dachte Gerda nach, aber ausgerechnet ihr, die sich durch die Märchen der gesamten Weltliteratur gelesen hatte, fiel kein anderes ein als die *Schneekönigin*. Es war das Letzte, das sie Maren jetzt hätte erzählen wollen, und sie hätte die Worte wohl auch nicht herausgebracht. Nein, es musste eines her, das tröstete, das glaubhaft war und dennoch Hoffnung machte.

»Bitte, Mami«, sagte Maren.

Im Licht des Mondes, das ins Fenster fiel, sah Gerda in ihr verweintes Gesicht. »Also gut«, hörte sie sich sagen. »Ich erzähle dir das Märchen von der tanzenden Fee mit den grünen Schuhen.«

»Ist die Fee gut oder böse wie bei Dornröschen?«, fragte Maren.

»Sie ist die beste«, sagte Gerda. Und dann fing sie an.

Am nächsten Morgen, ehe sie aufbrach, um sich um Trauerfeier und Seelenamt für Matthäus zu kümmern, schrieb sie mit fliegenden Fingern das Märchen nieder, stopfte die drei Seiten, ohne sie noch einmal durchzulesen, in einen Briefumschlag und adressierte ihn an die Knabenschule der Karmeliter in Stolzenberg.

37

Einen Tag nach Matthäus' Bestattung brachte Teresa eine junge Frau namens Jadwiga ins Haus, die vor Angst kein Wort herausbrachte. Es war eine ihrer Cousinen, die von ihrem Dienstherrn auf die Straße gesetzt worden war, weil, wie Teresa erklärte, »keine Polackin beim Deutschen mehr arbeiten soll«.

»Wer solche Schimpfworte benutzt, beschimpft sich selbst«, sagte Gerda. »Ihr seid Freunde des Hauses und bleibt hier, solange ihr wollt. Wenn es dir aber lieber ist, mit deiner Cousine zu deiner Familie nach Gdynia zu ziehen, geben wir dir das Geld dafür.« Gerda wusste nicht einmal, wie viel Geld im Haus war, wie es um die Firma stand und wie sie ohne Matthäus zurechtkommen würden, doch das war ihr im Augenblick gleichgültig. Im Notfall würden sie eben einige Kunstgegenstände verkaufen, von denen das Haus überquoll. Die meisten Gemälde, die Ferdi angeschafft hatte, galten inzwischen als entartet, aber von den Werken niederländischer Meister im Untergeschoss würde gewiss ein einziges mehr einbringen, als die beiden jungen Frauen brauchten.

Heftig schüttelte Teresa den Kopf. »Meine Eltern in Gdynia haben auch Angst. Und kein Geld. Jadwigas Eltern wohnen in Deutschland. Sie haben Sorge, man schiebt sie nach Polen ab. Dürfen wir bitte noch eine kleine Weile bleiben, gnädige Frau?«

»Darum musst du nicht bitten«, sagte Gerda. »Dieses Haus ist euer Zuhause.«

Ferdi versprach, sich zusammenzureißen, das Trinken einzuschränken und sich um das Unternehmen zu kümmern. »Ihr könnt euch diesmal auf mich verlassen, Gerda. Die Nazis haben sich nun ihr eigenes Kreuzfahrtschiff bauen lassen, die *Gustloff*, angeblich das größte Europas. Die Treichel-Werft haben sie dabei natürlich übergangen, doch ich werde andere Kunden finden, das verspreche ich dir. Mein Vater hat sich für mich geschämt, als er gestorben ist, er hat sich sein Leben lang für mich geschämt. Aber er soll sich da oben in den Wolken oder wo immer er sonst ist, nicht noch länger für seinen Sohn schämen müssen.«

Tatsächlich sah er seit dem Tod des Vaters besser aus, stand morgens rechtzeitig auf und hatte auf der Trauerfeier nicht mehr als ein paar Gläser getrunken. Gerda konnte nur hoffen, dass er durchhielt. Auf Selmas Hilfe in der Firma durfte sie nicht rechnen. Der Tod ihres Vaters hatte ihre Schwägerin aus der Bahn geworfen. Wie eine Rasende stürzte sie sich in ihre Suche nach verschollenen Genossen und ließ dabei jede Vorsicht außer Acht. Wann immer sie ein paar Tage nichts von ihr gehört hatte, beschlich Gerda die Furcht, sie könnte verhaftet worden sein.

Sie selbst hatte genug damit zu tun, sich um die untröstlichen Tanten und um Maren zu kümmern, die in sich gekehrt war und schlecht aß. Sie hatte keine Lust mehr, zur Schule zu gehen oder Freunde zu besuchen. Am liebsten vergrub sie sich den ganzen Tag in ihrem Zimmer. Das Einzige, dem sie noch immer mit Freude entgegenblickte, waren die Nachmittage bei Irma Grünbaum.

Gerda hatte die Freundin eingeladen, zu ihnen in das Haus in der Breiten Gasse umzusiedeln, wie sie es Matthäus versprochen hatte. Fräulein Grünbaum aber hatte entschieden abgelehnt. »Sie halsen sich durch mich schon genug Schwierigkeiten auf«, hatte sie gesagt. »Und ich bin und bleibe eine alte Eule, ich könnte mich an das Leben unter Menschen gar nicht mehr gewöhnen. Ich bin dankbar, dass meine Maren mich weiterhin besuchen kommt – das ist weit mehr, als ich mir hätte erhoffen dürfen.«

Maren ging mittlerweile jeden Samstag für mehrere Stunden zu ihr, und sooft Gerda sie an der Wohnungstür abgeliefert hatte, gelang es ihr, sich vorübergehend zu entspannen. Sie wusste, ihre Tochter wurde liebevoll umsorgt, und die beiden taten einander gut.

Die Befürchtungen von Jadwigas Eltern schienen sich hingegen zu bewahrheiten: Ende Oktober, als Herbststürme wüteten, wurden in Deutschland Polen, die kein Sondervisum vorweisen konnten, aus ihren Wohnungen gerissen und in Güterzügen und Lastwagen hinter die polnische Grenze verschleppt. Soweit die verzweifelte Jadwiga es den Zeitungen entnahm, war die Abschiebung ohne Vorwarnung erfolgt, und die polnischen Grenzbeamten sahen sich nicht in der Lage, die Ströme der Ausgewiesenen aufzunehmen. Ohne Unterkünfte, ohne Decken und Nahrung waren sie gezwungen, im Niemandsland auszuharren.

Gerda rannte von einer Behörde zur anderen, stellte sich schließlich sogar im polnischen Postamt am Heveliusplatz in die ellenlange Schlange, um eine Auskunft zu bekommen oder, im besten Fall, Kontakt zu Jadwigas Leuten herzustellen, doch niemand konnte oder wollte ihr helfen. Aus dem niederschlesischen Görlitz, wo die Familie ihre Wohnung hatte, erhielt sie nach Tagen lediglich Bescheid, sie seien unbekannt verzogen.

»Wenn wir deine Familie gefunden haben, holen wir sie hierher«, versuchte sie Jadwiga zu trösten, doch in Wahrheit fiel ihr nichts ein, das sie noch hätte unternehmen können. Zumal sie nicht die Einzige war. Unzählige Polen in Danzig, und vermutlich überall in Europa, suchten nach ihren in Deutschland ansässigen Angehörigen. Nachrichten drangen nur spärlich zu ihnen. Dem französischen Radiosender zufolge, den Gerda an manchen Tagen empfangen konnte, waren 17 000 polnische Staatsbürger aus Deutschland ausgewiesen worden, die meisten von ihnen Juden.

Am Morgen des 8. November riss Geschrei der Zeitungsjungen nicht nur Gerda, sondern auch Ferdi aus dem Schlaf.

»Mordanschlag in Paris!«

»Jude feuert fünf Schüsse in deutscher Botschaft ab!«

»Deutscher Botschaftssekretär Ernst vom Rath durch jüdischen Mordbuben schwer verletzt!«

»Ich habe es satt.« Ferdi stöhnte und zog sich sein Kissen über den Kopf. »Kann es nicht irgendwann einmal wieder erfreuliche Nachrichten geben? Eine neue Erfindung beispielsweise, eine Weltumsegelung, etwas anderes als Mord und Todschlag?«

Er war am vergangenen Abend lange aufgeblieben, vorgeblich um Arbeit zu erledigen, und Gerda verzichtete darauf, die Alkoholkaraffen im Salon zu prüfen. Sie gab sich Mühe, beim Frühstück ein heiteres Gesicht zu machen, ließ sich von Ferdi küssen, ehe er aufbrach, und begleitete Maren zum Haus ihrer Freundin, einer Bankierstochter, mit der sie zur Schule ging. Erst auf dem Rückweg kaufte sie sich eine Zeitung und erfuhr, dass der Attentäter Herschel Grynszpan hieß, ein Jude polnischer Herkunft war und erst siebzehn Jahre alt. Er hatte sich unter einem Vorwand Einlass in die deutsche Botschaft verschafft und die Schüsse auf den Sekretär abgegeben. Einen Abschnitt widmeten die *Danziger Neuesten Nachrichten* der Tatsache, dass Hitler seinen eigenen Leibarzt nach Paris entsandt hatte, um das Leben des Schwerverletzten zu retten. Über das Motiv des Siebzehnjährigen wurde nichts berichtet. Er war Jude und Pole. Das genügte.

Im Laufe des Tages gelang es Gerda jedoch, sich aus den Informationen im Radio und dem Gerede der Leute den Hergang halbwegs zusammenzureimen. Herschel Grynszpan war offenbar in Hannover zur Welt gekommen, jedoch mit fünfzehn zu einem Onkel nach Paris gezogen, während seine Eltern und Geschwister in Deutschland blieben. Wie es aussah, gehörten sie zu den polnischen Juden, die über die Grenze verschleppt worden waren.

Hatte er deshalb geschossen? Um seine Familie zu rächen?

Maren redete ebenfalls von dem Attentat, als sie nach Hause kam. In der Schule hatte es kaum ein anderes Gesprächsthema gegeben. »Es ist niederträchtig und heimtückisch, aus dem Hinterhalt einen Menschen zu erschießen«, plapperte sie nach, was sie von ihren Lehrern gehört hatte, denn keines der beiden Wörter kannte sie aus ihrem Elternhaus. »Aber dass die Juden die Deutschen hassen, stimmt nicht, das weiß ich. Tante Grünbaum hat gesagt, sie ist Jüdin. Und ich bin deutsch. Mich hat sie lieb.«

Gerda tat ihr Bestes, um das Durcheinander, das im Kopf ihrer Tochter angerichtet worden war, zu ordnen. Wie sollte man einer Siebenjährigen eine Welt erklären, die man selbst nicht verstand? In der Nacht konnte sie nicht schlafen und schrieb ein Tiermärchen für Maren: *Das Haus der alten Eule.* Am Ende erschien es ihr zu beängstigend, um es dem verstörten Kind vorzulesen, also schickte sie es an die Adresse der Karmeliter in Stolzenberg.

Den Tag verbrachte sie in nervöser Angespanntheit, und am Abend verkündeten die Spätausgaben der Zeitungen den Tod des Ernst vom Rath. Hitlers Leibarzt hatte nichts mehr ausrichten können. Das Radio spielte getragene Musik von Wagner, und die Tanten, die seit Matthäus' Tod beständig wunderlicher wurden, weinten. Gerda wünschte sich, Ferdi wäre nach Hause gekommen, ein Erwachsener, mit dem sie hätte reden können. Ihr Mann aber ließ durch einen Anruf von Ilseken ausrichten, es würde spät werden, und Gerda zog es vor, nicht nachzufragen.

Anderntags begleitete sie Maren auf dem kurzen Weg zu ihrer Freundin. Die Stadt kam ihr merkwürdig ruhig vor, so, als würde sie auf etwas warten. Sie hatte den Eindruck, als wären zahlreiche Männer in Uniformen der SA und auch einige im Schwarz der SS unterwegs, aber das mochte täuschen. Seit Kurzem gab es wohl eine Verordnung von Albert Forster, nach der sämtliche nationalsozialistischen Funktionsträger in Uniform zum Dienst erscheinen mussten, also lag es vielleicht daran. Außerdem fügten sich die Uniformträger, die sonst so laut und unflätig waren, heute unauffällig ins Stadtbild. Selbst die Zeitungsjungen erschienen Gerda leiser. Nur am Ende der Breiten Gasse priesen ein paar von ihnen den *Völkischen Beobachter* an:

»Deutsche Abrechnung mit den Juden für den Mord in Paris.«

»Deutsche sind nicht vogelfrei!«

»Volkszorn gegen die Juden.«

Sie zog Maren weg und ging eilig weiter. Nachdem sie ihre Tochter abgeliefert hatte, nahm sie einen anderen Weg nach Hause und betrat unterwegs eine Papierwarenhandlung, in der niemand sie kannte. »Was ist denn da in Deutschland gestern Nacht passiert?«, fragte sie so arglos wie möglich, während sie einen Zeichenblock für Maren bezahlte.

»Das wissen Se nich'?« Mehrere Frauen sprachen zugleich auf sie ein. »Den Judschen haben sie ihre Synagogen angezündet.«

»In Berlin, das Ding mit der riesigen Kuppel, das hat gebrannt wie Zunder.«

»In den Kaufhäusern gab's auch Krawall. Die gehören ja überall den Judschen.«

»Und so etwas finden Sie richtig?«, brach es aus Gerda heraus.

Die Frauen standen im Halbkreis und betrachteten sie. Nicht bösartig, eher neugierig, als gehörte sie einer ihnen unbekannten Art an. »Na, was heißt schon richtig?«, fragte eine von ihnen. »Das mit dem jungen Diplomaten in Paris, das war ja wohl auch nicht richtig. Stell'n Sie sich mal vor, Sie sind dessen Mutter und kriegen Nachricht, Ihnen hat ein Judscher Ihren Jungen eiskalt abgeknallt.«

Gerda ging. Sie wollte nur noch nach Hause. Als sie jedoch die Gasse hinunter und dem Langen Markt entgegenhastete, sah sie an der Straßenecke einen Mann in schwarzer Uniform aus einem Auto steigen. Sie erstarrte im Schritt. Wie meist im November war es in Danzigs Innenstadt ein wenig neblig, und der Mann war ein gutes Stück von ihr entfernt, doch sie hegte keinen Zweifel: Es war Albrecht von Wolter. Er war wieder in der Stadt.

Gerda flüchtete in das nächste Lokal, eine Destille mit Mittagstisch, in der sie zitternd vor einem Glas Malzbier sitzen blieb, bis es Zeit wurde, Maren abzuholen. Mit ihrem Kind an der Hand erledigte sie rasch ein paar Einkäufe, nach denen sie Teresa in der aufgeheizten Stimmung nicht schicken mochte, und entschied sich, Fräulein Grünbaum einen Laib Brot und einen halben Liter Milch vorbeizubringen. Ihr war wohler bei dem Gedanken, dass die Freundin heute nicht mehr vor die Tür musste.

»Ist Tante Grünbaum krank?«, fragte Maren. »In meiner Klasse sind drei Kinder krank, sie haben Kehlkopfentzündung. Aber Tante Grünbaum darf nicht krank sein, ich will doch übermorgen zu ihr!«

Umso froher war sie, als sie sah, dass ihre Tante gesund war und sich über die Lebensmittel freute. Sobald sie aus dem Haus traten, glaubte Gerda erneut, Albrecht von Wolter zu sehen, doch sie beschwor sich, sie müsse es sich eingebildet haben.

Auch am nächsten Tag, einem Freitag, blieb alles ruhig. Abends, nachdem Maren im Bett war, kam Ferdi nach Hause und machte einen solchen Lärm auf der Treppe, dass Gerda lief, um ihm hochzuhelfen, ehe er das ganze Haus aufweckte. In ihren Armen weinte er. »Bitte verachte mich nicht, ich verspreche dir, ich werde mich bessern. Es ist diese elende

Quälerei. Alles, was ich versuche, schlägt fehl. Die Reichsmarine lässt Schiffe bauen, aber nicht bei uns. Hat die Treichel-Werft nicht für die Reichsmarine Schiffe gebaut, solange die gottverfluchte Reichsmarine existiert?«

»Ich hätte dich heute gebraucht«, sagte Gerda. »Ich habe Angst, dass diese Anschläge auf jüdische Gotteshäuser und Geschäfte auch auf Danzig übergreifen, und ich möchte Maren ersparen, das mitzuerleben.«

»Gerda«, sagte er und bedeckte ihre Hände mit Küssen, »meine liebste Gerda, du musst doch keine Angst haben. Komm einmal her.« Noch immer schwankend stand er auf und führte sie zum Fenster, wie er es nach ihrer Hochzeit getan hatte, um ihr die Aussicht darzubieten wie ein Geschenk. Er wies die Straße hinunter, wo im Licht der Laternen die drei Türme der Synagoge in den Nachthimmel ragten. »Sieh sie dir an. Da steht sie unter unseren Häusern, und kein Mensch wird je wagen, sie anzurühren. Danzig ist noch immer nicht Deutschland, meine Liebste. Du bist in Sicherheit, und dein Mann passt auf dich und sein Marjellchen auf – auch wenn er ein elender Säufer und Versager ist.«

Seine Stimme klang verwaschen, und Gerda beeilte sich, ihm ins Bett zu helfen. Als sie am Samstagmorgen aufstand, war er nicht wach zu bekommen. Gerda ließ ihn schlafen und brachte Maren zur Schule, in die sie samstags nur ein paar Stunden ging. Von dort begleitete sie sie geradewegs zu Fräulein Grünbaum, weil Maren sich gewünscht hatte, mit ihrer Tante zu Mittag zu essen.

Gerda war froh darüber. Die Präsenz von SA-Männern in der Innenstadt schien zuzunehmen, hinter jeder Straßenecke glaubte sie, Albrecht von Wolter zu erspähen, und sie war in einer derart überreizten Stimmung, dass Maren über kurz oder lang etwas davon mitbekommen hätte. Jetzt aber, wo sie allein war, drohte Angst, sie zu übermannen. Es war, als zöge sich ein Netz um sie zu, als gäbe es immer weniger Wege, zu entrinnen. Sie kämpfte mit sich, doch noch während sie sich Gründe aufzählte, die dagegen sprachen, befand sie sich schon auf dem Weg nach Stolzenberg.

Thomas war der Einzige, der Albrecht von Wolter kannte und ahnen mochte, wie gefährlich er war. Und er war der Einzige, der erlebt hatte, was geschah, wenn man Hass und Unmenschlichkeit unterschätzte, wenn man glaubte, es werde so schlimm schon nicht kommen, solange man unter Nachbarn und Freunden war. Wenn er ihr sagte, sie sei dabei, den Verstand zu verlieren, würde sie sich zusammenreißen und heimgehen. Wenn er ihre Furcht aber teilte, wäre sie bei dem, was bevorstand, zumindest nicht allein.

38

Er hatte sich freinehmen können. Der junge Mönch oder Novize an der Pforte hatte Gerda nicht abgewiesen, sondern nach der Nennung ihres Namens zu ihr gesagt: »Ich weiß schon Bescheid. Ich soll Thomas gleich holen, wenn Sie kommen.«

Der aus Backstein gemauerte Gebäudekomplex der Schule sah aus wie ein Gefängnis. Er lag in einem der ärmlichsten, dicht bebauten Viertel der Stadt, und das Wetter war scheußlich – grau und verhangen, einer jener Tage, an denen es dunkel wurde, ohne hell gewesen zu sein. Als aber hinter dem Kabuff des Pförtners Thomas auftauchte und zwei kleine

Jungen versuchten, ihn an seinen Rockschößen zurück ins Gebäude zu zerren, brach die Zwinge, die Gerda den Brustkorb zusammenpresste.

Er hätte Kinder haben sollen. Kay und Hans-Christian.

Der Gedanke tat weh, aber der Schmerz war warm und lebendig. Er ließ sich viel leichter ertragen als Hass und Kälte, die ihr seit geraumer Zeit den Atem nahmen.

»Danke, Bruder Martin«, hatte er zu dem jungen Mönch gesagt und zu Gerda: »Ich bin froh, dass du gekommen bist. Lass mich nur schnell diese beiden Ungeheuer zu Pater Anselm bringen, dann bin ich für dich da.«

Sie waren durch trostlose Straßen gewandert und, als der Wind und die feuchte Kälte unerträglich wurden, in das nächstbeste Lokal eingekehrt. Nun saßen sie wieder vor zwei Tassen Kaffee. Die schäbige Schankstube machte Gerda nichts aus, es war warm, und sie war nicht allein. Das genügte.

Als sie anfangen wollte, von Albrecht von Wolter zu sprechen und ihr die Stimme versagte, schüttelte Thomas den Kopf und berührte ihre Hand. »Du brauchst mir nichts zu erzählen, wenn du nicht willst. Ich habe deine Märchen gelesen. Noch einmal: Es tut mir leid, dass ich damals nicht genug verstanden habe, sonst hätte ich den Mann umgebracht.«

Gerda sah ihn an. Sie kannte ihn sanft und verträumt, als einen Jungen, der sich gern in Büchern vergrub, und einen Mann, der vor Gewalt zurückschreckte. Aber es war ihm ernst.

»Glaubst du, es könnte sein, dass er wirklich hier ist?«

»Wenn du ihn gesehen hast, dann ist er hier.«

»Meinst du nicht, ich habe es mir eingebildet? Seit Matthäus tot ist, habe ich kaum geschlafen.«

»Gerda«, sagte er, »du hast mir Märchen erzählt und meine

Träume bevölkert. Aber ich habe nie einen Menschen mit einem so klaren Blick für die Wirklichkeit gekannt wie dich.«

»Dann bilde ich mir auch nicht ein – dass er gefährlich ist?«

Thomas überlegte. »Ich glaube, du hast recht«, sagte er dann. »Ich bin in den letzten Tagen nicht in die Innenstadt gekommen, weil zwei von den Patres krank sind und wir alle Hände voll zu tun haben. Aber wenn du Aufgebote von SA-Leuten und außerdem von Wolter gesehen hast, halte ich es für sehr wahrscheinlich, dass ein Pogrom wie in Deutschland auch für Danzig geplant ist.«

»Geplant? Aber in der Presse heißt es doch, die Bevölkerung habe aus Zorn über den Mord von Paris jüdische Einrichtungen in Brand gesetzt und zerstört.«

»Hast du das geglaubt?«, fragte er. »Dass unzählige Bürger in unterschiedlichen Teilen des Landes zufällig mit Zündhölzern in den Taschen herumgelaufen sind und auf einen Zeitungsbericht hin mir nichts, dir nichts Brandstiftung begangen haben?«

Gerda schwieg kurz. »Nein«, sagte sie dann. »Nein, ich habe daran nicht geglaubt.«

»Angriffe hat es bereits am Montag gegeben«, sagte Thomas. »Von dem Attentat können die Leute aber frühestens am Dienstag erfahren haben. Woher also der Volkszorn? Wahrscheinlicher ist, dass jede Menge SA- und SS-Verbrecher ihre Uniformen gegen Zivilkleidung getauscht haben, um erzürnte Bürger zu spielen.«

»Und hier tun sie das auch?« Gerdas Hände verkrampften sich.

»Ich fürchte«, sagte Thomas. »Gibt es etwas, das wir tun können? Jemanden warnen? Der Lastwagen hat einen Motorschaden, aber von hier ist es ja nicht allzu weit in die Stadt.«

»Maren!«, stieß Gerda heraus. »Um Himmels willen, Fräulein Grünbaum und Maren!«

Thomas war schon aufgesprungen, riss ihre Mäntel vom Garderobenhaken. »Wo ist Maren?«

»Bei unserer jüdischen Freundin auf der Brabank. O mein Gott, Thomas, wenn sie dort etwas vorhaben! Das Gebiet zwischen Kanal und Fluss ist so leicht abzuriegeln, und wenn Albrecht nun gesehen hat, wie ich Maren dort abgeliefert habe …«

Er fragte nicht weiter, nahm sie bei der Hand und lief mit ihr aus dem Lokal. Draußen begann es bereits zu dämmern. Sie rannten den ganzen Weg bis ins Innere der Stadt, ohne einem Mann in Uniform zu begegnen. In den Pulks, die sich vor jüdischen Geschäften drängten, obszöne Schimpfwörter brüllten und Steine warfen, standen lediglich ein paar Hitlerjungen, deren kindliche Storchenbeine aus kurzen Hosen ragten.

Sie hätten stehen bleiben und helfen müssen, und doch rannten sie an allem vorbei die Straße entlang. *Lass andere helfen,* betete Gerda flehentlich und wusste nicht, zu wem. Sie hörte jemanden schreien, aber wie konnte sie stehen bleiben und Fremden beistehen, wenn ihr Kind in Gefahr schwebte?

Thomas brüllte einen Mann an und schlug ihm einen Pflasterstein aus der Hand. Gleich darauf aber rannte er mit Gerda weiter. »Dreh dich nicht um«, rief er ihr zu. »Wenn Maren und eure Freundin in Sicherheit sind, gehen wir zurück und sehen, was wir tun können.«

Sie war ihm dankbar dafür, dass er ihr das Denken abnahm. Von ihrem eigenen Verstand hatte eine lähmende Angst Besitz ergriffen, wie sie sie nie zuvor erlebt hatte – oder vielleicht doch, ein einziges Mal, als sie mit einer Kerze in der Hand die

Leiter zum Dachboden von Blaes hinaufgestiegen war und im Innersten gewusst hatte, was dort auf sie wartete.

Hat unsere Menschenexistenz nicht etwas vom Flug einer Sternschnuppe?

Im Nacken brach ihr der Schweiß aus und rann ihr eisig den Rücken hinunter. Die Breite Gasse war voller Menschen. Keine Flanierer und Bummler auf dem Weg ins abendliche Vergnügen, sondern Männer und Jungen, die sich zusammenrotteten, Knüppel und Holzlatten schwangen, grölten und Steine schleppten.

»Großer Gott«, entfuhr es Gerda.

Eine riesige Meute strebte auf die Synagoge zu, und von allen Seiten schlossen sich ihr kleinere Gruppen an. Einer hielt eine Fackel in die Höhe, und im Marschieren sangen sie:

Wenn der Sturmsoldat ins Feuer geht,
Ei, dann hat er frohen Mut.
Und wenn's Judenblut vom Messer spritzt,
Dann geht's noch mal so gut.

Im vollen Lauf blieben Thomas und Gerda stehen. Gerda kannte sich mit den Gebräuchen gläubiger Juden nicht aus, wusste aber, dass am heutigen *Schabbat* ein Gottesdienst stattfand und die Synagoge voller Menschen war. Das durften sie nicht geschehen lassen, sie konnten nicht untätig weiterlaufen, und Thomas wusste es so gut wie sie. Sie machten kehrt, liefen zurück, der Rotte grölender Berserker hinterher. Tatsächlich waren die meisten von ihnen Männer, die Gerda in der Nachbarschaft noch nie gesehen hatte und die vermutlich am Morgen noch in SA-Uniformen gesteckt hatten. Aber nicht alle. An den Rändern zogen auch halbe Kinder und ein paar Frauen mit. Eine trug ein geblümtes Kopftuch und eine Einkaufstasche, aus der der Hals einer Milchflasche ragte.

Was konnten sie ausrichten? Sie waren zu zweit, während die Gruppe der anderen beständig anschwoll.

In diesem Augenblick heulten Sirenen auf, und von Norden her bogen zwei Mannschaftswagen der Polizei in die Straße ein. Mit kreischenden Bremsen kamen sie zum Stehen. Ein Dutzend Polizeibeamter sprang von den Ladeflächen, bildete vor der Synagoge eine Kette und schnitt der grölenden Horde den Weg ab.

Danzig ist nicht Deutschland, sang es in Gerdas Ohren. *Hier bei uns schützt die Polizei ihre Bürger.* Sie und Thomas tauschten einen Blick, ehe sie sich erneut umdrehten und in Richtung Brabank weiterrannten. Es würde alles gut ausgehen, es gab Krawalle, der Völkerbund würde eingreifen müssen, aber es gab keine Tragödien. Fräulein Grünbaum würde ihnen Kamillentee anbieten, und Maren wäre enttäuscht, weil sie schon abgeholt wurde. Gerda bot all ihre Kraft auf, um sich diese Bilder vor Augen zu rufen. Gleich würde sie ihr kleines Mädchen in den Armen halten, gleich würde sie lachen, und das einzige Problem würde darin bestehen, Maren zu erklären, wer Thomas war.

Es wurde zunehmend dunkler, die Gasse verengte sich, und die Giebelhäuser versperrten ihnen die Sicht. Als sie ihr Ende erreichten, waren auf einen Schlag Kanal, Straße und Flussufer, die sich vor ihnen auftaten, in Licht getaucht. Gerda spürte, wie ihr Körper die Herrschaft übernahm, wie ihre Sohlen aufs Pflaster trommelten, ihre Beine schneller rannten, als sie rennen konnte.

»Bleibt besser hier«, rief ein alter Mann, der ihnen hustend entgegenkam. »Da vorn brennt's.«

An der Biegung in die Kanalgasse stand ein Bollerwagen

und versperrte die Straße. Drei Beamte hatten sich davor postiert, und einer stellte sich Gerda in den Weg. »Sind Sie lebensmüde? He, Mann, bringen Sie mal Ihre Frau nach Hause. Das sieht ja wohl ein Blinder mit Krückstock, dass es hier nicht weitergeht.«

Das Haus neben der Bäckerei, in dessen oberstem Stockwerk Irma Grünbaum wohnte, stand in Flammen. Rauch quoll ihnen entgegen und erstickte, was Gerda dem Mann entgegenrufen wollte.

»Wo ist denn die Feuerwehr?«, rief Thomas. »Wir müssen in das Haus.«

»Feuerwehr ist verständigt«, antwortete einer der Männer geradezu mitleidig. »Aber heute brennt's an allen Ecken und Enden, und hier ist ja nicht mehr viel zu machen.«

»Mein Kind!«, schrie Gerda und wollte sich an dem Beamten vorbeidrängeln. »Mein Kind ist da drin!«

Wie aus dem Nichts tauchte auf einmal ein Mann auf, packte ihren Arm und riss sie herum. »Lassen Sie mich das regeln«, fuhr er den Polizisten an, ehe er Gerda ganz zu sich zog und auf sie heruntersah. Albrecht von Wolter. Er trug keine Uniform, sondern einen Lodenmantel zum Straßenanzug. Seine linke Wange war rußverschmiert. »Glaub mir, Gerda, du kannst da nicht rein. Hier kannst du nichts mehr ausrichten.«

»Mein Kind!«, schrie Gerda noch einmal und kämpfte mit all ihrer Kraft, um sich aus seinem Griff zu befreien. »Maren, Maren, Maren! Ich muss zu meinem Kind!«

»Sei doch vernünftig! Weshalb hast du auf dein Kind denn nicht aufgepasst, statt es in ein Judenhaus zu schicken? Wenn es da drinnen ist, nützt dir keine Hysterie. Dann kannst du nichts tun.«

Seine Hände, die ihre Arme umklammerten, waren wie aus Eisen. Sie holte mit dem Fuß aus, trat ihm gegen das Schienbein und schrie. Im nächsten Augenblick sprang Thomas ihn von hinten an, riss ihn von Gerda weg und stieß ihn so hart nieder, dass er aufs Pflaster prallte. »Komm!«, rief er, griff wieder nach ihrer Hand und rannte mit ihr los, an dem Wagen vorbei. Die Polizisten waren zu verdutzt, um sie aufzuhalten.

Qualm nahm ihnen Sicht und Atem, ließ sie keuchen und husten. Dennoch vermochten sie, im Näherkommen zu erkennen, dass das Feuer vermutlich durch Wurffackeln in den mittleren Stockwerken ausgebrochen war. Flammen loderten aus geplatzten Fenstern, das Pflaster des Gehsteigs war übersät mit Glas. War es möglich, dass in diesem Haus noch jemand lebte? Durch alle Schichten ihrer Kleider schien die Hitze Gerdas Haut zu versengen.

Ihr Mädchen durfte nicht in dem Haus sein, sie musste irgendwie entkommen sein und hier herumlaufen. Sie würde sie gleich weinen und »Mami!« rufen hören, würde sie in den Armen halten und mit ihr fliehen. Zum Kanal. Zum rettenden Wasser.

Dorthin war Thomas gerannt. Woher er den Eimer hatte, wusste sie nicht, doch er kam damit zurück zum Haus und riss die Tür auf. Schwaden von Qualm wallten ihnen entgegen. Thomas schüttete das Wasser mitten hinein und warf seinen Mantel und sein Jackett hinterher, um die Wolken kurz niederzuhalten.

»Maren«, schrie er die Treppe hinauf. »Maren, bist du da?«

Dort, wo er vorübergehend eine Gasse in den Qualm geschlagen hatte, konnte Gerda erkennen, dass das letzte Stück der Treppe noch intakt war, während sie weiter oben sicher Feuer gefangen haben musste und eingestürzt war.

Und dann hörte sie es. Von oben, durch Prasseln der Flammen, vernahm sie das verzweifelte Weinen ihrer Tochter.

»Maren!«, wollte sie rufen, doch zu hören war nur ein Krächzen.

»Bleib hier, Gerda, ich flehe dich an«, sagte Thomas. »Du kannst da nicht rauf, die beste Chance haben wir, wenn ich allein gehe.«

Dann wandte er sich wieder an Maren. »Versuch, uns entgegenzukommen!«, rief er. »Halte dir etwas vor Mund und Nase und geh, so weit du kannst. Du bist ein tapferes Mädchen, Maren, die dem Land den Regen bringt, du wirst es schaffen. Ich komme jetzt zu dir nach oben! Ich hole dich, du musst keine Angst haben.«

»Tante Grünbaum!« Maren weinte auf. »Ich geh nicht ohne Tante Grünbaum!«

»Du musst!«, schrien Thomas und Gerda, von Husten unterbrochen.

»Geh, mein Liebes.« Das war kaum hörbar, aber unverkennbar die Stimme Irma Grünbaums. »Geh du voraus, dann traue ich mich auch und komme hinterher.«

Thomas riss sich seinen Schal vom Hals und wickelte ihn sich im Laufen um Mund und Nase. Gerda wollte ihm folgen, doch schon nach wenigen Stufen schüttelte ein Hustenanfall ihren Körper und zwang sie zurückzuweichen. »Ich komme, Maren!«, hörte sie Thomas rufen. »Ich bin gleich bei dir, ich hole dich.«

»Und Tante Grünbaum!«

»Ja, und Tante Grünbaum! Komm weiter, Maren. Weiter!«

Er hat keine Chance, dachte Gerda und kämpfte sich auf Knien noch einmal ein paar Stufen weit hoch.

Ohrenbetäubendes Krachen verriet, dass ein weiterer Teil der Treppe eingestürzt sein musste. Ein glühendes Holzscheit traf Gerda an der Stirn. Sie schrie auf und hörte gleich darauf wieder Thomas' Stimme: »Ich bin fast bei dir. Kannst du mich sehen? Du musst jetzt springen, Maren. Du bringst uns Regen, wir brauchen dich. Hab' keine Angst. Ich fange dich auf!«

»Tante Grünbaum!«, wimmerte Maren.

»Spring, Maren!«, vernahm sie leise Irma Grünbaums Stimme. »Ich bin doch bei dir. Ich bin immer bei dir und habe dich lieb.«

Gerda glaubte die Erschütterung zu spüren, als ihre Tochter sprang. Alles Weitere ging in neuerlichem Krachen und Qualm unter. Gerda wurde die Stufen hinuntergeschleudert, fiel auf den Rücken, und noch während sie sich wieder in die Höhe kämpfte, rollte ihr Thomas vor die Füße, der ihr Kind in den Armen hielt.

Er konnte nichts mehr sagen, nichts mehr rufen, nur sich mit Maren ins Freie robben, wo er auf dem Pflaster liegen blieb. Die Polizisten kamen herbeigeeilt, zwei von ihnen schleppten Eimer mit Wasser, die sie über Maren und Thomas ausschütteten. Da war Gerda bereits bei ihnen, hatte Maren in ihre Arme geschlossen und spürte mit jeder Faser ihres Körpers, dass sie lebte.

Sie schleppte sich mit ihr zum Kanalufer, hielt ihr kleines Gesicht übers Wasser, das erlösende Kälte und Feuchtigkeit ausströmte. Um Thomas würden sich die Polizisten kümmern, er würde sich erholen, er war stark wie ein Bulle aus Westpreußen. Sie konnte hierbleiben, mit ihrem Kind, das ihr zurückgeschenkt worden war, konnte die feuchte Erde aus dem Uferbett heben und sich und Maren zur Linderung auf die Gesichter streichen. Sie husteten, als könnten sie nie wieder aufhören, aber irgendwann legte sich das Keuchen. Maren rollte sich in Gerdas Armen zusammen wie als kleines Kind, wenn sie müde vom Spiel war.

Gleich darauf ertönte ein Donnern, und die Erde schien

einen Herzschlag lang zu beben. Maren zuckte zusammen und wimmerte. Unter unendlicher Anstrengung drehte Gerda sich um. Wie eine gigantische Fackel loderte das Haus, das als solches nicht mehr erkennbar war, ins Blauschwarz des Himmels und warf einen Kegel aus gespenstischem Licht auf die Umgebung. Brandmauern hatten das Feuer bisher offenbar gehindert, auf die Nachbarhäuser überzugreifen. Jetzt verriet das anschwellende Heulen einer Sirene endlich das Nahen der Feuerwehr.

Der Bollerwagen der Polizei, der die Straße abgesperrt hatte, war verschwunden. Zwei der Polizisten standen noch im Schutz des vorderen Hauses und sahen dem Geschehen zu, ein dritter, der sich um Thomas gekümmert hatte, kniete neben einem dunklen Flecken auf dem Pflaster. Als das grelle Licht des Feuers darauf fiel, erwies sich der Fleck als eine menschliche Gestalt. Glieder, die sich verdreht vom Körper abspreizten, lagen in einer Blutlache. Der Mann im Lodenmantel warf noch einen Blick darauf, dann ging er ruhigen Schrittes, ohne sich umzudrehen, davon und verschwand.

Thomas hatte sich aufgerappelt und kam vornübergebeugt, mühsam taumelnd auf sie zu. Mit erhobenen Händen signalisierte er ihr zu bleiben, wo sie war. Gerda hatte Mühe, Maren festzuhalten, die sich aus ihren Armen zu winden versuchte und schrille Schreie ausstieß. Auf seinem rußgeschwärzten Gesicht, auf dem die Schatten der Flammen tanzten, stand nacktes Entsetzen.

»Sie wusste, dass nichts mehr ging, Gerda, dass Maren nur alleine eine Chance hatte. Sie muss in ihre Wohnung zurückgerannt und gesprungen sein.«

Gerdas Mund öffnete sich, um zu schreien, doch der Schrei erstickte ihr im Hals. Was sie sah, waren Schuhe: schwarz, mit kleinem Absatz und mit Samt bespannt. Einer lag auf dem

Pflaster, der zweite steckte noch an Irma Grünbaums Fuß. Im Wind, der Aschefetzen durch die Nachtluft wirbelte, tanzte ihr grauschwarzes Haar.

39

August 1939

In den endlosen Monaten, die folgten, schien es keinen Trost zu geben, den Gerda ihrer Tochter geben konnte. Maren bat um nichts – weder um ein Weihnachtsgeschenk noch um eine Feier zum Geburtstag, um kein Leibgericht, das Jadwiga ihr hätte kochen können, keine Süßigkeit, kein Spielzeug, kein Buch. Was immer Gerda ihr vorschlug, quittierte sie mit einem Schulterzucken. Selbst als sie ihr in ihrer Verzweiflung anbot, auf der Danziger Höhe ein Gehöft zu besuchen, um ein Pony anzuschauen, das zum Verkauf stand, antwortete sie lediglich: »Wenn du gern möchtest.«

Auf nichts hoffte Gerda mehr als darauf, dass ihre Tochter endlich wieder einen Wunsch äußerte, und nichts hätte sie lieber getan, als ihn ihr zu erfüllen. Dass sie in diesem Sommer nicht nach Lapienen fahren würden, ja dass es überhaupt nie wieder eine Ferienreise dorthin geben würde, stand zwischen ihnen fest, ohne dass ein Wort nötig war.

Gerda hatte Wochen gebraucht, um so weit zu Kräften zu kommen, dass sie den Tatsachen ins Auge sehen und den einzig möglichen Schluss ziehen konnte. Die Wogen hatten sich nach den Verbrechen, die die Nazis »Reichskristallnacht«

nannten, geglättet. Juden wie Dr. Plauen verließen Danzig, selbst wenn sie ihren Besitz zu Schleuderpreisen verkaufen mussten und ihr Geld nicht ausführen durften. Etliche, die es bisher nicht hatten wahrhaben wollen, begriffen, dass nicht nur ihr Stand, ihr Heim und ihre Habe bedroht waren, sondern dass es um Leib und Leben ging.

Auch Gerda hatte dies begriffen und würde sich nie verzeihen, dass sie so lange dazu gebraucht hatte. Weil Thomas sie gewarnt hatte, über das Erlebte nicht am Telefon zu sprechen, hatte sie Leonie einen Brief geschrieben und sie um ein Treffen fern des Gutes gebeten. Sie kamen nach Weihnachten in Jankes Hotel in Schlochau zusammen. Gerda fuhr dafür drei Stunden mit dem Zug.

Im Restaurant des Hotels wartete sie auf ihre Schwester. Diese erschien in einem Lodenmantel, der dem ihres Mannes ähnelte, einer weißen Bluse, die sie wie ein Mann mit Krawatte trug, und einem auf Figur geschnittenen dunklen Kostüm. Sie war auf ihre herbe Art immer eine gut aussehende Frau gewesen, und das galt auf jetzt noch. Im Hotel Janke war sie offenbar Stammgast, denn sie wurde mit »gnädige Frau« begrüßt und regelrecht hofiert.

»Danke, dass du gekommen bist«, sagte Gerda, nachdem sie sich eine Suppe und ein Glas Wein bestellt hatte, während Leonie das gesamte Menü mit Hasenpfeffer, Kartoffelklößen, Rotkraut und Pilzen wählte.

»Du hast es ja sehr dringend gemacht«, erwiderte Leonie.

»Es ist mir dringend, weil du meine Schwester bist. Was ich zu sagen habe, eignet sich allerdings nicht zur Essensunterhaltung. Soll ich warten, bis wir fertig sind?«

»Mir verschlägt so schnell nichts den Appetit«, sagte Leonie. »Besser du fackelst nicht lange. Zum einen habe ich nicht viel Zeit, zum andern hasse ich Gerede um den heißen Brei.«

Also hatte Gerda ihr erzählt, was geschehen war. Ihre Suppe blieb stehen, und auch den Wein brachte sie kaum herunter, während Leonie von ihrem Hauptgericht nichts übrig ließ und noch eine Rumcreme als Nachtisch bestellte.

Es war das zweite Mal, dass Gerda versuchte, das Grauen der Ereignisse in Worte zu fassen. Das erste Mal hatte sie sich schluchzend bemüht, es Ferdi zu erklären, und Thomas, der sie und Maren nach Hause begleitet und sich als Bekannter aus der Grenzmark vorgestellt hatte, hatte ihr geholfen. Ferdi hatte wie üblich getrunken, aber er war stabil genug gewesen, Gerda in die Arme zu nehmen und mit ihr zu weinen. »Wir haben versprochen, sie zu beschützen«, hatte Gerda aufgeschrien, und Ferdi hatte sie gestreichelt und erwidert: »Wir werden dafür sorgen, dass diese Leute für ihren Tod bezahlen. Egal, wie lange es dauert.«

Gerda war dankbar gewesen. Ihr Mann und der Vater ihres Kindes mochte ein Trinker und Spieler sein, aber er hatte mit diesen Verbrechern nichts gemein. Augenblicklich war ihr Leonie eingefallen, und sie hatte gewusst, dass sie mit ihr würde sprechen müssen. Sie hätte es längst tun müssen. Leonie hatte sich von ihrer Liebe blenden lassen, aber sie war stets ein aufrechter Mensch gewesen und hatte ein Recht zu erfahren, dass sie mit einem Monstrum verheiratet war.

Deshalb saßen sie hier. Deshalb hatte Gerda die Qual noch einmal auf sich genommen und stockend geschildert, was an jenem Novemberabend geschehen war. Was Leonies Mann getan hatte. Dann hatte sie geschwiegen und die Hand nach der ihrer Schwester ausgestreckt.

»Und weiter?«, hatte Leonie gefragt und ihre Hand weggezogen, um einen Kloß zu zerteilen. »Ich bin froh, dass deiner Tochter nichts weiter passiert ist, denn genau wie die arme Adele hast du ja nur das eine Kind. Über deine Eignung als

Mutter mache ich mir allerdings Gedanken. Weltfremd warst du immer, aber das Kind in dieser Lage in ein Judenhaus zu schicken ist schon keine Einfalt mehr, sondern zum Himmel schreiende Dummheit.«

»Ich habe Maren zu ihrer Patin geschickt, bei der sie jahrelang gut aufgehoben war«, sagte Gerda. »Es geht hier nicht um meine Eignung als Mutter, Leo, sondern um die Morde, die dein Mann begangen hat und weiter begeht. Den an Irma Grünbaum hat er gezielt begangen, weil sie mit uns befreundet war, und den Tod meines Kindes hat er dabei billigend in Kauf genommen.«

Leonie nahm ihre Serviette und wischte sich über den Mund. Den Anblick würde Gerda bis an ihr Lebensende nicht vergessen. »Über deine Besessenheit von meinem Mann verliere ich lieber kein Wort, ansonsten vergesse ich womöglich, dass du meine Schwester bist. In gewissen Grenzen habe ich selbst jetzt noch Verständnis für deine Lage. Es kann nicht einfach sein, mit einem Säufer zusammenzuleben, der das Familienvermögen in Casinos verspielt, und sich dabei sagen zu müssen, dass man einen Albrecht von Wolter hätte haben können. Und wie Albrecht dich geliebt hätte! Ich denke, er wäre sogar für dich gestorben:

›O liebliches Liebchen, wie tröstest du, Süße, mich.
Kommt, Flammen der Liebe. Begrabet selig mich.‹«

Ihre Schwester Leonie, die mit hauchender Stimme pathetische Gedichte zitierte, hatte etwas derart Groteskes, dass Gerda Mühe hatte, nicht aufzulachen. Komisch fand sie daran jedoch nicht das Geringste, sondern war tief erschrocken.

»Im Übrigen hätte Albrecht genauso einknicken können wie dein Mann«, fuhr Leonie nun wieder mit ihrer eigenen Stimme fort. »Schließlich hat die sogenannte Wirtschaftskrise auch ihn um sein gesamtes Vermögen gebracht. Aber

Albrecht ist kein Jammerlappen. Er hat sich wieder hochgekämpft, und heute gelten unsere Trakehner in den höchsten Kreisen als Geheimtipp. Lapienen steht besser da als jemals zuvor.«

»In höchsten Kreisen!«, rief Gerda. »Bei Mördern und Brandstiftern, meinst du wohl. Euer Gut steht fein da, weil dein Mann sich einer Horde von Verbrechern angeschlossen hat!« Sie hatte Leonie anbieten wollen, sie und die Kinder mit nach Danzig zu nehmen und für sie zu sorgen, bis die Besitzverhältnisse auf Lapienen geklärt waren. Sie war davon ausgegangen, dass Leonie ihren Mann verlassen würde, wenn sie erfuhr, was er getan hatte. Sie war auch davon ausgegangen, dass ihr Vater seinem Schwiegersohn die Tür weisen würde, was immer ihn das kosten mochte. Auch wenn er für sie zum Fremden geworden war und an Maren nie Interesse gezeigt hatte, konnte er das, was Albrecht seiner Enkeltochter zugefügt hatte, niemals dulden.

»Ich kann dir nur raten, derlei hanebüchenen Anschuldigungen zu unterlassen«, hatte Leonie stattdessen gesagt. »In deinem eigenen Interesse. Mir könnte es gleichgültig sein, denn ich bin nicht diejenige die die Zeichen ihrer Zeit verkennt und sich in Märchenwelten flüchtet. Wenn du mir weiter nichts zu sagen hast, werde ich jetzt gehen. Ich habe meinem Mann versprochen, ihm einige Erledigungen abzunehmen.«

»Du spielst dabei noch mit?«, hatte Gerda wie von Sinnen gerufen und war aufgesprungen. Matthäus' Warnung war ihr eingefallen. »Denkt ihr nie daran, dass die, die ihr ohne Mitleid wie Dreck behandelt, eines Tages genauso wenig Mitleid mit euch aufbringen werden?«

»Wer nicht auf Mitleid angewiesen sein will, muss sicherstellen, dass er auf der Seite der Sieger steht«, konterte Leonie und nahm ihren Lodenmantel von der Garderobe, ehe der

Kellner herbeieilen und ihr hineinhelfen konnte. »Werd' erwachsen, Gerda. Dein Nachschrapsel-Getue mag possierlich gewesen sein, solange du minderjährig warst, aber bei einer Frau von dreißig wirkt es nur noch lächerlich.«

Sie durchquerte mit langen Schritten den Saal, und jäh war es Gerda, als liege Fräulein Grünbaums zerschmetterte Gestalt auf dem Boden und ihre Schwester stiege unbekümmert über sie hinweg. »So kannst du doch nicht sein, Leo!«, rief sie. »Nicht für diesen Mann, der dich nie geliebt hat, sondern sich an anderen Frauen vergeht.«

Leonie blieb stehen und drehte sich nach ihr um. »Glaubst du, damit erzählst du mir etwas Neues?«, fragte sie ruhig und kühl. »Ich weiß, wo ich stehe, ich habe es immer gewusst, und ich habe aus diesem Stand das Beste gemacht. Ich bin nicht länger der Niemand, der ich gewesen bin, die hässliche Schwester, die im Winkel stehen bleiben sollte, wenn die zwei anderen nach vorn geschoben wurden. Schön und gut, ich habe keinen Prinzen bekommen, der mich auf Händen trägt, aber solche Illusionen habe ich mir ohnehin nie gemacht. Ich habe meine Trakehnerzucht, in die niemand mir reinredet, ich bin die beneidete Gattin des Kreisleiters, und mein Sohn wird einmal Herr über Lapienen sein. *Über mein Lapienen.* Das habt ihr alle nie verstanden, denn so weit habt ihr über mich gar nicht nachgedacht: Ich bin wie Vater. Mir geht Lapienen über alles. Solange ich mein blühendes Lapienen in den Händen halte, ertrage ich alles, was es mich kosten mag.«

Gerda hatte über Nacht bleiben wollen, doch nach diesem Gespräch hielt sie nichts mehr. Mit dem letzten Zug war sie zurück nach Danzig gefahren und zu Maren ins Bett gekrochen, um der Kälte Herr zu werden, die sie am ganzen Körper schlottern ließ. Wie konnte man einen Ort mehr lieben als seine Menschen, wie konnte man aus Liebe zu einem Ort den

Tod von Menschen in Kauf nehmen? War ein Ort, der von Menschen entvölkert war, denn noch ein Zuhause, war er es noch wert, ihn zu bewahren?

In ihrer Erinnerung hatte sie die Zeit bis Ende April in Decken gewickelt vor dem Kamin verbracht. Weil sie noch immer nicht glauben konnte, dass ihre gesamte Familie den Verbrechern anheimgefallen war, hatte sie sich mit einem Brief an ihren Vater gewandt. Dieser aber hatte ihr telefonisch ausrichten lassen, er sei für sie nicht zu sprechen. »Die infamen Lügen, die du über deine Familie und dein Land verbreitest, werde ich mir nicht anhören«, hatte seine Nachricht gelautet. »Vor Nestbeschmutzern hat es mich von jeher geekelt. Einerlei, auf welcher Seite sie stehen.«

Zuletzt hatte sie an Elsbeth geschrieben, doch auch deren Antwort war ein Schlag ins Gesicht:

»Lieb habe ich Dich und unsere Maren immer, daran ändert sich nichts«, stand in ihrem Brief. *»Aber Du musst einsehen, dass es mir nicht möglich ist, Euch zu empfangen, solange es von Deiner Seite keine Entschuldigung gibt. Pass auf Euch auf, Gerda, das möchte ich Dir ans Herz legen. Wenn Du mich fragst, ist keine Überzeugung, keine noch so edle Haltung es wert, das Glück der eigenen Familie zu riskieren. Wir sind Mütter. Unsere erste Pflicht liegt bei unseren Kindern. Umarme Maren von mir und sei auch von Kurtchen gegrüßt. Wir vermissen Euch. Deine Cousine Elsbeth.«*

Jetzt war August. Einen so strahlend schönen Sommer hatte Gerda nie zuvor erlebt. Danzigs Strandbäder quollen über vor Menschen, die sich in der Sonne aalten und vor Lebensfreude quietschend ins Meer stürmten. Maren aber igelte sich in ihrem Zimmer ein und schien mit jedem Tag blasser zu werden. Ferdi dagegen blühte in dem Jahrhundertsommer, von dem die Zeitungen sprachen, geradezu auf. Er wirkte gesünder, hatte endlich wieder Spaß an seiner Arbeit und kam abends mit Armen voller Geschenke für Maren und Gerda nach Hause. »Ich muss meine beiden schönen Frauen doch ein bisschen aufheitern«, sagte er.

Er wollte sogar Liebe machen, wenn er sich nachts zu Gerda ins Bett legte. »Siehst du? Du hast wieder einen richtigen Mann an deiner Seite. Und wir beide sind doch noch immer jung genug für einen Sohn.«

Nun aber war es Gerda, die nicht in der Lage war. »Lass mir Zeit, Ferdi. Mich nimmt das alles mit.«

Dass er nicht darauf bestand, sondern, wenn auch sichtlich enttäuscht, von ihr abließ, rechnete sie ihm hoch an.

Maren ließ sich auch von ihrem Vater nicht aufheitern. Das Tonikum, das der Arzt ihr verschrieb, schlug nicht an. In ihrer Ratlosigkeit bat Gerda schließlich Ferdi, ein paar Tage mit ihnen nach Zoppot zu fahren. Vage hoffte sie darauf, dass die Sonne und das fröhliche Strandleben ihrer Tochter guttun würden. »Wir müssen es versuchen, Ferdi. Selbst wenn sie nicht will«, sagte sie. »Bau mit ihr eine Sandburg wie damals, als sie klein war, schwimm mit ihr um die Wette. Vielleicht hilft ihr das Meer, ihre Lebensfreude wiederzufinden.«

»Das klingt alles ganz wunderbar, meine Liebste, aber im Augenblick kann ich mich unmöglich frei machen«, hatte Ferdi erwidert. »Ich bin so froh, dass es mir endlich gelungen ist, der Firma Oberwasser zu verschaffen. Warum fährst du nicht mit Maren allein? Ich lasse euch die schönste Suite reservieren, und wenn es irgend geht, komme ich zum Wochenende nach.«

Er kam nicht nach, und die Tage am sonnigen Strand vermochten aus Maren nicht wieder das lebensfrohe Mädchen zu machen, das sie gewesen war. Sie blieb still und menschenscheu, aber immerhin schien sie gerne zu schwimmen und mit Gerda im Paddelboot aufs Meer hinauszutreiben. Sie aß besser und bekam ein wenig Farbe, weshalb Gerda beschloss, ihren Aufenthalt bis zum letzten Augusttag zu verlängern. Ferdi und die beiden Tanten, die ohnehin keine großen Ansprüche stellten, wusste sie bei Teresa und Jadwiga in guten Händen.

Sie sammelten Muscheln. Weit weg vom abgesperrten Privatstrand des Hotels, wo kein Schild stand, das Hunden, Juden und Polen den Zutritt verbot, fand Maren einen kleinen Bernstein.

Gold der Ostsee, Tränen der Heliaden.

»Darf ich ihr den bringen?«, fragte sie Gerda. »Ihn auf ihr Grab legen, wenn wir wieder in Danzig sind?«

Den Namen ihrer geliebten Patin sprach sie nie aus.

Gerda wusste nicht, wie sie ihr beibringen sollte, dass sie zu Irma Grünbaums Grab auf dem Israelitischen Friedhof in Langfuhr keinen Zutritt mehr hatten. Die Gemeinde hatte sich aufgelöst, und um mittellosen Mitgliedern Geld für die Ausreise zu verschaffen, hatte sie den Friedhof verkauft.

»Ich werde mich erkundigen, ob das möglich ist«, sagte sie vage. An diesem Abend, sobald Maren schlief, rief sie von dem Telefonapparat ihrer Suite aus Thomas an. Er hatte ihr die Nummer der Karmeliterschule für Notfälle gegeben, als sie sich im November verabschiedet hatten: »Ich weiß, ich darf dich nicht wiedersehen, jetzt noch weniger als vorher. Aber ich bin für dich da, wenn du mich brauchst, Gerda. Ich bin immer für dich da.«

Trotz der späten Stunde bekam sie ihn sofort an den Apparat. Durch Rauschen und Knacken drang seine Stimme an ihr Ohr, und sekundenlang war ihr, als stünde er neben ihr im Raum.

»Gerda! Geht es dir gut?«, fragte er. »Geht es euch beiden gut? Ich bin so froh, dass du mich anrufst, es gibt etwas, das ich dir sagen muss. Aber nicht am Telefon. Es geht um Tante Friederike.«

Gerda verstand. Weder er noch sie hatte je eine Tante Friederike gehabt. »Maren und ich sind in Zoppot. Kannst du hierherkommen?«, fragte sie ihn, und er versprach, am folgenden Abend am Strand auf sie zu warten.

Gerda brach erst auf, als es völlig dunkel war und Maren fest schlief. Schon von Weitem sah sie Thomas' Silhouette und fühlte sich wie eine Verräterin, die ihren Mann und ihr Kind betrog. Mit zwei Schritten Abstand blieben sie voreinander stehen, doch seine Augen hielten den Abstand nicht ein. Mit einer Zärtlichkeit im Blick, die sie überwältigte, sagte er ihr, dass er nicht mehr lange in Danzig bleiben würde.

»Wohin gehst du denn?«

»Das darf ich dir nicht sagen. Wenn du aber Hilfe brauchst, dann melde dich bei Bruder Martin. Er weiß, wie er mich erreichen kann. Schick ihm auch deine Märchen, damit er sie mir weiterleitet. Schreib hinein, was du sagen willst, und ich werde dich verstehen.«

»Aber warum gehst du denn weg?«, rief sie und fühlte sich auf einmal wieder so allein wie damals in Breslau, als er aus ihrem Leben verschwunden war.

»Weil wir befürchten müssen, dass es Krieg gibt«, sagte er.

»Aber es gibt doch keinen! Im Hotel reden alle von diesem Freundschaftsabkommen, das Deutschland mit der Sowjetunion abgeschlossen hat, diesem Nichtangriffspakt, der den Frieden garantiert.«

»Eben«, sagte Thomas traurig. »Hitler stellt sicher, dass ihm Stalin nicht in den Rücken fällt, wenn er Polen überrennt.

Vielleicht fährst du besser mit Maren nach Danzig zurück. Dieses Hotel, in dem ihr wohnt, ist Hitlers Lieblingshotel, und ich bezweifle, dass es lange dauern wird, bis er hier erscheint.«

»Hitlers Lieblingshotel?«, wiederholte Gerda verstört.

Thomas nickte. »Warst du der Tage einmal im Ort? Hast du die schwarz verkohlte Ruine der Synagoge gesehen? Ich wette, der Führer der Bewegung fühlt sich hier wie Gott in Frankreich. Das er sich auch einverleiben wird – früher oder später.«

»Wir wollten sowieso in zwei Tagen abreisen«, murmelte Gerda und wusste, dass sie nach Zoppot nie wieder kommen würde. »Aber selbst wenn es Krieg gibt – du wirst doch nicht gehen und kämpfen müssen, oder?« Sie konnte ihn sich in keiner Uniform und noch weniger mit einer Waffe vorstellen.

»Doch, ich denke, das muss ich«, sagte er. »Aber nicht in Hitlers Krieg. Bitte pass auf euch auf, Gerda. Ich denke immer an dich. Immer und überall.«

Ausgerechnet in diesem Augenblick fiel ihr ein, weshalb sie ihn ursprünglich hatte sprechen wollen. Ihr Anliegen schien ihr nun geradezu absurd, aber ihrer Tochter zuliebe musste sie es vorbringen. »Maren hat mich nach Irma Grünbaums Grab gefragt«, brach es aus ihr heraus. »Sie will ihr einen Bernstein bringen, den sie gefunden hat, und ich weiß nicht, was ich ihr sagen soll.«

»Dass sie auf dem katholischen Friedhof Stolzenberg begraben liegt«, antwortete Thomas.

»Aber die Katholiken haben sie ausgeschlossen!«, rief Gerda. »Pater Benedikt, der ihr Seelsorger war, hat gesagt, es steht außer Frage, dass sie auf einem katholischen Friedhof beigesetzt wird.«

»Ich weiß«, sagte Thomas. »Aber der Friedhof von Stolzenberg liegt verborgen und findet wenig Beachtung. Ich habe Pater Franziskus um Hilfe gebeten, und er hat erwirkt, dass eure Freundin dorthin umgebettet werden durfte.«

»Du hast wirklich dafür gesorgt, dass Fräulein Grünbaum auf einem Friedhof ihrer Konfession liegen darf? Dass sie ein Grab hat, das erhalten bleibt?«

»Zumindest hoffe ich das«, sagte er. »Einen stillen katholischen Friedhof werden die Nazi-Hyänen wohl kaum nach Gräbern durchsuchen, die sie schänden können. Ich hätte dir längst Bescheid geben müssen, aber ich war mir nicht sicher, ob ich dich kontaktieren darf.«

Sie nahm seine Hand und drückte sie kurz in der ihren. »Ich weiß nicht, wie ich dir danken soll.«

»Gar nicht. Dass ich diese arme Frau in den Flammen zurücklassen musste, wird mir für immer nachhängen. Ich wollte wenigstens für ihr Grab sorgen, auch wenn ihr das nichts mehr nützt.«

»Kannst du nicht bleiben? Dort, wo du hingehst, bringst du dich in Gefahr, habe ich recht?«

»Ich bin Pole«, sagte er. »Ich bin vermutlich hier bald in größerer Gefahr.«

»Aber deinem Pass nach bist du doch Deutscher!«, rief Gerda.

»Das haben die Juden, deren Pässe sie mit einem roten ›J‹ gestempelt haben, auch gedacht. Ich habe schon einmal geglaubt, meine Familie könnte unmöglich gemeint sein, ich werde kein zweites Mal ein solcher Idiot sein. Die beiden Mädchen, die in deinem Haus leben, bringst du besser auch in Sicherheit. Wo das allerdings ist, wenn Hitler losschlägt, frage ich mich selbst. Wende dich an Pater Franziskus. Er ist ein vertrauenswürdiger Mann.«

Sie tauschten noch einen Blick. »Kannst du mich ab und an wissen lassen, dass du lebst?«

Er nickte und lächelte. Dann gingen sie beide in verschiedene Richtung davon.

Zwei Tage später fuhren Gerda und Maren mit dem Zug zurück nach Danzig. Sie hatten vorgehabt, das kurze Stück vom Bahnhof zu laufen, doch stattdessen wurden sie von einem Chauffeur in Livree abgeholt, der eine mit dem Emblem der Treichel-Werft geschmückte Limousine fuhr. Weder den Fahrer noch den Wagen hatte Gerda je zuvor gesehen. Zwischen ihren Sitzen gab es einen Eiskübel mit Champagner und Kirschsaft, und auf Marens Platz saß eine lebensecht gestaltete Puppe der Firma *Schildkröt.*

»Die mag ich nicht«, sagte Maren.

Über der Tür ihres Hauses hing ein blumengeschmücktes Banner mit der Aufschrift *Willkommen zu Hause.* Davor stand Ferdi mit ausgebreiteten Armen. »Meine zwei hübschen Mädchen! Ich habe euch so sehr vermisst.«

Gerda fühlte sich wie ein Tier, dem sich das Nackenfell sträubte, weil es eine Gefahr witterte. Ferdi stand nicht sicher auf den Beinen, aber sie hatte ihn schon weit betrunkener erlebt. Als sie ins Haus traten, schlug ihr der Geruch von Kleister entgegen. Die zuvor in gedeckten Farben gehaltene Halle war frisch und hell tapeziert, und die wuchtigen Gründerzeitmöbel waren modernen Stücken aus Ferdis geliebtem Mahagoni gewichen.

»Ich dachte, ich mache es euch hier ein bisschen gemütlich«, sagte er stolz. »Damit ihr nach dem luxuriösen Urlaub euer Grandhotel nicht allzu sehr vermisst.«

Hitlers Lieblingshotel, rauschte es Gerda durch den Kopf.

»Warum gehst du nicht nach oben und schaust dir dein Zimmer an?«, sagte Ferdi zu Maren. »Wo du ja nun langsam eine junge Dame wirst, fand ich, die Kleinmädchen-Einrichtung passe nicht mehr so richtig zu dir.«

Wie von der Sehne geschnellt rannte Maren die Treppe hinauf. Was ihr im Gesicht stand, war jedoch weder Freude noch Neugier, sondern nackte Angst.

»Woher hast du so viel Geld?«, platzte Gerda heraus, kaum dass ihre Tochter verschwunden war.

Ferdi legte ihr den Arm um die Schultern. »Um Geld brauchst du dich nie wieder zu sorgen, meine Liebste. Ich habe es geschafft. Ich habe die Werft in sicheres Fahrwasser gebracht. Unsere Auftragslage für die kommenden Jahre könnte besser nicht sein. Danke, dass du in der dunklen Zeit zu mir gehalten hast. Jetzt kommen die hellen Tage. Das verspreche ich dir.«

Er wollte sich zu ihr herunterbeugen und sie küssen, doch in diesem Augenblick ertönte von oben ein Schrei. »Mein Artus! Mein Schaukelpferd! Was hast du mit ihm gemacht?«

»Ach du liebes bisschen.« Ferdi lachte. »Das alte Ding war von Motten zerfressen, und außerdem bist du doch schon seit Jahren zu groß, um darauf zu schaukeln.«

»Aber Ferdi!«, rief Gerda entsetzt. »Sie hat das Pferd von Fräulein Grünbaum bekommen. Ihr Harlekin ist verbrannt, weil sie ihn an jenem Tag bei sich hatte, das Pferd ist das Letzte, was ihr von ihr geblieben ist.«

»Oje. Das wusste ich nicht«, murmelte Ferdi.

Gerda stürzte nach oben, versuchte, Maren zu trösten, und versprach, Artus wiederzubeschaffen. Wie sie das fertigbringen sollte, war ihr ein Rätsel, denn Ferdi hatte das Pferd als Sperrmüll abholen lassen. Ihre Tochter weinte verzweifelt und warf wahllos Gegenstände in dem in Weiß und Rosa gehaltenen Zimmer umher. Ein Lampenfuß aus Porzellan zerschellte. Maren kümmerte sich nicht darum und beruhigte sich erst, als Gerda ihr vorschlug, morgen den Bernstein zu Fräulein Grünbaums Grab zu bringen. »Und dein Artus kommt wieder«, versicherte sie ihr noch einmal.

Erschöpft sackte Maren schließlich auf dem Bett zusammen. Sie wollte allein sein, und Gerda ging zurück nach unten.

»Ich muss das Pferd auftreiben«, sagte sie zu Ferdi. »Der Gedanke, dass es weggeworfen worden ist, wie ihre Tante Grünbaum weggeworfen worden ist, bricht ihr das Herz.«

»Das tut mir leid«, sagte Ferdi. »Aber ein bisschen Freude könntet ihr beide vielleicht trotzdem zeigen nach all der Mühe, die ich mir gemacht habe.«

Aus dem Untergeschoss mit den Wirtschaftsräumen kam eine blonde Frau in einer weißen Schürze herauf. Sie vollführte vor ihr einen Knicks, wie Gerda es zuletzt auf Lapienen gesehen hatte. »Willkommen zu Hause, gnädige Frau. Gnädiger Herr – soll ich jetzt den Champagner und die Kanapees servieren?«

»Nicht ausgerechnet in diesem Moment, Anna«, fuhr Ferdi sie an. »Sie bekommen von mir Bescheid, wenn es passt.«

Die blonde Frau knickste und verschwand.

»Wer ist das?«, fragte Gerda.

»Anna. Das neue Hausmädchen.«

»Wozu brauchen wir ein neues Hausmädchen? Wo sind denn Teresa und Jadwiga?«

»Teresa und Jadwiga …« Ferdi räusperte sich. »Gerda, das mit den beiden hier im Haus war ja keine Lösung auf Dauer. Sie sind bei ihrer Familie doch besser aufgehoben. Ich habe ihnen Geld mitgegeben, sodass sie sich in Gdingen etwas aufbauen können.«

»Du hast sie weggeschickt?«, schrie Gerda. »Nach Polen? Du hast sie aus diesem Haus geworfen, in dem dein Vater ihnen unseren Schutz versprochen hat?«

»Mein Vater lebt nun einmal nicht mehr«, versetzte Ferdi. »Ich bin derjenige, der mit den Herausforderungen der neuen Zeit zurechtkommen muss. Und mit einem weltfremden Humanismus, wie mein Vater ihn pflegte, geht man heutzutage gnadenlos unter.«

Gerda wurde kalt. »Was hast du getan, Ferdi? Für wen baust du Schiffe, dass du auf einmal mit Geld um dich werfen kannst?«

»Das lass meine Sorge sein«, sagte Ferdi. »Ums Geschäft kümmere ich mich. Deine Aufgabe ist Maren, und jetzt, wo du dich erholt hast, wäre es vielleicht Zeit, ihr einen Bruder zu schenken.«

Er wollte zur Treppe, aber Gerda vertrat ihm den Weg: »Für wen baust du Schiffe?«

»Zum Teufel, für die deutsche Marine«, stieß er heraus. »Und was ist dabei? Wir sind eben Deutsche, und schon mein Urgroßvater hat Schiffe für die Marine gebaut.«

»Du baust Hitlers Kriegsschiffe?«, schrie sie. »Damit er ganz Europa mit seinem Mordplan überziehen kann?«

»U-Boote«, sagte Ferdi. »Glaubst du, das geht so mir nichts, dir nichts, eine veraltete Werft auf die Fertigung von U-Booten umzustellen? Ich habe Tag und Nacht geschuftet, um uns aus den roten Zahlen zu bringen, und zum Dank predigst du mir Moral?«

»Meine Brüder sind in einem Krieg gestorben«, sagte Gerda tonlos. »Meine Familie ist daran kaputtgegangen, und jetzt stellt ihr euch hin und sorgt dafür, dass das alles umsonst war?«

»Ich weiß nicht, warum du dich so aufregst«, sagte Ferdi. »Die Engländer rüsten doch auch auf – warum also nicht wir?«

Das »Wir« hallte Gerda in den Ohren. Eine entsetzliche

Ahnung stieg in ihr auf. Ohne sich Ferdis Erklärungen noch länger anzuhören, rannte sie die Treppe hinauf zu seinem Arbeitszimmer.

Die Tür stand offen. Auf seinem brandneuen Schreibtisch aus Mahagoni lag, was sie befürchtet hatte, als hätte er es eigens dort hingelegt, damit sie es fand: das Parteibuch mit dem Adler, der das Hakenkreuz in den Klauen hielt. Und das Abzeichen der NSDAP.

SIEBTE GESCHICHTE

Reichsgau Danzig-Westpreußen
Februar 1943

»Da musste Kay so sehr weinen,
dass seine Tränen das Spiegelsplitterchen
aus seinem Auge schwemmten.«

Hans Christian Andersen: »Die Schneekönigin«

40

»Musst du noch lange arbeiten, Mami?«

Gerda schrak zusammen und drehte sich um. In der Tür stand ihre Tochter. Trotz des Zwielichts erkannte sie, dass Maren einen ausgebeulten Herrenmantel trug, der ihr nicht gehörte. Sicher hatte Lotte Kanzler darauf bestanden, dass Fritz, ihr Sohn, ihn Maren borgte, weil deren Kleidung für die Unbarmherzigkeit des Winters zu dünn war.

Sie hätte längst einen Wintermantel für sie kaufen müssen! Maren wurde bald zwölf und wuchs wie Unkraut, wie Fritz Kanzler es ausdrückte. Auf ihrer für ein Jahr ausgestellten Reichskleiderkarte waren noch reichlich Punkte, doch ein Mantel war teuer, und ehe sie für ihren derzeitigen Auftrag nicht bezahlt worden war, musste sie jeden Pfennig dreimal umdrehen. Gerda rieb sich die schmerzenden Augen. Sie hätte mehr Licht machen müssen, konnte die Buchstaben vor ihren Augen kaum noch erkennen, doch auch mit dem Strom mussten sie sparen.

»Ein bisschen arbeiten müsste ich schon noch«, sagte sie zögernd. »Hast du großen Hunger?« Gerda hatte einen Gaskocher in ihrem Zimmer hinter dem Hagebuttenbaum, das sie wiederum von Lotte Kanzler hatte mieten können. Mit ihren Kochkünsten war es nicht weit her, und im dritten Kriegswinter wurde es zunehmend schwieriger, Zutaten zu bekommen, aus denen sich ein annehmbares Abendessen für eine Heranwachsende zubereiten ließ. Immerhin waren aber noch

Kartoffeln, Zwiebeln und Fett im Haus, und sie beide liebten Bratkartoffeln.

»Deshalb frage ich ja«, sagte Maren. »Frau Kanzler hat gesagt, ich kann bei ihr Kliebensuppe mitessen, wenn du heute nicht zum Kochen kommst.«

»Richte Frau Kanzler aus, sie ist ein Engel«, sagte Gerda. »Geht Kliebensuppe in Ordnung für dich? Dann bekäme ich die Geschichte nämlich endlich fertig, und ich verspreche, morgen mache ich es wieder gut.«

»Nur wenn ich sie nachher noch lesen darf«, sagte Maren. »Dafür bring' ich dir einen Teller Suppe mit rauf. Frau Kanzler sagt, du fällst ihr vom Fleisch.«

»Frau Kanzler ist nicht nur ein Engel, sie ist eine Heilige.«

Maren verzog den Mund. Sie war ein ernstes Mädchen, das außer zur Schule kaum je aus dem Haus ging und älter wirkte, als es tatsächlich war. In Momenten wie diesem blitzte in ihren Augen jedoch eine Spur von Schalk. »Engel stehen in der Ordnung höher als Heilige, Mami. Aber Frau Kanzler ist das sicher egal.«

Gerda lächelte. »Ganz sicher. Ich hab' dich lieb, Kügelchen.«

»Hab' dich auch lieb«, rief Maren im Herumwirbeln und lief die Treppe hinunter, ohne die Tür zu schließen.

Einen Augenblick lang saß Gerda still da und sah auf den Spalt, durch den ihre Tochter verschwunden war. Dann zog sie sich die Decke fester um die Schultern, stand auf und schloss die Tür. *Wir haben es nicht so schlecht,* dachte sie. *Beileibe nicht.* Sie wohnten bei Menschen, die ihnen wohlgesinnt waren und denen sie vertrauen konnten. Sie mussten mit der Kohle geizen, aber nachher, wenn Maren mit der Suppe heraufkam, würden sie zusammen ins Bett kriechen, in dem ein heißer Ziegelstein zum Anwärmen lag. Sie wurden satt, hatten ein Auskommen, und Gerda verdiente ihr Geld zum ersten

Mal in ihrem Leben mit etwas, das sie tatsächlich konnte. Sie schrieb Märchen. Und das hatte obendrein noch einen Nutzen, der über das Geld hinausging.

Bei den Luftangriffen waren sie verschont geblieben, und das Haus stand noch, wenn sie aus dem Luftschutzkeller nach oben kamen. Und sie hatten einander. Solange niemand sie trennte, war alles andere zweitrangig. Für keine von ihnen war es einfach, und der Tod Fräulein Grünbaums hatte ihre unbeschwerte Beziehung ein für alle Mal beendet. Gerda wusste jedoch: Maren rechnete es ihr an, dass sie damals, als der Krieg begonnen hatte, ohne Zögern aus dem Haus der Familie ausgezogen war. Gewiss hatte die Achtjährige nicht alle Zusammenhänge erfasst, doch es war ihr Vater gewesen, der Tante Grünbaums Geschenk auf den Müll geworfen hatte. Dass er der Partei der Mörder angehörte, begriff sie erst mit der Zeit. Ihre Kindheit hatte sie, wie so viele in diesen finsteren Jahren, allzu früh hinter sich lassen müssen. Gerda fand, dass sie sich bewundernswert schlug.

Mit Ferdi hätte Gerda keinen Tag länger leben können. Sie würde immer der Überzeugung bleiben, dass er kein schlechter Mensch war, und das betonte sie auch vor Maren. Aber er war schwach, und dies war keine Zeit, in der Schwäche folgenlos blieb. An dem Tag, an dem Hitler vor Danzigs Westerplatte den Krieg begonnen und Polen überfallen hatte, waren polnische Männer willkürlich verhaftet und in Fesseln durch die Breite Straße gezerrt worden. Es war das Letzte, was Gerda von ihrem Schlafzimmerfenster aus zu sehen bekam. Sie hatte sich gefragt, was aus Teresa und Jadwiga werden würde und wo Selma steckte, die wie etliche ihrer Genossen verschwunden war. Das Versprechen, das sie Matthäus gegeben hatte, war gebrochen, und während sie den hilflosen Männern nachblickte, die wie Vieh vorangetrieben wurden, wusste sie, dass sie fortmusste.

»Ich verurteile dich nicht«, hatte sie zu Ferdi gesagt. »Aber ich kann dir auch nicht verzeihen. Ich gehe mit Maren weg.«

Aus juristischer Sicht saß Ferdi am längeren Hebel und hätte sie zwingen können, Maren bei ihm zu lassen. Aber so war er nicht. Er bot ihr sogar Geld an, das Gerda jedoch zurückwies.

»Nicht einmal mein Geld ist dir gut genug.«

»Nicht wenn du es am Krieg der Nazis verdienst.«

»Es gehört Maren. Sie ist meine einzige Erbin.«

»Darüber entscheidet, falls wir alle überleben, eines Tages sie«, sagte Gerda.

Eine Scheidung lehnte er ab. »Das wäre, als würde ich das einzig Gute zunichtemachen, das mir in meinem gottverdammten Leben gelungen ist«, sagte er. Gerda fand sich damit ab. Er war ihr Mann gewesen, sie verdankte ihm das Liebste, was sie hatte, und wenn ihm daran lag, mit ihr verheiratet zu bleiben, sollte es eben so sein. So ungeheuerlich das war, was er getan hatte, empfand sie noch immer Mitleid mit ihm. Er war allein. Sie war es nicht. Selbst jetzt noch, wo jedes offene Wort zum Verhängnis werden konnte, hatte sie Menschen, denen sie vertraute. Pater Franziskus und Bruder Martin gehörten zu diesen Menschen, die Kanzlers und Hans und Melanie Fuchs. An Hans Fuchs, den Zeitungsverleger, war sie herangetreten, nachdem sie sich den Kopf darüber zerbrochen hatte, wovon sie und Maren leben sollten. Sie hatte Schmuck verkauft, um über die ersten Wochen zu kommen, und Frau Kanzler verlangte nicht viel, doch als der erste Kriegswinter ausbrach, musste sie sich etwas einfallen lassen.

Die Nazis hatten Polen überrannt und ausgelöscht. Binnen Tagen flatterte die Hakenkreuzfahne über dem Palast des Völkerbundes, und Carl Jacob Burckhardt, der Hohe Kommissar, war gezwungen worden, abzureisen. Danzig war also wieder eine deutsche Stadt – mit Adolf Hitler als Ehrenbürger. Es schien unmöglich, Arbeit zu finden, bei der sie nicht den Nazis in die Hände spielen würde. Gesucht wurden Frauen, die am Fließband der Munitionsfertigung standen oder Stoff für Uniformen schnitten. Nichts davon kam für Gerda infrage. Was aber sollte sie tun?

Wie durch ein Wunder hatte Fuchs' Visitenkarte noch in ihrer Handtasche gesteckt. Kurzerhand hatte sie ihm geschrieben und sich als Bürokraft angeboten. Maschineschreiben hatte sie immerhin von der besten aller Sekretärinnen gelernt, und für die *Danziger Neuesten Nachrichten* Schreibarbeiten zu erledigen kam ihr vertretbar vor. Gerade als sie den Brief in den Umschlag stecken wollte, hielt sie inne. Seit geraumer Zeit ersann sie wieder Märchen. Sie halfen ihr, mit ihrer bis ins Innerste verstörten Tochter Kontakt zu halten und ihr zu vermitteln, was das Wichtigste war: *Ich liebe dich. Irma Grünbaum war die liebste Tante der Welt, und sie stand auf der richtigen Seite – und da stehen wir auch. Wir sind nicht allein. Und wir geben die Hoffnung nicht auf, dass eines Tages eine bessere Zeit anbricht.*

Die Märchen, die sie anfangs nur erzählte und später auch aufschrieb, beruhigten Maren. Oft gab sie Antwort, indem sie Gerda vorschlug, das eine oder andere zu ändern, und brachte so zum Ausdruck, was sie anders nicht über die Lippen bekam. Vielleicht taugten ihre Geschichten also tatsächlich, vielleicht konnten sie auch anderen Menschen etwas geben?

Hastig kritzelte sie noch zwei Zeilen unter ihren Brief: »Falls jemand gebraucht wird, der für die Kinderseite Märchen verfasst, würde ich mich gerne darin versuchen.«

Es dauerte drei Wochen, ehe Hans Fuchs sich meldete, und Gerda hatte die Hoffnung bereits aufgegeben. Lotte Kanzler ließ sie im Ausschank aushelfen und stundete ihr die Miete, doch viel länger würde sie sich nicht über Wasser halten können. Und dann stand er eines Abends in der Schankstube, und Gerda hätte ihn um ein Haar nicht erkannt. »Können wir hier ungestört reden?«, fragte er. Gerda nickte und nahm ihn mit an den Tisch im Erker.

»Liebes Fräulein von Westkamm, ach nein, liebe Frau Treichel«, begann er. »Ich bin ja bei den *Neuesten Nachrichten* schon lange kein Verleger mehr, und Ihr Brief ist erst über Umwege in meine Hände gelangt. Die Zeitung ist wie alle gleichgeschaltet worden und untersteht jetzt dem Franz-Eher-Verlag der NSDAP. Allerdings waren die *Nachrichten* ja immer ein harmloses, nicht sonderlich politisches Blatt, und das sind sie heute noch. Zwar habe ich mich zur Ruhe gesetzt, und wir leben mehr oder minder vom Verdienst meiner Frau, doch ich habe noch immer Kontakte in die Redaktionen. Wenn es Ihnen also ernst ist …« Er ließ den Rest des Satzes in der Luft hängen und sah sie prüfend an.

Gerda nickte.

»Die Beilage *Volkstum und Heimat* erscheint weiterhin«, fuhr Fuchs fort. »Könnten Sie sich vorstellen, dafür in regelmäßigen Abständen Geschichten zu liefern?

Wieder nickte Gerda. »Möchten Sie Beispiele meiner Arbeit sehen?«

»Das wird nicht nötig sein«, sagte Fuchs. »Sie hätten recht freie Hand. Der Redakteur, mein Freund Erwin Kammerer, bräuchte allerdings jemanden, dem er völlig vertrauen kann.«

Im ersten Augenblick hatte Gerda sich bei dieser Bemerkung nichts gedacht. Erst im Laufe der Monate erfasste sie ihre Bedeutung: In der Redaktion der Beilage, die dem Verleger keine Beachtung wert war, saßen Regimegegner, die die biederen Artikel über ländliches Brauchtum oder lokale Veranstaltungen dazu nutzten, verschlüsselte Botschaften an

Widerstandskämpfer im Untergrund zu übermitteln. Die Gruppe arbeitete mit der »Armia Krajowa«, der polnischen Heimatarmee, zusammen, die in ganz Polen tätig war. Sie plante Sabotageakte, verhalf gefährdeten Personen zu falschen Papieren und schmuggelte Informationen ins Ausland. Auch in Gerdas Geschichten wurden entsprechende Codes und Schlüsselwörter eingearbeitet, und nach einem halben Jahr war sie so weit, dass sie es eigenständig tun konnte.

Und sie konnte noch mehr tun: Die meisten Leute hielten Märchen für harmlos und weltfremd, aber die von Gerda hatten es in sich: Ihre Geschichten handelten von Liebe zwischen Wesen unterschiedlicher Arten, von einem verachteten Tier, das die Kinder anderer Tiere aus dem Feuer rettete, von einer Stadt mit offenen Toren und von einer Horde Dämonen, die alles zerstörte, weil ihr die Fähigkeit, etwas zu erschaffen, fehlte. Kinder, denen in Büchern wie *Der Giftpilz* Hass eingeträufelt wurde, sollten in Gerdas Märchen eine andere Welt vorfinden und wissen: Diese Welt hatte es einmal gegeben. Sie war wie die Insel, die in einer ihrer Geschichten im Meer versank, auf dem Meeresgrund weiterlebte und eines Tages an die Oberfläche zurückgeholt werden konnte.

»Sie wissen, dass das, was Sie tun, nicht ungefährlich ist?«, hatte Erwin Kammerer sie bei einem Abendessen bei den Fuchsens gefragt. »Sie haben Ihre Tochter zu versorgen, und ich betrachte es als meine Pflicht, Sie darauf aufmerksam zu machen, dass schon Mütter von Säuglingen hingerichtet worden sind.«

»Ich weiß«, hatte Gerda erwidert. »Es ist ein ständiges Abwägen, und ich gebe mir Mühe, vorsichtig zu sein. Aber ich schulde meiner Tochter eine Welt, in der sie ohne Angst leben kann.«

Hitlers Armeen waren von Sieg zu Sieg gezogen, hatten nach Polen das Baltikum, Dänemark und Norwegen, Belgien, Luxemburg, die Niederlande und schließlich Frankreich besetzt. Die Briten, die den Franzosen zu Hilfe geeilt waren, hatten sie auf ihre Insel zurückgejagt. Sie waren auf dem Balkan einmarschiert und hatten im Sommer 1941 das Freundschaftsabkommen mit der Sowjetunion aufgekündigt und sie angegriffen.

Wer sollte dem Einhalt gebieten? Selbst der Kriegseintritt der USA hatte die ersehnte Wende nicht herbeigeführt. Wie sollte der Wahnsinn je enden, wenn Hitlers Gegner sich von seinem Terror den letzten Mut zerschlagen ließen? Gerda war sich darüber im Klaren, dass sie ein Wagnis einging, und obwohl sie nie darüber sprachen, wusste sie, dass Maren ihre Entscheidung guthieß. Sie las ihre Märchen, ehe Gerda sie an den Verlag schickte, und die Verbesserungen, die sie vorschlug, verrieten, wie gut sie verstand.

Und noch jemand las sie. Nach ihrer ersten Veröffentlichung unter dem Pseudonym Greta West war in der Zeitung der Leserbrief eines Hans-Christian Blaes abgedruckt worden, der vordergründig seine Meinung zu ihrer Geschichte äußerte. Gerda aber wusste, worum es sich bei diesen Briefen, die nun des Öfteren eintrafen, in Wahrheit handelte: Sie waren Thomas' Botschaften, die ihr sagen sollten, dass er lebte und mit ihr gemeinsam kämpfte. Mit seiner Anerkennung für ihre Texte ließ er sie wissen, dass sie das Richtige tat. Und dass er sie nie aus den Augen verlor.

Er gehörte zur Armia Krajowa, kämpfte an vorderster Front und riskierte sein Leben. Und er war allein. Für seine polnische Abstammung hatten ihn die Deutschen ausgeschlossen, und für seine deutsche misstrauten ihm die Polen. Zwischen den Zeilen des Hans-Christian Blaes spürte Gerda seine Einsamkeit. Sie fing an, Nachrichten in ihre Geschichten zu weben, die nur für ihn bestimmt waren, wie sie es als Kind getan hatte. Und sie schrieb ein Märchen für ihn, über einen Wanderer zwischen den Welten, der auf keiner Seite zu Hause war, jedoch aus seinem Körper eine Brücke bauen konnte, die die Kluft zwischen beiden überwand.

Brückenthomas hieß die Geschichte, und Hans-Christian Blaes schrieb dazu: »Wer Greta Wests Märchen vom Brückenthomas liest, den erfüllt eine ungeheure Hoffnung: Wenn es jemanden gibt, der so schreibt, dann ist der Mensch womöglich doch nicht dazu verurteilt, in letzter Konsequenz einsam zu sein.«

Gerda kannte seine Briefe auswendig und verlor sich allzu oft in ihnen. Jetzt aber gab sie sich einen Ruck und wendete sich wieder ihrer Schreibmaschine zu. Dieses Mal hatte Erwin Kammerer sie um ein spezielles Thema gebeten: »In Ihren Geschichten kommen ja häufig Bilder vor, die den Leser frieren lassen. Eis und Schnee, Gletscher und Stürme – meinen Sie, Sie könnten uns ein Märchen schreiben, das in einer solchen Welt spielt?«

Gerda kannte den Grund: Eis und Schnee waren sozusagen das Thema der Stunde. Ende August war Hitlers 6. Armee auf Stalingrad marschiert, hatte es bisher jedoch nicht geschafft, die Stadt einzunehmen. Der milde Spätsommer war im Nu dem unbarmherzigen Winter Russlands gewichen, Temperaturen stürzten auf dreißig Grad unter null, und Schneefall raubte die Sicht. Flugzeuge mussten notlanden, und schließlich gelang es Einheiten der Roten Armee, die Deutschen und ihre Verbündeten einzukesseln. Wie im Schwitzkasten lagen die Heere erstarrt in der tödlichen Kälte, und ein Ende war nicht in Sicht. Hunderttausende wussten ihre Männer, ihre Söhne, Brüder und Väter dort. Wie konnte man sich an seinen Ofen setzen und wärmen, während sich im fernen Russland ein geliebter Mensch zu Tode fror?

Gerda hatte in ihrem Märchen von der Stadt aus Eis das Frieren, die Not und die Einsamkeit zum Ausdruck bringen wollen. Ihre Eisstadt saugte alle Kälte auf, mit der Menschen einander begegneten, und solange sich daran nichts änderte, würde die froststarre Umklammerung sich nicht lösen. Die Schilderung war ihr gelungen, fand sie, doch am Schlussteil biss sie sich die Zähne aus. Sie hatte den Abgabetermin überzogen, hatte das Honorar bitter nötig, und doch war die Hälfte des Bogens noch weiß. Das Ende sollte Hoffnung versprechen, aber wie konnte sie das erreichen und dennoch die Geschichte glaubhaft zu Ende bringen?

Lag es daran? Dass sie nach zehn Jahren Hitler-Diktatur die Hoffnung nicht länger für glaubhaft hielt? Wie sollte das Eis eines Tages schmelzen, wenn die Menschen, die die Wärme dazu aufbrachten, immer weniger wurden? Pater Anselm war von der Gestapo vernommen worden, und eine Woche später war er tot. Von Selma hatte man Ferdi lediglich eine Handtasche mit einer leeren Geldbörse zugestellt, begleitet von einem Totenschein, demzufolge sie während der Haft in einem Lager bei Danzig an einer Herzschwäche verstorben war. Selma, die vor Gesundheit gestrotzt hatte! Um ihre Asche zu erhalten, hatte Ferdi eine Gebühr entrichten müssen, und warum man seine Schwester überhaupt verhaftet hatte, konnte er nicht in Erfahrung bringen.

Die Reihen des Widerstandes lichteten sich. In der Tucheler Heide hatte die Gestapo im Sommer eine Gruppe der Armia Krajowa ausgehoben und festgenommen. Alle zwölf waren hingerichtet worden, darunter eine Frau mit einem zweijährigen Sohn. Wochenlang hatte Gerda um Thomas gebangt. Als endlich wieder ein Leserbrief von Hans-Christian

Blaes eintraf, hatte sie sich für kurze Zeit beruhigt, doch im Grunde konnte man nie sicher sein, wer noch lebte, wer in Gefängnissen zu Tode gequält wurde und wer zu Asche verbrannt war.

Der Widerstand wurde brüchiger, erschöpfter, die Kräfte, sich immer wieder in die Höhe zu kämpfen, schwanden zusehends. Es gab Leute, die überliefen, weil sie die Aussichtslosigkeit nicht länger ertrugen. Verräter gab es auch, aber ein Urteil über diese Menschen mochte Gerda sich nicht erlauben. Wenn morgen die Gestapo an ihre Tür hämmerte – woher wollte sie wissen, wen sie ans Messer liefern würde, wenn man sie einsperrte, folterte, das Leben ihrer Tochter bedrohte?

Sie legte die Finger auf die Tasten der Schreibmaschine und zwang sich, einen Satz zu schreiben. Danach noch einen. Aber die Worte waren ohne Inhalt, sie führten zu keinem Ende für ihre Geschichte. *Wir sind alle müde,* dachte sie. *Angst und Enttäuschung haben uns mürbe gemacht.* Statt über dem leeren Blatt zu brüten, hätte sie lieber Maren Kartoffeln braten und das bisschen Zeit nutzen sollen, das ihr mit ihrem Kind vielleicht blieb.

Auf das Klopfen an der Tür war man im Innern ständig gefasst. Als es dann aber erfolgte – dreimal und so laut, dass die Tür bebte –, erschrak sie dennoch bis ins Mark. War dies der Moment? War sie bereit? Maren würde bei den Kanzlers bleiben dürfen, wenn Ferdi sie nicht wegholte. Gerda hatte begonnen, ihr für den Notfall einen Abschiedsbrief zu schreiben. Sie hatte es nicht über sich gebracht, ihn zu beenden, und wünschte jetzt, sie hätte es getan.

Das donnernde Klopfen erfolgte noch einmal. »Mami, warum machst du denn nicht auf? Ich hab die Hände voll mit unserem Essen und klopf' mir eine Beule an den Kopf!«

Wie von der Tarantel gestochen, schoss Gerda zur Tür.

Vorwurfsvoll blickte Maren ihr aus dem Dunkel entgegen, in den Händen zwei dampfende Suppenschüsseln.

»Ich weiß ja, dass du beim Schreiben alles vergisst«, sagte sie. »Aber dass du darüber auch taub wirst, ist neu. Frau Kanzler hat gesagt, ich soll gehen und dich stören. Du kannst heute nicht länger arbeiten, sondern musst es wissen.«

»Was muss ich wissen, Maren?«, fragte Gerda und wusste einmal mehr, dass sie dieses Geschöpf um nichts in der Welt verlieren durfte, dass es einen Weg geben musste, den Weltenbrand zu überleben.

»Stalingrad«, sagte ihre Tochter. »Die deutsche Armee hat kapituliert. Fritz hat gesagt, jetzt wendet sich der Krieg.«

41

März 1944

In den Läden von Heubude gab es nichts mehr zu kaufen. An vielen Türen klebten Benachrichtigungen wie:

Dieses Geschäft ist geschlossen.
Betriebsführer und Gefolgschaft stehen im Felde
oder kämpfen an entscheidender Stelle FÜR DEN SIEG!

In den Schaufenstern der Läden, die geöffnet blieben, herrschte gähnende Leere, was Frauen, die Kinder zu ernähren hatten, zur Verzweiflung trieb. Die Rationen an Brot, Fleisch und Fett waren ohnehin so weit gekürzt worden, dass man einen Erwachsenen davon unmöglich satt bekommen konnte – geschweige denn eine Heranwachsende, die Kraft für ihre Entwicklung brauchte. Von den wenigen Marken blieben Gerda jeden Monat welche übrig, weil sie die Lebensmittel, auf die sie Anrecht hatte, nirgendwo bekam.

Häufig stellte sie sich bereits morgens vor Sonnenaufgang vor der Bäckerei oder dem Milchladen an und hoffte, Maren mit einem Frühstück aus Brot, Milch und dem Aufstrich, den Frau Kanzler aus Rüben kochte, überraschen zu können. Dass sie beides erwischte, kam kaum je vor, und nicht selten musste sie mit leeren Händen nach Hause gehen und ihrer Tochter wie so oft Kartoffeln braten.

Schlimmer war, dass es in den Läden so gut wie überhaupt kein Obst und außer Rüben kein Gemüse mehr gab. In den ersten Kriegsjahren waren aus den besetzten Gebieten reichlich Lebensmittel nach Danzig geflossen, aber jetzt schien es kaum noch etwas zu geben, das sich ausbeuten ließ. Den Menschen nahm dieser ewige Mangel den Mut. Er lastete wie eine bleierne Decke auf der Stadt und machte die Stimmung schwer und bedrückt. Wer vor einem Jahr noch gehofft hatte, der Krieg werde jetzt zügig zum Ende kommen, glaubte inzwischen, er werde ewig weitergehen. Seit Stalingrad befand sich die Wehrmacht an der Ostfront auf dem Rückzug, doch Genaues ließ sich nicht in Erfahrung bringen. Aus dem Volksempfänger dröhnte noch immer das Gerede vom Endsieg, und auf das Abhören der BBC, des sogenannten Feindsenders, stand die Todesstrafe.

Fritz Kanzler, der eines verkürzten Beines wegen nicht eingezogen wurde, wagte es trotzdem und versorgte die Hausbewohner aus seinem Hinterzimmer heraus hin und wieder mit Nachrichten. Die meisten Menschen hatten jedoch das Interesse verloren, weil sie damit beschäftigt waren, das Nötigste für den täglichen Bedarf zu beschaffen und die Nächte mit den Luftangriffen durchzustehen.

An diesem Tag hatte Gerda sich vorgenommen, Maren eine Freude zu bereiten. Gleich nachdem ihre Tochter zur Schule aufgebrochen war, machte sie sich auf den Weg in die Innenstadt, um sich bei dem Gemüsehändler anzustellen, bei dem Teresa für die Familie Treichel eingekauft hatte. Sie hatte am Vortag ihr Honorar für die Geschichten des gesamten Monats erhalten, fühlte die pralle Geldbörse in ihrer Manteltasche und war entschlossen zu kaufen, was immer sich ergattern ließ. Äpfel wären schön, womöglich eine Orange, aber auch Zwiebeln oder Knoblauch zum Würzen, der zugleich gegen Erkältungen half. Maren war ständig erkältet, und Gerda machte sich Sorgen.

Aus der Frauengasse kam ihr ein Zug Zwangsarbeiter entgegen, die dort die Straße von Bombentrümmern freigeräumt hatten und zum nächsten Einsatz weiterzogen. Den Männern, die von Uniformierten begleitet wurden, hingen die Kleider in Fetzen von den dürren Leibern, sodass man jeden ihrer Knochen hätte zählen können. Ihre Gesichter waren eingefallen und wirkten uralt, die Augen riesenhaft in tiefen Höhlen, die Blicke leer.

Scham überfiel Gerda. Wie konnte sie es wagen, sich über das mangelnde Warenangebot in den Läden zu beklagen? Ihre Tochter und sie litten keinen Hunger. Sie hatten Kartoffeln in der Kiste und Mehl auf dem Bord, es gab Rübenaufstrich, Zichorienkaffee und oft Margarine. Diese Männer hingegen hatten nicht einmal die Wahl, ob sie sich zu Tode hungern oder zu Tode schuften wollten. Sie wurden weitergestoßen, wenn sie stolperten, und wenn sie umfielen, weil man alle Kraft aus ihnen herausgewrungen hatte, trat man sie vermutlich in den Rinnstein wie Dreck.

Matthäus' Stimme hallte ihr in den Ohren: *Was, glaubst du, werden die Menschen mit uns machen, die wir wie Ungeziefer behandelt haben?*

Sie lief in den Gemüseladen, rannte an der gesamten Schlange vorbei und hörte nicht auf die Proteste. »Geben Sie mir Äpfel«, rief sie und riss die Marken von ihrem Bezugsschein, statt sie ordentlich abschneiden zu lassen. »Es ist mir egal, ob die anderen schon länger warten. Ich brauche sie jetzt.«

Der Händler war es offenbar gewohnt, einer Stimme im Befehlston zu gehorchen. Er zählte fünf kostbare, schrumpelige Winteräpfel in eine Papiertüte und schob sie Gerda über den Tresen. Die warf ihm das Geld hin, nahm die Tüte und rannte dem Zug der Zwangsarbeiter hinterher.

»Hier!«, rief sie schon von Weitem. »Für Sie!« Den fünf Erstbesten, die sie erwischte, drückte sie einen der Äpfel in die zu Krallen abgemagerten Hände. Was die Arbeiter auf Polnisch murmelten, verstand sie nicht. Sie sah nur ihre Gesichter, den Unglauben in erloschenen Augen.

»He, junge Frau, was Sie da machen, ist verboten!« Einer der Wachleute packte sie am Arm und zog sie von den Arbeitern weg.

»Das ist mir egal«, schrie Gerda und weinte.

»Na schön.« Der Wachmann zog sie noch ein Stück weiter, während die Männer sich voranschleppten, und blieb an der Häuserwand mit ihr stehen. »Ihr gutes Herz in allen Ehren – aber die da bekommen verdammt viel Ärger, wenn sie so 'nem Liebesapfel von Ihnen nicht widerstehen können. Es hat sich schon manch einer mit dem Hals in der Schlinge gefunden, buchstäblich wegen 'nem Appel und 'nem Ei.«

»Wie können wir mit Menschen so umgehen?« Gerda konnte nicht aufhören zu weinen. »Diese Männer haben Mütter, Frauen, Kinder – was haben uns all diese Leute denn getan?«

»Nun mal mit der Ruhe.« Ungeschickt tätschelte der Wachmann ihr den Arm. »Solche Fragen kann mir eines Tages mein Schöpfer stellen, nicht Sie. Aber mir liegt daran, dass die armen Teufel an keinem Laternenpfahl enden – verstehen Sie?«

Gerda nickte.

»Also denken Sie in Zukunft ein bisschen nach, ehe Sie sich als gute Samariterin betätigen. Und jetzt nach Hause mit Ihnen.«

Während Gerda nach Hause trottete, nahm in ihrem Kopf bereits ein Märchen Gestalt an: das von der Apfelpflückerin, die unwissentlich die Kinder des Dorfes vergiftete, weil es allzu leicht war, eine mörderische Tat zu begehen, wenn man in mörderischen Zeiten lebte. Sie wollte, dass Thomas es las, dass ein Mensch verstand, wie sie sich fühlte. Aber Thomas würde auf lange Zeit keines ihrer Märchen mehr lesen und auch als Hans-Christian Blaes keine Briefe mehr schreiben. Vielleicht nie mehr. Gerda hatte zu verdrängen versucht, wie haltlos sie das machte. An Thomas' Briefe hatte sie sich geklammert wie an einen Rettungsring. Hätten sie für den Rest ihres Lebens keine Verbindung haben dürfen als diese, so wären sie doch nicht allein gewesen.

Anfang des Jahres hatte Thomas ihr über Pater Franziskus einen Brief in seinem eigenen Namen zukommen lassen: wenige Zeilen auf ein zerknittertes Stück Papier geschrieben, das er in den Rücken eines Gotteslobs gestopft hatte. Darin ließ er sie wissen, dass seine Einheit an einen ungenannten Ort versetzt wurde, um ihre größte Operation vorzubereiten.

Ich werde Dich nicht mehr lesen können, und im Augenblick scheint es mir unmöglich, das auszuhalten. Wenn unser Schlag aber gelingt, dann ist dieser Albtraum vielleicht bald vorbei. Und wenn nicht, haben wir es zumindest bis zum Letzten versucht. Ich würde lügen, wenn ich behauptete, ich hätte keine Angst. Damit die Angst leichter wird – lass es mich Dir bitte dieses eine Mal schreiben: Ich liebe Dich, Gerda. Ich habe Dich immer geliebt, und ich nehme meine Liebe für Dich mit, wohin ich gehe. Mehr als meine Kindheit in Blaes, mehr als der Tod meiner Mutter, mehr als meine Suche nach Gott und mein Leben mit den Kindern, mehr als die Gefahr hat sie mich zu dem Menschen gemacht, der ich bin.

Sie wusste, wohin er ging. Ihre ganze Gruppe wusste es, auch wenn sie nur verschlüsselt davon sprachen. Die Armia Krajowa bereitete in Warschau, der besetzten polnischen Hauptstadt, einen Aufstand vor. Mehr als vierzigtausend Partisanen sollten dorthin abgezogen werden. Obwohl es an Waffen und Munition fehlte, hofften sie, dass sie die Stadt so lange halten konnten, bis ihnen die Truppen der Westalliierten zu Hilfe kamen. Voraussetzung war allerdings, dass die Front nah und der Zeitpunkt gut gewählt war.

Von Anfang an war Gerda dieser Plan gewagt vorgekommen, jetzt aber erschien er ihr regelrecht selbstmörderisch. Selbst wenn die Alliierten näher rückten – das Netz aus Überwachung und Gewalt, mit dem Hitler Europa überzogen hatte, war so dicht, dass kaum einer davonkam. Wenn Thomas umkam, ohne dass sie ihm auf die Worte in seinem Brief geantwortet hatte – wie sollte sie weiterleben?

Die Antwort war einfach: Sie musste. Für Maren musste sie leben und nach Zeichen von Hoffnung suchen, denn das hatte ein junger Mensch wie ihre Tochter verdient. Ohne Äpfel würde Maren zurechtkommen. Ohne Lebensmut nicht. Gerda zwang sich, die Gedanken an Thomas beiseitezuschieben, und beschleunigte ihren Schritt.

Als sie in die Kleine Seebadgasse einbog, erwartete sie das Bild, das sie seit Jahren gefürchtet hatte: Vor der Tür von Kanzlers Lokal stand die Polizei. Es war zu spät, um zu flüchten. Und vermutlich waren in ihrem Rücken ohnehin Männer postiert, um ihr den Fluchtweg abzuschneiden. Sie konnte nur weitergehen, dem Ende entgegen. Und hoffen, dass die Kanzlers sich selbst und Maren in Sicherheit gebracht hatten.

Sie waren zu zweit. Ein älterer Mann mit weißem Haarschopf und ein noch junger mit Brille. Über ihren Uniformen trugen sie dunkle Mäntel. »Frau Gerda Treichel?« Der Ältere hielt einen Ausweis in die Höhe, den Gerda vor Schrecken kaum wahrnahm.

Sie brachte nicht mehr als ein gekrächztes »Ja« zustande.

»Würden Sie sich bitte ausweisen?«

Mit zitternden Fingern suchte sie nach ihrem Pass und fand ihn schließlich im Seitenfach ihrer Handtasche.

Der Ältere unterzog ihn einer gründlichen Prüfung, und der Jüngere lächelte. »Sie sind Greta West, nicht wahr? Ich weiß, ich sollte in meinem Alter keine Märchen mehr lesen. Aber die Ihren sind besonders.«

Sein Kollege warf ihm einen vernichtenden Blick zu, ehe er sich wieder Gerda zuwandte. »Frau Treichel, wir haben Ihnen leider eine bedauerliche Mitteilung zu machen. Wollen wir ins Haus gehen, damit Sie sich setzen können?«

Gerda schüttelte den Kopf. Solange sie hier auf der Straße stand, schien ein Entkommen zumindest denkbar.

»Es geht um Ihren Mann.« Der Beamte mit dem weißen Haar klappte vor seiner Brust einen Aktenkoffer auf und entnahm ihm einen cremefarbenen Umschlag, der mit dem Briefkopf der Treichel-Werft geschmückt war. Formvollendeter Stil, das war so etwas wie Ferdis Signatur. Wozu auch immer er sich in seinem Leben hatte hinreißen lassen, er hatte nichts ohne Stil getan.

Der Polizist hielt ihr den Umschlag entgegen. Im selben Atemzug wurde Gerda klar, was sie in ihrer Panik nicht erkannt hatte: Mitarbeiter der Gestapo liefen nicht weithin sichtbar in Uniformen herum, und bei diesen beiden, die sie nicht einmal mit dem vorgeschriebenen »Heil Hitler« begrüßt hatten, handelte es sich um gewöhnliche Beamte der Danziger Polizei.

»Es ist mir eine schmerzliche Pflicht, Sie vom Ableben Ihres Gatten, Herrn Ferdinand Treichel, zu unterrichten«, sagte der Weißhaarige. »Sein Tod erfolgte während der gestrigen Nacht in Zoppot, wo der Leichnam derzeit aufgebahrt ist. Bitte lassen Sie mich Ihnen versichern, dass einer Überführung sowie einer christlichen Bestattung nichts im Wege steht. Wir tun unser Bestes, um Ihnen jegliches Aufhebens um die Umstände seines Todes zu ersparen und Ihnen bei der Erledigung der Formalitäten behilflich zu sein.« Er reichte ihr eine Art Laufzettel, auf der eine Reihe von Namen und Adressen vermerkt waren. Ganz oben prangte der Briefkopf des Casino-Hotels. »Mein Beileid, gnädige Frau.«

Benommen blieb Gerda stehen, noch als die beiden gegangen waren. Wie in Zeitlupe riss sie den Umschlag auf und zog den Bogen heraus, der mit Ferdis kühnen Schriftzügen bedeckt war:

Meine geliebte Gerda, mein Ein und Alles, mein Glück.
Weißt Du noch, wie Du Dich hier, in unseren schönen Tagen, gefragt hast, ob man wirklich einen Revolver überreicht bekommt, wenn man sich um Kopf und Kragen gespielt hat? Nun, hier hast Du Deine Antwort: Ja, man bekommt ihn, er ist mit einer einzigen Kugel geladen, und so wird auch noch der letzte irdische Akt für den Spieler zum Spiel. Ich

aber gedenke, zumindest dieses Finale nicht zu verpatzen, wie ich so vieles verpatzt habe.

Auch unser Leben. Unsere Liebe.

Nein, liebste Gerda, ich habe mir nie eingebildet, dass Du mich geliebt hast, aber ich denke, dass Du manchmal mit mir glücklich warst, und ich war es immer mit dir. Hier in Zoppot, auf unserer Schiffsreise und in unserem Haus, als unser Kind zur Welt kam.

Wie Du weißt, habe ich mir einen Sohn gewünscht, aber inzwischen denke ich, es ist besser, dass Maren eine Tochter ist. Mädchen richten weniger Unheil in der Welt an.

Deine Furcht, unsere Tochter könnte mein schmutziges Geld erben, ist unbegründet, denn es ist keines mehr übrig. Ich kann nur hoffen, dass man meinen Tanten das Haus lässt, bis es mit ihnen zu Ende ist. Adonis, der Pinscher, ist ihnen schon vorangestorben, und Sie sind beide entschlossen, es nicht mehr lange zu machen. Du aber wirst es lange machen, meine Liebste, und unsere Maren auch. Dass Ihr beide aus der Verwüstung, die wir angerichtet haben, herauskommt, ist mein größter Wunsch. Und dass vor Euch viele Jahre eines hellen Lebens liegen, wie Ihr es verdient.

Darf ich Dich um etwas bitten? Schenk mir ab und an einen kleinen Gedanken und sag unserer Maren irgendwann, dass ihr Papi sie sehr lieb hatte. Wenn Du das für mich tun könntest, hätte ich nicht ganz umsonst gelebt.

Hab' Dank für alles, meine liebste Gerda. Dein Ferdi.

42

August 1944

Im Juli war auf Hitler ein Attentat verübt worden. Direkt in seinem Hauptquartier. Im Radio wurde dies erst bekannt gegeben, als feststand, dass Hitler so gut wie unverletzt geblieben war. Die Täter waren verhaftet worden, einige von ihnen wurden gleich am folgenden Tag standrechtlich erschossen. Ihre Tat war eine Hoffnung, die verlosch, noch ehe sie hatte aufflammen dürfen.

Andere Zeichen der Hoffnung wurden jedoch zu Fackeln, die im Dunkeln leuchteten. Bereits im Sommer 43 waren die Alliierten in Sizilien gelandet. Kurz darauf war das Bündnis zwischen Italien und Deutschland zerbrochen, und im vergangenen Juni hatte Rom kapituliert. Wenig später war der Anti-Hitler-Koalition die Landung in der Normandie geglückt. Die Befreiung Frankreichs hatte begonnen, und an der Ostfront rückten die Rote Armee und die Westmächte voran. Fritz Kanzler hatte in der Speisekammer, hinter dem Regal mit den Einweckgläsern, eine Karte aufgehängt, auf der er die Vorstöße auf den neuesten Stand brachte, sobald er die Nachrichten der BBC oder von Radio Moskau abgehört hatte. So waren die Hausbewohner im Bilde, auch wenn in Radio und Presse der Nazis weiterhin von »planmäßigem Absetzen«, »Endsieg« und der »neuen Wunderwaffe« geschwafelt wurde.

Gerda wusste, was das bedeutete. Der Zeitpunkt, auf den die Armia Krajowa gewartet hatte, war gekommen. Tag für Tag rechnete sie mit der Nachricht, dass die Heimatarmee losgeschlagen hatte, Nacht für Nacht lag sie wach und wünschte, sie hätte Thomas nur noch einmal schreiben können. Von dem, was sie ihm sagen wollte, hatte sie so viel wie nur möglich in ihre Märchen gelegt und gehofft, dass er sie durch einen wundersamen Zufall doch zu lesen bekam. Inzwischen aber bemerkte sie, wie ihr die schöpferischen Kräfte erlahmten. Angst und Sorge um die Zukunft ebenso wie der tägliche Kampf ums Überleben machten ihre Hände auf der Schreibmaschine schwer wie Blei.

Sie war nicht die Einzige. »Ein Autor nach dem anderen verstummt uns«, sagte Erwin Kammerer. »Und wenn ich durch diese Stadt gehe und die Ruinen der Häuser sehe, die jetzt wie schwarz verfaulte Zahnstummel aufragen, frage ich mich, ob es überhaupt noch eine Sprache gibt, die das in Worte fassen kann.«

Maren, die lang aufgeschossen und spindeldürr war und das Gesicht eines viel älteren Mädchens hatte, war zwei Wochen vor Beginn der Sommerferien aufgewühlt nach Hause gekommen und hatte verkündet, sie wolle nicht mehr zur Schule gehen. »Wir sollen alle zur Treuekundgebung für Hitler«, stieß sie heraus. »Mit Blumen und Fahnen, und die Veranstaltung findet ausgerechnet in unserer alten Werfthalle statt. Ich geh' da nicht hin. Ich geh' überhaupt nirgendwo mehr hin. Durch sämtliche Straßen ziehen diese Wahnsinnigen und schreien, dass sie für ihren Führer kämpfen, siegen und sterben wollen.«

»Bleibst eben hier zu Hause, Marjell«, sagte Lotte Kanzler. »Mehr lernen als in der Schule kannst du bei uns allemal.«

Gerda wollte protestieren, entschied dann aber, dass Frau Kanzler recht hatte. Maren war klug und las, was sie in die Finger bekam, sie würde im Unterricht, der fast nur noch aus Propaganda bestand, nichts versäumen.

»Ich schreibe der Schule einen Brief und melde dich krank«, sagte sie.

Seither war Maren zu Hause. Zwar war Gerda froh, sie im Schutz des Kanzler-Hauses zu wissen, doch es fiel ihr nun noch schwerer, ihre Sorgen vor der Tochter zu verbergen. Wo war Thomas? Vor Warschau? War etwas an dem Gerücht dran, dass die Rote Armee bereits die Stadtbezirke östlich der Weichsel erreicht hatte? Wann würde die Heimatarmee losschlagen, würde sie Erfolg haben, und wenn ja – um welchen Preis?

Antwort auf erste Fragen erhielt sie, als sie Anfang August in die Redaktion ging, um einen mühsam zusammengestoppelten Text abzuliefern. Auf die Post war, wie auf so vieles, kein Verlass mehr. In den Straßen der Rechtstadt klafften von Bomben geschlagene Lücken. Auch das Verlagsgebäude, nur ein paar Schritte von Gerdas einstigem Zuhause entfernt, hatte einen Treffer erwischt, war jedoch glimpflich davongekommen. Der zerstörte Dachstuhl war notdürftig gesichert und abgedeckt worden, sodass der Großteil der darunter befindlichen Räume nutzbar blieb. »Wer noch ein halbes Haus hat, darf heutzutage nicht klagen«, hatte Erwin Kammerer gesagt.

Auf ihrem Weg durch die Innenstadt begegneten Gerda Ströme von Menschen in abgetragenen Kleidern und mit todmüden Gesichtern. Auf den ersten Blick hatte sie sie für Zwangsarbeiter gehalten, aber die meisten von ihnen waren Frauen, Kinder und Alte. Viele streckten die Hände aus, bettelten um Geld oder Brot.

Flüchtlinge.

»Aus Ostpreußen kommen sie jetzt in Scharen«, hatte Fritz Kanzler gesagt. »Fliehen vor der Roten Armee, die kein Pardon kennen wird, wenn sie welche erwischt.«

Wie so oft hatte Gerda Matthäus' Stimme im Ohr: *Was,*

glaubst du, werden die Menschen mit uns machen, die wir wie Ungeziefer behandelt haben?

Noch an der Tür des Redaktionsbüros nahm Erwin Kammerer sie beiseite. »Es geht los«, raunte er. »In Warnemünde ist seit heute Morgen Sturmwarnung.«

Gerda verstand, und ihr Herz begann hart zu klopfen. Warnemünde war der Codename für Warschau, und was Sturmwarnung bedeutete, war nicht schwer zu erraten. »Weiß man schon etwas über die Lage?«, fragte sie.

Erwin Kammerer beugte sich noch näher zu ihr. »Post und Elektrizitätswerk sind in der Hand der Armia«, flüsterte er. »Gekämpft wird jetzt um die Weichselbrücken. Die Rote Armee steht mit dem führenden Panzerkorps so gut wie vor der Stadt, und die West-Alliierten schicken bereits Flieger.«

Auch er hatte in diesen Wochen müde und wie erloschen gewirkt, aber jetzt schien er geradezu erregt. »Glauben Sie, das ist die Wende?«, flüsterte Gerda atemlos.

Er ging mit ihr weiter in den Büroraum und nickte beiläufig, als würden sie auf ihrem Weg an ihre Arbeitsplätze über die anstehenden Aufgaben plaudern. Es gab in dieser Redaktion niemanden, der nicht zu ihrer Gruppe gehörte, doch man konnte nicht vorsichtig genug sein: Wer heute als vertrauenswürdig galt, konnte morgen die Seiten gewechselt haben. »Wie es aussieht, haben wir es bald überstanden«, murmelte er. »Sie sollten sich bereithalten. Packen Sie zusammen, was Sie für sich und Maren brauchen, und lassen Sie mich wissen, wenn wir helfen können. Auch mit Geld. Gehen Sie, solange noch Wege offen sind.«

»Gehen? Wohin?«

Er zuckte mit den Achseln und deutete nach Westen. Dann nahm er ihr das Manuskript ab, und sie trennten sich, um nicht noch mehr Aufsehen zu erregen.

Gerda musste den Tatsachen ins Auge sehen: Wenn die Armia Warschau einnahm, wäre es eine Frage von Wochen, bis die Rote Armee in Danzig stand. Den Gräuelgeschichten von Gemetzel und Vergewaltigungen schenkte Gerda kein Gehör. Sie brauchte sich lediglich die Züge der Zwangsarbeiter, die Verhafteten, Vertriebenen, Verschollenen und Ausgelöschten ins Gedächtnis zu rufen, um zu wissen, dass sie hier nicht mehr sicher waren. Die Armeen der überfallenen Länder würden kaum zwischen guten und schlechten Deutschen unterscheiden, so wie die Nazis keine Unterschiede gemacht hatten. Polnische Freunde, russische Verbündete, im Weltkrieg dekorierte Juden – sie waren ohne Ansehen der Person verfolgt worden.

Langsam ging Gerda nach Hause, sah sich in jeder Straße um und beschwor die Erinnerungen, die sie mit der Stadt verband. Das Möwengeschrei, das sie vor Jahren willkommen geheißen hatte, war lauter denn je, und Salz vom Meer erfüllte die Luft. Die Vorstellung, dass Danzig nicht mehr ihr Zuhause sein würde, legte sich wie eine eiserne Zwinge um ihr Herz.

Weit wichtiger aber war die Frage, wohin sie gehen sollten. Zivilisten ohne Sondergenehmigung war das Benutzen von Zügen inzwischen verboten, doch die Redaktion würde eine solche Genehmigung womöglich für sie erwirken können. Je weiter sie nach Westen gelangten, desto sicherer würden sie sein. Erwin Kammerer hatte recht: Sie musste einen Plan machen und mit Maren aufbrechen, solange es noch Züge, Schiffe und Wege zwischen den Fronten gab. Wenn erst die Massenflucht einsetzte, die in Ostpreußen bereits begonnen hatte, würden sie nirgends Aufnahme finden. Wie die unzähligen jüdischen Flüchtlinge, die an Grenzen und in Häfen erbarmungslos abgewiesen worden waren.

Was aber war mit Thomas? Wenn er zurückkam? Wie sollte er sie finden? Sie konnte ihm bei Bruder Franziskus eine Nachricht hinterlassen. Selbst wenn die Kanzlers und die Mitarbeiter der Redaktion flohen – die Patres würden bei ihren Schülern ausharren, solange es möglich war. Was aber nützte ihr das, wenn sie gar nicht wusste, wo sie landen würden? So viele Menschen waren durch Hitlers Wahn ihrer Heimat beraubt worden und in alle Welt verstreut – wie sollte man jene wiederfinden, die man liebte, die zu einem gehörten?

Mit dem nächsten Atemzug drängte eine andere Frage an die Oberfläche und ließ Gerda innehalten: Was war mit ihrer Familie? Sie hatte sie nicht wiedersehen, sie aus ihren Leben streichen wollen. Wann immer ein Funke von Sehnsucht aufglomm, hatte sie sich die Bilder von Fräulein Grünbaum auf dem Pflaster und Milenka im Dachstuhl ins Gedächtnis gerufen, und der Funke war verglüht. Würde sie aber in der Lage sein, all die Menschen auf dem Gut ihrem Schicksal zu überlassen? Albrecht würde ihnen gewiss nicht erlauben zu fliehen. Wenn niemand ihnen half – was drohte ihnen?

Ohne etwas dagegen tun zu können, sah sie Gesichter vor sich: Onkel Hutz, Tante Benigna, Elsbeth, Kurt. Den sanften Bernhard und schließlich die Kinder. Luise, die Maren unter ihre Fittiche genommen hatte. Sabine, Michael und Gudrun, die Säuglinge gewesen waren, als sie sie zuletzt gesehen hatte.

Auch die Gesichter ihrer Eltern sah sie. Konnte ein Mensch weiterleben und einen neuen Anfang machen, wenn er die, von denen er gekommen war, im Stich gelassen hatte?

Sie nicht mehr wiederzusehen und sie verloren zu wissen, waren eindeutig zwei verschiedene Dinge.

Wie so oft musste sie sich zwingen, das Problem aufzuschieben und das, was als Nächstes anstand, Schritt für Schritt anzugehen. Sie würde ihre Abreise mit Maren vorbereiten, würde alles dafür tun, ihre Tochter so unbeschadet wie möglich in Sicherheit zu bringen. Erst wenn ihr Plan dafür auf sicheren Füßen stand, konnte sie sich mit anderen Fragen befassen.

In den folgenden Tagen tröpfelten nur spärlich Nachrichten aus Warschau ins Haus und in die Redaktion. Weder Radio Moskau noch die BBC berichteten über den Aufstand, gewiss um den Deutschen keine Hinweise auf militärische Schläge zu geben. Lediglich über die Weiterleitung geheimer Funksprüche erfuhr Erwin Kammerer, dass die Kämpfe andauerten, dass man auf Hilfe noch immer wartete, dass Zivilisten aus der Altstadt evakuiert werden sollten. Dann riss die Nachrichtenkette ab, und die Wartenden in Danzig blieben von den Ereignissen in der umkämpften Stadt abgeschnitten.

Fritz Kanzler verbarrikadierte sich mit düsterster Miene im Hinterzimmer. »Wie es aussieht, haben die Sowjets den Amerikanern nur einen einzigen Hilfsflug gestattet«, ließ er Gerda auf ihr Drängen schließlich wissen. »Es gibt Gemunkel, ihre Heeresleitung wäre über den Aufstand nicht informiert worden, aber das ist ja unmöglich. Es war ja alles über Monate vorbereitet.«

Der sowjetischen Berichterstattung war zu entnehmen, dass die ukrainische Front in Richtung Slowakei vorrückte. Kein Wort über Warschau.

Gerda wollte planen, arbeiten, Geld für die Reise beschaffen, doch sie konnte an nichts anderes denken als an Thomas. Einmal schreckte sie nachts aus einem Albtraum auf und fand Marens Gesicht vor dem ihren, ihre Augen weit geöffnet und wach.

»Du hast im Schlaf geweint, Mami«, sagte sie.

»Das hat nichts zu bedeuten«, versicherte Gerda hastig. »Nur ein Traum, Kügelchen. Du weißt ja, was für einen Unsinn man sich manchmal zusammenspinnt.«

»Nein«, sagte Maren. »Du willst, dass wir aus Danzig weggehen, nicht wahr?«

Gerda hatte mit ihr reden wollen, wenn ihre Vorbereitungen abgeschlossen waren, doch jetzt gab es keinen Aufschub mehr. »Ich fürchte, uns wird nichts anderes übrig bleiben«, sagte sie. »Meinst du, wir schaffen das? Du und ich? Wenn wir all unsere Traurigkeit in unseren Herzen in eine Kapsel füllen und sie erst öffnen, sobald wir in Sicherheit sind?«

»Das ist aus einem von deinen Märchen«, rief Maren. »Aber das Kind im Märchen hatte niemanden, den es hätte mitnehmen können, denn seine Schwestern sind ja gestorben.«

»Und du hast gar keine Schwestern«, entfuhr es Gerda.

»Ich nicht«, sagte Maren. »Aber du. Und ich hab' Luise und das kleine Sabinchen. Auch wenn ich sie nicht mehr seh'. Wenn die Rote Armee zu ihnen kommt – machen sie sie dann alle tot?«

Maren bekam entschieden zu viel mit. All diese Kriegskinder bekamen zu viel mit – wie sie selbst damals. Sie und Thomas hatten sich in ihre Märchenwelt geflüchtet, um damit fertigzuwerden.

»Ich weiß es nicht«, antwortete Gerda. »Ich weiß im Moment viel zu wenig, aber ich verspreche dir, ich denke darüber nach, ob wir für deine Cousinen und die anderen etwas tun können. Wenn es eine Möglichkeit gibt, versuchen wir, sie mitzunehmen.«

»Und Herrn Thomas?«, fragte Maren.

»Wen?«

»Den Herrn, der mich aus dem Feuer gerettet hat. Der in Warschau kämpft. Der dich lieb hat und du ihn.«

Gerda schoss Blut in die Wangen. »Wer behauptet denn das?«

Maren kicherte wie eine gewöhnliche Vierzehnjährige, die auf dem Pausenhof »Eins, zwei, drei, was seh ich da? Ein verliebtes Ehepaar« sang.

»Ich bin nicht dusselig. Und nicht von gestern.«

»Nein, offenbar nicht.« Gerda lächelte. »Thomas und ich kennen uns schon, seit wir Kinder waren. Wir sind Freunde. Was er tun wird, wenn der Krieg zu Ende geht, weiß ich nicht. Seine Mutter war Polin, und ich denke, er wird in einem neuen polnischen Staat seine Heimat suchen.« Nach allem, was Deutsche ihm angetan hatten, würde ihn gewiss nichts mehr nach Deutschland ziehen.

»Und darüber bist du nicht traurig?«

Gerda überlegte. Es gab etwas in ihr, das sie für sich behalten und nicht einmal mit ihrer Tochter teilen wollte. Den Rest konnte sie Maren erklären: »Ich bin traurig, dass wir uns nicht mehr werden sehen können«, sagte sie. »Wir sind zusammen aufgewachsen, als Deutsche und Polen in unserem Heimatland gemeinsam gelebt haben, und so etwas wird nun nie wieder möglich sein. Das macht mich traurig. Aber es wird mich auch froh machen zu wissen, dass es Thomas gut geht, dass er die Schreckenszeit überlebt hat und ebenso wie wir neu anfangen kann.«

Maren gab sich damit zufrieden. Vielleicht war sie müde, oder sie hatte in ihrem Leben unter zu vielen Erwachsenen gelernt, wann es keinen Zweck hatte, weitere Fragen zu stellen.

Anfang Oktober ließ Erwin Kammerer die Mitarbeiter der Redaktion zusammenkommen und teilte ihnen mit, dass der Betrieb der Zeitung eingestellt werden musste. »Es gibt keine Ressourcen mehr. Wie zur Genüge bekannt ist, konzentrieren sich derzeit alle Kräfte auf unseren glorreichen Endsieg, und so lange wird unsere Zeitschrift gewissermaßen stillgelegt. Dass wir hinterher nicht an unsere Schreibtische zurückkehren können, wie wir sie heute verlassen werden, wissen wir alle. Meine Herren, meine Dame – es war mir eine Ehre, mit Ihnen arbeiten zu dürfen.«

Er übergab jedem von ihnen einen prall gefüllten Umschlag. In dem von Gerda steckten fünfhundert Reichsmark und ein auf den Namen Greta West ausgestellter Presseausweis. »Ob das Dokument ausreicht, um Ihnen eine Fahrt mit der Bahn zu ermöglichen, kann ich nicht versprechen«, sagte Kammerer. »Ich drücke Ihnen die Daumen. Geben Sie mir Bescheid, falls Sie sonst noch etwas brauchen.« Er blickte sie fest an. »Wissen Sie, Frau Treichel, Sie sind eine begnadete Erzählerin. Ich hoffe aus ganzem Herzen, dass ich eines Tages ein Buch von Ihnen lesen werde.«

Gerda ging nach Hause, fand den Schankraum, in dem es nichts mehr auszuschenken gab, leer vor. Vorsichtig spähte sie in die Kammer hinter dem Tresen. Fritz, seine Mutter und zwei Männer von der Dampferanlegestelle, die zu ihrem Freundeskreis gehörten, saßen zusammengequetscht um das Radiogerät, an dem Fritz so lange gebastelt hatte, bis sich die sogenannten Feindsender damit empfangen ließen. Äußerlich glich es hingegen noch immer einem Volksempfänger, schien jetzt allerdings ausgeschaltet. Als Gerda hinter den Tresen trat, drehten sich alle Köpfe zu ihr.

»Sie haben's nicht geschafft«, sagte Fritz, ohne sich wie sonst zu überzeugen, dass außer Gerda niemand im Raum war. »Die Rote Armee ist nicht gekommen, und die Armia musste kapitulieren. Jetzt machen die Nazis Warschau dem Erdboden gleich.«

43

Warum die Hilfe für die Aufständischen in der polnischen Hauptstadt ausgeblieben war, würde die Nachwelt untersuchen müssen. Die kleine Gruppe in Kanzlers Lokal erfuhr nur von den Folgen: Hunderttausend polnische Zivilisten wurden als Zwangsarbeiter ins Reich verschleppt, womöglich noch einmal die gleiche Anzahl verschwand in Lagern und Gefängnissen. Kurz darauf befahl Heinrich Himmler die völlige Zerstörung der Stadt.

Über die Zahl der Todesopfer gab es widersprüchliche Informationen. Zweihunderttausend Bewohner der Stadt mussten ihr Leben mindestens verloren haben, und dazu kamen an die zwanzigtausend Kämpfer der Heimatarmee. Der Rest war verhaftet worden, was vermutlich einem Todesurteil gleichkam. Lotte Kanzler, die beileibe keine zärtliche oder überschwängliche Frau war, legte Gerda den Arm um die Schultern. »Wer war's denn, den Sie bei der Truppe hatten? Ein Liebster? Vor mir brauchen Se's nicht geheim zu halten. Wer nach fünf Jahren Krieg noch den Moralapostel rauskehrt, der soll damit selig werden.«

»Ein Freund«, sagte Gerda.

»Aha.«

»Sie glauben, dass keiner von ihnen überlebt hat, nicht wahr?«

Lotte Kanzler zuckte die gebeugten Schultern. »Der Nazistaat ist ein sterbendes Raubtier. Der hat nichts mehr zu verlieren. Weshalb soll er also von denen, die ihm in die Suppe spucken wollten, welche am Leben lassen?«

Gerda gab keine Antwort. Sie hatte dasselbe gedacht.

»Hören Sie, Sie dürfen sich da jetzt nicht reinfallen lassen, so gut ich Sie auch verstehe«, sagte Lotte Kanzler. »Sie müssen mit der Marjell hier weg. Zum Trauern haben wir hinterher vermutlich Zeit, bis wir den Löffel abgeben.«

Sie hatte recht. Gerda musste sich zusammenreißen. Das Geld, das Erwin Kammerer ihr gegeben hatte, war ihr letztes Einkommen. Wenn sie es nicht nutzte, um sich mit Maren auf den Weg zu machen, waren sie verloren.

Trotz des gescheiterten Aufstands rückte die Rote Armee nun unaufhaltsam vor. Die Grenze Ostpreußens war überschritten, und britische Bomben fielen auf Königsberg. Zugleich versuchte das sterbende Raubtier noch einmal, sich mit allen Mitteln zur Wehr zu setzen oder mit in den Tod zu reißen, wen es in die Klauen bekam. Im Oktober wurden Männer zwischen sechzehn und sechzig eingezogen, um den »Boden der Heimat« bis zum letzten Tropfen Blut zu verteidigen. Ob die Angehörigen dieses Volkssturms tauglich waren, spielte keine Rolle mehr. Wer für Deutschland nicht töten konnte, sollte immerhin für Deutschland sterben.

Auch Lotte Kanzlers Fritz musste trotz seines lahmen Beines antreten. Das Gesicht der Wirtin wirkte wie aus Stein, als sie in der Tür stand und ihm nachblickte, während er davonhumpelte. Gerda aber wusste, dass sie an ihrer Trauer ersticken würde, wenn ihr Sohn nicht zurückkam.

Fliegerangriffe gab es nun jede Nacht. Jeden Morgen, wenn Gerda sich auf den Weg in die Stadt machte, um nach einer Möglichkeit zur Flucht zu suchen, wies Danzigs Gesicht neue klaffende Krater und Löcher auf. Dem Krantor, Danzigs Wahrzeichen, das über die Mottlau wachte, war die hölzerne Verschalung weggebrannt, sodass kein Besucher es mehr erkannt hätte. Am Ende würde von Europas Märchenstadt mit ihren Türmen und Giebeln nichts übrig bleiben als die

Erinnerung – wie die an Vineta oder an Atlantis. Nur dass Danzig nicht vom Meer verschlungen worden war.

Zwischen schwarz verkohlten Trümmern, aus denen noch Rauch aufstieg, stolperten Menschen umher und stocherten in der Asche. Was sie dort suchten – Reste ihrer Habe, ihrer Erinnerung oder ihrer Menschen –, zog Gerda vor, nicht zu wissen.

Es gab keine Züge mehr. Schon gar nicht für Journalisten, die nicht kriegswichtig waren. Wenn ein Schiff ablegte, war es in Windeseile mit Flüchtlingen überbelegt, sämtliche Passagen waren ausgebucht, noch ehe sie ausgeschrieben wurden. Die *Gustloff,* einst das größte Kreuzfahrtschiff Europas, auf das Ferdi einen solchen Zorn gehabt hatte, sollte im Januar Flüchtlinge über die Ostsee nach Kiel schaffen, doch auch dafür sie gab es keine freien Plätze mehr. Menschen beluden Kiepen und Handkarren, um sich zu Fuß auf den Weg zu machen. Anfang Dezember fiel Schnee, und in den Nächten herrschte Frost. Was war besser? Darauf zu warten, dass die Rote Armee sich für die Millionen von Toten mit einem Massaker rächte, oder auf der Flucht zu erfrieren?

Wie so oft kehrte Gerda entmutigt in die Kleine Seebadgasse zurück. Kein Zivilist verfügte mehr über ein motorisiertes Fahrzeug oder über Pferd und Wagen. Ein Fahrrad war ihr angeboten worden, allerdings eines ohne Lenker, denn andernfalls wäre auch dieses für militärischen Gebrauch beschlagnahmt worden.

Wie sollten sie nur wegkommen, den weiten Weg in das, was nun »Altreich« hieß, bewältigen? Es gelang Gerda kaum noch, Stücke aus ihrem kärglichen Besitz zu Geld zu machen, denn allzu viele Menschen boten, was immer sie entbehren konnten, zum Verkauf. Einzig einen Armreifen, ein Geschenk von Ferdi zur Geburt von Maren, hatte sie gegen zwei wollene Pullover eintauschen können. Der Reif war ein Andenken, er war ein Vielfaches wert, doch hier ging es um ihrer beider Überleben. Ferdi, so hoffte sie, hätte ihren Tausch gutgeheißen.

Vor der Tür des Hauses stand der Karren eines Altmetallsammlers, vor den ein mageres Pony gespannt war. War das Sammeln von Altmetall tatsächlich noch immer kriegswichtig, wo doch die ganze Welt in Trümmern von Altmetall lag? Aber das alte Pony wirkte derart bemitleidenswert, dass es sich vielleicht schlicht nicht gelohnt hatte, es zu beschlagnahmen. Der Mann auf dem Bock war noch älter, ein Greis, der selbst für den Volkssturm nicht mehr getaugt hatte. Er schien im Sitzen eingeschlafen zu sein und schnarchte mit vornüber gesacktem Kopf. Ungepflegtes graues Haar hing ihm in das Gesicht, das von einem wilden Bart umrahmt war.

Es könnte das einzige verfügbare Pferd in dieser Stadt sein, durchfuhr es Gerda. Selbst wenn es im Schneckentempo voranschlich, würden sie, und vor allem Maren, sich auf dem Wagen ausruhen können, sooft ihnen die Kraft zum Laufen fehlte. Sie könnten das Nötigste aufladen: warme Kleidung, Decken, Vorräte und ihre Schreibmaschine, die ihr eines Tages wieder ein Einkommen verschaffen mochte. Gerda tastete in ihrer Manteltasche nach den Geldscheinen. Sie musste den Mann um jeden Preis dazu bringen, ihr Pony und Karren zu verkaufen. Entschlossen baute sie sich vor ihm auf. »Mein Herr? Dürfte ich Ihnen bitte eine Frage stellen?«

Der Mann rührte sich nicht. Hätte er nicht geschnarcht, hätte Gerda befürchtet, er wäre tot. Sie trat etwas näher und sprach lauter: »Ich habe Ihnen ein Angebot zu machen. Ein gutes. Es ginge mir um Ihr Pferd.«

Siedend heiß fiel ihr ein, dass das Angebot, das sie ihm machen konnte, so gut gar nicht war. Der arme Klepper war keine hundert Reichsmark wert, aber in einer Stadt, in der Scharen von Menschen eine Fluchtmöglichkeit suchten, mochte er leicht das Zehnfache erzielen. Sie durfte ihn nicht entkommen lassen, musste mit ihm handelseinig werden, ehe andere auf ihn aufmerksam wurden. Sie trat noch näher, nahm seinen Arm, der in einem zerlumpten Jackenärmel steckte, und rüttelte ihn ein wenig. »Bitte hören Sie sich an, was ich Ihnen vorschlagen möchte.«

Blitzschnell fuhr Leben in den Mann, der gerade noch wie tot auf dem Bock gehangen hatte. Er schlang den Arm um sie, zog sie an sich und beugte sein Gesicht so weit zu ihr herunter, dass sie seinen Atem auf der Haut spürte. »Gerda«, flüsterte er. »Ist Maren im Haus? Kannst du sie holen und so schnell wie möglich alles, was ihr unbedingt braucht, in einen Sack stopfen? Geld, eure Pässe, Kleidung. Nimm einen wie für die Altmetallspende und leg ein Andenken oder ein Foto dazu, denn wir kommen nicht zurück.«

Gerda konnte nur nicken. Zwischen dem Gestrüpp von Bart und Haar, die er grau gefärbt haben musste, erkannte sie seine Augen.

»Lauf schnell, kleine Gerda.«

Sie rannte in das Eckhaus, stürzte die Treppe hinauf und rief Marens Namen. Mit einer Hand warf sie ihrer Tochter Pullover, Mantel, Mütze hin, mit der anderen stopfte sie die gepackte Tasche für die Reise in den Sack, in dem sie sonst Brennholz aufbewahrten. Sie riss die Vorräte vom Bord und stopfte sie dazu.

»Jetzt gleich fahren wir los?«, fragte Maren.

Gerda nickte.

»Aber es ist niemand da«, rief Maren. »Wir können nicht Lebewohl sagen.«

»Vielleicht ist das besser so«, sagte Gerda, der sich das Herz zusammenzog. »Willst du noch etwas mitnehmen?«

Sie sahen sich im Zimmer um. Über dem Bett hing ein alter Wandkalender, der so verstaubt war, dass man die Bilder kaum erkennen konnte. Er hatte dort schon gehangen, als sie eingezogen waren, und stammte von 1913. Auf dem Bild für den Oktober waren das Krantor und ein Stück des Flusses auszumachen, über dem wie weiße Flecken die Möwen kreisten. Ihre Blicke trafen sich. Maren riss den Kalender von der Wand, und Gerda schob ihn in den Sack. Auf dem Nachttisch lag das abgeschabte Buch mit der weißen Königin. Sie nahm auch das noch, weil ihr auf einmal war, als ließe sie sonst sich selbst zurück, packte es ein und band den Sack zu.

Als sie dicht aneinandergedrängt die Treppe hinunterstiegen, trat Lotte Kanzler gerade in die Schankstube. Mit einem Blick erfasste sie die Lage. »Jetzt?«

Maren und Gerda nickten.

»Das Großväterchen, das da draußen wartet, kam mir gleich merkwürdig vor«, sagte Lotte Kanzler, ging hinter den Tresen und holte eine Literflasche Machandel hervor. »Gut gegen Kälte«, sagte sie und gab sie Gerda. »Gegen anderes auch.«

Gerda spürte in ihrer Hand, die die Flasche umfasste, die raue Oberfläche mehrerer Geldscheine. Im nächsten Augenblick lagen sich alle drei in den Armen, hielten kurz still und lauschten auf die Geräusche, die man in der Nähe von Menschen vernimmt: Atem, Herzschlag, Rascheln von Kleidern. Sie hätten noch Zeit gehabt, etwas zu sagen – sich zu bedanken, sich Glück zu wünschen, aber sie lösten sich wortlos voneinander.

Erst als Gerda und Maren die Tür schon fast erreicht hatten, war noch einmal die Stimme der Wirtin zu hören: »Dreht euch nicht um«, sagte sie.

44

Als die Stadt hinter ihnen lag, setzte erneut Schneefall ein, und auf dem freien Feld wurde der Wind zum Sturm. Thomas und Gerda saßen auf dem Bock und hatten Maren zwischen sich genommen. Alle Decken, Kleider und eine Plane aus Ölzeug hatten sie um sich geschlungen, doch die Kälte drang durch alle Schichten. Hätten sie sprechen wollen, hätte das Brausen des Sturms die Worte davongetragen, also schwiegen sie, statt ihre Kräfte zu vergeuden. Für Worte würde später Zeit sein, falls sie dies überlebten.

Dass sie als Erstes nach Lapienen mussten, hatte Gerda gesagt, nachdem sie mit Maren zu Thomas auf den Wagen gestiegen war. Thomas hatte zugestimmt: »Wir können sie nicht dort lassen, nicht mit all den Frauen und Kindern, jetzt, wo die Winteroffensive der Sowjets vor dem Durchbruch steht. Wir müssen ihnen begreiflich machen, dass sie keinen Tag zu verlieren haben.«

Was geschehen würde, falls nicht nur Frauen und Kinder sie auf Lapienen erwarteten, besprachen sie nicht, weil sich keiner von ihnen die Frage stellen wollte. Wenn nichts sie aufhielt und das Pferd bei Kräften blieb, sollten sie die Fahrt in zwei Tagen schaffen, hoffte Thomas. Für die Nacht mussten sie sich auf dem Wagen einen Unterschlupf bauen, der sie vor dem Erfrieren schützte.

Thomas trug einen gefälschten Pass bei sich, der ihn als Hans-Christian Blaes, Schrotthändler, gebürtig aus Konitz, auswies und der einer oberflächlichen Kontrolle standhalten würde. Auf ihrer Route, die sie durch die Wälder und über das freie Land führte, war mit Kontrollen jedoch nicht zu rechnen. Schwieriger würde es werden, die Familie in Lapienen zum Aufbruch zu bewegen. Weshalb hätten sie auf Gerda, die vom Schrapsel zur Nestbeschmutzerin geworden war, hören sollen? Gerda wusste jedoch, dass sie es versuchen musste. Wenn es gelang, auch nur einen Einzigen von ihnen zu retten, war es alle Mühe wert.

Von Lapienen würden sie versuchen, sich in Richtung Lausitz durchzuschlagen, über die Neiße nach Görlitz oder in eine andere größere Stadt, in der es hoffentlich Lager gab, die Flüchtlinge aufnahmen. Wenn Gerda die Scharen von Flüchtlingen bedachte, die sich in Bewegung setzen würden, wenn sie die anhaltenden Fliegerangriffe bedachte, die Städte in Schutt und Asche legten, dann fragte sie sich, ob sie an solche Lager tatsächlich glaubte. Zu ihrem Glück hielt die körperliche Anstrengung, der Kampf gegen Kälte und Erschöpfung die Gedanken im Zaum. Um sich zu retten, durften sie nicht weiter denken als bis ans Ende der nächsten Meile.

Als die Nacht kam, lenkten sie den Karren ins tiefste Dickicht des Waldes und spannten das entkräftete Pferd aus. Auf der Ladefläche errichtete Thomas eine Art Zelt, in das Gerda alles stopfte, was sie an trockenen Decken und Kleidern besaßen. Es war ihr Nest, wie das in der Eiskammer hinter den Küchenräumen. Zu dritt drängten sie sich aneinander und aßen, was Thomas mit seinem Feldmesser von einem Brot und einer Dauerwurst herunterschnitt.

»Es schmeckt so gut«, sagte Maren. »Ich glaube, ich habe noch nie etwas gegessen, das so gut geschmeckt hat.«

Gerda ging es nicht anders. Sie und Thomas tranken kleine Schlucke aus der Machandel-Flasche von Lotte Kanzler, und nach einer Weile fror Gerda nicht mehr. Als Maren eingeschlafen war, fragte sie ihn: »Du fährst bis nach Görlitz mit uns, nicht wahr? Du lässt uns nicht mit meinen Verwandten allein?«

»Natürlich nicht«, sagte Thomas.

»Und wenn wir in Sicherheit sind – wirst du es schaffen, dich zurück nach Polen durchzuschlagen?« In Deutschland wurde er gesucht. Als Angehöriger der polnischen Heimatarmee würde er ohne Prozess aufgeknüpft werden, wenn jemand seine Tarnung aufdeckte. Erst jetzt begriff sie, wie groß die Gefahr war, die er für sie auf sich genommen hatte, und es raubte ihr den Atem.

»Bei allem, was wir in den letzten Jahren getan haben – haben wir da auch nur einmal gewusst, ob wir es überstehen?«, fragte er. »Bis hierher haben wir es überstanden. Wir sind zusammen und am Leben. Alles andere findet sich.«

Aneinandergeschmiegt, sein Gesicht an ihrem, fanden sie ein wenig Schlaf.

Sie mussten eine weitere Nacht im Freien verbringen und erreichten das, was einst die Grenzmark gewesen war, am Nachmittag des folgenden Tages. Unterwegs hatten sie Höfe gesehen, auf denen das stille winterliche Leben seinen Gang zu gehen schien, als wäre nichts geschehen, und andere, die verrammelt und verlassen dalagen. Das blasse Winterlicht begann zu verlöschen, als Maren aus dem Schutz ihres Schals herausrief: »Da vorne ist es! Das Haus mit dem Storchennest.«

Tatsächlich befand sich auf dem Dachfirst des Verwalterhauses ein verlassenes Storchennest. Licht brannte hinter den Küchenfenstern wie damals, als die Sliwitzkys hier gewohnt hatten und Frau Danuta in der Küche Piroggenteig geknetet hatte. Ihre Finger waren so flink gewesen, die Teigtaschen so rasch geformt, dass Gerda als kleines Mädchen geglaubt hatte, sie könne zaubern. Hinter dem Dach ragte das Herrenhaus auf und schien ihr viel größer, als sie es in Erinnerung hatte. Auch hier brannte Licht in den unteren Räumen und in der Beletage, wo die Familie gegessen, beisammengesessen und gefeiert hatte.

»Meinst du, wir können über Nacht eine Art von Unterschlupf bekommen?«, fragte Thomas, und seine Stimme klang ganz und gar erschöpft. »Es täte uns allen gut, uns aufzuwärmen und Kraft zu sammeln, am meisten dem armen kleinen Pferd.«

»Ich sorge dafür«, rief Maren und sprang vom Wagen. Unförmig mit all den Stoffschichten, in die sie gewickelt war, rannte sie durch den hohen Schnee auf das Verwalterhaus zu, in dem sie ihre Sommerferien bei Cousine Elsbeths Familie verbracht hatte.

Thomas und Gerda folgten ihr mit dem Wagen, und als sie das Haus erreichten, stand die Tür bereits offen, und das Licht fiel hinaus auf den Schnee. Auf der Schwelle stand Elsbeth und hielt Maren in den Armen, umringt von zwei schlaksigen jungen Leuten, die ihre Kinder sein mussten. Sabine, mit ihren zwölf Jahren, war so groß wie Maren, und Michael, der zehn sein musste und einen wilden Schopf von dunklen Locken hatte, war nicht viel kleiner.

»Gerda!«, rief Elsbeth, als sie den Wagen anhielten, und dann kam Kurt in Mantel und Fellmütze aus dem Haus, um ihnen mit dem Pferd zu helfen. »Ihr müsst ja zu Eis erstarrt sein«, sagte er. »Geht nach drinnen, lasst euch von Elsbeth auftauen, sie hat sich solche Sorgen um dich gemacht, Gerda. Um diesen wackeren kleinen Burschen kümmere ich mich.«

In der plötzlichen Wärme, dem Licht, dem Gewirr von Menschenstimmen wurde Gerda schwindlig. Sie und Thomas saßen nebeneinander am Kamin, in dem die Scheite knackten, bekamen Tee und Brote mit kaltem Fleisch und Wurst und Schmalz hingestellt und kamen sich vor wie in einer anderen Welt. Hier auf dem Land schien es an nichts zu mangeln. Gerda erinnerte sich, dass selbst in den bittersten Jahren Geldnot auf Lapienen nie Hunger bedeutet hatte. Maren war mit Sabine und Michael verschwunden, die ihr in ihren Zimmern etwas zeigen wollten, als wäre sie, wie in den so lange verstrichenen Sommern, zu einem Ferienaufenthalt gekommen. Wie sollten sie diesen Menschen, die sich offenbar bestens versorgt ihres Lebens freuten, klarmachen, dass sie ihr Zuhause auf dem schnellsten Weg verlassen mussten?

»Wir sind gekommen, um euch mitzunehmen«, platzte sie heraus. »Wir wollen versuchen, es nach Görlitz zu schaffen. Ihr müsst hier weg. Die Rote Armee ist auf dem Weg, und es gibt nichts, auch keine Wunderwaffe, die sie aufhält.«

Thomas, der zuvor nur kurz erklärt hatte, wer er war, nickte. »Die Winteroffensive hat begonnen. Je schneller Sie hinter die Neiße, in eine der Städte auf dem Gebiet des Reiches gelangen, desto größer ist die Chance, mit den Kindern halbwegs sicher unterzukommen, ehe alles zusammenbricht.«

Als er geendet hatte, herrschte Schweigen im Raum. Was würde nun geschehen? Würde der leutselige Kurt aufstehen und sie des Hauses verweisen, würde Elsbeth lachen, wie sie in den alten Tagen gelacht hatte, und erklären, sie sähen Gespenster?

Nichts dergleichen geschah. Stattdessen hörte Gerda in der Stille, wie Kurt tief aufatmete. »Dem Himmel sei Dank«, sagte er.

»Wir haben seit Wochen versucht, die anderen zum Gehen zu bewegen.« Als Elsbeth die Stimme erhob, sah Gerda, dass ihr Tränen aus den Augen liefen. »Glasaus von Klein-Katz sind längst weg. Schliebens auch. Kurt ist wegen seines Asthmas nie eingezogen worden, aber jetzt haben wir seit Wochen

Angst, dass er zum Volkssturm muss. Er hat Verwandte in Magdeburg, die uns helfen könnten, aber dazu müssen wir aufbrechen, ehe alles zu spät ist. Wir sind's unseren Kindern doch schuldig.«

»Danke, dass ihr gekommen seid«, sagte Kurt. »Wir hätten damals zu dir halten müssen, Gerda, nicht zu Albrecht. Ich wünschte, wir hätten es getan.«

»Ich hatte Angst, wir würden das Dach über unserem Kopf verlieren«, sagte Elsbeth. »Mutter und ich waren in dieser Familie immer nur geduldet, und wenn herausgekommen wäre, dass Kurt in der Jugendorganisation der Kommunistischen Partei war …« Sie brach ab, tauschte einen Blick mit ihrem Mann und fuhr dann fort: »Wir haben immer versucht, uns von Albrecht fernzuhalten und unser eigenes Leben zu führen. In diesem Fall aber hat er uns unmissverständlich wissen lassen, was er von uns verlangt, und ich habe mich daran gehalten.« Sie wandte sich Gerda zu. »Ich würde dich gern bitten, mir zu verzeihen, aber ich bezweifle, dass du das kannst. Der Tod eurer Freundin, die Gefahr, in der Maren steckte – zum Verzeihen ist das zu viel, nicht wahr?«

»Ich weiß es nicht«, antwortete Gerda aufrichtig. »Lass uns darüber jetzt nicht nachdenken, sondern es herausfinden, wenn wir in Sicherheit sind. Eines weiß ich nämlich: dass ich euch bei mir haben und auf keinen Fall hier zurücklassen will.«

Die Kinder kamen zurück. Maren konnte sich vor Müdigkeit kaum noch auf den Beinen halten. Es wurde beschlossen, dass sie alle versuchen würden, ein wenig Schlaf zu bekommen. In der Frühe würden sie unverzüglich mit dem Packen beginnen und die anderen in Kenntnis setzen. Der Zeitpunkt war günstig. Albrecht war bereits seit Tagen nicht zu Hause, sondern organisierte als Kreisleiter den Volkssturm.

»Bernhard ist da«, sagte Elsbeth. »Der hat im zweiten Kriegsjahr den rechten Arm verloren und ist seither daheim. Auf ihn können wir aber nicht zählen. Er tut, was Adele von ihm verlangt, und wie Adele sich entscheidet, ist schwer vorauszusehen.«

»Dafür haben wir Elsbeths Mutter auf unserer Seite«, sagte Kurt. »Sie will lieber heute als morgen hier weg, und Luise sicher auch. Luise ist überhaupt das vernünftigste Geschöpf, das in dem alten Gemäuer je herumgelaufen ist.«

»Und Leonie?«, fragte Gerda.

Elsbeth und Kurt tauschten einen Blick. »Es fällt mir schwer, mir eine Leo vorzustellen, die von Lapienen und Albrecht fortgeht«, sagte Elsbeth dann. »Für das Gut und für ihren Mann hat sie sich aufgegeben. Wer wäre sie noch, wenn sie beides verließe?«

»Ich weiß es nicht«, sagte Gerda. »Ich weiß nur, dass ich alles versuchen muss, um sie von hier fortzubringen, frag mich bitte nicht, warum.« Im Augenblick war es ihr außerdem ein Rätsel, wie ihr das gelingen sollte, doch sie hoffte, dass ihr bis zum nächsten Morgen etwas einfallen würde. Maren sollte bei Sabine übernachten, und ihr selbst wurde ganz selbstverständlich gestattet, das Gästezimmer mit Thomas zu teilen.

»Eines noch«, sagte Kurt, als sie schon in der Tür standen. »Onkel Hutz ist nur noch ein Schatten seiner selbst, den ich in seinem geliebten Schaukelstuhl oben auf den Wagen setzen werde, wenn es sein muss. Aber deine Eltern, Gerda – ich glaube nicht, dass sie mitkommen werden.«

»Eine geborene Freiin von Bistram flüchtet nicht«, murmelte Elsbeth. »Und ein Baron von Westkamm bleibt der Fahne treu bis zum Schluss.«

»Ihrem Gefühl nach sind sie vielleicht nicht jünger als Onkel Hutz«, sagte Thomas überraschend sanft. »Sie haben sich an diesen Phrasen festgehalten, als man ihnen ihre Welt aus den Angeln riss. Wenn sie jetzt begreifen sollen, dass die Phrasen hohl sind, dass nichts darinnen steckt – was bleibt ihnen dann noch?«

Sie hätten sich an uns festhalten sollen, dachte Gerda mit einer Traurigkeit, die sie von jetzt an begleiten würde. *An ihren Kindern, an der Familie, an dem, was Leben ausmacht.* Wohl deshalb, weil ihren Eltern leeres Wortgeklingel mehr wert gewesen war als ihre Töchter, hatte sie sich in diesem Haus immer einsam gefühlt. Aber sie hatte auch Thomas gehabt, war mit ihm glücklich gewesen und würde ihn jetzt noch einmal eine kleine Weile lang haben. Es würde ihr helfen, das Schwierigste zu überstehen.

In dem schmalen Gästebett, in dem sie in den Sommern mit Maren übernachtet hatte, lagen sie einander in den Armen. Es war warm, das Federbett duftete nach Lavendel, und Gerda fühlte sich geborgen, was in Anbetracht ihrer Lage geradezu lächerlich war.

»Kannst du schlafen, Gerda?«, fragte er.

»Ich bin schon so gut wie eingeschlafen«, sagte sie. »Aber auf deinen Brief schulde ich dir noch eine Antwort, denn ich hatte ja keine Adresse mehr, um dir zu schreiben. Ich liebe dich auch, Thomas. Ich habe dich immer geliebt, und meine Liebe zu dir hat mich getragen. Selbst wenn es mir nicht bewusst war, habe ich etwas in mir gespürt, das mich nicht völlig verzweifeln ließ. Es wird mich weitertragen, egal, wo ich hingehe und wo du hingehst.«

Statt einer Antwort legte er seine Lippen auf ihre, sie hielten einander und küssten sich in den Schlaf.

45

Tante Benigna war Gold wert. Sie verstand ohne Erklärungen, was Gerda und Thomas vorhatten, und wusste, was zu tun war.

»Wir brauchen zwei Wagen«, bestimmte sie. »Pferde haben wir zum Glück genug, weil wir als Nährmittel produzierender Betrieb ja kriegswichtig sind. Mit Leonies Trakehnern kommen wir nicht viel weiter als Schneidemühl, aber die zwei Estnischen Klepper haben Saft genug, uns bis ans Ende der Welt zu ziehen.«

»Bis ans Ende der Welt brauchen wir nicht weit zu fahren«, bemerkte Elsbeth sarkastisch. Dann war zum Reden keine Zeit mehr. Tante Benigna rief die Hausmädchen und machte sich mit ihnen ans Packen. Kurt ging zu den Stallungen, um den Knechten Bescheid zu geben und Pferde und Wagen vorzubereiten. Sie würden die zwei großen Heuwagen nehmen, die genug Menschen Platz boten und einiges an Gepäck fassen konnten. Pauline sortierte Vorräte, wollte aber nicht mitkommen. »Einen alten Baum verpflanzt man nicht«, sagte sie. »Und irgendwer muss ja auf alles ein Auge haben, bis Sie wiederkommen.«

Niemand widersprach ihr. Elsbeth ging, um mit Adele zu sprechen, kam jedoch mit schlechten Nachrichten zurück. »Sie will nicht gehen, weil sie dann endgültig Leonie das Gut überlässt«, berichtete sie. »Warum nur ist in dieser Familie jeder so sehr in sich selbst gefangen, dass er lieber erstickt, als seine Meinung zu ändern? Und Bernhard gibt natürlich wie erwartet ihr Echo: ›Ja, Adele, nein, Adele, was immer du willst, Adele‹ – so wie die anderen für ihren Führer geht der für seine Adele in den Tod.«

Glücklicherweise erklärte Luise, als sie mit Helga und Gudrun die Treppe herunterkam, sie und die Kinder würden mitkommen. Sie war eine beeindruckende junge Frau geworden, die Ruhe und Entschlossenheit ausstrahlte. Die beiden Jüngeren trugen ihre Uniformen vom Jungmädelbund, wirkten still und verschüchtert und klammerten sich an Luises Hände. Maren war überglücklich, Luise wiederzusehen. Eine Weile lang lagen sich die beiden stumm in den Armen, ehe sie zu den anderen gingen, um beim Packen zu helfen.

Gerdas Gaumen war staubtrocken. Sie wusste, sie würde es sich nicht verzeihen, wenn sie nicht zumindest versucht hätte, mit ihren Eltern zu sprechen. Sie fand ihren Vater in seinem Herrenzimmer, zu dem seine Kinder nur Zutritt hatten, wenn es brannte oder jemand verblutete. Sorgfältig angekleidet saß er hinter seinem penibel aufgeräumten Schreibtisch und starrte in die Luft.

»Guten Morgen, Vater«, sagte Gerda. »Thomas von Merwitz und ich sind gekommen, um euch abzuholen. Die Rote Armee ist nicht mehr aufzuhalten. Wir müssen in Richtung Westen fliehen und uns und die Kinder in Sicherheit bringen.«

»Thomas von Merwitz«, murmelte ihr Vater. »Soso. Hat mehr Mumm in den Knochen als dein Danziger Säufer, ja?«

»Mein Mann ist tot«, erwiderte Gerda. »Und wir haben keine Zeit.«

Ihr Vater starrte wiederum eine Weile ins Leere. Dann nickte er. »Also gut«, sagte er. »Ich werde mich am Ende also bei deinem Herrn von Merwitz bedanken müssen, dass er das, was von dieser Familie übrig ist, außer Gefahr bringt. Wann brechen wir auf?«

Er hatte wir *gesagt. Tatsächlich* wir.

»In spätestens zwei Stunden«, sagte Gerda. »Damit wir bei Tageslicht noch möglichst weit kommen.«

»Deine Mutter und ich werden bereit sein«, sagte ihr Vater wie ein Automat. »Gibt es sonst noch etwas zu besprechen?«

»Nein«, antwortete Gerda, sah sich aber außerstande, das Zimmer schon zu verlassen.

Ihr Vater stand auf und ging zum Fenster, sah hinaus auf die verschneiten Felder seines Landes, auf denen bald wieder Luzerne in die Höhe sprießen, Weizen keimen, in kleinen Hügeln Spargel heranreifen würde, über die Wildgänse, Kraniche und Schwalben aus ihrem Winterquartier nach Hause ziehen würden. »Du willst wissen, warum ich gehe, nicht wahr?«, fragte er, ohne sich nach ihr umzudrehen. »Du hast immer wissen wollen, warum, schon solange du auf der Welt bist. Aber die Antworten sind nie so einfach und sauber, wie du sie gerne hättest. Ich fürchte mich nicht vor dem Tod, er wäre mir sogar willkommen, denn ich fühle mich wie ein Greis, der seine Lebenskräfte aufgebraucht hat. Aber ich bin nicht bereit, für diesen Staat zu sterben. Für das da draußen – für diese Schönheit, die durch sechs Jahrhunderte ihre Würde bewahrt hat – immer. Aber nicht für die nichtsnutzigen Versager, die Deutschlands Namen in der ganzen Welt verhasst gemacht haben und die nun dafür sorgen werden, dass von seiner heiligen Größe nur Asche bleibt, die der Wind der Historie davonträgt.«

Gerda wartete ab, ob er noch etwas sagen wollte. Dann fragte sie: »Hilft es dir, wenn ich mit Mutter spreche? Oder kannst du sie alleine zum Aufbruch bewegen?«

Er drehte sich um. »Du hast genug zu tun«, sagte er. »Deiner Mutter werde ich mitteilen, dass wir Lapienen verlassen. Sie mag mich dafür verachten, aber sie wird mir gehorchen, weil es das ist, was die Frauen meiner Zeit gelernt haben. Das unseren Töchtern beizubringen ist uns nicht gelungen. Wenn eine Lawine erst einmal im Rollen ist, hält kein Bollwerk sie auf.«

Als Gerda zurück in die Halle kam, standen Stapel von Gepäck und Vorräten bereit zum Abtransport. Thomas und Kurt meldeten, dass die Wagen fertig zum Beladen seien. Sie griffen nach den ersten Paketen, und Luise und die Kinder halfen mit. Es ging jetzt alles so schnell, wie durch eine Sanduhr strömte die Zeit. Sie würden Adele und Bernhard zurücklassen müssen, und alles, was ihnen zu tun blieb, war, mit Leonie zu sprechen.

Gerda und Elsbeth sahen sich an. »Gehen wir zusammen?«, fragte die Cousine.

Statt einer Antwort gingen sie die Treppe hinauf zu dem Raum im Westflügel, den Leonie zu ihrem »Tageszimmer« erklärt hatte. Elsbeth hatte Gerda erzählt, dass ihre Schwester hier die Post für das Gut und die Frauenschaft der Nationalsozialisten erledigte. *Warum liegt mir so viel daran, sie mitzunehmen?,* dachte Gerda. *Wer weiß, zu wie vielen Morden sie kaltblütig mit den Schultern gezuckt hat wie zu dem an Irma Grünbaum? Ist es, weil Blut dicker als Tinte sein soll? Glaube ich daran?*

Es ist, weil es das ist, was Menschen tun, gab sie sich die einzige mögliche Antwort. Schwestern überließen einander nicht ihrem Schicksal, und wenn sie sich in einer verrohten, ausgebrannten Welt einen Funken Menschlichkeit bewahren wollte, dann hatte sie keine Wahl.

»Wo ist eigentlich Crispin?«, fragte sie Elsbeth.

»Mit seinem Vater unterwegs«, stieß die Cousine heraus. »Als sein getreulicher Schatten. Der Volkssturm bleibt dem Jung-Herrchen von Lapienen erspart, er zieht als Adjutant an Vaters Rockzipfel durch die Lande. Crispin ist verloren, Gerda, er ist kein Mensch mehr, sondern eine Marionette, und wir können nur hoffen, dass nicht eine ganze Generation junger Männer auf dieselbe Art verloren ist.«

»Dein Michael nicht«, sagte Gerda traurig und dachte an

den kleinen Jungen mit dem fröhlichen Lachen, dessen Gesicht gleich darauf wieder in Nebeln versank.

Elsbeth klopfte an Leonies Tür. Statt eines »Herein« wurde die Tür aufgerissen, und Leonie stand im Rahmen. Sie trug ein Kostüm mit weißer Bluse und Krawatte wie das letzte Mal. Nur ihr Gesicht war verändert. Nicht mehr so scharf geschnitten, gedunsen, die Augen blutunterlaufen. »Hat jemand dir gestattet, dieses Haus zu betreten?«, fragte sie Gerda.

»Ich mir selbst«, antwortete diese. »Ich bin gekommen, um dir anzubieten, mit mir und Thomas nach Westen zu fliehen. Thomas kennt Wege und Gegebenheiten, mit ihm stehen unsere Chancen gut. Was du selbst tust, ist deine Entscheidung, aber deinen Töchtern bist du eine solche Chance schuldig, Leo.«

Leonie sah von einer zur anderen, als müsse sie sich vergewissern, wer sie waren. Sie öffnete den Mund, doch in diesem Augenblick schlug die Vordertür des Hauses, und polternder Lärm drang nach oben. Gleich darauf ertönte Albrechts metallische Stimme: »Darf ich wissen, was hier gespielt wird, Leonie?«, schrie er. »Hast du vergessen, dass du in meiner Abwesenheit für dieses Haus verantwortlich bist?«

Auf Leonies Gesicht traten rote Flecken. Sie drängte sich zwischen Gerda und Elsbeth hindurch und stürmte die Treppe hinunter. »Ich nehme an, Cousine Elsbeth hat wieder einmal deine Anordnung missachtet. Sie hat die beiden ohne mein Wissen eingeschmuggelt«, rief sie.

Gerda und Elsbeth erreichten wenige Schritte hinter ihr den Fuß der Treppe und sahen Albrecht und Crispin im Eingang der Halle stehen. Elsbeth hatte recht: Crispin war ein Abbild seines Vaters, bis auf Uniform und Mantel eine exakte Kopie. Und doch war er nicht mehr als ein verstörtes Kind, das man ins Kostüm eines Monsters gesteckt hatte und das nie etwas anderes gelernt hatte, als ein Monster zu sein. In Gerda arbeitete es fieberhaft. Thomas und Kurt mussten draußen bei den Wagen sein, und die Übrigen hatten ihre Arbeit unterbrochen. Gudrun und Helga drängten sich verängstigt hinter Luise.

Gerda wollte sprechen, doch ihre Stimme versagte, als Albrecht den Kopf nach ihr drehte. »Du«, sagte er, als wären sie beide allein. »Immer und immer wieder du.«

Gerdas Knie gaben nach. Noch immer besaß Albrecht diese Macht über sie, machte sie stumm und gelähmt vor Angst, unfähig etwas zu tun.

»Wir gehen nach Westen«, sagte Elsbeth an ihrer Stelle. »Du weißt besser als wir, dass dieser Krieg verloren ist und dass wir gut daran tun, auf die Rote Armee nicht zu warten.«

»Nichts ist verloren!«, schrie Albrecht. »So zu reden ist Wehrkraftzersetzung, dafür kannst du dich unter dem Fallbeil wiederfinden.«

»Ich bin sicher, auch davor schreckst du nicht zurück«, sagte Elsbeth. »Aber wir gehen trotzdem. Und wir nehmen die Kinder mit.«

»Ihr tut nichts dergleichen.« Mit einem Satz war Albrecht bei Luise und stieß sie samt seinen Töchtern in den Winkel neben der Sitzgruppe. Im nächsten Atemzug sah Gerda den Revolver, der in seiner Hand aufblitzte und auf Luise gerichtet war. Das junge Mädchen stand stockstill. Nur ihre Lippen bebten.

»Leonie, komm hier herüber«, befahl Albrecht. »Sollte jemand sich widersetzen, schieße ich.«

»Nein, Albrecht!«, schrie Elsbeth entsetzt. »Das kannst nicht einmal du! Lass uns gehen, rühr die Kinder nicht an. Die haben dir doch überhaupt nichts getan!«

»Ich kann nicht?«, rief Albrecht. »Lass mich dir beweisen,

beste Elsbeth, dass ich alles kann, was ich will. Und als Erstes will ich ein Ende mit diesem Waschlappen machen, der in Geheul ausbricht, wenn er helfen soll, ein paar lausige Verräter an Laternen aufzuknüpfen.« Mit dem Revolver wirbelte er herum und feuerte ab. Erst als ein heiserer Schrei ertönte und jemand zu Boden stürzte, erfasste Gerda, dass er seinen eigenen Sohn erschossen hatte.

»Crispin!« Leonies Stimme klang nicht menschlich. »Großer Gott, mein kleiner Junge, mein Engel, Cri-Cri!«

Sie wollte zu ihrem Sohn laufen, bei dem schon Benigna und die Hausmädchen knieten, aber Albrecht richtete die Pistole auf Helga, die sich an Luise klammerte und mit aufgerissenen Augen auf ihren Bruder starrte. »Du bleibst, wo du bist, oder das nächste von deinen minderwertigen Bälgern muss dran glauben.«

Leonie blieb stehen, schlang die Arme um den Leib und krümmte sich wie unter Schmerzen. Unglaublich tapfer schob die zitternde Luise Helga hinter ihren Rücken.

»Mir auch recht«, sagte Albrecht. »Ich kann euch gern alle drei über den Haufen schießen. Um all das Kroppzeug, das eine große Idee nicht wert war, ist's nicht schade.«

Er richtete die Mündung der Waffe auf Luises Brust und drehte sich langsam, ohne den Arm auch nur im Mindesten zu bewegen, zu Gerda um. Er war ein mehr als passabler Jäger, das hatte er ihr einmal erklärt. Er hatte sein Wild in die Enge getrieben, und nichts würde ihn hindern, es zu erlegen. »Und da steht sie und erbebt vor Ekel«, sagte er. »Gerda, die Märchenhafte, an deren Seite ich dieses ganze gottverfluchte Jahrhundert hätte in die Schranken weisen können.« Er legte den Kopf zurück und deklamierte, ohne die Waffe um einen Millimeter zu verziehen:

Denn wer die Liebe hat, der hat das All,
Die Liebe ist der Seelen große Seele
Der Götter Leben und der Götter Tod.

Sein Blick grub sich in ihren. Der ganze Raum schien in der Bewegung eingefroren wie im Märchen von Dornröschen, nur der Mann, der den Tod in der Hand hielt, war lebendig. »Dass in mir ein Monstrum steckt, habe ich immer gewusst«, sagte er. »Deshalb wollte ich, dass du mich nimmst und einen Menschen aus mir machst. Aber du warst dir zu fein. An einem wie mir hast du dir deine Hände nicht beschmutzt. Du bist schuld, Schneekönigin. Du bist schuld.«

Die Starre der Angst, das Eis, das Gerda umfangen hielt, brach auf. »Nein!«, rief sie und stürzte quer durch den Raum. Schützend stellte sie sich vor Luise. »Nein, ich bin nicht schuld, Albrecht. Und deine Kinder, deine Frau, der verlorene Weltkrieg, der Vertrag von Versailles und was sonst noch sind auch nicht schuld. Nicht einmal Adolf Hitler ist schuld an dem, was du tust. Nur du allein. Und deshalb kannst auch nur du allein entscheiden, ob du mich jetzt erschießt oder ob du uns mit den beiden Kindern, die noch am Leben sind, ziehen lässt.«

Die Mündung der Waffe war auf sie gerichtet, aber sein Arm hielt nicht länger still. Er zitterte, wie die Übrigen vor ihm gezittert hatten. Albrecht musste die zweite Hand zur Hilfe nehmen, um den Revolver neu auszurichten und ruhig zu halten. »Geh mir aus dem Weg«, flüsterte er. »Du glaubst, ich kann nicht auf dich schießen, aber wenn du mir keine Wahl lässt, dann tue ich es.«

»Du hast immer eine Wahl«, sagte Gerda. »Meine habe ich getroffen, an der änderst du nichts.«

Schweigend standen sie voreinander. Gerda sah, wie sein

Finger sich um den Abzug legte, und wusste selbst nicht, was sie davor bewahrte, vor Angst auf die Knie zu fallen.

»Mami!«

»Gerda!«

Aus dem Augenwinkel sah sie Maren und Thomas zur Tür hereinstürmen. Klar sah sie nur Albrecht, der den Arm mit der Waffe streckte. Dann zerriss der Schuss die Stille des Raums. Gerda fiel zu Boden und schrie. *War das wirklich sie, die geschrien hatte?* Vor ihr, auf dem blank gebohnerten Parkett der Halle, lag Albrecht. Aus seiner Schläfe sickerte Blut.

»Adele und ich fahren mit euch nach Westen.« Auf der Treppe stand Bernhard und wickelte seine Infanteriepistole mit der Linken in ein Tuch. »Ich konnte nicht zulassen, dass er uns daran hindert. Und erst recht nicht, dass er noch einen von uns ums Leben bringt. Wenn wir eine Chance haben wollen, wenn wir uns irgendwann aus dieser Finsternis wieder ans Licht kämpfen wollen, werden wir jeden Einzelnen brauchen.«

46

»Im Märchen von der Schneekönigin legen sich die Winde, sobald Gerda und Kay das Schloss verlassen haben«, murmelte Gerda in die längst feuchte Wolle ihres Schals. »Sogar die Sonne bricht hervor. Und was haben wir? Fünfundzwanzig Grad Kälte und demnächst noch mehr Schnee, fürchte ich.«

Sie saß neben Thomas auf dem Bock des Altmetallkarrens,

der dem Treck vorausfuhr. Die Übrigen folgten auf den Heuwagen, auf denen im späten Sommer die Erntearbeiter von den Feldern gekommen waren und Austbier getrunken und getanzt hatten. Auf dem vorderen saßen dicht beieinander alle Kinder von Lapienen, Michael, das Jüngste, umgeben von seinen Cousinen. Gerda musste an ein Lied denken, das sie als Kinder gesungen hatten:

Hab mein' Wagen vollgeladen
Voll mit jungen Mädchen.
Als wir in das Tor 'nein kamen,
Sangen sie durchs Städtchen.

Elsbeth und Kurt lenkten den Wagen, und Benigna achtete darauf, dass es diesen kostbaren Kindern so gut ging, wie es ihnen eben gehen konnte, während sie ihre Heimat verließen und als letzte Erinnerung Bilder von Mord, Tod und Blut mitnahmen. Sie waren erwachsen geworden, die Kinder von Lapienen. Selbst Michael, der erst zehn Jahre alt war. Die Kinderstühle, in denen sie gesessen hatten, waren auf dem Gut zurückgeblieben wie die Uhren in ihren Kinderstuben, die noch tickten und die Zeiger bewegten, aber in den nächsten Tagen stehen bleiben würden.

War ihnen zu wünschen, dass sie Lapienen vergaßen wie einen bösen Traum, selbst wenn alles Schöne mit ausgelöscht würde, die Rosen, die in der Dachrinne blühten, die Nester der Störche und das Baden im Schilf an unbeschwerten Sommertagen?

Auf dem Bock des letzten Wagens saßen Adele und Bernhard, und es war Bernhard, der mit der Linken das Pferd lenkte. Hinten saßen Gerdas Eltern mit den Hausmädchen und den Knechten, mit der willenlosen, wie betäubten Leonie und Onkel Hutz in seinem Stuhl. Er hatte nicht mitgewollt, hatte geschimpft, sie sollten sich mit ihm keinen Klotz ans Bein binden, er würde unterwegs gewiss sterben, und dann müssten sie ihn obendrein begraben.

»Dann tun wir das«, hatte Gerda ihn beschieden. »Weil es das ist, was Menschen tun: Sie sorgen für ihre Kinder und für ihre Alten, pflegen ihre Kranken und begraben ihre Toten.«

»Da haben Sie's«, hatte Thomas gesagt und ihn samt Stuhl mit Kurt auf den Wagen gehievt. Sie konnten sich nicht leisten, noch einen zu verlieren. Sie würden jeden Einzelnen brauchen.

»Im Märchen ist ja gleich Frühling, wenn die beiden die Schneekönigin verlassen«, nahm Thomas den Faden wieder auf, während der Wind ihnen ins Gesicht blies. »Für uns fängt der Winter erst an, aber in drei Monaten wird es auch Frühling. Frühling wird es immer, und im nächsten ist der Krieg vorbei.«

»Und du bist nicht mehr bei mir«, entfuhr es ihr. Dabei hatte sie daran nicht denken wollen. Er war jetzt bei ihr, er hatte ihr versprochen, bei ihr zu bleiben, solange sie ihn brauchte, und damit musste sie sich begnügen.

Er legte den Arm um sie, und sie lehnte den Kopf an seine Schulter. »Du hast mich doch gefragt, warum ich nach Danzig zurückgekommen und mit dir aufgebrochen bin.«

»Ja, das habe ich. Mein Vater sagt, ich wollte immer wissen, warum, obwohl ich nicht sicher bin, dass ich es diesmal wissen will.«

»Nun, ich will es dir trotzdem erzählen«, erwiderte Thomas. »Ich bin zurückgekommen, weil ich an all die Menschen gedacht habe, die aus ihren Häusern gerissen und über die ganze Welt verstreut sein werden. Vertriebene, Verschleppte,

Geflüchtete, Menschen wie wir, die von ihrer Vergangenheit womöglich nicht einmal ein Andenken besitzen und nicht wissen, wie lange sie ziehen müssen. Ich habe mir gedacht: Wir alle haben keine Wahl, als künftig nicht länger an Orten, sondern bei Menschen zu Hause zu sein. Du bist mein Bild von meiner Heimat, mein Andenken an meine Vergangenheit. Ob ich Deutscher oder Pole bin, habe ich nie herausfinden können, und falsch war ich auf jeder Seite. Nur bei dir war ich richtig. Ich will, dass du meine Zukunft bist, Schrapsel.«

Beinahe andächtig hörte sie zu und wusste, es war das letzte Mal, dass er sie so genannt hatte. Es war ihr Abschied. Und ihr Versprechen. In der Kälte spürte sie, wie kräftig ihr Herz schlug, wie ihre Lunge Atem holte und wie alles in ihr leben wollte.

Zu ihrer Linken kam hinter Schneewehen Blaes in Sicht, die verlassenen Ruinen, die einmal Blaes gewesen waren. »Ich war nie mehr da«, sagte Thomas. »Kein einziges Mal. Jetzt wünschte ich, ich hätte den Mut dazu gehabt.«

»Nein, Thomas.« Sie nahm seine Hand. »Quäl dich nicht damit. Lass dir Zeit. Weißt du, was ich glaube? Wir können einen Ort nur verlieren, wenn wir die Erinnerung an ihn nicht ertragen.«

Der Schneefall wurde dichter. Thomas wandte sich von Blaes fort. »Erträgst du sie?«, fragte er. »Die Erinnerung?«

Sie reckte sich und berührte seine Lippen mit den ihren. »Ich weiß noch nicht«, sagte sie. »Lass uns abwarten. Ich habe meine Zahnbürste in meinem Beutel, zwei Paar Wollsocken an meinen Füßen und mein Zuhause an der Seite. Für den Augenblick ist das mehr als genug.«

Noch einmal fuhren sie eine Weile lang schweigend und ließen Blaes hinter sich. »Vielleicht hilft es uns, eines Tages ein neues Märchen zu schreiben«, sagte Thomas dann. »Ich weiß zumindest schon die erste Zeile.«

»Und wie heißt sie?«, fragte Gerda.

Thomas drehte sich nicht um, sondern sah geradeaus in den wirbelnden Schnee. »Das kleine Mädchen stand auf der Galerie«, sagte er.

Glossar

AEG. Allgemeine Elektricitäts-Gesellschaft. 1883 von Emil Rathenau, dem Vater des ermordeten Walther Rathenau, begründete Elektrizitätswerke, die sich zu einem der weltweit größten Konzerne ausweiteten und sich 1996 auflösten.

Amtssee. Aus drei Seen bestehende Kette in Westpreußen, bei Schlochau (heute Człuchów).

Armia Krajowa. Polnische Heimatarmee. Widerstandsorganisation im besetzten Polen, die bereits seit September 1939 bestand.

Austbier. Zur Feier der Ernteeinfuhr an die Erntearbeiter und ihre Familien ausgeschenktes Getränk. Aust ist ein preußisches Mundartwort für Ernte.

Baba Jaga. Figur der slawischen Mythologie – alte Frau, Großmutter oder auch Hexe.

Beletage. Am besten ausgestattetes Stockwerk in den Wohnhäusern der gehobenen Mittelschicht und des Adels, meist im ersten Obergeschoss gelegen.

Berliner Tageblatt. Von dem Verleger Rudolf Mosse herausgegebene, zwischen 1872 und 1939 erschienene überregionale Tageszeitung, die im Kaiserreich zu den auflagenstärksten gehörte und in der Weimarer Republik eine linksliberale Richtung vertrat.

Blinis. Kleine Pfannkuchen der russischen Küche.

Blohm & Voss. Schiffsbauwerft im Hafen von Hamburg, 1877 gegründet.

Brabank. Teil von Danzig, nahe Mottlau und Radaunekanal, heute *Stara Stocznia.* Beide Namen bedeuten »Alte Werft«.

Braune Fische. In Pommern und Westpreußen beliebtes Fischgericht mit Braunbier und Lebkuchen.

Breeches. Reithosen.

Bollerwagen. In Ost- und Westpreußen gebräuchlicher Ausdruck für Polizeiwagen.

Bullerwupp. In Danzig gebräuchlicher Ausdruck für Kartoffelsuppe.

Cafe Derra. Café in Danzig, das die Nationalsozialisten der Stadt spätestens ab Beginn der Dreißigerjahre als ihr Stamm- und Versammlungslokal nutzten.

Danziger Neueste Nachrichten. Im Verlag Fuchs & Cie. herausgegebene auflagenstärkste Tageszeitung Danzigs. Erschien von 1894 bis 1944 und war liberal, jedoch mit gemäßigten nationalen Tendenzen.

Danziger Volksstimme. Von 1920 bis 1936 erschienene sozialdemokratische Zeitung Danzigs.

Danziger Vorpfosten. Nationalsozialistische Wochenzeitung, die in Danzig und Westpreußen ab 1933 als Tageszeitung erschien. Sie hieß bis 1931 *Danziger Beobachter,* was ich im Roman jedoch nicht erwähne, um Verwirrung zu vermeiden.

Dawes-Plan. Wurde im August 1926 abgeschlossen. Der Plan regelte Deutschlands Reparationszahlungen an die Siegermächte. Diese sollten sich an der wirtschaftlichen Situation Deutschlands orientieren. Hinzu kam eine internationale Anleihe, die es Deutschland ermöglichte, im Ausland – namentlich in den USA – Kredite aufzunehmen.

Deutschnationale Volkspartei (DNVP). 1918 gegründete nationalistische, antisemitische, antidemokratische Partei, die in der Mitte der Zwanzigerjahre an Landesregierungen und auch an der Reichsregierung beteiligt war. Die DNVP trat im Januar 1933 in Hitlers Kabinett ein, löste sich jedoch unter Druck selbst auf.

Drückjagd. Form der Treibjagd, bei der Wild von Treibern und Hunden zum Ausweichen gezwungen, d. h. in die Enge »gedrückt« wird.

Estnische Klepper. Kompakte, eher kleine Pferderasse aus Estland, die vor allem in der Landwirtschaft und für Fuhrwerke Verwendung fand.

Franz-Eher-Verlag. 1901 gegründeter Verlag, der ab 1933 das gesamte Schriftgut der NSDAP druckte und 1945 verboten wurde.

Fürst-Pückler-Speise. Pommersches Dessert aus Schichten von Schokoladencreme, Vanillepudding und roter Fruchtspeise.

Giftpilz, Der. Vom Verlag Der Stürmer herausgegebenes antisemitisches Kinderbuch, das, von Ernst Hiemer verfasst, 1938 erschien.

Gnaschel. Aus dem in Westpreußen üblichen niederpreußischen Dialekt stammender Ausdruck für »Jungchen«, »Kleiner«.

Goldwasser. Klarer Gewürzlikör, der bereits seit dem sechzehnten Jahrhundert in der Spirituosenbrennerei Lachs zu Danzig hergestellt wird. In dem weltberühmten hochprozentigen Likör schwimmen kleine Blattgoldflocken, wie sie beim Vergolden abfallen.

Gotteslob. Gesang- und Gebetbuch.

Großer Ring. Mittelalterlicher Marktplatz und Zentrum von Breslau.

Grüne Klöße. Aus rohen und gekochten Kartoffeln bereitete Knödel, die in Westpreußen gern zu Speck und Zwiebeln oder Bratenresten gereicht wurden.

Grünes Tor. 1564 in flämischem Stil erbautes Danziger Stadttor am Ende des Langen Marktes.

Grüne Woche. Messe für landwirtschaftliche Erzeugnisse, die vom 20. bis 28. Februar 1926 erstmals in Berlin stattfand und bis heute abgehalten wird.

Gulden. Währung der Freistadt Danzig. Der Gulden war wie die Reichsmark in Pfennige unterteilt.

Hansekogge. Segelschifftyp der Hanse, der für den Handel gebaut war, bei Bedarf zum Kriegsschiff umgebaut werden konnte.

Heim ins Reich. Auch wenn das Motto »Heim ins Reich« vor allem in der Zeit des Nationalsozialismus als politische Parole zur Einverleibung der durch den Vertrag von Versailles verlorenen Gebiete bekannt wurde, ist der Begriff bereits seit Ende des Ersten Weltkriegs für verschiedene nationalistische Bestrebungen gebräuchlich.

Helling. Platz auf einer Werft, auf der ein Schiff gebaut und anschließend über eine Schrägfläche zum Stapellauf ins Wasser gelassen wird. In einem Dock hingegen werden Schiffe im Allgemeinen repariert.

Hengstleistungsprüfung. Auf die erfolgreiche Körung folgende Prüfung, die als letztes Hindernis bestanden werden muss, ehe ein Hengst zur Zucht zugelassen wird.

Heubude. Stadtbezirk von Danzig, heute Stogi. Galt als »Danzigs Seebad an der Ostsee« und liegt an der Toten Weichsel.

Homocord. Deutsches Schallplattenlabel, das von 1904 bis 1932 existierte.

IG Farben. Interessengemeinschaft Farbenindustrie. 1925 aus einem Zusammenschluss verschiedener Unternehmen entstandene Aktiengesellschaft, die sich vor allem zur Zeit des Nationalsozialismus zu einem der größten deutschen Chemiekonzerne auswuchs. Aufgrund von Insolvenz wurde die IG Farben, die in ihrer Fabrik bei Auschwitz Zwangsarbeiter einsetzte und KZ-Häftlinge für Experimente benutzte, 2015 aufgelöst.

Johanniskirche. 1327 erbaute römisch-katholische Kirche in der Danziger Rechtstadt. Im Zweiten Weltkrieg zerstört und wiederaufgebaut.

Jungmädelbund. Dem Bund deutscher Mädel zugeordnete NS-Organisation für Mädchen zwischen zehn und vierzehn.

Kältemaschine. 1873 von Carl von Linde erfundene Apparatur zur Kühlung, die rasch das bis dahin zu diesem Zweck verwendete Eishaus ersetzte.

Kaschuben. Westslawisches Volk, das heute vor allem im Gebiet der modernen Woiwodschaft Pommern angesiedelt ist.

Klampfe. Einfach zu spielende Gitarre.

Klieben. Mehlklöße.

Kliebensuppe. Milchsuppe mit Eiern.

Kohlenmarkt. Platz in Danzigs Innenstadt, am westlichen Rand der Rechtstadt.

Kolonialwaren. Überseeische Produkte wie Kaffee, Tee, Gewürze und Tabak, die von Kolonialwarenhändlern an einschlägige Läden geliefert wurden.

Koppskiekelwein. Obstschnaps.

Körung. Erste Sichtung von Hengsten, die zur Zucht eingesetzt werden sollen. Hat ein Hengst diese Hürde genommen, folgt die Hengstleistungsprüfung.

Koschtschei. Gestalt der slawischen Mythologie, bösartiger Zauberer, alter Mann, der bevorzugt junge Frauen bedroht. Koschtschei bewahrt seine Seele außerhalb seines Körpers auf und ist deshalb so gut wie unsterblich.

Kraft durch Freude. Nationalsozialistische Organisation, die der Deutschen Arbeitsfront angegliedert war und sich mit der Organisation von Freizeit für Arbeiter befasste und unter anderem Urlaubsreisen anbot.

Krantor. Danzigs berühmtes Wahrzeichen aus dem vierzehnten Jahrhundert. Seine Holzverschalung verbrannte erst 1945, nach einem Bombenangriff, nicht schon 1944, wie von mir im Roman behauptet.

Lachs zu Danzig. Weltberühmte Danziger Spirituosenbrennerei und Lokal. Der Lachs in seinem traditionellen rosa verputzten Patrizierhaus in der Breitgasse soll bereits 1598 von dem Niederländer Ambrosius Vermöllen gegründet worden sein und produziert seither das berühmte Goldwasser. Während des Zweiten Weltkriegs wurde das Stammhaus zerstört, jedoch später wieder aufgebaut.

Machandel. Aus Pommern stammender Wacholderschnaps.

Maddern. Niederpreußisch für »Zögern«.

Morbus Charcot. Früher gebräuchlicher Name für Multiple Sklerose, nach dem Entdecker der Krankheit Jean-Martin Charcot. In Frankreich ist die Bezeichnung vereinzelt noch gebräuchlich.

Nachschrapsel. Nachzügler, letztgeborenes Kind.

Novemberverbrecher. Von nationalistischen Kräften geschaffenes und gebrauchtes Schimpfwort für die Kräfte hinter der Revolution vom November 1918. Das Wort war seit mindestens 1920 in Gebrauch und entwickelte sich im Zusammenhang mit der »Dolchstoßlegende« zu einem festen Bestandteil nationalsozialistischer Hetzsprache.

NS-Frauenschaft. Frauenorganisation der NSDAP. 1931 gegründet.

Opakglas. Undurchsichtiges Glas.

Oppmann. 1865 gegründete bayrische Sektkellerei.

Osietra-Kaviar. Schwarzer Kaviar vom Russischen Stör.

Ostelbien. Begriff für die bis nach Ostpreußen reichenden Gebiete östlich der Elbe, bis zum Zweiten Weltkrieg gebräuchlich.

Osthilfe. Programm zur Unterstützung der östlichen Provinzen, die vornehmlich von der Landwirtschaft lebten und sich nach dem Ende des Ersten Weltkriegs aus eigener Kraft nicht halten konnten. Unter anderem durch Ent- und Umschuldung sollten landwirtschaftliche Betriebe entlastet werden. Das Programm war von 1926 bis 1937 in Kraft.

Ostseeschnäpel. Maräne, lachsartig, im Süßwasser nahe der Ostsee ansässig.

Penunse. In West- und Ostpreußen gebräuchlicher umgangssprachlicher Ausdruck für Geld.

Phaeton. Leichter, zu kürzeren Fahrten geeigneter einspänniger Pferdewagen, der nicht von einem Bediensteten, sondern vom Eigentümer selbst gefahren wurde.

Polnischer Korridor. Der sogenannte polnische Korridor, der vormals zu Preußen gehörte, verband Pommern im Westen mit dem Unterlauf der Weichsel im Osten. Das ethnisch gemischte Gebiet wurde 1918 Polen zugeschlagen, u. a. um dem Land einen Zugang zum Meer zu ermöglichen. In verschiedenen Zusatzverträgen wurde die Durchreise geregelt.

Porzeln. Süßes Schmalzgebäck.

Posener Tageblatt. Ab 1862 in Posen erschienene deutschsprachige Tageszeitung, die nach der Übernahme der Stadt durch Polen nationalistische Positionen vertrat und Feindseligkeiten gegen den polnischen Staat durch Propaganda provozierte. Allerdings vertrat das *Tageblatt* keine antisemitischen Positionen, sondern kritisierte diese sogar und wurde auf Betreiben der NSDAP 1939 durch den *Ostdeutschen Beobachter* ersetzt.

Präparandenanstalt. Lehranstalt, auf der im Anschluss an die Mittelschule die unterste Stufe der Ausbildung zum Volksschullehrer absolviert wurde.

Priesterseminar. Ausbildungsstätte für Geistliche der römisch-katholischen Kirche. Die Ausbildung am Priesterseminar findet zusätzlich zum Theologiestudium – entweder parallel oder nacheinander – statt.

Quartierchen. Dialektausdruck für einen Viertelliter Schnaps.

Rechtstadt. Historisch bedeutsamster Stadtteil von Danzig mit dem berühmten Langen Markt. Die Rechtstadt – heute Główne Miasto – liegt zwischen der Altstadt im Norden und der Speicherinsel im Osten.

Reichskleiderkarte. Seit November 1939 ausgegebener Bezugsschein zum Erwerb von Kleidung.

Reichskonkordat. Im Juli 1933 geschlossener Vertrag zwischen Hitlers Deutschem Reich und dem Heiligen Stuhl. Darin wurde das Verhältnis des Reiches zur römisch-katholischen Kirche geregelt. Durch das Konkordat stellten die Nationalsozialisten zahlreiche Kritiker aus katholischen Kreisen ruhig.

Schalenwild. Paarhufer, die zum Jagdwild zählen, z. B. Wildschwein und Reh. Ihre Hufe werden von Jägern als Schalen bezeichnet.

Schildkröt. Die Firma *Schildkröt-Puppen und Spielwaren* verkauft seit 1896 durchgehend Puppen und ist damit der älteste Hersteller in Deutschland.

Schwarzsauer. Ein fast schwarzes Gericht aus Schweineblut und Essigsud, in Westpreußen beliebt.

Schweifgiebel. Geschwungene Giebelform, im Barock besonders häufig.

Snegurotschka. Schneemädchen, Gestalt der slawischen Mythologie.

Sternfeld. Danzigs beliebtes Kaufhaus gehörte der jüdischen Familie Sternfeld und bestand seit 1848.

Stukkartoffeln. Kartoffelbrei mit Bratfett, Zwiebeln und Speck

Stolzenberg. Heute Chełm. Stadtbezirk von Danzig.

Sütterlin. 1911 von dem Grafiker Ludwig Sütterlin im Auftrag des Preußischen Schulministeriums entwickelte Ausgangsschrift, die Kindern das Erlernen von Schreibschrift erleichtern sollte. In schräg gestellter, weniger runder Form wurde diese Schrift 1935 durch das NS-Regime zur »Deutschen Volksschrift« erhoben und in Schulen vorgeschrieben.

Trakehnen. In Ostpreußen gelegenes bekanntestes deutsches Gestüt und eines der fünf Hauptgestüte Preußens. Es wurde 1731 eröffnet und bestand bis zum Einmarsch der Roten Armee 1944.

Verträge von Locarno. Sieben völkerrechtliche Verträge, die nach Verhandlungen in Locarno im Dezember 1925 in London unterzeichnet wurden. Damit war der Weg für Deutschlands Aufnahme in den Völkerbund, die neun Monate später erfolgte, gesichert. Deutschland verpflichtete sich zum Verzicht auf eine Revision der im Vertrag von Versailles festgelegten Westgrenzen. Mit Polen schloss es zwar einen Schiedsvertrag ab, behielt sich die Revision der Ostgrenzen aber vor.

Vertrag von Rapallo. Am 16. April 1922 geschlossener Vertrag zwischen der Sowjetunion, vertreten durch Georgi Tschitscherin, und der Weimarer Republik, vertreten durch Walther Rathenau, zur Wiederherstellung guter nachbarschaftlicher Verhältnisse und zur Aufnahme von wirtschaftlichen Beziehungen.

Völkerbund. 1920 gegründete zwischenstaatliche Organisation, die ihren Sitz in Genf hatte und als Konsequenz aus der Katastrophe des Ersten Weltkriegs zum Zweck der Friedenssicherung gegründet worden war. Deutschland trat dem Bund 1926 bei. Da es dem Völkerbund nicht gelang, den

Zweiten Weltkrieg zu verhindern, betrachtete er sich als gescheitert und löste sich 1946 auf.

Völkischer Beobachter. Ab 1920 herausgegebenes Presseorgan der NSDAP, das wenige Tage vor der Kapitulation sein Erscheinen einstellte.

Volksempfänger. Von Joseph Goebbels entwickelter 1933 vorgestellter Radioapparat für Mittel- und Langwellenempfang. Der Volksempfänger wurde in Serie produziert und sollte in jedem Haushalt stehen, um NS-Propaganda zu empfangen.

Volkssturm. Militärische Formation, die im Oktober 1944 gebildet wurde, um »die Heimaterde« zu verteidigen. Männer zwischen 16 und 60 wurden eingezogen, auch wenn sie zuvor für untauglich erklärt worden waren.

Volkstag. Von 1920 bis 1939 das Parlament der Freien Stadt Danzig. Der Volkstag bestand aus 120 (später nur noch 72) Abgeordneten, die auf jeweils vier Jahre gewählt wurden.

Vorwerk. Zu einem Gut gehöriger landwirtschaftlicher Betrieb, meist spezialisiert wie beispielsweise ein Meierhof.

Wertheim Leipziger Straße. Das 1897 eröffnete Berliner Warenhaus des Wertheim-Konzerns war mit über 106 000 Quadratmetern Nutzfläche der größte Kaufhauskonzern Europas.

Wruken. Kohl- oder Steckrüben.

Zusammengekochtes. In Pommern und Westpreußen übliche Bezeichnung für Eintöpfe.